LE RAYON IMAGINAIRE

Collection dirigée par Brigitte Leblanc

Soumission des manuscrits :
lerayonimaginaire@hachette-livre.fr

LE TEMPS DES SORCIÈRES

ALIX E. HARROW

LE TEMPS DES SORCIÈRES

Traduit de l'anglais (États-Unis)
par Thibaud Eliroff

LE RAYON IMAGINAIRE

PAR ALIX E. HARROW

LES DIX MILLE PORTES DE JANUARY, *roman*, 2021.

Ce livre est une œuvre de fiction. Les noms, personnages, lieux et événements relatés sont le produit de l'imagination de l'auteur. Toute ressemblance avec des personnes ou événements existant ou ayant existé ne serait que pure coïncidence.

Titre original : *The Once and Future Witches*, publié pour la première fois par Redhook Books/Orbit /Hachette Book Group Inc. à New York, en 2020.

58 rue Jean Bleuzen, CS 70007, 92128 Vanves CEDEX.

À ma mère et à mes grands-mères,
et à toutes celles qu'on a brûlées avant nous

Une introduction

Il n'y a plus de sorcières dignes de ce nom aujourd'hui, mais il y en avait avant.

Avant, l'air était si imprégné de magie que son goût de cendre s'attardait sur la langue. Tapies dans chaque forêt inextricable, les sorcières attendaient minuit aux carrefours, le visage fendu d'un sourire aux dents acérées. Elles conversaient avec les dragons au sommet des montagnes isolées et chevauchaient des balais en bois de sorbier sous la pleine lune ; elles persuadaient les étoiles de danser avec elles les nuits de solstice et ne partaient jamais à la bataille sans leurs familiers. Avant, les sorcières étaient féroces comme le corbeau, intrépides comme le renard, car la magie flamboyait et la nuit leur appartenait.

Mais alors vinrent la peste et les purges. On pourfendit les dragons, on brûla les sorcières, et la nuit appartint aux hommes brandissant des torches et des croix.

La sorcellerie n'a pas complètement disparu, bien sûr. D'après ma grand-mère, Mama Mags, on ne peut pas tuer la magie, car elle bat comme une formidable pulsation écarlate au-delà de toute chose, et si vous fermez les yeux, vous la sentirez vibrer sous la plante de vos pieds, boumboumboum. Simplement, elle se tient beaucoup mieux qu'autrefois.

La plupart des gens respectables ne peuvent même pas allumer une bougie avec la sorcellerie, de nos jours, mais nous autres pauvres bougresses nous y essayons encore ici et là. « Le sang des sorcières coule à flots dans les égouts », dit le proverbe. Chez nous, toutes les mères enseignent à leurs filles quelques sorts mineurs pour empêcher la marmite de déborder ou pour faire fleurir les pivoines hors saison. Tous les pères apprennent à leurs fils comment enchanter les manches de hache pour qu'ils ne se brisent pas et les toitures pour qu'elles ne fuient pas.

Notre père ne nous a appris que dalle, sinon ce qu'un renard apprend aux poules – comment courir, trembler, survivre à un salaud comme lui –, et notre mère est morte avant d'avoir pu nous enseigner quoi que ce soit. Mais on avait Mama Mags, la mère de notre mère, et elle ne plaisantait pas avec les marmites et les pivoines.

Le pasteur de chez nous dit que c'est la volonté de Dieu qui a purgé le monde des sorcières. Il dit que les femmes sont pécheresses par nature et qu'entre leurs mains, la magie finit inévitablement en eau de boudin, comme la première d'entre elles, Ève, qui a empoisonné le Jardin et condamné l'humanité ; comme les filles de ses filles qui ont empoisonné le monde avec la peste. Il dit que les purges ont purifié la terre et nous ont guidés dans l'ère moderne des mitrailleuses Gatling et des bateaux à vapeur, et que les Indiens et les Africains devraient nous remercier à genoux de les avoir libérés de leurs magies de sauvages.

Mama Mags disait que c'était de la bouse, que la méchanceté est comme la beauté : dans l'œil de l'observateur. Elle disait que la vraie sorcellerie n'est rien de plus qu'une conversation avec cette pulsation écarlate, qui n'a jamais nécessité plus de trois choses : la volonté de l'écouter, les vers pour lui parler et les voies pour la laisser entrer dans le monde. La volonté, les vers et les voies.

Elle nous a appris que tout ce qui était important allait par trois : les petits cochons, les boucs bourrus, les chances de deviner des noms indevinables. Les sœurs.

Nous étions trois sœurs Eastwood, Bella, Agnès et moi, alors peut-être qu'on racontera notre vie comme un conte de sorcières. Il était une fois trois sœurs. Mags aurait aimé ça, je crois – elle disait toujours que plus personne ne prêtait attention aux contes de sorcières et autres trucs du genre, les histoires que les grands-mères racontaient à leurs bébés, les comptines secrètes que les enfants se récitaient entre eux, les chansons que les femmes fredonnaient en travaillant.

Ou peut-être qu'on ne racontera pas du tout notre histoire, parce qu'elle n'est pas encore terminée. Peut-être n'en sommes-nous qu'au tout début. Peut-être le bazar que nous avons mis n'était-il rien d'autre que le premier coup de silex, la première gerbe d'étincelles.

Il n'y a plus de sorcières dignes de ce nom aujourd'hui.

Mais il y en aura.

PREMIÈRE PARTIE

LES FOLLES SŒURS

1

Elle tisse une toile enchevêtrée
Lorsqu'elle désire sa proie tromper.

Un sort pour distraire et consterner,
qui requiert une toile d'araignée ramassée à la pleine lune
& un doigt piqué

Il était une fois trois sœurs.

James Genièvre Eastwood, la benjamine, avait les cheveux aussi noirs et hirsutes que les plumes d'un corbeau. Des trois, elle était la plus sauvage. La rusée, l'indomptable, jupes déchirées, genoux écorchés et les yeux luisant d'un éclat vert, comme un rayon de soleil perçant entre les feuilles. Elle savait où nichaient les engoulevents et où les renards se terraient ; elle retrouvait le chemin de la maison par les nuits sans lune.

Mais le soir de l'équinoxe de printemps 1893, James Genièvre est perdue.

Elle s'éloigne du train en boitillant, les jambes encore bourdonnantes des claquements et des cliquetis du voyage, s'appuie pesamment sur son bâton en genévrier rouge, incertaine de la direction à prendre. Son plan ne comportait que deux phases – phase un : *courir*, et phase deux : *encore courir* –, et elle se trouve maintenant à trois cents kilomètres de chez elle, avec rien d'autre en poche que de la petite monnaie et des voies de sorcière, et nulle part où aller.

Elle chancelle sur le quai, ballottée et bousculée par tous ces gens qui ont quantité d'endroits où aller. La locomotive crache des panaches de vapeur tourbillonnants qui s'enroulent autour de sa jupe. Des affiches et des publicités volettent sur les murs. L'une d'elles est une liste des décrets municipaux de New Salem et des amendes encourues pour dépôt d'ordures, obscénité, débauche, indécence et vagabondage. Une autre montre une statue de la Liberté irascible, le poing levé, qui invite « TOUTES CELLES QUI EN ONT MARRE DE LA TYRANNIE » à assister au meeting de l'Association des Femmes de New Salem, sur St George Square, à 18 heures, le soir de l'équinoxe.

Et une troisième arbore le visage de Genièvre à l'encre noire baveuse sur fond blanc, au-dessus des mots : « MLLE JAMES GENIÈVRE EASTWOOD, 17 ANS, RECHERCHÉE POUR MEURTRE ET SOUPÇONNÉE DE SORCELLERIE. »

Merde. Ils ont dû le retrouver. Elle avait cru qu'en brûlant la maison, elle brouillerait les pistes un peu plus longtemps.

Genièvre croise son propre regard sur l'affiche et tire un peu sur sa capuche.

Des bottes résonnent faiblement sur le quai : un homme vêtu d'un uniforme noir impeccable s'approche d'elle d'un pas nonchalant, en faisant *clac*-claquer sa matraque contre sa paume, les paupières à demi closes.

Genièvre lui décoche son plus beau sourire jusqu'aux yeux, les mains glissantes de transpiration sur son bâton. « Bonjour, monsieur. Je me rends à... » Il lui faut un but, un endroit-où-aller. Son regard dérive subrepticement vers la statue de la Liberté irascible. « ... à St George

Square. Pouvez-vous m'indiquer le chemin ? » demande-t-elle d'une voix dont elle a chassé toute trace d'accent de la campagne en étirant les voyelles comme autant de flaques de miel.

L'agent de police la lorgne de pied en cap : cheveux grossièrement coupés sous la mâchoire, doigts crasseux, bottes crottées. Il lâche un rire méchant. « Par les saints, même les péquenaudes veulent voter. »

Genièvre n'a jamais vraiment pensé au droit de vote ni à la condition des femmes, mais, à ces mots, elle relève le menton. « C'est un crime ? »

À peine les mots ont-ils franchi ses lèvres que Genièvre les regrette, songeant qu'il n'est guère prudent de se mettre à dos un agent de la force publique, surtout quand celui-ci se trouve juste devant une affiche à votre effigie.

Ce tempérament te mènera droit au bûcher, lui disait souvent Mama Mags. *Une femme avisée garde son feu à l'intérieur*. Mais c'était Bella la plus avisée des trois, et elle avait quitté la maison voilà bien longtemps.

La sueur lui fait comme des piqûres d'aiguille dans le cou. Elle observe les veines s'assombrir à celui de l'agent, voit les boutons astiqués qui peinent à maintenir son gilet fermé et glisse les mains dans les poches de sa jupe. Ses doigts trouvent deux morceaux de bougie, une baguette taillée dans du bois de pin ; un clou de fer à cheval et une toile d'araignée argentée emmêlée ; une paire de crochets de serpent qu'elle s'est juré de ne plus jamais utiliser.

Ses paumes s'échauffent ; les vers attendent dans sa gorge.

Peut-être que l'agent de police ne la reconnaîtra pas, avec ses cheveux courts et sa capuche relevée. Peut-être se contentera-t-il de piailler et de piétiner comme un coq ébouriffé et la laissera-t-il partir. Ou peut-être qu'il la traînera dans la gare et qu'elle finira par se balancer au bout d'une corde à New Salem, la marque des sorcières tracée à la cendre mouillée sur sa poitrine. Genièvre refuse d'attendre pour le découvrir.

La volonté. La chaleur remonte déjà le long de ses poignets, lui lèche les veines comme une lampée de whisky.

Les vers. Les mots lui brûlent légèrement la langue tandis qu'elle les murmure dans le brouhaha de la gare. « Elle tisse une toile enchevêtrée… »

La voie. Genièvre pique son pouce à la pointe du clou en serrant dans son poing la toile d'araignée.

Elle sent la magie jaillir dans le monde tel un brandon craché par quelque grand feu invisible, et le policier se met à se griffer le visage. Il bredouille des jurons comme s'il s'était pris une toile d'araignée en pleine figure. Des passants le montrent du doigt en riant.

Genièvre s'éclipse sans attendre. Un nuage de vapeur, une foule de cheminots dont la gamelle se balance au bout du bras, et la voilà dehors. Son bâton claque sur les pavés tandis qu'elle s'éloigne rapidement de la gare en claudiquant.

En grandissant, Genièvre en est venue à concevoir New Salem un peu à l'image du Paradis, si tant est que celui-ci eût des tramways et des lampes à gaz – brillante, propre et riche, très loin du vice d'Old Salem –, mais la ville lui paraît maintenant glaciale et terne, comme si la vertu avait drainé le lustre de toute chose. Aucune jardinière, nul rideau en calicot n'égaie les fenêtres des bâtiments grisâtres et sobres. Les gens, grisâtres et sobres eux aussi, semblent tous accaparés par une tâche urgente quoique ennuyeuse, cols amidonnés et chemises boutonnées jusqu'en haut.

Peut-être est-ce dû à l'absence de sorcellerie ; Mags disait que la magie convoquait autour d'elle un certain bazar, raison pour laquelle le chèvrefeuille poussait trois fois plus vite dans son jardin et les oiseaux chanteurs nichaient sous sa corniche à n'importe quelle saison. À New Salem – la Cité Exempte du Péché, où les tramways arrivent à l'heure et où chaque rue porte le nom d'un saint –, les seuls oiseaux qu'on croise sont des pigeons, et le vert se limite au faible éclat de la vase dans le caniveau.

Un tramway cliquetant passe à quelques centimètres de ses orteils. Le conducteur insulte copieusement Genièvre, qui lui rend la politesse.

Elle ne s'arrête pas, car il n'y a nulle part où le faire. Elle ne croise ni souche moussue ni bosquet de pins bleus ; le moindre recoin ou perron est bondé d'ouvriers, de bonnes, de prêtres, d'agents de police, d'hommes munis de montres de gousset, de dames coiffées de grands chapeaux, d'enfants vendant des petits pains, des journaux et des fleurs défraîchies. Genièvre tente par deux fois de demander son chemin, mais les réponses énigmatiques la laissent perplexe (« Suivez St Vincent jusqu'à Fourth-and-Winthrop, traversez la Thorn et continuez tout droit »). En l'espace d'une heure, elle a été invitée à un match de boxe, accostée par un gentleman désireux de discuter de la relation entre l'équinoxe et la fin des temps, et s'est vu offrir un plan sans aucune autre indication que trente-neuf églises.

Baissant les yeux sur la carte chiffonnée, étrangère et inutile, Genièvre désire plus que tout rentrer chez elle.

Chez elle, ce sont les douze hectares qui s'étendent sur la rive occidentale de la Big Sandy. Chez elle, ce sont les cornouillers aux fleurs roses brillant comme des perles dans les bois profonds, l'odeur piquante de la cive sous ses pieds, le champ en friche où la vieille grange a brûlé et la montagne verte, humide et vivante à s'en faire mal aux yeux. Chez elle, c'est un lieu qui bat comme un second cœur sous ses côtes.

Chez elle, c'étaient ses sœurs, autrefois. Mais elles sont parties sans donner de nouvelles – pas même une carte postale à deux *cents* –, et c'est exactement ce que compte faire Genièvre.

Une colère flamboyante enfle dans sa poitrine. Elle froisse la carte dans son poing et se remet en route, car ses choix se résument à fuir ou mettre le feu à quelque chose, et ça, elle l'a déjà fait.

Elle accélère encore le pas, trébuche un peu sur sa patte folle, se fraie à coups d'épaule un chemin parmi l'activité grouillante et les capelines élégantes, ne suit rien d'autre que son propre battement de cœur et peut-être le fil le plus ténu de quelque chose d'autre.

Elle passe devant des échoppes d'apothicaire, des magasins d'alimentation et une boutique qui vend uniquement des chaussures. Une autre consacrée aux chapeaux, dont la vitrine expose des têtes sans visage couvertes de dentelles, de mousseline et de froufrous. Un cimetière qui s'étale comme une seconde ville derrière une haute clôture de fer, à la pelouse rase et aux stèles droites comme des soldats de pierre. L'œil de Genièvre est attiré par le carré de terre stérile où l'on répand les cendres additionnées de sel des sorcières condamnées. Rien n'y pousse hormis un unique buisson d'aubépine noué comme un poing.

Elle traverse un pont qui enjambe une rivière couleur de sauce figée. Au-delà, la ville est encore plus haute et grise. Les immeubles en roche calcaire, avec leurs coupoles, leurs colonnes et leurs gardes en uniforme, avalent la lumière. Même les tramways, qui glissent sans bruit sur leurs rails, se tiennent à carreau.

La rue débouche sur une vaste place bordée de tilleuls taillés de façon anormalement similaire, et des gens en grappes au milieu.

« ... pourquoi, demandons-nous, les femmes devraient-elles rester dans l'ombre pendant que leurs pères et leurs maris décident de leur sort ? Pourquoi devrions-nous – nous, mères aimantes, sœurs aimées, filles adorées – être tenues à l'écart du droit le plus fondamental : celui de voter ? »

La voix, pressante et haut perchée, s'élève puissamment au-dessus du brouhaha de la ville. Une femme se tient au centre de la place, une perruque aux boucles blanches perchée sur le crâne comme un malheureux petit animal. Une statue en bronze de saint George les toise, elle et toutes celles qui agitent des pancartes et des bannières autour d'elle.

Geniѐvre suppose qu'elle a fini par trouver St George Square et le meeting de l'Association des Femmes de New Salem.

Elle n'a jamais vu de suffragette en chair et en os. Dans les dessins de presse du dimanche, on les représente avec des cheveux hirsutes et de longs nez de sorcière qui ne disent pas leur nom. Mais ces femmes n'ont rien de sorcières. Ce sont d'élégantes Blanches bouffies d'orgueil qui ressemblent davantage aux modèles des publicités pour le savon Ivory. Elles portent des robes plissées impeccablement repassées, des chapeaux à plumes et des chaussures chics bien cirées.

Geniѐvre joue des coudes pour s'avancer parmi elles, et elles s'écartent en coulant des regards de biais sur sa démarche chaloupée et la boue de Crow County qui macule l'ourlet de sa jupe. Elle ne les remarque pas ; ses yeux sont fixés sur la petite femme qui vocifère au pied de la statue. Un badge à sa poitrine l'identifie comme « Mlle Cady Stone, présidente de l'AFNS ».

« Apparemment, nos élus sont en désaccord avec la Constitution, qui nous garantit un certain nombre de droits inaliénables. Apparemment, le maire Worthington est en désaccord avec notre Dieu de bonté, qui nous a créées à l'égal de l'homme. »

La femme poursuit son discours, dont Geniѐvre ne perd pas une miette. Elle parle des urnes, des élections municipales de novembre et de l'importance de l'autodétermination. Elle parle du bon vieux temps où les femmes étaient reines, érudites et chevalières. Elle parle de justice, d'égalité de droits et de salaires.

Geniѐvre ne saisit pas tous les détails – elle a cessé de fréquenter la petite école de Mlle Hurston à l'âge de dix ans, car, après le départ de ses sœurs, il n'y avait plus personne pour la forcer à y aller –, mais elle comprend la question de Mlle Stone : *N'en avez-vous pas assez ?* D'être rabaissées, mises à l'écart ? De nous contenter de miettes quand autrefois nous portions des couronnes ?

Elle demande : « N'êtes-vous pas en colère ? »

Genièvre l'est, indiscutablement. Contre sa mère, morte trop tôt, contre son père, mort pas assez tôt. Contre son abruti de cousin, pour avoir hérité des terres qui auraient dû lui revenir. Contre ses sœurs, pour l'avoir abandonnée, et contre elle-même, pour les regretter. Contre ce satané monde entier.

Genièvre se sent dans la peau d'un soldat armé d'un fusil chargé à qui l'on a enfin montré une cible. Dans la peau d'une fille armée d'une allumette embrasée à qui l'on a enfin montré quelque chose à brûler.

Il y a toutes ces femmes autour d'elle, qui portent ces pancartes et meublent les pauses de leurs cris d'approbation, le visage brillant d'une colère vertueuse. L'espace d'un battement de cœur, Genièvre se plaît à croire qu'elle se tient côte à côte avec ses sœurs, mais le vide qu'elles ont laissé en elle est si profond que même sa fureur échoue à le remplir.

Elle se demande ce qu'elles diraient si elles la voyaient en cet instant. Agnès, qui essayait toujours d'être la mère qu'elles n'avaient plus, s'inquiéterait. Bella poserait six douzaines de questions.

Mags dirait : *Les filles qui cherchent les ennuis finissent en général par les trouver.*

Son père dirait : *N'oublie pas ce que tu es, jeune fille.* Puis il la jetterait dans un coin sombre envahi par la pourriture et sifflerait : *Rien.*

Genièvre ne se rend pas compte qu'elle s'est mordu la lèvre avant de sentir le goût du sang sur sa langue. Elle crache et entend un léger grésillement quand sa salive entre en contact avec le sol, comme de la graisse dans une poêle chaude.

Le vent se lève.

Il s'engouffre sur l'esplanade, espiègle et froid comme la nuit, et agite les notes de Mlle Cady Stone. Son odeur est farouche et sucrée, presque familière. Celle de la maison de Mama Mags les jours de solstice. Celle de la terre, du brûlé et de la magie ancienne. Celle des petites roses sauvages qui fleurissent dans les bois profonds.

Mlle Stone s'interrompt. Les participantes s'accrochent à leurs chapeaux et aux cordons de leurs capelines, leurs yeux plissés levés vers le ciel. Une fille d'allure réservée s'acharne sur son ombrelle en dentelle, comme s'il s'agissait d'un orage ordinaire contre lequel on pouvait lutter avec des moyens ordinaires. Genièvre entend des corbeaux croasser et des geais jaser férocement au loin, et elle sait ce qu'il en est.

Elle pivote sur elle-même, à la recherche de la sorcière à l'œuvre…

Et le monde se découd.

2

De sucre et d'épices
Et de tout ce qui bruisse.

Un sort pour apaiser la mauvaise humeur,
qui requiert une pincée de sucre & un rayon de soleil printanier

Agnès Amarante Eastwood, la deuxième, avait les cheveux aussi noirs et brillants que l'œil d'un faucon. Des trois, elle était la plus forte. La solide, celle qui ne flanchait pas, celle qui trimait sans relâche, la dure au mal.

Mais le soir de l'équinoxe de printemps 1893, Agnès Amarante est faible.

Lorsque la sonnerie signalant le changement d'équipe retentit, elle s'affale contre son métier à tisser, attentive aux cliquètements et aux sifflements du métal qui refroidit, et aux bavardages des ouvrières. La poussière de coton lui tapisse la langue et colle à ses paupières ; ses membres douloureux craquent de partout, éreintés par l'enchaînement des heures supplémentaires.

Une de ces fièvres vicieuses se répand à travers les faubourgs agités de New Salem et s'en donne à cœur joie dans les pensions de famille et les bars de West Babel. Une fille sur trois crache ses poumons dans un lit de St Charity, déjà mis en tension par l'incendie d'une autre usine la semaine dernière.

Agnès a entendu dire que des femmes s'étaient défenestrées, laissant dans leur sillage des traînées de fumée et de cendres, telles des comètes. Ces derniers jours, elle n'a rêvé que d'écarlate, du bruit sec que fait la chair brûlée en éclatant, sauf que c'est un souvenir, pas du tout un rêve, dont elle se réveille pourtant en cherchant ses sœurs absentes.

Les autres filles sortent en file indienne, cancanant et se bousculant. « Tu vas au meeting ? » Un rire essoufflé. « J'ai mieux à faire pour perdre mon temps. » Agnès travaille à l'usine des frères Baldwin depuis plusieurs années, mais elle ne connaît pas leurs noms.

Avant, elle les retenait. Quand elle était arrivée à New Salem, Agnès avait une tendance à collectionner les paumées – les filles trop maigres qui dormaient à même le sol de la pension quand elles n'avaient pas les moyens de se payer un lit, les filles trop calmes aux poignets cerclés d'hématomes. Agnès les prenait sous son aile décharnée comme si chacune d'elles était une des sœurs qu'elle avait laissées derrière elle. Il y en avait une dont elle brossait les cheveux chaque matin avant de partir au travail, comme elle le faisait autrefois pour Genièvre.

Elle avait trouvé un poste de nurse de nuit à la Maison des Anges perdus. Elle y passait de longues heures à calmer des bébés que rien ne calmait, à aimer des enfants qu'elle n'aurait pas dû aimer, à rêver d'une grande maison aux fenêtres ensoleillées contenant assez de lits pour accueillir tous les Anges perdus. Un soir, en arrivant au travail, elle avait découvert que la moitié de ses pensionnaires avaient été envoyés à l'ouest pour être adoptés par des familles de colons avides de main-d'œuvre.

Elle était restée un moment au milieu des lits déserts, les mains tremblantes au souvenir des paroles de Mama Mags : *Chaque femme trace un cercle autour d'elle. Parfois, elle a besoin d'être seule à l'intérieur de ce cercle.*

Agnès avait quitté l'orphelinat. Elle avait dit à la fille de la pension qu'elle n'avait qu'à brosser ses maudits cheveux elle-même, et avait commencé chez les frères Baldwin. Au moins ne risquait-elle pas de s'attacher à une usine de coton.

La sonnerie retentit de nouveau, et Agnès décolle son front du métier à tisser. Le contremaître lorgne nonchalamment les filles qui passent devant lui et laisse traîner ses doigts pinceurs sur les jupes et les blouses. Pas celles d'Agnès. Lors de son premier jour de travail, M. Malton l'avait acculée derrière les balles de coton – elle avait toujours été la plus jolie, avec ses cheveux brillants et ses hanches larges –, mais Mags avait appris à ses petites-filles plusieurs façons de décourager ce genre d'absurdités. Depuis, M. Malton réserve ses regards lubriques aux autres filles.

Agnès voit la nouvelle tressaillir en passant près de lui, les épaules abattues par la honte. Elle détourne les yeux.

L'air de la ruelle paraît propre et lumineux après les ténèbres humides de l'usine. Agnès s'engage sur St Jude, vers l'ouest, pour rentrer à la maison – si l'on peut appeler comme ça la petite chambre moisie qu'elle loue dans la pension de South Sybil, où plane en permanence une odeur de chou bouilli, quoi qu'elle cuisine. C'est alors qu'elle voit l'homme qui attend au coin.

Cheveux soigneusement gominés sur un côté, casquette serrée dans ses mains fébriles. Sain de corps, ongles propres, menton fuyant qu'on ne remarque pas au premier abord : Floyd Matthews.

Oh, bon sang. Ses yeux l'implorent, sa bouche entrouverte semble vouloir dire son nom, mais Agnès regarde obstinément les cordons du tablier de la femme qui la précède, dans l'espoir qu'il abandonne et se trouve une autre ouvrière à poursuivre de ses assiduités.

Une botte éraflée apparaît dans son champ de vision, suivie d'une main tendue. Elle aurait préféré ne pas se rappeler si précisément la sensation de cette main contre sa peau, lisse et douce, exempte de cicatrices.

« Aggie, mon cœur, parle-moi. » Qu'y a-t-il de si compliqué à appeler une femme par son nom complet ? Pourquoi les hommes veulent-ils toujours vous affubler d'un nom plus court et plus mignon que celui que votre mère vous a donné ?

« J'ai déjà dit ce que j'avais à te dire, Floyd. »

Elle essaie de le contourner, mais il pose une main suppliante sur son épaule. « Je ne comprends pas ! Pourquoi m'as-tu rejeté ? Je pourrais te sortir d'ici... » Il désigne d'un geste les ruelles sombres et les briques couvertes de suie des quartiers ouest. « ... et faire de toi une femme honnête. Je pourrais te donner tout ce que tu veux ! » Il paraît perplexe, comme si sa proposition était une équation mathématique à laquelle Agnès avait trouvé un résultat inexact. Il a l'air d'un gentil garçon à qui l'on dit *non* pour la première fois de sa gentille vie.

Elle pousse un soupir, consciente du regard des autres filles sur eux. « Tu ne peux pas me donner ce que je veux, Floyd. » Agnès ignore ce qu'elle veut, en réalité, mais ni de Floyd Matthews ni de son petit anneau en or.

Floyd lui donne une petite secousse. « Mais je *t'aime* ! »

Oh, ça, Agnès en doute. Il aime des morceaux d'elle – le bleu électrique de ses yeux, l'éclat lunaire de ses seins dans le noir –, mais il n'a jamais rencontré le reste. S'il s'avisait de peler sa jolie peau, il ne trouverait rien d'aimable ni de charmant, juste du verre brisé, des cendres et la volonté désespérée, animale, de rester en vie.

Agnès se dégage doucement. « Je suis désolée. »

Puis elle s'éloigne à grands pas sur St Mary, poursuivie par sa voix implorante. Ses suppliques tournent vite à la cruauté. Il la maudit, la traite de sorcière, de traînée et d'une centaine d'autres noms qu'elle a déjà entendus dans la bouche de son père. Elle ne se retourne pas.

Une des ouvrières, une femme épaisse avec un accent prononcé, la salue d'un hochement de tête à son passage et grogne : « Ah, les garçons », comme elle aurait pu dire : « Ah, les puces » ou « Ah, les taches de pisse », et Agnès lui sourit presque avant de se reprendre.

Elle ne s'arrête pas. En marchant, elle rêve : une maison rien qu'à elle, avec assez de lits pour accueillir des hôtes. Elle enverrait de nouveau une lettre à sa petite sœur : *Tu as un endroit où aller, si tu le souhaites.* Peut-être qu'elle répondra, cette fois. Peut-être qu'elles deux pourraient reformer une famille.

C'est un rêve idiot.

Agnès a appris très tôt qu'on a une famille jusqu'au jour où on n'en a plus. On prend soin des gens tant qu'on peut le faire, jusqu'à ce qu'on doive choisir entre rester et survivre.

Quand elle arrive sur South Sybil, la pension est éclairée, bruyante des bavardages des ouvrières et des femmes célibataires. Ses pieds ont cependant décidé de ne pas s'arrêter, quand bien même son dos la martyrise, son estomac brûle et ses seins lui pèsent douloureusement. Elle remonte Spinner's Row puis St Lamentation Avenue, laissant derrière elle les usines, les immeubles et les trois douzaines de langues de West Babel, mue par un étrange et en partie irréel tiraillement entre ses côtes.

Elle achète une tourte chaude à un marchand ambulant, qu'elle jette un pâté de maisons plus loin, de la bile acide plein la gorge.

Sans se l'avouer tout à fait, elle se dirige vers les quartiers résidentiels. Sur l'autre rive de la Thorn, elle croise des bâtiments plus imposants, moins serrés les uns contre les autres. Les publicités effacées et les affiches de théâtre ont laissé place à des placards de campagne flambant neufs :

« Clement Hughes pour un Salem plus sûr ! » « Gideon Hill : Notre Lumière dans les Ténèbres ! »

Elle tombe sur une procession de femmes aux lèvres pincées, qui portent des écharpes brodées des mots « UNION DES FEMMES CHRÉTIENNES » d'un côté, et « FEMMES EXEMPTES DU PÉCHÉ » de l'autre.

Agnès a entendu parler d'elles. Elles passent leur temps à harceler les sorcières de rue et à essayer de sauver les filles du bordel, que celles-ci le veuillent ou non (la plupart ne le veulent pas). Leur leader se fait appeler Purity ou Grace, une de ces vertus féminines. Agnès suppose qu'il s'agit de celle qui marche en tête – mince, gantée de blanc, les cheveux arrangés en un parfait pouf Gibson Girl, le visage figé sur une expression qui la ferait passer pour la petite sœur de Jeanne d'Arc en corset. Agnès parierait un dollar d'argent que sa bonne utilise un peu de sorcellerie pour maintenir sa robe et sa coiffure sans un seul faux pli.

Elle se demande ce que Mama Mags dirait en les voyant. Genièvre grognerait. Bella plongerait le nez dans un livre.

Agnès ignore pourquoi elle pense à ses sœurs ; elle ne l'a pas fait depuis des années, depuis le jour où elle a tracé un cercle autour d'elle et les a laissées au-dehors.

La rue débouche sur St George Square, qu'encadrent l'hôtel de ville, le palais de justice et l'université, et la procession des dames aux écharpes blanches se met à piétiner tout autour en scandant des versets de la Bible et en jetant des regards noirs aux suffragettes rassemblées en son centre. Agnès devrait faire demi-tour et regagner South Sybil, mais elle s'attarde.

Une femme coiffée d'une perruque blanche discourt sur les droits des femmes, le vote des femmes et l'histoire des femmes. Elle parle de reprendre le flambeau de leurs ancêtres et d'avancer côte à côte vers l'avenir.

Et, les saints la gardent, Agnès aurait tellement voulu que ce soit vrai. Qu'il suffise d'agiter une pancarte et de hurler un slogan pour faire advenir un monde meilleur, un monde où elle serait davantage que la fille, la mère ou la femme de quelqu'un. Où elle serait quelque chose plutôt que rien.

N'oublie pas ce que tu es.

Mais Agnès ne croit plus aux contes de sorcières depuis longtemps.

Lorsqu'elle fait demi-tour pour reprendre la direction de la pension, une bourrasque fait claquer sa jupe et défait sa natte.

Une odeur étrangère, verte, non citadine se répand. Elle rappelle à Agnès l'intérieur sombre de la maison de Mama Mags, les herbes et les os de petits animaux qui pendaient à ses murs, les roses sauvages au fond des bois. Le vent fait pression sur elle, comme s'il était en quête de quelque chose, et Agnès sent ses seins lui répondre par une étrange douleur. Une substance humide et grasse mouille l'avant de sa robe et goutte sur les pavés. Un liquide de la couleur des os ou des perles.

Ou… du lait.

Agnès fixe les éclaboussures du regard comme elle contemplerait une calèche incontrôlable lui foncer dessus. Les dates et les chiffres défilent sans bruit devant ses yeux tandis qu'elle compte les jours depuis que Floyd, allongé près d'elle dans le noir, a fait glisser ses mains sur son ventre en riant. *Quel mal y a-t-il, Aggie ?*

Aucun. Pour lui.

À peine Agnès a-t-elle maudit Floyd Matthews et ses mains douces de toutes les façons possibles et imaginables qu'une vague de chaleur grimpe le long de sa colonne vertébrale, lui lèche la nuque, monte comme une fièvre.

La réalité se déchire.

Une fente aux bords irréguliers apparaît dans les airs, le vent violent s'en échappe. De l'autre côté, Agnès entrevoit un ciel noir et brillant, comme un pan de peau à travers les trous d'un vêtement, puis la déchirure se met à grossir, laissant cet autre ciel se déverser à travers. Le gris du soir de New Salem est avalé par la nuit ponctuée d'étoiles.

Au milieu de cette nuit se dresse une tour.

Ancienne, mangée de lierre et de rosiers sauvages, plus haute que le palais de justice ou l'université de part et d'autre de l'esplanade. De sombres arbres noueux l'entourent, cousins sauvages des tilleuls soigneusement alignés, et le ciel au-delà se remplit d'un foisonnement d'ailes sombres.

Pendant quelques instants, la place est saisie d'un silence fragile, sinistre, hypnotisée par ces curieuses étoiles et ces corbeaux qui tournent dans le ciel. Agnès halète, le sang toujours en ébullition, le cœur inexplicablement léger.

Puis quelqu'un hurle. L'immobilité vole en éclats. Une horde de femmes vociférantes agrippées à leurs jupes et à leurs chapeaux se ruent vers Agnès, qui carre ses épaules et enroule ses bras autour de son ventre, comme si elle pouvait protéger le petit être qui prenait racine en elle. Comme si elle le voulait.

Elle devrait faire demi-tour et suivre la foule, fuir à toutes jambes cette étrange tour et le pouvoir inconnu convoqué en ces lieux, mais elle ne le fait pas. Au lieu de cela, elle se rapproche en titubant du centre de l'esplanade, comme tirée par un fil invisible…

Et le monde se recoud.

3

Les folles sœurs, main dans la main,
Brûlées et liées, couronne volée,
Mais rien n'est perdu qu'on ne puisse retrouver.

But inconnu

Béatrice Belladone Eastwood, l'aînée, avait les cheveux aussi doux, sombres et striés de gris que les plumes d'une chouette. Des trois, elle était la plus sage. La calme, l'attentive, celle qui connaissait la sensation d'un livre dans sa main et le poids des mots dans l'air.

Mais le soir de l'équinoxe de printemps 1893, Béatrice Belladone est idiote.

Assise sous la lumière poussiéreuse de son petit bureau situé dans l'aile est de la bibliothèque de l'université, elle feuillette furtivement une édition originale des *Contes de sorcières de l'enfance et du foyer* des sœurs Grimm (1812), fruit d'une donation récente. Elle connaît déjà ces contes, les connaît si bien qu'elle rêve en « il-était-une-fois » et en séries de trois, mais elle n'a jamais tenu d'exemplaire original entre ses mains.

Il pèse son poids, comme si les sœurs Grimm y avaient incorporé plus que du papier et de l'encre.

Béatrice s'arrête sur la dernière page. Quelqu'un a ajouté un poème à la fin du conte qui clôt le recueil, d'une écriture manuscrite dont les caractères s'effacent.

Les folles sœurs, main dans la main,
Brûlées et liées, couronne volée,
Mais rien n'est perdu qu'on ne puisse retrouver.

D'autres lignes suivent, mais les salissures du temps les ont rendues illisibles.

Béatrice n'est pas particulièrement étonnée de trouver des mots écrits à la fin d'un vieux livre ; elle est bibliothécaire depuis cinq ans et a vu bien pire, comme cet usager qui utilisait une tranche de bacon cru comme marque-page. Ce qui l'étonne, en revanche, c'est qu'elle reconnaît ce poème, une comptine que ses sœurs et elle se chantaient quand elles étaient petites, à Crow County.

Elle avait toujours cru qu'il s'agissait d'une des chansons absurdes de Mama Mags, une comptine idiote qu'elle avait inventée pour tenir ses petites-filles occupées pendant qu'elle plumait un coq ou embouteillait des racines de Jézabel. Mais la voilà griffonnée dans un vieux recueil de contes de sorcières.

Béatrice tourne quelques pages fines et craquantes pour revenir au titre du dernier conte, imprimé en caractères gothiques et enluminé d'un sombre fouillis de lierre : *Saint George et les Sorcières*. Ça n'a jamais été l'un de ses préférés, mais elle le lit quand même.

C'est la version habituelle : il était une fois trois méchantes sorcières qui lâchaient sur le monde une terrible peste. Mais le courageux saint George de Hyll se dressait contre elles. Il éradiquait la sorcellerie et ne laissait que cendres derrière lui.

Enfin, il ne resta plus que la Pucelle, la Mère et l'Aïeule, les dernières et les plus maléfiques des sorcières. Elles s'envolaient pour Avalon et se réfugiaient dans une grande tour, mais, à la fin, saint George les brûlait, et la tour avec.

La dernière page de l'histoire s'orne d'une gravure où l'on voit danser des enfants reconnaissants, tandis qu'à l'arrière-plan, les Trois Dernières Sorcières de l'Ouest brûlent joyeusement.

Mama Mags racontait une version différente. Béatrice se souvient que les histoires de sa grand-mère lui faisaient l'effet de portes ouvrant sur un ailleurs, un ailleurs meilleur. Plus tard, après qu'on l'avait renvoyée de la maison, elle restait allongée dans son petit lit et se les relatait sans fin, les frottait comme des pièces porte-bonheur entre ses doigts.

(Il lui arrive parfois de revoir les murs de sa chambre à St Hale, dents d'ivoire immaculé se refermant sur elle. Elle garde de tels souvenirs enfermés entre parenthèses, comme sa mère le lui a appris.)

Un éclat de voix sur l'esplanade derrière la fenêtre de son bureau la fait sursauter. Elle n'est pas censée rêvasser à des contes de sorcières et à des poèmes ; on attend d'une bibliothécaire assistante qu'elle catalogue, remplisse, enregistre, voire qu'elle retranscrive le travail des véritables érudits.

Il y a sur son bureau plusieurs centaines de pages noircies d'une écriture illisible par un professeur du département d'histoire. Elle n'a tapé que la page de titre – *Au nom du bien : de l'éthique de l'Inquisition georgienne durant la purge* –, mais elle sait déjà qu'il s'agit d'un de ces ouvrages racoleurs qui se délectent des détails les plus choquants de la purge : les lynchages et les marquages, les brides en métal et les chaussures de fer chauffées à blanc, les femmes qu'on a brûlées avec leur bébé dans les bras. Il aura beaucoup de succès auprès des tenants du Parti de la Moralité, des gros bras et des grenouilles de bénitier qui admirent la campagne sanglante menée par l'Empire français contre les sorcières-guerrières du Dahomey, tous ces gens impatients de voir prendre des mesures similaires à l'encontre des sorcières navajos, apaches et chactas qui se terrent obstinément dans le Mississippi.

Béatrice se rend compte qu'elle n'a aucune envie de s'y plonger. Elle sait que la sorcellerie est immorale et dangereuse, qu'elle fait obstacle à la marche du progrès et de l'industrialisation, etc., mais elle ne peut s'empêcher de penser à Mama Mags dans sa petite maison aux murs tapissés d'herbes, et de se demander quel mal elle faisait.

Elle jette un nouveau coup d'œil aux mots griffonnés sur la dernière page du recueil des sœurs Grimm. Ça n'a pas d'importance. Ce n'est rien, rien d'autre qu'une ritournelle enfantine dans un livre pour enfants, une comptine chantonnée par une vieille femme dans des collines de nulle part. Un poème inachevé, depuis longtemps oublié.

Mais lorsqu'elle regarde ces mots, Béatrice sent presque les mains de ses sœurs dans les siennes et l'odeur de la brume qui monte des vallées de son pays natal.

Elle sort un carnet du tiroir de son bureau. C'est un objet bon marché – la teinture noire de la couverture vire au violet sombre, les pages se décollent –, mais c'est son bien le plus précieux.

(Le premier qu'elle ait jamais possédé, le premier qu'elle avait acheté avec son argent après son départ de St Hale.)

Le carnet est à moitié rempli de contes de sorcières, de comptines, de petits bouts de texte volés, de rêveries frivoles et de tout ce qui attire l'œil de Béatrice. Si elle était une érudite, elle considérerait peut-être ses notes comme des recherches, les imaginerait tapées à la machine et reliées sur l'étagère d'une bibliothèque, discutées dans les couloirs de l'université, mais elle n'est pas une érudite, et cela n'arrivera pas.

Elle y recopie cependant la comptine des folles sœurs, à côté des autres histoires qu'elle ne racontera à personne et des sorts sur lesquels elle ne travaillera jamais.

Elle n'a pas prononcé un seul charme, pas la moindre incantation depuis qu'elle a quitté la maison. Mais quelque chose dans la forme des mots sur la page, écrits de sa main, lui titille la langue. Elle est prise d'une soudaine envie de les dire à voix haute – et Béatrice n'est pas le genre de personne sujette à de tels élans. Elle a appris très jeune ce qu'il en coûte à une femme de céder à ses passions, de goûter au fruit défendu.

(*N'oublie pas ce que tu es*, lui disait son père, et Béatrice n'a pas oublié.)

Et pourtant… Elle entrouvre la porte de son bureau pour s'assurer que les couloirs de l'université sont vides ; ils le sont. Elle déglutit. Elle sent un tiraillement dans sa poitrine, comme un doigt agrippé à sa cage thoracique.

Elle dit dans un murmure : *Les folles sœurs, main dans la main.*

Les mots roulent sur sa langue comme le sorgho d'été, chaud et sucré. *Brûlées et liées, couronne volée.*

Une vague de chaleur se répand dans sa gorge, se pelotonne au creux de son ventre. *Mais rien n'est perdu qu'on ne puisse retrouver.*

Béatrice attend, le sang en ébullition.

Il ne se passe rien. Naturellement.

Des larmes – absurdes, idiotes – lui piquent les yeux. Espérait-elle une magistrale démonstration de magie ? Des vols de corbeaux, des nuées de fées ? La magie est une chose ennuyeuse et déplaisante, plus utile à blanchir les chaussettes qu'à invoquer des dragons. Et même si Béatrice était tombée sur un sort ancien, elle ne pourrait le lancer que si le sang des sorcières coulait dans ses veines. Elle ne peut s'approcher davantage du lieu où la magie est réelle, où les femmes et leur parole ont du pouvoir, qu'à travers les livres et les contes.

Son bureau lui paraît soudain encombré et étouffant. Elle se lève si abruptement que sa chaise racle sur le carrelage, et pose maladroitement une capeline sur ses épaules. Elle sort d'un pas précipité dont les claquements résonnent dans les couloirs ordonnés de l'université de New Salem, s'en voulant de sa naïveté. De son espoir.

M. Blackwell, le directeur des Collections spéciales, lève les yeux de son bureau à son passage. « Bonsoir, mademoiselle Eastwood. Vous êtes pressée ? » C'est à M. Blackwell que Béatrice doit son poste de bibliothécaire assistante. Il l'a engagée sans autre diplôme que celui de St Hale, uniquement parce qu'elle partage son faible pour les romans sentimentaux et les journaux à quatre sous.

Béatrice s'attarde souvent à bavarder avec lui de ses découvertes et de ses frustrations du jour, de la nouvelle traduction d'*À l'est du soleil et à l'ouest des sorcières* ou du dernier roman de Mlle Hardy, mais aujourd'hui c'est à peine si elle lui sourit avant de sortir en trombe dans le soir gris sous son regard inquiet.

Jouant des coudes pour se frayer un chemin au milieu d'une sorte de meeting de protestation, elle a déjà parcouru la moitié de l'esplanade quand ses larmes éclatent enfin, s'accumulant au bord de ses lunettes à monture métallique avant d'éclabousser les pavés.

Une vague de chaleur bouillonne dans ses veines. Un vent surnaturel se met à souffler en direction du centre de la place. Il sent les herbes séchées et les roses sauvages. La magie.

Cet espoir renaît en elle. Béatrice humecte ses lèvres asséchées par le vent et prononce les mots une fois de plus. *Les folles sœurs, main dans la main…*

Cette fois, elle ne s'arrête pas – ne peut pas s'arrêter –, mais revient au début de la comptine pour en faire une ritournelle. Les mots sont une rivière, un cheval débridé qui la porte irrésistiblement vers l'avant. Ils ont un rythme, un battement de cœur qui ricoche à la fin du dernier vers, qui bute sur les mots manquants.

Le sort prend petit à petit, vacillant, pas tout à fait juste, mais la chaleur monte. Béatrice sent ses poumons roussir, sa bouche brûler, sa peau s'enfiévrer.

Elle n'est que vaguement consciente de ce qui se produit à l'extérieur d'elle-même – le déchirement du monde, la tour noire couverte de lierre et d'épines qui se découpe sur un ciel étoilé où s'ébattent des corbeaux. Ses pieds, mus par le vent magique, la portent toujours plus loin vers le centre de l'esplanade, mais la fièvre lui brouille la vision, l'avale tout entière.

Aucun des sorts de Mama Mags n'avait ressemblé à ça. À une chanson qu'on ne peut s'empêcher de chanter, à un feu de joie sous la peau. Béatrice craint qu'il ne devienne un bûcher funéraire, si elle continue de le nourrir.

Le chant meurt sur un bégaiement.

Le monde frissonne. Les bords irréguliers de la réalité claquent au vent comme un vêtement déchiré, avant de se rejoindre, comme reprisés par la main d'une invisible couturière. La tour, sa végétation et la nuit étrangère disparaissent, remplacées par le gris ordinaire d'un soir d'été dans la ville.

Béatrice cligne des paupières et songe : *Ça, c'était de la sorcellerie.* De la vraie sorcellerie, aussi ancienne, sombre et violente que minuit.

Le champ de vision de Béatrice penche curieusement et elle bascule dans les ténèbres. Elle tombe, rêve à moitié que des bras l'attendent, robustes et chauds. Une voix féminine dit son nom, sauf que ce n'est plus son nom… C'est le nom perdu qu'utilisaient ses sœurs quand elles étaient encore folles et intrépides… *Bella !…*

Et il se met à pleuvoir.

Genièvre hurle comme un chien rendu fou par la lune, savourant la douce chaleur du pouvoir qui coule dans ses veines et la sensation duveteuse des ailes qui battent autour d'elle, quand la tour disparaît.

Elle laisse derrière elle une esplanade en proie à un chaos grouillant et hurlant. Les chapeaux sont de guingois, les jupes froissées, les épingles à cheveux manquent à tous leurs devoirs. Même les tilleuls impeccablement taillés ont l'air plus sauvages, leurs feuilles plus vertes, leurs branches déployées comme des ramures d'automne.

Genièvre est maintenant glacée et hébétée, vidée de toute sensation à l'exception d'une étrange douleur à la poitrine. Un manque si vaste que ses côtes peinent à le contenir.

Elle lève les yeux sur les deux femmes près d'elle, avec qui elle forme un triangle silencieux au milieu de la bousculade rugissante de St George Square. Genièvre voit dans leurs visages le reflet de son propre manque, une faim dévorante de ce qu'elles ont vu dans le ciel, quoi que ç'ait pu être, qui les appelait.

Une des deux femmes chancelle et dit : « Oh » d'une voix rauque, comme si elle était restée trop longtemps au-dessus d'un feu de cuisson. Elle regarde Genièvre en clignant de ses yeux enfiévrés puis s'écroule.

Genièvre lâche son bâton et la rattrape avant que sa tête ne heurte le sol. Elle est fragile, légère comme une plume dans ses bras. Ce n'est que lorsqu'elle la pose à terre, rajuste ses lunettes tordues sur son nez et voit les taches de rousseur qui forment sur ses joues des constellations qu'elle croyait avoir oubliées que Genièvre prend conscience de son identité.

« *Bella.* » Sa grande sœur. Et…

Genièvre lève lentement les yeux vers l'autre femme, tandis que les premières gouttes de pluie sifflent sur ses joues et que son cœur tambourine comme des sabots ferrés contre son sternum.

Elle est aussi belle que dans ses souvenirs : lèvres pleines, longs cils, cou gracile. Genièvre suppose qu'elle tient ça de leur mère, dont elle ne se rappelle pas les traits, car il n'y a rien de leur père en elle.

« *Agnès.* » Et, d'un coup, Genièvre a de nouveau dix ans.

Elle ouvre les yeux dans la pénombre terreuse de la masure de Mags, prononçant déjà le nom de ses sœurs, car c'est ainsi qu'elles étaient à cette époque, toujours main dans la main, jamais l'une sans les autres. Mags se détourne, les épaules basses, et Genièvre se rappelle d'un coup que ses sœurs sont parties.

Oh, elles en avaient parlé. Évidemment. De la façon dont elles s'étaient enfuies dans les bois comme Hansel et Gretel. Du miel sauvage et des papayes qu'elles mangeraient, et des couronnes de chèvrefeuille qu'elles déposeraient de loin en loin sur le perron de Mags pour lui faire savoir qu'elles étaient en vie. Des larmes et des jurons de leur père, mais aussi du fait qu'elles ne reviendraient jamais, jamais à la maison.

Mais l'humeur de leur père s'éclaircirait aussi soudainement que le printemps, il leur achèterait des bonbons et des rubans, et elles resteraient un peu plus longtemps.

Pas cette fois. Cette fois, ses sœurs avaient décampé sans un regard en arrière, sans y réfléchir à deux fois. Sans elle.

Genièvre était partie dans la montagne sitôt qu'elle l'avait compris, boiteuse et trébuchante – la peau cloquée de son pied gauche toujours à vif après l'incendie de la grange.

Elle avait entraperçu la natte noire et soyeuse d'Agnès se balançant à l'arrière d'un chariot qui descendait la route en cahotant, et lui avait crié de revenir : « Reviens, je t'en prie, *ne me laisse pas* », jusqu'à ce qu'il ne reste de ses supplications que des sanglots étranglés, jusqu'à ce qu'elle n'ait plus de pierres à jeter, jusqu'à ce qu'elle soit trop remplie de haine pour ressentir la moindre douleur.

Elle était rentrée, toujours en boitant. Il flottait dans la maison une odeur d'humidité douceâtre, comme celle de la viande avariée, et son père attendait son dîner. *Ne t'en fais pas, James*. Il lui avait donné son propre prénom et aimait s'entendre le prononcer. *On s'en sortira sans elles.*

Sept ans, elle avait survécu sans elles. Grandi sans elles, enterré Mama Mags sans elles, attendu que leur père meure sans elles.

Mais à présent les voilà, les yeux humides et affamés, au beau milieu de New Salem : ses sœurs.

4

Petite Fille bleue, viens souffler dans ton cornet,
La vache est à l'étable, le mouton dans le pré.
Elle dort à poings fermés sous le ciel qui flamboie,
[Nom de la dormeuse], réveille-toi, lève-toi !

Un sort pour réveiller ce qui est endormi,
qui requiert un vigoureux coup de corne ou de sifflet

Agnès Amarante ne sent pas le crachin glacé de la pluie sur sa peau. Elle ne voit pas les deux femmes accroupies à côté d'elle, leurs cheveux noirs et leur peau tachée de son, comme son reflet dans deux miroirs.

Toute son attention est concentrée sur elle-même, focalisée sur la chose vivante dans son ventre qui se déroule délicatement comme une crosse de fougère. Elle s'imagine sentir un deuxième cœur battre sous sa paume.

« *Agnès.* » Elle connaît cette voix. Elle l'a entendue rire, taquiner et supplier qu'on lui raconte encore une histoire, steuplaît ; elle l'a entendue la poursuivre tout au long du chemin défoncé, l'implorer de revenir. Elle l'a entendue dans ses cauchemars pendant sept ans. *Ne me laisse pas.*

Agnès baisse les yeux sur sa petite sœur agenouillée près d'elle, sauf que petite, elle ne l'est plus : elle a la mâchoire carrée et dure, les épaules larges, et dans ses yeux brûle la flamme de la haine qui consume toute femme adulte.

« G... Genièvre ? » Agnès se rend compte qu'elle a tendu les bras, dans l'attente que Genièvre s'y blottisse, comme lorsqu'elle était enfant, que ses cheveux aile de corbeau lui chatouillaient le nez, la nuit, et qu'elle l'appelait parfois « maman » par mégarde.

Genièvre a les lèvres retroussées, le visage crispé, les poings serrés. Leur forme – les nœuds blanchis familiers de ses jointures, la tension des tendons dans ses poignets – chasse tout l'air des poumons d'Agnès.

« Où est papa ? Il est avec toi ? » Elle déteste l'accent de Crow County qui s'est glissé dans sa voix.

Genièvre secoue la tête, la nuque raide. « Non. » Une ombre traverse l'éclat végétal de ses yeux, chagrin ou culpabilité, avant que la rage ne prenne le dessus.

Agnès se souvient comment respirer. « Oh. Comment... Qu'est-ce que tu fais là ? » De profondes griffures marquent les poignets et la gorge de Genièvre, comme si elle avait couru dans la forêt par une nuit sans lune.

« Ce que *je* fais là ? » rétorque Genièvre, les yeux écarquillés et les narines dilatées. Agnès se rappelle ce qui arrive quand sa sœur s'emporte – un serpent couleur sang, des flammes qui montent toujours plus haut, des cris d'animaux – et détourne le regard en tressaillant.

Genièvre déglutit et prend une inspiration tremblante. « J'ai dû quitter la maison. Je suis allée vers le nord. Je ne m'attendais pas à tomber sur vous deux, à vous voir vous pavaner en ville comme des pigeons insouciants. » Sa voix est aussi noire et amère qu'un café brûlé. La Genièvre dont se souvient Agnès n'était que rire et légèreté ; elle se demande qui lui a appris à nourrir sa rancune comme un louveteau et à le faire grandir jusqu'à ce qu'il devienne assez gros et méchant pour avaler un homme tout entier.

Elle s'arrête cependant sur le chiffre que vient d'annoncer Genièvre. « Deux ? » Agnès n'est qu'*une*, assurément. Le bébé dans son ventre est encore trop petit pour compter comme une personne. Son cerveau lui fait l'impression d'un métier à tisser grippé, aux fils emmêlés et aux pignons broyés.

Genièvre plisse les yeux, à la recherche d'une moquerie qu'elle ne trouve pas, puis les détourne délibérément.

Agnès suit son regard et voit pour la première fois la femme étendue entre elles deux, ses lunettes constellées de gouttes de pluie. Agnès sent le monde s'effondrer et toutes les années de sa vie se replier sur elles-mêmes, comme le soufflet d'un accordéon.

Leur grande sœur. Celle qui l'a trahie et celle qu'elle a trahie en retour, œil pour œil. La cause de sa fuite.

Bella.

Sa benjamine la secoue par les épaules, et la tête de Bella dodeline, sans force. Genièvre pose deux doigts sur son front et jure. « Elle est brûlante. Tu as un endroit pas loin où aller ?

— Je n'ai pas vu Bella depuis sept ans. Je ne savais même pas qu'elle était en ville. » Une moue se dessine sur les lèvres d'Agnès. « Pas comme si j'en avais quelque chose à faire, non plus. »

Genièvre la fixe du regard. « Alors comment se fait-il… »

Mais elle est interrompue par un bruit que tout le monde connaît bien à New Salem, un bruit qui signifie « ennuis » et « il est temps de décamper » : le claquement froid des sabots ferrés sur les pavés. Ici, la police monte de grands et fiers destriers spécifiquement croisés pour obtenir leur tempérament orageux et leur robe blanche immaculée.

Ce bruit fait brusquement prendre conscience à Agnès que l'esplanade est désormais vide, à l'exception de la pluie oblique, des plumes qui volettent de-ci, de-là, et d'elles trois.

Elle devrait s'enfuir avant que les forces de l'ordre ne se mettent en quête d'un coupable. Elle devrait saisir sa jupe à pleines mains et disparaître dans les ruelles, se rendre aussi invisible que n'importe quelle fille de rien en tablier blanc.

Genièvre se redresse, un des bras de Bella passé autour des épaules, chancelle sur sa patte folle, manque de basculer…

Agnès l'attrape par le poignet et Genièvre s'accroche à elle pour se stabiliser. L'espace d'une demi-seconde, elles se retrouvent face à face, mains serrées, peaux chauffées à travers le fin coton.

Agnès rompt le contact la première. Elle se baisse et tend son bâton à sa sœur, puis frotte sa main sur sa jupe comme si le bois l'avait brûlée.

Sans vraiment l'avoir décidé, sans même y réfléchir, elle passe l'autre bras de Bella autour de son cou. Leur grande sœur pend entre elles deux comme un vêtement sur une corde à linge.

Agnès s'entend dire : « Venez. »

Béatrice dérive, brûle, flotte comme un brandon au-dessus d'un feu invisible. Des voix sifflent et murmurent autour d'elle. *Vite, par les saints.* Ses pieds bringuebalent et glissent sous elle, indociles. Ses lunettes se balancent dangereusement sur une seule de ses oreilles.

Elle cligne des paupières et voit défiler autour d'elle les murs noircis par la suie des ruelles des quartiers ouest ; le linge étendu entre eux comme autant de drapeaux colorés dégoulinant de pluie ; le ciel sombre et le chaud halo des lampadaires à gaz.

Deux femmes courent à ses côtés, qui la portent à moitié. L'une d'elles boite sévèrement ; son épaule la soutient par intermittence. L'autre jure sous cape, les doigts serrés autour du poignet de Béatrice. Leurs visages se résument à des taches floues, mais la chaleur de leurs bras lui est familière.

Ses sœurs. Celles qui lui manquaient le plus à St Hale, celles qui ne sont jamais venues à son secours.

Celles qui sont ici à présent, qui courent avec elle dans les rues de New Salem rendues glissantes par la pluie.

Genièvre n'avait guère réfléchi à la vie que pouvaient mener ses sœurs après leur départ de Crow County – elles avaient simplement franchi le bord de la page et disparu, comme deux phrases inachevées –, mais elle avait beaucoup pensé à ce qu'elle leur dirait si elle les revoyait un jour.

Vous m'avez abandonnée. Vous saviez ce qu'il était et vous m'avez laissée seule avec lui.

Ses sœurs auraient fondu en larmes et, de culpabilité, se seraient arraché les cheveux. *S'il te plaît*, auraient-elles imploré, *pardonne-nous !*

Genièvre les aurait toisées d'un regard incendiaire, comme Dieu lorsqu'il avait chassé la première sorcière du Jardin. *Non*, aurait-elle répondu, et ses sœurs auraient passé le reste de leur misérable petite vie à regretter de ne pas l'avoir mieux aimée.

Genièvre ne prononce cependant pas un mot tandis qu'elles arpentent d'un pas chancelant le labyrinthe des ruelles anonymes et des propriétés désertes. Elle ne dit rien non plus lorsqu'elles s'arrêtent devant une pension aux lambris tachés et aux fenêtres ornées de croix de bois suspendues. Elle demeure silencieuse alors qu'elles traînent Bella à l'intérieur, passent devant l'appartement de la propriétaire, grimpent deux volées de marches grinçantes, franchissent une porte marquée d'un chiffre 7 en cuivre et d'un verset au point de croix (« Que la femme s'instruise paisiblement », Timothée, II, 11).

La chambre d'Agnès, sombre et pleine de moisissure, n'est meublée que d'un fin matelas dans un cadre métallique, d'un miroir fissuré et d'une cuisinière rouillée qui semble difficilement capable de réchauffer ne serait-ce qu'une tasse de café en fer-blanc. Des taches brunes fleurissent au plafond et, dans les murs, des créatures invisibles cavalent et grignotent.

Genièvre a l'impression de se trouver dans une cellule ou un tombeau bon marché. Ou dans le sous-sol de la maison familiale, noir et humide, vide à l'exception de sauterelles des caves, d'os d'animaux et des larmes que des fillettes y ont jadis versées. Un frisson lui parcourt la colonne vertébrale.

Agnès allonge Bella sur le matelas et reste un instant immobile, les bras croisés. Elle a le visage plus marqué que dans le souvenir de Genièvre, qui songe aux contes de sorcières dans lesquels de jeunes femmes sont condamnées à vieillir d'un an chaque jour de leur vie.

Sa sœur se penche ensuite pour allumer une bougie dont il ne reste guère plus qu'une flaque de cire solidifiée. « Plus d'huile », dit-elle d'une voix irritée et un peu honteuse.

Genièvre la regarde s'affairer une minute dans la lumière tremblotante, puis elle sort de sa poche la baguette tordue, dont elle applique la pointe sur la bougie affaissée. Elle murmure les vers que Mama Mags lui a appris, et la baguette se met à luire, d'abord d'un orange terne puis d'un or lumineux, comme si le bois contenait à lui seul un coucher de soleil d'été.

Agnès, le visage baigné par la douce clarté, fixe l'objet du regard. « Tu as toujours été plus attentive aux enseignements de Mama Mags que nous. »

Genièvre étouffe la mèche de la bougie entre ses doigts et hausse une épaule. « Elle est morte durant l'hiver 1891. » Elle aurait pu en dire plus : comment elle avait creusé et comblé le trou de ses mains pour économiser le coût d'un fossoyeur ; comment la terre avait sonné creux sur le couvercle du cercueil ; comment chaque pelletée avait emporté un peu d'elle-même dans la tombe, jusqu'à ce qu'elle ne soit plus qu'os et haine ; comment elle avait attendu pendant trois jours et trois nuits au bord de la tombe dans l'espoir que Mama Mags l'aime assez pour que son âme demeure auprès d'elle. Les fantômes cumulaient au moins sept types de péchés distincts et ne duraient pas plus d'une heure ou deux, mais le péché n'avait jamais dérangé Mags.

La tombe était restée muette et silencieuse, et Genièvre était restée seule. Tout ce que Mags lui avait laissé, c'était son médaillon en cuivre, celui dans lequel elle gardait une mèche de leur mère enroulée tel un serpent noir et soyeux.

Genièvre ne dit rien de tout cela. Elle laisse le silence se figer comme de la graisse au fond d'une poêle.

« Tu aurais dû m'écrire. Je serais venue pour l'enterrement », dit Agnès, comme si cela excusait tout. Genièvre l'aurait mordue.

« Ah oui ? Et à quelle adresse étais-je censée t'envoyer le faire-part ? Sept ans, Agnès, sept *années*… »

Sur le lit, Bella pousse un petit gémissement douloureux. La sueur fait luire sa peau blanche comme le ventre d'un poisson.

Genièvre referme la bouche avec un claquement sec, s'accroupit près d'elle et soulève une de ses paupières. « La fièvre du démon », dit-elle. Elle aurait bien voulu savoir ce que sa sœur mijotait pour s'être ainsi brûlée avec la sorcellerie. « Tu as un sifflet en métal ? Ou une corne ? »

Agnès secoue la tête et Genièvre laisse échapper un soupir agacé. Elle prononce tout de même les vers et siffle sèchement entre ses doigts. Une étincelle de magie s'allume entre elles.

Bella cligne des yeux et les tourne vers ses sœurs, les traits figés par le choc. « Agnès ? Genie ? » Genièvre hoche la tête avec raideur. « *Par les saints.* » Une peur soudaine traverse son visage. Elle tente péniblement de s'asseoir et fouille la pièce du regard, en s'attardant sur les recoins sombres.

« Où est papa ?

— Pas ici.

— Il sait que tu es là ? Il va venir ?

— J'en doute. » Genièvre passe sa langue sur ses dents et ajoute d'une voix impitoyable : « Les morts ne vont nulle part. » Elle a lâché ces mots comme on abat une main gagnante sur une table de jeu, en gardant les yeux mi-clos pour que ses sœurs ne voient pas ce qui s'y tapit.

Les deux autres la regardent, interdites, respirant à peine.

Genièvre sait ce qu'elles éprouvent. Même juste après les faits, alors qu'elle se lavait de la culpabilité et de la fumée dans l'eau de la Big Sandy, elle se rappelle s'être demandé : *Quoi, c'est tout ?* La mort de son père aurait dû être une grande victoire sur le mal, la conclusion d'une histoire épique dans laquelle le géant s'effondre sous les acclamations du royaume tout entier.

Mais le géant avait déjà tout écrasé sous ses pieds, et il n'y avait plus personne pour se réjouir de sa chute, sinon Genièvre la Tueuse de Géants.

Agnès se laisse tomber sur le sol. « Comment se fait-il que tu sois partie ? demande-t-elle au bout d'un moment. Qui s'occupe de la ferme ? »

Genièvre ne répond qu'à la deuxième question. « Cousin Dan.

— Cet abruti ?

— Elle lui appartient, maintenant. Papa lui a tout légué. Même la maison de Mags. » Une masure adossée à la montagne, au sol en terre battue et au toit en bardeaux de cèdre, qui vaut moins que le terrain qu'elle occupe. En ville, les commérages allaient bon train sur Mama Mags. Comment, se demandait-on avec un claquement de langue, pouvait-elle vivre seule dans de telles conditions ? Mais cette maison était parfaite aux yeux de Genièvre, qui ne s'était jamais intéressée aux garçons, aux fiançailles et à tout ce qui s'ensuivait ; elle s'était vue passer sa vie à éclaircir le lamier et la cotonnière dans le jardin de simples et à converser avec les platanes. À l'automne, elle aurait peut-être pris son bâton rouge et serait allée courir les collines, un panier sous le bras, en quête de digitale, de bois aux sept écorces, de mues et d'os de serpents. Peut-être même aurait-elle dormi à la belle étoile.

Son père lui avait pris ça, comme il lui avait pris tout le reste.

« Je... je suis désolée, Genièvre. Je sais que tu as toujours aimé cet endroit », dit Bella avec douceur. Comme si elle essayait de réconforter Genièvre, comme si elle s'en souciait.

Genièvre chasse sa sollicitude d'un haussement d'épaules. « Comment vous êtes-vous retrouvées toutes les deux à New Salem, au fait ? »

Ni l'une ni l'autre ne croisent son regard. Bella enlève ses lunettes et essuie les verres sur un coin de drap. « Je... travaille à l'université. À la bibliothèque. »

Agnès grogne un petit rire sans joie et, imitant la diction saccadée et professorale de Bella, dit : « Moi, je travaille pour les frères Baldwin. À l'usine de coton. »

Genièvre voit leurs regards se croiser, froids et tranchants, et se demande ce qu'elles peuvent bien avoir à se reprocher l'une l'autre. C'est elle qu'on a abandonnée dans la tanière du lion, pas ses sœurs. Elle se penche entre elles. « Et comment vous vous êtes retrouvées sur la place aujourd'hui ? »

Cette fois, elles tournent vers elle des yeux écarquillés par la curiosité. Bella porte la main à sa poitrine, comme s'il y avait quelque chose logé là, et Genièvre comprend qu'elles aussi ont ressenti cette attraction, ce sort qui les a consumées et a laissé derrière lui un manque terrible. Elle voit presque la tour noire se refléter dans leurs pupilles, éclairée par les étoiles et mangée par les roses, comme une promesse à demi exaucée.

« Qu'est-ce que c'était ? demande Bella dans un murmure.

— Tu sais très bien ce que c'était », répond Genièvre sur le même ton. Quelque chose d'ancien, de dangereux, censé avoir brûlé il y a bien longtemps avec les mères de leur mère.

« De la sorcellerie », souffle Bella, et au même moment, Agnès dit : « Des ennuis. »

Agnès se lève. La lumière de la baguette dessine des ombres profondes autour de ses sourcils froncés. Il n'y a plus d'étoiles dans ses yeux. « Toutes sortes d'ennuis. Les gens vont paniquer et la police va s'en mêler. Ce n'est pas comme chez nous, où la plupart des gens détournent les yeux dès qu'il est question de sorcellerie. Vous avez vu le carré des sorcières au cimetière ? Il paraît qu'à une époque, les cendres des femmes qu'on brûlait à New Salem montaient aux chevilles. »

Elle secoue la tête. « Maintenant, il y a ces femmes de l'Union chrétienne qui s'agitent dans tous les sens, et le Parti de la Moralité a placé un de ses poulains au conseil municipal – j'ai entendu dire qu'il briguait la mairie. Il n'a pas la moindre chance, mais quand même. Lui et ses petits copains vont se régaler avec cette maudite histoire de tour.

— Mais tu ne veux pas… commence Genièvre.

— Ce que je veux, c'est dormir. Je commence tôt demain, la coupe Agnès d'une voix dure en fourrageant dans un coffre fatigué. La police doit déjà être sur le qui-vive. Vous feriez mieux de rester ici. » Elle lance à Genièvre, sans la regarder, une pile de couvertures en laine mangées par les mites. « Cette nuit. »

Cette nuit. Pas pour vivre une longue et heureuse vie ensemble.

Bien sûr que non.

Agnès étend sa propre couverture à même le sol et roule une jupe en boule pour s'en faire un oreiller. Bella se redresse péniblement et lui fait signe de reprendre son lit, mais Agnès l'ignore.

Elle s'enroule autour de son ventre. Genièvre jette un regard noir à son dos, avant de murmurer quelques vers pour éteindre la baguette. La lumière dorée de l'été laisse place au gris de l'hiver.

Genièvre se couche près d'Agnès en essayant de ne pas serrer les poings et de ne pas grincer des dents. Elle a les muscles raides d'avoir couru toute la nuit et tout le jour, et de n'avoir dormi que quelques heures dans les secousses du train.

Elle change de position, gigote, pense à leur lit à baldaquin dans le grenier. Petite déjà, elle avait du mal à trouver le sommeil. Elle comptait les cris des engoulevents et attendait de ne plus entendre les pas chancelants de leur père. Les nuits difficiles, Agnès lui caressait les cheveux et Bella lui murmurait des histoires de sorcières dans le noir.

« Tu dors, Bell ? demande Genièvre d'une voix qui la surprend elle-même. Tu te souviens encore de certains contes ? »

Elle pense d'abord que Bella ne va pas lui répondre. Ou qu'elle va lui dire qu'elle est trop âgée pour les histoires de pucelles, d'aïeules et de rouet. Mais sa voix s'élève au-dessus des grincements et des bruissements de la pension, et Genièvre a l'impression d'avoir de nouveau dix ans et d'être une-des-trois plutôt qu'une-toute-seule.

« Il était une fois… »

La Pucelle
au bois dormant

Il était une fois un roi et une reine qui désespéraient d'avoir un enfant. Ils avaient essayé toutes sortes de sortilèges, de prières et de charmes, mais, après de longues années, le royaume n'avait toujours pas d'héritier. En dernier recours, ils organisèrent un grand banquet auquel ils convièrent six sorcières pour bénir leur royaume. Les six sorcières leur offrirent six merveilleux présents : la paix, la prospérité, la santé, des récoltes abondantes, un temps clément et des paysans dociles. Mais alors que le banquet touchait à sa fin, une septième sorcière arriva. Elle était jeune, pleine de grâce, et avait le genre de visage qui jetait des navires dans la houle et dévorait les cœurs. Elle arborait une vipère noire à son bras gauche et un sourire venimeux aux lèvres.

Elle dit au roi et à la reine que puisqu'ils avaient oublié de l'inviter à leur banquet, elle leur apportait non pas une bénédiction, mais une malédiction : un jour, une jeune pucelle se piquerait le doigt à un rouet, et le château sombrerait dans un sommeil éternel dont nul ne se réveillerait.

Le roi prit les mesures qui s'imposaient. Il ordonna que l'on brûlât tous les rouets et interdit l'accès au château à toute femme non mariée. Il conserva son trône pendant vingt et une années.

Jusqu'au jour où une étrange jeune fille se présenta aux portes du château. Les gardes auraient dû la renvoyer, mais la visite de la septième sorcière remontait à si longtemps, et la Pucelle sut quoi dire et quoi faire pour qu'ils oublient leurs ordres. Elle portait son familier comme un collier de verre noir autour du cou.

La Pucelle parcourut les couloirs du château sans qu'on la vît, un sourire aux lèvres, puis elle grimpa au sommet de la plus haute tour, où l'attendait un rouet. Elle tendit son doigt pâle vers le fuseau.

Il existe beaucoup de versions de cette histoire, mais elle contient invariablement un doigt piqué, et trois gouttes du sang de la Pucelle.

Lorsque son sang toucha le sol, un sortilège se répandit entre les murs du château. Toute créature vivante fut plongée dans un soudain sommeil. Des tartes brûlèrent dans les fours, des lances tombèrent avec fracas ; des chats s'endormirent, griffes tendues vers des souris endormies elles aussi ; des chiens s'étendirent auprès de renards.

Dans tout le château, seule la Pucelle était encore éveillée. Elle vola la couronne du roi et la posa sur sa tête.

Le règne de la Pucelle dura cent années. Et il aurait pu durer indéfiniment – qui peut affirmer quels secrets ne pourrait pas découvrir une sorcière pour prolonger sa vie ? – si un courageux chevalier n'avait entendu l'histoire d'un royaume maudit et n'avait décidé de voler à son secours. La Pucelle se retrancha dans la plus haute tour et fit pousser autour d'elle des roses sauvages aux épines traîtresses et acérées, aux branches si épaisses que même le chevalier ne put en venir à bout avec sa brillante épée.

Au lieu de quoi, le chevalier incendia la tour. Lorsque la sorcière brûla, son sortilège fut brisé et le reste du château s'éveilla de son sommeil éternel. Le chevalier récupéra la couronne de la sorcière parmi les cendres et la présenta au roi, un genou à terre. Le roi le releva et annonça que la reine et lui avaient finalement trouvé un héritier.

Le chevalier et le royaume vécurent heureux, mais jamais plus une rose ne fleurit à des kilomètres à la ronde, quelque riche que fût le sol et talentueux le jardinier. Et certains affirmèrent avoir vu une jeune femme arpenter les bois profonds, suivie par une vipère noire.

5

Ma sœur, ma sœur,
Ouvre grand tes yeux avisés,
Quelque chose de perdu
Doit être retrouvé !

Un sort pour trouver ce qui ne peut l'être,
qui requiert une pincée de sel & un œil affûté

Agnès Amarante reste éveillée longtemps après la fin de l'histoire de sa sœur.

Elle pense à la sorcellerie, au manque, aux trônes sans héritiers, aux bébés qui ne sont pas nés. Elle pense au deuxième pouls qui bat dans son ventre et au souvenir de la menthe pouliot sur sa langue.

Elle doit cependant finir par s'endormir, car lorsqu'elle rouvre les yeux, le soleil entre à pas de loup dans la pièce. Elle sent la bile lui remonter dans la gorge et vomit dans le pot de chambre aussi discrètement que possible. Aucune de ses sœurs ne bouge.

Bella dort, lèvres serrées comme si elle ne pouvait pas leur faire confiance. La dernière fois qu'Agnès l'a vue, elle empaquetait ses affaires en versant des larmes silencieuses, la regardant, elle, avec ses grands yeux tristes comme si elle ne méritait pas son sort le moins du monde. Apparemment, elle ne s'en est pas trop mal sortie, si elle travaille maintenant dans une bibliothèque de premier plan avec ses livres adorés.

Genièvre dort avec l'insouciance d'une enfant, tout en coudes et en genoux. Les orteils de son pied gauche sont recourbés par des boursouflures de chair qui remontent jusqu'à la cheville, presque comme des doigts. Agnès se demande combien de temps a pris la guérison et si ça lui fait encore mal.

Ses yeux se posent sur le médaillon en cuivre usé qui repose sur la clavicule de Genièvre. Il se balançait jadis au cou de Mama Mags, qui parfois le tenait en tournant vers la montagne des yeux embués. Elle ne parlait pas beaucoup de la fille qu'elle avait perdue – leur mère, qui avait rendu son dernier soupir alors que Genièvre prenait sa première inspiration –, mais Agnès la voyait dans la forme des silences de sa grand-mère : les endroits cicatrisés, les jours blessés où Mags restait au lit sous une pile d'édredons.

Agnès allume la cuisinière et dépose un morceau de beurre dans une poêle. Réveillées par le grésillement, ses sœurs s'étirent et bâillent en la regardant casser des œufs et réchauffer le café.

Elles prennent leurs assiettes en fer-blanc sans un mot. Genièvre mange comme si elle n'avait pas eu de repas digne de ce nom depuis des jours. Bella picore sans quitter la fenêtre des yeux. Agnès s'efforce de respirer par la bouche et de ne pas regarder la gelée visqueuse de ses blancs d'œufs.

Une fois le petit déjeuner expédié, il n'y a plus rien d'autre à faire que partir. Se séparer. Reprendre chacune le cours de sa vie et tout oublier des tours et des sœurs perdues.

Aucune d'elles ne bouge. Du bout du doigt, Genièvre étale le jaune baveux en train de figer.

« Bon, fait Agnès, du ton qu'elle emploierait avec une étrangère, une fille de passage à la pension. Qu'est-ce que tu comptes faire, maintenant ? »

Elle espère entendre Genièvre répondre : *Rentrer illico à la maison.* Voire : *Trouver un travail honnête, comme ma grande sœur*. Au lieu de quoi, ses lèvres se retroussent en un petit rictus insolent, et elle dit : « Rejoindre les suffragettes aussitôt que possible. »

Bella détourne enfin les yeux de la fenêtre. « Bon sang ! » dit-elle faiblement en portant la main à sa bouche.

Agnès se retient de lever les yeux au ciel. « Pourquoi ? Tu veux porter une jolie robe et agiter une pancarte ? Tu as envie qu'on se moque de toi ? Ne perds pas ton temps. »

Le sourire de Genièvre se durcit. « Le droit de vote ne me semble pas être une perte de temps. » Elle dessine maintenant des cercles gluants avec son jaune d'œuf. Agnès sent son estomac se révulser.

« Écoute, toutes ces histoires de "vote des femmes", ça a l'air très noble, mais il ne s'agit pas de toi ou de moi. C'est pour les dames de la haute, avec leurs grands chapeaux et trop de temps à tuer. De toute façon, quel que soit le maire ou le président, ça ne change rien pour les gens comme nous. »

Genièvre lui répond par un haussement d'épaules renfrogné, infantile. Agnès baisse sa voix d'une octave. « Papa est mort, Genie. Tu ne peux plus l'emmerder. »

La tête de Genièvre tressaille, ses yeux verts flamboient, ses cheveux noirs s'emmêlent comme un buisson de roses sauvages autour du visage. « Tu crois que j'en ai encore quelque chose à foutre, de lui ? crache-t-elle avec une véhémence qui confirme qu'elle en a encore deux ou trois choses à foutre, au moins. Quelqu'un, une sorcière, a lancé un sort, hier. Le genre de truc qu'on n'avait pas vu depuis l'époque de notre arrière-arrière-arrière-grand-mère. C'était… » Genièvre ouvre et referme plusieurs fois la bouche, à court de mots. Elle se frappe la poitrine, et Agnès comprend qu'elle essaie de décrire l'afflux de pouvoir, le délicieux soulèvement de magie dans ses veines. « C'était impossible. Important. Tu ne veux pas savoir d'où ça vient ? Tu ne crois pas que ça a peut-être un lien avec les suffragettes qui s'agitaient sur l'esplanade ?

— C'est en tout cas ce que se dira la police. La moitié des journaux les traitent déjà de sorcières. Ne sois pas *idiote*, Genie, je t'en prie… »

Agnès est interrompue par Bella, qui se lève brusquement du lit et prend à Genièvre son assiette des mains. Elle observe à travers ses lunettes les trois cercles jaunes que sa sœur a tracés. « Qu'est-ce que c'est ? »

Genièvre baisse des yeux confus sur les restes de son petit déjeuner. « Euh… des œufs ?

— Le *dessin*, Genie. Où as-tu vu ça ? »

Genièvre hausse une épaule. « Sur la porte de la tour, je crois. »

Bella incline la tête sur le côté, comme une chouette. « Sur la quoi ?

— Tu ne l'as pas vue ? De mon côté de la tour, il y avait une vieille porte en bois, à moitié cachée par les rosiers, et il y avait trois cercles entrelacés dessus. Et des mots, aussi, mais je ne les ai pas compris. »

Les traits de Bella se contractent, avec cette intensité qu'elle affichait, petite, quand elle en arrivait au meilleur passage d'un livre. « C'était en quelle langue ? Est-ce que les cercles avaient des yeux ? Ou des queues ? Tu penses qu'il pourrait s'agir de serpents ?

— Peut-être. Pourquoi ? »

Mais Bella ignore sa question. Ses yeux scrutent le visage de Genièvre et finissent par se poser sur ses lèvres, où Agnès remarque la coloration sombre d'un hématome et la rougeur d'une entaille. Bella tend les doigts vers la blessure, le visage rempli d'émerveillement ou peut-être de terreur. « Le sang de la Pucelle », murmure-t-elle. Genièvre tressaille à son toucher.

Bella écarte sa main. L'assiette tombe par terre avec un bruit métallique. « Excusez-moi. Pardon. Je dois partir. Je suis vraiment désolée. » Elle lâche ces mots embrouillés par-dessus son épaule en se dirigeant vers la porte, comme elle jetterait des pièces à des mendiants.

« Quoi ? Tu t'en vas ? bredouille Genièvre, les joues empourprées. Mais je viens juste de te retrouver ! Tu ne peux pas partir comme ça. » Agnès entend le « une fois de plus » que sa sœur ne dit pas, mais Bella est déjà loin quand elle lance : « Je loue une chambre à Bethlehem Heights, entre la Deuxième et Sanctity, si tu me cherches. »

Agnès la regarde partir, un étrange vide au creux de la poitrine. « Eh bien, dit-elle en vidant l'assiette de sa sœur dans la poêle avec une force superflue. Bon débarras. »

Genièvre fait volte-face. « Et pourquoi ça ?

— Parce que Bella est incapable de la fermer ! Dieu sait ce que papa aurait fait si tu n'avais pas... » Agnès se met à trembler, comme si l'hiver était déjà là, comme si elle avait de nouveau seize ans et que son père s'approchait d'elle, une lueur rouge dans les yeux.

Genièvre ne semble pas l'avoir entendue. Il y a dans son visage l'absence vitreuse d'une enfant qui rappelle à Agnès une petite fille les mains sur les oreilles pour ne pas entendre son père crier.

Agnès détache les ongles de ses paumes et s'efforce de ne pas regarder le bâton de genévrier appuyé contre la porte. « Je prends mon service bientôt. Je verrai avec M. Malton s'il a besoin d'une fille en plus à l'usine. Tu peux... » Elle déglutit. Les frontières de son cercle lui semblent s'étirer comme des coutures sur le point de rompre, mais elle se force à finir sa phrase. « ... rester ici. Jusqu'à ce que tu sois sur pied. »

Mais Genièvre relève le menton et toise Agnès par-dessus son nez tordu. « Je n'irai pas travailler dans quelque usine que ce soit. Je te l'ai déjà dit : je vais m'engager avec les suffragettes. Je trouverai cette tour. Je me battrai pour quelque chose. »

Sa bravade de petite dernière donne envie à Agnès de la gifler. Dans les contes de sorcières, la plus jeune est toujours la plus aimée, la plus méritante, celle qui est appelée à connaître un destin plus grandiose que celui de ses sœurs. Les deux autres sont trop laides, égoïstes ou ennuyeuses pour avoir droit à une fée marraine ou même à un mari bestial. Les histoires ne parlent jamais de pension, de lessive, d'articulations douloureuses après les heures supplémentaires à l'usine. Elles ne parlent jamais de bébés à nourrir ni de choix à faire.

Agnès ravale toutes ces bouses d'histoires. « Tout ça est formidable, mais les *grandes causes*, ça ne paie pas. Ce n'est pas ce qui te nourrira ou te mettra un toit sur la tête. Il faut que tu… »

Genièvre retrousse soudain les lèvres et pousse un grognement animal. « Je n'ai pas besoin de ton foutu soutien. » Elle s'avance d'un pas, l'index pointé sur la poitrine d'Agnès comme une flèche. « Tu es *partie*, tu te rappelles ? Je me suis débrouillée seule pendant sept ans, alors crois-moi, je m'en sortirai très bien sans toi. »

La culpabilité grouille dans le ventre d'Agnès, mais elle garde un visage neutre. « J'ai fait ce que j'avais à faire. »

Genièvre se détourne, enfile son manteau, passe ses doigts dans ses cheveux aile de corbeau. « Bella sait quelque chose, on dirait. Bethlehem Heights, c'est un comté ou une ville ? »

Agnès cligne des yeux. « Un quartier. À l'est, juste après l'université.

— Je ne vois pas pourquoi une ville aurait besoin de plus d'un nom. Où sont la Deuxième et Sanctity ?

— Les rues sont *numérotées*, Genie. Il te suffit de suivre la grille. »

Genièvre lui jette un regard las. « En quoi est-ce censé m'aider si je ne sais pas où... » Son visage se ferme. Ses yeux semblent suivre une ligne invisible. « Laisse tomber. Je n'ai pas besoin d'une fichue grille, après tout. » Elle prend son bâton et sort dans le couloir en claudiquant, comme si elle savait précisément où elle allait.

Et, comprend Agnès, c'est le cas. Elle aussi sent le tiraillement entre ses côtes. Un invisible fil de cerf-volant tendu entre elle et ses sœurs, qui bat au rythme des non-dits et des choses à régler. Un doigt qui fait signe d'approcher, une main qui vous pousse dans le dos, une voix qui murmure un conte de sorcières à propos de trois sœurs perdues et retrouvées.

Mais les contes de sorcières sont pour les enfants, et Agnès n'aime pas qu'on lui dise ce qu'elle a à faire. Elle claque la porte si fort que le verset en point de croix se balance sur son clou. Seule, elle écoute le pas irrégulier de sa sœur qui s'éloigne.

Trois cercles entrelacés, ou peut-être trois serpents qui avalent leur propre queue : Béatrice a déjà vu ce motif. Elle sait à qui il appartient.

Aux Trois Dernières Sorcières de l'Ouest.

C'est le signe que la Pucelle gravait sur l'écorce des hêtres, le signe que la Mère brûlait dans son armure en écailles de dragon, le signe que l'Aïeule appliquait sur la reliure en cuir des livres. Béatrice l'avait vu imprimé à l'encre baveuse dans les appendices de récits médiévaux, décrit dans les journaux de chasseurs de sorcières et parfois confondu dans des pamphlets chrétiens avec la marque de Satan.

Il n'appartient pas au monde moderne. Il n'appartient certainement pas à la Cité Exempte du Péché, gravé sur la porte d'une tour qui ne devrait pas exister.

Béatrice s'échappe des taudis de West Babel, la peau vibrante et les doigts tremblants. Elle hèle un tram et laisse le ronronnement électrique noyer l'animation croissante de la ville, les cris des vendeurs de rue des quartiers ouest, la misère des usines et même le souvenir du visage de ses sœurs, frais et piquant comme des feuilles de menthe dans sa bouche.

(Elles sont vivantes, indemnes, et leur père est mort. Une pensée assourdissante, une inondation d'espoir, de rêve et de douleur.)

M. Blackwell n'est pas encore à son bureau quand Béatrice arrive à la bibliothèque. Elle est soulagée ; il n'y aura personne pour voir sa mine pâle et chiffonnée dans sa robe de la veille.

Elle a laissé la fenêtre de son bureau ouverte toute la nuit, et l'odeur d'humidité fraîche qui y règne lui donne l'impression de pénétrer dans une forêt sous les étoiles plutôt que dans une pièce exiguë. La brise ride les pages du recueil des sœurs Grimm resté ouvert sur son bureau.

Béatrice les tourne jusqu'à la dernière, passe son doigt sur la comptine à moitié effacée. *Les folles sœurs, main dans la main*. Le sort lui paraît avoir encore pâli, comme s'il avait vieilli de plusieurs décennies depuis hier soir ; elle est peut-être en train de perdre la raison.

Elle retourne à la page de titre : *Saint George et les Sorcières*. La version de Mama Mags n'avait rien à voir avec celle, proprette et joyeuse, des sœurs Grimm. Selon elle, les Trois Dernières n'avaient pas fui à Avalon de terreur, mais dans une tentative désespérée de sauver de la purge les ultimes reliquats de leur pouvoir. Elles y avaient construit quelque chose – un grand édifice de pierre, de temps et de magie – qui préservait le cœur malfaisant de la magie des femmes telles des graines après le vannage.

Certaines fois, Mags disait que saint George s'était contenté de mettre le feu à leur construction avec les Trois elles-mêmes. D'autres fois, elle prétendait que la magie avait disparu avec l'île d'Avalon et dérivé hors du temps et de la raison, perdue pour le monde. *Mais*, murmurait-elle avec un clin d'œil, *rien n'est perdu qu'on ne puisse retrouver, Belladone.*

(Mags les avait toujours appelées par leur matrinome – le deuxième prénom vieillot donné par une mère à sa fille –, mais St Hale avait jugé cette pratique blasphématoire. En fin de compte, Béatrice avait appris à oublier le petit plaisir païen de son matrinome et était devenue simplement Béatrice.)

Elle a entendu des présages et des promesses similaires au fil des ans, et même le nom que certains leur donnent : la Voie perdue d'Avalon. C'est absurde, elle le sait – les Trois Dernières elles-mêmes sont aux trois quarts mythes et légendes, que seuls les oracles, les fanatiques et parfois les écolières rebelles prennent au sérieux –, et elle ne voit pas comment la magie pourrait être liée à un seul endroit ou objet.

Et pourtant.

Hier, Béatrice s'est tenue dans la lumière d'étoiles étrangères et dans l'ombre d'une tour noire, où sa sœur a vu le Signe des Trois Dernières.

Rien n'est perdu qu'on ne puisse retrouver. Des mots que Mags leur avait enseignés parmi une centaine d'autres chansons et comptines. Absurdes, stupides, parfaitement insensés dans la grande trame du temps.

À moins qu'ils ne le soient pas. À moins que les comptines ne recèlent des vers et des voies, un pouvoir transmis en secret de mère en fille, comme les épées qu'on déguise en aiguilles à tricoter.

Béatrice sort son petit carnet noir de son tiroir et recopie l'intégralité de *La Pucelle au bois dormant.* Elle regarde par la fenêtre et songe aux pucelles, aux gouttes de sang, aux hautes tours ceinturées de roses et aux vérités contenues dans les mensonges.

Un curieux tressaillement se manifeste à la périphérie de son champ de vision. Son regard revient aussitôt se poser sur son bureau : une ombre singulière en forme de doigts obscurcit le recueil des sœurs Grimm.

Elle éloigne prudemment la page. Elle est inchangée, à l'exception, peut-être, de l'encre une teinte plus pâle et du papier légèrement plus fin. Plus vieux.

L'ombre-main recule sous ses yeux, se rencogne dans un coin sombre de son bureau et se tient tranquille, comme s'il s'agissait d'une ombre ordinaire jetée par un meuble quelconque.

Une froide prémonition dresse les poils de Béatrice. Elle ressent le besoin pressant soit de lancer le livre par la fenêtre, soit de le serrer contre elle, mais avant qu'elle puisse faire l'un ou l'autre, on frappe à la porte de son bureau.

Béatrice tressaille à l'idée que ce puisse être la police, les chasseurs de sorcières ou au moins Mlle Munley, la secrétaire, mais alors un tiraillement la saisit, et elle sait, de façon aussi soudaine qu'illogique, qui se tient dans le couloir et tambourine à sa porte avec son bâton.

Genièvre, les lèvres pincées, la couve d'un regard incandescent tandis qu'elle ouvre. « Si tu voulais disparaître, il ne fallait pas semer des miettes de pain derrière toi, dit-elle en agitant son bâton, comme s'il y avait quelque chose d'invisible entre elles.

— Oh ! ça doit être un effet secondaire des… événements d'hier. Un sort inachevé, c'est comme un fil mal noué. » Béatrice voit bien à l'expression de sa sœur qu'elle ne se soucie pas particulièrement de savoir de quoi il s'agit ou comment elle est arrivée ici, qu'elle est à deux doigts de devenir violente. Béatrice déglutit. « Bon, entre. Désolée de m'être enfuie ce matin.

— Ça a un rapport avec la tour, c'est ça ? Tu sais ce que c'est », la presse Genièvre avec un regard pénétrant.

Je crois que c'est la Voie perdue d'Avalon. La pensée est entêtante, étourdissante, trop dangereuse pour la verbaliser, même dans les couloirs tamisés de l'université de New Salem. « Non. J'envisage p… plusieurs possibilités, c'est tout. »

Genièvre la considère d'un air dubitatif entre ses paupières à demi closes, l'air de ne pas trop savoir quoi faire de cette information. « D'accord. Je peux t'aider à les… envisager.

— Je ne sais pas trop…

— Et je rejoins les suffragettes, comme je l'ai dit. Tu sais où les trouver ? Elles ont un bureau quelque part ?

— Trois pâtés de maisons au nord, sur St Patience. Mais… » Béatrice se passe la langue sur les lèvres, sans trop savoir ce qu'elle doit ou ne doit pas dire à cette redoutable rôdeuse qu'est devenue sa petite sœur. « Mais je ne suis pas sûre que les suffragettes aient quoi que ce soit à voir avec cette tour, ou avec le s… sortilège que nous avons ressenti. » Elle bute sur le mot au souvenir du goût brûlant de la sorcellerie dans sa bouche.

Genièvre lui lance un nouveau regard en coin. « Je n'ai peut-être pas fait d'études brillantes, comme toi, mais je ne suis pas stupide. On ne contracte pas la fièvre du démon en se contentant de regarder ce qui se passe, Bell. D'après Mags, elle se manifeste quand une sorcière manipule une magie trop puissante pour elle. » Béatrice ouvre la bouche sur une confession ou un déni, mais Genièvre a déjà détourné le regard. « Tu as peut-être raison, elles n'ont rien à voir avec ça. N'empêche que c'est un peu la même chose.

— Quoi donc ? »

Les yeux de Genièvre reflètent l'éclat ambré du bronze de saint George qui se dresse au milieu de l'esplanade. « La sorcellerie et les droits des femmes. Le vote et les sorts. Tous deux sont… » Elle agite de nouveau son bâton. « … une sorte de pouvoir, non ? Le genre de pouvoir qu'on ne nous permet pas d'avoir. » *Le genre de pouvoir que je veux*, dit l'éclat affamé de ses yeux.

« Ce sont des histoires pour les enfants, Genie. » Béatrice ignore si elle s'adresse à sa sœur ou à elle-même.

Genièvre hausse les épaules sans détourner le regard de la place. « Si ce sont des histoires, elles sont meilleures que la nôtre. » Béatrice ne la contredit pas.

Genièvre tourne vers elle ses yeux pleins de flammes vertes. « Peut-être que nous pouvons changer notre histoire, Bell. Nous en écrire une meilleure. » Et Béatrice voit qu'elle le pense vraiment, que sous l'amère colère de sa sœur se cache toujours une petite fille qui croit aux fins heureuses. Elle ignore si elle a envie de la gifler, de la serrer contre elle ou de la renvoyer à la maison avant que New Salem lui prouve que ça n'existe pas.

Mais elle devine à la mâchoire en acier de sa sœur qu'elle ne partira pas, qu'elle fonce tête baissée vers les ennuis et qu'elle a bien l'intention de les trouver.

« Je… je t'emmènerai au bureau de l'Association des Femmes. Après le travail.

— Et j'ai besoin d'un endroit où dormir.

— Pourquoi pas chez Agnès ? »

Le fil invisible qui les lie se charge d'une couche de givre à la mention de son nom.

« Je vois. Eh bien, je loue une chambre à quelques pâtés de maisons à l'est d'ici. Tu y es la bienvenue jusqu'à… » Elle ne sait pas trop comment finir sa phrase. Jusqu'à ce que les femmes obtiennent le droit de vote à New Salem ? Jusqu'à ce qu'elles rappellent la Voie perdue et rendent la sorcellerie au monde ? Jusqu'à ce que l'ombre rouge quitte les yeux de Genièvre ?

« Jusqu'à ce que les choses se tassent », termine-t-elle sans conviction. Elle soupçonne au sourire de sa sœur que les choses, quelles qu'elles soient, ne sont pas près de se tasser.

6

Chut, mon bébé, mords-toi la langue,
Pas une chanson, pas un virelangue.

Un sort pour le silence,
qui requiert une plume taillée & une langue mordue

James Genièvre aurait voulu que Bella l'emmène voir les suffragettes sur-le-champ, mais sa sœur aînée avait répondu avec fermeté qu'elle avait des « obligations et des responsabilités », et elle l'avait fait asseoir sur une pile branlante d'encyclopédies pendant qu'elle travaillait, jusqu'à ce que Genièvre en ait assez et sorte vagabonder dans les couloirs feutrés de la bibliothèque.

Il est encore tôt, et l'atmosphère immobile rappelle à Genièvre ses randonnées dans la montagne juste avant l'aube, cette seconde silencieuse où les créatures de la nuit sont allées se coucher, mais où les oiseaux du matin n'ont pas encore commencé à chanter. Un moment secret, hors du temps, qui verrait apparaître la pointe décharnée d'un chapeau de sorcière ou la lueur d'écailles de dragon dans la pénombre.

Genièvre ferme les yeux et feint de croire que la pulpe de bois des pages qui l'entourent est humide et vivante, gorgée de sève plutôt que d'encre. Elle se demande si sa sœur fait de même – si la maison lui manque, si elle-même lui manque – et sent une fragile pousse de compassion prendre racine dans sa poitrine.

Elle ouvre les yeux au grincement métallique d'un chariot de bibliothèque et découvre une femme guindée, tout en dents, qui l'abreuve de reproches chuchotés avec une telle véhémence qu'elle aurait tout aussi bien pu crier. Elle lui parle d'horaires, d'autorisation de consultation des « rayons », quoique Genièvre n'ait vu de ruche nulle part. Genièvre est sur le point de provoquer ce que Mama Mags appellerait une « scène » quand un affable gentleman aux oreilles poilues vient à son secours et la reconduit dans le bureau de Bella.

Cette dernière cligne des yeux derrière ses lunettes. « Qu'est-ce que... Oh. Je suis désolée. *Merci*, monsieur Blackwell. Ma sœur n'a jamais été très friande de règles. »

S'ensuit un petit silence, durant lequel Bella essaie de faire les gros yeux à Genièvre, tandis que celle-ci essaie d'éviter son regard, avant que le gentleman aux oreilles poilues ne dise : « J'ignorais que vous aviez une sœur, Béatrice. »

Genièvre sent sa fragile pousse de compassion se flétrir et mourir. La vérité, c'est que ses sœurs se sont enfuies sans un regard en arrière, sans jamais même prononcer son nom, et elles ne sont réunies aujourd'hui que par le hasard et un sort à moitié abouti.

Elle sent le regard de Bella peser sur elle et s'efforce d'empêcher ses stupides yeux de se remplir de stupides larmes.

M. Blackwell les considère alternativement l'une et l'autre, le front plissé de rides inquiètes. « Je n'ai jamais beaucoup aimé les règles non plus, pour être honnête, dit-il, puis il incline la tête devant Genièvre, comme si elle était le genre de dame digne d'un tel traitement. Ravi d'avoir fait votre connaissance, mademoiselle Eastwood. »

Une fois qu'elles sont de nouveau seules, Genièvre retourne se percher sur sa pile de livres sans un mot. Bella ne parle pas davantage. Pendant plusieurs heures, le silence est total, à l'exception du grattement de la plume de Bella et du *tap-tap* des pieds de Genièvre contre le dos des ouvrages.

À midi, Bella revisse le bouchon de son encrier et se lève. « Bon. Es-tu prête à rejoindre le mouvement des femmes, Genièvre ? » demande-t-elle avec un petit sourire pas très réussi que Genièvre interprète comme une excuse, sans l'accepter ni la rejeter. Elle bondit sur ses pieds, mettant un peu plus en péril l'équilibre de la pile d'encyclopédies.

Bella la regarde des pieds à la tête – de l'ourlet crotté de sa jupe aux griffures de ronces sur ses bras. « Il y a une salle d'eau au bout du couloir. Brosse au moins tes cheveux. Tu ressembles à une détenue en cavale. » Genièvre réprime un gloussement à grand-peine.

Visiblement, brosser ses cheveux n'est pas suffisant. Bella sort une robe en laine empesée du placard de son bureau. C'est l'un de ces vêtements respectables, sans poches, qui oblige les dames à se munir de petits sacs à main idiots, aussi Genièvre ne peut-elle emporter davantage qu'un bout de bougie fondue ou un seul croc de serpent. Bella lui explique que c'est précisément la raison pour laquelle les robes de femmes n'ont plus de poches, pour montrer qu'elles ne pratiquent pas la sorcellerie ni ne sont animées de mauvaises intentions, et Genièvre fait remarquer qu'elle répond à ces deux critères, merci mais pas merci.

Au bout du compte, Genièvre part voir les suffragettes sans autre arme que son bâton de genévrier.

Elle ne sait pas trop comment elle s'imaginait le quartier général de l'Association des Femmes de New Salem – un camp militaire fortifié, peut-être, ou un château en pierres noires gardé par des femmes chevaliers –, mais il se révèle être un immeuble respectable pourvu de vitrines, de lambris de chêne et d'une secrétaire qui fait « Oh ! » quand on sonne à la porte.

La secrétaire a le même âge que Geniève, des cheveux couleur soie de maïs et un nez tordu qui semble avoir été cassé au moins une fois. Ses yeux passent de Bella à Geniève, avant de revenir à Bella, dont elle a apparemment décidé qu'elle était la plus civilisée des deux. « Puis-je… vous aider ? » Ses yeux, qui se sont reposés sur Geniève au milieu de sa question, s'attardent sur les mèches grossièrement coupées qui encadrent son visage.

Bella se fend d'un sourire poli. « Bonjour. Je suis Mlle Béatrice Eastwood, et voici ma sœur, Mlle Jame… »

À cet instant, Geniève se souvient des affiches à son effigie et de son nom en lettres capitales placardés dans la moitié de la ville. « Genie, coupe-t-elle. Mlle Genie West. » Elle jette un coup d'œil à sa sœur, version plus fine et élancée d'elle-même. « Nous ne sommes que demi-sœurs, voyez-vous. » Elle sent Bella lui lancer un regard qu'est-ce-qui-ne-va-pas-chez-toi, mais l'ignore. « Enchantée de faire votre connaissance », dit-elle en tendant la main à la secrétaire.

Bella s'éclaircit ostensiblement la voix. « Quoi qu'il en soit, nous… enfin, ma sœur – demi-sœur, je suppose – voudrait rejoindre l'Association des Femmes. »

Le sourire rayonnant de la secrétaire ne laisse aucun doute sur le fait que le sang neuf se fait rare, ces derniers temps. « Oh, bien sûr ! Je vais chercher Mlle Stone », dit-elle, et elle file dans une pièce adjacente. Par l'embrasure, Geniève aperçoit des bureaux et des piles de papiers, entend le bavardage affairé de femmes au travail et ressent une solitude familière enfler dans sa gorge, un désir ardent de se trouver de l'autre côté de cette cloison.

« Je vous en prie, mettez-vous à l'aise », lance la secrétaire avant que la porte ne se ferme.

Les deux chaises présentes dans le bureau paraissent juste assez solides pour soutenir le poids d'un canari, aussi Genièvre reste-t-elle debout, en faisant porter son poids sur sa jambe valide. Bella se tient aussi immobile qu'une statue, les mains poliment croisées. À quel moment s'est-elle transformée en dame ? Genièvre a gardé d'elle le souvenir d'une créature affalée et soupirante aux cheveux emmêlés.

Elle observe par la fenêtre le ballet bruyant des calèches, des trams et des chevaux ferrés. Des lettres noires et sobres, comme suspendues au-dessus de la scène, se lisent à l'envers dans la vitre : SIÈGE DE L'ASS^{N} DES FEMMES DE NEW SALEM.

Hier encore, elle était perdue, elle tourbillonnait dans le monde comme une marionnette coupée de ses fils. Et la voilà ici, où flottent dans l'air l'odeur de la sorcellerie et la promesse du pouvoir dont ces lettres témoignent. Où une meute de nouvelles sœurs l'attend de l'autre côté de la porte.

Genièvre jette un regard de biais à Bella, toute guindée et nerveuse, et espère que la politique se révélera plus dense que le sang.

La secrétaire revient dans la pièce, accompagnée de la femme à perruque blanche qui la veille discourait sur l'esplanade. De près, elle semble plus âgée et fatiguée, pommettes saillantes et rides soucieuses. Ses yeux sont comme les deux plateaux d'une balance en cuivre alourdis par l'inquiétude.

« Mlle Lind m'a dit que vous souhaitiez rejoindre notre association. »

Genièvre baisse la tête, se sentant soudain très jeune. « Oui, m'dame.

— Pourquoi ?

— Oh. Eh bien, j'étais hier au meeting. J'ai aimé ce que vous avez dit sur l'é… l'égalité. » Le mot paraît idiot dans sa bouche, quatre syllabes d'imaginaire et d'arcs-en-ciel. Elle tente une autre approche. « Et ce que vous avez dit sur la façon dont les choses se passent. Que ce n'est pas juste, que ça ne l'a jamais été, que les salauds nous prennent tout, jusqu'à ce que nous n'ayons plus d'autre choix que de mauvais... »

Mlle Stone l'interrompt en levant deux doigts délicats. « Ne vous donnez pas cette peine, mon enfant. Je comprends parfaitement. » Ses yeux passent du cuivre au fer battu. « Mais *vous* devez comprendre que, quels que soient vos problèmes personnels, l'Association des Femmes n'est pas un espace de rancune ou de vengeance. Il n'y a pas de place pour les Pankhurst, ici. » Genièvre ignore ce qu'est une Pankhurst, ce qui doit se voir à son expression, car Mlle Stone explique : « Nous sommes une organisation pacifique et respectable.

— ... Oui, m'dame. »

Mlle Stone se tourne vers Bella. « Et vous ?

— Moi ?

— Pourquoi voulez-vous nous rejoindre ?

— Oh, ce n'est pas le cas... Enfin, vous avez toute ma sympathie. Mais je suis affreusement occupée au travail, je n'ai pas le temps de... »

Mlle Stone s'est déjà désintéressée d'elle. Elle reprend à l'intention de Genièvre : « Mlle Lind va ajouter votre nom à la liste de nos membres et vous parler des réunions de comité auxquelles vous pourriez participer. » Genièvre s'efforce d'avoir l'air enthousiaste, mais le mot « comité » ne l'inspire guère.

« Avez-vous l'intention de contribuer aux finances de notre association ?

— Si j'ai l'intention de quoi ? »

Mlle Stone échange un regard avec sa secrétaire, et Bella lui souffle : « De leur donner de l'*argent*, Genie.

— Oh, je n'ai rien de tel. » Elle n'en a d'ailleurs jamais eu. Tous les services que Genièvre rendait à Crow County lui étaient payés en nature

– des pots de miel, des beignets aux pommes, de l'herbe-aux-chats cueillie à la demi-lune –, et leur père ne leur laissait jamais voir un centime de son argent. « Je suis entre deux engagements, voyez-vous.

— Entre deux… ? » Mlle Stone semble perplexe, comme si le concept du travail lui était étranger, comme si l'argent poussait au fond des sacs des dames. « Ma foi, aucune femme ne doit être exclue de notre cause par la pauvreté », dit-elle avec noblesse et générosité, mais son ton pique Genièvre sous la peau comme des ronces d'été.

Mlle Lind se lance dans le détail de toutes leurs campagnes de mailing, des sous-comités et des organisations alliées. En l'écoutant, Genièvre sent son humeur s'échauffer et bouillir comme une marmite laissée trop longtemps sur le feu.

« Et il y a aussi la Foire du Centenaire qui arrive en mai, une excellente opportunité pour une nouvelle démonstration. Pour détourner les gens de l'… l'équinoxe. » La gorge de Mlle Lind tressaute alors qu'elle déglutit péniblement. « Bref. Quel projet vous intéresse ? La campagne pour le droit de vote est essentielle, naturellement, mais nous promouvons aussi la tempérance, les droits en matière de divorce, les droits patrimoniaux, et menons plusieurs actions caritat…

— La sorcellerie », la coupe Genièvre, la tête inclinée sur le côté. Sa réponse claque comme une gifle. Bella pousse un gémissement contrit.

« Je vous *demande* pardon ? » La bouche de Mlle Stone s'est réduite à une chose petite et sèche, une pomme laissée trop longtemps sur le rebord de la fenêtre. Celle de la secrétaire bée.

Genièvre en a assez de faire des ronds de jambe et de tourner autour du pot. « Vous savez. Vous les avez vus, la tour et les arbres, et les étoiles bizarres. » Les deux femmes la regardent avec des yeux horrifiés. « C'était de la sorcellerie, de la vraie, le genre de magie qui pourrait faire bien plus que vous friser les cheveux ou lustrer vos chaussures. Le genre de magie qui pourrait guérir les malades et maudire les méchants. » Le genre de magie capable de garder les mères en vie et les petites filles en sécurité. Le genre de magie qui pourrait, d'une façon ou d'une autre, lui rendre sa terre natale. Genièvre écarte les bras, les paumes tournées vers le haut. « Vous m'avez demandé ce sur quoi je veux travailler, je vous réponds. »

La bouche de Mlle Stone se flétrit davantage. « Mademoiselle West. Je crains que...

— Les hommes l'ont fait, la coupe sa secrétaire d'une petite voix nerveuse. Ces syndicalistes de Chicago, l'année dernière... Ils prétendent que les machines ont rouillé du jour au lendemain, que le charbon refusait de brûler... » Mlle Stone lui jette un regard capable de transformer quelqu'un en statue de sel, et la secrétaire se tasse sur elle-même.

« L'Association des Femmes ne s'intéresse pas à ce que des hommes dégénérés ont fait ou n'ont pas fait à Chicago, mademoiselle Lind. » Elle prend une inspiration profonde quoique troublée et se retourne vers Genièvre. « Je crains que vous n'ayez pas du tout compris notre position. L'association s'est battue pendant des décennies pour offrir aux femmes le respect et les droits dont jouissent les hommes. C'est une bataille que nous sommes en train de *perdre* : l'opinion publique américaine nous voit toujours au mieux comme des femmes au foyer, au pire comme des sorcières. On nous adore ou on nous brûle, mais on ne nous donne pas la moindre miette de pouvoir. »

Elle s'interrompt. Sa bouche n'est plus qu'un amer petit pépin de pomme. « J'ignore qui est responsable de l'aberration qui a eu lieu hier soir à St George Square, mais je livrerais moi-même cette personne aux autorités plutôt que de laisser de telles activités détruire tout ce pour quoi nous nous sommes battues. »

Mlle Stone sort un exemplaire froissé du *New Salem Post* du tiroir du bureau et le jette à Genièvre et Bella. Sur la manchette surdimensionnée et tape-à-l'œil, on peut lire : « MAGIE TRÈS NOIRE », puis, en caractères plus petits : « UNE MYSTÉRIEUSE TOUR TERRORISE LES CITOYENS ». Un artiste plein d'imagination a croqué une grande flèche noire dominant la ligne des toits de New Salem, son sommet entouré de nuages menaçants et de petites chauves-souris.

Genièvre survole la débauche d'adjectifs hystériques et d'expressions racoleuses comme « les hurlements terrifiés d'enfants innocents » ou « l'apparition malfaisante » et s'arrête sur les derniers paragraphes :

> **Bien que le bureau du maire Worthington ait affirmé qu'il n'y a « aucune preuve de sorcellerie sérieuse » et enjoigne aux citoyens de « rester rationnels », d'autres se montrent moins optimistes. Des rumeurs prétendent que les Filles de Tituba seraient derrière l'événement, mais la police de New Salem persiste à démentir l'existence d'une telle organisation.**
>
> **Mlle Grace Wiggin, la responsable de l'Union des femmes chrétiennes, montre du doigt les récentes et virulentes fièvres qui sévissent à New Salem et rappelle que la sorcellerie et les épidémies ont toujours été liées. « Qu'attendons-nous pour agir ? Une deuxième peste noire ? »**
>
> **M. Gideon Hill nous a fait part de cette sombre réflexion : « Je crains que nous ne soyons les seuls à blâmer : en tolérant les requêtes contre nature des suffragettes, n'avons-nous pas nourri leur magie contre nature ? Le peuple mérite un maire qui les protégera du mal – et il n'y a pas de mal plus grand que le retour de la sorcellerie. »**
>
> **En effet. Et M. Hill – membre prometteur du conseil municipal et candidat indépendant à la mairie de New Salem – pourrait bien être l'homme qu'il nous faut.**

Genièvre lâche le journal sur le plateau du bureau. « Merde alors », commente-t-elle.

Mlle Stone la considère d'un air sombre. « Vous pouvez le dire.

— Qui sont les Filles de Tituba ? »

Bella ouvre la bouche, mais Mlle Stone la prend de vitesse. « Une rumeur infecte, répond-elle en punaisant le journal de son index. Écoutez, mademoiselle West : si vous souhaitez assister l'association dans sa mission, vous êtes la bienvenue. Les saints savent que nous avons besoin de toutes les bonnes volontés. Mais vous devrez abandonner votre quête de cette… » Elle tapote le journal du doigt. « … *diablerie*. Me suis-je bien fait comprendre ? »

Genièvre la regarde – cette petite vieille avec sa perruque poudrée et son grand bureau dans les quartiers chics de la ville – et la comprend parfaitement bien. Elle comprend que l'Association des Femmes veut le genre de pouvoir que l'on peut arborer en public, faire valoir devant un tribunal ou écrire sur un morceau de papier à glisser dans une urne, mais qu'elle-même en veut un d'un tout autre genre. Un pouvoir qui taillade, armé de dents acérées et de serres, un pouvoir qui déclenche des incendies et danse joyeusement autour du brasier.

Et elle comprend que si elle a l'intention de partir à sa recherche, elle devra le faire seule. « Oui, m'dame », dit-elle, et elle entend trois soupirs de soulagement autour d'elle.

Mlle Stone invite Genièvre à se présenter au comité de planification de la Marche du Centenaire, le mardi soir suivant, et demande à Mlle Lind d'ajouter son nom à la liste des membres et de lui faire visiter les locaux.

Avant de disparaître dans les profondeurs de son bureau, elle se retourne une dernière fois. Sa bouche en pépin de pomme s'est légèrement réhydratée. « N'allez pas croire que je ne comprends pas. Toute femme douée de raison a, une fois dans sa vie, désiré quelque chose qu'elle ne devait pas désirer, et qu'elle ne pouvait pas avoir. J'aimerais… »

Genièvre se demande si Mlle Stone a un jour été une petite fille à qui sa grand-mère racontait des histoires de la Pucelle chevauchant son cerf blanc dans les bois ou de la Mère se jetant dans la bataille. Si elle avait jamais rêvé de brandir une épée plutôt qu'un slogan.

Mlle Stone a un petit haussement d'épaules strict. « J'aimerais que nous puissions utiliser tous les outils à notre disposition pour obtenir justice. Mais je crains que la femme moderne ne puisse se permettre d'être distraite par un rayon de lune ou un conte de sorcières. »

Genièvre lui retourne un sourire aussi aimable qu'elle sait le faire, et Bella murmure : « Oui, bien sûr. » Mais il y a dans les yeux de sa sœur une étincelle comme jaillie d'un silex qui laisse croire qu'elle n'a aucune intention de tourner le dos aux rayons de lune ou aux contes de sorcières ; qu'elle aussi, peut-être, veut un autre genre de pouvoir.

Béatrice Belladone quitte le siège de l'Association des Femmes de New Salem, le col de son manteau relevé contre le froid du printemps et le ventre noué.

Elle s'engage sur St Patience en songeant à l'expression de sa sœur lorsque celle-ci avait ajouté son nom à la liste des membres, bêtement effrontée, et à ses propres doigts, qui l'avaient démangée de l'imiter.

En songeant aussi aux mots qu'elle avait trouvés dans les marges du recueil des sœurs Grimm, et à sa certitude croissante qu'en les prononçant à voix haute, elle avait approché une flamme d'une invisible mèche. Qu'elle avait déclenché quelque chose qu'on ne pouvait plus arrêter.

Les yeux baissés sur les pavés en grès, les épaules remontées jusqu'aux oreilles comme une chouette inquiète, Béatrice ne voit la femme qui arrive en face d'elle qu'au moment où elle la percute de plein fouet.

« Oh, mon Dieu, pardonnez-moi… » Béatrice se retrouve elle ne sait comment à quatre pattes, cherchant ses lunettes à tâtons et présentant ses excuses à une paire de bottes soigneusement astiquées.

Une main chaude l'aide à se relever et époussette sa robe de la saleté de la rue. « Tout va bien, mademoiselle ? » La voix, basse et amusée, appartient à un visage flou dans lequel Béatrice distingue des dents blanches et une peau brune.

« Oui, parfaitement bien, il faut juste que je retrouve mes…

— Lunettes ? » Un petit rire, et Béatrice sent ses lunettes réintégrer leur place habituelle sur son nez.

La tache se révèle être une femme aux yeux d'ambre dont la peau rappelle la couleur du soleil vue à travers un bocal de sorgho. Elle porte un manteau d'homme audacieusement boutonné sur sa jupe et un chapeau melon incliné selon un angle que Béatrice ne pourrait qualifier autrement que chic. Les seules femmes de couleur dans cette partie de New Salem sont les femmes de ménage et les domestiques, mais elle n'est clairement ni l'une ni l'autre.

La femme lui présente sa main et lui sourit avec un tel charme professionnel que Béatrice s'en trouve légèrement aveuglée. « Cléopatra Quinn, du *New Salem Defender*. »

Elle prononce ces mots avec désinvolture, comme si le *Defender* était un journal pour dames ou un périodique consacré à la mode, et non un torchon radical tristement célèbre pour ses éditoriaux séditieux, dont les bureaux ont été incendiés et déménagés au moins à deux reprises, à la connaissance de Béatrice.

Béatrice serre brièvement la main de Mlle Quinn, sans remarquer ni son odeur (encre, clou de girofle et huile chaude d'une presse d'imprimerie) ni si elle porte une alliance (elle en porte une).

Béatrice déglutit. « B… Béatrice Eastwood. Bibliothécaire assistante à l'université de New Salem. »

Mlle Quinn regarde le siège de l'association par-dessus l'épaule de Béatrice. « Vous êtes membre de l'Association des Femmes ? Étiez-vous présente lors des événements qui se sont produits à St George Square le soir de l'équinoxe ?

— Non. Je veux dire, si, j'y étais, mais je ne suis pas… »

Mlle Quinn lève une main apaisante. Béatrice note qu'elle a le poignet constellé de cicatrices argentées, des marques de variole qui dessinent presque un motif. « Je vous assure que le *Defender* ne s'intéresse en rien à cette absurde chasse aux sorcières haletante qu'on peut lire dans les colonnes du *Post*. Vous pouvez être certaine que vos observations seront présentées avec fidélité et bienveillance. »

Il y a en Mlle Quinn une effervescence qui rappelle à Béatrice celle d'une actrice sur scène, ou peut-être celle d'une sorcière de rue égarant son public.

Béatrice se sent exceptionnellement terne et stupide à côté d'elle. Elle lui adresse un sourire un peu désespéré, sous le soleil printanier qui la fait transpirer. « Je crains de ne pas avoir d'avis sur la question.

— Quel dommage ! Les suffragettes sont réputées avoir un avis sur tout.

— Je ne suis pas vraiment une suffragette. Je ne suis pas officiellement membre de l'association.

— Moi non plus, mais je persiste pourtant à avoir toutes sortes d'avis et d'observations. »

Béatrice retient un rire avant qu'il ne lui échappe et le renvoie au fond de sa gorge. « Alors vous devriez peut-être vous engager. »

Elle voit au flétrissement du sourire de Mlle Quinn que ce n'était pas la chose à dire, et Béatrice sait pourquoi. Elle a surpris suffisamment de conversations à la bibliothèque et lu assez d'éditoriaux dans *The Ladies'*

Tribune pour comprendre que l'Association des Femmes de New Salem est partagée sur la question de la couleur de peau. Certaines s'inquiètent de ce qu'inclure des femmes de couleur puisse ternir leur réputation respectable ; d'autres pensent qu'elles devraient profiter de leur liberté encore quelques décennies avant de se pencher sur quelque chose d'aussi radical que les droits civiques. La plupart d'entre elles s'accordent à dire qu'il serait beaucoup plus approprié que les femmes de couleur se cantonnent à la Ligue des femmes de couleur.

Béatrice aurait tendance à croire que deux organisations poursuivant les mêmes buts gagneraient en efficacité à faire front commun, et que leur père se trompait tout autant lorsqu'il prétendait renvoyer les esclaves affranchis en Afrique que lorsqu'il disait des femmes qu'elles devaient rester à leur place… Mais elle ne s'en est jamais inquiétée outre mesure, et en conçoit aujourd'hui un inconfortable sentiment de honte.

Le sourire de Mlle Quinn s'est radouci. « Je ne crois pas. Mais l'équinoxe, mademoiselle Eastwood. Pourquoi ne me décririez-vous pas ce que vous avez vu ?

— La même chose que tout le monde, je suppose. Un vent soudain. Des étoiles. Une tour.

— Une porte gravée de certains mots et d'un certain symbole, ajoute Mlle Quinn d'un ton badin, mais ses yeux sont jaunes, félins.

— Ah bon ? s'étonne Béatrice sans grande conviction.

— Oui. Un symbole ancien composé de cercles entrelacés. Cela… nous intéresse beaucoup, certains de mes associés et moi. Sauriez-vous par hasard – vous avez dit être bibliothécaire, si je ne m'abuse – quoi que ce soit sur ce signe ?

— Je… je crains que non. On retrouve le motif des cercles dans toutes sortes de sceaux et de sorts, et le chiffre 3 a une signification symbolique largement répandue, n'est-ce pas ? Ça pourrait être n'importe quoi.

— Je vois. Cela dit… » Mlle Quinn lui décoche le sourire de celle qui sait avoir gagné la partie. « … je ne crois pas avoir dit qu'ils étaient au nombre de trois.

— Ah.

— Mademoiselle Eastwood, je me rendais justement dans un salon de thé sur la Sixième. Voudriez-vous vous joindre à moi ? »

Elle accompagne sa proposition d'un regard passionné et secret, les cils à moitié clos. Un regard que Béatrice a pris soin, durant sept ans, de ne pas lancer, de ne pas recevoir et de ne même pas désirer.

(Quand elle était plus jeune, elle s'autorisait à convoiter de telles choses. À admirer les lèvres pivoine d'une femme ou le creux délicat d'une gorge. Elle a appris la leçon.)

Elle s'écarte prudemment de Mlle Cléopatra Quinn et de ses longs cils. « Je… Je dois aller au travail, j'en ai peur. » Elle tente un hochement de tête décontracté. « Belle journée à vous. »

Mlle Quinn ne semble ni offensée ni découragée par son départ précipité, juste plus déterminée. « À une prochaine fois, mademoiselle Eastwood. » Elle incline sobrement son chapeau melon et agite sa jupe d'un geste à mi-chemin entre le salut et la révérence. Béatrice rougit sans savoir pourquoi.

Elle parcourt les trois pâtés de maisons qui la séparent de l'université en gardant les yeux sur ses bottes, sans penser aux rayons de lune, aux contes de sorcières, ni à l'anneau étroit qui enserre l'annulaire de Mlle Quinn.

C'est à peine si elle entend le brouhaha des passants ou les apostrophes des petits vendeurs de journaux qui filent comme des hirondelles près d'elle (« Des sorcières lâchées sur New Salem ! », « L'ascension du Parti de la Moralité de Hill ! », « Le maire Worthington sous pression ! »), et si les ombres de la rue se comportent bizarrement – on les voit se décoller des sombres embrasures de porte, quitter les ruelles en s'enroulant sur elles-mêmes, s'attacher à ses pas comme l'ourlet noir de quelque long manteau –, Béatrice ne le remarque pas.

7

Adieu, petit bruant,
Maman chasse dans le vent.

Un sort pour mettre fin à ce qui n'a pas encore commencé, qui requiert de la menthe pouliot & des regrets

Deux semaines après avoir retrouvé ses sœurs et les avoir de nouveau perdues, Agnès Amarante se tient devant une échoppe dans une ruelle sombre perpendiculaire à St Fortitude. Il n'y a rien d'écrit sur la porte, mais Agnès sait qu'elle se trouve au bon endroit : l'odeur sauvage des herbes et de la terre, identique à celle de la cahute de Mama Mags, incongrue dans la grisaille pavée de New Salem, le lui confirme.

La propriétaire, une jolie Grecque aux boucles noires et aux yeux fardés, se présente en roulant les r sous le nom de Madame[1] Zina Card : chiromancienne, spiritualiste, cartomancienne et sage-femme.

Mais Agnès n'est pas venue se faire dire la bonne aventure ni lire les lignes de la main. « Pouliot royal, je vous prie », dit-elle, et rien de plus.

1 En français dans le texte. *(Toutes les notes sont du traducteur)*

Madame Zina la jauge du regard, comme pour s'assurer qu'Agnès sait ce qu'elle a demandé et pourquoi, puis elle déverrouille un placard et fourre quelques brins dans un sachet en papier kraft.

« Mettez à macérer dans l'eau de la rivière – faites bien bouillir – et tournez sept fois avec une cuiller en argent. Les vers sont en supplément. » Les yeux de Madame Zina s'attardent sur le très léger renflement du ventre d'Agnès. C'est à peine visible, mais seules les femmes dans sa condition viennent lui acheter du pouliot.

Agnès secoue imperceptiblement la tête. « Je les connais déjà. » Mags les leur avait appris quand Agnès avait seize ans. Elle ne les a pas oubliés.

Madame Zina acquiesce aimablement et lui tend le sachet scellé avec de la cire. Elle fronce des sourcils inquiets. « Ne soyez pas si abattue, ma fille. Je ne sais pas ce que votre homme ou votre dieu vous a dit, mais ce n'est pas un péché. Les choses se passent ainsi depuis toujours, avant même les Trois. Toutes les femmes ne veulent pas d'enfants. »

Agnès manque de lui rire au nez : *bien sûr* qu'elle voudrait un enfant. Bien sûr qu'elle voudrait poser sa petite joue endormie contre son sein et sentir son haleine de lait, devenir en son nom quelque chose de plus grand qu'elle-même : un château, une épée, la pierre, l'acier, tout ce que sa mère n'avait pas été.

Mais Agnès avait voulu prendre soin de ses sœurs, à une époque. Elle ne mettrait pas une nouvelle vie au monde pour échouer encore une fois.

Incapable de mettre en mots son désir idiot et vain, elle se contente de hausser les épaules. Et ce faisant, elle sent les os de ses épaules crisser les uns contre les autres.

« Laissez-moi vous tirer les cartes. Gratuitement », dit Zina en désignant un fauteuil qui semble avoir été rose ou crème, mais qui n'est plus que couleur de peau crasseuse. Des rideaux rouges en piteux état pendent au-dessus de l'accoudoir.

« Non merci. »

Zina se passe la langue sur les lèvres et plisse les yeux. « Alors laissez-moi le faire pour *elle*, si vous préférez », insiste-t-elle en regardant le ventre de sa cliente.

Agnès s'assied comme si quelque chose de lourd venait de lui percuter l'arrière des genoux.

Zina s'installe en face d'elle et sort un paquet de grandes cartes aux bords émoussés par l'usage, aux dos ornés d'étoiles dorées.

« Son passé. » Elle tire le trois d'Épée, qui montre un cœur rubis proprement transpercé par trois lames. Agnès pense à elle et à ses sœurs, aux terribles blessures qu'elles se sont infligées, vieilles de sept ans et toujours pas guéries, et se tortille sur le fauteuil.

« Son présent. » Zina tire cette fois trois cartes : la sorcière d'Épée, la sorcière de Bâton et la sorcière de Coupe. Agnès sourit presque en les voyant. La sorcière d'Épée ressemble même un peu à Genièvre, avec son expression féroce et ses cheveux qui font comme une tache d'encre.

« Son avenir. » Le huit d'Épée, où l'on voit une femme ligotée et aveugle, entourée d'ennemis. La Pendue, qui se balance la tête en bas tel un animal sacrificiel au-dessus de l'autel. Agnès évite son regard.

Zina pose le paquet sur la table et le tapote une fois. « À vous de tirer la dernière. »

Agnès tend la main, mais un coup de vent soudain entre par la fenêtre ouverte – fourbe et frais comme la nuit, chargé du parfum ténu des roses – et éparpille le paquet. La bourrasque fourrage comme des doigts parmi les cartes, avant de retomber. Elle ne laisse qu'une seule carte retournée : la Tour, haute et plongée dans l'ombre.

Le sang d'Agnès s'échauffe d'un coup. « Tenez… dit-elle en ramassant brusquement les cartes et en les tendant à Zina. Laissez-moi choisir comme il faut. »

Les lèvres de Zina dessinent une petite moue, comme si elle pensait qu'Agnès était un peu stupide, mais elle n'en bat pas moins les cartes. Elle tasse le paquet sur la table et le lui présente de nouveau.

Agnès retourne la première carte, et c'est encore la Tour qui sort. Une flèche d'encre noire entourée de minuscules points blancs. De plus près, elle voit que ses bords sont en fait un enchevêtrement de plantes épineuses ponctué de taches rosâtres en guise de fleurs, comme des petites bouches. Ou des roses.

Agnès se lève d'un coup. « Je suis désolée. Je dois partir. » Elle ne veut rien avoir affaire ni avec cette tour ni avec ce vent malfaisant. Elle sait reconnaître les ennuis quand ils entrent furtivement par la fenêtre pour tirer sur les fils lâches de votre destin.

« Oh, ce n'est pas un si mauvais tirage que ça. Elle affrontera des épreuves, mais n'est-ce pas notre lot à toutes ? »

Agnès ne peut que secouer la tête et reculer d'un pas chancelant jusqu'à la porte. Elle entend la voix de Zina – « Revenez me voir quand vous aurez changé d'avis. Je suis la meilleure sage-femme de West Babel, demandez à qui vous voulez » – alors qu'elle sort dans la ruelle et reprend la direction de St Fortitude.

Elle garde une main dans sa poche, la paume moite, le poing serré sur le sachet en papier kraft. Les cartes dansent devant ses yeux comme autant de présages ou de promesses : la Tour, le cœur poignardé trois fois, les trois sorcières.

Elle sent les contours d'une histoire la tirer par la manche, une histoire qui fait d'elle la sœur cadette d'un sombre conte de sorcières.

Mieux vaut être la sœur du milieu que la mère. Les sœurs du milieu sont toujours oubliées, ratées ou vouées à un destin tragique, mais au moins survivent-elles, la plupart du temps ; les mères dépassent rarement la première ligne. Elles meurent, aussi doucement et naturellement que fanent les fleurs, et laissent leurs trois filles exposées à toute la méchanceté du monde.

Dans la vraie vie, leur mort n'est pas aussi douce et naturelle. Agnès n'avait que cinq ans à la naissance de Genièvre, mais elle se rappelle les draps tachés et la peau couleur perle mouillée de sa mère. La puanteur métallique de la naissance et du sang.

Son père, qui regarde tout ça avec une immoralité brute, les bras croisés, sans aller chercher d'aide, sans sonner la cloche qui ferait venir Mama Mags avec ses herbes et ses comptines.

Agnès aurait dû donner elle-même le signal, se glisser par la porte de derrière et tirer sur la corde à moitié pourrie… Mais elle n'en avait rien fait. Parce qu'elle avait eu peur de la chose dans les yeux de son père. Parce qu'elle avait choisi de sauver sa peau plutôt que celle de sa mère.

Elle se rappelle la main de sa mère – exsangue et blanche comme les pages à la fin d'un livre – qui lui touche la joue, juste avant qu'elle n'expire. Sa voix, qui lui dit : *Prends soin d'elles, Agnès Amarante*. Bella était l'aînée, mais elle savait qu'Agnès était la plus forte.

La première nuit, c'était Agnès qui avait lavé sa sœur nouvelle-née. C'était elle qui lui avait donné son petit doigt à sucer quand elle s'était mise à pleurer. Plus tard, c'était elle qui lui brossait les cheveux avant l'école, et elle encore qui lui tenait la main dans les nuits sans fin derrière la porte de la cave.

Et c'était Agnès qui avait laissé Genièvre se débrouiller toute seule, parce qu'elle n'avait pas été assez forte pour rester. Parce que la survie est une chose égoïste.

Ses sœurs sont désormais avec elle dans la Cité Exempte du Péché, et leur père est mort. Agnès devrait être soulagée, mais elle connaît assez le monde pour savoir qu'il n'était qu'un monstre parmi tant d'autres, un maillon d'une chaîne de cruauté sans fin. Il est plus sûr de cheminer seule. Le sachet en papier kraft dans sa poche est la garantie qu'il en restera ainsi.

Elle passe devant une tannerie, ses yeux larmoient à cause des acides, ou d'autre chose peut-être. Une boucherie, une cordonnerie, une écurie à moitié pleine de chevaux de la police qui font claquer paresseusement leurs sabots ferrés. L'hôpital St Charity, un bâtiment bas en grès qui sent la soude caustique et les lésions, édifié par l'Église pour soigner les habitants crasseux et impies de West Babel. Agnès a déjà vu les nonnes et les docteurs qui battent le pavé pour haranguer les femmes célibataires et brandir des pactes de pureté. Mais les filles qui accouchent à St Charity en sortent amorphes, le teint grisâtre, en serrant mollement leur bébé contre elles, comme si elles n'étaient pas certaines qu'il leur appartienne. À l'usine, la plupart des femmes préfèrent des mères ou des sages-femmes quand le moment vient.

À présent, St Charity résonne des toux des patients atteints de la fièvre d'été. Quelqu'un a tracé la marque de la sorcière sur la porte, une croix crochue barbouillée à la cendre. Agnès se demande si les rumeurs de l'arrivée d'une deuxième peste sont vraies.

Elle traverse la rue et se change les idées en lisant les affiches délavées placardées sur les clôtures et les murs. Publicités et décrets ; avis de recherche aux visages tachés par la pluie ; annonces de la Foire du Centenaire le mois prochain.

Au coin de la Vingt-Deuxième Rue, la brique est entièrement recouverte d'une même affiche répétée *ad nauseam*, comme une sinistre tapisserie. Le papier semble neuf, et l'épaisse encre noire et rouge dessine un poing levé tenant une torche enflammée dans la nuit. La fumée qui s'en élève forme des visages macabres, des corps d'animaux et des mots déformés : « PÉCHÉ », « DROIT DE VOTE », « SORCELLERIE ». En haut, en caractères plus petits mais facilement lisibles, le slogan : « Votez Gideon Hill ! Notre Lumière contre les Ténèbres ! »

Trois hommes se tiennent devant Agnès, chargés de seaux de colle et de piles d'affiches. Ils arborent des badges en bronze gravés de la torche de Hill. Il y a quelque chose de vaguement déstabilisant chez eux – la curieuse synchronie de leurs mouvements peut-être ou la ferveur de leurs regards, ou encore l'indolence de leurs ombres, qui semblent se mouvoir une demi-seconde après leurs propriétaires.

« Dites à votre mari de voter Hill ! lance l'un d'eux à son passage.

— Notre lumière contre les ténèbres ! ajoute le deuxième.

— On n'est jamais trop prudent, avec la magie des femmes qui revient », renchérit le troisième en dépliant une affiche devant elle.

Agnès devrait hocher la tête poliment – elle est d'ordinaire trop avisée pour chercher des poux à des fanatiques –, mais elle ne le fait pas. Au lieu de ça, elle crache un gros glaviot couleur coton qui éclabousse les bottes du dernier à avoir parlé.

Elle ignore la raison de son geste. Peut-être qu'elle en a assez d'être si avisée, de rester à sa place. Peut-être parce qu'elle sent la présence en ville de sa petite sœur sauvage, qui l'attire vers les ennuis.

Agnès et l'homme fixent tous les deux des yeux le crachat glisser de sa botte sur le trottoir, laissant derrière lui une traînée luisante comme celle d'un escargot. L'homme se tient immobile, mais Agnès note dans un coin de son cerveau que les bras de son ombre remuent, se tendent vers sa jupe.

Elle prend alors ses jambes à son cou, sans se laisser le temps de découvrir ce que ces mains avaient l'intention de lui faire ou quel genre de foutue sorcellerie est à l'œuvre à New Salem.

Elle dévale la Trente-Deuxième, tourne au coin de St Jude, et, en un rien de temps, elle a regagné la chambre n° 7 de la pension de South Sybil, à bout de souffle, les bras serrés autour de son ventre à peine visible. Elle sort de son tablier le sachet en papier kraft de Zina.

Du pouliot royal et une demi-tasse d'eau de la rivière : c'est tout ce qu'il lui faut pour maintenir ce cercle bien fermé autour de son cœur. Pour rester seule et survivre.

Elle l'a déjà fait – déjà bu, ce breuvage amer d'une seule gorgée, déjà ressenti, l'immense soulagement quand les crampes lui avaient noué le ventre – et ne l'avait jamais regretté.

Pourtant, elle pose le sachet sur le sol, sans le décacheter, et s'allonge sur son petit lit en souhaitant que sa sœur soit là pour lui murmurer une histoire.

À elle ou à l'étincelle qui grandit en elle, ce second cœur qui s'entête à battre.

8

Reine Anne, reine Anne,
Toi qui es assise dans le soleil,
Blonde comme un lys et blanche comme une baguette.

Un sort pour éclairer, qui requiert du bois de cœur & de la chaleur

Cette nuit-là, Béatrice Belladone rêve d'Agnès, mais quand elle se réveille, seule Genièvre est là, dans la pénombre encombrée de sa chambre sous les combles.

Elle voit à l'éclat humide de ses yeux qu'elle aussi est réveillée, mais aucune d'elles n'évoque leur troisième sœur. Il y a beaucoup de choses dont elles ne parlent pas.

Pourtant, Genièvre continue de dormir dans sa chambre, et Béatrice continue de la laisser faire, et elle suppose que les choses resteront en l'état encore un moment : Genièvre passant ses journées avec l'association et revenant à la maison avec des badges, des écharpes et des pancartes enroulées à peindre, Béatrice occupant ses heures de travail à la bibliothèque à poursuivre des murmures et des contes de sorcières pour se rapprocher de la Voie perdue, sans jamais dire exactement à sa sœur ce qu'elle sait ou croit savoir – peut-être parce que ça a l'air trop improbable, trop impossible ; peut-être parce que ça n'a pas l'air assez impossible.

Peut-être parce qu'elle s'inquiète de ce qu'une femme comme Genièvre ferait si les sorcières se réappropriaient leur pouvoir.

Le printemps à New Salem est une créature grise et boudeuse. Mi-avril, Béatrice se sent dans la peau d'un grand champignon à lunettes. Genièvre en est venue à allumer sa baguette tous les soirs simplement pour sentir la caresse du soleil sur sa peau, en parlant avec nostalgie des jacinthes des bois et des sanguinaires qui fleurissent chez elles à cette époque de l'année.

Un jour, Béatrice lui demande quand elle prévoit de retourner à Crow County – elle est sûre que leur cousin Dan la laisserait vivre dans l'ancienne maison de Mags pour rien ou presque, même si c'est un abruti –, mais le visage de Genièvre se ferme comme les volets d'une maison. La lumière des sorcières s'éteint doucement et la pénombre froide reprend ses droits. Béatrice ajoute ce sujet à la liste de ceux qu'elles ne peuvent pas aborder.

Le lendemain matin, Genièvre part tôt pour l'association, et Béatrice lit seule son journal à la table du petit déjeuner. Elle s'est récemment abonnée au *New Salem Defender* en plus du *Post*. Cela, s'assure-t-elle, est simplement le fruit de son intérêt croissant pour la politique et n'a rien à voir avec le fourmillement au bout de ses doigts quand elle voit le nom « C. P. QUINN » imprimé en petites capitales. Elle se demande de quoi le P est l'initiale et si les femmes de couleur ont un matrinome.

Cet après-midi, Béatrice est affectée au comptoir du prêt. Elle ne le quitte que pour aller aider un moine à barbe blanche à trouver sa biographie de Geoffrey Hawthorn (*G. Hawthorn, le fléau d'Old Salem*) et allumer des lampes pour un groupe d'étudiants épuisés qui préféreraient changer de nom et s'enfuir quelque part à la campagne plutôt que de terminer leur semestre. Elle est censée occuper le reste de sa journée à enregistrer des arrivées récentes – une nouvelle édition de *L'Expansion de l'Angleterre* de Seeley, un compte-rendu de la campagne de la Compagnie des Indes orientales contre les sorcières indiennes renégates ; une version reliée de *La Sorcière dans l'histoire américaine* de Jackson Turner, qui postule que la menace que constituait Old Salem puis sa destruction ont défini l'esprit vertueux de l'Amérique –, mais elle le passe à contempler le ventre de baleine du ciel à travers la fenêtre à meneaux, les paupières lourdes.

Elle se réveille au son d'une voix amusée. « Excusez-moi ? »

Elle décolle son visage de *La Sorcière dans l'histoire américaine* et se redresse brusquement en rajustant ses lunettes avec une horreur croissante.

Aujourd'hui, Mlle Cléopatra (P.) Quinn tient poliment son chapeau melon sous son bras. Elle a délaissé son manteau d'homme pour une veste à double boutonnage, et ses cheveux tressés lui font comme une couronne. Il doit pleuvoir, car des perles d'eau sur sa peau nue accrochent la lumière d'une façon que Béatrice serait bien en peine de nommer (lumineuse).

« Que faites-vous ici ? » parvient à articuler Béatrice d'une voix étranglée.

Mlle Quinn adopte une expression à la fois sévère et malicieuse, glissant dans son regard une certaine irrévérence. « Je me suis laissé dire que les bibliothèques sont des institutions publiques.

— Oh, oui. C'est-à-dire... Je pensais... » *Que vous étiez venue me voir.* Béatrice ferme brièvement les yeux, mortifiée. Elle réessaie. « Bienvenue dans les collections de l'université de New Salem. Que puis-je pour vous ?

— Beaucoup mieux. » L'irrévérence s'est échappée de ses yeux et s'enroule maintenant aux coins de sa bouche. « Je cherche des informations sur la tour aperçue pour la dernière fois sur St George Square, et sur les Trois Dernières Sorcières de l'Ouest », déclare-t-elle bien trop fort.

Béatrice manque de se jeter par-dessus le comptoir, mais se contente de poser la main sur les lèvres de Mlle Quinn. « *Par les saints !* N'importe qui pourrait vous entendre !

— Alors emmenez-moi dans un endroit plus privé. » Elle lui lance un autre de ses regards hautement inappropriés, et Béatrice se sent comme un pion en mauvaise posture sur un échiquier.

M. Blackwell accepte de la remplacer au comptoir du prêt et regarde les deux femmes se retirer dans le bureau de Béatrice avec une expression dubitative. Il a beau être issu d'une lignée de quakers ouverts d'esprit, il y a des règles qui interdisent aux gens comme Mlle Quinn de s'attarder à la bibliothèque. Ces règles ne sont écrites nulle part, mais les plus importantes le sont rarement.

Béatrice referme discrètement sa porte. Lorsqu'elle se retourne, Mlle Quinn est en train de parcourir des yeux les dos des livres empilés, puis elle jette un regard sur le carnet en cuir noir resté ouvert sur le bureau. Béatrice le referme vivement.

« Comme je vous l'ai déjà dit, je crains de ne rien savoir ni sur les événements qui se sont produits sur l'esplanade ni sur les Trois Dernières. Mais vous êtes évidemment libre de faire des recherches dans nos collections.

— Oh, mais j'espérais une visite guidée. Par quelqu'un qui dispose d'informations plus… intimes. » Elle s'exprime d'un ton trop chaleureux, trop familier, trop tout. Comme disait Mama Mags, elle *en fait des tonnes*.

Pourquoi ? Que sait-elle à propos des trois cercles entrelacés, des trois sorcières perdues et de leur Voie pas-si-perdue ?

« Que voulez-vous ? demande Béatrice d'une voix glaciale.

— Seulement ce que veut toute femme.

— Et qu'est-ce donc ? »

Le sourire de Mlle Quinn se durcit, et Béatrice s'avise que ce doit être son vrai sourire, sous le vernis brillant éblouissant de toutes ses actions.

« Ce qui lui *appartient*, siffle-t-elle. Ce qu'on lui a volé. » Il y a un désir différent dans sa voix à présent, qui sonne juste aux oreilles de Béatrice. N'est-ce pas celui qu'elle-même a ressenti ?

Elle hésite.

Mlle Quinn plante ses paumes sur le bureau de Béatrice et se penche par-dessus. « Vous et moi sommes des femmes de mots, je présume. Nous nourrissons le même intérêt pour la recherche de la vérité, pour les histoires. Pourquoi ne partagerions-nous pas ces histoires ? Je peux être d'une grande discrétion, je vous l'assure. » Sa voix est de nouveau tout miel, transpirant la sincérité. « Tout ce que vous me direz restera entre nous. Je vous le promets. »

Étourdie par l'odeur d'encre et de clou de girofle de sa peau, Béatrice laisse échapper un rire étranglé. « Êtes-vous une journaliste ou une détective, mademoiselle Quinn ?

— Oh, toute bonne journaliste est aussi une détective. » Elle se redresse et lisse négligemment le tissu de ses manches. « Et vous, qu'êtes-vous ?

— Rien », répond Béatrice, parce que c'est vrai. Elle n'était personne à sa naissance, et on lui a appris à le demeurer – *Souviens-toi de ce que tu es* –, si bien qu'aujourd'hui, elle n'est qu'une bibliothécaire maigrichonne aux cheveux déjà striés de gris, presque une vieille fille.

Mlle Quinn hausse les sourcils et désigne du menton le carnet fatigué que Béatrice serre toujours contre sa poitrine. « Et vos travaux ? Ce n'est rien non plus ? »

Béatrice devrait répondre par la négative. Jeter ses notes d'une chiquenaude. *Oh, ça ? Juste des rayons de lune et des rêves éveillés.*

Au lieu de quoi, ses doigts se resserrent autour du carnet. « Ce n'est... pas grand-chose. Rien de plus que des conjectures, jusqu'ici. Mais je crois... » Elle s'humecte les lèvres. « Mais je crois que j'ai trouvé les vers et les voies permettant de rappeler la Voie perdue d'Avalon. En partie, du moins. »

Elle tressaille à ces paroles, s'attendant à moitié à entendre craquer les doigts d'une religieuse ou à sentir le courant d'air froid de la cave.

Mlle Quinn ne se moque ni ne la réprimande. « Vraiment ? » dit-elle, et elle patiente. Elle écoute.

Béatrice n'a pas l'habitude qu'on l'écoute. Elle se découvre des papillons dans le cœur qui l'empêchent de se concentrer. « C'est la comptine que notre grand-mère nous a apprise. Je croyais qu'elle l'avait inventée, mais alors je l'ai trouvée à la dernière page d'une édition originale des *Contes* des sœurs Grimm – vous les connaissez ? »

Elle parle à Mlle Quinn des folles sœurs, du sang de pucelle et de sa théorie selon laquelle des secrets ont pu survivre d'une façon ou d'une autre dans les contes de bonne femme et les comptines. « Ça doit vous paraître ridicule. »

Mlle Quinn hausse une épaule. « Pas du tout. Certaines choses sont trop dangereuses pour être écrites ou dites clairement. Il faut parfois s'y glisser de profil, en secret.

— Même si je rassemble tous les éléments du sort, aucune d'entre nous n'a assez de sang de sorcière pour le lancer. Toutes les vraies sorcières ont été brûlées il y a des siècles.

— Toutes, mademoiselle Eastwood ? » Il y a une note de pitié dans la voix de Mlle Quinn. « Alors comment font-ils, au Caire, pour repousser à la fois les Ottomans et les Anglais depuis des décennies, malgré leurs fusils et leurs bateaux ? Pourquoi Andrew Jackson a-t-il laissé tranquilles ces Chactas dans le Mississippi ? Par bonté de sa petite âme noire ? »

La pitié s'aiguise, devient cinglante. « Croyez-vous vraiment que les esclavagistes ont trouvé toutes les sorcières à bord de leurs négriers et les ont jetées par-dessus bord ? »

Béatrice a eu vent de folles théories prétendant qu'il y avait eu de la sorcellerie à l'œuvre à Stono et en Haïti, que Turner et Brown avaient été secondés par des forces surnaturelles. Elle a entendu des murmures cristallins sur des convents de couleur rôdant dans les rues. Mais à St Hale, on lui a enseigné que c'étaient des rumeurs sans fondement, le produit de l'ignorance et de la superstition.

Quinn adoucit sa voix. « Peut-être que même le bon saint George a manqué une sorcière ou deux durant la purge. Comment croyez-vous que votre grand-mère ait appris ces vers en premier lieu ? »

Béatrice ne s'était pas autorisée à poser cette question à voix haute. À se demander qui était la mère de Mags, et la mère de sa mère. *Le sang des sorcières coule à flots dans les égouts*, après tout.

« Cela vaut au moins la peine de chercher les vers et les voies qui vous manquent.

— Je… Peut-être. » Béatrice ravale difficilement l'espoir qui lui monte dans la gorge. « Mais ils semblent ne pas vouloir qu'on les trouve. » Elle désigne d'un grand geste son bureau, jonché de papiers, de livres ouverts et d'impasses. « J'ai lu les sœurs Grimm une bonne douzaine de fois, dans toutes les éditions que j'ai pu trouver. J'ai attaqué les autres folkloristes – Charlotte Perrault, Andrea Lang –, mais s'il y avait des instructions secrètes ou des notes glissées à l'intérieur, elles se sont effacées, tachées… perdues. »

Elle ne dit rien de l'ombre-main qu'elle a vue se poser sur la page ni de l'insidieuse sensation que quelqu'un ne veut pas la voir trouver les vers, car elle souhaite que Mlle Quinn continue de la considérer comme une adulte saine d'esprit. « J'*ai* cherché. Mais j'ai échoué. »

Mlle Quinn n'a pas l'air particulièrement ébranlée. Elle adresse un hochement de tête entendu à Béatrice et pose son chapeau melon sur le bureau. Puis elle déboutonne ses manches et les roule, révélant plusieurs centimètres de poignets marqués par la vérole. « Évidemment.

— Comment ça ? »

Mlle Quinn se perche sur la même pile d'encyclopédies que Genièvre quelques semaines plus tôt et tend la main, paume vers le haut, vers Béatrice et son carnet noir. Sa moue est taquine, mais ses yeux restent sérieux, sa main reste ferme. « Vous ne m'aviez pas, moi. »

Béatrice passe son pouce sur le dos de son carnet, rempli de ses théories et de ses pensées les plus privées, de ses suppositions les plus folles et de ses questionnements les plus dangereux. Son propre cœur, cousu et relié.

Cela devrait être difficile de le donner à une étrangère ou presque, voire impossible.

Ça ne l'est pas.

Genièvre n'avait pas d'amies quand elle était petite. Les filles de l'école n'étaient pas autorisées à se rendre à la ferme Eastwood, à cause soit des soupçons de sorcellerie qui pesaient sur Mama Mags, soit des émanations d'alcool qui entouraient leur père, soit des affreuses rumeurs qui couraient sur la mort de leur mère (*Horriblement suspect,* murmurait-on, *j'ai entendu dire qu'elle songeait à le quitter*).

D'une façon ou d'une autre, Genièvre était restée seule avec ses sœurs et la verte, si verte montagne ; et après l'incendie, seule avec la montagne. Genièvre en était venue à croire qu'elle ne manquait pas grand-chose, de toute façon ; son père disait des femmes qu'elles étaient comme des poules, qui passaient leur temps à s'attrouper et à se donner des coups de bec, et Genièvre ne voulait pas être une poule.

Mais un mois après s'être engagée chez les suffragettes afin de mettre un terme à la tyrannie de l'homme, elle commence à se dire que son père se trompait lourdement.

Elle n'aime pas toutes les dames de l'association – beaucoup d'entre elles sont des élégantes en manteau de fourrure qui regardent Genièvre comme un chien jaune errant dans le mauvais quartier –, mais même les snobinardes sont ici pour la même raison, pour donner un coup de main, fût-elle gantée de blanc. Cela rappelle à Genièvre les cercles de patchwork dont Mama Mags parlait, où les femmes d'une vallée entière se serraient dans la cuisine de l'une ou de l'autre, et tous leurs minuscules points finissaient par former quelque chose de plus grand que chacune d'elles.

Et toutes ne sont pas snobs. Il y a Mlle Stone, toujours occupée et jamais souriante, mais qui inspire une loyauté fervente et contagieuse à ses troupes ; la secrétaire, Gillian Lind, qui reste dans son coin, mais qui, assez étonnamment, s'est révélée avoir un faible pour les contes de sorcières de Genièvre ; une grosse veuve chic, Inez Gillmore, qui est plus riche que le pape et ne cesse d'offrir à Genièvre chapeaux et bonnets pour cacher ses cheveux grossièrement coupés ; une femme âgée, Electa Gage, qui passe son temps à marmonner qu'elles devraient s'enchaîner à des bâtiments publics, comme l'ont fait leurs homologues anglaises. Genièvre ne comprend pas trop ce que ça prouverait, mais elle admire la détermination d'Electa.

Parfois, quand elles rient et débattent ensemble, c'est comme si elle avait de nouveau des sœurs. Elle arrive presque à oublier qu'Agnès est un silence bouillonnant à l'autre bout de la ville et Bella, si raide et coincée qu'elle a l'impression de partager la chambre d'un mannequin. Bella part tôt et rentre tard tous les jours, accaparée par de mystérieuses recherches qui lui laissent les manches tachées d'encre et les yeux injectés de sang. Quand elle rentre, elle semble distraite, distante, et garde en permanence son petit carnet noir serré entre ses mains. Sous le feu des questions de Genièvre – qu'est-ce qu'elle cherche ? Sait-elle ce que ce signe veut dire ? Qu'est-ce qui a invoqué cette tour, et qu'est-ce qui l'a renvoyée là d'où elle vient ? –, elle esquive, diffère et ne répond jamais vraiment.

Genièvre ne le prendrait pas personnellement, si la semaine dernière, quand elle avait rendu une visite inopinée à Bella, elle n'avait pas trouvé une fille de couleur en manteau d'homme assise sur le coin de son bureau. Bella avait rougi et déclaré qu'elle était « partie prenante », sans préciser de quoi ou pourquoi.

Après cela, elle a envisagé d'attendre que Bella dorme à poings fermés pour lui subtiliser ce petit carnet noir sous son oreiller et découvrir par elle-même ce qu'est cette tour et qui l'a invoquée. Elle nourrit quelques doutes.

Entre-temps, elle a Gillian, Inez, Electa et un flot continu de comités et de sous-comités pour l'occuper. Elle n'avait jamais cru que renverser le patriarcat nécessiterait autant de réunions, mais c'est apparemment le cas.

Après la troisième ou quatrième, qu'elle termine le nez dans son agenda en priant qu'une mort prématurée mette un terme à ses tourments, Mlle Stone la prend en pitié et l'affecte aux préparatifs pratiques de la Marche du Centenaire. Accrocher des tracts, repasser des écharpes et peindre des slogans est certes moins glamour, mais ça vaut mieux que les tournées sans fin de pour et de contre.

Elle est accroupie dans une des pièces du fond du siège de l'association, occupée à peindre le S final d'une pancarte « LE VOTE AUX FEMMES » et à jurer chaque fois que les poils du pinceau rebiquent, quand on sonne à la porte.

Une voix onctueuse lance : « Bonjour, excusez-moi… », et Genièvre entend Gillian demander : « En quoi puis-je vous aider, monsieur ? » Bruit de bottes entrant timidement dans le bureau de réception, puis des paroles trop faibles pour que Genièvre les perçoive. Elle peut certainement ignorer ce visiteur – probablement encore un moine venu se plaindre de leur paganisme ou un journaliste en quête de citations fracassantes –, mais Gillian apparaît dans l'encadrement de la porte, le teint pâle. « Mademoiselle Stone, venez vite ! »

Leur présidente gagne le bureau de réception revêtue de son expression de politesse glacée que Genièvre en est venue à voir comme une armure. Genièvre et les autres la suivent telle une escorte de femmes d'armes.

Dans le bureau, un homme servile aux yeux larmoyants accompagné d'un chien servile aux yeux larmoyants les attend. Genièvre trouve qu'il ressemble à un gros cloporte vieillissant, prêt à se rouler en boule à la moindre alerte.

Son chien et lui clignent des paupières à l'entrée de toutes ces dames. « Mes excuses pour être passé à l'improviste, mesdames, mais je crains de vous apporter de bien mauvaises nouvelles. » Il n'adresse ces mots à personne en particulier, ses yeux sautant d'un visage renfrogné à l'autre. « Je représente le conseil municipal de New Salem. Nous sommes au regret de vous informer que le conseil vous a… euh… retiré son autorisation de manifester lors de la Foire du Centenaire, le 1er mai. Étant donné le climat actuel. »

Genièvre ne voit pas ce que la météo vient faire là-dedans – il fait humide et gris, mais le temps se réchauffe rapidement, et la vapeur qui s'élève des pavés annonce bientôt l'été –, mais elle sait reconnaître les grosses bouses quand elle en entend.

Mlle Stone croise les bras. « Pour quelle raison, monsieur ? Notre requête a été approuvée il y a des semaines par le bureau du maire. »

L'homme lui sourit. Une expression repoussante : véreuse et rampante. Son chien se pourlèche les dents, babines retroussées sur un rictus craintif. « J'ai bien peur que le conseil ne soit passé au-dessus du maire, sur cette question. Nous ne voudrions pas effrayer davantage les citoyens avec de telles… facéties. » Il décrit un geste de la main qui pourrait se référer à la marche, à l'association ou au concept même des droits des femmes.

Mlle Stone s'apprête à dire quelque chose de poli et de mesuré, mais Genièvre ne lui en laisse pas le temps. « Et vous êtes qui exactement, pour nous dire ce que nous pouvons faire ou ne pas faire ? »

L'homme et le chien pivotent vers elle en la cherchant des yeux dans la pièce encombrée. Le chien lève la tête prudemment, renifle, et son propriétaire sourit de nouveau. Elle aime encore moins son sourire. « Je vous demande pardon. Voici Lady, dit-il en tirant un petit coup sur la laisse qui fait tressaillir l'animal, et je suis membre du conseil municipal et candidat indépendant à la mairie cet automne. M. Gideon Hill, pour vous servir. »

C'est *lui*, Gideon Hill ? Genièvre a vu ses affiches placardées dans toute la ville, lu ses sorties incendiaires dans les journaux. Elle s'était imaginé quelqu'un d'important – un homme séduisant à la mâchoire carrée comme son père, capable de faire passer des vessies pour des lanternes, si l'envie lui en prenait. Mais ce n'est qu'un homme d'âge mûr, voûté, dans un costume en lin froissé, aux cheveux rares et aux yeux fuyants.

Une vague de murmures s'est propagée dans toute la pièce.

Mlle Stone tente une nouvelle approche polie. « Nous sommes enchantées de vous rencontrer, monsieur Hill. Nous souhaiterions faire appel de la décision du conseil. Nous ne voulons causer aucun ennui. » Elle ignore Electa qui marmonne : « Parle pour toi », et Genièvre qui glousse.

« Je crains que la décision n'ait été prise à l'unanimité. » Hill n'a pas vraiment l'air désolé, malgré ses épaules rentrées et son ton contrit. « Il est du devoir du conseil de protéger cette cité du vice et du péché. New Salem ne doit pas suivre le chemin de son homonyme. »

Genièvre comprend qu'il parle d'Old Salem, la ville prise par les sorcières et les démons en mille sept cent et des brouettes. Il n'en reste qu'une ruine carbonisée, à peine bonne à alimenter des histoires de fantômes.

« Le conseil se voit donc obligé d'interdire…

— Et que se passera-t-il si nous nous asseyons sur l'interdiction du conseil ? » le coupe Genièvre, qui entend Mlle Stone soupirer discrètement à ces mots, mais elle s'en fiche.

Hill tourne de nouveau les yeux vers elle. Elle s'attend à le voir postillonner de rage vertueuse, hoqueter devant tant de témérité, mais il n'en fait rien. Au lieu de cela, il lui décoche un nouveau sourire, encore plus écœurant que les précédents. « Comment avez-vous dit que vous vous appeliez, mademoiselle ? »

Et avec ça, toute combativité abandonne Genièvre. La plupart des avis de recherche ont été effacés par le soleil ou réduits en lambeaux, mais pas tous, et elle sait que Hill et sa clique seraient ravis d'avoir une vraie sorcière à pendre.

Elle déglutit. « Genie W… West.

— Et d'où venez-vous, mademoiselle West ? »

Mlle Stone vient à son secours, s'interposant entre Genièvre et Hill. « Merci de nous avoir informées de la décision du conseil, monsieur Hill. L'association en tiendra compte.

— Bonne journée, mesdemoiselles. » M. Hill incline la tête et fait demi-tour, mais sa chienne reste assise, les yeux fixés sur Genièvre, la gorge serrée par son collier en métal. Hill tire un coup sec et vicieux sur la laisse, et elle suit son maître à l'extérieur. La cloche au-dessus de la porte tinte joyeusement à leur départ.

Genièvre claudique jusqu'à la fenêtre pour les regarder partir. M. Gideon Hill descend la rue à pas rapides, les mains croisées dans son dos, sa chienne trottant docilement sur ses talons. Dans cette lumière de fin d'après-midi, leurs ombres sont longues et noires, plus grandes que leurs propriétaires. Sous les yeux de Genièvre, celle de M. Hill ondoie étrangement, comme si elle n'obéissait pas tout à fait à son maître.

La peur s'insinue dans sa colonne vertébrale. Elle se rappelle qu'il y a au moins une sorcière inconnue en ville qui poursuit ses propres buts – la tour noire en est une preuve incontestable. Mais pourquoi ensorcellerait-elle un conseiller municipal pleurnichard ? Plutôt que, disons, l'empoisonner discrètement dans son sommeil ?

Elle entend des voix s'élever derrière elle, capte des mots décousus. « Injuste ! » « Inique ! » Puis : « Il n'y a rien que nous puissions faire. »

Quelqu'un objecte, très certainement Electa. « Rien de *légal*, tu veux dire ! »

Quelqu'un lâche un petit hoquet. Sans doute Susan Bee, une victorienne momifiée qui arbore un authentique monocle et traite Genièvre comme une domestique. « Nous ne sommes pas des *criminelles*, mademoiselle Gage ! »

Electa s'apprête à répliquer, mais Mlle Stone ne lui en laisse pas l'occasion. « Et nous ne pouvons pas nous permettre de le devenir, Electa. » Elle s'est exprimée sans passion ; elle semble seulement vieille et très lasse. « Mesdames, avons-nous le quorum ? Allons préparer notre réponse », dit-elle en guidant ses ouailles vers les bureaux du fond.

Seule Gillian s'attarde. « Genie ?

— Hmm ? » Genièvre regarde l'ombre de Hill disparaître au coin de la rue, sans arriver à décider si elle lui paraît plus sombre, plus dense, que celle de sa chienne.

« Elles vont faire une réunion. Tu ne crois pas que nous devrions nous y joindre ?

— Non. » Genièvre se détourne de la fenêtre. « Je ne crois pas. Je crois que nous devrions défiler lors de la Foire du Centenaire. »

Contre toute attente, Gillian ne hoquette ni ne couine. Elle lui retourne un regard dur où brille une étincelle féroce. Genièvre se demande pour la première fois comment elle a eu le nez brisé, et si elle a un jour été autre chose qu'une secrétaire à mi-temps aux cheveux soie de maïs.

« Ça ne va pas plaire à Mlle Stone, fait-elle remarquer.

— Non. » Geneviève aime bien Mlle Stone, mais elle en a soupé d'entendre le mot « non ». « Ça lui fera du bien de voir une femme prendre ce *non* et l'enfoncer dans la gorge de quelqu'un.

— La police ne nous laissera jamais entrer.

— Alors il faudra nous déguiser jusqu'au dernier moment, et disparaître avant qu'elle rapplique. Je connais les vers et les voies. » Geneviève voit à la façon dont elle tressaille que Gillian sait de quels vers et de quelles voies parle Geneviève. Et elle comprend à la lueur espiègle qui brille dans ses yeux qu'elle ne s'en offusque pas, qu'elle aussi en a assez des *non*.

Geneviève sourit de toutes ses dents. « Je pense que tu as déjà la volonté. »

9

Nous ne sommes que poussière et retournerons à la poussière,
La tienne à la mienne, la mienne à la tienne.

Un sort pour lier, qui requiert un poing serré & une main ferme

Le dernier soir d'avril, Béatrice Belladone, pelotonnée dans la fenêtre ronde de sa chambre sous les toits, lit les *Histoires ou contes du temps passé, avec des moralités* de Charlotte Perrault, à la lumière de la baguette de Genièvre. Elle devrait utiliser une bougie ou une lampe à huile comme une femme respectable, mais elle s'est habituée à la lueur ambrée de la lumière des sorcières. La semaine dernière, alors qu'elle rentrait à la maison, elle a trouvé une fine bande d'écorce de houx et une note rédigée de l'écriture hésitante de Genièvre : « TU DEVRAIS CONNAÎTRE LA FORMULE MAINTENANT. »

Béatrice la connaît. Quand elle lance le sort, la baguette produit une lumière argentée et froide, très différente du flamboiement estival de Genièvre. Elle la trouve reposante.

Il est tard. La lune est une perle au-dessus des toits proprement alignés des quartiers nord, et Bethlehem Heights ressemble à une pendule à coucou glissant sur des rails invisibles, chaque pièce à sa place. Béatrice songe à abandonner Perrault, qui ne semble receler aucune comptine ni énigme secrète, quand elle entend le pas chaloupé de sa sœur dans l'escalier.

Béatrice reste lovée dans la fenêtre. « Bonsoir. »

Genièvre grogne une réponse en posant son bâton contre la porte et en jetant sa capeline sur le dossier d'une chaise, sans faire mine de remarquer le pain et le bouillon que Béatrice lui a servis il y a plusieurs heures. En refroidissant, la graisse a figé à sa surface.

Genièvre boite jusqu'à la fenêtre, considère la lune d'un air renfrogné. Elle tient un chapeau de femme entre ses mains, aussi élégant que frivole, d'un blanc éclatant. Béatrice ne pourrait imaginer d'accessoire plus improbable sur la tête de sa petite sœur.

« La Foire ouvre demain, dit Genièvre.

— Oui.

— Nous défilerons à 17 heures. Après le discours de Worthington.

— Je croyais t'avoir entendue dire que votre autorisation avait été annulée. »

Genièvre hausse négligemment les épaules, tel un corbeau ébouriffant ses plumes.

« Je croyais que la Stone était opposée à… des actions illégales. »

Nouveau haussement d'épaules. « Elle l'est.

— … Je vois. »

Genièvre patiente en faisant tourner le chapeau entre ses mains. « Et donc. Tu vas te joindre à nous ?

— Me joindre à quoi ? » Béatrice a besoin d'un moment pour comprendre que Genièvre fait référence à la marche pour le vote des femmes, hautement visible et manifestement non autorisée. « Oh, n… non, je ne crois pas. Qu'en penserait la bibliothèque ? »

Elle voit les lèvres de Genièvre se retrousser sur ses dents tranchantes dans le clair de lune. « Bien. Évidemment. »

Béatrice ne lui fait pas remarquer que c'est grâce à son poste de bibliothécaire que Genièvre a un toit sur la tête et un bouillon froid qu'elle peut ignorer, pas plus qu'elle n'invite sa sœur à aller mendier du travail dans les usines des quartiers ouest. Elle se contente d'en caresser l'idée.

Genièvre se tient toujours près d'elle, sans cesser de faire tourner cet absurde chapeau dans ses mains. « Tu devrais au moins venir voir. Ça va être quelque chose. » La satisfaction dans la voix de sa sœur la met un peu mal à l'aise.

Le plancher grince quand Genièvre se détourne. « Invite ton amie de couleur, si tu veux. Cléopatra.

— Mlle Quinn ? » (Cléopatra lui a demandé plusieurs fois de l'appeler « Cléo », mais Béatrice n'est pas prête à réduire la distance entre elles à quatre fragiles petites lettres.)

Dans le silence qui s'ensuit, Béatrice s'imagine se lancer dans une longue balade matinale à travers les rues de New Cairo – les tramways ne s'aventurent pas dans les quartiers de couleur – et entrer d'un pas décidé dans les bureaux du *Defender*. Inviter nonchalamment Mlle Quinn à l'accompagner à une marche pour le droit de vote, lui prouver qu'elle est quelque chose d'autre qu'une timide bibliothécaire. Peut-être provoquer chez Mlle Quinn un de ces sourires francs plutôt qu'un mensonge charmant.

Béatrice se trouve soudain beaucoup plus intéressée par la Foire du Centenaire. « Je suppose… »

Mais elle est restée silencieuse trop longtemps. Elle sent l'animosité de Genièvre dans les paroles qui flottent entre elles. « Laisse tomber, ça n'a pas d'importance. »

La porte claque, les pas claudicants s'éloignent, et Béatrice est de nouveau seule.

Elle reste assise à la fenêtre une heure de plus, à regarder la lune, à se demander ce que ça ferait de voler épaules nues dans sa lumière, puis elle se lève brusquement. Elle écrit une note à M. Blackwell, dans laquelle elle explique qu'elle ne pourra pas assurer son service le lendemain, à cause d'une fièvre subite.

Après quoi elle demeure longtemps éveillée dans son lit, les nerfs à fleur de peau. Elle finit par s'endormir en songeant au lieu où le tramway ne se rend pas.

Agnès ne dort pas. Elle tourne et se retourne dans son lit, découvrant toutes les nouvelles façons dont son corps peut se rendre inconfortable. Sa fille est encore petite – « la grosseur d'un chou au printemps », lui a dit Madame Zina avec entrain –, mais elle semble douée d'une remarquable capacité à trouver le moindre nerf ou tissu sensible de son corps. Agnès pose les paumes à plat sur son ventre et pense : *Reste folle, ma fille.*

Agnès avait jeté le pouliot royal dans les toilettes de la pension plusieurs semaines auparavant. Elle l'avait fait sans effusion ni débat intérieur, comme s'il s'agissait de n'importe quel sachet d'ingrédients dont elle n'avait plus besoin. Quand elle était retournée dans sa chambre, elle s'était assise par terre et avait tracé du doigt un cercle autour d'elle. Elles étaient deux à l'intérieur, maintenant.

Quelque temps après minuit, elle entend des pas irréguliers dans le couloir et sent un fil invisible se tendre.

Un froissement de papier. Les pas qui s'éloignent.

Agnès se lève et trouve un carré de papier blanc glissé sous sa porte : « VIENS À LA FOIRE DEMAIN, 16 HEURES. SI TU EN AS LE CRAN. »

Agnès reconnaît la signature de Genièvre dans ces capitales tremblantes et le ton impérieux du message. Elle ignore ce qui se passera demain à la Foire du Centenaire, mais étant donné la vibration électrique qui agite la ligne tendue entre elles, comme l'air avant un orage, Agnès ne doute pas qu'il s'agisse de quelque chose de profondément stupide et potentiellement dangereux.

Elle froisse la note dans son poing et s'imagine la jeter elle aussi dans les toilettes. Elle n'aurait même pas besoin de faire un trajet supplémentaire ; elle a toujours envie de faire pipi, ces temps-ci.

Au lieu de quoi, elle défroisse la note sur la table et la contemple un long moment avant de retourner au lit.

La veille de la marche, Gillian Lind avait demandé à Genièvre si elle était déjà allée à une foire. *Bien sûr*, avait répondu Genièvre. À Crow County, il y avait un festival du pain de maïs qui se tenait chaque automne. Gillian avait éclaté de rire, et Genièvre l'avait tapée avec une affiche roulée, ce qui n'avait fait qu'aggraver l'hilarité de la secrétaire.

Ce n'est que lorsqu'elle franchit l'arche en fer forgé marquant l'entrée de la Foire du Centenaire de New Salem que Genièvre comprend pourquoi.

À côté de la Foire du Centenaire, le festival du pain de maïs ressemble à un pique-nique paroissial. C'est comme si une deuxième ville avait poussé au nord de New Salem, remplie d'élégantes tentes blanches, de stands tape-à-l'œil et de vendeurs qui vantent les mérites d'appareils dernier cri. Des lampes électriques bourdonnent et se balancent entre les tentes, roussissant les hauts-de-forme et les coiffures de la foule, et une grande roue pivote au-dessus d'elle. L'air est chargé d'une odeur riche et grasse, mélange de sueur, d'huile de friture et de billets de banque.

Inez achète sept tickets au guichet et les fait passer à la ronde. Genièvre, Gillian, Electa ; Mary, Minerva, Nell ; chacune d'elles serre un chapeau blanc entre ses mains, chacune d'elles semble déterminée à prendre d'assaut un château.

Genièvre les avait espérées plus nombreuses, mais Gillian avait dit qu'elles ne pouvaient pas courir le risque d'inviter quiconque serait susceptible de tourner casaque et de prévenir Mlle Stone de leurs projets, aussi n'avaient-elles approché que les membres les plus mécontentes et les plus turbulentes de l'association. Les choses allant toujours par sept dans les contes de sorcières (les cygnes, les nains, les jours qu'il a fallu pour créer le monde), Genièvre s'était dit qu'elles feraient bien l'affaire.

Elles passent la journée dans la bousculade de la Foire, anonymes dans leurs robes d'un olive terne ou d'un gris sobre, sept citoyennes comme les autres venues célébrer la fondation de New Salem. Elles croisent des groupes d'ouvrières et de fleuristes, d'étudiants et de tanneurs, une poignée de policiers montés sur leurs chevaux immaculés. Les filles les dévisagent à leur passage, en liant leurs bras et en échangeant des regards, peut-être en caressant les bords blancs de leurs chapeaux. Genièvre pense aux avis de recherche et aux accusations de meurtre, à ce qui pourrait se passer si elle était arrêtée, et prend la résolution de ne pas l'être.

Elles esquivent des vendeurs de souvenirs qui proposent des plaques commémoratives et des pamphlets historiques. Elles achètent des saucisses piquées sur des bâtonnets en bois et se brûlent les lèvres sur la graisse. Elles marchent si loin que la patte folle de Genièvre se rappelle à son souvenir, et elle doit s'appuyer plus lourdement sur son bâton.

Son père n'avait jamais utilisé de canne, quoiqu'il en ait eu besoin ; d'après lui, les cannes étaient bonnes pour les grands-mères et les infirmes, pas pour les fiers vétérans de la guerre de Lincoln. Parfois, quand il en tenait une bonne, il jetait au bâton de Genièvre un regard mauvais, oblique, comme s'il s'agissait d'un vieil ennemi, mais il n'avait jamais posé la main dessus.

Elles s'aventurent dans une tente dont le fronton annonce « L'Extraordinaire Exposition anthropologique du Docteur Merveille ! », où l'on peut voir un certain nombre d'indigènes arborant des perles, des plumes et des expressions d'ennui. Genièvre s'arrête un instant pour observer « *LA DERNIÈRE GUÉRISSEUSE DU CONGO, PRÉSERVÉE À DES FINS D'ÉTUDES* », qui se révèle être une femme africaine ratatinée, le cou ceint d'un collier de sorcière en fer. Sa peau sous l'entrave est d'un blanc morbide qui rappelle la couleur des engelures ; Genièvre se découvre incapable de croiser le regard de cette femme. Elle claudique hors de la tente du Docteur Merveille et jette la moitié de saucisse à laquelle elle n'a pas touché.

À 16 heures, elle et les autres se rapprochent de la scène centrale, où une foule se rassemble sous les fanions rouges et blancs. Inez donne discrètement à Genièvre un objet qui pourrait passer pour une ombrelle, et les sept se séparent en prenant soin de n'échanger aucun regard alors qu'elles se dispersent dans l'assistance. Elles prennent place en bordure de foule, où elles forment un cercle qui n'a rien de fortuit.

Un moustachu en costume gris prononce un bref discours. Quelques applaudissements polis s'élèvent alors que le maire le remplace sur l'estrade.

« Je commence naturellement par vous souhaiter à tous la bienvenue en ces lieux, braves citoyens de New Salem ! » Le maire est un gentleman flasque, nez couperosé et charisme de pain rassis. Genièvre trouve Gideon Hill assis derrière lui avec le reste des conseillers municipaux, qui transpire sous le soleil de mai et cligne trop souvent des yeux. Genièvre se demande comment un homme tel que lui – une chose rose et mouillée, comme à peine sortie de sa coquille – pourrait se faire élire à quelque poste que ce soit.

Sa chienne est roulée en boule sous sa chaise, les yeux braqués sur Genièvre, animés d'une lueur rouge dans la lumière ensoleillée de l'après-midi.

« Je me dois aussi de remercier le conseil pour son soutien sans faille à ce projet et sa supervision minutieuse. »

Mais Genièvre n'écoute plus. Elle observe les visages de ses complices – Minerva et Mary sont pâles, au bord de la nausée ; Inez lisse les plis déjà impeccables de sa robe ; Electa a l'air de s'ennuyer – en se demandant s'il y en a parmi elles qui regrettent les décisions qui les ont menées là. En se demandant si quiconque a remarqué les chapeaux qu'elles tiennent serrés contre leur poitrine, tous d'une teinte de blanc différente : perle, en dentelle, crème, enrubannés ou dégoulinant de gypsophile.

Chacun d'eux chargé de plus de magie qu'il n'y a en enfer.

Mais qu'ont-ils de spécial ? Ce ne sont que des chapeaux ; personne ne peut sentir la sorcellerie à l'œuvre à moins d'y fourrer le nez.

Genièvre elle-même en a trois. Elle sait qu'aucune de ses sœurs ne viendra – Bella a trop peur, Agnès est trop égoïste –, pourtant elle a apporté trois stupides chapeaux. Au cas où.

Tout à l'heure, elle a cru apercevoir une tresse soyeuse, l'éclat d'une paire de lunettes, mais elle n'a pu se résoudre à sonder les fils invisibles qui les lient toutes les trois. Mieux vaut ne pas savoir, continuer de faire comme si elles auraient pu venir.

La façon dont Worthington se penche sur son pupitre en transpirant laisse penser que son discours touche à sa miséricordieuse fin. « Je vous le dis : mettons de côté nos différences et nos griefs insignifiants, et célébrons plutôt ce qui nous unit. Profitons donc de la Foire ! » Le maire fait signe à la fanfare qui transpire silencieusement derrière la scène.

La foule applaudit consciencieusement alors que les premières notes de *La Liberté de Salem* résonnent. Au même instant, Genièvre lève son chapeau blanc au-dessus de sa tête. Six autres mains l'imitent.

Genièvre et les membres renégates de l'Association des Femmes de New Salem posent leur chapeau sur leur tête et murmurent les vers.

Des capes blanches dégringolent de nulle part, brillantes et immaculées, tombent sur leurs épaules et se drapent autour de leurs robes. En un instant, sept femmes distinctes se fondent en une chose unique.

C'est un sort que Genièvre a inventé – pas exactement de la vraie sorcellerie, mais pas rien non plus. Elle a fait disparaître les capes avec le sort qu'utilisait Mags pour cacher ses potions et ses herbes quand la maréchaussée pointait le bout de son nez, qui ne requiert qu'une paire de ciseaux en argent pour couper l'air et une rime murmurée. Puis Genièvre a dû trouver un moyen de rappeler les vêtements de nulle part. Après avoir perdu plusieurs des plus jolies capes en laine d'Inez en les faisant disparaître Dieu sait où, elle a pensé à essayer un liage.

Les liages relèvent d'une sorcellerie ancienne et profonde, et sont gouvernés par d'obscures règles et d'étranges affinités. Même Mama Mags ne s'y frottait pas beaucoup ; elle avait enseigné à Genièvre une comptine pour lier une couture défaite et lui avait promis de lui en apprendre davantage plus tard, mais il s'était avéré qu'il ne lui restait guère de plus tard.

Genièvre avait fait de son mieux. Elle avait pris des fils lâches de chacune des capes et les avait cousus dans les bords des chapeaux blancs, en murmurant les vers – *Nous sommes poussière et retournerons à la poussière* –, en se piquant le pouce tous les quatre points et en jurant copieusement.

En guise d'essai, elle avait posé le premier qu'elle avait terminé sur la tête de Gillian et lui avait demandé de dire les vers. Gillian avait pâli. « Je ne sais pas. Je ne crois pas que je puisse. » Genièvre lui avait donné une tape avec un autre chapeau. Gillian avait dit les vers. Quand la cape s'était posée sur ses épaules – blanche comme la neige, blanche comme des ailes –, ses yeux avaient brillé d'une telle perplexité et d'un tel ravissement que Genièvre l'avait de nouveau tapée, juste pour l'empêcher de se mettre à flotter.

À présent, Genièvre voit le visage de Gillian rayonner parmi tous ces gens, rempli de cette même extase malgré la panique autour d'elle.

La foule s'écarte rapidement des femmes en blanc en poussant des hurlements stridents. Il y a une note étrange dans leurs cris, de la peur, mais aussi de l'émerveillement. La sorcellerie est une petite chose honteuse, pratiquée dans les cuisines, les chambres à coucher et les pensions, plus ou moins secrète. Mais elle s'affiche ici en plein jour, faisant surgir des capes blanches de nulle part. Genièvre sent les choses changer autour d'elles, les frontières devenir perméables. Elle voit des yeux – de jeunes femmes, surtout – où brille une fascination avide. Genièvre devine que ce sont celles qui veulent, qui désirent, qui se languissent ; celles qui s'insurgent contre les histoires qu'on leur a fait avaler et rêvent d'en entendre de meilleures.

Elle ouvre son ombrelle et la brandit bien haut, sauf que ce n'est pas du tout une ombrelle, mais une bannière qui se déploie sur les mots : « DONNEZ LE DROIT DE VOTE AUX FEMMES » en lettres rouge vif.

La foule hoquette. *La Liberté de Salem* meurt dans une cacophonie de bêlements et de klaxons alors que le chef d'orchestre la regarde, bouche bée. Le maire Worthington tambourine inutilement sur le pupitre. « Qu'est-ce encore que cela ? C'est *tout à fait* déplacé… »

Mais Genièvre ne l'entend plus. Ses paroles sont noyées par les battements de son sang à ses oreilles, par la chaleur brûlante dans sa poitrine. Elle a envie de crier, de chanter, de rire, de secouer sa bannière sous leurs yeux, de montrer les dents – mais Gillian l'avait enjointe de rester calme et digne. Plutôt sentinelles silencieuses que sorcières malfaisantes.

Dans une synchronie parfaite, les sept femmes drapées de blanc tournent le dos au maire et au conseil municipal. Genièvre tient sa bannière rouge d'une main, agrippe son bâton de l'autre et s'éloigne de la scène, le dos droit. Elle sent les autres s'aligner derrière elle pour former un vaisseau aux voiles multiples.

La foule s'écarte comme la mer. Des mamans serrent leurs enfants contre elles, des vendeurs commencent à empaqueter leurs articles en jetant des regards circonspects autour d'eux, s'attendant au pire. Genièvre leur envoie des baisers. Elle se sent capable de tout, un peu ivre, mais elle n'en guette pas moins le claquement des sabots ferrés. Elles ont prévu de faire disparaître leurs capes et de se mêler à la foule avant l'arrivée des forces de l'ordre, mais elle n'entend nulle voix d'hommes, ne voit aucun cheval blanc se ruer sur elle. Pas encore.

Elles franchissent l'arche marquant l'entrée de la Foire et s'engouffrent dans les rues enténébrées de New Salem. Genièvre s'attend à ce que la foule se disperse, mais elle semble se densifier à mesure que les rues deviennent plus étroites. Les familles bien habillées de la Foire ont laissé place à des ouvriers et à des jeunes hommes, le scandale distingué se teint de quelque chose de plus malveillant. Une bande d'ivrognes avachis dans une ruelle se lève à leur passage, les lorgnant sans vergogne, et leur lance des obscénités. Quelqu'un rit.

Genièvre pose le manche en métal de sa bannière sur son épaule et porte les doigts au médaillon sous sa blouse, celui que Mama Mags lui a donné sur son lit de mort. Au bord de sa tombe, Genièvre avait planté ses ongles incrustés de terre dans la fente et l'avait ouverte avec un claquement, telle une palourde de cuivre, espérant y lire un message, ou entendre une voix disant : *Tout va bien, ma chérie, je suis là*. Mais elle n'y avait trouvé qu'une mèche duveteuse des cheveux de sa grand-mère en lieu et place de ceux de sa mère.

Ce matin, Genièvre y a ajouté une paire de crochets de serpent.

Elle n'a pas l'intention de s'en servir, pas vraiment. Mags lui avait dit qu'il ne fallait les utiliser qu'en dernier recours, quand tout autre choix était impossible – mais sa robe est trop élégante et trop stupide pour avoir des poches, et elle n'aime pas être sans eux.

Étourdie l'espace d'une seconde, elle entend le frottement d'écailles rouges sur le sol, un grondement de triomphe, de haine enfin libérée – mais alors, quelqu'un crie : « Regardez ! », et elle regarde.

Un autre groupe de femmes descend l'avenue, droit vers elles. Genièvre cligne deux fois des yeux – les nouvelles arrivantes vont-elles se joindre à elles ? Sont-ce les troupes de l'Association des Femmes ? – puis elle voit l'écharpe blanche à leur poitrine.

« Oh, *bon sang.* » Ce sont ces femmes de l'Union chrétienne qui écrivent toujours d'horribles lettres dans les journaux et qui agitent des pancartes marquées de slogans comme « LES FEMMES POUR UN NEW SALEM PUR » et « MICHÉE, V, 12 ». Comment ont-elles pu arriver ici si vite ? Avant même la police ? Ce n'est pas comme si Genièvre avait communiqué sur sa marche dans les petites annonces du dimanche.

Une de ces femmes – svelte et gantée de blanc, que Genièvre reconnaît comme Grace Wiggin pour l'avoir vue dans les journaux – se plante devant elle, menton haut et jupe amidonnée. Une éclatante perfection de porcelaine, dont Genièvre a envie d'écraser le nez poudré dans la boue.

« Nous, les bonnes et vertueuses femmes de New Salem… » Wiggin désigne d'un geste les autres unionistes, pour qu'il n'y ait aucun doute sur qui sont les bonnes et les vertueuses. « … nous opposons à la promotion du péché dans nos rues ! clame-t-elle d'une voix haut perchée.

— Oh, bon sang, répond Genièvre d'une voix traînante. Z'avez rien de mieux à faire ?

— Elles prétendent être inoffensives ! Elles prétendent vouloir la justice ! Mais quelle justice y avait-il dans les jours sombres de notre passé, quand des milliers d'innocents souffraient de la peste noire ?

— Le tricot, peut-être. Le bénévolat. »

Wiggin contracte les mâchoires. « Si nous permettons à ces femmes – ces sorcières ! – de défiler librement dans nos rues, qu'arrivera-t-il ensuite ? Nos filles nous demanderont-elles des balais et des chaudrons plutôt que des perles et des poupées ? Nos fils seront-ils séduits par leur magie noire ? Une deuxième épidémie nous frappera-t-elle ? L'Union chrétienne vous conjure de voter pour M. Gideon Hill en novembre ! »

Elle continue de discourir d'une voix de plus en plus stridente. La foule se rapproche d'elle, hoche la tête, marmonne, lance des approbations entre deux phrases.

Derrière elle, Genièvre entend Gillian jurer sous cape, mais elle ne se retourne pas car elle regarde autre chose : l'ombre de Mlle Wiggin.

Elle est longue et sombre dans le presque-crépuscule, jetée sur les pavés. Au début, elle imite les gestes de Wiggin, comme toute bonne ombre, mais, au bout d'une minute, ses bras retombent contre ses flancs. Elle roule des épaules, comme si elle s'échauffait, puis – telle une marionnette s'arrachant à ses fils ou un train sortant de ses rails – elle s'éloigne de sa propriétaire.

Genièvre se fige. Elle observe l'ombre de Grace Wiggin qui se déforme, s'étire en une créature aux mains et aux doigts trop nombreux. Elle trouve d'autres ombres – dociles, bien élevées, qui restent à leur place – et les intègre à sa masse. Elle enfle et noircit ; Genièvre songe à des choses qu'on a laissées pourrir au soleil.

Elle se rappelle avoir demandé à Mags quand elle était petite si la sorcellerie était mauvaise. *La malveillance est dans l'œil de l'observateur, chérie.* Mais elle s'était ravisée. Elle avait dit que la sorcellerie était un pouvoir, et que tout pouvoir pouvait être perverti, si l'on était prête à en payer le prix. *On peut deviner la malveillance d'une sorcière à celle de ses voies.*

Genièvre touche le médaillon sur sa poitrine, qui renferme du poison. Mags ne lui avait jamais dit ce qui entrait dans sa composition, mais Genièvre avait trouvé les cadavres brûlés de trois serpents dans l'âtre et vu les bandages épais qui entouraient les poignets de sa grand-mère, et elle avait compris que le coût en était cruel et élevé.

Elle regarde à présent l'ombre qui se répand parmi l'assistance comme une tache d'encre, s'enroule autour des chevilles et se glisse sous les jupes, et elle songe que le prix d'une telle magie a dû être encore plus élevé.

À mesure que l'ombre s'étend, la foule change. La méchanceté tourne à la cruauté ; le chahut à la haine. Genièvre la ressent comme une piqûre de peur sur la peau de ses bras, de celles qui vous saisissent à l'approche d'un orage, ou quand votre père rentre à la maison le ventre plein d'alcool.

Elle voit les jointures qui blanchissent, les visages qui se ferment, les yeux vides et sombres comme des maisons condamnées. On leur volait leur âme en même temps que leur ombre.

Genièvre reporte le regard sur Grace Wiggin. Elle affiche un sourire si large et si brillant que Genièvre comprend instantanément deux choses : la première, c'est qu'il y a de bonnes chances que la sorcière maléfique qui rôde à New Salem se tienne devant elle, dans son écharpe blanche.

La deuxième, c'est qu'elle est soulagée, pour une fois, que ses sœurs l'aient abandonnée, car au moins ne sont-elles pas là pour voir ce qui va se passer ensuite.

Béatrice aurait vraiment souhaité avoir abandonné sa petite sœur. Elle aurait souhaité ne pas avoir invité Mlle Cléopatra Quinn à l'accompagner à la Foire, ne pas avoir vu Genièvre lever sa bannière et ne pas avoir emboîté le pas aux suffragettes tandis que la foule s'aigrissait autour d'elles.

Parce qu'alors elle ne se trouverait pas dans cette rue sombre où une bande d'hommes aux yeux vitreux, détachés de la foule, s'approchent d'elle d'un pas chancelant, leurs ombres déformées ondulant derrière eux.

Leurs yeux ne quittent pas Mlle Quinn, une femme de couleur un peu trop bien habillée, un peu trop loin au nord. Béatrice voit les insultes sur leurs lèvres, la promesse d'un châtiment dans leurs poings.

Elle entend Mlle Quinn pester entre ses dents. Puis il y a une main dans la sienne – chaude et sèche, urgente – et Quinn la tire sur le côté, la pousse contre les briques noircies d'un pub.

La journaliste sort un bout de craie blanche de la poche de sa veste et dessine quelque chose sur le mur, une forme constituée de lignes et d'étoiles. Elle prononce quelques mots, moitié murmure, moitié fredonnement, dans une langue que Béatrice ne connaît pas, puis elle attrape la bibliothécaire par les épaules et la plaque sans ménagement contre la brique. Elle pose alors ses paumes de part et d'autre de Béatrice et souffle : « Ne bougez pas. »

Béatrice sent le goût de la sorcellerie dans l'air, la soudaine chaleur qui irradie de la peau de Quinn. Elle ne bouge pas.

Leurs agresseurs sont tout proches, maintenant. Leurs yeux de chiens de chasse, d'une fixité inquiétante une minute plus tôt, glissent à présent sans dommages sur le dos de Mlle Quinn.

Béatrice les regarde qui s'éloignent en traînant les pieds et en grognant, le doigt tendu vers quelque chose devant eux. Puis elle considère le visage de Mlle Quinn (si proche du sien qu'elle voit les rigoles de sueur à sa tempe et les marbrures rouille de ses iris ambrés) et halète : « C'était… c'était de la *sorcellerie*, mademoiselle Quinn !

— Parlez plus fort, je vous en prie. Ce n'est pas comme s'il y avait une émeute dans le coin. » La journaliste se redresse en époussetant la craie sur ses mains.

« Mais où… Comment… ?

— Vous croyiez vraiment que votre grand-mère était la seule à connaître des vers interdits ? Les recettes de Tante Nancy, ma mère appelait ça. » Sa voix se veut légère, désinvolte, mais Béatrice perçoit la tension entre les lignes. « Je vous serais reconnaissante de garder ça pour vous, mademoiselle Eastwood. Nous ne sommes pas censées… Je ne sais pas ce qui m'a pris. » Elle secoue la tête avec irritation, comme si Béatrice l'avait elle-même forcée à pratiquer la sorcellerie au milieu de New Salem.

« B… bien sûr. Je ne voudrais pas vous causer d'ennuis. »

Mlle Quinn lui adresse un sourire en coin un peu crispé. « Vraiment ? »

Et s'il y a davantage que de l'exaspération et de l'ironie dans sa voix, une chaleur furtive, Béatrice ne l'entend pas.

Elle est distraite par la souffrance de sa plus jeune sœur, dont elle perçoit l'écho. Une souffrance à laquelle succède la peur, puis une terrible rage meurtrière.

10

Que les bâtons et les pierres te brisent les os,
Que les serpents t'arrêtent le cœur.

Un sort pour empoisonner, qui requiert des crochets & de la fureur

De toute sa vie, James Genièvre n'a jamais espéré voir un représentant des forces de l'ordre – d'après son expérience, ils ne se montrent que pour harceler votre grand-mère quand il y a un bébé mort-né dans le comté voisin et restent assez longtemps pour trinquer avec votre père –, mais elle aimerait bien en voir un maintenant. La foule se fait plus menaçante. Ses murmures sont devenus des cris, ses cris des bousculades. Mlle Grace Wiggin et ses acolytes se sont évaporées, laissant les sept suffragettes seules au milieu d'hommes au visage empourpré et de femmes vociférantes.

Genièvre sent des épaules se presser contre les siennes alors que ses compagnes se mettent dos à dos pour faire face à leurs assaillants. Ce n'est pas juste… Tout cela était censé n'être qu'un habile et éphémère spectacle, une scandaleuse une pour les journaux du lendemain. Elles n'auraient rien dû craindre de pire qu'une condamnation pour délit mineur et la colère de Mlle Stone. Pas une ombre mangeuse d'âmes et une foule prête à les lyncher.

Quelqu'un tire sur la bannière de Genièvre, qui perd l'équilibre. Sa maudite jambe – celle avec la cicatrice plissée autour de sa cheville, avec les marques creuses et lisses là où les muscles et les tendons n'ont jamais vraiment guéri – se tord sous elle, et elle s'étale en se râpant les paumes. Son bâton claque sur les pavés.

Elle entend Inez qui l'appelle, mais des personnes s'interposent entre elles, et les capes blanches disparaissent derrière des poings nus et de larges dos.

Genièvre voit au-dessus d'elle la présence menaçante d'un homme. Un garçon, en réalité : si maigre qu'il paraît souffrir de malnutrition, les membres longilignes comme les mauvaises herbes qui poussent dans les ruelles sombres, le visage constellé des taches de rousseur de l'enfance. Ses yeux sont aussi vides que des promesses.

Il tient le manche en métal de sa bannière, qu'il brandit presque distraitement, comme s'il ne savait pas quoi en faire.

Mais Genièvre, elle, le sait. Elle a vu trop de mains se lever sur elle, récolté trop de bleus, enduré trop de longues nuits dans la pénombre solitaire de la cave pour ignorer qu'il va lui faire du mal, peut-être la tuer, parce qu'il n'y a personne pour l'en empêcher. Parce qu'il le peut.

Genièvre attise la flamme vacillante dans sa poitrine, cette petite chose affamée qui n'attend que d'avoir quelque chose à brûler. Elle devient un feu terrible, un brasier. Une arme mortelle.

Elle attrape le médaillon à son cou et l'ouvre d'un coup sec. Une paire de crochets recourbés s'entrechoquent contre sa paume. Elle serre le poing et sent l'os mordre dans sa chair. Elle tend la main vers son bâton et l'enduit de son sang.

En vertu des lois de la physique, le bois, poli et lissé par toutes ces heures passées entre ses doigts, ne devrait pas absorber son sang. Mais Genièvre n'a jamais fait grand cas des lois de la physique, et le genévrier boit jusqu'à la dernière goutte.

Le garçon la regarde, la tête légèrement inclinée sur le côté. Il n'a pas peur – pourquoi aurait-il peur ? Ce n'est qu'une infirme qui cherche sa canne, et lui est un homme qui serre une arme dans son poing. Tous deux savent comment cette histoire va se terminer.

Mais, oh, pas cette fois. Cette fois, la fille a les vers et les voies pour changer l'histoire.

Il aura peur avant la fin. Comme son père avait eu peur.

Les vers patientent dans sa gorge telles des allumettes prêtes à s'enflammer. Genièvre se dit qu'elle devrait s'inquiéter de ce qu'ils coûteront – la vie d'un garçon, celle des idiots qui s'agitent à proximité, celle des six autres filles qui l'ont suivie dans cet enfer et qui ne méritent pas de finir sur l'échafaud avec elle…

Mais toutes ses inquiétudes partent en fumée, et elle n'est plus que haine animée d'un battement de cœur.

Que les bâtons et les pierres te brisent les os.

Agnès voit sa sœur tomber. Elle voit ses cheveux aile de corbeau disparaître, sa cape blanche s'évanouir sous la masse de corps, et elle ne bouge pas.

Elle se tient sur un perron au bout de St Mary-of-Egypt Avenue, d'où elle observe l'assemblée devenir foule en colère, puis émeute, et songe : *Elle ne peut s'en prendre qu'à elle-même.*

Elle a une main posée sur son ventre, demi-lune lourde de la promesse d'une personne en devenir, mais déjà précieuse à ses yeux.

Trop précieuse pour qu'elle la mette en danger en venant au secours d'une grande fille qui aurait dû se montrer plus maligne.

Agnès agrippe la rambarde en fer du perron et scrute la foule mouvante, à la recherche d'une tache blanche, de n'importe quel signe de son idiote et téméraire de sœur. Elle avait compris à son message qu'il n'en sortirait rien de bon.

Et pourtant : cet après-midi-là, elle avait emprunté un tramway bringuebalant en direction du nord. Elle avait attendu devant les portes de la Foire, peu désireuse de dépenser un nickel durement gagné pour acheter un ticket d'entrée. Elle avait entendu le rugissement lointain de la foule, elle avait vu la bannière « DONNEZ LE DROIT DE VOTE AUX FEMMES » se détacher sur le ciel. Elle avait regardé sa sœur boiter à la tête d'une petite procession de femmes, telle une joueuse de flûte de Hamelin vêtue de blanc, et elle avait senti enfler dans sa poitrine quelque chose qui ressemblait étonnamment à de la fierté.

Agnès leur avait emboîté le pas, les pieds aplatis et rendus douloureux par le poids du bébé. Peut-être espérait-elle à moitié que Genièvre jette un coup d'œil par-dessus son épaule et l'aperçoive. Peut-être était-elle simplement effrayée par les murmures aigris autour d'elle, les moues rancunières et les poings serrés. New Salem est aussi civilisé qu'une ville peut l'être, mais Agnès sait reconnaître les ennuis quand elle les voit.

Et la voilà juchée sur un perron avec un groupe de femmes aux décolletés plongeants et aux joues fardées. Aucune d'elles ne semble particulièrement concernée par les remous de l'émeute en contrebas.

Genièvre tombe. Agnès ne bouge pas.

Elle sait ce que sa cadette va faire, car elle n'en est pas à son coup d'essai. La fois précédente, elle était une enfant, remplie de venin d'enfant. Elle ne l'avait pas entièrement tué – peut-être ne l'avait-elle pas entièrement désiré, peut-être lui manquait-il la volonté –, et la vérité avait été oubliée dans l'incendie qui s'était ensuivi. Là d'où elles venaient, bien des choses pouvaient être oubliées, passées sous silence, jusqu'à ce qu'elles finissent par disparaître pour de bon.

Aujourd'hui, Genièvre est une adulte dotée d'une volonté d'adulte, et Agnès sait qu'un imprudent va mourir.

Mais ce n'est pas pour le sauver qu'Agnès descend de son perchoir et se mêle à l'émeute. Les cités oublient moins facilement.

Elle se fraie un chemin à coups de coude et d'ongle, un bras serré autour de son ventre. Quelqu'un lui tire les cheveux. Une épaule s'écrase contre sa mâchoire. Elle ne s'arrête pas.

Genièvre est là, levant du trottoir des yeux où brûle un feu noir. Un garçon se dresse au-dessus d'elle, une barre de métal brandie bien haut.

Entre eux, il y a un serpent. Rouge comme le sang, rouge comme des lèvres, rouge comme le cœur d'un genévrier. Il s'enroule sur lui-même, arque le cou de telle façon que le garçon recule d'un pas. Son arme vacille entre ses doigts nerveux. Autour d'eux se dessine un cercle de silence tandis que la foule les observe, à moitié hypnotisée par le motif subtil des écailles du reptile et l'odeur chaude de la sorcellerie.

Les yeux du serpent brillent comme un rayon de soleil à travers la sève, se fixent sur le garçon, et Agnès comprend qu'il est sur le point de frapper. Il va planter ses crochets qui ne lui appartiennent pas dans la chair de sa victime, qui mourra en hurlant. Et dans quelques minutes ou quelques jours, sa sœur connaîtra le même sort. Cette cité ne tolérera pas longtemps la présence d'une sorcière.

Alors Agnès fait quelque chose de très, très stupide. Elle ne réfléchit pas, ne se demande pas si elle risque sa vie ou plus que sa vie, son tout-ce-qui-compte, pour cette sœur qui la hait. Cette sœur qu'elle a déjà abandonnée une fois.

Agnès s'interpose entre le garçon et le serpent. Elle croise le regard de sa sœur.

L'espace d'une seconde suspendue, elle pense que Genièvre ne s'arrêtera pas. Qu'elle est trop remplie de fureur pour se soucier de savoir si le serpent frappera sa sœur ou un étranger, tant que quelqu'un paie, tant que quelqu'un souffre comme elle-même souffre.

Les yeux de Genièvre clignotent, les ombres-feuilles vacillent. Elle se jette en avant et empoigne le serpent par la gorge. Il gigote dans sa main, se tortille comme une chose vivante et non comme un morceau de sorcellerie, avant de se solidifier. Et puis il n'y a plus rien dans la main de sa sœur qu'un bâton en bois de genévrier.

Agnès se rend compte qu'elle n'a pas respiré depuis longtemps. Elle ferme les yeux et chancelle, goûte l'air de la ville chargé de suie sucrée, sent l'étincelle toujours en sécurité en elle, toujours en vie.

Puis elle entend une voix derrière elle – celle de l'ingrate petite merde à qui elle vient de sauver la vie – crier : « *Sorcières !* »

Genièvre est… elle ignore ce qu'elle est. Des cendres, des morceaux de charbon ratissés. Ce qu'il reste d'un feu quand il a brûlé tout son combustible. Elle lève les yeux sur sa sœur – et qu'est-ce qu'Agnès fabrique ici ? Comment se fait-il qu'elle se tienne au-dessus d'elle et la fixe d'un regard froid comme les pierres au fond d'un ruisseau ? – quand quelqu'un crie : « *Sorcières !* », et l'enfer se déchaîne encore un peu plus.

Le mot vole de bouche en bouche comme une chauve-souris affolée. Du verre se fracasse contre la pierre. Des cris retentissent dans les ruelles. Des pas précipités s'approchent et s'éloignent d'elles. Genièvre reste allongée là, essorée par la sorcellerie et l'effort de volonté, jusqu'à ce qu'elle voie des mains puissantes pousser Agnès dans le dos. Lorsque sa sœur tombe, sa tresse décrit un arc, et Genièvre entend le claquement mat de son corps contre les pavés.

Alors Genièvre se redresse précipitamment, fait tournoyer son bâton autour d'elle et crie : « Reculez, ne l'approchez pas ! »

Elle passe une main sous le bras de sa sœur et la hisse sur ses pieds. « Viens, Ag, faut qu'on bouge. » Elle arrache la cape blanche de sa gorge, la sent s'accrocher et s'emmêler dans les corps derrière elle. Elle se fraie un chemin de biais dans la foule en boitillant et en traînant Agnès derrière elle. Elle entend un petit gémissement quelque part, comme celui d'un animal blessé ; ce n'est que lorsque Agnès s'interrompt pour jurer que Genièvre comprend qu'il venait de sa sœur.

L'émeute tourbillonne et se densifie autour d'elles, monte comme les eaux d'un fleuve en crue, et Genièvre ne trouve ni Gillian, ni Inez, ni Electa, ni aucune des autres filles qui l'ont suivie dans cet enfer. Elle ne voit nulle sortie, nul endroit où fuir.

Agnès montre un perron surélevé où trois femmes contemplent la rue à travers leurs longs cils. L'une d'elles fume une fine cigarette roulée. « Là ! »

Genièvre s'incline dans leur direction, joue des coudes, écrase des orteils sous son bâton. Elle grimpe les quelques marches en haletant.

La fumeuse, une femme vêtue de soie rouge, pose sur elle un regard neutre. Elle retire la cigarette d'entre ses lèvres. « Des ennuis, mesdames ? »

Genièvre vérifie que son interlocutrice a bien une ombre derrière elle et que celle-ci possède le nombre correct de bras et de mains. « Peut-être bien », répond-elle avec un sourire en coin qui cache mal son désespoir.

La femme lui adresse un hochement de tête maternel. « Alors vous êtes au bon endroit, ma jolie. » Elle déverrouille négligemment la porte derrière elle puis l'ouvre d'un coup de hanche. Une odeur rance de parfum et d'alcool s'échappe par l'ouverture, ainsi que quelques notes de ragtime.

Genièvre plonge dans la lumière tamisée sans lâcher la main de sa sœur.

11

Jane et Jill ont gravi la colline
Pour aller chercher un seau d'eau.
Renverse-le trois fois, dis-le deux fois,
Ou l'eau se réchauffera bientôt.

Un sort contre les brûlures, qui requiert de l'eau claire & une volonté sans faille

L'odeur piquante et aigre rappelle à James Genièvre celle d'un châtaignier en fleur. Elle imprègne lourdement le couloir plongé dans l'ombre et croît à mesure qu'elles gravissent deux volées de marches à la suite de la femme vêtue de soie rouge, jusqu'à une petite chambre à coucher dont les murs s'ornent d'un papier peint à riche motif floral. Le lit, où s'entassent des oreillers bourrés de plumes, a des allures de cupcake recouvert de glaçage.

« C'est drôlement coquet, hein, Ag ? » lance Genièvre. Elle pense à la chambre moisie de sa sœur à la pension. « Je parie que ça coûte un bras. »

La femme – qui s'est présentée avec un geste négligent de la main sous le nom de Mlle Florence Pearl, propriétaire du *Péché de Salem* sis au n° 116 de St Mary-of-Egypt Avenue – pousse un gloussement. Des volutes de fumée lui sortent par le nez. « On peut dire ça. »

Genièvre la voit faire un clin d'œil entendu à Agnès, qui grogne puis tressaille.

Mlle Pearl plisse les paupières. « Je vais vous envoyer Frankie. Sa tante lui a enseigné le langage des racines dans le Mississippi, elle est dix fois meilleure que ces bouchers de St Charity. Et de quoi manger... Il y a des aliments que vous ne supportez pas ? Presque tout me dégoûtait, pendant les neuf mois », ajoute-t-elle avec un petit coup de menton en direction du ventre d'Agnès, et Genièvre remarque pour la première fois le renflement qui tend le tissu de sa robe, et la façon dont sa sœur le couvre de ses bras.

Oh.

Genièvre revoit sa sœur debout au-dessus d'elle, forte et solide, se mettant en danger pour sauver ce garçon idiot et violent – et mettant également en danger une seconde vie.

Agnès secoue la tête et se laisse tomber sur le lit, les lèvres pâlies. Mlle Pearl sort rapidement.

Elles se retrouvent seules avec le lit cupcake, l'odeur de châtaignier en fleur et le son prudent de la respiration d'Agnès. Un silence gluant s'installe entre elles.

« Alors, qui est le père ? » demande Genièvre avec une brutalité involontaire. Elle sentirait presque les phalanges de Mama Mags s'abattre derrière sa tête. *Tiens ta langue, petite.*

Agnès secoue la tête sans quitter le sol des yeux, en respirant toujours précautionneusement par le nez. « Aucune importance. » Elle croise le regard de Genièvre. « Elle est à moi.

— Oh. » Genièvre sent le lien entre elles flamboyer, féroce et rebelle. C'est donc à cela que ressemble l'amour maternel ? Une chose pleine de dents ?

Sa propre mère n'a jamais été davantage pour elle qu'une histoire de seconde main racontée par ses sœurs, une mèche de cheveux dans un médaillon. Elle n'a pas vraiment manqué à Genièvre ; elle s'était toujours dit que si sa mère avait eu deux sous d'estime d'elle-même, elle aurait quitté leur père ou glissé de la ciguë dans son whisky, et elle n'avait fait ni l'un ni l'autre. Genièvre avait des sœurs, et c'était bien suffisant. Ça l'avait été un temps, en tout cas.

Le silence reprend ses droits, plus dense encore. Agnès ouvre la bouche pour dire quelque chose juste au moment où Genièvre demande : « Pourquoi es-tu partie ? »

Agnès fronce les sourcils vers le sol. « C'est toi qui es partie, si je me souviens bien.

— Avant, je veux dire. »

Genièvre sait déjà pourquoi sa sœur est partie. Leur père était un méchant ivrogne à la main leste qui n'avait jamais apprécié rien ni personne autant que l'alcool de maïs, et il n'y avait à des kilomètres à la ronde que des veines de charbon, des platanes et d'autres hommes comme lui. N'importe quelle fille dotée d'un minimum de jugeote aspirerait à fuir Crow County aussi loin que ses pieds peuvent la porter, à moins qu'elle n'aime les vertes montagnes plus qu'elle-même.

Genièvre est juste trop pétocharde pour poser la question qui compte vraiment : *Pourquoi ne m'as-tu pas emmenée ?*

Agnès lève un instant les yeux sur elle, avant de les détourner. « Il le fallait, pas vrai ?

— Je suppose. » C'est peut-être même vrai ; on *doit* tous survivre, non ? Peut-être que ses sœurs ne pouvaient pas se permettre d'entraîner une enfant de dix ans dans leur évasion. « Mais plus tard. Tu aurais pu revenir. » Ou écrire une lettre. Même une adresse baveuse aurait été une carte ou une clé pour Genièvre, une porte de sortie.

Agnès hausse une épaule. « À condition de vouloir passer le reste de ma vie enfermée à la cave. Papa m'a dit qu'il m'écorcherait de ses mains si jamais il me revoyait, et j'imagine que je l'ai cru.

— Il… quoi ? »

Agnès lève de nouveau les yeux, mais il y a maintenant une légère ride entre ses sourcils. « Quand il m'a renvoyée de la maison. Il m'a dit qu'il n'en pouvait plus de moi, qu'il avait fait de son mieux, mais que Dieu l'avait maudit en lui donnant trois filles rebelles, et qu'il s'en lavait les mains. »

Genièvre n'a rien entendu au-delà des premiers mots : *Quand il m'a renvoyée de la maison.* Son père avait *renvoyé* Agnès.

Et si ses sœurs ne s'étaient pas enfuies de leur propre chef ? Si elles l'aimaient, en fin de compte ? C'est là une pensée trop énorme, un désir trop dangereux. Genièvre sent son cœur battre la chamade à ses oreilles, ses doigts trembler autour de son bâton.

« Pourquoi… » Elle marque une pause, déglutit. « Pourquoi t'a-t-il renvoyée ? »

La ride entre les sourcils d'Agnès se creuse un peu plus. « Tu ne t'en souviens pas ? »

Genièvre boite jusqu'au lit et s'assied à côté de sa sœur. « Je me souviens que je courais la montagne, ce jour-là. » Les rayons obliques du soleil à travers le feuillage, la morsure des ronces, le coup de fouet des feuilles des sassafras et des hêtres sur ses joues. Ce besoin animal de courir la prenait parfois, et elle plongeait alors au cœur des bois à un rythme qui aurait tué quiconque ne connaissait pas par cœur l'emplacement de chaque pierre et chaque crevasse de la montagne.

« Je courais, et alors j'ai senti… » Un tiraillement dans sa poitrine, une injonction invisible qui lui avait fait faire demi-tour et courir encore plus vite. « Je me souviens être entrée dans la vieille grange à tabac. Il faisait sombre et chaud. Bella et toi étiez là, papa aussi… » Genièvre a l'impression que quelque chose d'immense glisse sous la surface de sa mémoire, comme une baleine sous un bateau. Elle en détourne le regard. « Je suis restée malade un moment après l'incendie de la grange. Mags a fait ce qu'elle a pu, mais mon pied a dû s'infecter. J'ai eu de la fièvre et des maux de tête pendant des jours. » Elle en a d'ailleurs un maintenant, qui résonne comme une alarme assourdie.

Agnès la dévisage. « Est-ce qu'il y a eu des rumeurs sur moi ? Après ? »

Bien sûr qu'il y avait eu des rumeurs : les gens avaient craché sur le nom d'Agnès, l'avaient traitée de traînée et de sorcière des haies, avaient prétendu qu'elle avait maudit les brebis pour leur faire mettre bas hors saison et qu'elle avait couché avec des démons avant de s'enfuir en ville pour forniquer.

« Non ? »

Agnès grogne, vaguement amusée, puis pousse un long soupir. « Bon. Ce n'est plus un secret : je me suis fait engrosser. Tu te souviens de Clay, le fils Adkins ? »

Il y avait toute une meute de garçons qui courait après Agnès ; Genièvre et Bella leur donnaient des surnoms. Le fils Adkins devait être Bouse-de-Vache, ou peut-être Ramolli-du-Ciboulot.

« Parfaitement.

— Eh bien, lui et moi… J'étais seule, et il était plutôt gentil, et une chose en entraînant une autre… » Sa voix redevient celle d'une jeune fille. « Mags a compris avant moi. »

Genièvre pense à toutes les filles qu'elle a vues rôder aux abords de la maison de Mags, en quête des vers et des voies pour faire passer un bébé. Elles n'étaient pas toutes jeunes ou célibataires – certaines étaient trop vieilles ou trop malades pour porter un enfant, ou avaient déjà trop de bouches à nourrir. Mags les avait toutes aidées, jusqu'à la dernière, et avait enterré leurs secrets au fond des bois. Le pasteur appelait ça l'œuvre la plus noire du diable, mais pour Mags, c'était juste un travail de femme, comme tout le reste.

Agnès frotte son pouce sur le ballon de son ventre. « Elle... m'a aidée. J'ai eu mal, mais c'était une bonne douleur. Comme de se débarrasser d'une mue, en sortir plus grande et plus brillante. Après, je l'ai enterré sous un charme du versant oriental de la montagne, et j'ai cru que les choses en resteraient là. J'ai dit au fils Adkins d'aller voir ailleurs et d'y rester. Je pensais que personne ne le saurait jamais. »

Genièvre se rappelle toutes les leçons de son père sur la malédiction d'Ève et le péché originel, qui dégénéraient en divagations embrouillées à propos de la chair faible des femmes et de leurs mœurs dissolues. Elle se rappelle ses yeux qui rougeoyaient dans la pénombre de la grange, le blanc de ses os sous la peau tendue, et commence à comprendre. « Comment l'a-t-il découvert ?

— Je ne l'ai dit à personne. Sauf à Mama Mags. » Les lèvres d'Agnès se contractent, sa voix se charge de venin. « Et à Bella, bien sûr. Je lui disais tout à cette époque.

— Elle n'aurait jamais...

— Elle l'a fait. Mama Mags m'avait dit que ça allait geler, alors j'étais allée donner à boire aux chevaux. » L'accent sournois et traînant de Crow County se glisse dans sa voix. « Puis papa est arrivé, et j'ai vu à son visage qu'il savait, pour le pouliot et pour la chose enterrée sous le charme. Et puis j'ai vu Bella qui se faufilait derrière lui, blanche comme un linge, et j'ai su ce qu'elle avait fait. »

Genièvre voudrait protester. Elle se remémore la sensation des mains de ses sœurs dans les siennes les soirs d'été, le cercle qu'elles formaient ; la promesse jamais prononcée mais tressée dans leurs cheveux, écrite dans leur sang, qu'aucune d'elles ne s'en prendrait jamais à une autre. Bella serait morte plutôt que de rompre cette confiance.

Mais alors Genièvre se souvient du gris froid des yeux de sa sœur, des secrets qu'elle garde dans son carnet, et ne dit rien.

« Je lui ai dit que ce n'était pas vrai, que Bella était une menteuse et une… » Agnès déglutit péniblement, passe quelque chose sous silence. « Mais il a continué à avancer vers moi. Il n'était même pas bourré… Sobre comme un juge, j'en jurerais. Mais il me regardait comme… comme… »

Genièvre sait exactement comment il la regardait : comme un poulain à mater, comme un clou qu'il fallait enfoncer à coups de marteau, comme une chose qu'il devait remettre à sa place. Genièvre avait vu ce regard. Elle était arrivée en courant à la grange, les cheveux emmêlés, collante de sève, les bras marqués par les doigts crochus des arbres, et elle avait vu ses sœurs blotties contre le mur du fond. Son père qui les acculait comme un loup, comme un homme, comme la fin du monde…

Et puis…

Cette masse invisible nage trop près de la surface. Genièvre détourne les yeux et les pose ailleurs, sur quelque chose de frais et de vert.

Agnès la rappelle au présent. « Genièvre. Genie, chérie. » Genièvre revient à la jolie chambre et à ses murs tapissés, à sa sœur qui l'observe, les yeux écarquillés.

Elle se renfrogne sous ce regard plein de pitié. « Quoi ? »

Agnès reprend le fil de l'histoire comme une tricoteuse après une maille perdue, laissant un trou derrière ses aiguilles. « Tu te souviens de l'incendie, n'est-ce pas ? »

L'espace d'une seconde, Genièvre croit qu'Agnès parle du second incendie, celui qu'elle a déclenché la nuit où elle s'est enfuie vers le nord, avant qu'elle ne se rappelle le fracas de la lanterne de son père quand il était tombé, le jet d'huile sur la paille sèche et le vieux bois de charpente, les semaines sans fin rythmées par les changements de bandages et les glaviots de sang et d'humeurs brûlées qu'elle expectorait.

« Bien sûr que je m'en souviens. » Sa voix vacille légèrement. « Mais je ne me rappelle pas… » Comment elle a survécu. Comment pouvait-elle se souvenir de l'intérieur d'une grange en feu – les chevrons mangés de flammes dorées, les hennissements atroces des chevaux, le bruit mouillé de la chair qui éclate – sans se rappeler comment ça s'était terminé ?

« Quand j'étais plus jeune, je me brûlais toujours les doigts en retirant la casserole de la cuisinière. » Agnès semble marcher sur des œufs. « Mags m'a donné les vers et les voies pour me protéger des brûlures. Je ne savais pas s'ils serviraient à grand-chose, mais papa bloquait la porte et j'avais toujours l'eau des chevaux… Je l'ai répandue en cercle autour de nous, j'ai dit les vers, et ça a marché. Presque, ajoute-t-elle avec un coup d'œil coupable au pied gauche de Genièvre. Papa a essayé de t'attraper, mais on ne l'a pas laissé faire. »

Genièvre avait toujours trouvé que ses cicatrices ressemblaient à une arborescence de branches ou de racines. Elle voit à présent les doigts d'une main calcinée.

« Quelqu'un a dû entendre les chevaux ou repérer la fumée. On nous a tous sortis de là, on a recouvert papa de terre humide pour étouffer les flammes. Mags t'a emmenée – tu étais brûlante et tremblante. J'ai cru que tu allais mourir… » Agnès s'interrompt pour avaler une nouvelle fois sa salive, sans regarder davantage Genièvre. « On nous a envoyées dans notre chambre à l'étage, pendant que des tas de gens entraient et sortaient de la maison. Le pasteur, le shérif, la moitié du comté, on aurait dit. Puis papa nous a appelées en bas et nous a dit que tout était arrangé. Au matin, Bella partirait dans une école quelque part dans le nord, et j'irais vivre chez notre tante Mildred. » Leur tante Mildred était une vieille pomme aigrie qui vivait deux comtés plus au nord et occupait son temps à collectionner de minuscules tableaux de saints et à se plaindre des nombreux péchés de ses voisins les plus proches. « Je me suis enfuie aussi vite que j'ai pu. J'ai atterri ici. »

Genièvre voudrait demander : *Comment se fait-il que tu ne sois jamais revenue pour moi ?* Elle voudrait demander : *Comment se fait-il que tu n'aies jamais écrit ?* Mais elle a peur des mailles perdues dans l'histoire, des choses qu'elle ne veut pas voir.

« Genièvre, je… » Agnès se tend vers elle comme pour la prendre dans ses bras, et Genièvre ne sait pas si elle va la laisser faire, quand on frappe doucement à la porte.

Toutes deux se redressent et remisent leurs sentiments tumultueux dans leurs poitrines respectives.

Frankie Black se révèle être une fille de couleur au visage constellé de taches de rousseur et aux yeux veloutés, dont l'accent rend Genièvre nostalgique. Elle demande à Agnès de s'asseoir bien droit et lui masse le bas du dos en murmurant. Elle allume une bougie couleur miel et dessine un motif de lignes et de points avec la cire. Elle scande un sort sur un rythme de tambour, piétine, *tap-tap-tap*, et se redresse.

Cela n'a rien à voir avec les sorts de Mags. Genièvre l'observe, les yeux plissés. Mais le visage d'Agnès se détend alors que toute douleur la quitte, aussi Genièvre suppose-t-elle que ça fonctionne. Il lui vient pour la première fois à l'esprit qu'il y a peut-être plus d'une sorte de sorcellerie dans le monde. C'est une pensée pour le moins inconfortable, qui l'emmène bien trop loin ; cela lui rappelle lorsqu'elle a pris le train à Crow County et senti le pays se déplier comme une carte sous elle, plat et infini.

« Mlle Pearl vous conseille de rester jusqu'au matin. La police est dehors et elle cherche deux femmes brunes. L'une d'elles enceinte… » Ses yeux se posent sur le bâton. « … l'autre avec un serpent démoniaque pour familier.

— Ce n'est pas un familier », corrige Genièvre, en même temps qu'Agnès dit : « Nous pouvons payer. Pour la chambre et le manque à gagner. »

Frankie pousse un gloussement mi-amusé, mi-offensé. « Vous n'en auriez pas les moyens, chérie. Mlle Pearl a dit que nous étions fermées pour la nuit, de toute façon. Les hommes sont énervés, ils cherchent à prouver quelque chose. Qu'ils aillent faire ça ailleurs. Il y a du corned-beef et des petits pains si vous avez faim », ajoute-t-elle en posant un panier sur la commode, avant de les laisser de nouveau seules.

La bougie s'est réduite à une mare de cire fondue, et la nourriture à des miettes éparpillées dans les vallées du gros édredon, avant que l'une ou l'autre ne reprenne la parole.

Avachie contre la tête de lit, le corps détendu par l'absence de douleur, Agnès sent le bébé se mouvoir doucement dans son ventre.

Les bras serrés autour des genoux, Genièvre glisse un regard au ventre de sa sœur. « Comment se fait-il que tu sois venue ? »

Agnès hausse les épaules, ce qui est toujours plus facile que de parler de culpabilité, d'amour et des choses qui s'étirent toujours entre elles après sept ans de silence. « Comment se fait-il que tu m'aies invitée ? »

C'est au tour de Genièvre de hausser les épaules. « Comment se fait-il que tu aies sauvé cet idiot ? » contre-attaque-t-elle avec un air renfrogné.

Agnès manque de lui rire au nez. Pour une fille maligne, sa sœur peut parfois se montrer incroyablement lente. « Ce n'est pas cet idiot que j'ai sauvé, Genièvre. »

Genièvre plisse les yeux, elle ouvre à moitié la bouche pour rétorquer quelque chose avant de comprendre ce que sa sœur veut dire. Son expression s'adoucit.

Elle jette un nouveau coup d'œil au fragile renflement du ventre d'Agnès. « Mais… même avec…

— J'imagine que oui, répond Agnès en essayant de sourire. Mama m'a demandé de prendre soin de toi. » Peut-être Agnès le lui devait-elle, pour toutes les fois où elle avait échoué. Ou peut-être cela n'avait-il rien à voir avec de quelconques dettes ou devoirs ; elle n'avait peut-être tout simplement aucune envie de voir sa petite sœur pendue à une potence.

Apparemment, elle a dit quelque chose qu'il ne fallait pas, car Genièvre se hérisse et s'affûte de nouveau. « Je n'ai pas besoin que tu prennes soin de moi. J'étais sur le point de donner une leçon à ce garçon. De leur donner une leçon à *tous.* »

Ses yeux s'assombrissent et jettent des éclairs. Ils rappellent à Agnès les histoires de pucelles – celles dans lesquelles de jeunes sorcières conduisent des bateaux à leur perte avec leur chant mélodieux, chassent dans les bois accompagnées de sept limiers d'argent sous la lune, changent les marins en porcs et festoient jusqu'au matin.

Agnès voudrait être en colère contre elle – pour son imprudence, sa cruauté, sa terrible jeunesse –, mais elle n'y arrive pas vraiment. Elle a elle-même été tout cela ; elle connaît la noire alchimie qui transforme la douleur en haine. Elle se rappelle être sortie pieds nus par la fenêtre du grenier, avoir retrouvé quelque pauvre garçon dans les bois, déchiré ses habits avec plus que du désir et planté ses ongles trop profondément dans sa peau. Cela lui faisait tant de bien de blesser plutôt que d'être blessée.

Donc elle ne dit pas à sa sœur de fermer sa grande bouche et de réfléchir un peu. Au lieu de cela, elle demande : « Et après ? Après que tu leur auras donné une leçon ? Après que tu les auras brûlés, mordus ou maudits ? Que se passera-t-il après ? »

Une moue boudeuse déforme les traits de Genièvre.

« Je sais pourquoi tu voudrais faire une chose pareille – par les saints, toute femme vivante le voudrait –, mais songe à ce que ça coûte.

— Je m'en fiche », crache Genièvre.

Elle s'en est toujours fichue. Quand elle les avait rejointes dans la grange ce jour-là, elle ne s'était guère souciée de ce qui arriverait à trois filles de rien trouvées à côté du cadavre de leur père ; quand elle avait entraîné ces suffragettes dans une émeute, peu lui avait importé de déclencher l'enfer.

Agnès passe la main sur son ventre, avec une pensée pour la petite étincelle qui y brille. « Je le sais. Mais pas moi. » Sa fille donne un coup de pied en réponse, aussi léger qu'un papillon, et Agnès incline la tête vers sa sœur. « Tu veux sentir bouger le bébé ? »

Genièvre la fixe comme si elle n'avait jamais entendu le mot « bébé ». Elle tend une main prudente. Agnès la plaque contre son ventre, et toutes deux attendent, silencieuses et immobiles, sentant leurs battements de cœur dans leurs paumes. Le bébé reste immobile si longtemps qu'Agnès est sur le point d'abandonner, mais alors...

Un grand sourire fend le visage de Genièvre, dont les yeux ont viré au vert d'été. « Nom de... C'était elle ? »

Agnès hoche la tête, en songeant à quel point sa sœur est jeune et lumineuse en cet instant, et en souhaitant qu'elle reste toujours ainsi. En souhaitant qu'il y ait une place pour elle dans son cercle. « D'après la sage-femme, j'accoucherai à la lune des moissons, en août. Peut-être plus tôt. »

Genièvre semble déconcertée par cette information, comme si elle croyait que les bébés obéissaient à des horaires et à des pointeuses. Elle repose la main sur le ventre d'Agnès, avec une expression si pleine de ravissement qu'Agnès dit : « Il lui faudra une tante. »

Genièvre lève les yeux sur elle, avant de les détourner, comme si elle ne voulait pas qu'Agnès voie l'espoir qui y brille.

« Mais tu dois faire plus attention. La marche d'aujourd'hui... c'était ton idée ? »

Genièvre retire sa main. « Oui.

— Tu as vu ce qui s'est passé. Les gens sont devenus fous. »

Agnès s'attend à voir Genièvre se renfrogner de nouveau, au lieu de quoi elle fronce les sourcils d'un air pensif. « Je ne crois pas qu'ils étaient dans leur état normal.

— Oh, ne sois pas si *naïve*…

— Non, je veux dire, j'ai vu quelque chose… d'anormal. Des ombres qui bougeaient de façon aberrante, qui s'entortillaient les unes aux autres. C'était de la sorcellerie, mais plus noire et plus étrange que tout ce que Mags a jamais fait. »

Agnès songe aux hommes sans ombres dans la ruelle et sent les poils de ses bras se dresser. « Mais quel genre de sorcière déclencherait une émeute contre d'autres sorcières ? »

Genièvre fait la moue. « Cette Wiggin. S'il y a bien une personne capable de faire une chose pareille, c'est elle.

— J'ai entendu dire que ces femmes de l'Union chrétienne prêtent serment contre toute forme de sorcellerie, même celle qui empêche la poussière de se déposer sur le tour de cheminée ou les insectes de gâter la farine.

— En tout cas, quelqu'un jouait avec les ombres.

— Raison de plus d'être prudentes.

— Raison de plus d'être *prêtes*. De nous armer comme il faut. » Une lumière féerique s'allume dans l'œil de Genièvre, et Agnès sait qu'elle pense à cette tour noire et à ces étranges étoiles, une magie ancienne et un pouvoir disparu depuis longtemps. « Écoute, la tour qu'on a vue l'autre jour. Je me disais… Tu te rappelles l'histoire que Mags nous racontait ? Saint George et les Trois Dernières ? Et si c'était la tour ? *Leur* tour ? Je pense que c'est ce que Bella croit, en tout cas. »

Mais Agnès ne veut rien savoir des contes de sorcières et des vœux, et elle ne veut surtout rien savoir de Bella. « Oh, je t'en prie. C'est une histoire pour les enfants. Et d'ailleurs, tu me sembles bien assez armée comme ça. Ce serpent… » Agnès déglutit. « Est-ce que *c'était* un familier ? »

Genièvre pousse un grognement. « Est-ce que tu as oublié tout ce que Mags t'a enseigné ? Un familier n'est pas un sort ni un animal de compagnie. C'est la sorcellerie elle-même qui porte une peau d'animal. Si une femme parle assez longtemps et intensément à la magie, il arrive que la magie lui réponde. Mais seules les sorcières les plus puissantes avaient des familiers, et je ne crois pas que leurs lignées existent encore. » Genièvre détourne les yeux, et Agnès a la grâce de ne pas mentionner toutes les heures que sa petite sœur passait dans les bois en attendant que son familier la trouve.

Genièvre se secoue et décoche à Agnès un sourire en croissant de lune. « Mais ça n'aurait aucune importance si on avait la Voie perdue. Imagine ce qu'on pourrait faire. »

Avant même de pouvoir se rappeler que la Voie perdue d'Avalon est une histoire pour les enfants, Agnès obéit à sa sœur : elle pense aux heures supplémentaires, aux puces dans les pensions, à toutes les filles de rien dont le plus grand espoir est d'épouser un homme comme Floyd Matthews, aux mains douces et aux vues limitées, et à ce que ça ferait de désirer autre chose. Elle pense aux phalanges de son père, aux regards lubriques de M. Malton et à ce que ça ferait d'être celle qu'on craint, pour changer.

Mais alors elle pense aux foules en colère, aux échafauds, à tout ce qui s'ensuivrait et au bébé dans son ventre.

Agnès croise le regard de sa sœur et le soutient du mieux qu'elle peut. « Et que se passerait-il ensuite ? »

Genièvre ne baisse pas les yeux. « Viens avec moi demain matin, répond-elle. Rejoins les suffragettes. Et découvre-le par toi-même. »

Agnès fixe son visage brûlant d'espoir et de faim, jeune, sauvage, ses traits irréguliers… et ne trouve aucune réponse. Alors elle s'éclaircit la voix et dit : « Il est tard. On ferait mieux de dormir. »

Agnès parvient à ne pas regarder sa sœur tandis qu'elles se préparent pour la nuit, se déboutonnent et se dégrafent, utilisent le pot de chambre à tour de rôle. Ce n'est qu'à la toute dernière seconde de lumière, juste avant qu'elle ne mouche la bougie entre ses doigts, qu'Agnès voit le miroitement silencieux des larmes dans les yeux de Genièvre.

Genièvre arque le dos autant qu'elle peut pour ne pas toucher sa sœur, mais elle sent quand même sa chaleur et entend son souffle précipité.

Bien après minuit, quand même l'agitation et les bruits métalliques de la ville se sont tus et que Genièvre croit pouvoir entendre le lointain chant stridulant des rainettes crucifères, Agnès se tourne à plat dos.

« J'aurais dû revenir te chercher, quoi qu'il soit arrivé. J'avais peur. »

De moi. Genièvre ignore d'où lui vient cette pensée, et pourquoi elle lui semble si certaine et si triste.

« Je suis désolée, Genièvre », murmure Agnès au plafond, comme une prière ou une supplication.

Si Genièvre disait quelque chose, Agnès entendrait le nœud dans sa gorge, la morsure salée des larmes dans sa voix. Alors elle ne dit rien.

Une pause, puis : « Je t'accompagnerai demain matin, si tu veux bien de moi. »

Encore une pause, durant laquelle Genièvre respire prudemment par la bouche. « Je veux bien de toi. » Les mots sortent un peu étranglés, rauques, mais elle entend Agnès soupirer de soulagement.

Après cela, Agnès respire plus lentement et plus profondément, mais Genièvre reste bien éveillée, à songer au venin et à la vengeance, à prier tous les saints que sa sœur ne découvre jamais comment leur père est mort.

Bella n'est pas là – Bella la traîtresse ? Bella la Judas ? –, mais elle manque à Genièvre. Elle lui aurait demandé une histoire et se serait endormie sur un lit d'il-était-une-fois, d'et-ils-vécurent-heureux et de torts redressés.

Alors elle s'en murmure une.

Raiponce et l'Aïeule

Il était une fois un bûcheron dont la femme attendait un enfant. Mais elle tomba très malade, ses cheveux dorés devinrent gris et cassants, et, dans son désespoir, le bûcheron alla voir la sorcière des haies et la supplia de la guérir. La sorcière lui parla d'une tour noire dans les collines, couverte de plantes grimpantes même au cœur de l'hiver. Trois feuilles de ces plantes suffiraient à guérir sa femme.

Le bûcheron trouva la tour noire et la plante grimpante. Il en vola trois feuilles et les fit infuser, comme la sorcière lui avait indiqué de le faire. Bientôt, sa femme retrouva des couleurs et le sourire, et ses cheveux reprirent leur couleur dorée. Quand leur fille naquit, ils lui donnèrent le nom de cette plante : *Raiponce*.

Mais alors qu'ils nommaient le bébé, un vent terrible venu de l'est, qui sentait la terre et la cendre, se mit à souffler. Des doigts osseux toquèrent à leur porte, et ils trouvèrent une Aïeule toute bossue, voûtée sur le seuil. Elle portait une cape noire en lambeaux sur les épaules et un aspic autour du poignet, comme un bracelet d'écailles obsidienne.

Elle venait, dit-elle, reprendre ce qui lui avait été volé. Quand le bûcheron expliqua que sa femme avait déjà mangé les feuilles, l'Aïeule entra dans la maison en traînant les pieds et regarda leur fille. L'enfant tourna vers elle des yeux aussi verts que la plante dont elle portait le nom.

Quand l'Aïeule quitta la maison cette nuit-là, s'enfonçant dans la neige silencieuse, elle portait un bébé emmailloté sous sa cape.

L'Aïeule éleva la fillette dans sa haute et solitaire tour. Raiponce en vint à aimer la vieille femme, et, si tant est que les sorcières puissent aimer quoi que ce soit, l'Aïeule aima la fillette. Quand Raiponce entra dans l'adolescence, seuls ses longs cheveux brillants et dorés prouvaient encore qu'elle avait un jour appartenu à quelqu'un d'autre.

Un jour que l'Aïeule était sortie, un barde de passage vit luire la chevelure de Raiponce par la fenêtre de la tour. Il lui chanta :

Pucelle, ma pucelle,
Laisse descendre ta chevelure
Finement tressée, éclat doré,
Une voie naîtra où il n'y en avait pas.

S'ensuivit ce qui se produit habituellement quand un bel étranger chante pour une jolie pucelle, et bientôt Raiponce descendit de la tour par une corde dorée tressée de ses propres cheveux, tendant la main vers lui.

L'Aïeule revint juste au moment où les deux tourtereaux s'éloignaient de la tour, main dans la main.

— Si tu me quittes, dit-elle à Raiponce, tu dois me rendre ce qui m'appartient.

Raiponce leva le menton et accepta de payer n'importe quel prix. L'Aïeule lui fit fermer les yeux et posa deux doigts glacés sur ses paupières. Quand Raiponce les rouvrit, toute trace de vert en avait été retirée. Avec sa vue.

L'Aïeule regagna sa tour et regarda l'adolescente et le barde s'éloigner dans les collines d'un pas trébuchant. Raiponce ne rebroussa pas chemin, pas plus qu'elle ne l'appela.

L'Aïeule pleura, et lorsque ses larmes touchèrent le sol, la tour trembla et s'effondra. Ou peut-être se volatilisa-t-elle hors du temps et de la mémoire et emporta-t-elle l'Aïeule avec elle. Peut-être attend-elle immobile que sa fille volée la réclame.

La seule certitude, ce sont les larmes elles-mêmes.

12

Pucelle, ma pucelle,
Laisse descendre ta chevelure
Finement tressée, éclat doré,
Une voie naîtra où il n'y en avait pas.

Un sort pour s'échapper, qui requiert trois cheveux & des doigts agiles

Alors qu'elle fuit l'émeute par St Mary-of-Egypt Avenue, Béatrice Belladone a deux certitudes : sa sœur benjamine est en vie et la cadette est avec elle.

Elle ne devrait tirer aucun réconfort de la présence d'Agnès – elle sait depuis longtemps qu'elle ne peut pas lui faire confiance dans les moments importants –, mais elle est néanmoins rassurée. Si quelqu'un est capable de sortir leur petite sœur du pétrin dans lequel elle s'est mise et de la garder en vie jusqu'au matin, c'est bien elle.

« Si vous avez fini de regarder dans le vide, je ne serais pas mécontente que nous prenions nos jambes à notre cou. » Béatrice note dans un coin de sa tête que Mlle Quinn se fait plus sèche et plus tranchante sous la pression, avant de saisir sa jupe à pleines mains et de lui emboîter le pas.

Pour une femme ayant passé l'essentiel de sa vie à New Cairo, Quinn possède une remarquable connaissance des quartiers nord. Elle entraîne Béatrice dans un dédale de ruelles anonymes et d'arrière-cours qui les conduit mystérieusement au pied de la respectable maison de ville où Béatrice loue une chambre.

« Comment connaissez-vous mon adresse ? »

Le haussement d'épaules de Mlle Quinn n'a rien de désolé. « Restez chez vous cette nuit. L'absence notoire de la police me fait me demander qui est derrière tout ça. »

Béatrice voudrait lui dire : Merci de m'avoir sauvée, ou : Soyez prudente, ou encore : Qui êtes-vous exactement, et quels troublants secrets cachez-vous ?, mais Quinn a déjà fait demi-tour, et ses longues jambes l'éloignent rapidement sur la Deuxième Rue.

Le temps que Béatrice regagne sa chambre sous les toits et regarde par sa fenêtre ronde, Quinn a déjà disparu du quadrillage des rues en contrebas.

Cette nuit-là, Béatrice rêve de sorcières, de bardes errants et d'une fille à la chevelure dorée souriant à la fenêtre d'une tour. Sauf que ses cheveux ne sont pas du tout dorés et que son sourire est plein de secrets.

Au matin, Bella attache les siens avec une sévérité peu coutumière et fixe un long moment son reflet dans le miroir, qui lui renvoie d'elle une image osseuse, grisonnante et très ennuyeuse. Puis elle sent une tension dans le fil qui la relie à ses sœurs – elles sont toujours en vie, toujours ensemble, se déplacent dans la ville – et se demande si elle ne s'ennuie pas de moins en moins à mesure que la présence de James Genièvre à New Salem se prolonge.

Béatrice sort juste après le lever du soleil, quand les ombres sont douces et que l'air étincelle de rosée, en espérant sincèrement que M. Blackwell lui pardonnera de ne pas s'être présentée à la bibliothèque un deuxième jour d'affilée.

Le siège de l'Association des Femmes de New Salem bourdonne déjà d'activité et de murmures urgents. Mlle Stone se tient derrière le bureau de réception tel un petit général chapeautant ses troupes, sa perruque légèrement de travers. Tant de gens se pressent autour d'elle – une dame inquiète avec un monocle, une femme rondouillarde vêtue d'une jolie robe, cette jeune secrétaire dont la mine renfrognée arbore un bleu à la mâchoire – que Béatrice doute qu'elle ait entendu le tintement de la clochette à son entrée.

Jusqu'à ce qu'elle lève sur Béatrice un regard glacé. « Mademoiselle Eastwood, c'est ça ? Je vous croyais trop occupée pour militer avec nous.

— Oh, je… C'est-à-dire… »

Mais Mlle Stone a déjà reporté les yeux sur les papiers étalés devant elle. « Si vous cherchez votre sœur, elle n'est pas ici.

— Non, mais…

— Et si elle a le moindre sens de la prudence, elle n'osera pas remettre un pied ici. »

Béatrice en déduit que Mlle Stone n'était pas au courant du petit spectacle prévu par Genièvre, mais que le récit lui en est parvenu depuis, et qu'elle entretient la croyance erronée que Genièvre est dotée d'un quelconque sens de la prudence.

Si ses déductions sont justes, les prochaines minutes vont se révéler pour le moins inconfortables. Béatrice a juste le temps de placer un « Oh là là ! » avant que la clochette retentisse de nouveau et que la porte s'ouvre sur une Genièvre auréolée de l'arrogance et du charisme d'un boxeur victorieux, son bâton claquant joyeusement sur le plancher.

Agnès se glisse à l'intérieur derrière elle, avec l'air de nourrir de sérieux doutes sur ses décisions.

Les murmures finissent par se tarir. Une douzaine de paires d'yeux se posent sur Genièvre. Elle leur offre un sourire éclatant. « Bien le bonjour, mesdames. Bella ! Qu'est-ce que tu fais là ? »

Sans attendre de réponse, elle attrape une des fragiles chaises près de la fenêtre et pose ses fesses tout au bord, genoux écartés et mains croisées au sommet de son bâton encore rayonnant.

Son sourire s'affadit quand elle aperçoit la secrétaire et l'ecchymose qui lui assombrit la mâchoire. « Alors, tu t'en es tirée. Les autres aussi ? »

Tandis que la fille hoche la tête, un éclair de fierté brille furtivement dans ses yeux. « On pense qu'Electa s'est cassé une côte, mais elle s'en remettra. » Béatrice se demande en passant comment elles ont pu s'en sortir indemnes, et si par hasard les respectables membres de l'Association des Femmes n'auraient pas quelques vers et quelques voies qu'elles ne devraient pas avoir.

La culpabilité traverse le visage de Genièvre – une expression étrangère qu'elle chasse d'un petit mouvement de tête. « Bon. J'espère au moins que nous sommes toutes d'accord. »

Mlle Stone – qui jusqu'ici est restée parfaitement immobile – s'éclaircit la voix et demande : « Sur quoi, exactement ? »

Genièvre semble ne pas entendre la tension qui s'est glissée dans sa voix comme un piège à souris prêt à claquer. Elle soutient son regard sans faillir. « Pour dire que nous n'obtiendrons pas la moindre chose en demandant gentiment et en nous tenant bien. Que nous devons utiliser toutes les armes à notre disposition, sans quoi nous nous ferons battre jusqu'au sang dans la rue. » Genièvre se penche en avant, son arrogant sourire de nouveau en place. « Qu'il est temps pour le mouvement des femmes de devenir le mouvement des sorcières. »

Le silence qui suit cette déclaration est si total que Béatrice a l'impression d'entendre le sang battre aux tempes de Mlle Stone.

Genièvre reprend la parole, inconsciente du malaise. « C'est la sorcellerie qui m'a sauvée dans la rue hier, et c'est la sorcellerie qui nous obtiendra le droit de vote. Plus que le droit de vote… le retour des jours anciens, quand nous étions reines, érudites, générales ! Nous pourrions retrouver tout ça. Ma sœur – Bella, je veux dire ; elle, c'est Agnès, notre autre sœur. » Une expression d'horreur pure traverse le visage de Mlle Stone à la perspective d'une troisième Eastwood. « Bref, Bella a fait des recherches sur la tour que nous avons vue lors de l'équinoxe. Je crois que c'est… » Genièvre croise le regard de Bella, et celle-ci comprend que sa plus jeune sœur a deviné ce qu'est la tour et ce que signifient les trois cercles. « Je crois que c'est important. Que ça pourrait ramener la sorcellerie dans le monde. »

Genièvre embrasse du regard ces femmes pétrifiées. « Qu'est-ce que vous en dites ? »

Aucune d'elles ne répond. Mlle Stone pousse un très long soupir dans le silence et se laisse tomber sur sa chaise. Elle considère Genièvre avec une expression presque déroutée, comme si elle ne comprenait pas comment une personne si jeune pouvait être si puissamment irritante. « Mademoiselle West. L'Association des Femmes ne porte aucun intérêt à vos théories insensées et à vos dangereuses idées. »

Le sourire de Genièvre glisse sur son visage comme le glaçage sur un gâteau trop chaud. « En tant que membre de l'Association des Femmes, je crois… »

Mlle Stone la coupe d'un petit rire amer. « Ça, croyez-moi, vous ne l'êtes plus.

— Pardon ?

— En tant que présidente de l'association, je vous renvoie de notre compagnie et je regrette profondément de vous avoir accueillie dans nos rangs. »

Genièvre est maintenant debout, les doigts blancs autour de son bâton. « Comment osez-vous… »

Mlle Stone compte sur ses doigts et énonce d'une voix glaciale : « Vous avez organisé une assemblée illégale contre la volonté de l'association. Vous avez fait une démonstration publique de sorcellerie. Vous avez mis en danger les vies de six idiotes qui vous ont suivie dans votre conspiration. Seuls les saints savent ce que vous avez fait encore – les rumeurs sont trop folles pour y prêter foi. Peut-être avez-vous une paire de cornes noires sur la tête. Peut-être savez-vous voler. Peut-être avez-vous lancé un serpent démoniaque sur un enfant innocent. »

Béatrice tressaille. Personne ne s'en rend compte.

« Écoutez, vous vouliez attirer l'attention, c'est chose faite. Si vous êtes en colère parce que je me suis défendue, sachez que… »

Mlle Stone hausse imperceptiblement le ton. « Mlle Wiggin, la présidente de l'Union des femmes chrétiennes – et, faut-il le préciser, la fille adoptive d'un membre du conseil municipal –, a été blessée dans l'émeute. Elle prétend que c'était par un acte de sorcellerie, et je suis écœurée de le dire, mais je ne suis pas certaine qu'elle mente. »

Genièvre ouvre de nouveau la bouche, mais Mlle Stone l'ignore. Elle se penche sur le bureau, les mains jointes. « J'ai dédié la meilleure partie de ma vie à l'élévation des femmes. J'étais là, à Seneca, au tout début. » Sa fureur semble s'être consumée comme un orage d'été, la laissant essoufflée et lasse. « On nous a ri au nez. On nous a ridiculisées, on nous a moquées, on nous a caricaturées dans les journaux. Nous avons continué à travailler. Nous avons monté des organisations dans tout le pays, nous avons obtenu des lois sur le droit de vote dans trois États, nous avons attiré l'attention sur la situation désespérée de notre sexe…

Mais ceux qui nous tournaient en dérision ne rient plus, mademoiselle West. Maintenant – grâce à vous et à vos complices –, ils ont peur. Et nous pourrions tout perdre. »

Genièvre s'approche d'elle d'un pas décidé et pose ses mains à plat sur le bureau. Elle affiche un regard d'une telle intensité flamboyante que Béatrice sent ses joues la brûler à son passage. « Ou nous pourrions tout gagner. Si nous arrêtons de nous inquiéter de ce qu'une femme devrait ou ne devrait pas faire, de ce qui est respectable et de ce qui ne l'est pas. Si nous nous dressons et rendons les coups, toutes ensemble. Imaginez que nous ayons été soixante-dix et non sept ! » Mlle Stone semble légèrement malade à cette idée. « Il y a un livre que Bella nous lisait quand on était petites, à propos de ces trois soldats français… Quelle était leur devise, déjà ? » demande-t-elle en jetant un regard de biais à sa sœur.

Béatrice s'éclaircit la voix, les joues rosies. « "Un pour tous et tous pour un."

— C'est ça. » Le visage de Genièvre brille d'une lumière intérieure à présent, une passion aussi vive que le soleil. « Il faut que ça soit une pour toutes et toutes pour une, mademoiselle Stone. »

Tous les yeux sont tournés vers la jeune femme aux cheveux aile de corbeau, au menton allongé et au regard d'un vert d'été – à la fois semblable et dissemblable à la fille-enfant sauvage dont Béatrice se souvient –, et, l'espace d'un instant inouï, Béatrice croit qu'elles vont l'écouter.

Mlle Stone rit. Ce n'est pas un rire cruel, mais Béatrice voit Genièvre le recevoir comme une gifle. « Au revoir, mademoiselle West. Je ne vous souhaite pas bonne chance, pour le bien de notre cité. »

Genièvre se redresse, toute lumière maintenant éteinte dans son regard, le visage fermé, et exécute une révérence ironique. Elle quitte la réunion en claudiquant, sans un regard en arrière. Elle n'avait jamais pleuré devant leur père non plus.

Agnès la suit. Elle s'arrête pour tenir la porte derrière elle et coule un regard à Béatrice, presque comme si elle attendait qu'elle la suive. Comme si elles étaient toujours ces trois fillettes qui trébuchaient dans la ferme, une-deux-trois, et laissaient la porte négligemment ouverte pour la suivante. « Alors ? » Agnès a l'air agacée. Par elle-même ou par sa sœur, Béatrice ne saurait le dire.

Béatrice sent les yeux de Mlle Stone sur elle. « Je ne vous connais pas, mademoiselle Eastwood, mais vous m'avez l'air d'être une femme respectable. Votre sœur... vos sœurs vous détourneront du droit chemin. »

Béatrice hésite. Elle songe au destin des filles qui se détournent du droit chemin dans toutes les histoires, aux chaussures en fer chauffées à blanc, aux cercueils de verre et aux fours des sorcières. (Elle songe à St Hale, une prison spécialement bâtie pour les filles hors du droit chemin.)

Mais alors Béatrice regarde Agnès qui l'attend toujours, le regard sombre, et elle songe aux autres choses qui attendent les filles sorties du droit chemin : les audacieuses évasions, les danses sauvages, les rendez-vous à minuit, les sortilèges sous les étoiles, tout un monde de délices peu recommandables.

Béatrice salue d'un signe de tête et part sur ces mots : « J'espère bien, mademoiselle Stone. »

Agnès est sur le point d'abandonner et de refermer cette fichue porte derrière elle – que Bella et les suffragettes aillent se faire voir ! – quand sa grande sœur prend enfin sa décision. Elle passe devant Agnès d'un air décidé, le dos plus droit que jamais, les joues rosies par quelque plaisir secret. Leurs yeux se croisent, juste un instant.

Genièvre s'est déjà engagée dans la rue d'un pas furieux et fait claquer son bâton contre le pavé avec une telle violence que les passants s'écartent d'elle en toute hâte. « Ces trois fois maudites lèche-bottes de sorcières de mon cul ! Trop lâches pour prendre une foutue position… Qu'elles aillent au diable ! » Elle pivote sur elle-même pour faire face à la vitrine du siège de l'association et dresse le majeur avec une telle grossièreté que Bella lâche un « Genie » étranglé.

Genièvre se tourne face à ses sœurs. Ses yeux brillent d'un vert luminescent. « Alors. Qu'est-ce que vous en dites ?

— De quoi ? »

Genièvre semble sur le point de saisir Bella par les épaules pour la secouer. « De la sorcellerie ! De la Voie perdue d'Avalon ! »

Bella la fait taire et jette des regards affolés à l'animation distinguée de la rue : des mères coiffées de chapeaux parfaits et leurs enfants dans leurs vêtements amidonnés, des domestiques avec des paniers de linge blanc sorti de la laverie, des gentlemen qui consultent leur montre de gousset. Agnès est soudainement frappée par le ridicule qu'il y a à conspirer l'avènement de la seconde ère de la sorcellerie au milieu d'une rue ensoleillée et bien ordonnée des quartiers nord, entourées qu'elles sont d'employés de bureau, d'investisseurs et d'immeubles en pierre taillée. De tels projets auraient davantage leur place dans une lande hantée ou un cimetière embrumé.

Bella dit d'une voix basse et précipitée : « Genièvre, j'ignore ce que tu sais ou crois savoir à propos de cette tour, mais je t'assure que je n'ai pas la formule secrète pour Avalon cachée dans mes chaussettes. »

Genièvre croise les bras et se passe la langue sur les dents. « Je sais que tu en sais plus que ce que tu m'as dit.

— Je… je… bégaie Bella, et Agnès n'en revient toujours pas qu'elle ait survécu à la maison de leur père sans apprendre à mentir convenablement. Oui. D'accord. J'ai trouvé des… vers, le jour où la tour est apparue. Je ne sais pas ce qui m'a pris, mais je les ai prononcés à voix haute. Et alors… » Par gestes, elle mime la déchirure dans le ciel et la tour sombre.

Genièvre fixe sur elle un regard dur pendant quelques instants, puis elle sourit. « Espèce de serpent. Je savais que c'était toi. Pourquoi tu ne me l'as pas dit ? »

Bella bredouille une réponse, mais Agnès comprend parfaitement pourquoi elle avait hésité à donner à sa sœur animée de pensées violentes et vengeresses la clé d'un mystérieux pouvoir sans limites. Des histoires des temps anciens décrivaient des villes entières mises en sommeil, des royaumes gelés dans un hiver éternel, des armées réduites en cendres et en rouille.

Genièvre balaie les bégaiements de Bella d'un revers de main. « Aucune importance pour le moment. La vraie question est : pourquoi n'as-tu pas recommencé ?

— Parce que le sort n'est pas complet. Il manque une partie des vers et toutes les voies.

— Alors trouve-les ! Qu'est-ce que vous avez fichu, toi et ta chère amie, toutes ces nuits à la bibliothèque ? »

Une rougeur monte du cou de Bella. « Ce n'est pas... Mlle Quinn et moi avons fait des recherches. Nous avons collecté des morceaux, des possibilités, mais nous n'avons rien d'autre que des théories, jusqu'ici.

— Il n'y a plus qu'à les essayer. Écoute, poursuit Genièvre sans tenir compte du regard dubitatif de Bella. Depuis l'équinoxe, nous sommes toutes trois liées par un fil invisible, pas vrai ? »

Bella siffle entre ses dents et remonte ses lunettes sur son long nez. « Un effet secondaire du sort inachevé, je te l'ai dit.

— Et comment se fait-il que nous ayons été toutes les trois attirées dans ce sort en premier lieu ? Après avoir été séparées pendant sept ans, qu'est-ce qui nous a rassemblées au moment où notre sœur aînée a stupidement décidé de dire quelques vers à voix haute ? » Genièvre baisse la voix. « Et avant ça... n'as-tu pas ressenti quelque chose t'entraîner vers l'esplanade ? »

Agnès s'en souvient : une ligne qui s'enroule et l'entraîne, un doigt qui la pousse dans le dos. Encore maintenant, elle sent cette main invisible qui la ramène vers ses sœurs malgré elle et fait fi de son jugement.

« Mags disait toujours que tout ce qui avait été perdu pouvait être retrouvé. Vous vous rappelez cette chanson qu'elle nous a apprise ? Rien n'est perdu qu'on ne puisse retrouver. »

Bella cligne plusieurs fois des yeux et murmure : « Oui, je me rappelle.

— Eh bien, je pense que la magie veut être trouvée. Et que nous sommes peut-être celles qui sont censées la trouver.

— Quoi, comme le destin ? » Ce sont les premiers mots qu'Agnès prononce depuis qu'elles sont sorties, et leur venin fait tressaillir ses deux sœurs. « Comme la destinée ? » Le destin est une fable que les gens se racontent afin de se convaincre que tout arrive pour une raison précise, que le monde entier est une machine parfaite réglée, avec du sang et des os en guise d'huile et de rouages. Que tout enfant enfermé à la cave, que toute fille enchaînée à son métier à tisser est au bon endroit.

Elle n'aime pas beaucoup le destin.

Même Genièvre semble un peu intimidée par ce qu'elle voit dans les yeux d'Agnès. « Peut-être pas. C'est peut-être par hasard que Bella a trouvé ce sort. C'est peut-être le hasard qui nous a amenées à St George Square. Le soir de l'équinoxe. Une pucelle… » Elle plaque une main sur sa propre poitrine. « … une mère… » Elle désigne Agnès du menton. Bella tourne vers elle des yeux si écarquillés et si déconcertés qu'Agnès soupçonne qu'elle n'avait pas remarqué son ventre bombé avant cet instant. Sa bouche dessine un petit O parfait.

« Et une aïeule, conclut Genièvre en pointant l'index sur Bella, qui grogne une protestation. Comme les Trois Dernières elles-mêmes. »

Personne ne parle pendant un moment. Genièvre se rapproche un peu d'elles, jusqu'à ce qu'elles forment un cercle si serré que leurs têtes se touchent presque. « Peut-être qu'Agnès a raison et que tout ça, c'est de la bouse. Mais si ça n'en était pas ? Si nous pouvions changer toutes les femmes de cette ville en sorcières, comme ça, ajoute-t-elle en faisant claquer ses doigts. Plus de lectures de contes de sorcières dans les livres, Bell... Tu pourrais les écrire toi-même ! Et plus jamais de boulots de merde pour un salaire de merde, Ag. Plus de "nous sommes des riens-du-tout" », conclut-elle d'une voix plus dense.

Genièvre respire bruyamment par le nez et leur demande une deuxième fois : « Qu'est-ce que vous en dites ?

— D'accord. » Bella semble stupéfaite par le son de sa propre voix. « Oui. »

Genièvre pivote vers Agnès. « Et toi ? Tu vas nous aider ? » interroge-t-elle, la mâchoire serrée, le regard brillant, et Agnès s'émerveille des contradictions de sa petite sœur, de ses yeux aussi clairs que son cœur est noir, de sa violence et de sa vulnérabilité, et du fait qu'elle en sache à la fois si peu et beaucoup trop sur le monde. Une part d'Agnès voudrait dire oui simplement pour pouvoir garder un œil sur elle.

Sauf qu'elle n'a plus le loisir de choisir pour elle-même. Elle lisse sa blouse sur son ventre. « Je ne peux pas prendre ce risque. Pour son bien. »

Genièvre baisse les yeux sur les mains d'Agnès. « Oh, je crois que tu le dois. Pour son bien. » Puis elle croise son regard avec un air de défi. « Tu ne veux pas lui offrir une meilleure histoire que celle-ci ? »

Bien sûr que si. Bien sûr qu'elle voudrait voir sa fille grandir libre et sans peur, arpenter tête haute les bois sombres du monde, armée et caparaçonnée. Murmurer chaque soir à son oreille : N'oublie pas ce que tu es.

Tout.

Agnès a la gorge trop nouée par l'envie pour parler. Bella renchérit d'une voix hésitante : « Tu sais que la Mère elle-même a pris toutes sortes de risques, dans les histoires. J'aurais aimé... » Sa voix baisse d'une octave. « Je pense que ça aurait été mieux pour nous d'avoir eu une mère un peu plus disposée à prendre des risques. »

Agnès les regarde l'une et l'autre, sa sœur sauvage et sa sœur avisée. Elle hoche la tête, une fois.

Genièvre pousse un cri de joie, tape Agnès trop fort dans le dos et abreuve déjà Bella de questions sur la Voie perdue. Leur grande sœur tente vainement de la faire taire quand des pas résonnent derrière elles.

Agnès se retourne et découvre la jeune secrétaire de l'Association des Femmes, avec ses cheveux couleur soie de maïs et sa mâchoire contusionnée. Alors qu'elle s'approche, Agnès se rend compte qu'elle n'est pas aussi timide qu'elle l'avait cru : elle affiche un regard dur, qui brille d'une conviction nouvelle.

« Gillian ? s'étonne Genièvre. Qu'est-ce que…

— Je veux en être. » Gillian a prononcé ces mots très rapidement, comme une personne plongeant dans l'eau glacée avant de pouvoir changer d'avis.

« C'est super, dit Genièvre. Mais en être de quoi ? »

Gillian fronce les sourcils, comme si elle pensait que Genièvre se moquait d'elle. « À vous. » Ses yeux passent d'une sœur à l'autre. « À votre nouvelle société. »

Bella ouvre la bouche pour dire quelque chose de calme et sensé, comme : Il doit y avoir une méprise ! Nous ne formons pas du tout de société. Désolée si c'est ce que vous avez cru, mais Genièvre lui tend déjà une main accueillante en souriant avec la jubilation d'un missionnaire contemplant un converti.

« Eh bien, Gillian. Tu pourrais être notre premier membre. »

Le soupir de Bella fait un bruit de pneu crevé. « Je ne suis pas sûre… Je ne sais pas… » dit-elle, mais Genièvre a déjà un bras passé autour des épaules de Gillian, qui sourit timidement.

« Ma foi, soupire Bella. Après tout, les mousquetaires étaient quatre. »

DEUXIÈME PARTIE

MAIN DANS LA MAIN

13

Dis la vérité, sois sincère,
Croix de bois, croix de fer,
Si je mens, je vais en enfer.

Un sort pour les secrets qu'on garde et qu'on dit,
qui requiert du liseron & du sang

« Le Convent des Calamités.

— Non.

— L'Armée d'Ève.

— Non ! Il faudrait qu'il y ait dedans quelque chose comme, je ne sais pas, "sororité" ou "union"…

— L'Union des Femmes qui rendent aux salauds la monnaie de leur pièce.

— James Genièvre, si tu n'arrives pas à être sérieuse, alors tais-toi. »

Genièvre se tasse un peu plus contre le mur où elle est assise. Pour la première réunion de leur association clandestine de sorcières en herbe, Genièvre aurait cru qu'elles débattraient de sujets excitants, magiques, comme de brûler le Signe des Trois sur le parvis du conseil municipal ou de changer les eaux de la Thorn en sang.

Ses sœurs et Mlle Gillian Lind en avaient apparemment décidé autrement. Toutes les quatre sont entassées dans l'odeur de chou de la chambre d'Agnès à South Sybil depuis des heures, à discuter de refuges, de serments d'adhésion et d'autres sujets décevants et sans rapport avec la sorcellerie.

Gillian prend même des foutues *notes*, assise sur le lit d'Agnès, le petit carnet noir de Bella sur les genoux. C'est elle qui a suggéré que leur société ait un nom, quoiqu'elle ait jusqu'à présent ignoré chacune des excellentes idées de Genièvre.

« Les Sœurs du Péché. »

Le stylo de Gillian reste immobile.

« Pourquoi pas… commence Bella, avant de se mordre la lèvre. Pourquoi pas les Sœurs d'Avalon ? » Il faut moins d'une seconde de silence à Bella pour faire marche arrière en se tordant les mains. « Peut-être pas. Ça sonne un peu comme les Filles de Tituba, n'est-ce pas, et on n'a pas vraiment envie qu'on nous prenne pour des charlatanes. Et ce serait très provocateur de nous associer si ouvertement aux Trois Dernières… »

Mais Agnès sourit, et le stylo de Gillian gratte le haut de la page. Genièvre voit leur visage s'éclairer à mesure que le nom fait son chemin en elles. Elle a la terrifiante prémonition qu'on l'imprimera dans les journaux et sur des avis de recherche, qu'on le murmurera dans les ruelles et les usines, qu'on se le passera de main en main comme une lanterne. *Les Sœurs d'Avalon, on les appelle. Tu en as entendu parler ?* Les regards échangés, l'éclair de désir dans les yeux.

« Excellent, dit Gillian en achevant la dernière fioriture. Et pour les titres et les responsabilités ? Doit-il s'agir de postes élus, vous croyez ? »

Genièvre trouve que ces considérations ternissent quelque peu leur nouveau nom. « Des postes ?

— Eh bien, des choses comme… secrétaire, trésorière, présidente, vice-présidente, attachée de presse, chargée de recrutement… liste Gillian en comptant sur ses doigts.

— Par les saints, on n'est que quatre.

— Ça, c'est un problème pour la chargée de recrutement. »

Genièvre récupère une bouloche au fond de sa poche et la jette sur Gillian, qui l'esquive sans même quitter sa feuille des yeux. D'une voix hésitante, Bella propose : « Je… je pourrais être l'attachée de presse. J'ai un… contact dans les milieux journalistiques. » Bella prend soin de ne croiser aucun de leurs regards en le disant, et Genièvre se demande si elle parle de cette femme de couleur en manteau d'homme, et pourquoi ses joues virent si vivement au rose. Un peu mal à l'aise, elle se souvient alors que certaines rumeurs couraient aussi sur la plus âgée de ses sœurs.

Gillian écrit quelque chose dans le carnet. « Nom complet ?

— Béatrice Eastwood. »

Gillian hésite un instant. « Pourquoi tes sœurs t'appellent-elles Bella ?

— Parce que c'est le nom que notre mère lui a donné, répond Genièvre. Béatrice *Belladone* Eastwood. » Bella se tortille inconfortablement, et Genièvre soupire. « Honnêtement, si on ne peut pas utiliser nos matrinomes au sein d'une société secrète de sorcières, quand le pourra-t-on ? »

Gillian termine d'écrire et lève un visage interrogateur vers Agnès, qui semble à deux doigts de lever les yeux au ciel. « Je peux… demander à droite, à gauche, je suppose. » Elle dessine un cercle avec son index, sans que Genièvre sache s'il désigne la pension de South Sybil, le quartier de West Babel ou l'entièreté de New Salem. « Ça fait de moi la chargée de recrutement ?

— Nom ?

— Agnès Eastwood. » Genièvre jette une deuxième boulette de peluche. « Bon, d'accord. Agnès Amarante Eastwood. »

Gillian le note également, puis elle demande d'une voix enjouée : « Et qui sera présidente ? »

Les trois sœurs échangent de brefs regards. « En quoi ça consiste, exactement ? » demande Genièvre.

Gillian balance la tête de gauche à droite, faisant voler la soie de maïs de ses cheveux. « Ça ne signifie pas grand-chose, si on s'accorde sur un processus de décision collectif. » L'expression rappelle les réunions sans fin de l'Association des Femmes. Genièvre frissonne.

« Mais à l'association... Mlle Stone était notre cœur. » Il y a une note grise dans la voix de Gillian, comme du regret, et Genièvre hausse les épaules pour se débarrasser d'une pointe de culpabilité. Gillian a fait son choix en franchissant la porte de l'association avec elle. « Elle fixait le cap. Nous manœuvrions toutes le bateau, mais elle était notre boussole. » Gillian regarde Genièvre en finissant sa phrase, les sourcils légèrement froncés.

Genièvre détourne les yeux. « Bon, on pourra voter plus tard sur cette question. Parlons plutôt de nos futures adhérentes, ô chargée de recrutement.

— Je ne sais pas trop combien de personnes nous devrions recruter, intervient Bella d'une voix nerveuse. Pour quoi les recruterait-on exactement ?

— Déchaîner l'enfer », répond Genièvre, mais au même moment, Gillian dit : « Oui, il nous faut une constitution et une déclaration d'intention. »

Genièvre laisse passer quelques secondes et répète : « Pour déchaîner l'enfer ? »

Les autres Sœurs d'Avalon l'ignorent. Elle fait une autre tentative : « Pour faire advenir la seconde ère de la sorcellerie. Pour récupérer ce qui nous a été volé.

— C'est un peu… beaucoup, tu ne crois pas ? » Bella se racle la gorge pour couvrir le « C'est toi qui es un peu beaucoup » murmuré par Genièvre. « Pourquoi pas : pour restaurer les droits et les pouvoirs des femmes ? »

Gillian écrit pendant que Bella se ronge les sangs, car c'est ce qu'elle fait toujours. « Sans la Voie perdue, nous n'avons aucun pouvoir à restaurer. Je ne suis pas sûre que quiconque s'engagerait sur la foi de r… rayons de lune et de contes de sorcières », ajoute-t-elle en tordant ses mains gercées tachées d'encre.

Debout près de la fenêtre, Agnès regarde la ruelle grise. « Vous oubliez une rue bondée de gens ayant vu une femme lancer une vipère sur un garçon qui l'avait un peu ennuyée.

— Un peu *ennuyée*…

— À l'heure qu'il est, la ville doit être infestée de rumeurs. Il y aura des gens terrifiés, scandalisés… mais d'autres voudront en savoir plus. Ils ont *besoin* d'en savoir plus, si ce que dit Genièvre est vrai. »

Genièvre leur avait parlé des ombres qu'elle avait vues lors de l'émeute et de l'éclat écœurant du sourire de Mlle Wiggin. Elle ignore à quel point elle a réussi à les convaincre, mais elle les a vues éviter de marcher sur les ombres et regarder à deux fois les embrasures de portes obscures dans les ruelles.

« Et qui sait ? poursuit Agnès. Pas impossible qu'elles aient leur sorcellerie à elles. Toute femme a appris une poignée de sorts d'une tante, d'une cousine ou de sa maman.

— Non, pas toutes les femmes, objecte Gillian.

— Oui, bon, la *plupart* des femmes, alors. »

Une certaine raideur fige les traits de Gillian, un déni silencieux.

Bella la considère quelques instants. « Et comment les autres filles et toi, vous êtes-vous échappées de l'émeute, si ce n'était pas de la sorcellerie ? »

L'expression de Gillian s'adoucit. Elle se mâchonne la lèvre, ses joues rosissent. « Ce n'était rien du tout. Rien qu'un petit sort. » Là, elle s'empourpre carrément. « Pour... nouer les lacets ensemble. »

Genièvre glousse, car l'image de dizaines d'émeutiers trébuchant sur leurs propres pieds est exquise, mais Bella, que ça n'amuse pas, demande : « On dirait de la magie d'homme. Ou de petit garçon. »

Gillian ne regarde plus aucune d'entre elles. Toute couleur a déserté son visage. « Je... j'avais... un frère. » Même Genièvre entend l'imparfait et se garde bien de dire quoi que ce soit.

Agnès s'engouffre dans le silence. « Où que tu aies appris ça, j'imagine que tes amies t'en sont reconnaissantes. » Gillian lui sourit tant bien que mal. « Et même une blague potache de petit garçon peut se révéler utile. Peut-être que nos vers et nos voies ne pèsent pas lourd, pris séparément, mais tous ensemble... »

Agnès laisse sa phrase en suspens, mais Bella prend la suite d'une voix feutrée. « Je pourrais les rassembler. Les consigner. Le premier grimoire des temps modernes... » Pour une raison que Genièvre ignore, la perspective d'une telle somme de lecture et d'écriture fait briller les yeux de Bella et chasse ses inquiétudes.

Le reste de la soirée n'est que débats et plans. Gillian rappelle que l'Association des Femmes passe régulièrement des publicités dans le *New Salem Post* pour encourager les candidates intéressées à visiter leur siège, et elle suggère que les Sœurs fassent de même. Agnès remarque sèchement qu'elles n'ont pas de siège, qu'elles ne voudraient pas que quiconque sache où il se trouve le cas échéant et que le *New Salem Post* ne publierait jamais une publicité qui fait la promotion de la sorcellerie.

Bella intervient d'un *hum* et grommelle qu'il y a « d'autres journaux respectables » en ville, si elles trouvaient le moyen de s'assurer que leur invitation n'atteigne que des yeux acquis à leur cause. Une pensée semble la frapper. « Croyez-vous que "Cross my heart and hope to die[2]" puisse

2 Chanson composée par Garfield Kilgour (texte) et Harry Von Tilzer (musique), chantée par Ada Jones (1873-1922), dont le titre est une expression populaire qui se traduit par : « Croix de bois, croix de fer, si je mens, je vais en enfer ».

être altérée pour une production à grande échelle ? » Elle arrache son carnet des mains de Gillian et se plonge un moment dans ses propres notes en marmonnant dans sa barbe.

La nuit tombée, les membres des Sœurs d'Avalon partent chacune de leur côté : Bella, pour présenter leur proposition à Mlle Quinn et à l'équipe du *Defender* ; Agnès, pour dégotter quelques formules chez une certaine Madame Zina ; Gillian, pour prendre des nouvelles d'Inez, d'Electa et des autres membres de la petite conspiration de Genièvre, et les inviter à en rejoindre une beaucoup plus grosse.

Genièvre, elle, s'attarde dans la chambre d'Agnès. Elle chaparde une poignée de sel dans un pot sur la table et s'en sert pour tracer une ligne en travers du seuil et du rebord de la fenêtre, en songeant à Mags. *Le miel pour garder les choses à l'intérieur, le sel pour garder les choses à l'extérieur.* Elle songe également à ces ombres difformes qui rôdent et se répandent dans les rues, s'immiscent par les persiennes et se glissent sous les portes mal fermées.

Ensuite, Genièvre boite jusqu'au lit, où le petit carnet noir de Bella est demeuré ouvert. Elle le feuillette un instant et plisse les yeux pour déchiffrer l'écriture serrée de Gillian.

Béatrice Belladone Eastwood, attachée de presse.

Agnès Amarante Eastwood, chargée de recrutement.

Gillian Gémeaux Lind, secrétaire/trésorière. Le matrinome semble avoir été écrit d'une main tremblante, incertaine, comme si elle avait hésité sur l'orthographe.

Et, tout en bas de la page, net et ferme :

James Genièvre Eastwood, présidente.

Agnès s'est fixé pour règle de partir immédiatement après la fin de son service à l'usine des frères Baldwin. De ne jamais s'attarder à papoter ou à plaisanter avec les autres filles, de ne pas les accompagner au dancing, aux sermons du soir ou au marché ; de garder les yeux rivés sur le trottoir et de rentrer directement chez elle.

Mais le 11 mai, à cette heure où l'après-midi fond comme du beurre chaud en une belle soirée printanière, elle attend.

Elle quitte le tombeau sombre de l'usine et va s'appuyer contre la brique chauffée par le soleil, portant son poids d'un pied sur l'autre dans l'espoir que le bébé n'appuie pas sur sa vessie. M. Malton n'est pas le genre de contremaître à accorder des pauses-pipi supplémentaires à une fille sous prétexte, dit-il, « qu'elle n'est pas capable de garder les cuisses serrées ». Il reluque le ventre d'Agnès à mesure qu'il grossit et appuie de plus en plus fort contre la barre du métier à tisser. Pas plus tard que cet après-midi, il l'a tapoté du bout de la saucisse rouge qui lui sert de doigt. « Tu auras trois jours pour accoucher. Quand elle aura quatre ans, elle pourra travailler avec les chiffonnières. »

Agnès avait fermé les yeux pour qu'il n'y voie pas l'éclat blanc de rage qui y brillait.

Sa fille ne grandira pas dans les ténèbres de l'usine, elle ne respirera pas la poussière et les fumées, elle ne se blottira pas contre les tuyaux de vapeur en hiver pour rester au chaud. Sa fille ne sera pas une rien-du-tout.

Dans la ruelle, Agnès desserre les mâchoires. Elle ne regarde pas les grappes ni les files d'ouvrières qui passent à proximité, mais la fine bande de ciel au-dessus de sa tête et le vert affamé des mauvaises herbes qui tendent leurs doigts malingres entre les pavés : la digitaire, le mouron des oiseaux et le sombre lamier pourpre. Agnès ne se rappelle pas en avoir vu autant au printemps dernier.

Un groupe est en train de se former plus loin dans la ruelle autour d'un exemplaire du *Defender*. Agnès doute qu'aucune de ces femmes soit abonnée au journal radical des gens de couleur de New Cairo, mais les

Sœurs d'Avalon ont acheté plusieurs dizaines d'exemplaires de ce numéro en particulier et les ont distribués dans les pensions et les boîtes aux lettres des quartiers ouest.

Agnès capte une voix un peu plus forte que les autres. « C'est absurde, voilà ce que c'est. Du grand n'importe quoi. Une blague idiote.

— Ou alors, suggère une autre voix, conspiratrice, c'est un piège. La police n'a jamais attrapé ni le serpent ni la sorcière qui l'a fabriqué, pas vrai ? Peut-être qu'ils se croient malins. »

Des murmures dubitatifs accueillent cette hypothèse, et Agnès comprend que c'est plus ou moins l'ouverture qu'elle attendait. Elle aurait aimé avoir l'esprit ou l'ardeur pour les convaincre, mais elle n'est pas ses sœurs, aussi se contente-t-elle de s'approcher des ouvrières et d'attendre qu'elles remarquent ses épaules carrées. « Ce n'est pas un piège, dit-elle posément. Ni une farce. »

Toutes la regardent comme si elle était un chat de gouttière qui se serait subitement mis à chanter de l'opéra. Agnès ne peut pas leur en vouloir ; depuis cinq ans qu'elles travaillent côte à côte, elle ne leur a jamais adressé un mot au-delà de « la bobinette est cassée » ou « fais gaffe à ta navette ».

L'une d'elles souffle bruyamment, mais une autre la fait taire. Agnès risque un regard à cette alliée potentielle et reconnaît vaguement la nouvelle, dont les cheveux s'étaient pris dans le métier un an plus tôt. La machine l'avait aspirée dans ses entrailles, sans même ralentir, comme si son corps n'était qu'un fil parmi d'autres. Elle avait hurlé, et sous ses hurlements on entendait le bruit écœurant des cheveux arrachés au cuir chevelu… Jusqu'à ce qu'Agnès les coupe avec des cisailles. La fille était tombée par terre, gémissante, en larmes, et lui avait bégayé des remerciements. Agnès lui avait dit de se les attacher si elle voulait garder le peu qu'il en restait. Elle n'avait jamais su son nom.

La fille est maintenant plus âgée, et plus dure, d'un an. Ses cheveux tirés en arrière disparaissent sous un fichu gris assorti à la couleur de ses yeux. « Ah bon ? » dit-elle platement, sans élever la voix, comme une femme payant sa dette.

Agnès croise son regard. « Est-ce qu'une de vous a déjà essayé ? »

Piétinements embarrassés. Un claquement de langue. Le froissement d'un journal hâtivement replié et fourré dans une poche de tablier.

À la sixième page du journal en question, celle habituellement réservée aux publicités pour la brillantine, le tabac et la pommade extraordinaire pour le cuir chevelu de Madame[3] C. J. Walker, un encart presque entièrement encré de noir couvre la moitié de l'espace disponible. De grandes lettres capitales blanches y forment les mots :

SORCIÈRES DE TOUS LES PAYS,
UNISSEZ-VOUS !

Le texte qui suit invite les femmes de tous âges et de toutes conditions à rejoindre les Sœurs d'Avalon, une nouvelle association civique dédiée à la restauration des droits et des pouvoirs des femmes. Les candidates intéressées sont invitées à se piquer le doigt et à étaler leur sang sur la publicité en psalmodiant les vers fournis, qui – si le sang est bien celui d'une femme et si cette femme ne nourrit aucune mauvaise intention envers les Sœurs – révéleront l'heure et le lieu d'un rendez-vous.

Une certaine Mlle Inez Gillmore avait acheté la publicité pour le compte des sœurs. Elle avait signé le chèque d'un geste enjoué qu'Agnès avait envié et détesté. Bella et Genièvre avaient mis au point le sort, après des jours à s'agiter avec du liseron, de l'encre et du sang qui leur avaient laissé les bouts des doigts violacés à force de les piquer. Et Agnès avait fourni le lieu contre toute raison. Qui

3 En français dans le texte.

soupçonnerait la modeste et respectable pension de South Sybil d'abriter une organisation séditieuse ?

Agnès désigne le journal très mal caché. « Essayez. Dites les vers. Éprouvez leur valeur. » C'étaient les vers que toutes les trois utilisaient, enfants, pour se laisser des messages sans que leur père le sache : *Rejoins-moi au chêne creux* ou *Je reste chez Mags ce soir.* « C'est de la vraie sorcellerie, plus puissante que tout ce que votre mère vous a appris. »

Une des ouvrières – Agnès croit reconnaître la femme aux larges épaules et aux joues rubicondes qui s'était moquée de Floyd Matthews avec elle – lâche un *huh* dubitatif, qui laisse présumer que sa mère lui a enseigné une chose ou deux.

Agnès lève les deux mains en signe d'apaisement, mais poursuit : « Et il y en a plus là d'où elle vient. Beaucoup plus. » Bon, *un peu* plus, en tout cas. « Songez à ce que vous pourriez faire, avec un peu de vraie sorcellerie. »

Agnès voit ses mots faire leur chemin en elles, tirer sur les fils lâches de leur cœur. C'étaient des femmes qui n'avaient jamais été tentées de rejoindre les suffragettes, ni d'assister à leurs meetings, ni de lire leurs éditoriaux spirituels dans le journal. Oh, elles voulaient le droit de vote – quelle femme ne le voulait pas, en dehors de Mlle Wiggin et de ses sbires ? –, mais ces femmes-là connaissaient la différence entre le désir et le besoin. Le droit de vote ne pourrait ni nourrir leurs enfants ni raccourcir leurs heures de travail. Ni guérir une fièvre, ni rendre un mari fidèle, ni empêcher les mains de M. Malton de se balader.

Peut-être que la sorcellerie le pourrait.

La fille aux cheveux tirés en arrière et aux yeux métalliques dresse le menton vers Agnès. « T'es l'une d'elles, alors ? »

Agnès tique un peu à la mention du pluriel, à l'idée de faire partie d'un tout qui dépasse sa simple personne, mais elle incline la tête en signe d'assentiment.

La femme massive grogne à nouveau de dérision. « Bah tant mieux pour toi. » Son accent est aussi froid et découpé que les sommets montagneux. « Je ne mettrai jamais mes enfants en danger de cette façon. » Ses yeux s'attardent avec éloquence sur le ventre arrondi d'Agnès, glissent un instant sur son annulaire nu. Des murmures approuvent ses paroles.

La honte remonte dans la gorge d'Agnès comme une bile acide, suivie de près par la colère. Elle considère longuement la grosse ouvrière : les lèvres fines et dures, les veines rouges éclatées sous la peau laiteuse de ses joues, les yeux comme des lacs gelés. « Combien as-tu d'enfants ? »

L'autre souffle comme un bœuf. « Six filles, toutes en bonne santé, toutes d'honnêtes travailleuses.

— Et tes filles, elles sont en sécurité, tu crois ? »

Les yeux gelés se plissent. Agnès insiste. « Elles grandiront sans connaître la faim, le désir, la main d'un homme levée sur elles ? Elles ne deviendront pas aveugles à l'usine, ne perdront pas leurs doigts en emballant de la viande ? »

À présent, les épaules de la femme tendent les coutures de sa blouse, son visage s'empourpre. « En tout cas, elles ne se feront pas... » Elle prononce un long mot glacé qui doit probablement vouloir dire « mettre en cloque » en russe. « ... sans mari, tu peux me...

— Et leurs maris les traiteront avec bonté ? la coupe Agnès. Ils ne boiront ni ne joueront leur salaire, ils ne mourront pas jeunes, ils ne battront pas leur femme parce qu'elle leur aura répondu ou aura brûlé leur dîner ? » Agnès sait qu'elle va trop loin, qu'elle en dit trop, mais elle ne peut plus s'arrêter. « Et même si c'est le cas, tes filles arriveront-elles à garder leurs propres filles en sécurité ? » Sa voix se fêle et saigne comme une lèvre fendue. Si leur mère avait été une sorcière plutôt qu'une simple femme, aurait-elle sauvé ses filles de l'homme qu'elle avait épousé ? Aurait-elle au moins *vécu* ?

Agnès déglutit péniblement dans le silence qui suit. Elle sent les regards l'éviter. « Être une femme est un risque en soi, d'après mon expérience. Qu'on soit en bonne santé ou une honnête travailleuse. » Une grande lassitude la saisit à ces mots, une sombre fatigue qui l'ébranle jusque dans ses os et lui donne envie de marcher jusqu'à ce qu'elle trouve un endroit doux, vert et sûr où mettre son enfant au monde. Mais il n'existe rien de tel. Une voix semblable à celle de Genièvre murmure « Pas encore » à son oreille.

Aucune des ouvrières ne lui répond. Agnès se retourne pour partir, en se disant qu'elle devrait aller trouver Gillian pour lui demander un nouveau titre, car elle fait une bien piètre chargée de recrutement, quand la femme au fichu gris lance : « Comment tu t'appelles ?

— Agnès. » Elle hésite une demi-seconde avant d'ajouter : « Amarante. »

Un bref hoquet secoue le groupe. Les matrinomes ne se partagent qu'avec des amies ou des sœurs, pas avec des étrangères dans une ruelle obscure.

Fichu gris lève le menton. « Annie Asphodèle. » Elle désigne d'un signe de tête les femmes autour d'elles. « Voici Ruthie et Martha. La grande, c'est Yulia. » Yulia se contente de croiser les bras un peu plus fort, les yeux toujours plissés et glacials.

Annie claque des doigts et tend la main vers Martha, qui sort l'exemplaire froissé du *Defender* de son tablier et le lui donne. Annie ôte une épingle de ses cheveux, dont la pointe luit dans la clarté beurrée.

Elle adresse un petit hochement de tête, comme entre soldats. « On se reverra, Agnès Amarante. »

Béatrice et ses sœurs choisissent 21 heures, car 21 heures est une heure de femme. Les dîners ont été débarrassés, la vaisselle a été faite et rangée, les enfants ont été mis au lit, les whiskys servis aux maris. C'est l'heure où une femme peut enfin s'asseoir, comploter et rêver.

Mais le 17 mai, certaines font plus que rêver.

Béatrice les voit arriver par la fenêtre crasseuse de la chambre n° 7 de la pension de South Sybil. Elles viennent seules ou à deux, parfois à trois, leurs ombres comme veloutées sous les lampadaires à gaz, leurs capes serrées autour des épaules. Il ne fait pas froid, mais un vent agaçant s'entête à les décoiffer et à tirer sur leurs jupes.

Il est difficile d'en être sûre dans la pénombre, mais certaines de ces femmes paraissent très jeunes à Béatrice, avec leurs cheveux tressés et leur allure enthousiaste, quand d'autres lui semblent très vieilles. Certaines marchent d'un pas décidé, d'autres trottinent comme des souris sur un sol de cuisine. Certaines laissent voir sous leur cape les cordons de leurs tabliers et des coudes rapiécés, d'autres arborent des perles et des bagues brillantes.

Elle entend grincer la porte de la pension, puis le tambourinement de pas dans l'escalier, les murmures excités dans le couloir. Une panique désespérée s'empare de Béatrice, qui jette un coup d'œil silencieux et suppliant à sa plus jeune sœur. Genièvre lui conseille de ne pas se mettre dans tous ses états et reste assise bien droite, mais la main qu'elle pose sur l'épaule de son aînée est loin d'être aussi assurée. La chaleur moite de sa paume informe Béatrice qu'elle aussi éprouve le sentiment de se tenir en équilibre sur une crête invisible, au début d'une histoire qui n'existe pas encore.

Quelques coups hésitants à la porte. « Entrez », lance Genièvre, et les nouvelles arrivantes s'exécutent : Mlles Electa Gage et Inez Gillmore, suivies d'un troupeau d'autres filles volées à l'Association des Femmes. Vient ensuite une grappe d'ouvrières à la mine lugubre, avec leurs fichus incolores et leurs expressions dubitatives ; une fille qui ne sourit pas, aux longs cheveux noirs et à la peau couleur de cèdre ; deux sœurs à la dégaine discutable, qui se présentent comme : « Victoria et Tennessee, spiritualistes, guérisseuses par le magnétisme et médiums. »

Mlle Quinn paraît à la tête d'une imposante délégation de femmes noires qui jettent à la pièce des regards exprimant un profond scepticisme. Quinn décoche un sourire félin à Béatrice, qui se lève aussitôt, oubliant dans l'instant ce qu'elle avait eu l'intention de faire, puis se rassoit et se plonge dans la contemplation du dos de sa main pendant un moment.

Elle n'était pas sûre du tout que Quinn viendrait. La journaliste les avait aidées à mettre en forme leur publicité, travaillant avec Genièvre et Béatrice bien après la fermeture des locaux du *Defender* pour transférer le sort dans l'encre et le plomb. Elle avait attendu que la dernière page passe entre les presses de la machine pour couler un regard de biais à Genièvre. « Et suis-je invitée à cette réunion, mademoiselle Eastwood ?

— Évidemment. »

Quinn avait conservé une expression très neutre. « Comme c'est... ouvert d'esprit de votre part.

— Une pour toutes et toutes pour une », avait déclaré Genièvre avec noblesse. Mais elle avait ruiné son effet immédiatement après en ajoutant, non sans une certaine délectation : « Papa se retournerait dans sa tombe s'il pouvait nous voir. Il a combattu avec les sudistes, mais seulement parce qu'ils lui ont filé cinquante billets et une bouteille de rye. »

Mlle Quinn avait incliné la tête sur le côté. « Dites-moi, mademoiselle Eastwood : quelle part de tout cela... » Elle avait englobé d'un geste les piles de journaux encore chauds, les instruments de sorcellerie éparpillés sur les bureaux. « ... n'a pour but que de cracher sur la tombe de votre père ? »

Genièvre s'était passé la langue sur les dents avec l'expression d'une casserole prête à déborder. Béatrice avait grimacé d'anticipation, mais sa sœur s'était finalement contentée de répondre : « Venez à la réunion, mademoiselle Quinn, et amenez vos amies. »

Quinn ne s'en était pas privée.

Béatrice les observe discrètement tandis qu'elles s'installent sur leurs sièges. Une certaine camaraderie règne entre elles, et toutes témoignent une déférence peu commune à l'égard de Quinn, ce qui confirme quelques-unes des théories de Béatrice.

Depuis l'émeute de St Mary-of-Egypt, Béatrice s'était mise à surveiller Quinn de plus près. Elle s'était interrogée sur l'intérêt enthousiaste qu'elle portait à leurs recherches et sur les vers et les voies qu'elle possédait déjà ; sur les fois où elle s'était éclipsée abruptement ou avait disparu pendant plusieurs jours d'affilée, sans jamais dire où elle allait ; sur les murmures passablement scandalisés à propos de « cette journaliste de couleur » qu'on voyait souvent aller et venir dans les endroits les plus improbables de la ville ; sur les quelques occasions où elle s'était accidentellement référée à elle-même par le pronom « nous » plutôt que « je ».

Béatrice n'est peut-être pas détective, mais même une bibliothécaire pourrait consulter un volume relié contenant les minutes de la convention annuelle de la Ligue des femmes de couleur. Elle pourrait faire courir son doigt le long de la liste des membres en fin d'ouvrage et s'arrêter sur « C. P. Quinn », et se demander si la ligue s'intéressait à des activités moins respectables que ne le laissait supposer leur littérature.

Béatrice est distraite par un foisonnement de nouvelles arrivées : une mère et sa fille qui chuchotent en yiddish ; Madame Zina, la sage-femme ; un trio de femmes en robes affriolantes qui saluent Genièvre et Agnès comme de vieilles amies.

« Je suis contente que les filles et vous ayez pu venir, mademoiselle Pearl, déclare Genièvre avec un sourire rayonnant.

— Qui est-ce ? demande Béatrice à Agnès à voix basse.

— Des putains », répond-elle.

Béatrice ignorait jusqu'à ce jour qu'un corps tout entier pût rougir.

Mlle Pearl et ses acolytes prennent place au premier rang. L'une d'elles – une fille à la peau tachée de son et aux cheveux couleur miel – jette un coup d'œil derrière elle à Mlle Quinn. Elles échangent un regard électrique si fugace que Béatrice est à moitié convaincue de l'avoir imaginé.

À 21 h 10, il y a tant de femmes entassées dans la chambre n° 7 qu'elle ne devrait logiquement pas les contenir toutes. Béatrice sait en réalité que ce n'est pas le cas.

Au cours de la semaine précédente, Agnès avait approché les autres occupantes de la pension de South Sybil. Elle avait découvert que la chambre n° 12 abritait un nombre ahurissant de sœurs, de cousines au premier et au deuxième degré du Kansas, qui avaient enchanté leur chambre de sorte qu'elle soit plus grande à l'intérieur qu'elle ne le paraissait à l'extérieur. Elles avaient donné à Agnès les vers et les voies nécessaires, et maintenant la chambre n° 7 est assez grande pour accueillir deux douzaines de femmes réparties sur six rangées de chaises empruntées. Elle ne paraît plus si grise ni misérable, et l'odeur de terre humide de la sorcellerie a chassé celle du chou trop cuit. Hier, Béatrice a même vu un rouge-gorge nicher dans la corniche devant la fenêtre.

Presque toutes les chaises sont occupées. Plus personne ne frappe à la porte. Les murmures et les bruissements des femmes cessent avec un synchronisme troublant, remplacés par une immobilité attentive. Les yeux se tournent vers l'avant de la pièce, où Béatrice et ses sœurs sont assises.

Béatrice voit la gorge de Genièvre tressauter tandis qu'elle se lève, les poings serrés autour de son bâton. Elle échange un coup d'œil avec ses deux grandes sœurs. Elle paraît soudain jeune et dépenaillée, tout l'inverse d'une présidente d'association civique. Une vague de chaleur parcourt le fil invisible d'Agnès à Genièvre, un influx de force indirecte.

Genièvre carre les épaules et pivote vers l'assemblée. « Bienvenue, commence-t-elle d'une voix haute et claire, à la première réunion des Sœurs d'Avalon. »

Elle présente Béatrice, Agnès et Gillian. Puis elle remercie les femmes présentes d'avoir répondu à leur annonce et lit leur déclaration d'intention sur une feuille froissée, butant parfois sur quelques mots, comme une écolière lisant la Bible.

Elle replie le papier et les fixe de son regard vert éclatant. « Voilà pourquoi nous sommes ici. » Sa voix est maintenant plus ferme. « Et si vous me disiez pourquoi, vous, vous êtes ici ? »

S'ensuit un silence nerveux, qui s'étire jusqu'à l'insupportable. Mais alors une voix plate lance du fond de la salle : « Mon frère gagne cinquante *cents* par jour à l'usine. Pour le même foutu travail, on me donne moitié moins.

— Le juge m'a pris mon fils, crache quelqu'un d'autre. Il a dit qu'il appartenait à son père, aux yeux de la loi.

— Ils ont arrêté deux de mes filles pour immoralité, intervient Mlle Pearl, mais pas un seul de leurs clients. » La fin de sa phrase est noyée dans le déferlement soudain des doléances à propos de prêts qu'elles ne peuvent pas contracter, d'écoles où elles ne peuvent pas entrer, de maris dont elles ne peuvent divorcer, du droit de vote qu'elles n'ont pas et des postes auxquels elles ne peuvent prétendre.

Genièvre lève la main. « Vous êtes ici parce que vous voulez plus pour vous-mêmes, et mieux pour vos filles. Parce qu'il est facile d'ignorer une femme… » Ses lèvres dessinent un sourire sauvage. « … mais sacrément plus difficile d'ignorer une sorcière. »

Le mot « sorcière » crépite comme un éclair dans la pièce. Un nouveau silence le suit, tendu et électrique.

Une voix s'élève, dure et aux accents étrangers. « Les sorcières, il n'y en a plus. » C'est la Russe massive de l'usine d'Agnès, les bras croisés sur la poitrine comme une paire de pistolets.

« Non, pare Genièvre. Mais elles vont revenir.

— Comment ? »

Genièvre échange un nouveau coup d'œil avec ses sœurs, et Béatrice comprend à la façon dont elle projette sa mâchoire en avant qu'elle est sur le point de dire ce qu'elles s'étaient accordées à ne pas dire, du moins pas à la première réunion. Elle comprend aussi qu'il n'y a rien qu'elle puisse faire pour l'en empêcher.

Genièvre adresse un sourire bienveillant à la Russe. « En rappelant la Voie perdue d'Avalon. »

Les visages des femmes assemblées déclinent deux douzaines de nuances de choc : l'outrage, l'incrédulité, la confusion, l'avidité. Puis la pièce entre en éruption tandis que celles qui connaissent l'histoire la racontent aux autres, qu'une poignée de participantes empoignent leur jupe et se ruent vers la sortie avec des expressions horrifiées, et que Mlle Quinn rit doucement dans le chaos.

Genièvre élève la voix pour couvrir le tumulte. « Nous n'avons pas encore tous les vers ni toutes les voies, mais nous les aurons bientôt. » Béatrice se demande comment elle parvient à avoir l'air si sûre d'elle, comme si elles allaient trouver la carte d'un ancien pouvoir au fond d'une poche de leur jupe. « En attendant, je vous propose un échange. Chacune de nous connaît un sort ou deux ou trois, peut-être plus. Partagez-les avec les Sœurs, et ensemble… »

La Russe l'interrompt de nouveau. « Des sorts pour faire la lessive et récurer les casseroles ! *Pff*.

— Je connais un sort capable de tuer un homme sur place, dit Genièvre d'une voix radoucie. Vous voulez l'entendre ? » La Russe ne répond pas.

« Je parie que certaines d'entre vous en savent plus qu'elles ne veulent bien le dire. Et même les sorts mineurs valent quelque chose. Vous avez entendu parler de ces syndicalistes à Chicago ? Regardez le foutoir qu'ils ont mis rien qu'avec un peu de rouille. » Béatrice se retient de faire remarquer qu'il s'agissait d'hommes, et donc bien moins susceptibles d'être pourchassés, jugés et brûlés par un jury de leurs pairs.

Une des autres ouvrières, une femme coiffée d'un fichu gris à peu près du même âge qu'Agnès, dit de façon inattendue : « Mon cousin était là-bas, avec Debs[4] et le Syndicat du Rail. Il est revenu à la maison, en tout cas pour un moment. Je pourrais… lui parler, si vous voulez.

— De la magie d'*homme*, ricane quelqu'un d'autre. Ça nous servirait que dalle. »

Gillian se tortille au premier rang, et ses cheveux viennent couvrir son visage.

Genièvre se tourne vers la persifleuse. « D'où tenez-vous ça ? Et si votre père, votre pasteur ou votre mère s'était trompé sur toute la ligne ? » Elle adresse un signe de tête à Fichu gris. « Vous – Annie, c'est ça ? –, parlez à votre cousin. Pourquoi pas ? » Elle embrasse du regard le reste de l'assemblée. « Pourquoi ne pas au moins essayer ? Rejoignez-nous. Apprenez de nous, enseignez-nous, battez-vous avec nous, pour tout le plus que vous voulez. » Elle désigne d'un geste derrière elle le carnet de Béatrice ouvert sur la table. « Ajoutez votre nom à la liste et prêtez serment, si vous êtes intéressées. Si vous ne l'êtes pas… » Ses yeux dérivent vers la porte. « … rentrez chez vous. Et oubliez que vous avez un jour rêvé d'un monde meilleur. »

Dans le silence consécutif à ses paroles, la Russe se lève. Deux filles l'imitent, aux épaules si larges et aux yeux si bleus qu'elles ne peuvent qu'être ses filles. Durant un long moment, Béatrice est certaine qu'elles vont se diriger vers la porte, et que la moitié de la pièce va leur emboîter le pas, peu convaincue par le sourire de Genièvre. Que les Sœurs d'Avalon auront échoué avant même d'avoir commencé.

---

4 Eugene Victor Debs (1855-1926), leader syndicaliste et candidat du parti socialiste d'Amérique à l'élection présidentielle de 1920.

La montagne russe s'avance d'un pas raide jusqu'à la table. Elle saisit le stylo entre ses doigts malhabiles et signe de son nom le carnet, juste en dessous du titre écrit par la main nette de Gillian : LES SŒURS D'AVALON.

Le sourire de Genièvre s'élargit. De nombreuses chaises raclent contre le sol tandis qu'autant de femmes se lèvent pour aller former une file irrégulière devant la table et le carnet, les yeux étincelants, le menton haut, la voix bégayant les vers du serment : *Dis la vérité, sois sincère, croix de bois, croix de fer, si je mens, je vais en enfer.*

Seules Mlle Quinn et ses compagnes restent assises.

Béatrice se faufile jusqu'au fond de la pièce et s'assied à côté d'elles.

« Une brillante démonstration, mesdemoiselles Eastwood, dit Quinn avec un hochement de tête.

— Merci. Vous ne… Allez-vous signer ? »

L'éclat jaune des yeux de Quinn croise très brièvement son regard, et Béatrice peine à nommer ce qu'elle y voit. Du regret ? De la culpabilité ? « Oh, je ne crois pas. »

Un bruissement se fait entendre derrière elle lorsque la plus âgée de ses compagnes se lève : une petite femme à la peau très brune qui porte un chapeau à larges bords et une voilette en dentelle noire. Elle a quelque chose de familier sur lequel Béatrice ne parvient pas à mettre le doigt. « Je crains que nous ne soyons pas intéressées par… » Elle englobe l'ensemble de la pièce et des femmes qui bavardent. « … la publicité.

— Qu'est-ce qui vous intéresse, alors ? »

Un éclair de dents blanches derrière la voilette. « Le pouvoir, mademoiselle Eastwood. » Elle hoche royalement la tête, et ses camarades se lèvent à leur tour. « Prévenez-nous si vous en trouvez. »

La femme ajuste son sac à main sur son épaule, et Béatrice imagine le temps d'un picotement dans sa nuque entrevoir un animal en sortir – une créature élancée à fourrure, avec des yeux de braise –, mais la femme et son sac ont déjà disparu, laissant derrière eux un léger parfum poivré de clou de girofle. Quinn la suit peu après.

Béatrice les regarde partir, en se demandant ce qui se passe exactement lors des réunions de la Ligue des femmes de couleur.

Elle retourne se poster derrière Genièvre et observe la liste des noms s'allonger. Certains de leurs matrinomes, relativement communs, respectent l'allitération et l'origine botanique – *Annie Asphodèle Flynn*, *Florence Fuchsia Pearl* –, mais il y en a de plus curieux, sans doute étrangers. *Gertrude Cardinal Rouge Bonnin. Rose Chava Winslow. Frankie Ourse Black*. Elle a envie de leur demander ce qu'ils signifient et d'où ils viennent, de les pister jusqu'aux vers et aux voies employés par les mères de leurs mères.

La Russe s'approche de Genièvre d'un pas lourd et croise de nouveau les bras. Sous le froncement de sourcils permanent, Béatrice perçoit un peu du même éclat qui anime le regard des autres femmes : faim, ou espoir.

« On n'est pas beaucoup », observe-t-elle d'une voix bourrue.

Genièvre lui donne une tape dans le dos, un peu trop vigoureuse. « Oh, pour l'instant, Yulia, mon amie. J'ai eu une idée. »

Béatrice croise le regard d'Agnès. Elles se méfient encore l'une de l'autre, prudentes comme des chattes, mais à cet instant Béatrice est certaine qu'elles partagent la même inquiétude : y a-t-il quelque chose de plus effrayant au monde que leur petite sœur avec une idée en tête ?

« À propos de ton idée… » commence Bella.

Il est minuit passé, et la chambre n° 7 de la pension de South Sybil est enfin vide. Agnès a déroulé des couvertures supplémentaires pour ses sœurs et leur a dit avec brusquerie qu'il était trop tard pour traverser la moitié de la ville. Genièvre est pelotonnée sur le flanc, trop fatiguée pour se soucier de la dureté du sol, planant à la lisière trouble du sommeil.

Elle produit un éloquent *hnnngh* en réponse.

« C'est une idée dangereuse ?

— Nan.

— Si tu devais estimer l'échelle de l'émeute que ton idée provoquerait, ou le nombre de passants qu'elle enverrait à St Charity… »

Genièvre jette un oreiller sur Bella et se satisfait du couinement que pousse sa grande sœur. « Je pensais à quelques démonstrations, c'est tout. Rien de dangereux. » Elle songe à contrecœur à Electa s'asseyant avec mille précautions, la main posée sur sa côte cassée. À la mâchoire contusionnée de Gillian passée d'un bleu de nuit à un jaune aurore. À sa sœur qui lui demande : « Et que se passerait-il ensuite ? »

« Des démonstrations de… sorcellerie ? demande Bella.

— Non, de tricot. *Évidemment*, de sorcellerie. » Genièvre croise les bras derrière la tête et observe le jeu des ombres qui passent sous le bas de la porte. Une paire de jambes qui passe devant, fait demi-tour puis s'arrête dans le couloir. « Quelque chose pour leur montrer de quoi nous sommes capables.

— À qui ? »

Genièvre hausse les épaules, mais son geste reste invisible dans le noir. « Aux femmes qui croient qu'on ment, qu'on est idiotes ou qu'on leur vend de la poudre de perlimpinpin. Aux hommes qui pensent pouvoir nous tabasser en pleine rue. À tout le monde, je suppose. »

Après une longue pause, Bella dit, avec une perplexité peu flatteuse : « Ce n'est pas… une si terrible idée.

— Je te remercie.

— Ça nous aiderait à recruter, et plus notre organisation grandit, plus nous accumulons de savoir collectif. Bien sûr, il faudra choisir les sorts avec discernement… » La voix de Bella s'échauffe, se charge d'une intensité intellectuelle qui peut la tenir éveillée des heures, voire des semaines durant, quand un second oreiller vient lui percuter la tête. « Allez *dormir*, bande d'ingrates. »

Les ingrates s'exécutent.

La personne dans le couloir devait être partie, car la lumière entre maintenant librement. Ce n'est que dans les dernières secondes troubles de son éveil que Genièvre s'avise qu'elle n'a jamais entendu ses pas.

14

Du moly et de la perfidie naît la femme,
Puisse tout homme révéler sa forme infâme.

Un sort pour les porcs, qui requiert du vin & de mauvaises intentions

C'est Béatrice Belladone qui trouve les vers et les voies pour leur première démonstration. Qui d'autre le pourrait ? Qui d'autre passe ses journées à respirer l'encre et la poussière de papier ? Qui d'autre rêve par trois et par sept d'il-était-une-fois et de contes de sorcières ?

Elle les trouve dans une obscure traduction d'Homère, coincés au milieu d'une strophe sur les arts cruels et les herbes toxiques. Béatrice n'est pas versée dans les lettres classiques, mais elle est certaine de ne jamais avoir lu ces lignes dans aucune autre version de *L'Odyssée*. Elle suppose qu'il s'agit d'un ajout de la traductrice, une certaine Mlle Alexandra Pope.

Genièvre bat des mains et glousse quand Béatrice lui montre sa trouvaille. « Ouah, Bell ! Ça sera qui ? Le maire ? Ce bâtard de Gideon Hill ?

— Bon sang, Genie, intervient Agnès. Tu es un vrai danger public », et Béatrice ajoute, un peu timidement : « Je pensais à saint George, peut-être ? » Ses sœurs acquiescent.

Ainsi, le dernier soir de mai, sous une lune plus noire que la nuit et dans le parfum riche et chaud de l'été, Béatrice conduit les Sœurs d'Avalon jusqu'à St George Square.

Elles filent le long des venelles et des rues désertes, seules ou à deux, insaisissables. Au lieu de leurs habituels tabliers et jupes, elles portent des robes cousues de toutes sortes de chutes de tissu, confectionnées par les plus douées d'entre elles avec du fil et une aiguille.

Genièvre leur avait montré un exemplaire illustré du recueil des sœurs Grimm pendant qu'elles travaillaient. « Il faut qu'elles soient longues et lâches, sorcières à souhait. Et par les saints, assurez-vous qu'elles aient des poches. »

Béatrice trouve qu'elles s'en sont bien sorties ; dans leurs capes sombres et leurs longues robes, les Sœurs ressemblent à des ombres ou à des secrets, à des fables incarnées.

Elles se rassemblent sur l'esplanade aux pavés blancs. Le bronze froid de saint George, le héros qui les a sauvés de la peste et du joug maléfique des sorcières, se dresse de toute sa hauteur au-dessus d'elles.

Béatrice croise ses yeux métalliques et n'éprouve aucune difficulté à invoquer la volonté.

Les vers viennent ensuite. Puis l'éclaboussure rouge du vin renversé. L'éclair aveuglant et brûlant de la magie qui entre dans le monde, partagée entre toutes et décuplée par le nombre. Béatrice chancelle un peu sous le déferlement de puissance.

Quand elles sentent la puanteur chaude du bronze fondu, elles prennent leurs jambes à leur cou.

Ce sont les allumeurs de réverbères qui le découvrent les premiers. Ils arrivent avec leurs perches juste avant l'aube, s'appuient un moment contre les tilleuls qui ne sont plus tout à fait les mêmes depuis l'équinoxe, irréguliers et tordus.

« J'ai cru que j'étais devenu fou, déclarera l'un d'eux au *New Salem Post* quelques heures plus tard. J'ai cru que mes yeux me jouaient des tours. »

Mais ses yeux vont parfaitement bien. Sur le socle où se dressait jusque-là saint George, fier et princier, se tient maintenant une forme bossue et accroupie, vaguement honteuse : un cochon en bronze, marqué au fer de trois cercles entrelacés.

L'après-midi suivant, Mlle Cléopatra Quinn entre dans le bureau de Béatrice à l'université de New Salem et pose trois journaux sur sa table de travail. « NOTRE STATUE ADORÉE VICTIME D'UNE MYSTÉRIEUSE ATTAQUE », annonce une manchette. « LES SORCIÈRES SONT DE RETOUR ! » déclare une deuxième. Le *Defender* reste le plus mesuré des trois : « SAINT OU PORC ? LES AVALONIENNES FRAPPENT UN GRAND COUP POUR LA COMMUNAUTÉ DES SORCIÈRES ».

« Eh bien, mademoiselle Eastwood. Je ne savais pas que je fraternisais avec une telle fautrice de troubles. » Béatrice se convainc que le verbe « fraterniser » n'avait aucun sens particulier dans la bouche de Mlle Quinn.

« Ce n'était rien, marmonne Béatrice, qui rougit à peine.

— Vous m'en direz tant. Vous avez l'attention de toute la ville, maintenant. »

En effet, l'Union des femmes chrétiennes, la Ligue de Tempérance et l'Association des Femmes de New Salem ont cosigné une lettre de condamnation la semaine précédente, et M. Gideon Hill tient des meetings chaque dimanche, où il affirme que ce « convent des temps modernes » cherche à ensorceler les jeunes filles et à séduire les pieux maris. (*L'inverse, en fait*, songe Béatrice, puis elle passe plusieurs minutes abasourdie par sa propre méchanceté.)

Et leurs rangs grossissent. Selon Agnès, on frappe à leur porte à toute heure du jour et de la nuit : de trop jeunes filles ayant fui le domicile familial, des mères au regard perdu traînant des enfants derrière elles, des grands-mères au sourire rusé et aux poches pleines de voies de sorcière.

« Genièvre veut une autre démonstration avant la demi-lune, déclare Béatrice. Je n'ai rien trouvé d'approprié – à part les habituels sorts de pacotille pour repriser les chaussettes ou faire briller l'argent –, mais Agnès pense qu'elle pourrait avoir quelque chose d'utile. Ça vient d'un vieux conte de sorcières à propos d'un garçon qui achète un haricot enchanté à l'Aïeule. Vous le connaissez ? Une des filles de l'usine a confié à Agnès une comptine qui va avec l'histoire… »

Mais Béatrice laisse mourir sa phrase, car Quinn ne l'écoute pas. Elle regarde par la fenêtre, les sourcils froncés. « J'espère que vos sœurs et vous savez ce que vous faites. J'espère que vous comprenez que ce genre de troubles… » Elle désigne l'esplanade du menton, où des employés de la ville sont encore rassemblés autour du socle de la statue de saint George et se grattent la tête en se demandant ce qu'ils vont bien pouvoir faire de plusieurs tonnes possiblement maudites de cochon en bronze. « … appelle une réponse.

— De qui ?

— De la loi. De l'Église. De tout homme que sa femme regarde de travers, le rire au bord des lèvres, alors qu'elle l'imagine sous les traits d'un cochon. De tout homme qui s'est un jour mal comporté avec une femme – autant dire tous les hommes. » Elle parle d'une voix tendue, les bras croisés. Béatrice ne croit pas avoir jamais vu Quinn si inquiète.

« Ma foi, dit Béatrice avec une bonne humeur feinte, c'est la raison pour laquelle nous cherchons la Voie perdue, n'est-ce pas ? Les documents que nous avons demandés la semaine dernière sont arrivés », ajoute-t-elle en désignant la pile branlante de caisses derrière son bureau.

Quinn se détourne de la fenêtre, toute inquiétude chassée par un enthousiasme infantile. « Les journaux d'Old Salem ? »

C'était Quinn qui avait établi un rapport entre Old Salem et la Voie perdue. Elle feuilletait un très vieux livre de comptines quand un morceau de papier s'était échappé d'entre les pages. Cela semblait être la fin d'une lettre beaucoup plus longue, dont il ne restait que quelques précieuses lignes :

est vrai. Ce qui a été perdu a été retrouvé. Même les étoiles ne sont pas les étoiles que j'ai connues quand j'étais petite. Si nous brûlons, brûlons toutes ensemble.

S. Good
10 octobre 1783
Salem

Sous la signature apparaissaient trois cercles entrelacés, ponctués de gouttes d'encre qui pouvaient figurer des yeux.

Quinn l'avait montré à Béatrice, qui s'était sentie traversée par un courant électrique. Ce n'était pas un mythe ou une histoire pour les enfants ; c'était la preuve d'encre et de coton que les Eastwood n'étaient pas les premières folles sœurs à invoquer la tour et ses curieuses constellations.

Elle croise les yeux de Quinn, d'or fondu. « 10 octobre. Quelques semaines à peine avant la chute d'Old Salem. »

Béatrice aurait aimé avoir le talent de Genièvre pour les jurons. D'une voix rauque, elle se décide pour un « Oh, *mon…* » parfaitement insuffisant.

Old Salem, où la sorcellerie s'était manifestée dans le Nouveau Monde après des siècles de chaînes et de bûchers. Où Tituba, Osborne, Good et toutes les autres avaient fait régner merveilles et terreurs, ne sortant jamais sans une bête noire sur leurs talons. Où les hommes craignaient la rue et où les femmes ne craignaient rien.

Jusqu'à ce que l'honorable juge Geoffrey Hawthorn arrive avec sa troupe d'Inquisiteurs. Légalement parlant, ils auraient dû s'annoncer, procéder à des arrestations, séparer les pécheresses du commun des mortels, organiser des procès approfondis et permettre à chaque sorcière de confesser ses péchés avant de mettre le feu au bûcher. Mais ses hommes et lui avaient agi de nuit, dans un silence total hormis le crépitement des torches allumées.

La ville avait brûlé des jours durant, ainsi que tous ses occupants, femmes, enfants et chats assez malchanceux pour s'être trouvés là. Les journaux avaient raconté que les cendres étaient retombées jusqu'à Philadelphie, où les enfants avaient joué dans leurs monticules comme s'il s'agissait de neige.

Aujourd'hui, Old Salem n'est plus qu'une cloque carbonisée cent cinquante kilomètres au nord, uniquement peuplée de corbeaux, de renards et d'arbres noircis. Béatrice a entendu dire que de rares touristes s'y rendent encore, pour se payer un tour en calèche hantée parmi les ruines contre une somme modique.

Elle jette un nouveau coup d'œil aux caisses empilées, qui contiennent l'intégralité des documents dont dispose l'université sur Old Salem, et que M. Blackwell lui avait procurés sans plus de protestations qu'un sourcil haussé et une question pour la forme – « Pour le manuscrit Hawthorn, je présume ? » –, à laquelle Béatrice avait répondu d'un geste vague qui pouvait passer pour un assentiment.

Aucun de ces documents n'est à proprement parlé transcrit ou annoté, et la plupart d'entre eux sont roussis, brûlés ou juste mortellement ennuyeux, mais quelque part entre les livres de comptes, les factures et les livres de cuisine, il se *pourrait* qu'elles trouvent les vers et les voies qui les conduiront à cette tour mangée par les roses.

Elle remonte les lunettes sur son nez et se prépare à une très longue journée. « Nous devrions commencer par cataloguer le tout, je pense. Vous restez ? Je vais prendre les deux caisses du dessus, et vous la troisième. »

Mais Mlle Quinn ne s'intéresse pas aux caisses. Elle regarde Béatrice, le visage traversé par plusieurs émotions conflictuelles. « Ou bien, dit-elle en parvenant à une conclusion connue d'elle seule, vous pourriez m'accompagner à la Foire du Centenaire et m'offrir autant de ces petits beignets que je peux en manger. Nous avons mérité un jour de congé, vous ne croyez pas ? »

Il y a peu de choses que Béatrice désirerait davantage qu'escorter Mlle Cléopatra Quinn à la Foire et lui offrir de petits beignets.

Une minute plus tard, toutes deux sont dehors à musarder dans la chaleur de miel de l'après-midi. Quinn secoue la tête alors qu'elles passent devant le porc en bronze.

« Oh, je vous en prie. Vous me semblez parfaitement capable de sorcellerie quand ça vous arrange. J'ai remarqué que… » Mais Béatrice est incapable de poursuivre l'exploration de cette piste, car Mlle Quinn a nonchalamment, presque distraitement, passé la main au creux de son coude, lui coupant le sifflet.

Elles remontent St Mary-of-Egypt à grands pas, s'attirant des regards en biais et des ricanements, mais ne parvenant pas à s'en émouvoir. Elles achètent deux tickets en papier jaune et franchissent la haute arche en fer forgé de la Foire du Centenaire, où Béatrice paie à Quinn un nombre indécent de beignets. Après quoi elles partagent une bière légère, repoussent les assauts de deux diseuses de bonne aventure et gagnent une bague clinquante en cuivre surmontée d'un faux diamant en faisant tourner une roue de la Fortune.

Béatrice l'offre à Quinn d'un geste théâtral, qui fait rire la journaliste. « Oh, je crois que j'en ai assez d'une, dit-elle en tapotant sa propre alliance. Il n'est pas dans mes habitudes de faire la même erreur deux fois. »

Béatrice glisse l'anneau à son propre doigt et ne ressent rien de particulier (un poids écrasant, par exemple, ou un froid engourdissant) lui alourdir l'estomac.

Quand elle relève les yeux, Quinn est allée se poster dans la queue pour la grande roue et fait signe à Béatrice de la rejoindre. Béatrice n'est pas certaine de vouloir s'entasser dans une petite nacelle de verre suspendue au-dessus de la ville, mais la queue avance, et Quinn dit : « Oh, chut », et bientôt les voilà écrasées hanche contre hanche à tourner dans le bleu brûlant de l'été.

La nacelle sent la bière rance et les vitres sont maculées d'une substance déplaisante, mais ça n'a pas d'importance. La ville s'étend sous elles, distante et étrangère, telle la surface de la lune, et un vent propre et vif souffle contre leur peau. Béatrice ferme les yeux et se demande si c'est ce que ressentaient les sorcières à cheval sur leurs balais, comme des faucons libérés de leurs entraves qui pourraient ne jamais revenir sur le poing ganté de cuir qui les attend en bas.

La roue s'arrête en grinçant. Béatrice et Quinn se balancent en plein ciel sous les assauts du vent. Quinn pose toujours une main légère sur le bras de Béatrice, qui n'y prête aucune attention (le brillant nacré de ses ongles, la tache d'encre sur sa manche, l'odeur chaude du clou de girofle qui monte de sa peau).

Béatrice fait tourner la bague à son doigt. « Votre mari, laisse-t-elle échapper, et elle sent Quinn se raidir. Est-ce qu'il… sait où vous passez vos après-midi ? »

Le sourire de Quinn est bien trop complice, satisfait comme celui d'un sphinx. « Oh, j'en doute. Il est souvent absent.

— Je vois. Et vous… » Béatrice se rend soudain compte qu'elle n'a aucune idée de la façon dont elle va poursuivre cette phrase.

Quinn ne se départ pas de son sourire. « Nous avons un arrangement. M. Thomas est un homme très *compréhensif*. » Elle emphatise exagérément le mot, comme s'il s'agissait d'un code, mais Béatrice ne le connaît pas.

« Bien. Très bien. Je veux dire… je ne savais pas qu'il existait des hommes compréhensifs. »

Son ton est trop amer ; le sourire de Quinn s'estompe légèrement. « Votre père ne vous a pas épargnées, toutes les trois, n'est-ce pas ? »

Elles avaient beaucoup parlé du passé de Mlle Quinn : de la maison mitoyenne bondée de New Cairo où elle avait passé une enfance faite de fumées d'usine, de soleil et de marelles ; de ses tantes qui la chouchoutaient, la gâtaient et lui tressaient les cheveux ; de sa mère, qui tient toujours un commerce d'épices et rapporte à la maison des odeurs de paprika et de poivre ; de son père qui découpait tous ses articles du *Defender* et les collait dans un album, avec lequel il assaillait les invités et les voisins de passage à la moindre occasion.

Mais Béatrice n'avait jamais beaucoup parlé de sa propre famille, pour la même raison qu'on évite de parler de charogne à la table du dîner.

Elle tente un haussement d'épaules indifférent. « Je s… suppose, dit-elle en tirant sur la bague à son doigt. Il était… il pouvait se montrer très charmant. Je l'ai vu une fois décourager deux hommes de s'entretuer avec rien d'autre qu'un sourire et une tournée. Mais il pouvait aussi être… » *Un démon, un monstre, un loup sur deux pattes.* « Différent. »

Quinn émet prudemment un bruit neutre, et Béatrice sait qu'elle pourrait s'arrêter là, si elle le voulait. Elle pourrait sauter par-dessus les fosses putréfiées de son passé, comme elle le fait habituellement, et demeurer irréprochable un peu plus longtemps.

Mais elles sont seules, loin au-dessus de la ville, et la main de Quinn est toujours posée sur son bras. Et une femme capable de changer un saint en porc ne devrait pas avoir peur de dire la vérité, pour mesquine et sordide qu'elle soit.

Béatrice s'humecte les lèvres. « Il n'y a pas eu que mon père. Il y a eu… St Hale. » La simple mention de ce nom lui retourne l'estomac, comme si la nacelle s'était décrochée de ses amarres et se précipitait à toute vitesse vers le sol.

Quinn prend une vive inspiration entre ses dents. « Cet endroit a… une triste réputation. Béatrice, je suis désolée. »

Béatrice l'entend à peine par-dessus les souvenirs de la cire chaude grésillant sur sa nuque courbée, de la douleur à ses genoux meurtris par le dallage de la chapelle, de ses mains liées de force en prière par une corde qui lui mordait les chairs. D'une douzaine de tortures qui chassaient tout désir de son corps sauf un : que ça s'arrête.

Béatrice se rend compte qu'elle tire violemment sur la bague en cuivre, qui finit par glisser de son doigt. « Oh, zut, pardonnez-moi… »

Quinn se précipite pour récupérer le bijou, mais il tombe entre les soudures en acier de la nacelle et disparaît dans un dernier scintillement de son diamant en verre taillé.

Durant le silence qui s'ensuit, Béatrice retrouve sa contenance et remet autour de son cœur les parenthèses qui l'enserrent comme des mains en coupe. « Je m'excuse. Je ne voulais pas me montrer si hystérique.

— Je ne sais pas ce qu'on vous a dit à St Hale, mais quelques larmes ne suffisent pas à faire d'une femme une hystérique. »

Béatrice ne s'était pas rendu compte qu'elle pleurait. Elle se frotte les joues trop fort, sent la morsure du vent qui les lui sèche. « En tout cas, vous vous trompez. Ce n'est pas mon père qui m'a envoyée à St Hale. » Béatrice parle d'une voix posée, mais une bile acide lui enflamme la gorge. « C'est ma sœur. »

Quinn sursaute. « Genièvre ? souffle-t-elle.

— Non. Genie est la plus bruyante de nous trois, mais pas la plus dangereuse. Et elle n'était qu'une enfant quand c'est arrivé. »

Quinn ne fait plus un geste, ne dit plus un mot. Elle se contente d'écouter, de tout son être, comme si Béatrice était digne de l'être.

Béatrice déglutit péniblement. « Notre père était en colère contre Agnès, parce que… » Ce ne serait que justice de révéler les petits secrets de sa sœur, œil sanglant pour œil sanglant, mais elle s'aperçoit qu'elle en est incapable. « Notre père était toujours en colère. Ou peut-être pas toujours – Mère disait qu'il riait, avant, qu'il l'emmenait danser, jusqu'à la guerre… Bref. Je ne l'ai jamais vu danser. Un jour, il a voulu s'en prendre à Agnès, et Agnès m'a jetée à ses pieds comme un os à un loup. »

Agnès l'avait regardée avec des yeux cerclés de blanc, les lèvres retroussées. Dans son visage, Béatrice avait vu la certitude soudaine de sa propre mort : le rouge de son sang, le noir de la cave, le gris de sa pierre tombale. C'était un animal, la patte prise dans un piège à fil, devant choisir entre ronger sa propre chair ou s'étendre et mourir.

Et Béatrice avait vu sa sœur faire son choix. *Dimanche dernier, j'ai vu Béatrice avec la fille du pasteur.*

Jusqu'à ce jour, jusqu'à la seconde où Agnès avait ouvert la bouche pour échanger sa vie contre celle de Béatrice, elles avaient été les gardiennes l'une de l'autre. Mais Agnès avait balayé cela.

Béatrice regarde la ville sans la voir. « Le dimanche suivant, j'entrais à St Hale. Je crois que le pasteur a mis la main à la poche pour les frais de scolarité. »

Quinn laisse s'étirer le silence encore un moment, peut-être dans l'attente de la suite de l'histoire, ou simplement que le vent sèche les larmes sur les joues de Béatrice. Puis elle demande : « Et pourtant… vous faites confiance à Agnès, maintenant ?

— … Oui. » Ou du moins fait-elle confiance à sa sœur pour vouloir la même chose qu'elles : plus.

« Bien qu'elle ait trahi cette confiance par le passé.

— La confiance n’est jamais vraiment trahie, simplement perdue. Et rien n’est perdu qu’on ne puisse retrouver, n’est-ce pas ? » ajoute-t-elle avec un petit sourire.

Elle sent la chaleur ambrée du regard de Quinn scruter son visage. « Vous devriez peut-être accorder votre confiance moins facilement, mademoiselle Eastwood. » Il y a une certaine dureté dans sa voix, mais elle entrelace son bras à celui de Béatrice pas-si-nonchalamment-que-ça en le disant, et Béatrice ne s’écarte pas.

La roue reprend sa course et les ramène à terre. Les relents d’huile de friture ont remplacé l’odeur vive du vent. Tandis qu’elles regagnent en flânant l’arche à l’entrée de la Foire, Quinn demande, l’air de rien : « Alors, parlez-moi de cette seconde démonstration. »

Et Béatrice – qui devrait peut-être accorder sa confiance moins facilement – s’exécute.

15

Ça sent les graines fraîches, par ici,
De vert et d'or, elles ont fait semis !

Un sort pour faire germer, qui requiert des graines enfouies & de l'or des fous

C'est Agnès Amarante qui trouve leur deuxième sort. Juste avant la sonnerie du changement d'équipe, Annie et elle discutent à voix basse de vers et de voies, de sorts à moitié dissimulés dans des contes de sorcières, quand Annie laisse échapper un petit rire moqueur. « Tu crois vraiment qu'il y a de la sorcellerie cachée dans les virelangues ? Des sorts secrets dans *Jack et le haricot magique* ? » Agnès l'observe de ses yeux gris plissés et dit : « Peut-être bien. Dis-moi ceux que tu connais. »

Plus tard ce soir-là, Agnès passe devant les restes noircis de l'usine Square Shirtwaist sur St Lamentation. Elle a lu dans les journaux que quarante-six femmes ont trouvé la mort dans l'incendie, et que treize autres se sont défenestrées. « Nous avons pour règle de verrouiller les portes, avait plaidé le propriétaire des lieux devant la cour. Pour que les filles ne partent pas avant la fin de leurs heures. » Ses partenaires et lui avaient dû payer une amende de soixante-quinze dollars.

Debout au pied de la carcasse brûlée de l'usine, le bout des doigts gagnés par une chaleur soudaine, Agnès remarque des piquets d'arpentage disposés à intervalles réguliers autour de la parcelle. De la terre retournée. Les prémices d'un échafaudage. Elle comprend que l'usine va être reconstruite, portes verrouillées et tout le reste – que les sœurs, les cousines et les mères des défuntes vont travailler sur leurs cendres –, et elle sait quelle sera leur prochaine démonstration.

Le 10 juin, Agnès et les Sœurs d'Avalon descendent St Lamentation deux par deux. Elles portent leurs robes noires flottantes, leur peau brille d'une lueur blanc, olive et argile sous les réverbères à gaz, et leurs poches sont remplies de graines : seigle, rosier, glycine et lierre.

Elles les plantent dans la terre cendreuse de l'usine Square Shirtwaist et jettent des poignées scintillantes d'or des fous partout sur la parcelle. Puis elles disent les vers. Ce sont des mots idiots, volés à un conte dans lequel un petit garçon vend sa vache laitière à une sorcière contre une poignée de graines magiques, que seuls connaissent les sorcières, les enfants et les rêveurs : *Ça sent les graines fraîches, par ici…*

Les Sœurs sentent la délicieuse pulsation de la sorcellerie dans leurs veines. Elles partent alors que le premier doigt vert pointe à travers la terre noire.

À l'aube, la carcasse brûlée disparaît presque sous les feuilles, les racines et les vrilles végétales, comme si plusieurs printemps humides s'étaient écoulés en l'espace d'une nuit. À midi, il ne reste plus rien du bâtiment sinon un angle droit qui pointe ici ou là entre les plantes grimpantes, une poignée de clous noircis parmi les hautes herbes. Des oiseaux se posent sur les épais nœuds de végétation, les feuilles bruissent au rythme du vent et des déambulations de petits animaux. Une pancarte plantée dans un carré de terre restée à nu montre trois cercles entrelacés comme des serpents.

Les ouvriers se rassemblent nerveusement tout autour, en marmonnant et en se signant, l'œil sombre. Plusieurs d'entre eux relèvent leur casquette pour scruter ce qui était jusqu'alors un site de construction – le lierre à trois pointes là où se dressaient auparavant les échafaudages, les vrilles de glycine à l'endroit où trônait la toute nouvelle pointeuse, avec sa maigre aiguille des secondes et son cœur froid –, puis ils rentrent chez eux d'un pas nonchalant en sifflant faux. L'un d'eux – un homme massif et impétueux avec un badge en bronze épinglé sur la poitrine – commence à se frayer un chemin dans la montagne de verdure à coups de machette ; il ne ressort pas, et personne n'entre le chercher.

Le lendemain matin, un agent de police en uniforme noir se tient à côté de M. Malton. Les filles sont priées de retourner leurs poches et de secouer leurs tabliers avant de pénétrer dans l'usine, « à la lumière des récents événements ». Agnès s'exécute sans hésitation, et une poignée de graines s'éparpillent dans la ruelle, certaines blanches et duveteuses, d'autres noires et brillantes comme des yeux de scarabée.

« Des graines de fleurs, explique-t-elle innocemment. Pour ma jardinière, monsieur. » Puis elle bat des cils d'une manière qui a toujours rendu les hommes très idiots. L'agent lui fait signe d'entrer.

Trois jours plus tard, Agnès transpire au coin de la Treizième et de St Joseph, les yeux rivés sur le carré de papier dans sa main : *August S. Lee. L'Ami des travailleurs.*

Elle avait d'abord cru que « l'ami des travailleurs » était une sorte de titre ou de devise pénible, mais Annie l'avait informée qu'il s'agissait d'un lieu : un bar des quartiers ouest fréquenté par des socialistes, des syndicalistes, des populistes, des marxistes, des étudiants à la moustache clairsemée, des barbus au chômage et toutes autres sortes de mécontents.

« August sera là-bas, à chercher les ennuis. » Annie secoue la tête. « Il lançait des briques à travers les fenêtres avant de savoir parler, avait coutume de dire sa mère.

— Et pourtant il refuse de nous rencontrer.

— Il nous souhaite le meilleur, mais il dit qu'il a des "affaires sérieuses" à gérer – comme vider les réserves d'alcool de la ville, je suppose. Bref, tu sais comme ils sont. » Agnès le savait.

Mais elle savait aussi que M. August S. Lee était en possession de vers et de voies qui l'intéressaient beaucoup, et que les jeunes hommes dans les bars obscurs n'étaient pas connus pour leur réticence, surtout face à une jeune dame admirative les considérant à travers ses longs cils et lâchant un « Oh ! *Incroyable !* » à intervalles réguliers. Agnès avait torsadé ses cheveux comme une vipère noire et soyeuse au sommet de son crâne, laissant quelques mèches retomber artistiquement autour de son visage, et avait choisi une capeline parfaitement assortie à la couleur de ses yeux, avant de se mettre en quête de *L'Ami des travailleurs.*

Qui se révèle moins être un bar qu'un sous-sol poussiéreux. Elle descend une étroite volée de marches et se retrouve dans un nuage de fumée bleue de cigare où le bourdonnement jaune des lampes électriques a remplacé la lumière du soleil.

Le brouhaha tranquille qui règne dans la pièce – confortable conversation entre hommes consommant de la bière bon marché et n'ayant nulle part de mieux où aller – s'interrompt brusquement à l'entrée d'Agnès : une femme, seule et jeune, dont la cape laisse entrevoir un ventre proéminent.

Elle gagne le comptoir et demande à voir M. August Lee. Le barman désigne un box à haut dossier, l'air légèrement déconcerté, comme un espion trahissant la position d'un de ses camarades.

Quatre hommes sont assis à la table et la considèrent avec une variété d'expressions allant de la terreur modérée à une délectation crasse. Agnès leur adresse un doux sourire. « Bonjour, les garçons. Je viens parler à un certain M. Lee. » Ils clignent des yeux plus ou moins longuement selon leur degré d'ébriété, et elle ajoute, sans se départir de son sourire : « Si votre nom n'est pas M. Lee, *oust.* »

Trois des hommes déguerpissent. Ne reste qu'un individu longiligne aux cheveux paille d'été qui plisse les yeux d'un air suspect. Ses traits jeunes et durs ont le tranchant de ceux qui ne mangent pas à tous les repas : joues en pointes de flèche, nez en lame de couteau, mâchoire couturée. Agnès aurait remarqué qu'il était séduisant si elle avait la moindre minute à consacrer aux hommes séduisants.

M. Lee lève les yeux sur elle, et elle les voit accomplir l'habituel trajet de haut en bas, ne s'arrêtant qu'un instant sur son ventre proéminent avant de revenir à son visage.

Il lui décoche un sourire qui se veut fringant, mais les cicatrices qui émaillent sa mâchoire le déforment de façon sinistre. « Je vous connais, mademoiselle ? »

Toujours mielleuse, elle demande : « Puis-je m'asseoir ? » Et elle s'arroge une des banquettes du box sans attendre de réponse. « Je m'appelle Agnès Amarante, et je suis ici pour vous demander… »

Une suspicion soudaine lui traverse le visage. « Si vous êtes une abstinente, vous perdez votre temps. Cette Wiggin est déjà venue deux fois dans le coin ce mois-ci, et je ne suis pas intéressé par le salut.

— Oh ! Je ne suis pas ici pour vous parler de vos vices ou de vos erreurs, monsieur Lee. » Agnès imagine que la conversation sera longue.

Le sourire fringant réapparaît. « Content de l'entendre.

— Je suis ici, reprend-elle aimablement, pour parler de sorcellerie. » Le sourire se fige, à moitié formé sur ses lèvres. « Je représente les Sœurs d'Avalon. Vous avez peut-être entendu parler de nous ? »

Deux secondes alcoolisées s'écoulent avant que ses yeux ne s'écarquillent. « Oh, *bon sang*. C'est ce club de femmes dont Annie n'arrête pas de me rebattre les oreilles.

— Oh, alors vous nous connaissez ! Formidable. Bon, je suis ici parce que nous avons entendu les rumeurs les plus *fascinantes* sur la grève Pullman à Chicago. » Son visage se durcit quand elle prononce le mot « Chicago », et il frotte la cicatrice à sa mâchoire. Agnès fait semblant de ne pas le remarquer, affectant les manières d'une innocente jeune fille. « Certains prétendent que l'ouvrage a été retardé par des moyens… mystérieux. Des machines rouillées, des fourneaux qui n'arrivaient jamais à température, du bois qui pourrissait dans la nuit. » Elle se penche en avant avec un air entendu et le considère à travers ses longs cils noirs. « Nous espérions que vous seriez disposé à nous en dire plus sur le sujet. Que vous partageriez vos vers et vos voies avec nous. »

M. Lee la considère pendant une longue seconde avant de se rencogner dans son siège, un bras passé sur le dossier de la banquette. Il sirote une gorgée ambrée de bière et de mousse et demande d'une voix neutre : « C'était vous, à l'usine Square Shirtwaist ? Et à St George Square ? »

Agnès, qui sent confusément qu'il ne serait pas très avisé de confesser des activités criminelles à un étranger, se contente de sourire.

Il lève son verre pour porter un toast moqueur. « Très impressionnant. Chapeau bas. J'ai vu votre signature partout en ville. » Agnès aussi les a vus : trois cercles tracés dans la suie sur les murs des ruelles ou gravés approximativement sur des flancs de tramways ; trois couronnes de fleurs accrochées côte à côte dans la vitrine d'une boutique, bords enchevêtrés ; trois boucles brodées sur des étiquettes de chemises sorties d'usines à sueur. Le Signe des Trois s'est répandu dans New Salem comme les racines souterraines de quelque arbre gigantesque et invisible qui se seraient frayé un chemin sous les pavés pour refaire surface dans chaque usine, chaque cuisine et chaque buanderie.

Agnès tente de dissimuler son sourire trop narquois par un désinvolte : « Oui, nous avons attiré l'attention, n'est-ce pas ?

— Et c'est votre problème, mademoiselle Agnès Amarante. » Le ton de M. Lee est si parfaitement condescendant qu'Agnès se dit qu'il a dû prendre des leçons. Elle se représente des classes entières remplies de beaux jeunes hommes pratiquant leur sourire apitoyé. Il poursuit : « Voyez-vous, à Chicago, *attirer l'attention* ne nous intéressait pas. Ce n'était pas une foutue pièce de théâtre. C'était une *guerre*. Pas un spectacle. »

Agnès se laisse aller à imaginer son expression si elle attrapait sa bière et la jetait sur son visage suffisant. Elle retrousse les lèvres en un nouveau sourire affecté. « Néanmoins, monsieur Lee, il ne devrait pas être trop éprouvant pour vous de nous accorder une ou deux de vos soirées ? Nous serions des étudiantes très reconnaissantes, je vous le promets. » Agnès pense à Genièvre, qui serait bien capable de montrer sa gratitude en permettant à M. Lee de quitter les lieux sur deux jambes plutôt qu'à quatre pattes, et réprime un éclat de rire.

M. Lee demeure affalé sur sa banquette. Il incline la tête vers elle. « Est-ce que tout ce cirque… » D'un geste de sa bière, il englobe à peu près tout, de ses cils à sa coupe de cheveux élaborée. « … fonctionne habituellement ? Tous ces artifices, ces regards langoureux ? »

Agnès se redresse très lentement, troquant ses minauderies pour une froide évaluation de son interlocuteur. « Habituellement, oui. »

Il secoue la tête tristement. « Je suis navré de vous décevoir. Annie m'a prévenu que vous étiez canon… » Agnès se sent traversée par une vague de chaleur à l'égard d'Annie. « … et dure comme un clou de cercueil. » La vague se tarit sensiblement. « Ce qui est franchement plus intéressant. J'ai de la sympathie pour votre cause, vraiment. Il y avait des femmes sur les rails, avec nous, à Chicago, et nous leur en étions reconnaissants. Mais ça va à l'encontre des lois naturelles.

— Quelles lois, exactement ? » Il n'y a plus une goutte de miel dans sa voix.

Lee prend une nouvelle gorgée, essuie de son pouce la mousse restée sur sa lèvre supérieure. « Les femmes ne peuvent pas pratiquer la magie des hommes. »

Agnès sent des nuages d'orage invisibles se rapprocher. « Ah non ?

— Ne le prenez pas mal. Nous sommes différents. Un homme ferait n'importe quoi avec la sorcellerie des femmes, n'est-ce pas ? Tous ces charmes minutieux pour faire le ménage ou vous coiffer… »

Les nuages d'orage crépitent tout près, maintenant. Agnès sent les poils de ses bras se dresser. « Vous avez déjà essayé ? »

Il semble légèrement offusqué, comme si elle lui avait demandé s'il lui arrivait parfois de porter des corsets et de la dentelle. « Bien sûr que non.

— Alors donnez-moi un sort d'homme, ici et maintenant. »

Le ton qu'elle emploie a raison de l'indolence complaisante de M. Lee. Il se redresse un peu dans son siège, sans quitter des yeux la ligne étroite des lèvres d'Agnès. « Votre père sait que vous êtes ici ? »

Elle hausse froidement les épaules. « Mort.

— Votre mari ? »

Agnès lève la main gauche et agite ses doigts nus.

« Oh. Et le bébé, alors ? Êtes-vous sûre qu'une femme dans votre condition devrait… »

Agnès replie tous ses doigts sauf un et M. Lee manque de s'étrangler avec sa bière.

Il essuie les éclaboussures d'un revers de manche, avec un sourire involontaire qui le fait soudain paraître bien plus jeune. Il relève les yeux sur elle et marmonne quelque chose qui pourrait être : « Doux Jésus. »

Agnès sent un demi-sourire relever le coin de ses lèvres, mais elle se reprend aussitôt. « J'ai une proposition à vous faire, monsieur Lee. » Une petite voix dans sa tête lui dit que c'est une mauvaise idée ; elle l'ignore. « Si j'arrive à lancer correctement un sort de votre choix, vous accepterez de nous aider au mieux de vos possibilités. »

M. Lee croise les bras et adopte une expression réticente peu convaincante. Agnès parierait une semaine de salaire qu'il est le genre de garçon à ne jamais refuser un défi ou à avouer un bluff. « Et si vous échouez ?

— Alors je vous laisserai en paix.

— Quel dommage ! Je n'ai aucun goût pour la paix.

— Alors quoi ? »

Ses yeux brillent d'une lueur espiègle. « Un baiser. »

Ça ne la surprend pas : c'est un dragueur, et elle une femme à la moralité visiblement douteuse, et, d'après son expérience, les hommes veulent rarement autre chose d'elle. Mais elle est surprise de ressentir une pointe de déception – qu'il soit si prévisible, peut-être. Ou qu'elle soit tentée.

Elle croise les mains avec raideur. « Je crains que mes baisers ne soient pas à vendre, monsieur Lee.

— Alors, que proposez-vous ? »

Elle fait mine de réfléchir. « Si je perds, votre cousine ne saura jamais quelle proposition indécente vous venez de faire à une jeune dame. »

Il se rembrunit légèrement. Annie s'est plusieurs fois présentée à l'usine avec des bleus aux phalanges ; Agnès soupçonne que sous le fichu et le tablier se cache un tempérament de feu. « Une contre-offre convaincante, murmure M. Lee. J'accepte. »

Il vide sa bière et se lève, puis repose son verre sur la table avec un geste théâtral. « Regardez bien, maintenant », dit-il avec un clin d'œil.

Il fouille sa poche de poitrine et en sort une allumette au bout vert, qu'il tient au-dessus du verre vide. Puis il chante une série de vers dans une langue étrangère – peut-être du grec ou du latin – et brise l'allumette.

Le verre se fêle avec un *cling* délicat, puis les fissures s'étendent à toute sa surface comme du givre. Pourtant, il conserve son intégrité, plus par habitude que pour toute autre raison.

Quelques hommes au bar grognent leur approbation. August tend sa boîte d'allumettes à Agnès comme s'il lui offrait un bouquet de fleurs.

Elle s'extirpe de la banquette et se lève. Ses doigts frôlent ceux de M. Lee tandis qu'elle choisit une allumette.

Puis elle s'éclaircit la voix et dit froidement : « Les Sœurs d'Avalon se réunissent à la pension de South Sybil, monsieur Lee. » Les yeux de l'homme s'enflamment d'admiration. « Frappez à la porte de la chambre n° 7 et dites le mot "hysope". » C'est le code secret qu'elle et ses sœurs utilisaient quand elles étaient petites : « hysope » signifiait que tout allait bien ; « ciguë », qu'il fallait fuir et se cacher.

Agnès tient l'allumette au-dessus du verre fracturé et bredouille les vers. Une langue de chaleur lui lèche la nuque. Elle les répète, y instille sa volonté : ses pieds douloureux et son ventre lourd, son espoir et sa faim, sa méfiance chevillée au corps des beaux jeunes hommes qui confondent les baisers avec des pièces de monnaie. La chaleur devient brûlure et s'étend à toute sa peau. Sa fille lui donne un coup de pied vigoureux – *Désolée, chérie...*

Elle ferme les yeux et brise l'allumette.

Un bruit de verre fracassé retentit dans le bar, suivi par plusieurs glapissements guère virils et une flopée de jurons.

Agnès, les paupières toujours serrées, vacille légèrement, tandis que monte autour d'elle une senteur végétale, comme celle du tabac fraîchement coupé.

Quand elle rouvre les yeux, elle découvre un gilet en laine gris à quelques centimètres de son nez et deux bras de part et d'autre de son visage, qui semblent la protéger. La brûlure reflue et la laisse froide et hébétée, terriblement tentée d'appuyer le front contre la chaleur de ce gilet en laine gris.

M. Lee recule en produisant un léger bruit de verre brisé sous ses bottes. Ses yeux sont écarquillés. Une estafilade rouge lui barre la pommette, et il en a deux ou trois autres sur les avant-bras. Des cris et des grommellements s'élèvent autour d'eux alors que des hommes agitent les poignées orphelines de leurs chopes dans leur direction d'une façon tout sauf amicale.

M. Lee fait tomber quelques morceaux de verre de ses cheveux et croise le regard d'Agnès. « Eh bien, mademoiselle Agnès Amarante. Redites-moi l'adresse ? » demande-t-il avec un sourire en coin un peu confus. L'ironie dans ses yeux a laissé place à une vive lueur.

« South Sybil Street. Venez à la nuit tombée et ne faites pas de bruit dans le couloir – la propriétaire des lieux désapprouve les visiteurs masculins. »

Elle se tourne vers la sortie, et tandis qu'elle se fraie un chemin parmi les tessons de verre et l'alcool renversé, il lui lance : « Dois-je apporter des fleurs ? »

Agnès ne se retourne pas, si bien qu'il ne peut pas la voir sourire. « Apportez ce que vous voulez, monsieur Lee, tant que vous venez avec votre magie. »

Assise en tailleur sur le lit, Genièvre jongle avec une pomme légèrement flétrie pendant que Béatrice consulte un des livres les plus poussiéreux et les plus visiblement rébarbatifs en sa possession, quand Agnès débarque dans la chambre.

Elle est en sueur et contrariée, le tourbillon noir de ses cheveux constellé de points brillants. « La pêche a été bonne ? » lui demande Genièvre.

Agnès lâche un *ha* sombre. « J'ai trouvé M. Lee, si c'est le sens de ta question. Mais c'est un drôle de poisson – arrogant, irresponsable, probablement criminel – pas *du tout* aussi beau qu'il croit l'être… » Les sourcils froncés, Agnès considère son image dans l'éclat de verre réfléchissant qui lui sert de miroir et ébouriffe ses cheveux, mystérieusement insatisfaite.

« Qu'il aille au diable, alors, déclare Genièvre avec douceur. Nous trouverons un autre garçon pour nous enseigner la magie des hommes. Il y a forcément quelqu'un qui a un oncle ou un frère…

— Non ! s'écrie Agnès d'une voix bien plus vive que nécessaire. M. Lee a accepté de nous aider. Il nous rendra bientôt visite, peut-être demain soir. » Elle jette un regard mécontent autour d'elle, s'arrêtant sur les piles de papiers et de livres renversées, les longueurs de tissu noir effilochées, les bouquets d'herbes qui sèchent à la fenêtre et les bocaux tintinnabulants remplis de graines et d'os. South Sybil ressemble de plus en plus à la maison de Mama Mags.

« Je sors, annonce-t-elle.

— Pour quoi faire ? »

Agnès fait un geste vague derrière elle en franchissant la porte en trombe. « Chercher un vase. »

Genièvre la regarde partir la bouche ouverte. Elle se tourne vers Bella et découvre ses yeux plissés derrière ses lunettes. « Qu'y a-t-il de si drôle ?

— Rien. C'est juste que… notre sœur a toujours eu très mauvais goût en matière d'hommes. » Déconcertée, Genièvre ne trouve rien à répondre.

Elle préfère changer de sujet. « J'ai vu Cléo ici un peu plus tôt. Qu'est-ce qu'elle nous a apporté ? »

Bella rougit. Genièvre a récemment remarqué qu'elle rougissait beaucoup à la mention de Cléo Quinn. « Oh, je lui ai demandé si elle pouvait nous dégotter quoi que ce soit d'utile sur Mlle Grace Wiggin. Puisque tu continues de croire que c'est une sorcière maléfique dotée d'abominables pouvoirs.

— C'est une sorcière mal...

— Mlle Quinn a mené son enquête. Grace a grandi à la Maison des Anges perdus – l'orphelinat, précise-t-elle en réponse au regard vide de Genièvre. Puis elle a été adoptée à seize ans par un gentleman d'un certain âge qui n'avait pas d'héritier et jouissait du généreux héritage d'un de ses oncles. Un gentleman qui est maintenant membre du conseil municipal.

— Qui ?

— Un certain M. Gideon Hill. »

Genièvre se creuse la cervelle un instant, sans savoir si cela éclaire ou obscurcit la situation. « Alors, quoi ? Est-ce qu'elle se contente de faire campagne pour son père ? En écrivant aux journaux, en agitant des pancartes et en cassant les pieds de tout le monde ? »

Bella hausse les épaules.

Genièvre revient à ses jongleries en marmonnant dans sa barbe des mots qui ne sont pas tous des grossièretés. Elle s'interrompt parfois pour inspecter sa pomme, comme si elle y cherchait des vers, avant de reprendre son soliloque. Elle met parfois le fruit en contact avec toutes sortes d'objets – pièces, os, ficelle rouge, plumes de corbeau –, sans effet notable.

Près d'une heure plus tard, elle tapote la pomme de l'ongle de son pouce et sourit en entendant le *tink-tink* que produit son geste. « Ma foi, j'espère que notre sœur aura de nouveau la tête sur les épaules d'ici à la pleine lune. »

Bella émet un *mmm* ? distrait sans lever les yeux de son livre. Genièvre pose un petit objet lourd sur la page ouverte devant elle. Bella la considère à travers ses lunettes et pousse un petit cri étouffé. « Qu'est-ce que... Comment...

— Electa m'a appris une des vieilles chansons de sa mère. Je me suis dit qu'il y avait sûrement quelque chose à en tirer. » Elle empoigne le lourd objet et le tient dans la lumière. Rond et brillant, il renvoie une riche lueur beurrée : une petite pomme d'or.

Genièvre considère avec un sourire cette chose tombée d'un recueil de contes et d'une chanson directement dans sa main, aussi réelle que n'importe quoi. « Je crois que j'ai trouvé notre prochaine démonstration. »

16

Ferrum rubigine, o chronos perna.

Un sort pour faire rouiller,
qui requiert du sel, de la salive & une patience considérable

Le lendemain soir, vingt-quatre heures après qu'Agnès Amarante a fait voler en éclats toutes les chopes et les bouteilles de *L'Ami des travailleurs*, M. August Lee frappe à la porte de la chambre nº 7 de la pension de South Sybil.

Penchée sur une carte de New Salem avec une poignée d'autres Sœurs, Agnès débat du meilleur trajet pour approcher le lieu de leur troisième démonstration quand une voix, masculine et rauque, dit depuis le couloir : « Euh… *hysope.* » Le silence s'abat sur la chambre. Des regards inquiets fusent comme des hirondelles entre les Sœurs.

Genièvre se lève du lit et cherche son bâton comme un homme chercherait un pistolet chargé. « Tout va bien, Genie. C'est juste le cousin d'Annie. »

Genièvre a déjà ouvert la porte en grand. Le jeune homme dégingandé qui apparaît dans l'encadrement est incroyablement élégant. M. Lee porte une chemise repassée, et ses cheveux paille d'été semblent avoir fait la rencontre récente d'un peigne ; il tient à la main gauche un éclatant bouquet d'œillets.

Il touche poliment la visière de sa casquette. « Bonsoir, mesdames. Je suis ici à la demande de Mlle Agnès Ama...

— Nous savons qui vous êtes. C'est quoi, ça ? » Genièvre lui prend les œillets des mains et les examine. Elle en arrache quelques pétales et les écrase entre ses doigts pour les renifler d'un air suspicieux. « Je ne crois pas que Mama Mags ait jamais utilisé ça dans sa sorcellerie. Quelles propriétés ont-elles ? »

M. Lee est momentanément réduit au silence par cette jeune femme impolie au regard luminescent. « Ce n'est... ce n'est pas un *sort*. Ce sont des *fleurs*, pour Mlle... » M. Lee regarde désespérément à l'intérieur de la pièce-plus-grande-qu'elle-ne-devrait-l'être et repère finalement Agnès, la hanche appuyée contre la table de la cuisine, qui tente de réprimer un sourire.

Et qui n'y parvient pas. « Laisse-le entrer, Genie. Et donne-moi ça. » Agnès sauve les fleurs et les arrange dans un vase en porcelaine ébréché guère adapté à la forme du bouquet, qui s'affaisse tristement par-dessus le rebord. « Je suis ravie que vous ayez pu vous joindre à nous, monsieur Lee. Vous avez déjà rencontré ma sœur cadette, Mlle James Genièvre. Voici Mlle Béatrice Belladone, Mlles Victoria et Tennessee Hull... »

Agnès fait le tour de la pièce pour lui présenter tant ses sœurs que les Sœurs. M. Lee tente de reprendre contenance en testant son sourire charmeur sur deux filles du *Péché de Salem* ; elles lui retournent un regard d'une telle froideur qu'Agnès se sent presque désolée pour lui. Il redirige son sourire vers Bella, dont l'indifférence polie mais profonde est, quelque part, encore plus insultante. Les yeux désespérés de M. Lee se tournent de nouveau vers Agnès.

Elle lui montre une de leurs chaises dépareillées. « Et si nous commencions ? »

Au bout du compte, la première leçon de magie masculine de M. Lee prend des allures d'interrogatoire hostile. Bella s'est perchée sur une chaise à côté de lui avec son petit carnet noir ouvert sur les genoux et l'interrompt toutes les six ou sept secondes avec ses questions pointues et ses remarques obscures (« Comment les mouvements célestes affectent-ils l'efficacité ? Tous vos sorts sont-ils énoncés à l'impératif plutôt qu'au subjonctif ? »). Tandis que M. Lee se perd dans des réponses ponctuées de longues pauses et d'expressions affligées, Genièvre s'assied elle aussi à côté de lui, massacrant les vers à pleine voix et se plaignant quand ils ne produisent pas les résultats escomptés (« Quelle magnifique magie est-ce là ! C'est quoi, le mot latin pour “pures bouses”, monsieur Lee ? »). Quoi qu'ait fait M. Lee à Chicago – Annie a dit qu'il était un monteur de lignes électriques devenu l'un des hommes de main de Debs, inculpé d'incendie criminel et d'incitation à la révolte par l'État de l'Illinois –, ça ne l'avait pas préparé à deux heures avec les sœurs Eastwood.

Visiblement éreinté, Lee sort une pincée de sel et un clou tordu de la poche de son gilet et se met à chanter en latin de cuisine jusqu'à ce que le clou ait l'air plus friable et plus rouge, comme s'il avait contracté une soudaine éruption cutanée.

« Génial, se moque Genièvre. À condition d'avoir une ou deux années à perdre. »

Lee frappe la table du plat de la main. Son charme en lambeaux pendouille autour de lui. « Écoutez. C'est précisément ce sort qui a arraché plus d'un kilomètre de rail à Chicago et qui m'a valu de me faire battre à mort, ou peu s'en est fallu. Quand vous êtes au front… »

Agnès a l'impression qu'il est en train de s'échauffer avant de se lancer dans un grand discours plein de passion offensée, la main sur le cœur, quand une des autres filles lâche un grognement ironique dévastateur. « Vous ne reconnaîtriez pas une ligne de front même si elle vous mordait, mon garçon. » C'est Gertrude Bonnin qui a parlé, la femme à la peau couleur argile de l'un des Dakotas.

M. Lee lui lance un regard moins offusqué que désespéré, et Geniévre passe un bras autour des épaules raides de Gertrude. « Cette demoiselle ici présente a fait les guerres indiennes, dans l'Ouest, *monsieur* Lee. Elle et quelques autres filles se sont échappées de leur pensionnat – seuls les saints savent comment, car elle refuse de nous dire quel type de sorcellerie elle a utilisé – pour rejoindre leurs mères et leurs tantes au front. »

Gertrude tapote le bras de Geniévre et dit, sans s'excuser le moins du monde : « Tous les vers et toutes les voies ne t'appartiennent pas.

— Que fais-tu de l'élévation des femmes à travers le monde ? De l'union universelle de notre sexe, de la camaraderie du genre féminin ? » Agnès est à peu près sûre que Geniévre a épuisé sa réserve de mots de quatre syllabes ; elle soupçonne sa sœur de citer un pamphlet que leur avait envoyé du pays de Galles la Ligue des Sorcières pour le droit de vote. Il était accompagné d'une donation substantielle à leur cause par une certaine Mlle Pankhurst et d'une invitation au rituel du solstice d'été à Stonehenge.

Gertrude pousse un autre de ses grognements dévastateurs. « Je vous considérerai comme un camarade le jour où je vous verrai dans l'Ouest tenir les rangs avec nous face à la cavalerie des États-Unis. »

D'une pichenette, Geniévre envoie le clou vers Gertrude et marmonne quelque chose à propos de l'obstination des filles sioux et des hommes inutiles. C'est à ce moment qu'interviennent les sœurs Hull, pour dire qu'elles n'ont pas du tout besoin de M. Lee, qu'elles feraient mieux d'invoquer les âmes défuntes de leurs ancêtres pour obtenir des instructions. Geniévre explique de façon imagée à Victoria où elle peut se carrer sa boule de cristal, et le ton s'envenime.

M. Lee observe le débat prendre de l'ampleur, la bouche entrouverte et les cheveux ébouriffés. Agnès se rapproche de lui pour se faire entendre dans le brouhaha ambiant. « Que se passe-t-il, monsieur Lee ? Ce n'est pas l'image que vous vous faisiez de notre petit club de femmes ?

— Je… Pas vraiment. » Il se frotte la joue. « C'est quoi, tout ça ? demande-t-il en désignant du menton une pile de chutes de feutre et de soie, et une poignée de plumes noires.

— Oh, rien qui vous intéresse, j'en suis sûre. Juste un autre *spectacle*. »

Pour une raison inconnue, la réponse d'Agnès lui tire un de ses sourires enjoués de petit garçon. « *Ma chère*, que vous avez de grandes dents, dit-il à voix basse. Des ailes vont-elles vous pousser ? Allez-vous chevaucher vos balais au-dessus de la Thorn ? »

Bella, qui avait laissé traîner une oreille, commence à disserter sur l'absence de preuve historique permettant d'affirmer que les sorcières ont jamais utilisé de *balais*, et que de telles histoires peuvent se référer à un grand nombre de sorts de vol ou de lévitation – mais Agnès interrompt cet ennuyeux monologue qui n'intéresse personne : « Cette information est réservée aux Sœurs, monsieur Lee.

— August, je vous en prie. » Il lève sur elle des yeux pleins de défi. « Et comment fait-on pour rejoindre les Sœurs d'Avalon ? »

Agnès n'est pas non plus du genre à refuser de relever un défi. « Bella. Veux-tu bien me donner la liste ? »

Bella hésite une longue seconde avant de faire glisser son petit carnet noir sur la table. Lee écrit son nom à la suite des autres – AUGUST SYLVESTER LEE – et jette le stylo comme un gant de duel.

« Et maintenant votre serment, monsieur. Piquez-vous le doigt, tracez une croix et répétez après moi.

— De la sorcellerie ? Êtes-vous sûre que ce soit à la portée d'un homme ?

— Êtes-vous sûr que vous êtes un homme ? Vous me faites plutôt l'effet d'une souris. »

August part d'un grand rire, avant de se piquer le doigt et de prononcer les mots du serment. Tous deux échangent un sourire un peu frivole, jusqu'à ce que Genièvre les interrompe en marmonnant sombrement : « Oh, pour l'amour du ciel. »

Plus tard – après que la plupart des Sœurs d'Avalon se sont éclipsées par les couloirs de la pension de South Sybil dans la pénombre humide et verte de la nuit de juin, après qu'August a incliné son chapeau si bas que c'en était presque une révérence, après qu'Agnès l'a regardé partir, une main sur son ventre qui lui rappelle le prix du désir pour une femme –, Bella s'éclaircit la voix.

Elle se tient près de la porte, son carnet noir sous le bras, le visage creusé de rides inquiètes. « Sois prudente, Ag, dit-elle à sa sœur presque dans un murmure. J'ai entendu Annie dire qu'il n'était là que pour un mois, pour se faire oublier. Je ne crois pas que ce soit le genre à faire de vieux os.

— Ce n'est pas… Ce ne sont pas tes foutus oignons, rétorque Agnès.

— C'est juste que je ne voudrais pas te voir te lancer dans une relation… malavisée.

— Et la charmante Mlle Quinn ? C'est une relation avisée, peut-être ? »

Le visage de Bella vire au gris, ses épaules se recroquevillent comme autour d'une blessure invisible. « Je… je ne sais pas de quoi tu parles », dit-elle en sortant précipitamment.

Agnès reste seule. Elle se sent comme un serpent ou un tesson de verre, une chose qui fait mal si on s'en approche trop.

Lors de la réunion suivante des Sœurs, Béatrice s'arroge le siège voisin de Mlle Frankie Black. Elles travaillent côte à côte, récupérant des pièces de dentelle et des boutons sur de vieilles jupes et des blouses dont on leur a fait don. Les Sœurs étant maintenant plus nombreuses, il faut plus de robes de sorcières.

Béatrice entraîne Frankie dans une conversation superficielle à propos de sa famille et de son passé, se délectant de son accent traînant du Sud, avant de lui demander avec désinvolture si par hasard elle connaîtrait Mlle Cléopatra Quinn.

Frankie lui jette un regard oblique. « Oui.

— Oh, je me disais bien. Et vous êtes… proches ?

— Très. Enfin, nous l'étions », répond Frankie d'une voix égale, mais le cœur de Béatrice manque un battement en entendant ce « très ». Elle pense à toutes les choses que Quinn ne lui dit pas, au travail qu'elle ne partage pas.

« Je me suis récemment liée d'amitié avec elle. Elle est tout à fait… » Béatrice laisse sa phrase en suspens, incertaine de l'adjectif qu'elle comptait utiliser (*énigmatique, fascinante, dévorante*).

Frankie se tourne pour lui faire face. Il y a une lueur de pitié manifeste dans ses yeux. « Écoute, il faut que tu saches une chose avant qu'elle te brise le cœur : Mlle Cléopatra a… d'autres intérêts, et ils passeront toujours avant le reste.

— D'autres… » Béatrice paierait cher pour s'empêcher de rougir. « La Ligue des femmes de couleur, tu veux dire ? » Elle exècre la note d'optimisme désespéré dans sa voix.

La pitié s'entend maintenant dans la voix de Frankie. « Non, pas la ligue.

— Elle en est membre, pourtant.

— Je ne crois pas qu'elle ait assisté à une réunion depuis des mois. Sinon jamais.

— Alors je… je ne vois pas ce que tu veux dire. » Mais Béatrice voit très bien.

Elle sent sa théorie élaborée – Quinn agente clandestine d'une organisation pour les droits des femmes – s'effondrer comme un soufflé raté. Il existe une raison beaucoup plus évidente à ce qu'une belle femme comme elle, avec un mari *compréhensif*, se rende secrètement dans des endroits improbables et disparaisse plusieurs jours d'affilée sans jamais dire où. Béatrice se rappelle sa première rencontre avec Quinn, le sourire aveuglant, le chapeau melon osé, le charme naturel.

Une femme comme elle pourrait trouver beaucoup mieux qu'une bibliothécaire osseuse. Béatrice se demande tristement si elle est la seule à avoir escorté Mlle Quinn à la Foire.

Frankie renifle et lui tapote la main. « Ne t'en fais pas. Tu n'es pas vraiment la première. »

Après sa conversation avec Frankie, Béatrice se montre plus prudente. Elle ne permet plus à Mlle Quinn d'entrelacer son bras au sien ou de l'accompagner en public. Quand leurs yeux se croisent – gris et or, nuages et soleil –, Béatrice détourne le regard au bout d'une seconde (elle compte dans sa tête, *un-Mississippi*, en étirant les syllabes autant que possible).

La dernière fois que Quinn lui a rendu visite à la bibliothèque, Béatrice a suggéré non sans raideur qu'il n'était plus nécessaire que Mlle Quinn fasse le trajet depuis New Cairo si souvent, puisqu'elles ont terminé de passer en revue les documents d'Old Salem et n'ont rien trouvé de plus excitant que quelques pétales de rose séchés et un lambeau pâle qu'elles ont pris pour de la dentelle, avant de découvrir qu'il s'agissait de la mue d'un serpent mort depuis longtemps. Tout le reste – les minutes du tribunal, les notes de journaux intimes, les livres de comptes et les lettres – s'est révélé sans intérêt ou mystérieusement fragmenté. Un journal prometteur auquel il manque les dernières pages ; la lettre d'une petite fille à sa tante dont des passages entiers ont été effacés ; le compte-rendu d'un des Inquisiteurs ayant brûlé la ville, qui se termine par : *Une fois que l'incendie est arrivé à son terme et que les cris se sont tus – et croyez-moi, je les entendrai jusqu'au jour du Jugement dernier –, le juge Hawthorn nous a fait passer les cendres au peigne fin. Quoi qu'il cherche, il ne l'a pas trouvé.*

« Si le secret permettant de rappeler la Voie perdue existe, nous pouvons être raisonnablement certaines qu'il ne se trouve pas dans la bibliothèque de l'université de New Salem. » Béatrice croise le regard de Mlle Quinn (*un-Mississippi*). « Vous emploieriez mieux votre temps à explorer… d'autres possibilités. »

Quinn ouvre la bouche comme pour protester, mais ce qu'elle voit sur le visage de Béatrice l'en dissuade. « Comme vous le souhaitez, mademoiselle Eastwood. » Béatrice ne remarque qu'après son départ qu'elle a oublié son chapeau melon.

Béatrice passe le reste de la semaine à travailler seule. Elle transcrit les chapitres qu'on lui a attribués ; elle ajoute davantage de contes de sorcières et de comptines à son petit carnet noir et le remplit page après page de notes, de théories et d'expériences ratées (*Le solstice et l'équinoxe amplifient-ils le phénomène ? Le sang de la Pucelle & les larmes de l'Aïeule… le ??? de la Mère ?*) ; elle scrute la moindre ombre innocente qui glisse sur le parquet et sale régulièrement le seuil. M. Blackwell le franchit en clignant des yeux et demande avec douceur à Béatrice si elle se sent bien.

Si un certain parfum s'attarde dans l'air, Béatrice ne le sent pas (clou de girofle, papier journal, huile de machine).

Elle revoit Mlle Quinn une poignée de fois aux réunions des Sœurs d'Avalon entrer et sortir rapidement de la pension de South Sybil tandis qu'elles préparent leur troisième démonstration –, mais elle oublie toujours de lui rendre son chapeau melon ; Quinn ne vient pas le récupérer.

Le 18 juin, l'été s'est finalement infiltré dans le calcaire et les lambris de la bibliothèque, de sorte qu'entrer dans son bureau lui fait l'effet de pénétrer à l'intérieur de la gueule humide d'un animal. Même les livres ont l'air froissés et ébouriffés, leurs pages gonflées.

Béatrice travaille jusqu'au milieu de l'après-midi, la peau luisante d'une pellicule de transpiration, seule. Ses yeux dérivent vers le chapeau melon sur son bureau.

Elle se lève et le cale sous son bras. Il est peut-être malavisé de nouer une relation particulière avec Mlle Quinn, mais il n'y a pas de mal à jouir du plaisir de sa compagnie. De temps en temps. Elle informe M. Blackwell qu'elle rentre chez elle plus tôt et s'éloigne à grands pas de la brume de chaleur qui a pris possession de l'esplanade.

Le tramway la dépose à l'extrémité sud de la Deuxième Rue, où les pavés proprets laissent place à la terre battue, les demeures imposantes à des immeubles bâtis dans la précipitation, et repart sans tarder vers le nord. C'est donc à pied que Béatrice franchit la frontière invisible entre les deux quartiers – quoique New Cairo soit moins un quartier de New Salem qu'un assaut sur celui-ci.

Au lieu d'un quadrillage soigné, les rues se croisent ici dans le plus grand désordre ; pas de rideaux tirés ni de fenêtres fermées, mais des balcons qui débordent de fleurs en pot, de linge et d'auvents aux couleurs vives ; même les églises affichent une joie de vivre suspecte, résonnant d'éclats de voix et non de coups de cloches et de chants austères. La ville a contre-attaqué – en faisant passer des petits arrêtés grincheux assortis d'amendes pour une vitre cassée, en fourrant tout le quartier dans une seule circonscription difforme – mais New Cairo persiste à croître. « La jungle », l'appellent certains avec un sourire aigre, ou « la petite Afrique » ; Béatrice pense que ces gens-là ont peur de prononcer le mot « Cairo » à voix haute, comme s'il pouvait invoquer des tombeaux en or et des reines-sorcières de nulle part.

Les bureaux du *Defender* se trouvent six pâtés de maisons plus au sud, dans un immeuble rouge couvert de suie qui bourdonne du raffut constant de la presse. Le secrétaire lève les yeux à l'entrée de Béatrice. « Cléo n'est pas là, mademoiselle Eastwood. Vous la trouverez peut-être chez Araminta, sur Nut Street. » Il prononce étrangement le mot « Nut », presque comme « nuit ».

Après plusieurs fausses routes et malgré deux consultations de passants interloqués, Béatrice passe deux fois devant : Nut Street est une longue et tortueuse ruelle, ombragée et fraîche malgré la chaleur de l'après-midi. Des portes peintes en rouge et des fenêtres obscures s'alignent le long des murs, avec des écriteaux discrets : LESLIE BELL, TAILLEUR ; LES REMÈDES DE M. LAWSON ; ÉPICES ET BAZAR D'ARAMINTA. Béatrice toque à la porte. Après un long silence, elle tourne la poignée.

Elle sent d'abord les épices : une centaine de nuances de cannelle, de sauge, de clou de girofle et de cardamome. L'air lui-même luit d'une teinte rouge et or, chargé de poussière de poivre et de paprika. La boutique est remplie de rangées de petits tiroirs en bois, de sachets en papier kraft, de filets de têtes d'ail et de bocaux de piments couleur rubis. Les lattes du parquet laissent échapper de petits nuages de safran et de sel quand elle marche dessus. Il y a une autre odeur sous celle des épices, plus froide, étrange et sauvage, que Béatrice ne reconnaît pas.

Elle s'approche doucement du comptoir au fond, vide à l'exception d'une petite sonnette en cuivre. Béatrice s'apprête à la faire tinter quand elle entend son propre nom, suivi de : « … certaine qu'elle ne me cache rien. Elle n'a aucun soupçon. Elle est juste… prudente. »

Béatrice se fige, la main tendue, les poumons à moitié gonflés. Elle connaît cette voix.

Quelqu'un d'autre prononce des mots indistincts à voix basse. Ça doit être une question, car la première voix répond : « Demain soir. À la lune rose. Je leur ai dit que la pleine lune n'était pas le meilleur moment pour passer inaperçues, mais elles deviennent effrontées, imprudentes. Idiotes. »

Demain, les Sœurs d'Avalon vont produire leur troisième acte de sorcellerie. En ce moment même, des robes noires pendent dans une douzaine de dressings et de pensions ; les vers et les voies attendent dans des dizaines de gorges.

Une nouvelle question inaudible. La voix que Béatrice connaît si bien – la voix qui l'a picotée et attirée, qui l'a accompagnée tout au long de ses recherches dans ces livres mangés par les vers et ces lettres tachées – répond : « Le carré des sorcières, dans le cimetière de la ville. Trois heures après minuit. »

On dirait un rapport, celui d'un soldat à son général. Ou d'un espion à son maître.

Béatrice a déjà été trahie une fois. Le froid qui se répand de sa poitrine jusqu'au bout de ses doigts, qui engourdit sa chair, qui assourdit les battements de son cœur, lui est familier. C'est comme dans cette vieille légende qui raconte l'histoire d'une sorcière si monstrueuse qu'un seul de ses regards change les hommes en pierre, sauf que Béatrice est à la fois le monstre et la pierre.

Ce n'est que lorsqu'elle entend un fracas de verre que Béatrice s'aperçoit que son corps est en mouvement. Elle a reculé d'un pas et s'est cognée contre une étagère, dont elle a fait tomber des bocaux. Des grains de poivre mitraillent le sol.

Les voix dans l'arrière-salle se taisent subitement. Un juron étouffé, des pas précipités…

Béatrice est déjà en train de courir, bousculant au passage de longues guirlandes d'herbes séchées et des colliers de fleurs fanées, renversant d'autres bocaux dans son sillage. Elle a déjà la main sur la poignée de la porte quand elle entend de nouveau son nom. Elle regarde par-dessus son épaule.

Derrière le comptoir, à moitié cachée par les guirlandes d'herbes qui se balancent et les nuages jaunes d'épices échappées de leur contenant, le visage contrit et crispé, se tient Mlle Cléopatra Quinn.

(Elle est belle. Même ici et maintenant – les manches roulées jusqu'aux coudes, les tendons de sa gorge rigides sous sa peau, la trahison mourant sur ses lèvres –, elle irradie, comme éclairée de l'intérieur par la flamme d'une bougie.)

Leurs yeux se croisent. Béatrice ne saurait dire combien de secondes s'écoulent ; plus d'une, certainement.

« Béatrice, je vous en prie… »

C'est la quatrième fois qu'elle entend son prénom dans la bouche de Quinn, et tout le monde sait que la troisième est toujours la dernière. Béatrice lâche le chapeau qu'elle serre toujours bêtement sous son bras.

Elle s'enfuit en courant. Personne ne la suit.

Genièvre écoute Bella lui raconter toute cette triste histoire, puis elle reste silencieuse un moment en se passant la langue sur les dents tandis que sa sœur fait les cent pas d'un air tracassé. « C'est trop tard pour tout annuler. »

Les épaules de Bella forment un U inversé autour de sa poitrine, elle a le teint pâle et les traits tirés. « J'aurais dû lui demander de prêter serment, je n'aurais jamais dû lui faire confiance. Elle m'a pratiquement dit de m'en abstenir. » Elle se tord les mains. « Si on part maintenant, on pourrait prévenir Agnès et les sœurs Hull, peut-être quelques autres avant minuit… Oh, qu'est-ce qu'on doit faire ? » Si elle continue de s'acharner sur ses mains, pense Genièvre, elle va finir par s'arracher la peau.

Elle croise les chevilles. « Ça dépend.

— De quoi ?

— De la personne à qui elle parlait. » Genièvre accroche le regard de Bella et ne le lâche plus. Elle lui demande tout de go : « Tu crois que ta copine nous a balancées aux flics ? »

Bella s'immobilise. Elle se tient à contre-jour dans l'encadrement de la fenêtre, les yeux tournés vers les étoiles floues. « Non », murmure-t-elle. Genièvre ignore si elle le pense vraiment ou si elle le souhaite simplement.

Mais elle s'en moque. Elle veut sentir le coup de fouet de la nuit sur ses joues, la forêt sombre de robes derrière elle, la chaleur de la sorcellerie dans son sang. Au diable le danger.

Elle se lève, un grand sourire malicieux aux lèvres. « Alors il est temps que nous nous préparions. »

17

Bonbon, bonnet, bonhomme,
Pépin et queue de pomme ;
Cinq plumes font un trésor,
Change-les toutes en or.

Un sort pour une pomme d'or, qui requiert cinq plumes & un pouce piqué

James Genièvre est juste une fille, la plupart du temps. Le reste des Sœurs d'Avalon ne sont que servantes, ouvrières, danseuses ou diseuses de bonne aventure, mères ou bien filles. Des femmes ordinaires aux vies ordinaires, dont le nom n'apparaît dans aucune histoire bonne à raconter.

Mais ce soir, sous la lune rose de juin, elles sont sorcières. Elles sont anciennes et jouvencelles, maléfiques et tentatrices, et toutes les histoires leur appartiennent.

Genièvre préfère la ville de nuit que de jour. La nuit, le brouhaha et le fracas des rues s'adoucissent assez pour laisser entendre le vent souffler dans les venelles, les pas étouffés des chats errants, le pépiement et le vol des chauves-souris. La terre semble plus proche sous les pavés, et les étoiles brillent avec obstination malgré le brouillard et les lampes à gaz. Geniêvre croirait presque qu'elle court les bois de ses montagnes natales, les pieds nus et les cheveux emmêlés. Peut-être est-ce la proximité du solstice ; Mags disait toujours que les jours de célébration sont ceux où la sorcellerie brûle le plus fort, où même les souris et les hommes sentent sa pulsation chaude sous la peau du monde.

À la nuit tombée, le cimetière est fermé par d'infranchissables grilles, mais ce soir, elles sont sorcières. Genièvre lance son bâton en bois de genévrier par-dessus le portail, puis tresse trois de ses cheveux et dit les vers. Les Sœurs grimpent à la corde de soie noire, longue et souple, et atterrissent l'une après l'autre avec un bruit sourd sur la terre du cimetière. Elles se glissent comme des ombres parmi les tombes.

Le carré des sorcières est situé à l'extrémité est du cimetière : un quart d'hectare de mauvaises herbes indisciplinées, sans même une pierre tombale fendue ou une croix de bois. Une sorcière n'a jamais été inhumée sous son nom gravé dans la pierre ; ses cendres sont mêlées de sel pour empêcher son âme de s'attarder plus longtemps qu'elle ne le devrait, puis dispersées sur des terres non consacrées. Genièvre considère cette terre nue et amère, et sent un poids écrasant dans ses poumons : le chagrin, peut-être, pour toutes les femmes brûlées avant elle.

La clôture autour du carré des sorcières est moins une barrière qu'une suggestion ; leurs jupes s'accrochent au fer rouillé et aux piquets affaissés lorsqu'elles l'enjambent. Elles se rassemblent au centre de l'espace, où une aubépine esseulée griffe le ciel.

Rien ne bouge. Le cimetière est silencieux à l'exception du bruissement du vent contre le tissu teint en noir.

Genièvre passe en revue les visages que la lune éclaire d'un éclat argenté : Agnès, avec son ventre dur et plein ; Bella, avec ses airs inquiets ;

Frankie Black et Florence Pearl, avec leurs longs bras nus ; Gillian Lind et Gertrude Bonnin ; une douzaine d'autres filles aux yeux comme des épées au clair, des promesses sanglantes, qui se dressent sur les cendres de leurs ancêtres.

Genièvre, l'estomac noué par une crampe venimeuse, souhaiterait que son père les voie. Une fille est une chose si facile à briser : faible et fragile, seule, livrée à tous les appétits. Mais elles ne sont plus des filles, et elles n'appartiennent à personne. Et elles ne sont pas seules.

Viens nous chercher, maintenant, enfoiré.

La main dans la poche, elle serre la plume dans son poing. L'espace d'une seconde rouge, elle voudrait l'écraser. Quel bien peuvent faire des pommes d'or ? Elles devraient faire pleuvoir du soufre, empoisonner les puits, faire trembler chacun des hommes de New Salem dans leurs maudites bottes. La semaine précédente, elles avaient trouvé un sort pour appeler les tempêtes, une chanson de marin qui parle de ciels rouges le matin et de ciels rouges le soir, mais Agnès avait secoué la tête. « Je croyais que tu voulais rallier plus de femmes à la cause.

— Un sort pareil me ferait rappliquer illico, avait protesté Genièvre avec sincérité.

— C'est parce que tu es une calamité qu'il faudrait enfermer pour le bien de cette ville. » Agnès avait tenu la pomme devant la fenêtre, où elle luisait d'un jaune riche et impossible. « Nous avons toutes grandi avec des histoires de sorcières maléfiques. Les villages qu'elles ont maudits, les épidémies qu'elles ont déclenchées. Nous devons montrer aux gens ce que nous avons d'*autre* à offrir, leur donner de meilleures histoires. »

À présent, Agnès s'éclaircit la voix juste à côté de Genièvre. Elle s'avance d'un pas pour enterrer cinq pépins de pomme au pied de l'aubépine. Tandis qu'elle s'agenouille dans la terre, ses cheveux laissés libres brillent sur ses épaules, et ses lèvres forment les vers de croissance et de verdissement. Quelques-unes des autres filles les murmurent avec elle. *Fer et feu, fou et fée.*

L'aubépine grince. Elle grogne et gémit, un peu comme le faisait Mama Mags les matins les plus froids, quand le givre tapissait le versant de la montagne. Puis elle croît. Les branches noueuses enflent ; les racines vrillent sous la terre ; les feuilles sèches et recourbées prennent une teinte émeraude brillante. Des bourgeons éclosent, se déploient, fleurissent, flétrissent, tombent – un printemps entier s'écoule en l'espace d'une seconde. Des fruits grossissent, durs et verts, puis d'un rouge cireux, prêts à être cueillis.

Quand Agnès se tait, un pommier se tient au milieu du carré des sorcières, là où poussait autrefois une aubépine. Ses frondaisons se dressent fièrement, ses branches ploient sous le poids de fruits qui ne devraient pas exister.

Genièvre porte son pouce à sa bouche et le mord jusqu'à sentir le goût de rouille chaude. Elle l'approche d'une pomme qu'elle barbouille de son sang, rouge sur rouge. Autour d'elle, elle voit les autres l'imiter, leurs mains tendues ensanglantées jusqu'au poignet et serrées sur leur plume.

Elles disent les vers ensemble. Bella ne s'était pas trompée : la magie est plus forte quand on la partage. Plus majestueuse, plus sauvage, plus chaude… La sorcellerie fait son entrée brûlante dans le monde, et les pommes se parent d'or. Mais il ne s'agit pas que des pommes : la lueur ambrée remonte le long des queues et s'enroule autour des branches, se coule dans les nervures des feuilles. Genièvre et ses Sœurs continuent de dire les vers, et la magie continue de brûler, et l'or continue de s'étendre jusqu'à ce que l'arbre tout entier étincelle d'un éclat métallique, comme si la reine Midas elle-même était sortie de sa légende pour laisser traîner ses doigts sur son écorce.

L'incantation s'arrête. Le silence retombe, uniquement brisé par le chant des oiseaux de nuit et le *clink-clink* du vent dans les feuilles d'or.

Telle une torche brûlant dans la nuit, l'arbre semble émettre sa propre lumière butyreuse, que Genièvre voit se refléter sur les visages tournés vers le ciel des Sœurs d'Avalon. Chacune d'elles affiche l'expression béate d'une femme qui vient d'être témoin d'une impossibilité : un miracle, une révélation. Une meilleure histoire, dont l'éclat doré luit dans les ténèbres.

Genièvre jette un coup d'œil de biais à Agnès, qui semble plus jeune et plus douce dans la lumière ambrée. Genièvre lui prend la main sans y penser, comme elle le faisait quand elles étaient petites, sauf qu'aujourd'hui sa paume est poisseuse de son sang. « Tu avais peut-être raison, chuchote-t-elle.

— Bien sûr que j'avais raison. » Agnès replie les doigts autour des siens et les lui serre une fois.

Genièvre s'avance d'un pas claudicant. Avec le bout éraflé de son bâton, elle dessine un signe dans la terre : trois cercles liés les uns aux autres.

Elle est sur le point de dire à toutes de rentrer chez elles quand un bruissement se fait entendre dans l'obscurité parsemée de tombes derrière elle. *Un renard*, pense-t-elle, *ou un chat*.

Mais le bruissement s'étend. Ses échos, de plus en plus amples, viennent de toutes les directions à la fois. Genièvre fait volte-face et voit des ombres devant elle, des silhouettes vêtues de noir qui se redressent de derrière les stèles, badges argentés à la poitrine. Elle voit des mains se tendre, des capes noires s'ouvrir, puis le carré des sorcières est inondé de la lumière aveuglante d'une douzaine de lanternes.

La lumière les frappe comme les douze coups de minuit rompent un sort invisible. L'éclat du pommier doré vire à un jaune écœurant, et le mouvement circulaire des étoiles se réduit à de pâles têtes d'épingle dans le ciel. Le vent retombe, les oiseaux de nuit se taisent. Les sorcières sont de nouveau de simples femmes.

Genièvre jure, les yeux lui piquent. Elle entend autour d'elle les hoquets et les cris des autres – ses sœurs et ses Sœurs, les filles et les femmes qui l'ont suivie dans ce...

Piège. À l'instant où le mot la percute, elle sent la morsure du fer se refermer autour d'elle.

Elle est toujours aveuglée par les larmes et chancelante quand elle entend une voix masculine dont l'écho résonne étrangement entre les pierres tombales. C'est une voix familière – doucereuse, trop haut perchée –, mais ce n'est que lorsque Genièvre entend les gémissements étouffés d'une chienne qu'elle comprend à qui elle appartient : M. Gideon Hill.

« Pour la sécurité de notre belle cité et le bien de son peuple... » Elle entend le sourire dans sa voix, écœurant et gris. « ... je vous arrête, James Genièvre Eastwood, vous et vos complices, pour le crime de meurtre par sorcellerie. »

La première chose que Béatrice ressent, c'est une vague de soulagement parfaitement stupide : ça ne peut être qu'une erreur ! Aucune d'elles, pour pécheresses et coupables qu'elles soient, n'a commis de meurtre.

Puis Béatrice voit le visage de sa petite sœur – dur et exsangue, les yeux passant par toutes sortes d'expressions, sauf la surprise – et songe que son appréciation de la situation est peut-être erronée.

La deuxième chose qu'elle ressent, c'est ce froid familier qui change la chair en pierre, l'engourdissement qui suit la trahison. Ces hommes étaient cachés dans le cimetière après minuit. On les avait prévenus.

Une des silhouettes s'avance rapidement, lanterne brandie : un homme d'âge mûr sans rien de remarquable sinon le chien qui rôde à ses pieds comme une ombre réticente. Béatrice tarde beaucoup trop à reconnaître ce visage pourtant placardé dans les trois quarts de la ville. Le Gideon Hill des affiches et des journaux paraît noble, fringant même, avec ses joues rouges et ses cheveux blonds. À la lueur des lanternes, il semble dépourvu de la moindre couleur.

Ses yeux se posent un instant sur l'arbre doré derrière les Sœurs et ses lèvres forment le cousin condescendant d'un sourire. « Très impressionnant, mesdames. » Puis il baisse le regard vers le sol, où Genièvre a dessiné le Signe des Trois Dernières, et son sourire s'évanouit. « Vous avez souillé notre belle cité de vos voies pécheresses. Mais c'est terminé ! » s'exclame-t-il d'une voix plus forte. Quoique occupée à se changer en pierre et à se noyer dans sa panique, Béatrice s'accorde une seconde pour s'interroger – *Souillé ?* – sur le genre de romans à quatre sous que M. Hill a bien pu lire. « James Genièvre, veuillez nous suivre. Vous autres allez être emmenées pour interrogatoire. »

Béatrice en sait assez sur les procès en sorcellerie pour entendre la violence tapie derrière le mot « interrogatoire » : le grésillement du fer chaud contre la chair, le claquement du fouet.

Les hommes rangés derrière Hill semblent hésiter. Ils piétinent et murmurent, sans doute réticents à poser les mains sur des femmes en robe noire réunies sous la pleine lune, ressassant peut-être le souvenir de toutes les histoires qu'ils ont entendues dans leur enfance.

M. Hill tape du pied. « Sergent, que vos hommes… »

Mais Genièvre lui coupe la parole. « Du calme, Hill », dit-elle d'une voix lente, traînante, presque amicale, qui rappelle à Béatrice celle du shérif quand il tentait de raisonner leur père après un coup de gueule aviné : *Du calme, James.* « Inutile de tomber dans l'hystérie. »

Genièvre s'éloigne nonchalamment du pommier doré et enjambe la clôture en s'appuyant lourdement sur son bâton, guère plus menaçante qu'une jeune estropiée aux cheveux grossièrement coupés. Elle lève la main en signe de reddition ironique. « Vous croyez que vous avez amené assez de vos garçons, sergent ? Vous ne préféreriez pas aller en chercher quelques autres ? »

Elle arbore une expression dédaigneuse, vaguement ennuyée, comme si tout cela faisait beaucoup de bruit pour rien, mais Béatrice sent la terreur hurler à travers le lien qui les unit, et elle sait que seuls l'obstination et le cran lui permettent de tenir debout.

Genièvre devrait se souvenir qu'il existe des endroits où le cran ne sert pas à grand-chose. Les caves obscures, les petites pièces blanches où on vous enferme jusqu'à ce que vous perdiez la dangereuse habitude de vous rebeller.

Béatrice s'avance d'un pas hésitant vers elle, mais alors Genièvre se retourne vers les femmes qui se tiennent toujours en arc de cercle autour de l'arbre. « Mesdames », dit-elle, et elle sourit. C'est un sourire qui lui ressemble tellement – mélange de diablerie, d'imprudence et de dangerosité, celui qu'afficherait un animal sauvage en se retournant vers son prédateur, toutes dents dehors – que Béatrice comprend dans l'instant ce qu'elle s'apprête à faire. Elle entend Agnès crier : « Non ! »

« *Ciguë.* »

Genièvre se jette en arrière sur Gideon Hill. Ils basculent – lui jurant, elle hurlant et se débattant en faisant tournoyer son bâton – et les Sœurs d'Avalon s'éparpillent comme un collier de perles brisé.

Béatrice les regarde courir dans une douzaine de directions différentes, criant, trébuchant, laissant des lambeaux noirs accrochés aux piquets cassés de la clôture. Elles esquivent entre les stèles, certaines se font attraper, plaquer au sol, mais d'autres s'évaporent dans la nuit. Béatrice sait qu'elle devrait courir avec elles, mais elle est toujours pétrifiée, incapable de bouger.

Il y a un enchevêtrement de corps là où Genièvre se trouvait auparavant. Béatrice aperçoit des bottes brillantes, entend le bruit écœurant des poings frappant la chair. Hill s'extirpe de la mêlée. Il se tient là, pantelant, et essuie le sang qui s'écoule de sa lèvre fendue avec une expression absente, comme si le fait d'avoir été agressé par une sorcière l'indifférait au plus haut point.

Deux agents s'approchent d'un pas lourd de l'arbre où Béatrice se tient aussi immobile qu'une roche calcaire. Elle songe vaguement qu'il lui serait doux de brûler, car au moins elle n'aurait plus jamais à voir le sourire félin de Mlle Quinn ni à se demander pourquoi elle l'avait trahie.

Un violent coup d'épaule entre ses omoplates la secoue.

« *Cours*, idiote ! » siffle Agnès.

Béatrice se met à courir.

Agnès aurait dû faire de même sitôt qu'elle avait entendu le premier frottement de cape contre la pierre, sitôt qu'elle avait compris qu'elles s'étaient précipitées dans un piège.

Elle était restée. Tandis que Genièvre se jetait sur Gideon Hill, tandis que Bella demeurait immobile comme une foutue statue, tandis que le sang de sa petite sœur refroidissait et se solidifiait dans sa paume.

La dernière fois que Genièvre s'était mise dans le pétrin, Agnès s'était précipitée pour la sauver sans une arrière-pensée. Mais cette fois les hommes portent des insignes à la poitrine. Cette fois, Agnès finira dans une cellule, et elle sait ce qui arrive aux femmes enceintes qui vont en prison : elles perdent leur bébé. Soit avant la naissance, à cause des mauvais traitements ou des carences alimentaires, soit après, quand un docteur au visage de pierre lui arracherait sa fille encore vagissante et l'enverrait à la Maison des Anges perdus. Si on ne l'étouffe pas avec un oreiller ou qu'on ne l'envoie pas dans l'Ouest, Agnès verra peut-être sa fille jouer dans les ruelles, malingre, la peau criblée de marques de vérole, les yeux comme d'amers cailloux noirs.

Non. Pour rien au monde. Ni pour le droit de vote, ni pour les Sœurs, ni même pour ses véritables sœurs.

Elle pousse brutalement Bella et prend ses jambes à son cou sans un regard en arrière, un bras serré autour de son ventre. Elle esquive les mains qui se tendent vers elle, mais ces dernières s'empêtrent dans sa longue cape. Elle parvient cependant à les en déloger d'un coup aveugle de sa main libre dans son dos.

Chaque pas lui fait l'effet d'une claque sur son estomac, lui ébranle les hanches. Ses cheveux emmêlés et humides de transpiration se collent à sa nuque. Elle se cache un instant derrière une colonne en pierre et se plie en deux, prise de nausées et d'une violente quinte de toux.

Des bruits de bottes et des éclats de voix s'élèvent derrière elle, de plus en plus proches.

Elle sort un morceau de bougie de sa poche et trace avec la cire une croix désespérée et tremblante sur la pierre. C'est de la magie d'homme – « Parfait pour une évasion rapide », avait expliqué M. Lee avec son sourire en coin. Elle avait haussé un sourcil. « Vous avez souvent besoin de vous évader, monsieur Lee ?

— Oh, toutes les semaines, mademoiselle Eastwood. »

De l'autre côté de la pièce, Genièvre avait dit quelque chose qui ressemblait à : « *Beurk.* »

À présent, Agnès halète les vers qu'il lui a appris. Une légèreté s'empare d'elle. Elle a l'impression que ses os se creusent. Une mèche de ses cheveux se décolle de sa nuque et se met à flotter, comme si la gravité avait un instant oublié de faire son travail.

Elle se remet à courir. Cette fois, elle est un galet qui ricoche sur la surface d'un étang, un goéland qui rase les vagues, insaisissable. Les bruits de la poursuite disparaissent derrière elle.

Agnès se tresse une corde de cheveux et franchit le portail en sens inverse. Puis elle reprend sa course dans les rues endormies, les pieds aussi légers et silencieux que des plumes. Elle songe à la Pendue sur la table de Madame Zina, à Genièvre disparaissant sous une vague de poings et de bottes.

Elle ralentit et baisse les yeux sur sa paume, où le sang de sa sœur sèche et se craquelle. *Ne me laisse pas*, l'avait suppliée Genièvre. *Prends soin d'elles*, lui avait ordonné sa mère.

Mais n'était-ce pas le travail de sa mère, en premier lieu ? Elle avait échoué à protéger ses filles ; Agnès ne commettra pas la même erreur.

Elle serre les poings et se remet à courir.

Béatrice est consciente qu'elle n'y arrivera pas. Il fait trop sombre, le cimetière est jalonné de trop de bosses, de creux et de pierres renversées, et elle n'y voit rien à travers ses larmes.

Elle entend des pas derrière elle, une respiration lourde et précipitée.

Elle disparaît derrière un mausolée de marbre et se plaque contre la porte, dont les poignées métalliques mordent la chair tendre de son dos. Ce n'est pas vraiment une cachette – d'un instant à l'autre, un agent de police va tourner au coin et voir le reflet de la lune dans ses lunettes, et elle brûlera avec sa sœur pour un crime qu'elle n'a pas commis.

Derrière elle, la porte cède. Elle s'ouvre vers l'intérieur et des mains l'attrapent pour la tirer à l'intérieur. Elle a le temps de se faire la réflexion qu'il doit s'agir d'une hallucination provoquée par la peur, car il n'y a que dans les feuilletons que les morts reviennent à la vie les soirs de pleine lune et précipitent les pécheurs dans leur tombe…

Avant qu'une main chaude et sèche ne se presse contre sa bouche. Elle sent le clou de girofle et l'encre.

« Pas un bruit. Et arrêtez de me mordre, idiote. »

Genièvre sait qu'il ne faut pas provoquer un chien enragé ni un ivrogne, et elle voit à leurs yeux vitreux que les agents de police sont un peu des deux. Mais elle sait aussi que, parfois, tous les choix sont perdants, et qu'il n'y a rien d'autre à faire que foncer dans le tas et espérer en sortir vivante.

Elle continue donc de flanquer de grands coups de bâton et de pied, et d'emberlificoter ses adversaires dans les amples mouvements de sa robe tandis qu'elle se débat. Elle entonne *Elle tisse une toile enchevêtrée* d'une voix sans timbre en serrant entre ses doigts la toile d'araignée dans la poche de sa jupe et se délecte des glapissements et des jurons des hommes lorsqu'ils sentent la soie arachnéenne leur coller les yeux et la bouche.

L'un d'eux crie : « C'est elle ! La sorcière ! Elle m'a déjà fait le coup… », et quelque chose percute sa colonne vertébrale assez fort pour chasser tout l'air de ses poumons. Un poing s'écrase contre son oreille avec un bruit de melon creux, et elle se retrouve face contre terre.

Elle sourit dans les cendres. *Courez, les filles.*

Une grêle paniquée de bottes et de matraques s'abat sur son corps, se fondant en une douleur pulsatile indistincte. Elle entend un terrible bruit de fracture et s'inquiète un instant qu'il s'agisse d'un de ses os, avant que les moitiés brisées de son bâton ne retombent autour d'elle.

« Oh, je pense que ça devrait suffire, n'est-ce pas ? » Elle entend de nouveau le sourire dans la voix de Hill.

Genièvre ouvre des yeux ruisselants et voit son visage étrangement penché au-dessus d'elle, pâle et grisâtre dans la nuit. Elle lui rend son sourire, en découvrant ses dents qu'elle sait ensanglantées, à en juger par le goût de rouille dans sa bouche. Puis elle fait mine d'incliner son chapeau sans quitter sa position allongée. « Quel plaisir de vous revoir, monsieur Hill ! »

Son geste aurait pu passer pour de la nonchalance si elle n'avait dû déglutir avec peine la bile qui lui remonte dans la gorge. Elle ferme les yeux pour lutter contre le flamboiement rouge de la douleur.

Elle sent alors des doigts doux comme de la soie lui relever le menton. Lorsqu'elle rouvre les paupières, Hill lui sourit toujours. Son expression lui paraît… fausse. Plaisante, détendue, sans rien de commun avec celle d'un bureaucrate craintif ou d'un chasseur de sorcières après minuit. « Oh, mademoiselle Eastwood, quel régal vous êtes ! »

Plus que tout autre chose, c'est la sincérité dans sa voix qui a raison de sa bravoure, et, pour la première fois, elle a vraiment peur.

Hill lève les yeux sur les hommes autour de lui, pantelants et contusionnés. L'un d'eux, œil au beurre noir, expression mortifiée, tient les deux moitiés de son bâton. « Emmenez celle-ci dans les Profondeurs, les gars. »

18

Qu'elle ouvre devant moi les portes de l'Enfer
Et me garde auprès d'elle en ces lieux mortifères.

Un sort pour ouvrir certaines portes,
qui requiert des étoiles & des entailles

Dans l'obscurité renfermée du tombeau, entourée par des bruits de bottes étouffés et tenue fermement par une femme qu'elle peut raisonnablement considérer comme son ennemie, Béatrice Belladone passe en revue les différentes questions qu'elle voudrait lui poser. *Qu'est-ce que vous faites là ?* semble être un bon point de départ, ou peut-être : *Pourquoi nous avez-vous trahies ?*

Au lieu de quoi, elle dit quelque chose qui ressemble à *grrrg*, car la main de Mlle Cléopatra Quinn est toujours plaquée contre sa bouche. Elle se tortille, et Quinn écarte légèrement sa paume de ses lèvres.

« Clé... Mademoiselle Quinn ! souffle-t-elle. Qu'est-ce que... Comment... Ce sont des *cercueils* ? »

Béatrice ne peut pas voir l'expression de la journaliste, car elle a le dos plaqué contre sa poitrine, et parce que le tombeau est aussi noir qu'une nuit sans étoiles. L'air est dense et aigre sur sa peau. Une brise rance souffle de quelque part.

« Non.

— Qu'est-ce que vous… »

Quinn la coupe d'un murmure rauque au creux de son oreille. « Pas ici. »

Béatrice ne voit pas dans quel autre endroit elles pourraient parler, étant donné que le cimetière est rempli de chasseurs de sorcières armés de matraques et que le soleil va bientôt se lever. Elle s'imagine passer toute la journée dans ce tombeau, redevenir la petite fille enfermée dans le noir qu'elle a été. La panique plante ses griffes dans sa gorge.

« Écoutez, je ne p… peux pas rester ici. Je dois sortir. » La brise souffle de nouveau, aussi humide qu'une exhalaison sur son cou.

Les bras de Quinn la libèrent, mais une paume légère demeure sur son épaule. « Attendez. » Béatrice entend un froissement de tissu et le craquement d'une allumette avant que la lumière soudaine ne lui pique les yeux. Quinn approche la flamme du bout effilé d'une baguette en bois. Elle murmure les vers, et la baguette se met à luire d'une riche teinte œil-de-tigre. Les méplats ambrés et les cavités sombres de son visage émergent de l'obscurité comme dans un rêve au décor minimaliste. La lumière des sorcières brûle dans ses yeux.

La lumière se répand dans tout le mausolée, éclairant le moindre recoin couvert de toiles d'araignées, et Béatrice comprend pourquoi elle sent une brise souffler à l'intérieur d'un tombeau de pierre.

« Un *escalier* ? » Sa voix sort une octave plus haut que prévu.

Quinn pose un doigt sur ses lèvres et se tourne vers la porte. Elle entonne un bref hymne et applique le poignet – celui qui est couturé d'estafilades et de cercles blancs – contre le bois ancien. La chaleur monte, chassant le froid humide du tombeau. Un verrou s'enclenche en grinçant.

Puis Quinn prend la main de Béatrice dans la sienne et l'entraîne le long des marches étroites, puis dans le long tunnel qui serpente sous le cimetière de New Salem.

Pendant un long moment, Béatrice n'entend rien d'autre que ses halètements nerveux et le frottement de sa jupe contre la terre, et parfois les pas hâtifs d'une créature pourvue de nombreuses pattes fuyant la lumière de Quinn. Elle se cogne plusieurs fois la tête contre le plafond incliné ou se griffe le coude au mur, mais sans en déloger de poussière. Les parois du tunnel paraissent lisses et solides, comme creusées dans le granite plutôt que dans la glaise ou un sol nervuré de racines. Il n'y a pas d'étais ni de poutres, pas de fermes en bois quand elle laisse courir ses doigts. Béatrice a grandi à Crow County ; elle en sait assez sur les puits de mine et les effondrements pour comprendre que c'est impossible.

« Qu'est-ce que c'est que cet endroit ? » Sa voix lui semble excessivement sonore, renvoyée par les murs trop proches.

« Eh bien, répond Quinn en exécutant un mouvement théâtral avec sa baguette, l'Underground Railroad, bien sûr.

— Vraiment ? Vous voulez dire que ces tunnels vont jusqu'à... »

Le rire de Quinn se réverbère dans le boyau. « Non, quand même pas. Par les saints. Personne n'a creusé de trou jusqu'au Canada. » Son ombre vacille alors qu'elle secoue la tête. « Ces tunnels ne courent que sous New Salem.

— Oh, commente Béatrice très intelligemment.

— La ville a été construite dans la précipitation, vous le saviez ? » Béatrice le savait. Après l'incendie d'Old Salem, on s'était dépêché de reconstruire, comme si les rues fraîchement pavées pouvaient sceller le passé turbulent. « L'hôtel de ville et l'université ont été édifiés en une seule année, ainsi qu'une douzaine d'églises, toutes ces ennuyeuses maisons carrées des quartiers nord… D'après vous, qui a bâti tout ça ? »

Béatrice a lu un certain nombre de pamphlets et de textes historiques sur la fondation de la ville, mais elle ne se rappelle pas avoir vu mentionner les ouvriers. « Je l'ignore. Je suppose que ce sont des…

— Esclaves. » Quinn conserve un ton parfaitement neutre, mais sa colonne vertébrale semble s'être minéralisée. « Des esclaves, dans une nation qui vient tout juste de se battre pour la liberté. Des esclaves, bâtissant la Cité Exempte du Péché. »

Béatrice sent monter une honte nauséeuse. « Je ne…

— Mais leur travail a souffert de retards, de contretemps, d'outils manquants, d'erreurs. Parce qu'ils étaient occupés à construire autre chose sous tout ce marbre et cet argent. Quelque chose qui leur permettrait de se déplacer à travers la cité sans peur, à leur guise. » Quinn désigne d'un geste de sa baguette le tunnel sans fin autour d'elles, lisse et creux comme la tanière d'un immense serpent. « Ils ont transmis ce savoir à leurs fils et filles, et le secret est parvenu jusqu'à nous. »

Béatrice reste silencieuse pendant quelques pas, puis elle demande doucement : « Qui, *nous* ? »

Quinn s'arrête. Ses épaules se soulèvent régulièrement au rythme de sa respiration. « Les Filles de Tituba. »

Si sa voix n'avait pas été si sérieuse, si dépourvue d'humour ou d'ironie, Béatrice aurait cru qu'elle se moquait d'elle. C'est aussi absurde que de se prétendre vampire, walkyrie ou quelque autre monstre issu des légendes. Les Filles de Tituba étaient une rumeur, un murmure, une histoire de feuilleton. Elles dévoyaient les maris et pillaient les tombes. Dans les journaux les moins honorables, on les dessinait avec des os dans les cheveux et des colliers de dents, les lèvres rouges et sauvages.

Les Dernières Descendantes de la Sorcière noire d'Old Salem, disait la légende. *Leur soif de vengeance aura-t-elle une fin ?*

Mlle Quinn n'a pas de collier de dents ni d'os dans les cheveux, pour autant que Béatrice le sache, et si elle a soif d'une chose, c'est la même que Béatrice désire : la vérité nue. L'histoire sans fioritures.

« Je ne croyais pas qu'elles existaient.

— Et pourtant si. » Quinn se tient toujours immobile, dos à Béatrice. « Je voulais vous le dire. Vraiment. Mais nous avons juré le silence sur les tombes de nos mères et de leurs mères de l'autre côté de l'océan. Je ne le pouvais pas.

— Mais Frankie a dit… Oh. » Béatrice se remémore l'expression « d'autres intérêts » et tout ce qu'elle croyait que cela impliquait. Son embarras laisse place à un soudain entrain. Pas la Ligue des femmes de couleur ; mais pas non plus un chapelet d'amantes, finalement.

Quinn se retourne. « Frankie Black ?

— Nous en avons discuté. J'avais cru comprendre… Je pensais que vous et elle étiez… »

Les sourcils de Quinn sont plus hauts que d'habitude. « Nous l'étions. Mais je lui ai dit clairement que les Filles passeraient toujours en premier, et ça ne lui a pas plu.

— Oh.

— Béatrice… Je suis désolée. »

Béatrice ne croit pas avoir jamais entendu Quinn s'excuser.

Elle tend vaguement la main dans sa direction avant de se rappeler pour quelle autre raison Quinn devrait se montrer repentante. Elle durcit le ton de sa voix, comme lorsque sa chair était faite de pierre. « Nous avons été trahies. Ils nous attendaient, et G… Genièvre est… » Elle reprend une brève inspiration. « Agnès et les autres se sont enfuies, mais je ne sais pas si elles ont réussi à s'échapper. » Elle sent l'étincelle distante de sa sœur cadette et sait qu'elle au moins est saine et sauve.

Quinn affiche une expression sinistre, les épaules lourdes. « Je suis désolée, répète-t-elle.

— *C'était vous ?* » Les mots sortent enfin, écorchés et sanglants, comme s'ils étaient passés à travers un massif de ronces avant d'atteindre ses lèvres. « C'est vous qui avez prévenu la police ? Vous avez un arrangement avec eux ? »

Les yeux de Mlle Quinn s'écarquillent. Elle prend une profonde inspiration avant de répondre, très lentement et d'un ton grave : « Les Filles s'intéressent à la Voie perdue d'Avalon depuis longtemps. Tant de notre pouvoir nous a été volé – quoique nous en conservions plus que vous ne soupçonniez – et l'idée qu'il puisse nous être restauré en l'espace d'un instant… bref. Quand la tour est apparue sur l'esplanade, on m'a envoyée enquêter sur les suffragettes. Et je suis tombée sur vous : une bibliothécaire au visage intelligent et aux yeux avides qui en savait plus qu'elle ne l'aurait dû. Je vous ai assistée. Je vous ai aiguillonnée et encouragée. » Son regard, furtif et coupable, se pose un instant sur Béatrice.

« Parce qu'on vous l'avait ordonné.

— Oui. » Cela aurait dû être une victoire – l'héroïne qui contraint l'espionne à confesser ses péchés ! –, mais Béatrice ne ressent qu'une honte poisseuse. Pour avoir cru que Mlle Quinn ait été intéressée par son… amitié (elle n'avait jamais cru que Mlle Quinn était intéressée par l'amitié).

Béatrice souhaite sans grand espoir que le tunnel s'effondre et les enterre avant qu'elle ne se mette à pleurer, au lieu de quoi elle entend un juron étouffé et sent les doigts de Quinn serrer fermement son poignet. « Je vous ai espionnée. Je vous ai menti. J'ai transmis aux Filles tout ce que vous avez découvert, prévu ou même soupçonné. » La voix de Quinn s'épaissit, basse et urgente. « Mais, Béatrice, je vous jure que ce n'est pas moi qui vous ai trahies. »

Le tunnel échoue à s'effondrer ; Béatrice se met à pleurer. D'une petite voix brouillée par les larmes, elle bredouille : « Alors qui... », mais ne peut aller plus loin. Elle pense à Agnès, au regard dur et au cœur plus dur encore, qui ferait n'importe quoi pour sauver sa peau. Mais si c'était elle qui les avait trahies, pourquoi était-elle venue ce soir ? Et le serment qu'elles avaient prêté en se piquant le doigt et en se signant le cœur ? Le rompre aurait des effets notoirement cruels.

Béatrice déglutit une boule de sel et de morve. « Pourquoi êtes-vous venue ?

— Pour la même raison que je suis venue à vos deux autres démonstrations. Parce que vous... Les Sœurs se sont engagées sur un chemin périlleux, et je voulais être là au cas où... elles auraient besoin de moi. » Mlle Quinn – menteuse effrontée, espionne qui arbore ses charmes comme une arme tranchante – n'arrive pas tout à fait à croiser le regard de Béatrice en disant cela.

« Et où m'emmenez-vous à présent ? À vos supérieures ? Suis-je votre captive ? »

Quinn lâche son poignet en toute hâte. « Non. Jamais. Je ne suis pas... » Elle paraît fatiguée et navrée, sans plus d'artifices. « Par les saints, je m'y prends très mal. Ce que j'essaie de vous dire, c'est que je suis désolée, et que je ne vous mentirai plus jamais. Je demeure une Fille loyale. » Béatrice entend le F majuscule, le poids d'un siècle de secrets et de sorcellerie. « Mais j'espère aussi devenir une Sœur. Si vous voulez bien de moi. »

Béatrice reste immobile, les yeux rivés à ceux de Quinn (*un-Mississippi*). Elle se demande si la confiance, une fois perdue, peut vraiment se retrouver, et si elle est idiote de l'espérer (*deux-Mississippi*). Elle décide qu'elle s'en fiche, que la confiance n'est peut-être jamais perdue ni retrouvée, brisée ou réparée, mais simplement donnée. Qu'elle reste un choix, en dépit du risque (*trois-Mississippi*).

« Je crains d'avoir laissé mon carnet au bureau, répond Béatrice d'une voix étouffée. Mais je crois qu'il reste de la place sur la liste. »

Quinn sourit franchement, soulagée, et la lumière des sorcières danse dans ses yeux. Béatrice s'éclaircit la voix et ajoute : « Est-ce que ce tunnel débouche quelque part près de l'université ? »

Le sourire de Quinn a retrouvé son espièglerie, qui lui retrousse le coin des lèvres et y ajoute une paire de fossettes malicieuses. Elle se retourne et s'enfonce dans l'obscurité. « Pas directement. Avez-vous entendu parler du marché nocturne de New Cairo, mademoiselle Eastwood ? »

Le tunnel se divise et se déploie comme les racines d'un arbre creux. Elles tournent à droite, puis encore à droite ; Quinn s'arrête à deux reprises pour chanter l'ouverture d'une porte ou d'autres barrières moins visibles, et elle pique une fois le doigt de Béatrice afin d'étaler son sang sur une roche claire avant qu'elles ne puissent continuer. Les murs deviennent glissants et humides pendant un moment, froids comme le lit d'une rivière, puis elles remontent. Elles dépassent des marches qui mènent à toutes sortes d'entrées possibles : plaques d'égout, placards exigus, trappes, dalles de granite que seule la sorcellerie pourrait déplacer. Les portes arborent d'étranges signes, des compositions d'étoiles et de lignes plutôt que des mots.

Béatrice est consciente qu'elle devrait chercher à en savoir plus, poser des questions, voire prendre des notes, mais elle se sent lourde et engourdie, comme si son lien à Genièvre était une ancre qui l'entraînait par le fond.

Quinn entame l'ascension d'un étroit escalier. Les marches en pierre creusées par des années d'utilisation conduisent à une porte ordinaire.

Quinn marque un temps d'arrêt et jette un coup d'œil calculateur à Béatrice. Puis elle dégrafe sa cape et la pose sur ses épaules. Bella s'efforce de ne pas remarquer la chaleur des doigts de la journaliste lorsque celle-ci remonte la capuche sur ses cheveux et coince plusieurs mèches rebelles en dessous.

« Cachez vos mains dans vos manches. N'engagez pas la conversation. »

La porte s'ouvre sur une ruelle, où l'air frais d'un bleu velouté la ravit après cette heure passée dans les entrailles de la cité. Ce n'est pas encore l'aube, comme en témoigne le dollar d'argent de la lune dans le ciel, mais la ruelle est bondée. Des femmes coiffées de foulards blancs, aux poignets chargés de bracelets dorés ; des hommes revêtus de capes en lin, qui font tourner une canne à leur main ; l'éclat blanc des dents, le reflet bleu de la peau. Des étals s'alignent le long des murs opposés, débordant de marchandises, tintinnabulant de pièces de monnaie : un marché au clair de lune.

Béatrice est trop occupée à observer et à cligner des yeux pour entendre les paroles de Quinn, qui finit par tirer un coup sec sur sa capuche. « Les Filles doivent savoir ce qui s'est passé au cimetière ce soir. Puis-je faire un nouveau rapport ? »

Béatrice hoche la tête, et Quinn accroche le regard d'une femme qui se tient juste devant la porte, bras croisés. « Elle est là ? » demande-t-elle.

La femme incline la tête, possiblement en signe d'assentiment. Quinn tourne à gauche, et Béatrice lui emboîte le pas, la nuque courbée pour cacher le lait tacheté de son visage. Lors de ses visites diurnes à New Cairo, elle s'était sentie remarquée, pas tout à fait à sa place, mais elle n'avait jamais eu l'impression d'être si totalement étrangère. Elle se demande si c'est ce que Quinn éprouve dans les quartiers nord, comme si sa peau s'était changée en une carte indigne de confiance, condamnée à mener les gens à toutes sortes de conclusions erronées.

Les étals devant lesquels elles passent proposent tant de la contrebande ordinaire – alcool de distillation artisanale, remèdes faits maison dans des bocaux en verre brun, boîtes de cigares qui n'ont jamais dû voir un agent des douanes – que des articles beaucoup moins communs : feuilles courbes et racines pâles ; fourrure et plumes ; le miroitement noir d'ailes de scarabée et le scintillement ivoire d'os. Des voies de sorcière, vendues par des grands-mères toutes ratatinées et des fillettes souriantes, des femmes en tablier impeccable ou en jupe volante, ou chargées de bébés serrés contre leur poitrine, endormis dans le clair de lune.

Quinn évolue naturellement dans la ruelle. On hoche la tête à son passage, on la salue, on incline son chapeau. Elle paraît subtilement différente, plus grande, plus majestueuse. Béatrice ne l'avait jamais vue comme une personne craintive, mais ses mouvements ont toujours quelque chose de cuirassé, dans les quartiers nord. Ici, c'est une reine, et la royauté n'a pas besoin d'armure.

Quinn pousse une nouvelle porte et s'y faufile. Ce n'est qu'en voyant l'enseigne – ÉPICES ET BAZAR D'ARAMINTA – que Béatrice s'aperçoit qu'il s'agit de la boutique où elle s'est rendue seulement quelques heures plus tôt.

L'établissement a un tout autre visage à la nuit tombée. Des bougies de cire gouttent sur des soucoupes en bronze et des bouteilles vertes portant des étiquettes comme « Ellébore, cueilli après la pluie » ou « Dents de poules » s'alignent sur les étagères. L'odeur singulière, maintenant plus intense, sauvage et sombre est immanquablement celle de la sorcellerie.

« C'est comme ça tous les soirs ? demande Béatrice sans savoir pourquoi elle chuchote.

— Seigneur, non. Seulement les nuits de pleine lune. » Quinn pose son coude sur le comptoir et appuie trois fois sur la sonnette en cuivre. « C'est un endroit célèbre, dans certains cercles. On vient de loin y faire provision d'ingrédients et de recettes pour le mois… »

Une petite femme d'allure autoritaire, coiffée d'un chapeau à larges bords d'où pend de la dentelle, se traîne jusqu'au comptoir. La voilette cache un visage tout en pommettes, en menton, en os et en angles, mais ses joues se relèvent quand elle aperçoit Quinn.

« Bonsoir », la salue cette dernière, avant de donner un petit coup de coude à Béatrice, qui abaisse le tissu sombre de sa capuche.

La femme la dévisage pendant une longue seconde immobile, avant de soupirer : « Oh, *Cléo* », comme le ferait une mère dont la fille a ramené à la maison un animal de compagnie particulièrement déplaisant et qui la supplie de le garder.

Quinn répond d'une voix formelle et crispée : « La troisième démonstration était une embuscade. J'ai vu au moins quatre des Sœurs se faire arrêter, dont leur cheffe. Sa sœur de sang, précise-t-elle en inclinant la tête vers Béatrice. Quand j'ai compris ce qui se passait, je… suis intervenue. »

La femme derrière le comptoir – Araminta ? – marmonne quelque chose comme « Manifestement ».

« Avec ta permission, nous allons rester ici jusqu'à l'aube. » Les yeux de la femme passent alternativement de l'une à l'autre, un peu trop délibérément ; Béatrice se tortille sur place. « Et demain matin, je l'emmènerai… où elle veut.

— Au palais de justice, j'imagine, soupire Béatrice, qui se retrouve sous les feux jaunes de deux regards identiques. Pour t… tirer tout ça au clair. »

Araminta éclate d'un rire tonitruant dont les gloussements ne semblent pas vouloir s'arrêter. « Oh, les saints nous gardent. Tu veux foncer droit dans l'antre des lions, et après ? Tu vas leur demander gentiment de te rendre votre sœur ? *Voilà…* » Elle agite un doigt noueux en direction de Béatrice, mais c'est à Quinn qu'elle s'adresse. « … exactement le genre d'idiotie dont je parlais. *Voilà* pourquoi il vaut mieux rester entre nous.

— Excusez-moi, dit Béatrice en se raidissant. Ma sœur a été arrêtée sur la base de fausses accusations… » Bon, probablement fausses. « … et on ne peut pas incarcérer une femme indéfiniment sans preuve irréfutable. »

Son affirmation provoque un éclat de rire encore plus long et extravagant. Quand elle se calme enfin, Araminta essuie d'authentiques larmes aux coins de ses yeux.

Puis elle se tourne vers une cage dorée posée sur le comptoir et tend deux doigts à travers les barreaux pour caresser l'animal qui s'y trouve : un lapin, dont la fourrure est d'un noir si intense qu'elle semble avaler la lumière des bougies comme une bouche ouverte.

Par-dessus son épaule, Araminta dit à Béatrice : « Ils peuvent faire exactement ce qu'ils veulent, petite. Je te parie ma canine supérieure que ta sœur est déjà dans les Profondeurs. » À la vue du visage de Béatrice, les rides autour de sa bouche s'adoucissent très légèrement. « Je suis désolée. Vraiment. Mais c'est trop tard pour elle. »

Ce n'est pas la dureté de ces paroles qui anéantit Béatrice ; c'est la pitié qui s'y tapit. La terreur se referme au-dessus d'elle comme une eau froide.

Si Quinn ou Araminta disent quoi que ce soit d'autre, elle ne l'entend pas. Elle est vaguement consciente d'un bras passé autour de ses épaules, qui la guide derrière le comptoir et dans un étroit escalier ; une chambre chaude qui sent les épices et la peau ; un lit couvert d'édredons safran.

Elle y reste étendue, à écouter le murmure de la rue et le tic-tac d'une horloge quelque part dans la maison – *trop-tard, trop-tard* – jusqu'à ce que la voix de Quinn lui dise de s'endormir, et elle s'endort.

Béatrice rêve de caves et de portes verrouillées, et se réveille en se griffant la gorge.

Des particules de poussière suspendues dans les rayons du soleil dansent devant elle. Des pigeons roucoulent à la fenêtre. Elle est seule, mais le lit est creusé et tiède à côté d'elle, comme si quelqu'un d'autre avait dormi là. Ses lunettes sont soigneusement pliées sur la table de chevet.

Béatrice les regarde un instant, imagine les mains qui les ont posées là et sent une dangereuse tendresse la gagner, avant de prendre conscience de ce qu'elle ne ressent pas : sa plus jeune sœur. Le lien entre elles s'est distendu ; il est inerte.

Elle trouve Mlle Quinn dans une cuisinette au premier étage, qui pétrit une pâte sablée, les doigts pleins de farine. Quinn écoute patiemment les bredouillements larmoyants de Béatrice en découpant des ronds de pâte avec une boîte de conserve et en les glissant dans le four avec un crissement métallique. Puis elle replie les doigts de Béatrice autour d'un mug chaud et refuse gentiment de l'accompagner au palais de justice. « Après tout le mal que je me suis donné pour vous sauver ? Non. Vous allez manger vos sablés et vous changer, puis vous allez rentrer chez vous. Et demain, vous irez travailler comme si rien ne s'était passé.

— Mais… »

Quinn touche le dos de sa main avec douceur. « Vous ne lui servirez à rien si vous êtes enfermée dans la cellule voisine de la sienne. Je vous en prie. »

Béatrice mange ses biscuits et enfile une autre tenue. Mlle Quinn l'emmène, deux pâtés de maisons plus loin vers l'est, dans un salon de coiffure au sol et aux murs carrelés de blanc. Les femmes qui bavardent là hochent la tête avec respect au passage de Quinn et posent sur Béatrice des yeux écarquillés. À l'arrière, une porte affichant la mention « fournitures » laisse échapper une senteur fraîche et humide. Béatrice n'est pas surprise quand Quinn applique son poignet scarifié contre sa surface et murmure les vers.

Le tunnel bifurque vers le nord. Les murs tremblent parfois lorsqu'un tramway ou des sabots résonnent au-dessus d'elles. Béatrice éprouve sans cesse son lien avec sa plus jeune sœur, comme elle passerait la langue sur sa gencive là où il y avait autrefois une dent.

« P... pourquoi appelle-t-on ça les Profondeurs ? demande-t-elle lorsque Quinn s'arrête pour griffonner un signe compliqué sur la paroi du tunnel.

— Parce que l'eau monte des profondeurs. En tout cas après une sale averse. »

Béatrice émet un borborygme à mi-chemin entre le gémissement et le point d'interrogation. « Ils ont construit la prison au bord de la rivière, explique Quinn, là où la terre est meuble et marécageuse – ce n'est pas pour rien qu'aucun de nos tunnels ne va vers la rive est –, et elle s'enfonce de quelques centimètres chaque année. L'eau stagne en permanence dans les cellules les plus basses. Impossible d'y rester sec ou propre. Je connais un homme arrêté pour vagabondage qui en est sorti les pieds blancs comme la craie. Ils se décomposaient dans ses bottes... » La voix de Quinn se perd dans l'obscurité du tunnel.

« Étiez-vous... proches ?

— Cousins », répond Quinn, la colonne vertébrale de nouveau minérale. Béatrice reste silencieuse après ça.

Le tunnel débouche sur un escalier en colimaçon et une étroite porte voûtée. Béatrice sort en trébuchant à la suite de Quinn, aveuglée par le soleil, et se retrouve dans l'agitation distinguée de Bethlehem Heights, à moins d'un pâté de maisons de sa chambre. Personne ne semble les remarquer, et Béatrice se demande si Quinn a lancé un de ses étranges charmes sur les passants, avant de se rendre compte que la porte par laquelle elles ont émergé est habilement dissimulée au coin d'un coquet manoir : l'entrée des domestiques. Dans leurs robes impeccablement repassées, elles ont l'air de servantes, parfaitement invisibles – *rien*. Béatrice s'avise pour la première fois que n'être rien confère un certain pouvoir ; elle repense à ce vieux conte dans lequel l'Aïeule, maligne, dit à un homme qu'elle s'appelle Personne, et quand on lui demande qui l'a maudit, l'homme crie : « Personne ! » tandis que la sorcière s'échappe.

« Rentrez chez vous. Je viendrai vous retrouver à la bibliothèque demain. » Quinn lui adresse un dernier regard ambré et disparaît.

Béatrice compte très lentement jusqu'à vingt, puis elle tourne les talons et prend la direction de l'ouest et du palais de justice de New Salem.

Parce qu'elle n'est pas aussi idiote que Quinn et cette Araminta veulent bien le croire, elle s'arrête d'abord dans un certain établissement à la réputation douteuse sur St Mary-of-Egypt. Elle demande Mlle Pearl et se retrouve dans un cabinet de toilette inutilisé au premier étage. Les yeux de Pearl sont gonflés et meurtris, ses ongles toujours encrassés de la terre du cimetière. Elle allume une fine cigarette en écoutant la requête de Béatrice et hoche une fois la tête. « Ces salauds ont emmené Frankie aussi. Demande de ses nouvelles, tu veux ? »

Quand Béatrice quitte *Le Péché de Salem*, elle est une aïeule en tous points : ses yeux disparaissent derrière un voile bleuté et ses cheveux ont l'ivoire jauni d'une dent arrachée. Sa chair, fine et fragile, s'étire sur ses pommettes. Certains de ces artifices sont le fait de poudres et de teintures, d'autres relèvent des vers et des voies qu'une prostituée est amenée à utiliser pour attirer ou détourner l'attention. Elle espérait plutôt se déguiser en une blonde plantureuse ou en une Jézabel sensuelle, mais Mlle Pearl avait penché pour les rides. « Les hommes arrêtent de te voir, passé un certain âge. »

Le préposé au bureau d'accueil du palais de justice de New Salem ne lève même pas les yeux à son approche, confirmant les allégations de Pearl. Il demeure penché au-dessus d'une pile de paperasses, en grattant négligemment son menton boutonneux, apparemment indifférent à l'odeur écœurante qui monte des lattes du plancher : une puanteur stagnante, comme de l'eau croupie ou de la viande avariée.

Béatrice toque au bureau, et il lève sur elle des yeux rougis et ennuyés.

« Je voudrais avoir des informations à propos d'une femme incarcérée un peu plus tôt ce matin. Une certaine Mlle James Genièvre Eastwood. »

Petite étincelle d'intérêt. « C'est une des sorcières qu'ils ont amenées ce matin ? »

Béatrice toise l'employé de son regard de bibliothécaire le plus sévère et se réjouit de le voir dans l'instant se redresser dans son siège. « Ce qu'elle est ou ce qu'elle n'est pas reste à prouver devant un jury, monsieur. Ce que je souhaite savoir, c'est où elle est détenue, dans quelles conditions, et quelles sont les charges retenues contre elle. Je voudrais aussi savoir ce qu'il en est de Mlles Frankie Ursa Black et Gillian Lin…

— C'est pas des informations publiques, m'dame. » Il hausse les épaules. « Elle avait pas l'air bien quand ils l'ont traînée ici, cela dit. »

Un liquide glacé se répand dans le ventre de Béatrice. Elle se ressaisit. « Je voudrais m'entretenir immédiatement avec votre responsable, jeune homme. Une jeune fille a été arrêtée et apparemment violentée, au mépris des procédures et sans procès équitable… »

Son esclandre attire l'attention des agents qui flemmardent dans la salle derrière le bureau. L'un d'eux se traîne jusqu'à son collègue. « Qu'est-ce qu'elle a, la petite dame ? »

Béatrice tourne son regard laiteux vers lui. « Je suis la propriétaire de la pension où loge Mlle Eastwood, puisque vous me posez la question. Et je me sens considérablement offensée quand l'une de mes locataires est arrêtée sur la base de fausses accusations.

— Elles n'ont rien de faux, m'dame », grogne l'agent, qui se met à fouiller d'une main paresseuse les papiers sur le bureau et en extrait une affiche où l'on peut lire « RECHERCHÉE POUR MEURTRE ET SOUPÇONNÉE DE SORCELLERIE » en capitales d'imprimerie sous le portrait d'une femme. Ses cheveux représentés par une tache d'encre indisciplinée n'ont pas grand-chose de commun avec le nid de mèches courtes qu'elle arborait ces derniers temps, mais la ressemblance est indéniable. L'illustrateur a saisi la ligne rebelle de sa longue mâchoire, la lueur sauvage dans ses yeux.

Béatrice déglutit. « Je ne sais pas trop ce que c'est censé prouver, mais… »

L'agent fait glisser un autre papier sur le bureau : une page jaunie du *Lexington Herald*. « MAGIE HOMICIDE. UN ANCIEN COMBATTANT DE CROW COUNTY RETROUVÉ MORT. »

Béatrice n'a pas besoin de lire l'article, car elle sait déjà ce qu'il contient. Elle avait découvert sept ans plus tôt que ce qui se tapissait sous la peau de Genièvre était prêt à frapper. Son père aurait dû s'en souvenir, lui aussi, mais les années l'avaient peut-être émoussé ou abêti. Peut-être qu'un jour il lui avait pris la dernière chose à laquelle elle tenait, et qu'elle n'avait eu plus rien à perdre.

Béatrice survole le *Herald* : « mort prématurée » ; « signes de l'étrange » ; « fille vue fuyant la propriété ».

Elle rend la coupure à l'agent, qui secoue la tête. « Quel genre de femme tuerait son propre père, hein ? » Il tapote deux fois l'article. « Ça sera dans le *Post* demain matin à la première heure. Je ne me vanterais pas trop de louer une chambre à une meurtrière, si j'étais vous. »

Béatrice remarque l'insigne en cuivre terne sur sa poitrine, qui montre une torche brandie, et comprend que Mlle Quinn avait raison. Qu'il n'y aura pas de caution ni de procès en bonne et due forme, que l'État de droit a laissé place à la loi des hommes et des gangsters. Qu'il est trop tard.

Elle bat en retraite et note que les deux hommes l'ont oubliée sitôt qu'elle sort de leur champ de vision. Dehors, l'air épais et gris promet une pluie prochaine. Béatrice s'efforce de ne pas penser à Genièvre dans les Profondeurs, seule avec l'eau montante. Au moins la cave était-elle sèche, la plupart du temps.

Béatrice ignore où ses pieds la conduisent jusqu'à ce qu'elle se retrouve dans le couloir lambrissé de la bibliothèque de l'université, clignant vaguement des yeux devant la porte de son bureau. Son sanctuaire, le seul endroit où elle se sente en sécurité.

Mais il y a quelque chose de subtilement différent. Exténuée, il lui faut un moment pour s'apercevoir que la plaque à son nom – la carte couleur crème proclamant son identité d'une écriture soignée – ne se trouve plus dans son support en cuivre.

La porte est verrouillée.

Elle la contemple quelques secondes avant de s'enfermer dans le cabinet de toilette pour se démaquiller. Dans le miroir, des nuages noirs lui renvoient son regard.

Mlle Munley travaille au comptoir du prêt aujourd'hui, où elle brasse une pile de paperasses, offrant l'image d'une personne très occupée qui n'a pas de temps à consacrer aux nuisances comme Béatrice.

« E… excusez-moi, m… madame ? » (Depuis St Hale, les mots de Béatrice ont développé une tendance à rester collés dans sa gorge, comme du lait caillé. Il lui a fallu des années pour qu'ils coulent de nouveau librement.) « Mon bureau semble être fermé à clé. »

Mlle Munley ne lève pas les yeux sur elle. « Ce n'est plus votre bureau, je le crains, dit-elle d'une voix aussi nette et cassante que la courbure d'une agrafe.

— Pourquoi ? »

Elle tasse ses papiers sur le bureau et croise le regard de Béatrice. « Parce que… à la lumière de récentes informations fournies par un citoyen inquiet… vous ne faites plus partie des effectifs de la bibliothèque. »

L'engourdissement la saisit de nouveau, le froid de la trahison. Quelqu'un a trahi plus que l'heure et le lieu de leur démonstration vouée à l'échec ; quelqu'un a murmuré des noms et des postes. Mais alors pourquoi Béatrice n'est-elle pas dans les Profondeurs avec sa sœur ?

« Je vois. » La voix de Béatrice semble sortir d'un phonographe en très mauvais état, faible et bourdonnante. « Puis-je récupérer mes effets personnels ? » Que ferait la police de ses histoires pour enfants et de ses contes folkloriques, de ses vers et de ses voies griffonnés – de son carnet noir en cuir, protégé par un cercle de sel ?

« Non. En fait, on nous a demandé d'informer les autorités sitôt qu'on vous verrait. » Mlle Munley coule un regard indéchiffrable à Béatrice et ajoute : « Alors je vous conseille de décamper au plus vite. Avant que je ne vous voie. »

Béatrice décampe. Elle s'arrête sur St George Square, immobile, déracinée.

Elle a terriblement envie de rentrer chez elle, mais la petite chambre sous les combles n'a jamais été « chez elle ». Chez elle, ce sont les contes de sorcières et les mots, les histoires dans lesquelles elle peut s'échapper quand la sienne devient trop lourde à porter. Chez elle, c'était le silence apaisant de ses livres empilés, son bureau trop petit et le grattement de son stylo sur la page. Tout cela n'est plus.

La pluie se met doucement à tomber.

Béatrice a l'habitude du désespoir. Il la suit depuis St Hale. Elle le traîne derrière elle comme un chien noir loyal qui lui mordille les talons. Elle l'accueille avec calme, presque avec plaisir, tel un ami d'enfance.

Agnès connaît le désespoir. Elle l'a rencontré pour la première fois la nuit où sa mère est morte – un molosse au pelage noir lové sur sa poitrine, qui lui enfonçait les côtes – et a souvent entendu ses pas feutrés la suivre dans l'escalier de la pension.

Elle sent à présent ses yeux l'observer depuis les ombres de l'usine.

Elle se tient au milieu d'un groupe d'autres filles, qui murmurent et chuchotent. Annie est là, pâle, les yeux gonflés, et Yulia, les lèvres blanches et minces. Elle est flanquée de sa fille aînée, mais sa deuxième manque à l'appel. Attrapée alors qu'elle fuyait le carré des sorcières ? Frappée par la fièvre d'été, comme tant d'autres ouvrières ?

M. Malton darde sur elles les deux grains de poivre qui lui servent d'yeux, petits et secs. Agnès devine qu'il a fait l'impasse sur son petit coup de gnôle du matin, elle sent presque le sang battre à ses tympans, rancunier.

« Vous avez toutes lu les journaux, à l'heure qu'il est. » Elles n'ont rien fait de tel, car un quart d'entre elles ne sait pas lire, un autre quart ne lit pas l'anglais et aucune d'elles n'a les moyens de se payer les grandes éditions spéciales que de jeunes garçons vendent à la criée d'un bout à l'autre des rues, mais l'usine bourdonne déjà de rumeurs. Seules Agnès et les autres Sœurs gardent la bouche fermée et les yeux tournés vers le sol.

« Il y a de nouveau des sorcières parmi nous. Ils ont attrapé leur meneuse ce matin, très tôt – une folle venue du Sud, me suis-je laissé dire –, mais certaines de ses acolytes courent toujours. » Malton agite une page de journal froissée devant lui. Agnès ne s'autorise pas à la suivre des yeux. Elle sent la douce chaleur de Bella quelque part au nord, mais rien qu'une froide absence là où Genièvre devrait se trouver.

Malton tourne de nouveau vers elles son regard injecté de sang. « Et je sais de source sûre que plusieurs d'entre elles pourraient se trouver juste devant moi, en se faisant passer pour d'honnêtes ouvrières afin d'en entraîner d'autres dans leur croisade. »

Agnès ne bouge pas un muscle, ne respire pas. *Quelle source ?*

« Alors je vais vous donner un avertissement : si je vois ne serait-ce qu'un soupçon de sorcellerie – de syndicalisme, de militantisme, ou de toute autre absurdité de ce genre –, j'irai aussitôt le rapporter à la police, n'en doutez pas. » Il les scrute une à une, et Agnès perçoit l'éclat humide de la peur sous ses fanfaronnades. Elle a terriblement envie de l'effrayer davantage.

« En outre, conclut-il, vous avez toutes gagné une semaine de chômage. »

Des hoquets et des jurons fusent entre elles. Une semaine sans paie signifie des enfants affamés, des cuisinières froides et peut-être des maris en colère.

Quelqu'un crie : « Vous ne pouvez pas faire ça ! », et Malton rétorque : « Tu parles que si ! » Son nez pulse d'un violet malsain. « Les frères Baldwin ont approuvé : on peut travailler avec des jaunes et des intérimaires pendant une semaine, le temps que vous autres réfléchissiez à votre situation. Que vous décidiez où va votre loyauté. »

L'usine entre en ébullition autour d'Agnès. Les femmes échangent d'amers regards chargés d'animosité et de suspicion. Elles semblent prêtes à attacher elles-mêmes la sorcière au piquet, si jamais elles la trouvent. Annie et Yulia restent parfaitement immobiles. Jamais leurs yeux ne se croisent ni ne croisent ceux d'Agnès.

Pour finir, les ouvrières forment une file amère jusqu'à la porte, leurs cordons de tablier pendant derrière elles. Agnès traîne à l'arrière, en essayant de donner l'impression qu'elle s'inquiète simplement de savoir comment elle va payer son loyer.

Juste avant qu'elle ne sorte dans l'allée, la main de M. Malton l'arrête, pressée contre son ventre proéminent. « Attends une minute, petite. »

Il est bien trop près d'elle. Elle sent l'odeur aigre de sa sueur, son haleine contre sa joue. « Ne va pas croire que j'ai oublié ton tour de passe-passe. » C'était l'un des premiers sorts que Mags leur avait appris : une feuille d'ortie et une aiguille pointue, et votre victime sera trop occupée à glapir et à jurer pour vous porter le moindre intérêt.

La paume moite de Malton infuse le tissu de sa robe. « Dois-je aller voir les autorités ? Dois-je aller dire à la police ce que tu es, mademoiselle *Eastwood* ? »

Ses doigts s'enfoncent comme des clous dans la chair enflée de son estomac. Il lui fait mal, juste parce qu'il le peut. Parce qu'elle ne peut pas l'en empêcher. Parce qu'elle n'est rien et lui, quelque chose.

Une déferlante de rage brûlante remonte le long de sa colonne vertébrale, suivie par une honte écœurante. Quelle idiote elle a été de croire que la sorcellerie pouvait changer quoi que ce soit ! Leur mère avait connu quantité de vers et de voies, et à quoi cela lui avait-il servi ?

Agnès ravale sa rage et sa honte – oh, elle n'en peut plus de leur goût – et répond : « Non, monsieur Malton.

— Bonne fille. » Il ponctue ses mots d'une petite tape négligente sur le ventre d'Agnès, comme on flatterait l'encolure d'un cheval.

Agnès sort dans la ruelle, aveugle. La pluie colle ses cheveux à son cou et le désespoir la talonne. C'est presque un soulagement quand elle le sent planter ses dents dans sa gorge.

Genièvre n'avait jamais connu le désespoir. Il lui était arrivé d'apercevoir une créature noire rôder non loin d'elle – quand ses sœurs l'avaient abandonnée, quand elle s'était étendue sur la terre fraîchement retournée de la tombe de sa grand-mère –, mais elle l'avait combattue avec férocité, chaque fois.

À présent, elle entend ses griffes cliqueter sur les pavés de la rue derrière elle. Elles s'approchent.

Elle ne laissera pas la peur transparaître sur son visage. Les agents autour d'elle n'attendent que ça, de pouvoir laper sa terreur comme des matous leur bol de lait.

Genièvre refuse de les nourrir.

Ses yeux demeurent flamboyants et ses lèvres retroussées quand ils la mettent devant un appareil photo à soufflet. Quand un poing la saisit par les cheveux pour l'obliger à faire face à l'œil noir.

Son menton demeure haut quand ils lui arrachent son médaillon et sa robe, la laissent frissonner dans sa combinaison. Quand des yeux s'attardent sur sa chair de poule, l'écorchent vive.

Son dos demeure droit quand ils la font descendre de force les marches en pierre et l'exposent aux regards mauvais et aux visages glauques des ivrognes, des vagabonds, des pickpockets et des prostituées. Quand ils la jettent dans une profonde flaque d'eau qui sent le pétrole et la merde.

Genièvre se tient là, sa combinaison mouillée lui colle à la peau, une joue maculée de froides éclaboussures de boue, les poings serrés et le regard rivé à la faible lueur d'une lampe à gaz.

« C'est tout ce que vous avez ? Bande de mauviettes, fientes de poules, fils de… »

Des mains la saisissent de nouveau, lui tordent les bras dans le dos. Elle contracte le ventre en prévision du coup à venir et dit une brève prière pour qu'ils n'endommagent rien d'essentiel. *Les Trois me bénissent et me gardent.*

Mais le coup ne vient jamais. Elle sent cependant un objet métallique faire pression sur sa gorge. Elle jure et se cabre pour échapper à la poigne de l'homme derrière elle, mais alors elle entend le grincement et le claquement d'une serrure rouillée qui se referme, et un froid mortel se répand dans ses veines.

On la relâche. Sa patte folle cède sous elle, et elle s'effondre à genoux dans l'eau puante. Elle porte ses doigts tremblants à sa gorge et y trouve un collier de fer inamovible.

Aux temps anciens, on entravait les sorcières avec des mors pour empêcher leur langue de formuler leurs vers, avec des menottes pour que leurs mains ne puissent se servir de leurs voies… et des colliers. Pour briser leur volonté.

La pulsation chaude de la magie n'est plus là. Ni les liens qui la connectent à ses sœurs, mais Genièvre se dit sombrement que ça n'a pas d'importance ; elles ne viendront pas la chercher, maintenant qu'elles savent.

Elle entend le clapotement vague des bottes dans l'eau, suivi d'un rire cruel.

Puis elle est seule dans la pénombre. Quand son père est mort – quand elle l'a tué et mis le feu à ce qu'il restait de lui, afin que nul fantôme ni esprit ne subsiste une seule seconde en ce monde –, elle avait pensé qu'au moins, personne ne l'enfermerait plus jamais dans l'obscurité.

Elle se trompait.

Le désespoir monte des profondeurs noires comme la nuit, mais Genièvre ne se laisse pas submerger. Au lieu de cela, d'une voix qui se mêle aux bruits des gouttes, qui résonne contre la pierre humide, elle lui raconte une histoire.

La sorcière qui changeait la paille en fils d'argent

Il était une fois un meunier imprudent qui se vantait de ce que sa fille était capable de filer la paille pour la changer en argent. Le roi, qui était encore plus bête que le meunier, envoya ses gardes chercher la jeune fille et la jeta dans une cellule pleine de paille. Il lui ordonna de tout transformer en argent avant le lever du soleil, à défaut de quoi elle finirait sur le bûcher, et la laissa seule avec ses larmes.

Juste avant minuit, une voix grinçante demanda à la fille du meunier : « Pourquoi pleures-tu tant ?

– Oh, répondit-elle, parce que mon père est un idiot et que je brûlerai sans doute demain, car je ne suis pas une sorcière. »

Une vieille, très vieille femme vêtue de haillons sortit des ombres en s'appuyant sur un bâton de bois noir, dont la tête s'ornait de deux rubis qui lui faisaient comme des yeux de serpent.

« Ah, mais moi, j'en suis une, dit-elle à la fille du meunier. Que me donneras-tu si je change toute cette paille en argent ? »

L'Aïeule mit à son cou le collier en or de la jeune fille et s'assit au rouet.

À l'aube, le roi fut très satisfait de trouver la pièce remplie d'argent filé, assez pour ériger une statue ou bâtir un bateau. Il était si content, et si bête, qu'il enferma la jeune fille dans une cellule encore plus grande le soir suivant et ordonna qu'elle recommence.

La fille du meunier pleura, et bientôt elle entendit le frottement des haillons sur le sol. L'Aïeule et elle marchandèrent brièvement, et cette fois, quand la vieille s'assit au rouet, elle portait au doigt le diamant de la jeune fille.

Au matin, la cellule était remplie d'argent, et le roi, qui rêvait maintenant d'armadas entières, l'enferma dans une troisième cellule, encore plus grande.

La fille du meunier pleura, un peu pour la forme, et l'Aïeule apparut. Mais il n'y avait plus de collier ni de bague à céder. L'Aïeule demanda alors à la jeune fille son enfant premier-né, et la fille du meunier – qui ne voulait pas brûler sur le bûcher, qui chérissait sa vie plus que celle d'un enfant auquel elle n'avait jamais pensé, qu'elle n'avait même jamais désiré – accepta.

La paille fut filée. Le roi fut content. Si content, en fait, qu'il fit de la fille du meunier une femme de roi.

Le temps passant, la femme du roi devint la mère d'un prince. Le jour du baptême de l'enfant, l'Aïeule vint réclamer son dû. Le roi, voyant la vieille avec son bâton de bois noir, comprit le secret du filage miraculeux de sa femme et répudia celle-ci. Ainsi, la femme du roi perdit sa couronne et son enfant la même seconde.

Elle pleura, et l'Aïeule la prit en pitié. « Si tu trouves ma tour d'ici à trois jours, j'oublierai ta dette et nous serons quittes », dit-elle, et elle disparut.

Durant deux jours, la femme arpenta les hautes collines de son royaume, pieds nus, en guenilles, sa robe tachée de lait. Le soir du troisième jour, les dernières gouttes de son lait s'écoulèrent de ses seins et tombèrent comme des perles sur la terre. Les perles se rejoignirent, formèrent une ligne qui devint un serpent à la peau laiteuse et aux yeux rouges comme des rubis. La mère – ou, dans certaines versions, la Mère – suivit le serpent au plus profond des bois.

Peut-être, parmi les arbres les plus sombres et vieux, trouva-t-elle la tour. Peut-être un feu brûlait-il dans l'âtre et un pain attendait-il sur la table. Peut-être son fils dormait-il sereinement, emmailloté dans des haillons noirs. Peut-être qu'elle et son enfant vécurent une vie longue et heureuse.

Ni la Mère ni l'Aïeule ne furent plus jamais aperçues dans le royaume.

19

Miroir magique au mur,
Dis-moi la vérité parfaite et pure.

Un sort pour voir, qui requiert un miroir & un bien emprunté

Béatrice Belladone s'attendait à ce que le désespoir lui fasse mal, mais elle ne ressent pas grand-chose. Elle pense à Jonas dans le ventre de la baleine et à la petite sorcière rouge dans celui du loup, et elle se demande si l'un ou l'autre s'est senti un peu soulagé qu'on le mange, qu'on le soustraie au monde et qu'on lui permette de se rouler en boule, seul, dans l'obscurité suffocante.

Béatrice dort. Elle rêve – de cellules fermées à clé, d'argent filé, de serpents blancs et de tours noires – et se réveille transpirante dans la chaleur étouffante du milieu du jour. Elle se force à se rendormir en fixant les étoiles scintillantes derrière ses paupières, jusqu'à ce qu'elle sombre effectivement dans un sommeil sans rêves.

Lors de son réveil suivant, le grenier n'est qu'ombres obliques et lumière crépusculaire, et Mlle Cléopatra Quinn se tient assise au bout de son lit.

(Béatrice s'avise brusquement que sa joue droite est collante de bave, et qu'elle porte sa plus vieille et plus gênante chemise de nuit, celle dont le col est brodé de canards coiffés de bonnets.)

« Je crois savoir que dans l'histoire, c'est un baiser qui réveille Blanche-Neige, quoique j'aie toujours trouvé ça un peu présomptueux, dit Quinn d'une voix légère, mais les yeux qu'elle pose sur Béatrice sont chargés d'inquiétude. Je suis passée vous voir à votre bureau, aujourd'hui. »

Béatrice humecte ses lèvres collées par le sommeil. « Ce n'est plus mon bureau.

— C'est ce qu'on m'a fait comprendre. » Elle laisse passer un silence, puis ajoute : « Je suis désolée. »

Le silence suivant est beaucoup plus long et vide. Béatrice a l'impression que l'intérieur de son crâne est sombre et plein de toiles d'araignées, comme un placard qu'elle préfère ne pas ouvrir.

Quinn tripote les bords du chapeau melon sur ses genoux. « Le *Post* rapporte cinq arrestations : Frankie, Gertrude, Gillian et une des filles Domontovitch écopent d'accusations de trouble à l'ordre public, de promotion du péché et de sorcellerie sur la voie publique. Genièvre a… d'autres charges qui pèsent sur elle, évidemment. Pour autant que je le sache, elles ont été envoyées à l'hospice des femmes – qui n'a d'hospice que le nom, une prison en réalité –, à six kilomètres au sud de la ville, sauf Gillian, que je n'arrive pas à trouver, et Genièvre, qui est dans les Profondeurs. »

Béatrice se demande vaguement ce que Quinn veut qu'elle fasse de ce rapport. Pleurer, peut-être. Mais même pleurer paraît désordonné et gênant en comparaison de la pureté du soulagement qu'apporte le sommeil.

Quinn poursuit d'une voix saccadée, professionnelle : « Le procès de votre sœur est fixé au milieu de la semaine prochaine, mais les Profondeurs ne sont pas un endroit où il fait bon s'attarder, et le solstice a lieu après-demain. Je ne crois pas que nous puissions nous permettre d'attendre. »

Béatrice laisse ces mots se frayer un chemin laborieux parmi les toiles d'araignées de son placard avant de demander avec prudence : « Attendre ?

— Avant d'aller sortir votre sœur de détention où la retiennent les services de police de New Salem, précise Quinn. La secourir. »

Béatrice met beaucoup trop longtemps à identifier le son amer et rouillé qui sort de sa bouche comme un rire. « Mlle Araminta et vous m'avez assurée qu'il était trop tard et renvoyée chez moi comme une écolière. Et maintenant vous me parlez d'un sauvetage héroïque ? »

De petites rides de compassion apparaissent entre les sourcils de Quinn. « Si je me souviens bien, nous vous avons simplement découragée de vous rendre au palais de justice pour demander si l'on pouvait vous rendre votre sœur, siouplaît. Aucune d'entre nous ne laisserait une sœur, ou une Fille, pourrir dans les Profondeurs, si nous pouvons l'éviter. »

Béatrice se redresse rapidement dans son lit, les muscles endoloris par une journée d'inactivité, sans plus se soucier de sa chemise de nuit honteuse (elle s'en soucie). « Mais nous ne pouvons *pas* l'éviter ! Nous n'avons aucun recours légal. Aucunes ressources financières – je n'ai même plus de travail ! Ni aucun sort assez puissant pour retourner un jury, creuser un tunnel ou faire disparaître une détenue d'une cellule verrouillée. Je voudrais s… sauver ma sœur. Même en sachant ce qu'elle a fait, ce qu'elle est. Mais ce n'est pas possible. »

La compassion sur le visage de Quinn se fait acidité : « Tout à fait vrai, Béatrice. Alors ne croyez-vous pas qu'il est temps d'envisager l'impossible ?

— Je ne…

— Oh, par les saints, femme. » Quinn frappe les jambes de Béatrice à travers la couverture avec son chapeau. « Sortez de ce lit. Faites marcher ce qu'il vous reste de bon sens. Durant tout le printemps, nous

nous sommes rapprochées de la chose qui pourrait renverser l'ordre du monde. Qui pourrait nous restituer ce que nous avons perdu, rendre l'impossible possible. »

Un espoir s'agite dans la poitrine de Béatrice, comme un papillon aux ailes cassées. Cela lui fait beaucoup plus mal que le désespoir. « Mais nos théories sont si vagues. De simples… rayons de lune. »

Quinn abat de nouveau son chapeau. « Elles sont parfaitement savantes ! Valables, documentées, fondées sur des sources fiables…

— Des histoires pour *enfants* ! Des comptines ! Rien de respectable, rien de vérifiable !

— Une chose doit-elle être reliée et mise sur une étagère pour compter ? Certaines histoires n'ont jamais été écrites. Certaines histoires se transmettent de mère en fille, par des murmures, des chansons. Des bouts se sont perdus au fil des siècles, sans doute, des détails ont été modifiés, mais *pas tous.* » Quinn se lève et se met à faire les cent pas. « Des tours et des roses. Le sang de la Pucelle. Les larmes de l'Aïeule. Le lait de la Mère. Tourneriez-vous le dos à vos propres découvertes ? Vous n'êtes certainement pas aussi lâche.

— Oh, je vous assure que si.

— Vous n'êtes *pas*…

— Mais même si je vous rejoins sur les voies, nous n'avons pas tous les vers. » Bella lève les deux mains en signe de reddition. « Nous n'avons même plus mes *notes.* »

Elle est interrompue par un coup poli à la porte. Une voix courtoise et familière s'élève : « Mademoiselle Eastwood ? Je m'excuse de vous déranger à une heure pareille, mais vous avez laissé votre carnet à la bibliothèque, et j'ai pensé que je devrais vous le rapporter. »

S'ensuit un bref silence durant lequel les sourcils de Quinn atteignent des sommets insoupçonnés et Béatrice s'extirpe des draps pour enfiler une robe par-dessus son horrible chemise de nuit. « H... *Henry* ? » Béatrice balaie d'un coup de pied la ligne de sel sur le seuil et déverrouille sa porte. En haut de l'escalier, M. Blackwell cligne des yeux d'un air affable. Il tient dans sa main un petit livre corné relié de cuir noir.

Béatrice l'en déleste aussitôt et caresse les plis et les défauts familiers. « Oh, merci ! Je croyais qu'il serait confisqué par les autorités, à la lumière des accusations dont je fais l'objet. » Béatrice se reprend et ajoute : « Non que ces accusations soient vraies. Elles sont tout à fait fausses.

— Vraiment ? » demande M. Blackwell d'une voix douce.

C'est au tour de Béatrice de cligner des yeux, confusément partagée entre le désir de nier et de se confesser, quand Mlle Quinn apparaît à son épaule. « Non. Mais je ne crois pas que notre Béatrice ait eu de rapports sexuels avec des démons, et vous ?

— Ah, mademoiselle Quinn, c'est un plaisir. » M. Blackwell ne semble pas le moins du monde surpris de voir Quinn dans la chambre de Béatrice. « Eh bien, je suis désolé de vous avoir dérangées, mesdames. Je voulais juste vous rendre votre livre... » Béatrice serre son carnet un peu plus fort contre sa poitrine. « ... et vous souhaiter bonne chance.

— Pour... quoi ? demande Béatrice.

— Ma foi. » M. Blackwell cache son embarras derrière une quinte de toux discrète. « Pour retrouver la Voie perdue d'Avalon. Je présume. »

Béatrice se demande si elle n'est pas devenue folle. Elle ne vient certainement pas d'entendre M. Henry Blackwell – responsable des Collections spéciales aux oreilles poilues et à l'inégalable assortiment de cravates – lui souhaiter bonne chance pour la restauration de la sorcellerie.

Quinn tend le bras par-dessus son épaule pour ouvrir davantage la porte. « Pourquoi n'entreriez-vous pas, monsieur Blackwell ? »

M. Blackwell s'assied à la table de cuisine branlante de Béatrice, les yeux poliment baissés sur ses propres mains pour ne pas regarder la robe et la chemise de nuit de son hôtesse.

« Avez-vous surpris nos conversations ?

— Allons, mademoiselle Eastwood, se moque-t-il gentiment. J'ai approuvé toutes vos requêtes de documents. J'ai moi-même chargé les chariots, je les ai poussés jusqu'à votre bureau et j'ai effacé toute trace des emprunts dans le registre. Folklore et contes de sorcières. Old Salem et Avalon. Tous les cas de magie importants depuis l'Inquisition georgienne. Je sais additionner deux et deux. » Il tourne son sourire courtois vers Béatrice. « Je ne suis peut-être pas une sorcière, mademoiselle Eastwood, mais je suis un bibliothécaire à l'esprit très ouvert. »

Une ombre sur le visage de Béatrice – comme un soupçon gourd – le pousse à ajouter encore plus doucement. « Je n'en ai parlé à personne et ne le ferai pas. Mes ancêtres ont rompu avec l'Église après avoir été témoins des atrocités de la première purge. Ma propre grand-mère recueillait des sorcières fuyant Old Salem et des esclaves fuyant le Vieux Sud. Ma mère sortirait de sa tombe pour me hanter jusqu'à la fin de mes jours si je ne vous offrais pas mon aide, en l'état actuel des choses. »

Accordez votre confiance moins facilement, lui avait conseillé Quinn. Mais Béatrice n'avait jamais su. « Nous essayons de sauver ma sœur, mais nous ignorons comment. Elle est enfermée dans les Profondeurs en attendant son procès pour meurtre par sorcellerie. »

M. Blackwell adopte une expression songeuse. « S'est-elle rendue coupable de ce crime ?

— Je ne sais pas », ment Béatrice. Puis : « Probablement. » Et, d'une voix encore plus petite : « Oui, je crois.

— Était-ce un acte nécessaire ? Juste ?

— Je n'en sais rien. » Elle repense au sourire enjôleur et aux yeux rouges de son père, au grincement métallique quand la porte de la cave se refermait. « Oui. »

M. Blackwell hoche aimablement la tête sans quitter ses doigts des yeux. « En tant qu'homme de Dieu, je désapprouve, mais en tant que simple *homme*, eh bien... je me demande parfois d'où est venue la première sorcière. Je me dis qu'Adam méritait peut-être la malédiction d'Ève... » Il se rembrunit. « ... si derrière chaque sorcière, il y a une femme à qui l'on a causé du tort. »

Béatrice est trop occupée à le regarder avec des yeux ronds pour objecter quoi que ce soit quand Quinn lui prend son carnet des mains et l'ouvre à la page où s'alignent les signatures sous l'en-tête « LES SŒURS D'AVALON ». Elle sort un stylo, ajoute trois mots en bas de la page et fait glisser le carnet sur la table jusqu'à M. Blackwell.

« Il y a encore de la place, si vous voulez officiellement devenir membre.

— Oh, c'est très généreux de votre part. Mais je ne voudrais pas m'imposer... » Béatrice remarque, stupéfaite, que les oreilles de M. Blackwell ont rosi de ravissement.

« Pas du tout, murmure-t-elle. Plus on est de fous, plus on rit. » Et, avec la sensation de vivre un rêve particulièrement frappant et improbable, Béatrice fait prononcer leur serment à M. Blackwell et Mlle Quinn et les intronise dans ce qui reste des Sœurs d'Avalon. Quinn n'hésite pas une seconde en se signant le cœur. Ses yeux sur Béatrice sont deux promesses où brille l'or.

M. Blackwell brise le silence. « Il y a, je suppose, une raison au fait que vous n'avez pas encore claqué des doigts ni invoqué la Voie perdue afin de sauver votre sœur. »

Béatrice rajuste sa robe sur ses épaules. Elle se sent fatiguée, misérablement vêtue et pas du tout capable de restaurer un pouvoir de sorcellerie ancien ou d'organiser un sauvetage héroïque. « Nous avons la volonté, et au moins quelques suppositions à propos des voies. Mais il nous manque les vers. » Elle parcourt son carnet des yeux, passe les doigts sur le poème comme si cela pouvait faire naître les vers et les strophes absents. « Nous avons cherché dans tous les recueils de contes de sorcières, dans tous les livres de chansons pour enfants, dans toutes les bribes de documents relatives à Old Salem. Si les vers ont un jour existé, ils sont bel et bien perdus. »

M. Blackwell ne semble pas particulièrement mécontent de se trouver face à une énigme insoluble ; il a même l'air d'avoir reçu un cadeau d'anniversaire en avance. « Eh bien, vous savez ce qu'on dit : si vous avez perdu quelque chose, commencez par le chercher là où vous l'avez vu pour la dernière fois. » Il leur adresse un sourire rayonnant. « Mesdames, j'ai une suggestion. »

Cela fait très longtemps qu'Agnès ne s'est pas sentie seule. Quand elle était arrivée à New Salem, la solitude lui avait fait l'effet d'une chaîne glacée autour de sa cheville, qui alourdissait ses pas et lui tirait sur le dos, mais avec le temps elle avait fini par ne plus sentir son poids.

À présent, elle entend presque le tintement et le frottement des chaînes à ses talons tandis qu'elle fait les cent pas. Sa chambre est toujours anormalement grande, remplie des échos fantômes des rires, des moqueries et des murmures des femmes.

Elle est parfois interrompue par de timides coups à la porte suivis du mot « hysope » chuchoté. Des filles qui veulent savoir quand aura lieu la prochaine réunion, si Genièvre va bien et si Agnès connaît quelques bonnes malédictions pour les hommes de Hill, qui écument les rues avec leur insigne en cuivre à la poitrine.

Agnès devrait leur dire de brûler leurs robes et d'oublier la sorcellerie pour toujours, mais les mots restent bloqués dans sa gorge comme du pain rassis. C'est à cause de la façon dont les filles la regardent – effrayées, mais pas au point de décamper, toujours avides et pleines d'espoir –, ou peut-être de l'éclat dans leurs yeux quand elles prononcent le nom de Genièvre.

Elle leur dit de rentrer chez elles. De faire profil bas. Elle leur permet de garder encore un peu espoir, et elles la laissent seule.

Sauf qu'elle n'est pas vraiment seule. Elle ne l'est plus jamais, désormais. En marchant, elle murmure pour sa fille des bouts de chansons, des poèmes à moitié oubliés, des promesses impossibles à tenir. *Ça va aller. Je te protégerai.*

Le deuxième soir, juste avant la nuit, elle est interrompue par trois coups vifs à sa porte et une voix masculine. « Il y a quelqu'un ? *Hysope.* »

Seul un homme connaît ce mot. Agnès ne fait plus un geste.

M. August Lee frappe de nouveau. « Mademoiselle Eastwood ? Agnès ? » Un bref silence. « Je vois vos chaussures dans le couloir. »

Elle se dirige vers la porte d'un pas raide et l'entrebâille de quelques centimètres. August, le foin de ses cheveux dressé sur la tête, écarquille les yeux de soulagement. « Oh, les saints, merci. Votre nom n'était pas dans les journaux, mais je n'étais pas sûr que… » Il laisse sa phrase en suspens à la vue de son regard vide. « Puis-je entrer ? » Il tient à la main un paquet enveloppé dans une feuille de papier journal tachée de gras, et Agnès hume une odeur chaude de viande en sauce.

Elle s'écarte de la porte et s'assied au bord de son lit, ravalant la gratitude larmoyante qu'elle sent monter dans sa gorge. Une femme forte ne pleure pas juste parce que quelqu'un s'inquiète pour elle.

August trouve une assiette en métal et déballe le papier journal, qui se révèle contenir deux tourtes encore chaudes. Il les lui tend, et elle ne pleure pas pour cela non plus, ni ne mentionne que, depuis deux jours, elle n'a rien avalé d'autre que des œufs durs et du café froid. Elle ne croit pas qu'un homme lui ait jamais apporté de tourtes chaudes ni jamais pensé à son corps comme d'une chose dont il fallait prendre soin, plutôt que prendre tout court.

Il hésite sur la conduite à tenir jusqu'à ce qu'elle morde dans une tourte et lâche un bruit animal à mi-chemin entre le grognement et le grondement. Alors son sourire en coin s'épanouit sur ses lèvres, et il s'assied à côté d'elle, légèrement trop près.

« J'aurais dû venir plus tôt. Je suis tellement désolé, Agnès. »

Le ton de sa voix et la position de son corps lui disent qu'il se verrait bien passer un bras autour d'elle. Agnès se raidit. « Je vais bien. »

Elle ne va pas bien : elle est affamée, démoralisée, hantée par le lien lâche qui la connectait autrefois à Genièvre, et elle n'arrive pas à se décider à nettoyer le sang de sa sœur sur sa main. Mais l'inquiétude dans la voix d'August lui fait mal aux dents, comme un thé trop sucré.

« J'aurais dû venir avec vous. Ou vous empêcher d'y aller.

— Qu'est-ce qui vous fait croire que vous auriez pu nous arrêter ? » Agnès entend la glace dans sa voix et s'efforce sans grande conviction de la réchauffer. « Ça n'aurait rien changé si vous aviez été là. C'est nous qu'ils attendaient. »

Il secoue la tête. « Une de vos Sœurs a dû s'épancher. »

Le froid revient dans sa voix, plus glacial encore. « Non.

— Peut-être involontairement. Mais vous savez comment sont les filles entre elles, elles cancanent. »

Le froid devient carrément polaire. « Non, répète-t-elle. Parce que si elles l'avaient fait, leur langue se serait fendue en deux à l'instant où les mots quittaient leurs lèvres, et toute la ville les verrait comme les serpents qu'elles sont. »

August ouvre des yeux ronds de petit garçon. « Mais comment... oh. Le serment. » Il porte une main inquiète à ses lèvres, comme pour vérifier l'état de sa langue.

Se recomposer une attitude lui coûte visiblement un effort. « Quand même. J'aurais dû être là pour vous protéger. » Il la considère à travers le pâle brouillard de ses cils, avec son charme et sa chaleur, et peut-être un peu d'espoir. Elle ne dit rien.

Plus elle laisse s'étirer le silence, plus il paraît troublé, comme un acteur dont la partenaire s'écarte du scénario, refuse de jouer son rôle. C'est le moment où elle doit lui tomber dans les bras, en pleurs. Elle est censée être bouleversée, délicate, défaite ; lui est censé la réconforter, soulager sa détresse, et dans la gratitude qu'elle en concevrait... eh bien, qui sait ?

Agnès s'imagine en train de se pencher vers lui et planter ses dents dans ses lèvres, les mordre jusqu'à ce que le goût de son sang supplante celui des larmes sur sa langue. Elle avait été si touchée par lui, si séduite par l'admiration dans ses yeux. Mais elle aurait dû savoir qu'aucun homme n'a jamais aimé la force d'une femme – seulement le moment où celle-ci s'épuise. Ils aiment la volonté quand elle finit par se briser, la dignité quand elle ploie.

La main d'August se pose sur la sienne, et elle s'écarte de lui. « Je crois que vous devriez partir. » Sa voix a atteint des températures arctiques.

« Qu'est-ce que j'ai... Pourquoi... » Il recule, une expression si stupéfaite et blessée au visage qu'Agnès sent se former une boule de peur familière au creux de son estomac. Partira-t-il comme elle lui demande ou s'attardera-t-il pour tenter de la convaincre d'assouvir son désir ?

Elle humecte ses lèvres sèches en regrettant de ne pas avoir les poches pleines d'orties. « *Sortez.* »

Il s'exécute, ne s'arrêtant que pour la saluer de la tête avec un air navré. Agnès pousse un soupir de soulagement tremblant.

Elle rapporte son assiette sur la table. Ce n'est que lorsqu'elle se saisit du journal pour remballer les restes de tourte qu'elle voit le visage qui la toise en une : dents acérées et yeux sauvages ; une double coulure d'encre noire sous les narines ; le poing d'un étranger qui la tire en arrière par les cheveux, lui dénude la gorge devant l'objectif comme un animal qu'on s'apprête à mettre à mort.

Genièvre.

Genièvre dort. D'abord, elle rêve de contes de sorcières et de tours, puis simplement de chez elle : le goût du chèvrefeuille dans l'air et l'ombre sous-marine des bois au cœur de l'été ; le grondement creux du tonnerre sur le versant opposé de la montagne et la limpidité de l'eau des torrents sur sa langue. Elle ignorait que la pureté avait un goût avant d'arriver à New Salem et de voir les eaux chargées de mousse grise et de déchets de la Thorn.

Ces eaux qui suintent maintenant par les murs de pierre de sa cellule et s'infiltrent dans ses rêves. Elle se tient dans la maison de Mama Mags, dans la lumière diffractée par les rangées de bocaux et dans l'odeur de la sorcellerie. Mags est là, ses cheveux rassemblés au sommet de son crâne dans son nid de fougères ivoire coutumier, ses yeux comme des pierres au fond d'une rivière. Elle pose une question à Genièvre – *Le médaillon, ma fille, où est mon médaillon ?* –, puis il y a de l'eau autour des chevilles de Genièvre, froide et huileuse, qui s'élève rapidement…

Genièvre se réveille. L'espace d'une seconde embrouillée, elle croit que c'est son rêve qui l'a tirée du sommeil, ou les éclaboussures et les clapotis des créatures qui s'agitent dans les ténèbres de la cellule, mais alors elle voit la lumière : celle d'une lanterne, de plus en plus vive. Quelqu'un descend l'escalier.

Son cœur se met à tambouriner dans sa poitrine. Ils ne peuvent pas déjà être de retour. Les heures passent étrangement dans les Profondeurs, mais Genièvre devine au poids du silence au-dessus d'elle qu'il est très tard, bien avant l'aube. Il devrait lui rester encore un peu de temps.

Mais la lumière enfle comme un cri. On vient.

Elle n'est pas prête. La première fois, deux agents lui tenaient les bras pendant qu'un troisième lui assénait des coups timides, un peu au hasard, comme s'il craignait qu'elle ne se transforme en serpent ou en harpie. Ils lui avaient posé des questions – Qui étaient ses complices ? Où se rencontraient-elles ? Quand avait-elle couché avec le diable pour la dernière fois ? – et avaient paru impressionnés par son silence.

La deuxième fois, ils étaient venus avec un professionnel, un homme sans expression en tablier de cuir qui ne semblait pas impressionné du tout. Il avait posé un doigt contre le collier de Genièvre et avait prononcé un verbe. Puis il s'était contenté d'attendre que le fer chauffe, que de la vapeur s'élève dans la cellule et que la peau de la suppliciée commence à cloquer. Il ne s'était arrêté que lorsqu'elle l'avait imploré.

Il était parti sans lui poser la moindre question. L'odeur de viande brûlée de sa propre chair avait mis longtemps à s'évacuer.

La lumière tourne au dernier coin d'escalier. Des bottes pataugent dans l'eau. Un visage s'approche d'elle, brillant d'un éclat pâle dans les ténèbres des Profondeurs.

Gideon Hill. Seul, à l'exception de la chienne qui le suit comme une ombre docile.

Il s'arrête devant sa cellule, lanterne brandie, ses yeux chassieux posés sur elle. Elle lui rend son regard et s'avachit ostensiblement contre la pierre humide du mur, sa patte folle posée sur le cadre rouillé du lit. « Vous m'avez fait peur, dit-elle d'une voix traînante. Pendant un instant, j'ai cru qu'il s'agissait de quelqu'un d'important. »

Elle s'attend à le voir rugir, cracher ou la traiter de pécheresse ; elle ignore pour quelle autre raison un conseiller municipal irait ruiner son costume dans la pénombre fétide des Profondeurs.

Il éclate de rire. Un rire de gorge franc et reconnaissant, qui déclenche un frisson glacé dans la colonne vertébrale de Genièvre, comme un avertissement.

« Excusez-moi de ne pas être venu plus tôt. Trouver le temps de rendre visite aux condamnés, en plein milieu d'une campagne, n'est pas une mince affaire. » Sa voix est plus remplie que dans le souvenir de Genièvre, ronde et riche. Peut-être n'est-ce dû qu'aux échos.

Elle croise les bras derrière la tête et s'adresse au plafond affaissé. « Il n'est pas très poli d'aller voir les gens après l'heure du dîner, m'a appris mon père.

— J'étais inquiet de ce que la présence de vos geôliers puisse inhiber votre honnêteté. Je voudrais parler plus… franchement.

— Eh bien, *franchement*, monsieur Hill… » Genièvre ne détourne pas les yeux du plafond, ne change pas le ton de sa voix d'un iota. « … vous pouvez aller vous faire cuire le cul. »

Nouveau rire de gorge. Puis un murmure chuintant trop faible pour qu'elle l'entende, suivi du claquement de la laisse qui se tend.

Genièvre sursaute au soudain clapotis des bottes près d'elle : Gideon Hill et sa chienne se trouvent à l'intérieur de la cellule. La porte demeure fermée à clé derrière eux.

Elle sent les poils de ses bras se dresser. Toute arrogance la déserte.

Il se tient si près d'elle qu'elle sent la fraîcheur de la lune sur son costume et la chaleur de l'haleine de sa chienne de chasse contre sa peau nue.

Il lui sourit de toute sa hauteur. Ce n'est pas le sourire servile et veule qu'il avait arboré à l'Association des Femmes, ni même celui, chaleureux et faux, qui se répète sur des milliers d'affiches à travers la ville. Ce sourire-là est tout en canines et en gencives. Il semble l'avoir volé à quelqu'un ; Genièvre voudrait bien savoir qui.

« Vous vous êtes bien débrouillées, les filles. » Genièvre a envie d'écrire le mot « filles » sur un ruban et de l'étrangler avec. « Vous vous êtes attaquées à des symboles forts, visibles, parfaits pour créer le scandale. Remplacer la statue de saint George va coûter une somme faramineuse à la ville, soit dit en passant. »

Genièvre pense ne pas pouvoir s'en moquer davantage. Elle l'observe de ses yeux plissés, méfiante comme une vieille chatte.

Son silence n'inspire à Hill qu'un hochement d'épaules. « Je ne peux pas dire que j'en sois désolé, en toute honnêteté. Elle ne lui ressemblait pas du tout. Mais ce que je veux savoir...

— Je ne vous donnerai pas un seul nom. Gagnez donc du temps et rampez chez vous. »

Il lève un doigt indifférent. À lui tout seul, ce geste contient plus d'autorité que Genièvre ne pensait en trouver dans tout le corps de Hill. « Les noms ne m'intéressent pas. Vos amies me sont beaucoup plus utiles en jouant aux sorcières, en instillant la peur chez le commun des mortels. Si j'avais voulu qu'elles soient enfermées ici, elles le seraient. »

Les ongles de Genièvre creusent des croissants dans ses paumes. « Comment saviez-vous, pour le cimetière ? Qui vous a parlé ? »

Hill pousse un grognement apitoyé. « Personne, James. »

Il passe la main devant la lanterne, qui projette l'ombre parfaitement ordinaire de ses cinq doigts sur l'eau écumeuse entre eux, jusqu'à ce que ses bords commencent à s'étendre. Les doigts s'allongent comme des serres ou des racines. Lorsque sa chienne se met à gémir, Hill la fait taire d'un petit coup de pied vicieux.

Genièvre fixe l'ombre avec la sensation nauséeuse de s'être trompée sur toute la ligne. Il y a effectivement une sorcière en liberté à New Salem – du genre à fricoter avec les ombres et le péché, avec des vers et des voies si malfaisants que même Mama Mags n'y aurait pas touché avec une perche de dix pieds –, mais il est sûr et certain qu'il ne s'agit pas de Mlle Grace Wiggin.

C'est l'homme qui se tient devant elle dans la cellule, avec son sourire anormal, qui ne ressemble plus en rien au bureaucrate aux épaules voûtées qu'elle a rencontré au début du printemps. Il a toujours les cheveux épars, les yeux humides et cerclés de rose, mais son corps donne l'impression d'abriter un nouveau propriétaire. Une métamorphose subtile s'est opérée en lui : ses membres bougent différemment dans leurs articulations, ses muscles semblent avoir de nouveaux points d'attache. La seule chose qui demeure inchangée, c'est le mouvement furtif de ses yeux.

Hill lui sourit de nouveau et contracte les doigts de l'ombre-main. « Tout projette une ombre, mademoiselle Eastwood, et toutes les ombres m'appartiennent. Cette ville n'a aucun secret pour moi. »

Sa main demeure immobile, doigts tendus, mais son ombre se remodèle en une forme que Genièvre connaît bien : trois cercles entrelacés. Les lignes en sont inégales, interrompues par des bosses qui pourraient figurer des têtes de serpents avalant leur propre queue.

« La signature que vous avez laissée sur vos plus grandes œuvres, je crois, dit-il d'une voix radoucie. Peu de gens connaissent ce symbole, de nos jours. Dites-moi, où l'avez-vous trouvé ? »

Genièvre lui adresse ce haussement d'épaules renfrogné qui poussait toujours son père à boire. « Je croyais que vous saviez tout.

— Il y avait certains lieux bien gardés, certaines choses que je ne pouvais… Je suis un homme occupé. Je ne peux pas tout surveiller. »

Le sel pour garder les choses à l'extérieur. Elle lui sourit à son tour. « La ville a donc encore un secret pour vous.

— Est-ce que quelqu'un vous l'a appris ? L'avez-vous vu écrit quelque part ? » La chose furtive dans ses yeux se tortille juste sous la surface, comme un asticot sous la terre. « Qu'avez-vous découvert d'autre ?

— Peut-être que nous avons trouvé un rouleau ancien. Peut-être qu'une fée nous l'a dit. Peut-être que nous sommes les arrière-arrière-petites-filles des Trois Dernières elles-mêmes. »

La chair de son visage se crispe, le sourire écœurant devient grimace. « Les Trois sont mortes en hurlant, avec leurs filles. Dites-moi la vérité, petite. »

Genièvre se penche en avant et crache dans l'eau entre eux, produisant une éclaboussure d'écume et de morve très satisfaisante.

Il tamponne la jambe de son pantalon avec un léger soupir. Genièvre ne voit pas arriver l'ombre avant que celle-ci ne l'empoigne.

L'ombre-main remonte le long de sa jambe comme une araignée liquide. Elle jure et tente de la griffer, mais ses doigts passent au travers. Elle atteint son ventre, sa poitrine, enroule ses doigts froids autour de sa gorge. Une chaleur sourde se concentre dans son collier, de plus en plus douloureuse à mesure que l'ombre-main la serre.

Hill la regarde hoqueter et s'agripper la gorge. « Un objet très malin, ce collier. Il sape la magie, mais il n'empêche pas sa présence – il se contente d'y réagir. Une invention de saint Glennwald Hale, au XVIIe siècle. »

Ses cloques sifflent et éclatent contre le métal chaud. Un cri manque de lui échapper, mais elle croise le regard de Hill et serre les dents.

Il pousse un nouveau soupir, comme si tout cela lui était pénible et répugnant, et Genièvre sent l'ombre huileuse grimper plus haut. Elle dépasse son cou, glisse ses doigts glacés entre ses lèvres, lui écarte les dents et coule dans sa gorge. Elle a un haut-le-cœur.

« Pour la dernière fois, petite : où avez-vous vu le signe ? Qu'avez-vous découvert d'autre ? »

L'ombre s'enfonce plus profondément, ses griffes sont en quête de quelque chose, et Genièvre sent les mots lui être arrachés, remonter comme du vomi dans sa gorge. « On l'a vu sur la porte de la tour.

— Lors d'Alban Eilir ? » Genièvre lève les yeux vers lui, perplexe, s'étouffant sur l'ombre. « L'équinoxe, explique-t-il. La tour apparue le soir de l'équinoxe ?

— Oui. » Le mot lui est volé, sorti de force entre ses dents réticentes. « Vous et vos sœurs l'avez invoquée, n'est-ce pas ?

— Oui.

— Et vous essayez depuis de trouver les moyens nécessaires pour une seconde tentative ?

— Oui.

— Avez-vous réussi ? »

Genièvre entend le changement dans sa voix, perçoit la larve pâle de la peur dans ses yeux, et comprend que cette question revêt pour lui une importance capitale, qu'il s'agit de la véritable raison de son incarcération dans les Profondeurs et de la présence de l'ombre-main entre ses dents.

Elle se débat tandis que la confession lui est arrachée, sent les bords du mot trancher la chair tendre de sa gorge. Une salive chargée de sang lui humecte les lèvres. « *Non.* »

Elle voit presque la tension quitter la carcasse de Hill. L'ombre bat en retraite, s'enroule comme un serpent hors de sa bouche, et Genièvre est prise d'une série de haut-le-cœur incontrôlables. Ce n'est pas seulement le goût noir de l'ombre dans sa bouche – c'est l'invasion, la trahison nauséeuse de son propre corps. Même dans ses pires jours, son père n'avait eu accès qu'à son être de chair et de sang ; sa volonté était toujours restée sienne.

Quelque part au-dessus d'elle, Hill rajuste ses manches, enroule la laisse de sa chienne autour de sa paume. « C'est bien ce que je pensais. Mais certains de vos sorts ont été… considérables, et je me demandais si, d'une façon ou d'une autre… mais non. »

Elle sent la main de Hill sur sa joue, froide et humide, et n'a même plus l'énergie pour la mordre.

« Merci, mademoiselle Eastwood. Vous m'avez ôté une épine du pied. » Il patauge jusqu'à la porte de la cellule, et sa chienne lui emboîte maladivement le pas. Ils traversent les barreaux de métal tels des fantômes.

« Qu'*êtes*-vous ? » Genièvre aurait voulu que sa voix ne tremble pas, que sa combinaison ne soit pas tachée de bile.

La lueur chaude de sa lanterne remonte déjà l'escalier en colimaçon. « Simplement un homme, mademoiselle Eastwood, lui lance-t-il. Et peut-être – si vos sœurs et vous continuez de troubler l'ordre public – un maire. Nous verrons ça en novembre. »

Genièvre se roule en boule au centre du cadre de lit, en essayant de tenir sa chair nue éloignée des ombres. Elle rêve de nouveau de chez elle, mais cette fois elle court sans fin sur l'argile défoncée du chemin, en appelant ses sœurs. Elles ne lui répondent pas.

Agnès ne rêve pas. Elle est une fois de plus en train de faire les cent pas dans sa chambre quand elle entend de nouveau toquer à la porte.

Elle sait déjà de qui il s'agit. Elle a senti sa sœur s'approcher d'elle à travers leur lien, comme un poisson ramené au rivage par la canne du pêcheur, et seule Bella est capable de frapper aussi timidement.

Mais quand elle ouvre, deux femmes lui font face dans le couloir : Bella, accompagnée de celle qu'elle insiste toujours pour appeler Mlle Quinn, alors que les autres Sœurs lui donnent du Cléo depuis des semaines.

Ladite Cléo se dépêche de franchir le seuil, comme si elle répugnait à rester dehors. Bella entre à sa suite et tire le verrou derrière elle.

« Vous avez vu l'heure ? » fait observer Agnès. Elle ajoute, presque à contrecœur : « J'ai entendu dire que la police cherchait des noises aux femmes qu'elle trouve dans la rue en pleine nuit. »

Bella balaie ses objections d'un revers de main. « Oh, nous n'étions pas dans la rue. Et nous sommes assez pressées. Nous prenons le premier train pour le nord, et il fallait que je te donne ceci avant notre départ. » Elle sort une fiole en verre de sa manche et la tend à Agnès.

Agnès ne la prend pas. Elle voit trois gouttes d'un liquide aussi transparent que l'eau s'accrocher aux parois de la fiole. « Qu'est-ce que c'est ?

— Des larmes d'Aïeule. Tu devras fournir du lait maternel, bien sûr, et trouver un moyen d'obtenir une goutte ou deux du sang de Genièvre. Il est impératif que nous soyons ensemble pour accomplir le rituel correctement, mais il faudra espérer que la Voie perdue d'Avalon n'est pas trop à cheval sur les détails.

— La Voie… » Ce n'est qu'à cet instant qu'Agnès comprend ce que sa sœur a l'intention de faire, quelle folie est venue frapper à sa porte au milieu de la nuit. « Je croyais que nous n'avions pas les vers. »

Cléo hausse les épaules avec une certaine désinvolture. « Votre sœur et moi partons en expédition de recherche. »

Bella hoche sèchement la tête. « Est-ce qu'on peut compter sur toi pour être prête le soir du solstice ? »

Agnès reste silencieuse un long moment. Dans son ventre, sa fille ne fait pas un mouvement, comme si elle aussi attendait sa réponse. « Non. »

Bella la toise. « Quoi que tu aies prévu, tu peux sûrement y renoncer. Ça vaut la peine de manquer un jour de travail.

— Non, répète Agnès, qui se rend compte qu'elle évite le regard de Bella. Je voulais dire que vous ne pouvez pas compter sur moi. »

Elle entend Cléo prendre une vive inspiration, mais pas Bella. Peut-être n'est-elle pas si surprise que ça par la défection d'Agnès.

« C'est de notre petite sœur qu'il est question, dit-elle d'une voix douce.

— Et tu sais ce que notre *petite sœur* a fait ? Ce qu'elle est ? » Agnès a lu l'article sous le visage ensanglanté de Genièvre, comprit pourquoi elle avait fui le seul endroit qu'elle avait jamais aimé.

« Oui. » Bella pose sur elle des yeux sombres et réfléchis. « Nous sommes toutes ce que nous devons être, pour rester en vie. Des lâches. Des traîtresses. » Ses yeux étincellent, l'éclair derrière les nuages. « Parfois les méchantes. Tu ne peux pas la haïr pour ça. »

Agnès détourne de nouveau le regard. « Non.

— Agnès, elle a *besoin* de nous…

— Oh, n'essaie pas de me faire croire qu'il est question d'autre chose que de tes livres et de ton intelligence. Tu veux juste avoir raison, claquer des doigts et voir une de tes précieuses histoires prendre vie. » Elle décoche les mots comme des flèches ; à en juger par le teint de craie de Bella, elle sait qu'elle a fait mouche.

Bella pivote sur ses talons et s'approche du miroir brisé dans son cadre. Elle murmure : *Miroir magique au mur, dis-moi la vérité parfaite et pure* – une rime qu'Agnès connaît bien, empruntée au conte de sorcières qu'elle préférait quand elle était petite –, et frotte quelque chose à sa surface. Peut-être une mèche de cheveux aile de corbeau.

Chaleur. Odeur sauvage de la sorcellerie. Puis Béatrice décroche le miroir de ses attaches et l'apporte à Agnès. « Juste un petit sort que j'ai appris dans une histoire », dit-elle avec mépris, avant d'incliner la surface pour qu'Agnès puisse voir ce qui s'y reflète.

Ça devrait être le plafond de sa chambre – plâtre fatigué, taches brunes qui dessinent la carte d'un pays étranger –, mais l'image, répétée par chacune des fractures du miroir, est celle d'une femme étendue, aussi pâle et inerte qu'un os. Ses yeux sont fermés, ses paupières bleutées, translucides, comme celles d'une créature des caves. Elle est presque nue. Les trous de sa combinaison laissent apparaître de sombres ecchymoses un peu partout sur son corps et son pied gauche tordu, couturé de cicatrices. Un collier lui serre la gorge, dont la peau a la couleur de la viande crue.

Agnès préfère la Genièvre grimaçante du *Post*, tout en dents et en mépris. Cette Genièvre-là n'est qu'une fille jeune, fragile et à moitié brisée.

Le souffle de Bella embue la surface. « Je sais que tu as toujours choisi de sauver ta peau plutôt que la nôtre. Je sais que tu ne t'es jamais beaucoup souciée de ce qui nous arrivait, mais…

— Je m'en suis toujours souciée, Bell. Toujours. » Agnès ravale la promesse salée des larmes, durcit le ton de sa voix. « Mais que je m'en soucie ou non n'a jamais eu la moindre putain d'importance. Je ne pouvais rien faire pour l'arrêter, pour vous protéger… Je n'arrivais même pas à me protéger moi-même… » Les larmes menacent de nouveau et la digue finit par se rompre.

Personne ne parle pendant un moment, puis Bella dit, d'une voix légèrement radoucie : « Cette fois, nous pouvons faire en sorte que ça ait de l'importance. Mlle Quinn et moi allons trouver les vers. Genièvre a de la volonté à revendre. Nous avons besoin que tu rassembles les voies. Tu le feras ? »

Agnès ne veut pas de la voix douce de Bella. Elle voudrait que cet amer charbon ardent continue de brûler entre elles, car s'il venait à s'éteindre, il ne lui resterait rien d'autre qu'une terrible culpabilité. Elle n'avait pas eu l'intention de la trahir, de jeter ses petits secrets en pâture à leur père, mais la survie a toujours un prix.

Agnès regarde de nouveau la fille dans le miroir, suit des yeux les taches sombres de ses contusions, les lignes claires de cicatrices anciennes. Les lèvres de Genièvre bougent dans son sommeil. *Ne me laisse pas.*

Agnès sent les croûtes du sang séché de sa sœur dans sa paume. Elle ferme les yeux. « Oui. »

Bella hoche la tête froidement et pose le miroir sur la table. « Attends mon signal.

— Et après, on sera quittes. Si nous… Une fois que nous l'aurons sauvée, je ne veux plus entendre parler de sorcellerie, de droits des femmes et de quoi que ce soit d'autre. » Elle pose la main sur la pleine lune de son ventre. « Le coût est trop élevé.

— Entendu. » Les coins de lèvres de Bella se retroussent très légèrement alors qu'elle se détourne. « C'est drôle. Mama disait toujours que c'était toi la plus forte. »

Elle déverrouille la porte et sort dans la pénombre du couloir. Cléo s'apprête à la suivre, mais Agnès la retient par la manche. « Où allez-vous ? Où croyez-vous trouver les vers ?

— Au dernier endroit où nous sommes certaines qu'ils ont été prononcés. » Cléo dégage sa manche des doigts d'Agnès et ajoute avec un sourire : « À Old Salem. »

20

Oyez, oyez,
Les chiens aboient,
Quand les sorcières débarquent en ville.

Un sort pour faire sonner l'alarme,
qui requiert un os rongé & un coup de sifflet puissant

Béatrice Belladone avait toujours voulu voir Old Salem. Il sert régulièrement de décor dans ses revues à quatre sous préférées – une ville pleine d'os carbonisés et de fantômes de sorcières gémissants –, et même dans certains textes académiques, il s'en dégage des accents gothiques. Il est toujours représenté par des ruines entrecoupées de bosquets menaçants et de recoins sombres, des formes noires de corbeaux accrochés dans les coins, comme si l'artiste avait essayé de les chasser sans succès de la page.

À l'instant où M. Blackwell avait prononcé son nom, Béatrice avait senti au plus profond d'elle-même qu'il avait raison. Elles ne manqueraient pas de trouver les vers manquants dans un tel endroit – imprégné de la plus ancienne et sauvage sorcellerie, suintant le mystère et les souvenirs.

Mais lorsque Mlle Cléopatra Quinn et elle arrivent à Old Salem, ses certitudes s'effondrent.

Peut-être est-ce à cause du voyage lui-même. Difficile de se sentir magique après un trajet de quatre-vingts kilomètres passé le front collé à la fenêtre d'un train bondé, à regarder le paysage flou défiler comme un globe terrestre pivotant à toute allure, suivi de trente autres kilomètres suffocants à l'arrière d'une diligence. L'absurde cruauté de Jim Crow[5] a obligé Mlle Quinn à s'asseoir à l'avant avec le cocher, et sans elle Béatrice perd peu à peu tout entrain.

Elles accomplissent les six derniers kilomètres à l'arrière d'un chariot cahotant aux flancs peints d'une écriture manuscrite pseudomédiévale qui proclame : « VISITEZ LE PITTORESQUE OLD SALEM AVEC DAME LILITH ». Dame Lilith, une femme lasse d'une cinquantaine d'années aux cheveux noirs artificiels, a la déconcertante manie de se racler la gorge et de cracher à intervalles réguliers. Les autres passagers n'ont pas grand-chose de magique, eux non plus : une famille de touristes de Boston qui jette des regards désapprobateurs à Mlle Quinn, un couple de jeunes mariés qui ne s'intéressent à rien d'autre qu'à eux-mêmes, un trio d'étudiantes sorties de leur pensionnat, du genre à porter des colliers ras du cou noirs et à vénérer les sœurs Brontë.

Le ciel est d'un tel bleu sans tache qu'il semble inachevé, comme si un peintre négligent avait oublié d'y ajouter des nuages, des oiseaux et de légères nuances. Béatrice sent confusément que le temps devrait être gris et maussade, que le vent devrait hurler à leur approche du cimetière où gisent les dernières sorcières du monde moderne.

Les mules de Lilith quittent la route grêlée de nids-de-poule pour une autre encore plus défoncée, aux pavés couverts de mousse et de boue.

5 Les lois de Jim Crow, promulguées dans les états du Sud entre 1877 et 1964, sont à l'origine de la ségrégation entre les Blancs et les Noirs aux États-Unis.

Les bois s'élèvent autour d'eux comme le niveau de l'eau, froids et silencieux ; même les jeunes mariés cessent de glousser. L'air sent la verdure et les secrets, et Béatrice se surprend à éprouver une rare pointe de nostalgie pour Crow County ; il est visiblement inutile d'aimer son pays natal pour le regretter.

Ils progressent lentement dans un silence quasi complet, et Béatrice se demande nerveusement s'ils sont encore loin et si leur quête a la moindre chance de succès quand Mlle Quinn lui montre à travers les arbres un mur de pierre noirci couvert de lichen. Un autre mur à angle droit avec le premier dessine un carré dans le sous-bois. Au-delà, Béatrice distingue les restes pourrissants d'une porte, le fantôme d'une ruelle, et elle comprend soudain qu'elles sont arrivées. Elles roulent à présent à travers les vestiges d'Old Salem.

« Excusez-moi, m'dame, dit Mlle Quinn, interrompant Dame Lilith en pleine expectoration. Croyez-vous que nous puissions explorer la ville un peu par nous-mêmes ? »

Lady Lilith arrête ses mules et lorgne Quinn en grattant pensivement les trois poils blancs qui frisent sur son menton. « C'est hanté, observe-t-elle. Dangereux, de laisser les touristes s'balader. J'pourrais avoir des problèmes. »

Béatrice commence à expliquer qu'elle et Mlle Quinn sont respectivement ancienne bibliothécaire et journaliste, et qu'elles entendent prendre les plus grandes précautions lors de leur exploration – qui se trouve être une question de vie ou de mort pour une personne qui leur est chère –, mais Quinn l'interrompt en glissant un billet soigneusement plié dans la paume moite de Mlle Lilith. « Si vous pouviez revenir nous chercher avant que la nuit tombe, nous vous en serions extrêmement reconnaissantes », dit-elle en descendant du chariot et en tendant une main secourable à Béatrice.

Lilith donne un petit coup sur les rênes, et les deux femmes se retrouvent seules parmi les ruines verdoyantes.

Elles errent sans un mot à travers les bois, s'arrêtant parfois pour gratter la mousse d'un mur ou balayer les feuilles qui cachent une route. Béatrice est frappée par l'âge impossible des arbres, sûrement plus d'un siècle. Des corbeaux et des étourneaux leur jettent des regards moqueurs, comme s'ils savaient ce qu'elles cherchaient et où le trouver, mais n'avaient aucune intention de les aider.

Béatrice ne sait d'ailleurs plus vraiment ce qu'elles cherchent – un panneau indicateur pointant vers la Voie perdue d'Avalon, peut-être, ou un livre intitulé *Comment restaurer le pouvoir des sorcières et sauver une sœur d'une mort certaine* ; quelque instruction ou sort ayant survécu à un siècle de pluie, de soleil et de touristes animés d'une curiosité malsaine. La soudaine absurdité de cette idée tord l'estomac de Béatrice. Elle jette un coup d'œil en biais à Quinn et se demande si elle regrette d'avoir inscrit son nom dans ce carnet.

Elles marchent en silence. Béatrice tombe parfois sur une touffe de mousse en forme de spirale improbable ou sur une pierre qui ressemble de façon troublante à un homme aux bras levés pour parer d'invisibles coups. Quelque part au milieu de la ville, elles découvrent un cercle dégagé de pierres noircies que ni la mousse, ni l'herbe, ni les feuilles mortes n'ont touché. Tandis que Béatrice s'en approche, un vent glacé et facétieux lui cingle la joue… Mais il n'y a nulle lettre gravée dans la terre pour les orienter, aucun livre caché sous les pavés disjoints.

Lorsque le chariot de Dame Lilith remonte en bringuebalant la route étroite, la forêt se pare de l'or et du bleu du crépuscule naissant, et des larmes s'accumulent aux coins des yeux de Béatrice. Quand elle les ferme, elle voit le corps de sa sœur voguer derrière l'obscurité de ses paupières.

« Vous descendez à *L'Auberge de Salem*, mesdemoiselles ? demande Lilith d'une voix mécanique. Vous avez deux repas offerts dans la salle à manger historique et une entrée gratuite pour le musée du Péché, qui vient de rouvrir après des problèmes de moisissure au printemps. »

Béatrice sent une minuscule étincelle d'espoir s'allumer en elle. Quinn est déjà en train de formuler une excuse polie pour rentrer au plus vite quand Béatrice s'avance d'un pas et demande : « Combien pour le musée uniquement ? »

Dans les Profondeurs, Genièvre attend.

Elle ne sait plus ce qu'elle attend, mais elle attend néanmoins.

Elle a parfois des visiteurs, mais jamais ceux qu'elles voudraient voir. Un agent passe deux fois par jour et accroche à un clou de sa cellule un seau contenant une substance blanchâtre, figée. Du gruau de maïs, pense Genièvre, ou le fantôme affligé qu'un gruau de maïs laisserait derrière lui s'il avait été assassiné de sang-froid. Quand elle demande de l'eau, l'homme désigne de l'index le liquide gris putride à leurs pieds. Il rit.

Le matin, une femme chaussée de bottes en caoutchouc vient changer le pot de chambre. La première fois, Genièvre l'a assaillie de questions – Où sont les autres ? Combien ces salauds en avaient-ils attrapé ? N'a-t-elle pas honte de travailler pour les ennemis de toutes les femmes ? –, jusqu'à ce que la préposée vide calmement le contenu de son pot dans son gruau. Le lendemain, Genièvre a gardé sa maudite bouche fermée ; et le surlendemain, la femme lui a apporté un biscuit dur et une tasse d'eau en fer-blanc.

Ses tortionnaires ne reviennent pas. Genièvre en est d'abord soulagée, avant de se souvenir que le temps est aussi un tortionnaire. Quand elle était dans la cave, les heures prenaient vie autour d'elle, la traquaient dans le noir.

Le soir du troisième jour, Genièvre a froid, faim et si soif que sa gorge lui semble hérissée de barbelés, comme si elle avait avalé des ronces. Elle s'assied sur le lit et contemple l'escalier, toujours dans l'attente. Sans doute une habitude acquise au cours des sept ans passés à espérer que ses sœurs viennent la chercher.

Elle a perdu tout espoir, mais l'habitude est tenace, apparemment.

Béatrice soupçonne que le musée du Péché de Dame Lilith – qui revendique « plus de cent authentiques reliques de sorcellerie » – n'en a pas totalement fini avec son problème de moisissure, comme l'affirme sa propriétaire. L'odeur d'humidité est prégnante ; Béatrice imagine que de jeunes pousses d'arbres font pression sous les lattes du parquet, que des plantes grimpantes enfoncent leurs doigts verts dans le plâtre.

Le musée est constitué d'une succession de pièces basses de plafond aux murs couverts de velours rapiécé et de gaze teinte en noir, remplies d'étagères et de vitrines d'« authentiques reliques ». Au moins trois quarts des articles présentés sont des fraudes évidentes – Béatrice est certaine que les sorcières d'Old Salem n'ont jamais brandi de baguettes à la poignée décorée d'un faux rubis grossièrement collé, et que le squelette poussiéreux labellisé « Dragon américain (jeune) » est celui d'un petit crocodile à qui l'on a ajouté des ailes de vautour –, et tous ceux qui sont possiblement authentiques n'ont pas la moindre valeur. Il y a un ensemble de dés à coudre en argent, noirs et iridescents comme après une exposition à une chaleur intense ; une poêle à frire contenant les « restes brûlés du dernier repas de son propriétaire » ; un modèle de broderie taché par la fumée ayant appartenu à une fillette.

« Bon, soupire Béatrice. Ça valait le coup d'essayer. Je suppose que Dame Lilith ne nous remboursera pas nos entrées. »

Quinn scrute chacune des vitrines et lit les étiquettes en cuivre avec une fascination évidente. « Pourquoi donc voudriez-vous qu'elle nous rembourse ?

— Vous êtes très fair-play, mais il est clair que…

— Ma famille est libre depuis trois générations », la coupe Quinn. Elle incline son chapeau melon sur l'arrière de son crâne afin d'examiner de plus près une boîte contenant prétendument le fémur d'une sorcière non identifiée. « Mais ma grand-mère est née dans une ferme appelée Sweet Bay. » Quinn plisse les yeux comme pour lire une étiquette, mais ses pupilles ne bougent pas. « Une plantation de riz.

— Je… je suis désolée.

— Je n'en doute pas. Mais que vaut votre "désolée", face à Sweet Bay ? » Quinn fixe toujours l'étiquette en cuivre, mais le calme olympien de sa voix se craquelle, coule par les fissures. « Ma grand-mère n'avait aucun besoin de vos "désolée".

— Je… »

Quinn se redresse brusquement et passe à la vitrine suivante, comblant les fissures de sa voix. « Elle n'a eu besoin de personne, à la fin. Ses sœurs et elle ont rejoint le nord, avec l'aide des recettes de Tante Nancy. Elle a appris à ma mère les codes et les symboles qu'elles employaient pour communiquer, pour garder leurs secrets. Les Filles utilisent encore certains d'entre eux, parce que nous ne sommes pas assez puissantes pour courir le risque d'opérer au grand jour. Pas encore. »

Béatrice se demande précisément ce que Quinn et les Filles feraient de la Voie perdue d'Avalon, puis si elle souhaite vraiment le savoir.

« Quoi qu'il en soit, voici ce que ma mère m'a appris : on cache les choses les plus importantes dans les endroits les plus anodins. Vêtements de femmes, jouets d'enfants, chansons… Des endroits où un homme n'irait jamais regarder. » Tout en parlant, elle soulève le couvercle d'une des vitrines et fait courir ses longs doigts sur les gonds d'une boîte à couture. « Si les sorcières d'Old Salem avaient le sort pour restaurer la Voie, croyez-vous vraiment qu'elles l'auraient crié sur les toits ? Qu'elles l'auraient laissé dans l'index d'un grimoire ? » Elle secoue la tête et délaisse la boîte à couture pour le modèle de broderie accroché au mur, taché et jauni. « Vous pensez comme une bibliothécaire et non comme une sorcière. Ah ! Venez voir. »

Cela semble à Béatrice être une pièce de broderie ordinaire : une maison de guingois encadrée par deux arbres sombres, avec trois silhouettes bossues flanquées d'un troupeau d'animaux à l'arrière-plan. Des lettres irrégulières occupent le haut de l'ouvrage : « Brodé par Polly Pekkala dans sa douzième année, 1782 ». Des arabesques végétales encadrent l'ouvrage.

« Je ne vois pas… oh. »

Le motif végétal s'interrompt dans sa partie supérieure, où les arabesques reviennent sur elles-mêmes pour former trois cercles entrelacés.

Béatrice plisse les yeux derrière ses lunettes pour observer la petite scène. De près, chacun des animaux est brodé du noir le plus profond, et leurs yeux sont figurés par des points rouges. Les silhouettes sont toutes des femmes. Plusieurs points rouges gouttent du doigt de l'une d'elles. La deuxième tient un paquet emmailloté contre son sein, soit un bébé, soit une grosse patate ; la troisième a des lignes de points blancs sous les yeux. *Sang, lait et larmes*.

Béatrice se sent légère, gagnée par une douce chaleur, comme si elle lévitait plusieurs centimètres au-dessus du parquet gondolé. C'est ce qu'elle éprouve dans les archives quand elle attrape un éclat d'or et l'expose à la lumière, où il luit faiblement. À en juger par son expression, Quinn se trouve dans le même état d'esprit : cette joie presque malveillante de découvrir la vérité enterrée sous des siècles de poussière, de tromperie et de négligence.

Leurs yeux se croisent, et Béatrice oublie de compter les secondes. Quelque chose de chaleureux qu'elle serait incapable de nommer passe entre elles.

(Pourtant, cela a un nom.)

Quinn fait courir ses doigts sur la zone vide du ciel au-dessus de la petite maison. Elle exhale un petit ha ! de satisfaction et prend la main de Béatrice, qu'elle guide à la surface du modèle de broderie. Béatrice s'inquiète tant que Quinn puisse sentir cette chose qu'elle ne sait pas nommer dans la chaleur moite de sa paume, dans le staccato de son pouls, qu'elle manque presque les bosses irrégulières des points sous ses doigts.

Elle examine le canevas de plus près et y voit de minuscules mots, presque invisibles, brodés de fil blanc.

Les folles sœurs, main dans la main,
Brûlées et liées, couronne volée,
Mais rien n'est perdu qu'on ne puisse retrouver.

La comptine que Mama Mags leur chantait autrefois, la strophe cachée dans le recueil des sœurs Grimm. Sauf que, cette fois, le texte continue :

Bouille chaudron, malheur et brouille,
Tisse un cercle autour des flammes,
Pucelle, mère et vieille femme.

Béatrice frissonne en lisant la dernière ligne, et se demande si ses sœurs et elle sont censées arpenter ce chemin tortueux, mues par le sang ou la fatalité. Elle attend d'être submergée par un sentiment solennel de destinée, avant de se souvenir qu'elle n'est qu'une ancienne bibliothécaire dans un musée frauduleux qui sent le moisi essayant de secourir sa sauvage de sœur.

Quinn sort le carnet en cuir noir de la poche de Béatrice et l'ouvre à la page du sort où il est question de chiens qui aboient et d'os rongés. « Le solstice débute à minuit. Je crois qu'il est temps d'appeler votre sœur. »

21

Les folles sœurs, main dans la main,
Brûlées et liées, couronne volée,
Mais rien n'est perdu qu'on ne puisse retrouver.

Bouille chaudron, malheur et brouille,
Tisse un cercle autour des flammes,
Pucelle, mère et vieille femme.

Un sort pour retrouver ce qui a été perdu, qui requiert le sang d'une pucelle, le lait d'une mère, les larmes d'une ancienne & une volonté féroce

Attends mon signal, lui avait dit Bella, mais Agnès ne sait pas quelle forme il prendra. Dans les histoires, les sorcières envoient des messages par corbeau ou murmurent des secrets aux creux des conques, aussi Agnès passe-t-elle son temps à la fenêtre de sa chambre, à scruter les étoiles mangées par la fumée en quête de lettres ou de mots écrits dans la vapeur montante.

Quand le signal arrive, Agnès ne peut pas le manquer.

Cela commence par un glapissement perçant dans la rue en contrebas, le hurlement plaintif d'un chien, rapidement secondé par ses frères. Une mystérieuse vague de jappements, d'aboiements et de grondements traverse chaque quartier de la ville, comme si tous les chiens de New Salem avaient rejoint une meute de loups unique et bigarrée. Leur raffut est rapidement suivi par des cris et des jurons humains proférés par des piétons effrayés et des propriétaires furieux.

« Par les saints, Bell. J'ai entendu. » Son lien à sa sœur aînée est amoindri par les kilomètres qui les séparent, mais Agnès sent toujours l'écho de la volonté de Bella derrière le phénomène.

Agnès rassemble les voies – trois bocaux en verre, les restes cireux de sept bougies, une pochette d'allumettes et une poêle en fonte (ce qu'elle a de plus proche d'un chaudron) – et les enveloppe soigneusement dans un sac de toile.

Puis le bébé qui s'ébroue silencieusement dans son ventre, le sac et elle sortent dans les hurlements de nuit. Les rues sont si bondées – de policiers abasourdis, d'hommes vociférant, de mères irritables tenant par la main des enfants braillards, de tout-petits ayant échappé à toute surveillance qui tapent des mains en criant joyeusement : « TOUTOUS ! » – que personne ne prête grande attention à Agnès.

« Rien dont il faille s'inquiéter, répète un agent en boucle, d'une voix aussi forte que fausse. Ils ont dû être excités par une nuée d'oies sauvages ou un chat qui passait par là. » Mais Agnès voit à son teint de craie qu'il n'en croit pas un mot. Qu'il sent les règles de la réalité vaciller sous ses pieds, le monde bien ordonné de New Salem gauchir et se craqueler comme une boule à neige dans un feu de joie.

Elle se couvre de sa capuche et file à toute allure dans les ruelles. Le sac cliquette discrètement contre son flanc, et les histoires de Mama Mags résonnent à ses oreilles, celles qui parlent de sœurs et de sorts lancés la veille du solstice. Dans ces histoires, les sœurs sont toujours à couteaux tirés – la belle et les deux laiderons, la maligne et les deux sottes, la courageuse et les deux couardes. Seule l'une d'elles échappe à la sorcière maléfique et brise la terrible malédiction.

Leur père était une malédiction. Il les a traumatisées, divisées et brisées avec un tel acharnement qu'elles ne pourront plus jamais être unies.

Mais ce soir – l'espace d'un instant, au moins –, peut-être pourront-elles faire semblant. Peut-être pourront-elles se tenir main dans la main, retrouver l'unité perdue. Peut-être cela suffira-t-il à sauver leur sœur sauvage et rebelle d'un monde qui méprise les femmes rebelles.

Agnès marche jusqu'à ce que les hurlements des chiens se réduisent à des gémissements et des plaintes, jusqu'à ce que la lune ait atteint son zénith dans le ciel limpide, jusqu'à ce que l'écho de ses pas remplisse l'obscurité déserte de St George Square. Mama Mags lui a appris que la magie aime arpenter deux fois le même chemin brûlant, comme les cerfs suivent toujours le même sentier ou le même ruisseau jusqu'à la rivière. La tour reviendra peut-être plus facilement à l'endroit où elles l'avaient invoquée pour la dernière fois ; et peut-être que cette fois-ci, elle restera.

Elle s'agenouille au pied du socle vide où se dressait autrefois saint George et dispose les bougies autour d'elle telles des fleurs pâles d'un rond de sorcière. Elle aligne les trois bocaux devant elle et attend.

Il est minuit quand Béatrice regagne les ruines d'Old Salem.

À cette heure, la ville n'a plus rien à voir avec celle qu'elles ont visitée de jour. Les squelettes des murs et des rues sont plus visibles sous les rayons argentés de la lune, qui dessinent leurs contours et leurs ombres sous la mousse. Le vent a chassé la chaleur paresseuse de l'été et siffle dans les ruelles et les recoins de la cité perdue. Il agace les cheveux de Béatrice, espiègle comme un écolier.

Mlle Quinn et elle foulent le cercle de terre à nu au milieu de la cité oubliée. Sept bougies réparties autour d'elles jettent sur leur visage des ombres tremblotantes et vacillent à chaque bourrasque traîtresse.

Mlle Quinn approuve d'un hochement de tête. « De la vraie sorcellerie, mademoiselle Eastwood. Vous auriez difficilement pu espérer mieux.

— J'ai pensé que la Voie aurait une certaine affinité avec la ville, si elle se dressait ici autrefois. Je soupçonne que nous allons avoir besoin de toute l'aide possible. »

Elles sont censées utiliser sept bougies de cire blanche, et non cinq bouts de chandelles dépareillées volées à l'auberge de Lilith (l'une d'elles est décorée de petites chauves-souris malformées ; deux autres ont presque complètement fondu dans leurs soucoupes à motifs bleu Willow). Ses sœurs et elle sont censées se tenir côte à côte, main dans la main ; elles sont censées être de vraies sorcières, avec des familiers, des balais et des chapeaux pointus, et non trois jeunes femmes désespérées.

« Vraiment, c'est une folie. Ça ne peut pas marcher. Même en supposant que nous ayons les vers et les voies, je ne suis pas du tout préparée pour ce genre de choses. Je n'ai ni le sang de sorcière, ni la conviction, ni le courage… »

Quinn claque de la langue avec agacement. « Veuillez arrêter de prétendre que vous êtes lâche. Ça devient fatigant.

— De *prétendre*…

— Vous vous tracassez, vous vous inquiétez, mais vos mains sont aussi solides que des pierres. » Quinn a les bras croisés, le menton levé. « Vous n'avez pas bégayé une seule fois depuis que nous sommes arrivées à Old Salem. »

Béatrice referme la bouche. « Je suppose que non. »

Quinn s'approche d'un pas, le visage baigné d'or. « Est-ce qu'une lâche fonderait une société secrète de sorcières ? Est-ce qu'une lâche transfigurerait une statue ? Enchanterait un cimetière ? Est-ce qu'elle arpenterait les ruines d'une cité perdue le soir du solstice ? »

Béatrice a l'impression que la terre s'incline sous ses pieds ou que le ciel dégringole autour d'elle, qu'une vérité fondamentale lui est révélée. « Peut-être ne le ferait-elle pas, répond-elle d'une voix réduite à un murmure. Mais elle pourrait toujours échouer.

— Et pourtant, vous allez essayer.

— Oui.

— Pour votre sœur. »

Ou peut-être pour elles toutes : pour les fillettes jetées dans les caves, pour les femmes envoyées à l'hospice, pour les mères qui n'auraient pas dû mourir et les sorcières qui n'auraient pas dû brûler. Pour toutes les femmes punies pour avoir simplement désiré ce qu'elles n'auraient pas dû désirer.

Béatrice se contente d'un nouveau : « Oui.

— Je vous ai trompée, c'est vrai, mais, Béatrice… » Le regard de défi de Quinn s'adoucit, remplacé par une tendresse mélancolique que Béatrice trouve bien plus dangereuse. « Je vous en supplie, ne vous trompez pas vous-même.

— Je vois. » S'ensuit un bref silence, durant lequel Béatrice retrouve sa voix partie battre la campagne. « Appelez-moi Bella. » Béatrice était le nom de la mère de son père, un oignon desséché qui ne leur rendait visite qu'une fois par an à Noël et ne leur avait jamais offert que des romans ampoulés sur la vie des saints. Une Béatrice ne pourrait pas se tenir dans ce bois sauvage à la lumière d'une lune pas tout à fait pleine, prête à lancer l'un des plus formidables sorts de son siècle ;

une Béatrice ne pourrait pas croiser le regard de Quinn à la lueur des bougies, les cheveux balayés par le vent. Mais peut-être qu'une Belladone le pourrait.

« Oh, on s'appelle par nos prénoms, maintenant ? » Les lèvres de Quinn dessinent une moue moqueuse, mais la tendresse demeure dans sa voix.

« Bien sûr que oui. » Bella déglutit, trop fort. « Cléo. »

Elle s'aperçoit qu'elle n'arrive pas à regarder Quinn en face en prononçant son nom. À défaut, elle baisse les yeux sur son carnet et passe son pouce sur les vers. « S'il se produit quelque chose de fâcheux, vous devriez fuir.

— Non merci », décline Quinn poliment.

Bella tente une nouvelle fois : « Si ça se passe mal… » Toutes deux savent qu'il serait regrettable qu'on retrouve Quinn au milieu d'une scène de sorcellerie près de la carcasse brûlée d'une femme blanche.

« Alors je vous conseille de faire en sorte que rien ne se passe mal. » Quinn accroche son regard. « Je ne suis pas ici en tant qu'espionne, Bella. Ni même en tant que membre des Sœurs d'Avalon. Je suis ici comme… amie. » Elle relève un coin de ses lèvres. « Et parce que je suis la créature la plus curieuse à avoir jamais foulé la surface de la terre, pour citer ma mère, et je voudrais vraiment être là quand la Voie perdue d'Avalon reviendra dans le monde.

— Votre mère me semble être une femme fort avisée », dit Bella, et elle ajoute, un peu effrontément : « J'aimerais la rencontrer un jour.

— Mais vous l'avez déjà rencontrée ! » Quinn soupire en voyant l'expression mortifiée de Bella. « Je vous ai dit que ma mère tenait une boutique d'épices. »

Bella envisage d'objecter que gérer une échoppe d'apothicaire secrète déguisée en boutique d'épices tout en dirigeant une société clandestine de sorcières de couleur n'est pas vraiment la même chose, mais se borne à répondre : « Oh. »

Quinn la réconforte d'une tape dans le dos. « Elle vous a trouvée très mignonne. »

Bella ferme brièvement les yeux pour digérer sa honte. « Bien. Il est temps, vous ne croyez pas ? »

La main chaude et sèche de Quinn se glisse dans la sienne. Bella s'humecte les lèvres, sent le vent cinglant sur sa langue et énonce les vers qu'une lâche ne prononcerait jamais.

Les folles sœurs, main dans la main,
Brûlées et liées, couronne volée,
Mais rien n'est perdu qu'on ne puisse retrouver.

Il est minuit passé de sept minutes quand le collier de Genièvre se met à brûler.

Elle tombe à genoux dans les eaux sombres des Profondeurs, griffe le fer chaud, serre les dents pour retenir les hurlements et les jurons qui lui montent aux lèvres.

Elle a entendu les chiens, un peu plus tôt – même enterrée sous cinq tonnes de pierre et de métal, leur chœur insensé lui est parvenu, et elle a senti la chaleur malsaine de la sorcellerie dans l'air –, mais son collier était resté terne et froid contre sa gorge cloquée. À présent, il flamboie, et elle perçoit au-delà le lien qui l'unit à ses sœurs, tendu et vibrant de pouvoir.

Ses lèvres se fendent sous ses dents. Un sang chaud lui coule sur le menton, trop chaud, et goutte dans l'eau froide à ses pieds. Genièvre entend le *splash* qu'il produit en rencontrant la surface et se souvient de son sang tombant sur les pavés de St George Square… Puis le vent cruel, la tour sombre, l'odeur sauvage des roses… Les doigts de Bella sur sa bouche : *le sang d'une pucelle.*

Elle comprend alors ce que ses sœurs sont en train de faire.

« Oh, espèces de *folles.* Espèces de pécheresses maudites par les saints… » Elle les maudit en pleurant, car elle sait qu'elles font ça pour elle. Bien qu'elles l'aient abandonnée une fois déjà, bien qu'elles sachent ce qu'elle est – une meurtrière et une scélérate, pire que rien…

Rien que d'y penser lui fait mal. *Elles sont revenues pour moi.* Elle sent quelque chose claquer dans sa poitrine, comme si son cœur était un os brisé mal ressoudé, qui doit se casser de nouveau afin de guérir comme il faut.

Elle s'imagine un instant côte à côte avec ses sœurs, triomphantes devant la Voie perdue d'Avalon. Mais elle sait que ça n'arrivera jamais. Parce que – quoiqu'elle sente la justesse des vers et des voies, quoiqu'elle perçoive la volonté de ses sœurs embraser leur lien – Genièvre sait qu'elles vont échouer.

Bella appelle, et la magie répond.

Bouille chaudron, malheur et brouille,
Tisse un cercle autour des flammes,
Pucelle, mère et vieille femme.

La chaleur se concentre d'abord dans ses paumes, se répand comme des flammes nouvelles le long de ses bras, plonge au creux de sa gorge. Le lien invisible entre Bella et ses sœurs – les attaches laissées par le sort à moitié accompli quelques mois plus tôt – vibre comme des cordes de violon sous l'archet.

Le vent se lève, et il porte le chant des oiseaux de nuit, l'odeur sauvage de la magie.

Les folles sœurs, main dans la main…

Elle sent Agnès, à cent cinquante kilomètres de là, allumer une torche au milieu de New Salem. Elle sent les pavés s'échauffer sous ses talons. Elle sent ses mains fermes sur les fioles en verre, et elle entend le sifflement vif des larmes, du lait et du sang quand ils rencontrent le sol.

Brûlées et liées, couronne volée…

Mais où est Genièvre ? Leur lien est mince et faible, bien trop froid.

Bella s'agenouille sur la terre nue d'Old Salem, sans cesser de dire les vers, sans laisser la magie s'éteindre en elle. De la vapeur s'élève du sol lorsqu'il se met à bouillonner sous elle.

Mais rien n'est perdu qu'on ne puisse retrouver.

Les mots sonnent juste dans sa bouche, clés glissant dans d'invisibles serrures. Mais la chaleur la consume. Elle imagine ses veines s'échauffer jusqu'à l'embrasement, jusqu'à ce qu'elle flambe comme un feu de joie à voix humaine.

Elle sent Agnès brûler avec elle, les bras serrés autour de son ventre, les cheveux dressés par ce même vent qui balaie la terre et les feuilles mortes autour de Bella.

Mais elle ne sent pas Genièvre. Elles ne sont que deux, et ça ne suffit pas.

La dernière fois qu'elle a lancé ce sort – quand elle n'était qu'une bibliothécaire du nom de Béatrice ayant découvert des vers impossibles –, elle avait pris peur et s'était tue. Sans les vers, le sort s'était étouffé comme un feu couvert, et ça ne lui avait pas coûté davantage qu'une fièvre du démon dont elle s'était vite remise.

Mais elle est à présent Belladone Eastwood, l'aînée, la plus sage, et Genièvre a besoin d'elle.

Elle reprend le sort du début, sans interruption. Les bois s'assombrissent autour d'elle, disparaissent dans la brume de chaleur qui monte du sol. Entre ses lèvres en mouvement, des prières désespérées se mêlent aux vers.

... oh, bon sang... les Trois nous bénissent et nous gardent...
tisse un cercle autour des flammes...

Elle sent confusément des doigts frais se poser sur son front, des paumes prendre son visage en coupe. Un pouce trace le contour de ses joues, et elle se tourne vers lui sans le voir. Si elle doit mourir, qu'elle meure au contact de ces doigts délicieusement glacés contre ses lèvres, avec le goût de l'encre et du clou de girofle sur la langue.

Arrive le moment où Bella sait qu'elle devrait faire marche arrière. Elle a l'impression de patauger dans un torrent après un orage, de lutter contre la pression insoutenable de l'eau. Un pas de plus et elle basculera dans les flots.

Bella fait un pas de plus. Et elle bascule.

Elle est feu. Elle est douleur. Elle est un accroc dans la toile du monde, par lequel une chose autre – la magie, Dieu, la chaleur de tous les souhaits inassouvis et des rêves impossibles, qui brûlent pour l'éternité dans l'au-delà – se déverse.

Elle est sans doute en train de mourir.

La chose autre s'arrête. Elle la considère, cette femme agonisante, agenouillée au milieu d'un cercle de bougies consumées, les lèvres formulant sans relâche les vers qui la tuent.

Quelque part très loin, une chouette hulule.

Bella ouvre les yeux. À travers la brume de chaleur et les larmes, elle voit une silhouette se glisser entre les arbres, aussi silencieuse que de la fumée, plus noire que le cœur de la nuit. Ses yeux sont deux braises qui se rapprochent.

Quinn prend une inspiration étouffée, mais les lèvres de Bella se fendent d'un sourire, car – quoiqu'elle brûle, quoiqu'elle échoue – elle est au moins allée jusque-là. Au moins s'est-elle agenouillée dans les os d'Old Salem et a-t-elle vu son familier venir à elle.

Bella inspire. Puis elle reprend :

Les folles sœurs, main dans la main…

Genièvre entend les vers résonner à travers le lien, les sent se concentrer dans sa bouche. Elle garde les dents serrées.

Le sort a besoin d'elle. Il brûle trop fort, enfle comme un éclair qui n'aurait nulle part où frapper. Mais si elle parle, le collier autour de sa gorge la tuera.

Si elle ne parle pas, le sort tuera ses sœurs.

Laissez tomber, pour l'amour d'Ève, restez en vie.

Elles ne laissent pas tomber. Parce qu'elles sont folles, parce qu'elles sont désespérées, parce qu'elles refusent de l'abandonner une deuxième fois.

Genièvre ferme les yeux et murmure quelques mots très obscènes.

Elle songe avec un peu d'amertume à toutes les raisons louables pour lesquelles elle veut restaurer la Voie perdue – pour rendre les pouvoirs de la sorcellerie à toutes les femmes, pour briser les chaînes de leur servitude, pour mettre le feu à cette foutue ville. Mais en définitive, elle le fera pour sauver ses abruties de sœurs, qui elles-mêmes ne le font que pour la sauver, elle.

Elle se demande si tous les grands actes sont secrètement motivés par des raisons aussi triviales ; elle se demande si la femme de ménage sera la première à la trouver au matin, le nez dans l'eau des Profondeurs, un cercle rouge autour du cou.

Elle convoque sa volonté autour d'elle – une chose farouche, pleine de griffes, avide, désespérée, à moitié morte de faim – et prononce les vers.

Le collier prend une teinte orangée dans l'obscurité, mais le flot des vers empruntés continue de s'écouler entre ses lèvres. L'orange vire au rubis, colorant la cellule de sang et d'ombre, et Genièvre se sent basculer en arrière. Le collier siffle en plongeant dans l'eau. La bouche de Genièvre se remplit du goût aigre de l'égout. Sa volonté ne vacille pas.

Quelque chose de vaste coulisse à sa place, une grande clé tournant dans une serrure, et le monde s'ouvre en deux.

La magie se rue à travers la fissure, à travers les trois femmes disséminées dans Salem, l'ancien et le nouveau. Genièvre sent sa chaleur fendre les pavés sous les pieds d'Agnès et noircir la terre sous ceux de Bella ; autour d'elle, les Profondeurs se mettent à bouillir.

Et le collier autour de sa gorge – conçu pour punir les sorcières des rues et les diseuses de bonne aventure, des femmes qui n'ont rien de plus que les comptines à moitié oubliées de leurs mères – passe du rouge au blanc, puis au noir, avant de s'effriter en cendres grises.

La chaleur reflue.

Genièvre sent la tour se dresser de toute sa hauteur, enracinée comme un arbre au cœur de New Salem. Et elle sent la présence de ses sœurs : Agnès, le front pressé contre la pierre fendue et les bras serrés autour de son ventre, secouée de sanglots qui sont aussi un rire ; Bella, étreinte par d'autres bras, trop abasourdie pour éprouver le moindre soulagement. Vivantes, toutes les deux.

Genièvre s'étend dans l'eau des Profondeurs, dont la température décroît, et ferme les yeux, attentive à leurs lointains battements de cœur. Un son paisible, réconfortant, aussi familier que celui de la pluie sur le toit.

Elle pourrait rester ainsi, suspendue, s'éloignant de l'odeur de sa propre chair brûlée et d'une douleur trop insoutenable pour qu'elle la ressente, mais une voix l'appelle. Une voix familière, grincheuse, brisée par les années. Elle lui intime de se réveiller, de se lever.

Genièvre n'en a pas très envie, mais elle sait qu'il ne faut pas désobéir à cette voix. Elle se réveille ; elle se lève. Elle essaie de ne pas ressentir le frottement de l'air contre sa gorge ravagée.

Une main spectrale la touche. Genièvre sait qu'il s'agit d'un rêve enfiévré ou d'un mirage, d'un produit de la douleur qui palpite comme un excès de vin sous son crâne – mais elle lui semble familière elle aussi. Les doigts noueux, la peau chaude et parcheminée.

La main la pousse en avant, replie les doigts de Genièvre autour d'un éclat de pierre brisée. Puis elle en pose le bord contre le mur et, dans un crissement, trace lentement un cercle. *Tisse un cercle autour…* songe Genièvre dans un état proche de l'ivresse, et elle marmonne de nouveau les vers. Sa voix sonne faux à ses oreilles, figée et étranglée.

Elle laisse échapper le caillou au moment où elle referme le cercle. La gravure commence à luire très faiblement.

Elle la considère stupidement entre ses yeux plissés, jusqu'à ce que la voix claque de son invisible langue et dise : *Vas-y, ma fille.*

Genièvre passe la main à l'intérieur de la douce lumière du cercle. La cellule disparaît autour d'elle, s'évanouit brusquement dans la nuit étoilée.

22

Un pour la peine,
Deux pour les rires,
Trois pour un enterrement,
Quatre pour la naissance,
Cinq pour la vie,
Six pour la mort,
Sept pour trouver une épouse joyeuse.

Un sort pour guérir, qui requiert de l'écorce de saule & de l'herbe à soie

Béatrice Belladone est légèrement surprise de se découvrir en vie.

Elle est affalée sur le flanc au milieu d'un cercle de cire blanche. Des bras la tiennent fermement et une voix murmure à son oreille. « Oh, les saints, merci », souffle-t-elle, et Bella comprend à qui appartiennent ces bras et cette voix. Elle envisage de s'évanouir de nouveau, pour le seul plaisir de s'abandonner au corps de Quinn contre le sien.

« Bella, je crois… je crois que cette chose réclame votre attention. »

Avec un petit soupir secret, Bella ouvre les yeux.

Une chouette est posée sur la terre nue devant elle. Elle en a en tout cas la forme, mais aucune chouette n'a jamais possédé de plumes si noires qu'elles semblent avaler toute lumière, même l'argent tacheté du clair de lune, ni d'yeux d'un rouge si profond et solennel qu'on les confondrait avec des charbons ardents. Derrière ces yeux, Bella perçoit l'écho de cette chose vaste qui s'est arrêtée pour la considérer, comme si la chouette était un brandon d'un feu beaucoup plus grand.

La sorcellerie elle-même portant peau d'animal, disait Mags.

« Bonjour », dit Bella d'une voix timide. Comment est-on censé saluer un familier ? Comment doit-on s'adresser à la magie quand elle adopte une forme qui vous est intelligible ?

Pour toute réponse, sa chouette se borne à la dévisager de ses yeux rouges. Elle lève une patte, et Bella remarque alors qu'elle tient quelque chose entre ses serres d'obsidienne : une pierre carbonisée aux arêtes irrégulières.

Elle écarte ses griffes et la pierre roule jusqu'à Bella. Derrière elle, Quinn émet un petit gémissement las, de ceux qui ont vu trop de choses défiant l'entendement pour une seule soirée et espèrent que ça s'arrêtera bientôt.

Bella ramasse la pierre. La chouette l'observe. « M… merci ? » tente Bella. Elle ignore si les vraies chouettes possèdent la capacité d'exprimer la déception et une patience à toute épreuve en clignant des yeux, mais apparemment celle-ci l'a.

Son familier perd cependant patience et décolle aussitôt. Bella se lève péniblement. « Attends ! Reviens, je suis désolée ! »

Mais la chouette ne part pas. Elle se contente de voler en rond non loin au-dessus des deux femmes, les ailes inclinées. Elle décrit trois cercles – le motif rappelle à Bella le Signe des Trois, la résonance des formes, la répétition des cercles dans le folklore –, avant de fondre sur sa maîtresse, toutes serres dehors. Bella se prépare à l'impact, mais les pattes se posent avec légèreté sur son épaule. La chouette ne pèse pas davantage que l'idée d'une chouette, une suggestion d'os et de plumes.

Elle pousse un hululement grave et plaintif. Bella enfonce la pointe de sa pierre dans la terre noire et trace un large cercle, murmure de nouveau les vers. *Tisse un cercle autour des flammes.* Les contours se mettent à émettre une douce lumière nacrée, presque luminescente. Quinn pousse de nouveau son exclamation épuisée.

Bella prend sa main et l'attire vers le sol. Elles pressent leurs paumes contre la terre rafraîchie par l'air nocturne, l'une contre l'autre, et Old Salem disparaît.

Elles ne laissent rien derrière elles, sinon des flaques de cire, une terre brûlée et le parfum suave des roses.

Agnès n'est pas morte, pas plus que sa fille.

Elle s'agenouille sur l'esplanade qui fut St George Square. Mais à présent les réverbères miroitent faiblement au milieu d'une forêt d'arbres tordus, impossiblement loin. Les étoiles forment des constellations tournoyantes inconnues, plus proches et plus brillantes qu'Agnès les a jamais vues à New Salem. Le ciel est fendu en deux par une immense noirceur, une tour de pierre couverte de lierre et de roses sauvages, dont la porte s'orne de trois cercles entrelacés.

Agnès lève les yeux vers l'édifice, touche son ventre et pense d'un air songeur : *Bon anniversaire, ma chérie*, quand deux femmes apparaissent sur l'esplanade. Si Agnès ne venait pas de voir une tour surgir par enchantement, se matérialiser dans la réalité comme un poisson sorti de l'eau, elle aurait trouvé ça tout à fait perturbant.

« Bella ! » Sa grande sœur se tient avec Cléopatra Quinn à la porte de la tour, leurs paumes pressées contre les cercles. « Comment avez-vous...

C'est une chouette ? » Une grande ombre perchée sur l'épaule de sa sœur aînée darde sur elle des yeux de braise.

« Oui, je crois », bredouille Bella. Elle a le regard fiévreux et trop brillant, agité de mouvements qui inquiètent Agnès. « *Strix varia*, si je ne m'abuse, quoique, avec la couleur, c'est difficile d'en être sûr. Ovide, cet idiot, les prenait pour des vampires et des oiseaux de mauvais augure... Regarde comme elle est belle ! » Bella interrompt son délire pour caresser du doigt la poitrine de sa chouette. Une pensée semble la frapper. Elle pivote sur ses talons, prend la mesure de l'immensité de la tour, puis se tourne à nouveau vers Quinn et Agnès. « Vous ressentez quelque chose ? Un quelconque pouvoir qui s'éveille ? »

S'ensuit un petit silence incertain durant lequel toutes trois attendent qu'une magie ancienne et mystérieuse afflue dans leurs veines, les remplisse de la majesté perdue de leurs ancêtres.

« Je ne crois pas, répond Agnès.

— Non, dit Cléo.

— Moi non plus. Bon, il y a peut-être un rituel ou une clé qui nous attend à l'intérieur... Une succession d'indices qui révèlent une chambre secrète, comme dans les romans policiers de Mlle Doyle ! Ou peut-être en lisant l'inscription à voix haute... » Bella s'incline vers la porte, où apparaissent des mots écrits par une main apparemment étrangère. « *Maleficae quondam, maleficaeque futurae.* »

Il ne se passe rien.

Avant que Bella ne puisse tenter quoi que ce soit d'autre, une quatrième femme se matérialise à la porte de la tour. Sa combinaison pend autour d'elle en lambeaux tachés de cendres, dont les accrocs révèlent de sombres ecchymoses. Elle penche la tête en avant, de sorte que son visage reste caché par ses cheveux noirs emmêlés. Sa respiration fait un bruit de crécelle humide.

Quand elle se redresse, Agnès voit les ravages subis par son cou, un amas de chair sanguinolente rose et blanc qui l'oblige à détourner le regard.

Genièvre leur sourit avec entrain, les lèvres fendues, les dents rouges de sang. Ses yeux sont d'un gris-vert profond, comme les ombres des feuilles en été, plus doux et plus apaisés qu'Agnès les a jamais vus – jusqu'à ce qu'ils se posent sur la créature juchée sur l'épaule de Bella.

« Oh, *bordel.* » La voix de Genièvre parvient à être à la fois mouillée et brûlée, terrible à entendre. « Comment se fait-il que tu en aies eu un avant moi ? »

Puis, avec une étrange grâce désarticulée, elle s'écroule.

Bella n'est pas morte. Mais sa sœur l'est peut-être.

Agnès réagit la première. « Genie ? Genie, chérie ? *Aide-moi*, crétine ! Aide-moi à la mettre à l'intérieur ! »

Il faut un moment à Bella pour comprendre qu'Agnès s'adresse à elle, et un autre à s'agenouiller près du corps disloqué de sa sœur. Elle hésite à la toucher – elle n'est qu'une blessure ouverte, une collection de bleus, de brûlures et de maltraitances –, mais à elles deux, Bella et Agnès parviennent à la hisser à la verticale.

Quinn tire avec vigueur sur l'anneau de fer qui pend à la porte de la tour. Cette dernière s'ouvre facilement, comme si un gardien soigneux avait huilé ses gonds à intervalles réguliers durant tous ces siècles.

Bella et Agnès déposent leur sœur sur les dalles fraîches. Ses cheveux lui font un halo autour de la tête, et sa gorge bée comme une deuxième bouche.

Bella fouille frénétiquement les ombres des yeux, espérant y trouver un calice en or, une baguette en ivoire, voire une potion magique étiquetée « Bois-moi ! ».

Mais il n'y a rien de tel, rien qu'une douce obscurité striée par les rayons argentés de la lune, et une subtile odeur sèche qui fait inexplicablement battre le cœur de Bella plus fort.

D'une voix hésitante, avalée par les ténèbres immenses au-dessus d'elles, Agnès dit : « Quelqu'un va finir par voir la tour, et on viendra nous chercher. Qu'est-ce qu'on fait ? »

Mais Bella ne l'écoute pas. À mesure qu'elle inhale cette odeur – poussière et parchemin, cuir et coton, encre à base d'huile, galle de chêne et suie –, un soupçon tenace enfle dans sa poitrine.

Les mains tremblantes, elle sort de sa jupe une pochette d'allumettes et en gratte le bout de l'une d'elles contre la pierre. La lumière qui en jaillit se reflète dans l'ambre profond des yeux de Quinn et éclaire un cercle trop réduit de dalles. À la périphérie de ce cercle, Bella parvient à distinguer les contours flous d'étagères alignées sur les murs de la tour. Des bocaux en verre. De longs bancs et des tables éraflées jonchés de feuilles, d'os et de choses indistinctes, donnant l'impression qu'une femme peu soigneuse a confectionné des voies de sorcière à peine quelques heures plus tôt.

Bella se lève, brandit son allumette plus haut entre ses doigts tremblants et regrette de ne pas avoir de lampe, de torche, ni même de bougie.

Sur son épaule, la chouette s'ébroue. Elle se tend vers l'avant – Bella ignore si une vraie chouette pourrait étirer le cou à une telle distance de son corps ou si les règles diffèrent pour les familiers – et lui arrache l'allumette des doigts. Puis elle la projette en l'air d'un rapide mouvement de la tête et l'avale tout entière, flamme comprise.

« Non ! Ne... » Bella cherche à l'en empêcher, mais bien trop tard. Une lumière dorée s'épanouit au cœur de l'animal, comme une bougie à travers du verre fumé. Elle gagne en intensité et s'étend à tout son corps, jusqu'à ce que la chouette brille de l'or vif d'un feu nourri. Seul le bout de ses serres et de ses ailes demeure ourlé de noir. Alors elle ouvre ses ailes et prend son envol.

Tous les visages se tournent vers le haut pour la regarder s'élever en spirale dans la tour. Dans son sillage lumineux, les trois femmes découvrent un escalier qui tourne sans fin le long des murs, de manière si chaotique qu'il donne l'impression d'avoir poussé plutôt que d'avoir été construit. Des paliers et des échelles lustrés par l'usage en surgissent telles des branches, et des portes se nichent dans les ombres, quoique Bella ne puisse imaginer qu'elles s'ouvrent sur autre chose que le vide. Et, pelotonnés entre elles – en piles inclinées sur des étagères soigneusement alignées, sous des couvertures en cuir ou en vélin, leurs pages frangées d'or par la lumière de la chouette –, des livres. Plus de livres que Bella en a jamais vus au cours d'une vie dédiée aux livres.

Sa chouette redevient tache d'encre au moment où l'allumette s'éteint. Elle se perche quelque part en hauteur, visible seulement au rougeoiement de son regard.

Bella ferme les yeux. Sa poitrine est le théâtre d'un curieux bouillonnement. Elle finit par l'identifier comme un rire exalté. La Voie perdue d'Avalon n'est pas un miracle, ni une relique magique, ni un artefact fantaisiste. C'est tout simplement la vérité, écrite et reliée, préservée du temps et de la malveillance. C'est…

« Une bibliothèque, souffle Quinn.

— Une *bibliothèque* ? » Agnès est la seule d'entre elles encore accroupie près de Genièvre, les doigts serrés sur les plis humides de sa combinaison. « Et qu'est-ce qu'on est censées faire avec une *bibliothèque* ? »

Bella s'approche de l'étagère la plus proche et plisse les yeux pour déchiffrer les différentes sections, écrites dans une calligraphie ancienne, à la lumière de la lune. « Malédictions – Mortelles, périlleuses, purement divertissantes ». L'étiquette suivante indique : « Météorologie – Tempêtes, inondations, invasions de sauterelles ». Puis, juste en dessous : « Changelins – En argile, en pierre, marchés avec le petit peuple ». Et encore en dessous : « Médecine – Brûlures, morsures, contusions ».

Quinn lit par-dessus son épaule. Même dans la pénombre, Bella ne peut manquer l'éclat passionné dans ses yeux, l'avidité de son demi-sourire. C'est une femme qui comprend la valeur des mots, en particulier de ceux qui leur sont interdits.

Bella s'empare d'un volume relié en bois de merisier, maintenu par des charnières en laiton. Le titre en capitales est pyrogravé dans la couverture : *LE LIVRE DE MARGERY MEM, traduction de ses recettes curatives*.

Elle s'avance dans un rayon de lune, l'ouvre et voit les vers perdus et les voies oubliées préservés dans un millier de lignes d'encre soignées. De la sorcellerie, aussi pure que du sang de dragon, aussi brillante que de la poussière d'étoiles, réduite au silence depuis des siècles.

« Avec ça, Agnès, nous pouvons faire à peu près tout ce qui nous plaît. Parler avec des loups, donner vie à des pierres, changer le maire Worthington en charançon… » Elle se tourne vers sa sœur, toujours accroupie au-dessus du corps immobile de Genièvre, blanche d'inquiétude. « Mais nous allons commencer par sauver notre petite sœur. »

Genièvre ne regrette pas vraiment son corps, cette chose brûlée, brisée, si remplie de souffrances qu'il reste à peine assez de place pour elle. Elle dérive au-dessus de lui, observe avec une affection détachée ses sœurs s'inquiéter pour son cou, décoller délicatement le coton de sa combinaison de sa chair meurtrie. Cette Quinn se tient au-dessus d'elle, avec des herbes séchées dans une main et un livre dans l'autre, dont elle lit le contenu à voix haute.

Ses vers exercent une traction sur Genièvre. Elle tente de les ignorer, mais ils la tirent vers le bas, de plus en plus près de l'épave qu'est son corps. Puis ses sœurs les entonnent à leur tour, de leurs voix gonflées de larmes. *Un pour la peine, deux pour les rires, trois pour un enterrement, quatre pour la naissance...*

Bella pose une branchette en travers de la gorge de Genièvre, sans cesser de dire le sort et en frappant du poing sur les dalles.

Les vers sont un piège. Ils la clouent à l'intérieur de son corps, avec les ecchymoses et les brûlures. Ses cris sont des choses rauques et grêles.

La douleur s'atténue chaque fois que le poing de sa sœur s'abat sur le sol, chaque fois que la comptine reprend du début. Une merveilleuse fraîcheur la baigne aussitôt après, comme l'eau d'un torrent par une journée étouffante.

Genièvre demeure immobile, attentive au battement régulier de son sang et aux minuscules et invisibles mouvements de sa peau qui se recoud et de ses cloques qui s'estompent. Ses sœurs parlent au-dessus d'elle ; leurs voix tombent d'une grande hauteur avant de parvenir à ses oreilles.

« Ils seront bientôt là. » Agnès, tendue par la peur.

« Qui ? » Bella, d'une voix qui ne lui ressemble pas, grisée, heureuse et pas le moins du monde inquiète.

Genièvre se demande si elle est ivre.

« *Tout le monde !* La police, une foule brandissant des fourches, Hill et ses sbires ! On ne peut pas rester là ! »

Il y a quelque chose de très important que Genièvre doit leur dire à propos de Hill, de la sorcellerie, des ombres volées, des yeux qui les observent, mais cette pensée sombre dans la fraîcheur bénie.

Bella la rappelle à la raison. « Je ne laisse pas cette bibliothèque aux mains de ces dépravés. » *Bibliothèque* ?

Agnès pousse un grognement inarticulé, mais Quinn répond calmement : « Cachez-la, alors. Si l'on peut lier des capes à des chapeaux et les faire disparaître, pourquoi pas une tour ? »

Un petit silence ponctue ses paroles, tandis que les vers *Nous ne sommes que poussière et retournerons à la poussière* s'agitent vaguement sous le crâne de Genièvre.

Puis Bella dit : « C'est… tout à fait brillant, Cléo, avec une telle admiration dans la voix que c'est presque gênant. Mais l'une de nous doit partir, pour fixer le liage dans un endroit sûr. Et tracer le Signe pour que nous puissions ressortir.

— Je m'en occupe », propose Agnès calmement.

La voix de Bella se durcit pour une raison inconnue. « Bien sûr. J'avais oublié que tu partais déjà. »

Après cela, les voix au-dessus de Genièvre se brouillent, dégénèrent en un méli-mélo de plans, de marmonnements et de « vite ». Elle se satisferait de rester étendue là, à se prélasser dans l'absence de douleur, mais…

« Attendez ! » Sa voix sonne toujours aussi faux, grêle et rauque. « Merci. De m'avoir secourue. »

Dans un bruissement de jupe, le visage d'Agnès apparaît au-dessus d'elle. « Chut, chérie. » Sa voix à elle est chaude, grave et plus directive que jamais, comme lorsqu'elles étaient enfants.

« Je ne pensais pas que tu viendrais. Maintenant que tu sais, pour papa.

— Alors c'est vrai ? » Agnès n'a l'air ni surprise ni particulièrement bouleversée. Juste fatiguée.

Genièvre déglutit et grimace de douleur. « C'est vrai.

— Oh, Genie. » Bella s'agenouille de l'autre côté de Genièvre, le visage sévère à côté de celui d'Agnès. « Pourquoi ? Après toutes ces années.

— Il est tombé malade. Il tombait toujours malade, après l'incendie – poumons fragiles, disait le docteur. Cette fois-là était pire. Il a passé des semaines au lit, à tousser du sang et des glaires. » Genièvre se souvient des nuits passées à même le sol, près de son lit, afin de pouvoir s'occuper de lui ; du bruit de sa respiration laborieuse. « Le docteur a dit qu'il ne pouvait plus rien pour lui. Il a fait venir un notaire pour établir son testament et a donné à papa une bouteille marron contre la douleur. Ce qu'elle contenait le rendait... » Bizarre. Faible. Pas lui-même. Il la regardait parfois avec des yeux tout mouillés et brillants et l'appelait par son matrinome. Une fois, alors qu'elle posait le plateau de son dîner sur ses genoux, il lui avait touché le poignet d'une façon qui lui avait révulsé l'estomac. Cette nuit-là, elle avait dormi dehors et laissé le vent froid la récurer.

Les visages de ses sœurs sont graves et silencieux au-dessus d'elle. Genièvre ferme les yeux. « Un jour, pas loin de la fin, il s'est mis à déblatérer des choses sur le péché, les remords, comme il regrettait que je ne sois pas né garçon. Il a dit que Dan au moins s'occuperait bien de la ferme. Et c'est à ce moment que j'ai compris qu'il me l'avait prise, qu'il m'avait tout pris. » Encore aujourd'hui, elle s'étrangle sur le fantôme de cette rage. Cette terre lui appartenait, par la naissance et par le sang.

« C'est donc pour ça, commence Bella d'une voix étouffée.

— Non. » Genièvre déglutit de nouveau, sent sa gorge se contracter autour de sa déchirure. « Je le voulais, mais je ne l'ai pas fait. Jusqu'à ce qu'il commence à s'excuser pour... d'autres choses. La cave. Votre départ à toutes les deux. Notre mère. » Sa voix vacille sur ce dernier mot. Genièvre ignore pourquoi ; elle n'a jamais rencontré cette femme, jamais rien connu d'elle sinon une mèche de cheveux dans le médaillon de Mama Mags, la raison pour laquelle ses sœurs portaient du noir le jour de son anniversaire. « Il a dit qu'il... qu'il... »

Genièvre avait compris que son père – la chair de sa chair, son ennemi, la seule famille qui lui restait – était un meurtrier. Et alors, aussi soudainement que le serpent vous mord la paume, elle avait compris qu'elle et son père avaient une chose en commun.

Une main chaude se glisse dans la sienne. Bella ouvre la bouche pour dire quelque chose, mais Genièvre ne lui en laisse pas le temps. « Vous saviez ? Toutes les deux ? »

Au-dessus d'elle, Genièvre sent ses sœurs échanger un regard avant de se détourner.

« Pas vraiment », répond Bella, et, au même instant, Agnès dit : « Oui. »

Après un bref silence, elle explique : « Mama m'avait dit d'aller sonner la cloche quand les douleurs commenceraient, mais papa m'a attrapée par le poignet... » Genièvre entend l'amertume de la culpabilité dans sa voix. « J'ignore s'il voulait vraiment que ça arrive. Mais il savait que ses deux précédents accouchements avaient été difficiles.

— Tu aurais dû me le dire », déclare Genièvre, qui en doute pourtant. Quelle aurait été son enfance, si elle avait dû porter ce fardeau ? Est-ce pour cette raison que ses sœurs étaient toujours un peu moins sauvages qu'elle, un peu plus peureuses ?

« Tu aurais dû *nous* le dire, corrige Bella avec un soupçon de hargne. Avant d'être traînée en prison.

— Je pensais que si vous saviez ce que j'avais fait, ce que j'étais, vous m'auriez... » *Haïe, abandonnée, tourné le dos sans jamais revenir.*

« Mais tu n'as quand même pas cru que nous serions surprises. Après ce que nous avons vu. »

En entendant les mots de Bella, Genièvre sent la chose invisible remonter des profondeurs où elle vit à l'intérieur d'elle-même. Elle voudrait s'en détourner, la renvoyer là d'où elle vient, mais elle est lasse, percluse de douleurs, et sa confession l'a laissée sans défense. La chose approche, menaçante.

Agnès secoue la tête. « Elle ne se rappelle pas, Bell. »

Genièvre ne veut pas demander. Elle demande. « Qu'est-ce que je ne me rappelle pas ? »

Agnès croise son regard, gris contre gris. « Ce jour-là dans la grange. Quand papa a découvert… ce qu'il a découvert. » Ses yeux se posent un instant sur Bella, amers et froids, puis reviennent à Genièvre. « On était acculées contre le mur. Il se rapprochait. Et puis tu es arrivée. Tu t'es interposée, féroce et efflanquée. Tu lui as dit de nous laisser tranquilles, sinon… Et il t'a ri au nez. Alors… » Agnès laisse sa phrase en suspens, mais Genièvre se rappelle.

Genièvre se rappelle : l'arc de sa colonne vertébrale alors qu'elle lève les yeux vers son père.

Genièvre se rappelle : les crochets de serpent toujours prêts dans sa poche, depuis que Mama Mags avait replié ses doigts autour d'eux et lui avait dit de les garder à l'abri des regards, juste au cas où.

Genièvre se rappelle : quelque chose qui se rompt en elle. Sa patience, sa tolérance, la dernière branche à laquelle elle se raccrochait.

Que les bâtons et les pierres te brisent les os, que les serpents t'arrêtent le cœur. Elle n'avait pas son bâton en bois de genévrier, à cette époque. Mais elle avait un piquet du séchoir à tabac qui traînait sur le sol de la grange, encroûté de terre et de fientes de poules, et elle avait les vers.

Et elle avait la volonté. Presque.

À la toute dernière seconde, en voyant son père se tortiller sous ses yeux, le serpent couleur terre enroulé autour de sa cheville, sa volonté avait vacillé. Peut-être qu'elle ne le haïssait pas assez ; peut-être qu'elle ne voulait pas se haïr elle-même.

Plus tard, quand elle s'était retrouvée seule avec le crépitement mouillé de la respiration de son père, elle avait refoulé le souvenir de ce serpent dans les plus profonds océans de son être, où elle ne pourrait le voir, parce que ses sœurs étaient parties et qu'elle ne supportait pas de savoir que c'était sa faute.

Genièvre sent des larmes couler le long de ses tempes, s'enfoncer dans ses cheveux. Son père avait changé après l'incendie : il était devenu plus lent, plus prudent, moins prompt à lever la main quand il s'emportait. Par gratitude, peut-être, pour toutes ces heures putrides qu'elle avait passées à changer ses bandages et à le nourrir à la cuiller. Du moins l'avait-elle cru. Mais en réalité sa gentillesse n'avait en rien différé de celle qu'on témoigne à un chien enragé : il avait peur de ses crocs.

Pas assez, apparemment.

« C'est pour ça que vous n'êtes jamais revenues. » Parce qu'elles avaient vu ce qu'elle était. Un monstre, une meurtrière. Un dragon rouge aux dents et aux griffes acérées, pas une princesse que l'on sauve d'une tour. « C'est pour ça que vous ne m'avez jamais écrit.

— Je l'ai fait, s'insurge Bella. Une fois par semaine, au début. Comme tu n'as jamais répondu, j'ai cru que tu ne voulais plus entendre parler de moi. Je me suis dit que tu avais peut-être entendu... des rumeurs. » Genièvre s'efforce de se concentrer sur son visage, tache aux yeux tristes qui plane au-dessus d'elle.

Agnès lui fait écho. « La première chose que j'ai achetée en arrivant en ville, c'est une carte postale. Tu n'as jamais répondu non plus, alors au bout d'un moment, j'ai laissé tomber.

— Mais... oh. » Genièvre se demande si leur père avait payé le facteur pour qu'il perde ces lettres ou s'il les avait brûlées lui-même. Elle se demande si elle avait pelleté leurs cendres du poêle à bois, sans savoir de quoi il s'agissait, et si son père l'avait regardée faire.

Leur proximité l'avait toujours dérangé. Quand elles étaient petites, il n'avait eu de cesse de les monter l'une contre l'autre, favorisant la plus jeune, accusant l'une des péchés des autres, repérant les failles entre elles et s'appliquant à les creuser davantage. Mais ça ne prenait jamais. Toutes trois demeuraient une chose unique, inviolée. Alors il les avait séparées et il avait passé sept ans à arracher les derniers fils qui les liaient.

Mais – Genièvre regarde les yeux gris de ses sœurs, désormais réunies – il avait échoué.

« Agnès. Bell. Je…

— Je suis désolée de vous interrompre, mais l'aube est presque là. Le temps nous est compté. » Quinn se tient sur le seuil, le bras tendu vers la ligne qui éclaircit l'horizon.

Bella et Agnès se redressent. Genièvre espère qu'elles reviendront. Elle voudrait leur demander ce qui est arrivé aux autres Sœurs, comment elles ont rappelé la Voie perdue, et si elles croient possible que le fantôme de Mama Mags lui ait rendu visite dans les Profondeurs – mais les pierres sont si fraîches contre sa peau, l'air si lourd sur ses paupières.

Elle se réveille une fois, brièvement, quand une main lui touche la joue, suivie de la voix d'Agnès. « Au revoir, Genièvre. » Puis d'un ton plus dur : « Au revoir, Bella.

— Tu sais où nous trouver si tu changes d'avis. »

Si Agnès répond, Genièvre ne l'entend pas, car elle repart à la dérive.

Il y a toujours des voix autour d'elle, qui chuchotent et murmurent, mais elles n'appartiennent pas à ses sœurs. Elles appartiennent à trois quelqu'un-d'autre et résonnent comme le soupir de pages que l'on tourne, comme le bruissement des pétales de roses, comme le toucher silencieux d'étoiles étranges.

Agnès ne se retourne qu'une seule fois en quittant la tour.

Bella tient une paire de cisailles en argent dans une main, un livre ouvert dans l'autre. Avec cette inquiétante chouette perchée sur son épaule telle une gargouille, on dirait l'Aïeule elle-même revenue d'entre les morts. Genièvre, pâle et inerte sur les dalles, ressemble à une pucelle prête à être sacrifiée.

À cette vision, Agnès est prise d'un remords. Elle voudrait faire demi-tour et prendre sa place entre elles, jouer le rôle de la sœur du milieu et de la Mère – mais elle ne le fait pas.

Elle franchit la porte et s'agenouille un instant à l'ombre des arbres. Elle ramasse une pleine poignée de terre et de feuilles mortes, les glisse dans une fiole et murmure les vers : *Nous ne sommes que poussière et retournerons à la poussière*. Elle prie que cela suffise.

La nuit est silencieuse, à l'exception du bruissement des feuilles et des cloches distantes qui sonnent l'office du matin du solstice. Les arbres laissent traîner leurs branches sur sa jupe comme le feraient des doigts amicaux, à moitié familiers ; elle se rappelle toutes les fois où elle a poursuivi Genièvre à travers des fourrés de laurier des montagnes et de houx.

Agnès se glisse hors des bois et fait trois pas avant de se rendre compte qu'elle n'est pas seule : il y a des oiseaux perchés sur chaque réverbère, chaque banc, serrés sur les bords des fenêtres et les toits de l'université et de l'hôtel de ville, aussi silencieux que la chute d'une plume.

Et il y a une femme qui se tient plusieurs mètres devant elle, pile à l'endroit où les pavés cèdent la place à la terre sombre et jonchée de feuilles.

Son visage est levé vers la tour. Sa peau, ivoire sous le feu troublant des constellations dont le nombre a doublé et la forme a changé, brille d'un éclat surnaturel en dépit du halo orange de la ville.

Elle ne porte pas sa coutumière écharpe blanche ni sa jupe amidonnée, et son pouf Gibson Girl semble avoir dégonflé, mais Agnès reconnaît ce visage : Mlle Grace Wiggin, cheffe de l'Union des femmes chrétiennes et opposante notoire au droit de vote, à la sorcellerie, à l'alcool, au jeu, à la prostitution, à l'immigration, au métissage et aux syndicats.

Agnès ne fait plus un geste, tel un animal sauvage pris dans le faisceau d'une lampe. Le visage de Wiggin se tourne lentement vers elle, comme si arracher ses yeux à la tour lui était pénible. Des larmes y scintillent, ainsi qu'un soupçon de désir.

« C'est vous qui avez fait ça ? » demande-t-elle d'une petite voix perdue, sans rien de commun avec le clairon perçant dont Agnès se souvient.

Agnès incline la tête, gagnée par une fierté chancelante. *C'est moi qui ai fait ça, avec mes sœurs*. Elles l'avaient invoquée par leurs incantations depuis les profondeurs du temps, au beau milieu du vertueux et sévère New Salem. Grace Wiggin et ses dames d'honneur lui paraissent soudain moins inquiétantes, presque comiques.

Les yeux de Wiggin se posent sur elle pour la première fois. Ses lèvres se retroussent. « Et ne craignez-vous pas pour l'âme de votre enfant ? N'avez-vous aucun instinct maternel ? »

Agnès envisage un instant de la gifler. « Et vous, mademoiselle Wiggin ? Ne craignez-vous pas pour votre réputation, seule en pleine nuit ? N'avez-vous pas honte ? »

Une curieuse et enfantine pointe de culpabilité traverse le visage de la femme. « Je suis sortie faire une promenade. Il se trouve que j'ai levé les yeux, et j'ai vu les étoiles changer, les oiseaux se rassembler... Puis j'ai senti le parfum des roses. »

Mags disait toujours que, durant les solstices et les équinoxes, la magie brûlait toujours plus proche de la surface des choses. Que toute sorcière des haies qui se respecte, toute femme au cœur sauvage, se devait de sortir et d'éprouver les rayons de lune sur sa peau et le poids de la nuit sur ses épaules.

Qu'est-ce qu'une jeune femme vertueuse fait dehors, la nuit du solstice d'été, à regarder le ciel ? Pourquoi ses yeux ne cessent-ils de revenir à la tour, comme un papillon de nuit attiré par les flammes ?

Agnès est frappée par le soupçon soudain que Grace Wiggin ne déteste pas du tout la sorcellerie. « C'est beau, n'est-ce pas ?

— Abominable. Diabolique. » Mais les mots sonnent creux, comme appris par cœur. Agnès attend, les yeux rivés sur les muscles crispés du visage de Wiggin, et se demande combien de temps elle continuera de parler avant de crier à l'aide, et si ce temps suffira à Bella pour faire disparaître la tour.

Le désir est revenu dans les yeux de Wiggin, plus fort désormais. « Ma mère faisait danser mes poupées, quand j'étais petite. Je la suppliais de m'enseigner les vers, et elle l'a fait – ceux-là et d'autres. J'aimais les apprendre. J'avais l'impression que… » Elle ne finit pas sa phrase, mais Agnès sait : que sa voix avait du pouvoir, que sa volonté avait du poids.

« Que lui est-il arrivé ? »

Le visage de Wiggin se teinte d'une amertume qui la fait paraître plus vieille. « Flagrant délit d'avortement. » Agnès songe à Mags et à l'étroit chemin derrière sa maison, à Madame Zina, avec ses voiles vaporeux et ses tirages de cartes factices. « On m'a obligée à assister à sa pendaison. Je suis devenue un Ange perdu, après ça. »

Une tendresse maladroite s'enracine dans la poitrine d'Agnès. Elle se révolte contre elle – son cercle n'a certainement pas besoin d'être assez grand pour y inclure des femmes comme Grace Wiggin, pour l'amour du ciel –, mais le visage de Wiggin lui semble être devenu une fenêtre, ou peut-être un miroir. Agnès entrevoit la fillette blessée et effrayée d'autrefois, le cœur rempli de haine, sans rien contre quoi la diriger.

« Écoutez. Rien ne vous oblige à continuer de faire… ce que vous faites. Rien ne vous oblige à aider un homme comme Gideon Hill. Ce n'est pas parce qu'il… »

Entendre prononcer son nom fait exploser la bulle fragile entre elles. Les yeux de Wiggin se changent en éclats de silex ; elle resserre son châle autour de ses épaules. « Comment osez-vous… M. Hill est le plus noble… le plus courageux… » Une rage fervente et surnaturelle l'étrangle.

Agnès se demande si Wiggin va lui sauter à la gorge, griffes sorties et feulant comme un chat, quand la tour disparaît.

Les étoiles, les bois touffus, la terre noire… Tout cela s'évanouit comme des pièces avalées par une poche invisible. Il ne reste rien de la Voie perdue d'Avalon, sinon un vent malicieux et le parfum sauvage de la magie et des roses dans l'air. Wiggin chancelle, la bouche béant d'horreur. Elle pivote de nouveau vers Agnès, la peau cireuse et jaune dans les premiers rayons de l'aurore. « Vous brûlerez pour ça, crache-t-elle. Il s'en assurera. »

Puis elle se met à crier. « Au secours ! À l'aide ! Des sorcières à New Salem ! »

Agnès prend ses jambes à son cou, ne s'arrêtant que pour tracer une croix sur les pavés et murmurer le sort d'August. Ses cheveux s'élèvent au-dessus de ses épaules, et le bébé ne semble plus rien peser sur ses hanches. Tandis qu'elle court, la fiole cogne contre sa cuisse, et la voix de Wiggin résonne à ses oreilles comme une malédiction ou une prophétie.

Elle court vers l'ouest, sans quitter les ruelles, en évitant les allumeurs de réverbères et les videurs de pot de chambre, en se cachant sous les portes cochères quand elle entend le claquement des sabots sur les pavés. Elle s'arrête au cimetière en mâchonnant sa lèvre, avant d'escalader la clôture et de regagner le carré des sorcières, où leur pommier d'or se dresse toujours, brillant et majestueux, bien trop lourd pour être déplacé.

Agnès enterre la fiole de terre parmi ses racines. Elle grave un symbole dans le métal malléable du tronc – trois cercles entrelacés – et dit les vers. Le Signe commence à luire, très faiblement, et ses doigts s'en approchent.

L'envie de le toucher, d'être ramenée à la tour, aux bois et aux histoires incroyables que ses sœurs écrivent ensemble, la taraude.

Mais Agnès en a fini avec tout ça. Elle a sauvé sa sœur, et maintenant elle doit survivre pour sa fille.

Elle rentre chez elle, lasse, les pieds endoloris. D'abord elle se cache chaque fois qu'elle voit passer des agents montés sur leurs grands chevaux blancs, mais elle s'aperçoit bientôt qu'ils la remarquent à peine. Elle n'est rien, une fois de plus.

23

Le pont de Londres dégringole, dégringole, dégringole,
Le métal va se tordre et rompre, se tordre et rompre, se tordre et rompre,
Ma bonne pucelle.

Un sort pour la rouille, qui requiert de l'eau salée & des mains jointes

Genièvre est réveillée par une série de mystères. Le premier est celui de sa propre peau, dont elle se souvient comme une chose battue, maltraitée, un costume trop porté. Mais elle lui semble avoir retrouvé son intégrité et sa douceur sous ses mains. Même – ses doigts tremblent lorsqu'elle les approche de sa gorge – l'endroit où le collier de fer a brûlé. Ça devrait être une plaie gluante et encroûtée, suintant le sang et le pus, mais elle ne sent rien d'autre que des nœuds de chair tendue.

Le deuxième est la pièce dans laquelle elle se trouve, circulaire et ensoleillée, qu'elle n'a jamais vue auparavant. Il y a trois lits sous trois fenêtres cintrées, et trois tapis tissés sur le parquet en bois. Genièvre songe un peu bêtement aux contes de sorcières où il est question de trois ours et de pucelles perdues. Il y a dans cette pièce une justesse sur laquelle Genièvre n'arrive pas à mettre le doigt, jusqu'à ce qu'elle comprenne qu'elle lui rappelle le grenier où ses sœurs et elle passaient leurs nuits, petites. C'était le seul endroit de la maison qu'elle avait regretté de brûler.

Le troisième mystère est à la fois le plus subtil et le plus troublant : la lumière ne va pas du tout. Elle a l'impression d'être au milieu du jour, mais les rayons du soleil frappent la fenêtre presque à l'horizontale, lourds et dorés comme une pomme mûre. C'est un crépuscule d'automne, Genièvre en jurerait, et elle se demande confusément si elle a dormi durant tout l'été.

Ne trouvant aucune réponse dans la danse tranquille des particules de poussière ni dans les vrilles de lierre et de rosier qui s'entortillent au-delà du rebord de la fenêtre, elle fouille un coffre au pied de son lit et trouve une robe en laine naturelle à larges manches, serrée par un unique fermoir en argent en forme de S, ou peut-être de serpent. Elle la passe par-dessus sa tête sans tenir compte des craquements et des grincements de ses muscles, qui préféreraient retourner s'étendre dans le lit de plumes, et descend l'échelle.

La tête légère, elle aboutit en haut d'un escalier en colimaçon. En chemin, elle croise des portes et des alcôves, des chaises et des coussins empilés, de grands bancs sous des fenêtres. Et des livres. Une quantité et une variété de livres que Genièvre trouve franchement excessive.

Elle descend la spirale de marches en claudiquant. Son bâton lui manque terriblement. Elle laisse traîner ses doigts le long des dos des volumes : vélin doux, cuir cassant, coton élimé, toile de jute, peau d'anguille, fer, titres au fer à dorer ou pyrogravés, quelque chose qui murmure joliment à son contact et quelque chose d'autre qui pique. Elle est un peu surprise de ne pas trouver sa sœur aînée étendue sur les marches, terrassée par l'extase.

Puis, alors qu'elle franchit une porte délicatement ouvragée, Genièvre entend la voix de sa sœur. « ... pensais que nous devrions commencer par la littérature médicale. La fièvre est terrible cette année ; imaginez ce que ça serait si nous la guérissions ! »

Genièvre se tient à mi-hauteur d'une tour, au niveau du mur extérieur. Selon les lois de la physique, il ne devrait rien y avoir d'autre que le vide derrière la petite porte ouvragée. Mais quand elle l'ouvre, elle découvre une pièce exiguë lambrissée de chêne sombre, au milieu de laquelle trône une grande table pour l'heure jonchée de rouleaux, de livres et de stylos à plume. Bella se penche sur un côté du meuble, ses lunettes perchées sur son nez, tandis que Quinn est assise en face d'elle, la bouche souriant à quelque plaisanterie pour initiés.

« Genie ! s'écrie Bella en se redressant. Depuis quand es-tu levée ? Qu'est-ce qui t'a pris de descendre seule toutes ces marches ? » Elle traîne Genièvre jusqu'à un fauteuil sans cesser de marmonner et d'agiter les mains.

« Je vais bien », proteste Genièvre, mais sa voix résonne comme une allumette grattée contre une pierre, écorchée et râpeuse. Elle décline le châle et le coussin que sa sœur lui tend. « Oh, bon sang. Salut, Cléo.

— Salut.

— Où est passé ton gros oiseau noir, Bell ? Et comment je fais pour en avoir un ? »

Bella contourne la table et s'installe sur l'accoudoir du fauteuil de Quinn. « Strix, tu veux dire ? Il va et vient à sa guise. Parfois, il disparaît complètement, retourne de l'autre côté.

— Ah. Et où est Agnès ? » Genièvre la cherche du regard sans réfléchir, oubliant que le sort de liage est maintenant terminé. Mais le lien invisible entre elles est bien là. Elle sent Agnès travailler dur quelque part en ville.

Elle se rend compte au bout d'un trop long moment que Bella n'a pas répondu à sa question, qu'elle brasse des piles de papier sur son bureau plutôt que de croiser son regard. « Agnès n'est… plus un membre actif des Sœurs d'Avalon. De sa propre initiative.

— Quoi ?

— Elle a pris peur et elle est partie », clarifie Quinn.

Genièvre sent sa gorge s'échauffer sous l'effet de la contrariété. Elles étaient censées être de nouveau réunies, une pour toutes et toutes pour une. « Mais elle était là. Elle a invoqué la Voie perdue avec nous. Et tu es en train de me dire qu'elle nous a lâchées ?

— Souviens-toi qu'elle n'est plus toute seule. » C'est la chose la plus proche d'une excuse qu'elle ait jamais entendue dans la bouche de Bella au sujet d'Agnès. « Et tout cela est devenu plus dangereux. Regarde. » Bella ramasse une affiche cireuse sur son bureau, la déplie et la lui tend.

Genièvre croise son propre regard sur le papier : son visage, croqué au fusain, entre ses deux sœurs. L'illustrateur l'a dessinée les cheveux emmêlés et les lèvres retroussées sur un grognement, comme les sorcières qui vivent dans les bois et courent avec les loups ; Bella est fine et osseuse, figure de la sorcière qui habite une maison de pain d'épice et dévore les petits enfants ; Agnès, tout en courbes et en lèvres, incarne plutôt la sorcière qui attire les hommes dans son lit et les quitte froids et exsangues au matin. La légende dit : « LES SŒURS EASTWOOD – RECHERCHÉES POUR MEURTRE & SORCELLERIE DE LA PIRE ESPÈCE », et offre une généreuse récompense en échange d'informations permettant de les localiser.

Genièvre contemple les visages monstrueux et sent se former une boule d'amertume au creux de son ventre. S'ils veulent un méchant dans cette histoire, qui est-elle pour le leur refuser ?

Bella replie et écarte l'avis de recherche. « Il y a aussi des rumeurs, m'a dit Quinn. Les théories les plus folles courent sur ton évasion et sur une tour noire aperçue le soir du solstice. L'esplanade est toujours pleine d'oiseaux, apparemment. Quelques églises ont commencé à organiser des veillées nocturnes contre le retour de la sorcellerie – leurs pasteurs racontent à leur congrégation que la fièvre est un châtiment envoyé par Dieu ou le diable, ils n'arrivent pas à se mettre d'accord sur ce point… Oh, arrête de sourire comme ça, Genie, c'est sérieux !

— Bon sang, Bell, haut les cœurs…

— Il y a eu dix-neuf arrestations depuis le solstice. » Quinn parle très lentement, en articulant chaque mot, comme si elle craignait que Genièvre ne comprenne pas. « Des sorcières de rue inoffensives, pour la plupart – une faiseuse d'anges, une diseuse de bonne aventure, une femme qui prétend parler aux morts. Il y a eu aussi des descentes, des femmes battues jusqu'au sang pour rien de plus que quelques plumes dans leurs poches ou un râtelier à épices suspect. »

Genièvre ne sourit plus. Elle entend Agnès lui demander quelle sera la prochaine étape, quel en sera le coût. « Les Sœurs sont en sécurité ? »

Quinn hoche la tête d'une façon qui peut vouloir dire oui comme non. « Trois d'entre elles sont toujours à l'hospice des femmes, pour autant que je le sache ; je n'ai toujours pas retrouvé Gillian. Quelques autres ont eu maille à partir avec la police. Les sœurs Hull comptent parmi les dix-neuf arrestations. »

Genièvre ne sait pas quoi dire. Elle arrive difficilement à penser au-delà de la culpabilité nauséeuse qui lui remonte le long de la gorge. Quinn n'en a pas terminé. « Il y a des appels à la démission du maire. Le conseil municipal a formé un comité pour enquêter sur la montée de la sorcellerie, chapeauté par M. Gideon Hill. Qui est dramatiquement monté dans les sondages. »

À la mention du nom de Hill, Genièvre cesse de se sentir coupable ou nauséeuse ; la seule chose qu'elle éprouve, c'est la peur. « Il est venu me voir dans les Profondeurs, dit-elle d'une voix rauque.

— Qui ça ?

— Gideon Hill. Et il n'est pas… il n'est pas… » Elle ravale le souvenir de ses ombres-doigts enfoncées dans sa bouche. « C'est un sorcier. »

Bella et Quinn restent silencieuses tandis que Genièvre leur raconte toute l'histoire en bégayant, mais elle se rend compte que son récit est incomplet. Elle leur relate les faits – comment il était passé à travers les barreaux, comment il lui avait arraché sa confession, comment il avait ri –, mais elle n'arrive pas à retranscrire *comment* c'était. Comment ses yeux papillonnaient, furtifs, inquiets, comment un étranger avait pris sa place, son visage. Comment les ombres s'étaient glissées comme de l'huile entre ses dents.

« Ma foi, dit Bella en ajustant ses lunettes. Je suppose que si la magie des hommes s'est révélée efficace pour nous, il n'y a aucune raison qu'un homme ne puisse pas maîtriser un peu de sorcellerie.

— Ce n'était pas “un peu de sorcellerie”. Il a affirmé que toutes les ombres lui appartenaient, il a dit…

— Il bluffait, à tous les coups. Contrôler une ville pleine d'ombres nécessiterait une puissance inimaginable. Et les voies seraient épouvantables, je suppose. Nous en aurions entendu parler si des dizaines de moutons blancs avaient disparu ou si on avait retrouvé des piles d'ossements dans les chambres du conseil municipal, tu ne crois pas ? »

Bella tapote l'affiche pliée. « Je soupçonne Agnès d'être au courant. Elle prévoyait déjà de quitter South Sybil, je crois, et de travailler sous un autre nom. Je lui ai conseillé d'aller voir les dames du *Péché de Salem*, si elle avait besoin de se grimer. » Il y a une douceur dans sa voix, comme si Genièvre était un cheval agité qu'il fallait calmer. « Elle ne pourrait pas être plus prudente qu'elle ne l'est déjà. »

Genièvre tourne les yeux vers les lambris de cette pièce qui ne devrait pas exister. Une étroite fenêtre à croisée sur le mur laisse entrer une pâle lumière hivernale, comme si on était en janvier plutôt qu'en juin.

« On y est arrivées, dit Genièvre avec un geste triomphant. La Voie perdue d'Avalon. C'est... Est-ce que nous... » La question qu'elle voudrait poser est enfantine, mais elle ne peut la retenir. « Est-ce que nous sommes des sorcières, maintenant ? »

Ni l'une ni l'autre ne rit d'elle, quoique Quinn esquisse un petit sourire. Bella embrasse d'un geste théâtral les livres et les notes empilées sur la table. « On a certainement assez de vers et de voies pour le devenir, en tout cas. Une bibliothèque entière d'enchantements, de sortilèges, de malédictions, de charmes, de poisons, de potions, de prestidigitation, de recettes... Quinn et moi sommes en train de mettre au point un système d'indexation, et nous traduisons tout. » Bella pousse un petit soupir de contentement.

« Vous traduisez... ?

— Relativement peu de ces textes sont en anglais, et aucun en anglais moderne. Il y en a quelques-uns en latin et en grec, mais beaucoup plus en arabe, en vieux perse, dans une ou deux langues turciques, et même un que je soupçonne d'être écrit en malinké, un des idiomes de l'Empire malien. Une fois que nous les aurons traduits, il faudra s'attaquer aux voies. Des herbes venues du Vieux Monde, par exemple, qui ne poussent pas par chez nous, ou des ingrédients qui n'existent plus – dents de dragon, écailles de sirène, ce genre de choses. Ça va être long et fastidieux, mais nous avons déjà trouvé un sort de défense plus puissant et un autre pour faire rouiller... » Bella interrompt son monologue et pose sur Genièvre des yeux inquiets. « Qu'est-ce qui ne va pas ? »

Genièvre hausse les épaules sans ménager la cicatrice naissante autour de son cou. « J'avais imaginé la Voie perdue d'Avalon comme autre chose qu'une pile de devoirs d'école. »

Bella fait claquer sa langue. « Les Trois Dernières Sorcières de l'Ouest ont passé leurs ultimes jours sur terre à bâtir la plus grande bibliothèque au monde de sorcellerie, qu'Agnès, Quinn et moi avons retrouvée au prix de considérables efforts. Je suis désolée que tu sois déçue.

— Mais même une fois que tu auras traduit tous ces sorts du grec, des hiéroglyphes ou de ce que tu veux, es-tu certaine qu'on pourra les lancer ? Il faut une bonne dose de sang de sorcière, pour ça, non ?

— Eh bien, à ce sujet... Cléo et moi sommes de plus en plus convaincues que la pratique de la magie n'a rien à voir avec l'héritage. » Bella frappe dans ses mains en le disant, comme incapable de retenir son excitation.

Genièvre jette un coup d'œil à Quinn, qui traduit : « On n'est pas certaines que le sang compte pour quoi que ce soit, en matière de sorcellerie. »

En réponse au scepticisme évident de sa petite sœur, Bella fouille un tas de parchemins et en déroule un devant elle, indiquant avec emphase une illustration à l'encre rouille et marron. On y voit une femme entourée de flammes, la bouche ouverte sur un cri silencieux, la jupe déjà attaquée par le feu. Sous ses pieds, où Genièvre s'attendrait à voir des broussailles séchées ou des bûches, il y a une petite montagne de livres dévorés par les flammes.

Bella tapote l'illustration d'un doigt déterminé. « Pourquoi les sorcières étaient-elles envoyées au bûcher ? Pourquoi pas pendues, décapitées ou lapidées ? »

Dans la petite école de Mlle Hurston, Genièvre avait appris que les sorcières étaient brûlées pour rappeler à tous que les feux de l'enfer les attendaient de l'autre côté, mais Genièvre suppose que Mlle Hurston croyait aussi que les mauvais comportements se guérissaient par la prière et les coups de règle, aussi cette information était-elle peut-être erronée.

Sa sœur se penche vers elle, les yeux brillants derrière ses lunettes. « Et si, à l'origine, on ne brûlait pas les sorcières, mais les livres ? »

Genièvre hausse les épaules. « Possible... »

Bella pousse un feulement de chat irrité. « Réfléchis, Genie ! Quels sont les éléments à la base de tous les sorts, d'après Mags ?

— Le verbe, la volonté, la voie.

— Cette liste mentionne-t-elle l'ascendance d'une femme ? Son sang ? » Bella tend le bras un peu trop vivement vers la porte et les étagères sans fin au-delà. « Je ne crois pas du tout qu'on brûlait des lignées de sorcières... Je crois qu'on brûlait la *connaissance*. Des livres, et les femmes qui les avaient écrits. Je pense... je pense qu'on nous a volé nos vers et nos voies, et que seule la volonté nous est restée. »

Le visage de Bella rayonne d'une féroce intensité, mais Genièvre a l'impression que quelque chose en elle a été percé et se dégonfle lentement. Quelque part, elle devait nourrir l'espoir infantile qu'elles étaient les lointaines descendantes de la Mère, de Morgan le Fay, de Lilith ou d'Ève elle-même. Mais peut-être ne sont-elles pas nées pour embrasser un destin formidable, après tout. Peut-être que personne ne l'est.

Bella continue d'émettre des hypothèses, surtout pour elle-même. « Je crois que la Pucelle, la Mère et l'Aïeule ne tiraient leur puissance que du savoir qu'elles conservaient. J'aimerais... » Elle s'interrompt, légèrement embarrassée, et poursuit d'une voix très jeune : « J'aimerais bien pouvoir le leur demander. Ce serait infiniment plus pratique que de traduire et retranscrire tout cela. »

Genièvre pense pour sa part qu'il aurait été infiniment plus pratique que le pouvoir perdu des sorcières ait pris la forme d'un balai enchanté ou d'une potion à boire à la pleine lune, plutôt que d'un monceau de bouquins écrits dans des langues mortes.

Elle s'empare avec morosité d'une des notes de Bella et y voit le croquis d'une femme crachant du feu par la bouche. « C'est un sort d'embrasement ?

— On dirait, oui.

— Je peux l'essayer ?

— Est-ce que tu peux allumer un feu magique dans une tour remplie de papier et de cuir ? »

Genièvre réfléchit un instant. « Même si c'est un *tout petit* feu ? »

Bella la chasse du bureau en lui enjoignant d'aller manger et de retourner au lit.

Genièvre boite jusqu'au bas de l'escalier sans fin, en jetant des regards noirs aux dos de ces livres qu'elle ne sait pas lire et en observant l'étrange inclinaison de la lumière à travers les fenêtres. Elle trouve le pain et le fromage, mais les emporte à l'extérieur et cale son dos contre les pierres de la tour chauffées par le soleil.

Elle pense à Agnès, retournée à l'usine. À Frankie, à Victoria, à Tennessee et à toutes les autres enfermées à l'hospice comme des corbeaux dans des cages. Ça ne lui semble pas juste, d'être ici, sous les branches noueuses d'Avalon, meurtrie mais guérie, tandis que les femmes de New Salem sont réduites à se cacher et à courber l'échine, sans rien ni personne pour les protéger sinon leur volonté...

Alors donne-leur les vers et les voies. Genièvre a l'impression d'entendre murmurer ces mots dans le bruissement des roses. Elle se demande si les Profondeurs lui ont détraqué le cerveau ou si la tour est hantée, puis elle décide que ça n'a aucune importance, car le fantôme a sacrément raison.

Elle voulait que la Voie perdue soit un remède miracle, une baguette magique capable de changer chaque femme en sorcière. Mais s'il n'existe rien de tel que le sang de sorcière – si aucune d'elles n'est marquée par le destin et si tout ce dont elles disposent, c'est un tas de livres moisis et une tour envahie par les mauvaises herbes et plantée au milieu de nulle part –, peut-être vont-elles devoir s'occuper elles-mêmes des miracles.

Quand Genièvre remonte les marches clopin-clopant et annonce son intention d'aller porter la bonne parole aux femmes de New Salem, tel un Johnny Appleseed armé d'un sac de sorts plutôt que de graines, Bella n'est pas particulièrement surprise. Genièvre a toujours été la plus sauvage.

Bella sent la chaleur intense que dégage son esprit à travers leur lien – ce lien qui ne devrait pas exister, qui a noirci plusieurs pages de ses notes, et qui figure en bonne place dans la liste de ses interrogations et de ses réflexions théoriques. Elle sait qu'elle va devoir enfermer sa sœur tout en haut de la tour si elle veut l'en empêcher, et que cela suffira à peine à la retarder ; Genièvre n'est pas le genre de pucelle à attendre qu'on vienne la délivrer.

« C'est une très mauvaise idée », déclare-t-elle, vaguement consciente qu'elle espère avoir l'occasion de lui dire : J'avais raison, une fois la poussière retombée. « Les sorcières d'Old Salem ont invoqué la Voie perdue et ont commencé à jeter des sorts et des malédictions à droite et à gauche, et regarde où ça les a menées. »

Genièvre hausse les épaules. « Eh bien, je serai plus prudente qu'elles.

— Tu n'es pas connue pour ça, Genie.

— Pourquoi a-t-on fait tout ça, exactement ? Pour quelle raison avons-nous rappelé la tour ? » Genièvre se tient debout, les poings sur les hanches, la tête inclinée sur le côté dans une attitude de défi. La peau lisse autour de son cou brille légèrement, et sa voix, plus basse qu'auparavant, est voilée par la fumée, comme étouffée par un charbon ardent.

(À St Hale, on lui avait enseigné que la douleur était le meilleur des professeurs ; comment se fait-il que Genièvre n'apprenne rien ?)

« Pour te sauver », répond Bella. Quinn ajoute quelque chose dans sa barbe qui ressemble fort à « misérable ingrate ».

Une rougeur coupable lui monte aux joues, mais Genièvre reste immobile. « Oui, bien sûr. Mais… pourquoi m'a-t-on jetée dans les Profondeurs en premier lieu ?

— Pour meurtre ? » suggère Quinn, et Bella laisse échapper un petit rire avant de se reprendre.

Genièvre lève une main lasse. « Parce que nous remuons le couteau dans la plaie. Nous avons rappelé à cette ville que nous étions autrefois des sorcières, et que nous pourrions bien le redevenir. » Sa voix se fait encore plus rauque. « Et ça *fonctionnait*. Les gens nous écoutaient. Plus que ça, même. Combien de noms figurent dans ton carnet ? Dix-neuf arrestations, tu as dit. Devons-nous nous cacher pendant que nos Sœurs souffrent pour nos péchés ? Sommes-nous lâches à ce point ? »

Le mot « lâches » serre Bella à la gorge, comme un vêtement devenu trop petit. Elle croise le regard de Quinn. *Je vous en supplie, ne vous trompez pas vous-même.*

« Non, dit-elle avec conviction. Je ne suis pas une lâche. »

Quinn pousse un soupir. « Eh bien, tant mieux. Parce que j'ai déjà fourni aux Filles au moins une demi-douzaine de sorts. »

Genièvre glousse en voyant la bouche de sa sœur béer. « Vous avez déjà… mais… » Elle se sent vieille, guindée, tout à fait bibliothécaire – et un peu trahie.

Quinn redevient sérieuse. « Je n'ai dit à personne où je les ai obtenus ni comment nous trouver. Je pense que ma mère soupçonne la Voie perdue de ne plus l'être, mais ne vous inquiétez pas pour ça. On sait garder un secret, dans les quartiers sud.

— Je… vois. Bon. » Bella prend une grande inspiration. « Ce n'est pas vraiment juste de favoriser les Filles plus que les Sœurs. Que dirais-tu de revenir au score ? »

Genièvre lui répond par un sourire si large que les plaies de ses lèvres se rouvrent.

Ce soir-là, à l'heure où le crépuscule violet vire au noir et où les premières étoiles s'ouvrent comme des yeux blancs dans le ciel, Genièvre pousse la porte de la tour. Ses poches grouillent de voies de sorcière, et sa longue cape traîne derrière elle comme une ombre. Elle ne semble pas souffrir outre mesure des blessures et des ecchymoses qui marbrent sa peau.

Le problème quand on sauve quelqu'un, songe Bella, c'est qu'il en reste rarement là. Il retourne tête baissée dans la mêlée, s'exposant à tous les dangers et toutes les calamités, sans égard pour les efforts déployés pour lui porter secours en premier lieu.

« Par où vas-tu commencer ? » demande Bella.

Genièvre lui adresse un clin d'œil espiègle par-dessus son épaule. « Oh, je ne voudrais pas te gâcher la surprise. Tu verras ça demain dans les journaux. »

DES SORCIÈRES PRÉSUMÉES S'ÉVADENT DE ST JUDE ; CINQ D'ENTRE ELLES EN CAVALE

24 juin 1893, *The New Salem Post*

… les cinq femmes – dont trois ont été appréhendées lors de la dernière pleine lune, au milieu d'un rituel satanique pratiqué au cœur du cimetière de New Salem – se trouvaient toujours dans leurs cellules à l'hospice des femmes le soir du 23. Au matin, les gardiens ont trouvé leurs portes verrouillées, mais leurs cellules vides. Un témoin affirme avoir vu six chauves-souris s'envoler de l'hospice dans la nuit ; un autre prétend qu'il s'agissait d'une chouette munie d'une longue corde dorée.

Tous confirment avoir vu une femme aux cheveux sombres affligée d'une claudication sévère dans le voisinage.
Si vous apercevez cette jeune femme ou les autres suspectes en fuite – Victoria V. et Tennessee T. Hull, Frankie O. Black, Gertrude C. R. Bonnin et Alexandra Domontovitch –, contactez immédiatement la police de New Salem.

EFFRACTION AU PALAIS DE JUSTICE

26 juin 1893, *The Time of Salem*

Le palais de justice de New Salem est censé être l'endroit le plus sûr de la ville pour conserver les pièces à conviction, pourtant des agents ont confirmé ce matin que les effets personnels de Mlle James Genièvre Eastwood – un certain nombre d'herbes et de potions impies, ainsi qu'un médaillon ancien contenant une mèche de cheveux – ont été volés. [...]
Le palais de justice a subi d'autres altérations durant la nuit, comme la disparition de plusieurs mandats et de chaînes, et la modification vulgaire des badges de nombreux agents.

L'EXPOSITION ANTHROPOLOGIQUE
DU DOCTEUR MERVEILLE FERME SES PORTES

29 juin 1893, *The New Salem Post*

Consécutivement à la disparition de la plupart de ses occupants, l'Extraordinairc Exposition anthropologique du Docteur Merveille sera dorénavant fermée au public.
Cette attraction bien-aimée, conçue pour l'édification des masses sur la fascinante diversité des peuples du monde, a

connu un certain nombre de difficultés et d'irrégularités. Le Docteur Merveille a confié au *Post* les nombreuses fois où ses sujets ont résisté à ses efforts pour éduquer le public. « J'avais deux sorcières indiennes l'été dernier, qui se sont fait la malle trois ou quatre fois avant que je trouve leur petite sacoche de coquillages et d'os. Et une gamine hongroise à Noël dernier qui a maudit son dresseur de telle manière que le moindre rayon de soleil lui brûlait la peau. Mais je n'ai jamais rien eu de tel. »

Aux alentours de 22 h 30, dimanche soir, la Dernière Guérisseuse du Congo s'est mise à rire, jusqu'à ce que plusieurs membres du personnel, venus voir ce qui se passait, découvrent que tous les spécimens de l'exposition avaient disparu. Là où aurait dû se trouver la Guérisseuse, il ne restait que des chaînes rouillées et un crâne blanc ricanant ; ceux d'entre eux qui ont vu le crâne se plaignent depuis de mauvais rêves et de troubles du sommeil.

UNE DÉCLARATION DE NEW CAIRO

4 juillet 1893, lettre ouverte de la rédaction du *New Salem Defender*

Les récentes descentes de police ont détruit par le feu sept immeubles de New Cairo et jeté dans la précarité plusieurs familles d'honnêtes travailleurs. Les auteurs de cette lettre récusent absolument les affirmations du conseil, lorsqu'il prétend que ces raids sont nécessaires pour faire régner l'ordre public, et notent qu'aucune de ces actions n'a produit la moindre preuve de sorcellerie.

[…] Si les autorités persistent à considérer les habitants de notre quartier comme des ennemis, peut-être est-il temps pour New Cairo de souscrire à cette sacro-sainte tradition américaine : la sécession.

24

Pucelle, Aïeule et Mère,
Protégez mon lit de l'enfer,
Une qui veille,
Une qui prie,
Une qui chasse les ombres honnies.

Un sort de protection, qui requiert du sel & des graines de chardon

Agnès Amarante n'est rien, ces jours-ci.

Avant, elle était quelque chose – la ville est placardée de son visage, magnifique et terrible, et de son nom écrit en gros au-dessus de ses crimes –, mais ni ce visage ni ce nom ne lui appartiennent plus. Grâce aux dames du *Péché de Salem*, ses cheveux sont maintenant de la couleur terne et oubliable des eaux usées, et son visage aussi grêlé et rugueux que la surface de la lune. M. Malton a à peine levé les yeux sur elle quand elle s'est présentée à l'usine des frères Baldwin pour chercher du travail. Il avait poussé le registre vers elle sur le bureau et elle y avait inscrit le premier nom qui lui passait par la tête : Calliope Cole.

Elle sursaute chaque fois que quelqu'un le prononce, car elle n'a pas entendu le nom de sa mère depuis toute petite. Elle acquiert à l'usine la réputation d'être un peu sotte, voire simple d'esprit.

Elle s'en fiche. Elle garde ses distances, comme elle le faisait avant cet été, avant ses sœurs, avant la sorcellerie. Les autres ouvrières sont ravies de l'ignorer.

La plupart d'entre elles, en tout cas. Yulia l'avait gratifiée d'une vigoureuse et amicale poignée de main le jour de son arrivée, avant de scruter le gris familier de ses yeux. « Ha, avait-elle grogné. Malin, d'avoir changé de nom. Il faudrait aussi qu'on se trouve un nouveau lieu de réunion, pas vrai ? »

Agnès avait haussé les épaules. « Faites ce que vous voulez. Je vous souhaite bonne chance. »

Agnès avait vu le visage de Yulia passer de la confusion au mépris. « Je vois. Ils ont enfermé ma fille pendant une semaine, lui ont donné du pain rassis et du beurre rance à manger, et elle n'a pas peur, elle. »

Agnès s'était retenue de dire quelque chose de fâcheux – comme : *Tant mieux pour elle*, ou : *Elle devrait*, ou encore : *Et toi ? Tu n'as pas peur pour ta fille ?* – et Yulia avait fini par la laisser seule.

Elle avait dû dire aux autres Sœurs de ne pas perdre leur temps avec Agnès, car depuis, elles tournent ostensiblement le dos à son passage, le menton levé. Seule Annie Flynn lui fait la grâce d'un hochement de tête de temps à autre. Une fois, elle a même arrêté Agnès dans la ruelle pour l'inviter à la première réunion des Sœurs depuis le désastre de la troisième démonstration. « J'ai entendu dire que tes sœurs seront là.

— Dis-leur… que je les aime.

— Je le ferai. » Sa gentillesse était pire, d'une certaine manière, que le dédain affiché par Yulia. « Mon cousin a demandé après toi. Est-ce que je peux lui dire où te trouver ? »

Agnès avait répondu d'un mouvement de tête saccadé et incertain qui pouvait passer pour un assentiment.

Elle loge à présent à la pension des *Trois Bénédictions*, qui sent exactement la même odeur de chou que celle de South Sybil, mais la nuit coûte deux cents de moins. Elle aurait bien payé le supplément requis pour disposer d'une chambre à elle, mais elle avait emporté ses bocaux contenant toutes ses économies au cimetière et les avait laissés au pied de l'arbre d'or. Le lendemain, ils n'y étaient plus.

La nuit suivante, Agnès avait retrouvé ses bocaux sur le rebord de sa fenêtre, remplis non plus de pièces mais de graines de chardon, de sel et de plumes. Ils contenaient aussi des morceaux de papier en rouleaux très serrés coincés sous les couvercles. De son écriture soigneuse, sa sœur aînée y avait inscrit des vers et des voies : des sorts pour envoyer des messages par merle moqueur, pour panser les blessures, pour apaiser des bébés agités, pour enlever les taches de lait d'une chemise et pour « chasser les ombres honnies ». Agnès avait lu le dernier plusieurs fois avant de saupoudrer le seuil de sa porte de sel et de graines de chardon, et de murmurer les vers. Ensuite, elle avait fourré les petits bouts de papier sous son matelas. Elle se dit qu'elle va les brûler – et si la pension était la cible d'une descente ? Et si l'une des autres filles les trouvait ? –, mais elle ne le fait jamais.

La nuit, elle rêve de ses sœurs ; le jour, elle s'efforce de les oublier.

Ce qui est loin d'être évident quand la moindre histoire qui circule en ville – rumeurs, conversations murmurées, articles de journaux – ne parle que d'elles : les filles qui se sont évadées de prison, la femme qui a transformé son mari en cochon, la guérisseuse toujours en cavale. Et encore, ce ne sont là que celles dont a été témoin suffisamment de monde pour figurer dans le journal. Agnès entend des dizaines d'histoires moins crédibles, de coliques guéries et d'os ressoudés, d'éclairs invoqués et de serrures forcées, de machines mises hors d'usage et de dettes oubliées. Aucune des femmes ne semble avoir de difficultés à lancer les sorts qu'on leur a donnés. Agnès se demande si c'est le retour de la Voie perdue qui a éveillé leur sang de sorcière ou si celui-ci n'a aucune importance en définitive. Elle se demande sur quelles théories travaillent Bella et Quinn, si Genièvre a déjà obtenu son familier, si les Sœurs prévoient d'autres démonstrations et si Gideon Hill a des espions parmi elles…

Le bébé cogne dans son ventre. *Ne t'en fais pas, ma chérie. Il n'y a que toi et moi.*

Dans les premiers jours de juillet, il fait si chaud dans l'usine que quatre filles s'évanouissent avant midi, les joues d'un rouge vif, les cheveux collés à la nuque. Même M. Malton manque d'énergie pour les pincer ou les reluquer ; il se contente de rester assis à s'éventer et à suer son whisky. Agnès passe devant lui tête baissée, le visage caché par ses mèches couleur d'eaux usées.

Elle sort dans la ruelle et prend une grande bouffée d'air chaud.

« Agnès ! C'est vous ? » M. August Lee l'attend, les manches roulées jusqu'aux coudes, ses cheveux blonds ébouriffés. L'incertitude lui fronce les sourcils.

Elle incline la tête vers lui. « Calliope, je vous en prie, monsieur », dit-elle, mais lorsque ses yeux gris d'orage croisent ceux d'August, le soulagement se lit sur son visage.

Il s'avance de deux pas maladroits, comme s'il voulait se rapprocher davantage mais n'osait pas. « Bien sûr. Pardonnez mon erreur. J'espérais que nous pourrions parler.

— De quoi ?

— Je voulais seulement m'excuser. Et vous aider, peut-être. »

Agnès sait qu'elle devrait dire à M. August Lee et à ses cheveux ébouriffés de la laisser tranquille, de rentrer chez eux et d'oublier son nom, mais il y a si longtemps qu'elle n'a parlé à personne d'autre qu'aux puces qui infestent son matelas. Elle hoche une fois la tête et prend le bras qu'il lui tend.

Le soir est épais et bleu. Il fait trop chaud pour rester longtemps à l'intérieur, aussi les occupants des immeubles de West Babel se massent-ils sur les perrons et les balcons, ivres d'été. Plusieurs d'entre eux saluent M. Lee par son prénom ; quelques-uns, remarquant le renflement du ventre d'Agnès, lèvent des sourcils interrogateurs. Il ne semble pas s'en soucier.

M. Lee la conduit trois pâtés de maisons plus loin vers l'ouest, jusqu'à une paire de doubles portes qui laissent filtrer un grand tumulte de bruit et de lumières. Agnès l'interroge du regard. « Je ne suis pas en état de danser, monsieur Lee.

— Bien sûr, mademoiselle Calliope. Mais ici, personne ne surprendra notre conversation. »

Ils s'installent à une table dans le coin le plus sombre du dancing, presque invisible dans le brouillard de tabac et d'éther. M. Lee semble se satisfaire de la regarder en silence, les mains serrées autour de son verre de bière givré. Elle finit par demander : « Que faites-vous là, monsieur Lee ? Je vous croyais reparti à Chicago. »

Il tourne le regard vers la foule et le mouvement des corps, et ne répond pas directement. « J'ai grandi à West Babel, vous le saviez ? Mes vieux partageaient un appartement avec la famille d'Annie – on était douze dans deux pièces, serrés comme des sardines. Mon père travaillait chez Boyle, dans les Sallows. » Boyle est une usine de conditionnement de viande tapie sur la rive ouest de la Thorn, où l'on travaille dans la graisse, les abats et les doigts sectionnés. « On disait de lui qu'il était un bagarreur, mais en réalité, pas vraiment. C'était un rêveur, toujours à causer de la journée de huit heures, des droits des travailleurs et d'utopie. Ce genre de rêveurs finit toujours par se bagarrer. Il avait commencé à ramener des collègues à la maison, à tracer les grandes lignes d'une charte... Il était à deux doigts de monter un syndicat quand ils lui ont mis la main dessus.

— Qui, “ils” ? » Agnès ignore pourquoi il lui raconte tout ça, mais elle aime la chaleur de sa voix quand il parle de son père. Elle se demande ce que ça ferait de porter le deuil de son père plutôt que de simplement lui survivre.

Lee boit une gorgée de bière, repose son verre précisément sur le cercle de condensation qui s'est formé sur la table. « Les hommes de Boyle, on pense. Ils ont dit que c'était un accident, qu'il faisait l'imbécile sur la ligne de production. Mais après, on l'a vu. Je ne sais pas comment un homme arriverait à se pendre à un crochet de boucher sans un peu d'aide. » Une autre gorgée, bien plus longue. Agnès a envie de poser sa main sur la sienne. Elle la laisse à plat sur la table. « Des avocats de l'usine sont venus nous voir quelques jours plus tard. Ils ont demandé à ma mère de signer des papiers attestant que la mort de son mari était de son propre fait. Ils se sont assis dans la cuisine et lui ont tendu un stylo. Elle m'a regardé – j'avais quatorze ans, j'étais assez grand pour connaître la vérité – et elle a détourné les yeux. Elle a signé leur papier, et l'affaire était entendue.

« Après ça, je passais le moins de temps possible à la maison. Je me suis rapproché des vieux amis de mon père, je cherchais les ennuis. Je les ai trouvés, à Chicago. » Il frotte la cicatrice qui court le long de sa mâchoire. « Plus que des ennuis... Bon, c'était horrible, en vérité. Plus moche et plus vicieux que j'aurais pu l'imaginer. Mais c'était aussi grandiose, de faire partie de quelque chose. D'avoir trouvé une cause qui valait qu'on se batte pour elle. »

Il y a dans sa voix une franchise qui le fait paraître plus jeune et désespérément naïf ; Agnès se demande s'il est un rêveur, lui aussi. Elle redemande, d'une voix plus basse : « Alors, qu'est-ce que vous faites encore là ? »

Ce doux sourire, au coin relevé par sa cicatrice. « J'ai trouvé une cause encore plus juste, je crois. » Ses yeux se rivent à ceux d'Agnès. « Et une femme qui ne détourne pas le regard. »

Une honte acide lui tord l'estomac. *Vous en êtes sûr, August ?* Agnès ne dit rien pendant un long moment. De l'ongle du pouce, elle gratte le bois tendre de la table, en songeant aux moments où il faut céder et à ceux où il faut se battre. Lorsqu'elle se rend compte que son pouce est en train de tracer trois cercles entrelacés, elle s'arrête.

« Quand l'accouchement est-il prévu ? demande Lee en regardant l'endroit où le plateau de la table s'enfonce dans son ventre.

— À la lune des moissons. Mais d'après la sage-femme, elle est grosse, alors ça sera peut-être avant. » Agnès ne dit rien du papillonnement de peur dans son ventre, du souvenir de la peau de sa mère, plus blanche que de la cire. Peut-être que Mama Mags aurait pu la sauver, peut-être pas. Elle lui avait dit que leur famille avait perdu plus de femmes en couche que d'hommes sur le champ de bataille.

Lee demande d'une voix plus faible, presque craintive : « De qui est-elle ? »

Il faut à Agnès une longue minute pour comprendre le sens de sa question ; elle n'a pas pensé à Floyd Matthews de tout l'été. « Personne. Un joli garçon des beaux quartiers.

— Vous l'aimiez ? » Elle devine à ses épaules tendues que la réponse à cette question lui importe beaucoup ; elle aurait souhaité que ce ne soit pas le cas.

« Non, August. Je ne l'aimais pas. » Tout son corps semble pousser un soupir. « Mais il serait plus intéressant de me demander si lui m'aimait.

— Est-ce qu'il vous aimait ? » l'interroge-t-il obligeamment. Une ride perplexe se creuse entre ses sourcils.

« Seulement une partie de moi. Et je suis fatiguée de me contenter de parties, de demi-mesures. »

Agnès le voit ouvrir la bouche, la refermer, la rouvrir, et elle est soudain certaine qu'il est sur le point de lui faire quelque déclaration ou serment, car il pense, pauvre idiot, qu'il l'aime entièrement. Car il ignore la froideur et la cruauté que cache la douceur de sa peau. Il ignore de quoi elle est capable pour survivre.

Elle éloigne sa chaise de la table et se lève. « J'aurais fait la même chose que votre mère, dit-elle avec l'intention de le gifler, et il accuse le coup avec un mouvement de recul. N'avez-vous jamais pensé à ce qui se serait passé si elle s'était battue ? Comme il est facile pour des avocats de retirer un enfant à une mère célibataire ? N'avez-vous jamais songé à ce que ça a dû lui coûter de choisir son fils vivant plutôt que son mari décédé ? »

Elle comprend à la soudaine blancheur de son visage qu'il n'a jamais vu les choses de cette façon.

« Parfois, on ne peut pas se battre. Parfois, tout ce qu'on peut faire, c'est survivre. »

Il déglutit. « Et pourtant, vous continuez à vous battre. »

Agnès tire sa capeline sur ses épaules. « Si vous et vos copains voulez aider les Sœurs, parlez à Annie ou à Yulia. Pas à moi.

— Attendez… pourquoi ? Qu'est-ce que vous faites ? »

Elle se retourne une dernière fois avant de partir, jette un dernier regard avide à ses cheveux ébouriffés et à sa cicatrice oblique. « Je survis. »

Genièvre est un fantôme, ces jours-ci.

Elle est une silhouette sur le rebord de la fenêtre, une apparition dans la ruelle, une tache floue. Elle est une poche pleine de voies de sorcière, une voix murmurant les vers appropriés à la femme appropriée, le claquement d'une canne sur les pavés.

Elle sort rarement en plein jour et découvre qu'elle préfère la ville la nuit. Les rues sont plus étranges et sauvages, pleines de chuchotis et de pas précipités. Les arpenter lui fait le même effet que lorsqu'elle courait dans la montagne après la tombée du jour, libre et sans crainte, certaine qu'en étant assez rapide, elle se transformerait en biche ou en renarde, en n'importe quoi d'autre qu'une fille.

Elle enfile à présent les venelles plutôt que les sentiers des cerfs, se courbe pour passer sous les cordes à linge et non sous les branches basses. Elle court maintenant *vers* quelque chose et non pour fuir quelque chose, et elle n'est plus seule.

Les Sœurs d'Avalon sont aujourd'hui moins nombreuses – certaines ont été attrapées, certaines ont quitté la ville juste à temps pour ne pas l'être, certaines ont renoncé par peur – et elles n'ont plus rien qui ressemble à un quartier général. Elles se réunissent là où elles le peuvent : un grenier au-dessus d'une chapellerie qui sent la colle et le feutre ; sous les dorures du petit salon d'Inez, où elles boivent du vin dans des gobelets en or et rient à s'en rendre malades ; dans le sous-sol d'une église qui donne des palpitations à Genièvre.

Sa sœur aînée et elle apportent aux Sœurs des sorts traduits en anglais courant, et les vers disparaissent dans des manches et dans des bottes.

Ils sont ensuite murmurés par celles qui savent lire à celles qui ne le peuvent ; cousus dans des mouchoirs et des ourlets ; glissés entre les pages de romans à l'eau de rose trop frivoles pour attirer l'attention d'aucun homme. En retour, les Sœurs leur donnent du pain, des pommes de terre en robe des champs, des tourtes chaudes emballées dans des torchons, des paniers de pommes. Elles ne demandent pas où vivent les sœurs Eastwood ni comment elles s'y prennent pour disparaître hors de portée de la police, des foules haineuses – et même de ces effrayantes ombres surnaturelles. Elles couvent Genièvre et Bella d'un regard brillant, dans l'attente du prochain tour, du prochain miracle, de la prochaine preuve du retour de la sorcellerie.

Pour le miracle du jour, Genièvre a besoin d'aide.

Elle arpente une rue sombre à grandes enjambées, appuyée sur sa mince canne, piètre ersatz de son bâton, talonnée par deux autres femmes : une jeune infirmière du nom de Lacey Rawlins, qui travaille à l'hôpital St Charity, et Mlle Gillian Lind.

Gillian était réapparue à la dernière réunion des Sœurs, mais elle semblait… différente. Elle portait une jupe plus élégante et plus frivole que dans le souvenir de Genièvre, et une perruque châtaine couvrait ses cheveux soie de maïs, mais c'étaient surtout ses yeux qui avaient frappé Genièvre. Ils étaient plus froids et durs, comme du fer battu deux fois.

« Où donc étais-tu ? avait demandé Genièvre, en lui tapant si fort dans le dos que Gillian avait un peu toussé.

— On m'a envoyée dans… un autre hospice, puis on m'a confiée à la garde de ma famille. Ça m'a pris un peu de temps de m'enfuir. » Elle avait levé les yeux au-dessus de l'épaule de Genièvre et avait souri à Inez. « Inez m'a donné un toit, et tout ça », avait-elle ajouté en montrant sa jolie jupe.

Genièvre n'avait rien dit sur le moment, mais elle y avait réfléchi par la suite. Pourquoi Gillian avait-elle été envoyée dans un autre hospice ? Et pourquoi l'avait-on libérée sans procès ?

Avant que les Sœurs ne sortent ce soir, elle avait pris Gillian à part. « Serais-tu par hasard la fille d'un membre fabuleusement riche de la haute société de New Salem ? Qui a tiré des ficelles pour te sortir de là à la seconde où on t'a attrapée ? Et avec qui tu as maintenant coupé tous liens ? »

Gillian avait cligné des yeux, deux fois, puis avait murmuré en montrant son nez tordu : « Oh, on a coupé les liens il y a bien longtemps.

— Ah. Eh bien, la prochaine fois que tu passeras chez toi, profites-en pour voler un ou deux chandeliers. On ne roule pas sur l'or. »

Un sourire franc. « Oui, m'dame. »

À présent, Gillian se faufile à la suite de Lacey par les doubles portes de St Charity.

L'intérieur est plutôt soigné – des couloirs tapissés de carrelage vert et de plâtre blanc, des portes alignées dont chaque numéro est joliment peint –, sauf qu'il semble n'y avoir aucune fenêtre. L'odeur retourne l'estomac de Genièvre : soude et lésions, draps tachés et renfermé.

Lacey s'arrête devant une porte au bout du couloir. Genièvre essaie de ne pas regarder de trop près les taches rouille et jaune qui maculent sa surface. Elle arrive presque à sentir la chaleur des corps fiévreux au-delà. « Prêtes ? » demande Lacey. Elles le sont.

Elles lancent trois sorts, ce soir.

Le premier, pour dormir, requiert de la lavande broyée et une vieille prière. *Aor jo te destends et tu dormes*. Ce n'est que lorsque le bruissement des corps laisse place au silence qu'elles se glissent dans la salle contaminée.

Le deuxième, pour faire tomber la fièvre, requiert un fil rouge noué autour de doigts rendus inertes par le sommeil. Genièvre et ses deux compagnes vont de lit en lit, dont les rangées doubles s'étendent à perte de vue, tous occupés par des femmes, des enfants et des hommes au teint rougeaud. Genièvre est frappée par cette étrange diversité – une maladie naturelle devrait frapper plus durement les plus jeunes et les plus vieux.

Le troisième, pour guérir, requiert de l'écorce de saule, de l'herbe à soie et un coup sur les phalanges. Celui-ci se révèle plus difficile que les autres. Genièvre souffle les vers, les veines échauffées par la sorcellerie, et les sent s'évanouir dans les airs, comme avalés par une gorge glacée et invisible.

Un frisson remonte la colonne vertébrale de Genièvre. Elle observe les ombres tortueuses et se demande si Gideon la surveille à cet instant précis, et s'il lutte contre ce modeste acte de miséricorde.

Genièvre s'est un peu renseignée sur lui, pour découvrir qu'il mène une vie d'une déconcertante banalité. Enfant, il utilisait son nom de baptême – Whitt, Wart ou quelque chose de tout aussi regrettable – et occupait son temps à lire des romans et à rêvasser. Puis son oncle préféré était décédé, lui laissant une somme d'argent considérable et un chien noir famélique, et Hill avait tourné le dos à ses hobbies enfantins. Sa biographie ne mentionne aucun interlude suspect durant lequel il aurait pu disparaître pour étudier la magie ancienne dans les bibliothèques du Caire, nulle grand-mère maléfique qui aurait pu lui transmettre sa sorcellerie ; rien n'indique que Hill puisse être autre chose qu'un gentleman dégarni d'âge mûr ayant l'ambition de devenir maire.

Genièvre contracte la mâchoire et prononce de nouveau le sort. Elle bande sa volonté contre cette force qui s'oppose à elles, joint ses mains à celles de Gillian et de Lacey, et la magie se met à brûler à contrecœur dans la salle. Autour d'elles, les poumons se dégagent, les poches noires sous les yeux s'estompent, les pouls se stabilisent.

Genièvre, maintenant lourdement appuyée sur sa canne, adresse un sourire à ces corps qui jouissent maintenant d'un sommeil sur leurs couchettes. Elle entend déjà les gros titres que crieront demain les vendeurs de journaux (« LA SORCELLERIE FAIT DES MIRACLES ! LA FIÈVRE EST GUÉRIE ! »).

Elle ressort dans la nuit en boitant, encadrée par ses Sœurs.

SOUPÇONS DE SORCELLERIE À ST CHARITY ;
LA FIÈVRE EMPIRE

12 juillet 1893, *The New Salem Post*

Mlle Verity Kendrick-Johnson, porte-parole de l'hôpital St Charity, a confirmé au Post qu'on avait trouvé sur les patients de la salle du troisième étage des signes indéniables de sorcellerie, et a démenti toute implication du personnel de l'établissement dans une telle diablerie.
Mlle Kendrick-Johnson conseille à nos concitoyens en quête de miracles de les chercher ailleurs ; aucun des patients ensorcelés n'a montré le moindre signe d'amélioration. Leur état s'est même aggravé, et plusieurs des patients les plus faibles sont décédés peu après. « Ayez foi dans la science et dans l'étude de l'homme, recommande Kendrick-Johnson. Pas dans la poussière d'étoiles et le péché. »

ARRESTATION EN LIEN AVEC L'AFFAIRE PORTER

6 juillet 1893, *The Times of Salem*

… la police a placé Mlle Claudia Porter en garde à vue pour l'interroger sur la disparition de son mari, M. Grayson Porter.

M. Porter, membre respecté du Rotary Club et bienfaiteur de ce journal, reste introuvable depuis le 25 juin. « Allez voir dans l'enclos à bétail », aurait déclaré Mlle Porter aux agents venus l'arrêter. Et elle aurait ajouté, en gloussant : « Il faut un porc pour en trouver un autre. »

APPEL À LA DÉMISSION DU MAIRE

15 juillet 1893, *lettre adressée à la rédaction du* Post

À la lumière des méfaits et des actes de sorcellerie qui tous les jours font les gros titres – à la lumière de l'incapacité du maire Worthington à mettre la main sur une seule des sœurs Eastwood –, il paraît évident à l'auteur de cette lettre que la ville de New Salem a besoin d'un nouveau maire. J'appelle le maire actuel à quitter ses fonctions, afin que nous puissions élire une lumière plus puissante contre les présentes ténèbres.

Sincèrement,

Bartholomew Webb

25

Chut, pas un mot, mon cœur,
Maman t'enverra un merle moqueur.

Un sort pour envoyer un message,
qui requiert une aile de merle moqueur & un grand besoin

Au cours des semaines suivantes, Agnès n'accorde pas une pensée à M. Lee. Ses yeux ne se remplissent pas d'espoir chaque fois qu'elle sort dans la ruelle à la fin de son service ; elle n'éprouve rien de particulier quand M. Malton tourne la page de son calendrier pour changer de mois, et laisse encore moins ses yeux s'attarder plus que de raison sur les lettres capitales qui s'affichent en haut de la page (« AUGUST[6] »). L'astuce, pour n'être rien, consiste à ne rien désirer.

La cloche sonne la fin de la journée. Agnès rejoint la file des ouvrières et constate avec satisfaction que son déguisement remplit parfaitement son office. Les yeux de M. Malton s'arrêtent en revanche sur la fille qui suit Agnès.

---

6 « August » est le nom du mois d'août en anglais.

Elle a commencé quelques jours plus tôt. Elle non plus n'est rien, mais pas le bon genre de rien. Jeune, l'air affamé, les os saillants sous sa peau couleur crème. Agnès sent presque les vagues de désespoir qui irradient de sa personne.

Elles n'échappent pas à M. Malton. « Toi, Ona. » Il la fait sortir de la file comme une ménagère choisissant un poulet au marché. « Dans mon bureau. »

M. Malton repart d'un pas allègre vers le fond de l'usine, en faisant tinter les clés à sa ceinture. Agnès s'arrête sur le pas de la porte, les dents serrées par la crainte qu'Ona ne le suive.

Les yeux de silex de la jeune femme croisent un instant ceux d'Agnès, puis elle emboîte le pas au contremaître comme un mouton docile.

Agnès détourne le regard. Ce n'est pas difficile ; elle a des années de pratique derrière elle. Elle se contente de baisser la tête et de reprendre son chemin, avec la voix de Mama Mags dans les oreilles : *Chaque femme trace un cercle autour de son cœur.*

Mais elle ne parvient pas à sortir. Elle reste bloquée sur le seuil, trop stupide pour partir, mais pas assez pour faire demi-tour. Ce n'est plus la voix de Mags qu'elle entend maintenant, mais celle de sa sœur : *Ne me laisse pas.* Elle songe à M. Lee, amoureux d'une femme qui ne détourne pas le regard.

Agnès fait volte-face. Peut-être en raison des voies qui brûlent dans ses poches, peut-être parce qu'en grandissant, sa fille ressemblera un jour à Ona. Ou peut-être parce qu'elle est une fieffée imbécile.

La porte du bureau de M. Malton est fermée à clé. Agnès murmure quelques vers, et la corrosion réduit le loquet en poussière.

La pièce sent le cirage et l'alcool. Ona est perchée sur le bord le plus élimé de sa chaise, les épaules contractées, le regard noir. Malton la domine de toute sa hauteur, une main sur son bureau, l'autre sur le dossier de la chaise.

Le grincement des gonds et la chute des débris lui font lever la tête. Il retrousse les lèvres à la vue d'Agnès, de ses cicatrices de vérole et de son ventre proéminent.

« Mais qu'est-ce que vous faites ici ?

— Va-t'en », dit Agnès. Elle comprend au coup d'œil aigri de la jeune femme qu'elle s'est résignée à faire ce qu'on attend d'elle, et qu'elle se fiche d'avoir des témoins. « *Maintenant* », grogne Agnès. L'ombre osseuse d'Ona file devant elle et disparaît dans l'usine.

Malton la regarde partir, la bouche molle. Il tourne vers Agnès un regard où brille une lueur mauvaise, une lubricité qui n'a rien à voir avec le désir. « Voudriez-vous bien m'expliquer ce qui se passe ? »

Agnès prend une mèche de ses cheveux entre ses doigts et siffle les vers. La couleur factice s'estompe, tout comme ses marques de vérole, et bientôt la voilà de nouveau elle-même. « Bonjour, monsieur Malton. »

Il sursaute si violemment qu'il trébuche sur la chaise. Agnès se dit qu'elle s'habituerait facilement à voir les hommes trembler plutôt que flirter.

Malton la regarde bouche bée, comme un poisson hors de l'eau, et parvient à hoqueter : « Arrière, sorcière ! » et à s'emparer de la croix en argent sous sa chemise d'une main fébrile.

Agnès fait claquer sa langue. « Je suis à peu près sûre que ça ne marche que sur les vampires, dit-elle en s'approchant et en savourant la vision de cet homme acculé contre le mur de son bureau, comme si son corps irradiait une aura mortelle. Si vous criez, je vous jure qu'on ne retrouvera de vous qu'un cochon en costume. »

Techniquement, elle n'a pas sur elle les voies nécessaires pour lancer un tel sort, mais peu importe. Elle constate à ses yeux exorbités par la panique et au mouvement saccadé de sa pomme d'Adam qu'il la croit. Elle est une sorcière, et les paroles d'une sorcière ont du poids.

« Très bien. Ne bougez pas », ordonne-t-elle en le contournant pour aller ouvrir les tiroirs du bureau. Une fois en possession d'une feuille de papier et d'un stylo, elle rédige une petite liste, se tapote brièvement le menton avec le stylo, puis fouille sa poche à la recherche d'une feuille de liseron séchée.

Elle revient se poster face à lui. « Si vous voulez quitter ce bureau sur vos deux jambes plutôt que sur quatre pattes, vous allez faire trois choses pour moi. » Elle lève un doigt. « *Primo*, vous n'allez parler de cela à personne. »

Malton gémit.

« *Secundo*, vous allez accorder à chacune des employées sous vos ordres une augmentation de dix cents par jour, avec effet immédiat. »

Les gémissements vont crescendo.

« Et *tertio* – écoutez attentivement –, vous ne toucherez plus jamais une femme sans son consentement, à l'usine ou ailleurs, aussi longtemps que durera votre misérable vie. »

Ses gémissements sont maintenant si aigus qu'on pourrait les confondre avec le sifflement d'une bouilloire.

« Maintenant, jurez. » Il répète d'une voix tremblante et bégayante chacune de ses trois conditions. Puis elle plante le stylo dans la chair transpirante de son pouce et imbibe le liseron de son sang. « Pressez votre pousse contre la page et répétez après moi. »

Sa voix n'est guère plus qu'un gazouillis quand il prononce les mots : « Croix de bois, croix de fer, si je mens, je vais en enfer. »

La douce chaleur de la sorcellerie infuse les veines d'Agnès comme du whisky. Oh, comme lui avaient manqué l'ivresse du pouvoir qui palpite dans sa poitrine, l'exaltation d'imprimer sa volonté sur le monde.

Les muscles de son ventre se contractent, une ondulation qui n'est pas tout à fait une douleur. C'est à peine si Agnès la ressent.

« Si vous rompez un de ces serments, votre cœur s'arrêtera et vous mourrez, et ni le paradis ni l'enfer – contrairement à ce que laisse entendre la formule – ne voudra de votre esprit maudit. » C'est un mensonge éhonté, mais M. Malton devient blanc comme un linge. « Alors tenez-vous à carreau. »

Dehors, l'air est doux et doré par le soleil de fin d'après-midi. La lumière semble ne venir de nulle part en particulier, comme si la ville elle-même émettait un faible éclat sépia. La brise qui s'engouffre dans les ruelles, fraîche pour la saison, sent les feuilles mortes et le brûlé. Agnès éprouve l'envie soudaine de la remonter jusqu'à la tour où ses sœurs l'attendent.

Son ventre se contracte de nouveau, un peu plus fort, et elle pose la main dessus. Elle se demande si elle doit s'en inquiéter, si la sorcellerie est contre-indiquée à ce stade de la grossesse – quand un liquide chaud lui coule le long de la jambe.

Oh, merde.

Elle recule de quelques pas chancelants et prend appui contre un mur en brique tandis qu'un carillon de douleur résonne dans son corps. L'écoulement chaud s'accélère.

Madame Zina se trouve neuf pâtés de maisons au nord et à l'ouest d'ici. Agnès ferme les yeux un court instant.

Elle remonte la capuche de sa capeline sur son visage, cache l'éclat sombre de ses cheveux et se met péniblement en route vers le nord. Elle ne pense pas à l'éclat nacré de la peau de sa mère, ni à la lueur malveillante dans les yeux de son père, ni à toutes les mères mortes dans les histoires de Mama Mags.

En fait, elle pense à ses sœurs, au visage de Genièvre quand elle avait senti le coup de pied de sa nièce contre sa main.

Elle arrive, Genie.

Bella est seule dans la tour quand elle sent une secousse douloureuse agiter le lien, venue de nulle part et d'un endroit bien précis. *Agnès*.

Assise en tailleur sur l'un des paliers de la tour, elle lit dans les derniers rayons du crépuscule automnal, son carnet noir ouvert devant elle à côté d'une tasse de café en fer-blanc. La douleur se réverbère dans son utérus vide, remonte le long de sa colonne vertébrale.

Ce n'est peut-être rien. Les femmes enceintes ont souvent des contractions en fin de grossesse, et l'accouchement n'est attendu que pour la lune des moissons. Mais la douleur a un certain poids, un goût de mauvais augure, comme des nuages d'orage qui s'amoncellent. Bella voit ses doigts s'approcher malgré elle d'une étagère labellisée « Accouchement – prématuré, par le siège, mort-nés ».

La douleur revient, un peu plus forte.

Bella emporte une brassée de livres trouvés sur l'étagère et dévale l'escalier jusqu'au rez-de-chaussée de la tour. Sans penser précisément à ce qu'elle fait ni pourquoi, elle parcourt rapidement les textes des yeux, rassemble des voies et prend des notes. Des linges propres et des fleurs de jasmin. Une cloche en argent et des coquillages blancs. Une dent tordue plus petite qu'une perle.

Elle attend. La douleur trouve un rythme, une courbe faite de crêtes et de vallées. Bella fait les cent pas, redresse des étagères qui n'ont pas besoin de l'être, essaie de deviner par leur lien si Agnès est seule ou entourée, terrorisée ou en sécurité.

Quelque part au-dessus d'elle, elle sent la chaleur dégagée par les yeux rouges qui l'observent.

« C'est bon, Strix. Je suis sûre qu'elle va bien. » Sa voix est aussi fragile que la première couche de glace sur les eaux de la Big Sandy. Si seulement Quinn était là…

L'air ondule, signalant l'arrivée de quelqu'un à la porte de la tour. Elle s'ouvre, et une silhouette ébouriffée entre en boitant et en faisant claquer sa canne sur les dalles.

Bella comprend au vert clair des yeux de Genièvre qu'elle aussi le ressent, et qu'elle est inquiète. « Ne devrait-on pas la rejoindre ? » demande Bella dans un murmure.

Genièvre agite la tête d'avant en arrière. « Elle sait où nous trouver, si elle a besoin de nous.

— Oui. »

Bella pose une fesse sur un banc. Genièvre se met à son tour à faire les cent pas, de sa démarche chaloupée. Strix les observe d'en haut.

Genièvre finit par s'arrêter et s'assied à côté de Bella. Sa main frôle pas tout à fait accidentellement celle de sa sœur, qui la prend dans la sienne. Ensemble, elles attendent le prochain carillon de douleur.

Agnès sait avant même de frapper que Madame Zina ne répondra pas. La porte pend de travers dans son cadre et la tringle à rideaux barre la fenêtre d'un trait oblique. Quelqu'un a dessiné une croix à la cendre sur les carreaux.

Agnès toque quand même, parce qu'elle ne sait pas quoi faire d'autre. Parce qu'elle a les cuisses qui brûlent après avoir parcouru neuf pâtés de maisons, l'estomac qui se serre et se desserre comme un poing, et qu'un frisson commence à lui remonter le long de la colonne vertébrale.

La porte pivote vers l'intérieur sous ses doigts. La pièce plongée dans l'ombre est un fatras de bocaux renversés et d'herbes piétinées. Zina est peut-être partie avant qu'on ne vienne la chercher, ou bien déjà enchaînée dans les Profondeurs, mais en tout cas elle n'est pas là. Il y a d'autres sages-femmes dans les quartiers ouest, mais beaucoup d'entre elles sont parties ou ont fermé boutique…

La douleur enfle, atteint sa crête, reflue. Difficile d'avoir la moindre pensée cohérente dans son sillage, sinon un instinct animal qui la pousse à fuir, se cacher, rentrer à la maison. Mais Agnès n'a plus de maison, juste une étroite couchette à la pension des *Trois Bénédictions* et quelques sorts planqués sous le matelas.

Elle songe sans raison précise à Avalon : la tour noire couronnée d'étoiles et la spirale sans fin de livres. *Tu sais où nous trouver*, lui avait dit Bella avant son départ.

Agnès se rend compte que ses jambes se sont remises en mouvement avant de savoir où elles l'emmènent.

Elle ne compte pas les pâtés de maisons tandis qu'elle repart en sens inverse, vers l'est. Elle se contente de serrer les dents et d'avancer, consciente des ampoules sous ses pieds et de la friction de ses maudites cuisses. La douleur se manifeste maintenant plus souvent et reste plus longtemps, l'obligeant à s'arrêter pour appuyer son dos contre la brique chaude sous les regards inquiets des passants. Elle garde sa capuche.

Le cimetière de New Salem est habituellement fermé après le coucher du soleil, mais aujourd'hui, le portail est ouvert, il pend sur ses gonds. Agnès le considère un instant en chancelant, avec l'impression de revivre la même scène que devant la boutique de Madame Zina. *Non.*

Des hommes au regard à la fois vide et enfiévré ont envahi les lieux. Ils brandissent des pelles et des torches allumées. Ils semblent converger vers le carré des sorcières, où plusieurs d'entre eux piétinent et s'affairent autour d'un vaste fouillis brillant. Il faut plusieurs secondes à Agnès pour reconnaître les racines d'un arbre doré, arraché du sol.

Non, non, non. La terre, éventrée et retournée autour de l'arbre, paraît anormale à Agnès, sans qu'elle sache pourquoi. Elle plisse les yeux, oscillant un peu sur ses pieds, et finit par s'apercevoir qu'aucun des hommes assemblés là ne projette d'ombre sur le sol.

Elle fait volte-face en retenant sa capuche des deux mains et reprend sa marche aveugle, tournant au hasard des rues, en se demandant désespérément où fuir, vers qui se tourner. Mais la douleur revient, et elle se retrouve à genoux au milieu d'une rue anonyme ; la seule pensée qui la traverse est : *Plus le temps.*

L'horloge interne qui égrène les secondes qui lui restent est sans équivoque. Le bébé arrive trop vite, et elle est tapie là comme un animal, sans nulle part où aller, sans personne pour l'aider. Le cercle qu'elle a tracé autour d'elle-même est trop petit.

Elle fouille sa poche et en sort deux plumes brun-argent aux bords ébouriffés et irréguliers. Elle les contemple bien trop longtemps, sans parvenir à se rappeler ce qu'elles signifient, ce qu'elle est censée en faire… avant que la douleur ne renvoie toute pensée se mettre quelque part à l'abri.

Quand elle reflue, elle tient toujours les plumes. Elle se souvient des vers d'une vieille berceuse écrite par la main soigneuse de sa sœur : *Chut, pas un mot, mon cœur, maman t'enverra un merle moqueur.*

Agnès murmure les vers tout près des plumes dans sa main, ainsi qu'un nom, et sent la fièvre de la sorcellerie affluer sous sa peau. Les plumes s'envolent, mues par un vent surnaturel, et s'évanouissent dans la nuit tombante.

Agnès ignore si le message le trouvera ou s'il y répondra, ou même si elle est folle de se fier au cœur inconstant d'un homme… Mais la douleur revient chasser ses inquiétudes.

Le temps se comporte étrangement après ça. Il glisse en avant puis bondit hors de vue, la laissant échouée dans sa bulle d'éternité. Elle sait qu'elle devrait se lever, fuir, trouver un abri, mais elle n'arrive qu'à se rouler en boule autour de son ventre et à jurer entre ses dents.

Des pas. Une voix inquiète. « Vous allez bien, mademoiselle ? »

Agnès essaie de dire que tout va bien, merci, qu'elle se repose juste un instant, mais les mots se perdent dans un gémissement.

Une main la saisit par le coude. Sa capuche glisse alors qu'elle se redresse, et elle entend un hoquet de stupeur. « Oh, les saints nous gardent… vous êtes… »

Plus loin dans la rue, quelqu'un crie son véritable nom.

La douleur l'avale de nouveau. Quand elle en émerge, la rue est bondée de gens, de cheveux, d'hommes en uniforme noir. « Agnès Amarante Eastwood ! Vous êtes en état d'arrestation pour le crime de sorcellerie ! »

Des mains rugueuses l'étendent sur un brancard en toile, et des menottes se referment en claquant sur ses poignets. Agnès se débat, se tortille, donne des coups de pied, tire si fort sur ses entraves qu'elle entend un craquement humide dans son poignet, mais ça ne sert à rien.

Elle retombe en arrière, pantelante. Des voix confèrent autour d'elle. Elles emploient des mots comme « hystérique » et « agitée », puis l'un des hommes applique un chiffon à l'odeur épouvantable sur sa bouche.

La rue devient grise et distante, comme si elle la regardait du fond d'un puits vide. Ses membres reposent mollement sur la toile, même quand la douleur étend ses ailes sulfureuses sur elle. Les voix parlent toujours, mais aucune des syllabes ne semble plus faire sens.

Agnès ballotte d'un côté puis de l'autre tandis qu'on charge le brancard à l'arrière d'un chariot. Elle ne comprend pas, ne sait pas où on l'emmène… jusqu'à ce qu'une femme vêtue d'un tablier amidonné se penche sur elle et qu'Agnès lise les mots brodés en lettres capitales sur sa poitrine : « HÔPITAL ST CHARITY ».

Quelque chose ne va pas, et Genièvre le sait. Le goût de la terreur de sa sœur, le noir goudronneux de sa détresse lui parviennent à travers leur lien.

Genièvre lâche la main de Bella, s'empare d'un pichet d'eau en plomb et en vide le contenu sur les dalles, ignorant les cris de protestation de sa sœur. Puis elle s'agenouille, et l'eau imprègne le bas de sa jupe tandis qu'elle attend que la flaque se stabilise.

Elle est censée avoir quelque chose appartenant à Agnès pour lancer ce sort, mais peu lui importe. Il y a certainement assez d'Agnès en elle – dans son sang, dans ses os, dans la mèche rebelle qu'elles partagent, dans l'enfance qu'elles ont vécue ensemble.

Miroir magique au mur.

Genièvre sent la présence de Bella au-dessus de son épaule, qui joint sa volonté à la sienne. Une image scintille à la surface de l'eau : Agnès, inerte, étendue sur des draps trop blancs dans une chambre trop blanche, la tête nimbée du halo de ses cheveux noirs, la jupe remontée sans grâce autour de la taille, les jambes glacées et immobiles, écartées de façon indécente. Son visage est parfaitement serein, à moitié somnolent ; les contractions régulières de son ventre, qui se propagent à tous ses membres, et le noir terrifiant de ses yeux mi-clos sont les seuls signes de sa souffrance.

Il y a d'autres personnes dans la pièce, des visages flous, des mouvements fugaces. Genièvre voit une tête s'agiter de droite à gauche, un geste dédaigneux de la main. Un des inconnus s'écarte, laissant apparaître les menottes autour des poignets d'Agnès.

L'eau se ride alors que Bella recule d'un pas horrifié. Elle murmure une vaine litanie de « Oh non, oh non ».

Genièvre se lève, la bouscule en passant. « J'y vais.

— Alors vous serez toutes les deux prisonnières ! s'écrie Bella d'une voix tremblante. Que crois-tu qu'il arrivera si tu déboules dans une chambre d'hôpital ? »

Genièvre croise le regard de sa sœur et vacille. Elle ne veut pas retourner dans les Profondeurs. Elle ne veut pas ressentir le froid surnaturel d'un collier de sorcière ni le glissement sinueux des ombres.

Mais elle ne peut pas laisser Agnès et son bébé ainsi. C'est une option inconcevable.

Pour Bella aussi. Genièvre le voit à la façon dont elle baisse la tête. « Laisse-moi rassembler quelques sorts, au moins. »

Genièvre n'attend pas. Elle tire la porte de la tour et presse ses deux paumes contre les trois cercles entrelacés. Elle dit les vers et pense à l'arbre doré, comme elle l'a déjà fait une douzaine de fois.

Il ne se passe rien.

Il ne se passe toujours rien.

« Bella, dit Genièvre d'une voix mesurée. Comment je sors de cette foutue tour ? »

Bella se précipite à son côté. « Ça ne peut vouloir dire qu'une chose : le Signe n'est plus là. La boucle de retour à New Salem est rompue. »

Elles s'entreregardent un long moment. Genièvre rompt le silence : « Tu es en train de dire que nous sommes…

— Piégées. Oui. » La Voie perdue d'Avalon est un bateau détaché de ses amarres, qui dérive dans l'éther, tandis qu'Agnès est coincée quelque part.

Un silence plus épais encore s'installe. Au bout d'un moment, il paraît clair que Bella ne va pas faire un petit bond, crier : « Ah ha ! » et les sauver.

Genièvre regagne la flaque d'eau en boitant, s'accroupit et plonge le regard dans le puits sombre des yeux de leur sœur. Elle reconnaît sans peine ce qu'elle y voit : le désespoir d'une femme acculée, consciente que personne ne viendra la sauver.

26

Danse, ma jolie, danse bien,
Maman est là, n'aie peur de rien.
Corbeau et cabrioles, cabrioles et corbeau,
Reste, petite étoile, tu es si bien là-haut.

Un sort pour stabiliser une vie,
qui requiert une hyacinthe & une étoile à sept branches

Agnès sait à quoi est censé ressembler un accouchement. Elle a entendu de jeunes mères en parler à l'usine, ainsi que les filles de Crow County, celles qui n'allaient pas quérir les services de Mama Mags. Il y a la douleur, une douleur qui vous déchire en deux, mais il y a d'autres femmes pour vous aider à la supporter. Des tantes, des sages-femmes, des grands-mères, des sœurs, des mères pour poser leurs mains fraîches sur votre front et vous fredonner des berceuses à demi oubliées à l'oreille.

Vous n'êtes pas censée être seule. Vous n'êtes pas censée être enfermée dans une chambre carrelée de blanc, enchaînée et droguée, avec pour seule compagnie le grincement étouffé de voix d'hommes. Un docteur aux manches roulées jusqu'aux coudes, aux mains nues, roses et repoussantes, aux ongles crasseux ; un assistant ou deux qui portent un torchon sur l'épaule et un tablier maculé de taches indéterminées ; deux hommes en uniforme, qui la considèrent comme une prise de chasse à empailler et à installer sur le manteau de leur cheminée. Une jeune infirmière s'affaire parfois parmi eux, balaie le sol et redresse la tête avec un air désolé.

La douleur est toujours là, tranchante comme un coup de clairon dans la brume, mais Agnès ne peut y répondre. Elle n'a d'autre choix que de rester allongée là, les coins de la bouche humides de bave, et de griffer les barreaux de la cage de son corps. Elle compte les carreaux pour passer le temps. Elle prie. Elle se raconte des histoires de sorcières, mais les mères absentes semblent la narguer, gémissant dans les marges pendant que leurs filles dorment sur des charbons ardents, fuient à travers des bois touffus ou épousent des maris bestiaux.

La douleur revient, urgente et vaste, et Agnès sent son corps lutter et échouer à accomplir une tâche importante. Puis des doigts étrangers grattent à l'intérieur d'elle-même, explorent, tirent, procèdent à quelque évaluation secrète et trouvent son besoin.

Un soupir du docteur, exactement le même que celui de M. Malton face à un métier à tisser grippé. Agnès imagine son sang remplacé par de l'huile, ses articulations par des pignons ; une machine défectueuse plutôt qu'une femme.

Le docteur s'adresse aux agents et non à elle. « Ça n'avance pas du tout. Il va falloir envisager une extraction, si vous voulez qu'elle survive jusqu'au procès. » Un des assistants tire un chariot en métal cliquetant derrière lui et en sort un long objet en argent. Du coin de l'œil, Agnès aperçoit l'horrible courbure d'un crochet.

Elle se débat dans ses entraves, ses cris sauvages réduits à une plainte étranglée. Personne ne la regarde, sauf l'infirmière aux grands yeux tristes, les mains sur le manche de son balai.

Agnès voudrait la mordre. Elle voudrait tous les griffer et les maudire, écraser leurs crânes sous le poids des siècles d'Avalon – mais elle a tourné le dos à tout ça, convaincue que le coût du pouvoir était trop élevé, sans voir que celui de son absence l'était plus encore.

Elle se demande si ses sœurs ressentent l'écho de sa rage impuissante. Elle se demande si elles viendraient la chercher, si elles le pouvaient.

Agnès sent ses yeux s'écarquiller légèrement.

Elle découvre que si elle concentre chaque étincelle de sa fureur dans sa main gauche, elle peut planter ses ongles dans sa paume, les faire profondément pénétrer dans sa chair jusqu'à ce qu'un sang rubis s'en échappe. Elle peut ensuite déplier la main et laisser le sang s'écouler le long de son doigt, puis tracer une forme grossière sur le drap : un cercle rouge. Elle peut même murmurer les vers, malgré sa langue molle et humide dans sa bouche.

Elle peut prier que ses sœurs l'observent.

Genièvre observe la peau de sa sœur passer de l'ivoire à l'albâtre, puis à la cire. Ses traits demeurent inertes, mais ses doigts sont recourbés contre sa paume juste au-dessus de son horrible menotte. Elle serre le poing si fort que Genièvre voit une rigole de sang sombre s'en écouler.

Elle s'écarte en tressaillant. « Il faut qu'on aille là-bas d'une façon ou d'une autre, Bell. Invoque à nouveau la tour sur l'esplanade, s'il le faut. Défais le liage. » Mais cela laisserait la bibliothèque exposée et lancerait tous les agents de police et tous les fanatiques à leurs trousses. Arriverait-elle à rejoindre Agnès avant de se faire attraper ?

Elle s'attend à ce que Bella proteste, à ce qu'elle s'accroche à ses livres comme une mère protégeant plusieurs milliers de ses enfants chéris, mais quand elle lève les yeux, Bella, inexplicablement, sourit. Ses yeux sont rivés à la flaque d'eau.

« Je ne crois pas que ça soit nécessaire. Regarde. »

Genièvre regarde.

La rigole de sang a formé une petite mare sous les doigts d'Agnès. D'un doigt douloureusement étiré, elle tache les draps d'écarlate. Le doigt se déplace lentement, comme si le maintenir en mouvement pompait toutes ses forces, si bien que Genièvre ne voit pas immédiatement ce qu'il trace. Quand elle comprend, elle sursaute.

Un cercle. Une voie là où il n'en existait aucune.

« Tiens bon, Ag », murmure Genièvre à l'eau. Bella est déjà en train de s'équiper de bocaux, de sacs en papier, de livres et de notes. Son familier se pose silencieusement sur son épaule, et elle tend la main pour caresser ses plumes onyx. Genièvre trouve qu'elle ressemble vraiment à une des sorcières des histoires de Mags, prête à maudire ses ennemis ou à faire la guerre à cheval sur un nuage d'orage.

Elles regagnent la porte de la tour et, cette fois, quand elles appliquent leurs paumes contre le Signe gravé, elles pensent à Agnès et à son cercle de sang, au chemin rouge qu'elle leur a tracé dans les ténèbres.

La tour disparaît.

Agnès est seule.

Jusqu'à ce qu'elle ne le soit plus.

L'air de l'hôpital semble se déformer, comme bousculé. Immédiatement après, deux mains se pressent contre le cercle de sang sur les draps. L'une d'elles est longue et fine, les doigts tachés d'encre ; l'autre est large, tannée par le soleil, marquée de cicatrices pâles laissées par des épines et des taillis.

Ses sœurs.

Qui l'observaient, qui ont répondu à son appel.

Elles se tiennent au-dessus d'elle comme une paire assortie d'anges de l'Ancien Testament, cœurs vengeurs et épées enflammées. Des histoires tourbillonnent de nouveau sous le crâne d'Agnès, mais cette fois elle ne pense pas aux mères mortes ou à leurs filles perdues. Elle pense aux sorcières – les femmes qui dispensaient les souliers de verre, les malédictions et les pommes empoisonnées, qui imprimaient leur volonté sur le monde, et au diable les conséquences.

L'espace d'un instant cristallin, les hommes dévisagent en silence les trois femmes et la chouette noire. Puis la voix de Bella s'élève, parfaitement calme, suivie de l'odeur piquante des herbes écrasées entre ses doigts. Un claquement mauvais retentit, très semblable à celui que produirait un petit os en se cassant.

Les agents de police s'écroulent en hurlant, les bras serrés autour de leur cage thoracique. Le docteur se jette sur Genièvre, mais elle s'est emparée du balai-brosse de l'hôpital, dont le manche s'écrase contre son visage avec un craquement funeste. Bella murmure de nouveau, et une somnolence épaisse tombe sur la pièce. Les deux assistants s'effondrent, et les agents se taisent.

Pendant un moment, on n'entend plus que le bruit des corps traînés sur le carrelage. Le docteur se réveille une fois, pousse des cris perçants, mais quelques coups de manche à balai y mettent bon ordre.

Bella jette un regard réprobateur à Genièvre. « Franchement. Le sort de sommeil aurait tout aussi bien fonctionné.

— Bien sûr. » Agnès entend le haussement d'épaules dans la voix de sa petite sœur, suivi par un dernier coup satisfait.

Bella psalmodie au-dessus de la tête d'Agnès – *Elle dort à poings fermés sous le ciel qui flamboie, Agnès Amarante réveille-toi, lève-toi !* – et pousse un sifflement aigu.

Le sédatif quitte le corps d'Agnès comme un nuage de brume. Elle halète de soulagement, ses membres convulsent dans leurs entraves. Elle étire son cou vers le haut et voit l'infirmière aux yeux tristes tenir l'étroite porte de ce qui semble être un placard à fournitures pendant que Genièvre y fourre les corps inertes. « Maintenant, va leur dire que le docteur ne veut être interrompu sous aucun prétexte... Ou mieux encore, prends ça. » Genièvre tend à l'infirmière un petit sac en toile. « Tu te rappelles les vers ? Une fois que tu auras lancé le sort, file chez toi. Merci, Lacey. »

Agnès voudrait demander comment elles se connaissent, et si toutes les femmes de cette maudite ville sont des sorcières, mais une nouvelle vague de douleur l'envoie ailleurs, à l'intérieur d'elle-même, aveugle.

Quand elle est passée, les visages de ses sœurs planent au-dessus d'elle. Leurs mains douces sur les siennes dénouent ses doigts englués de sang, et leurs yeux sont si remplis d'amour et d'inquiétude qu'Agnès sent la douleur refluer un peu. Une chouette hulule quelque part, un fredonnement léger qui lui rappelle les nuits de pleine lune de son pays natal.

« On est là, maintenant, déclare Genièvre d'une voix feutrée, aussi bienveillante qu'elle en est capable. Bella a enchanté la porte, et Lacey a jeté la moitié de l'hôpital dans les bras de Morphée. Tout va bien se passer.

— Je n'aurais pas dû... je n'aurais pas dû... » Agnès a encore la langue épaisse, l'élocution difficile. « Le docteur a dit que le bébé ne descendait pas, qu'il fallait faire une *extraction.* »

Avec un claquement de langue, Bella aligne soigneusement des bocaux sur la table de chevet et s'empare de son carnet noir. « Je n'en doute pas.

Mais je te rappelle que ce n'est qu'un homme. Alors que nous, ajoute-t-elle en regardant Agnès par-dessus ses lunettes avec un mince sourire, nous sommes des sorcières. »

Bella ouvre un lourd volume intitulé *Obstetrix Magna* et en lisse les pages d'une main qui tremble légèrement. Elle aurait aimé être aussi sûre d'elle qu'elle en donne l'impression. « Genièvre, peux-tu nous débarrasser de ça ? » demande-t-elle en désignant les menottes d'Agnès, mais sa petite sœur est déjà en train de scander les vers : *Se tordre et rompre, se tordre et rompre*, et les chaînes commencent à rougir. Le fer rouille et s'effrite, comme si plusieurs décennies d'intempéries l'avaient attaqué en l'espace de quelques secondes.

Genièvre brise la chaîne avec une joie malsaine, le blanc de sa cicatrice rayonnant à son cou.

Agnès ramène ses bras contre son ventre. Elle ne crie ni ne gémit, mais un sourd grondement animal s'échappe de ses lèvres. Genièvre jette un regard un peu farouche à Bella. « Tu ne peux rien faire pour ça ? »

Si. Bella tourne frénétiquement les pages d'*Obstetrix Magna*, ignore d'inquiétantes illustrations d'utérus, de veines et de bébés affublés de petites cornes ivoire ou de flammes en guise de cheveux. Ses doigts trouvent enfin les pages qu'elle avait annotées dans la tour, où figurent des sorts pour faire tomber la fièvre dans l'utérus, persuader le sang de rester dans le corps, soulager les douleurs de l'enfantement et stabiliser le cœur du bébé.

« Genièvre, dit Bella en sortant de son sac marron une petite boîte de graisse noire. Trace une étoile à sept branches autour du lit, s'il te plaît. »

Genièvre barbouille la forme grossière d'une étoile sur le sol, tandis que Bella fait le tour du lit en psalmodiant à voix basse. Elle met une fleur de jasmin sous sa langue et des hyacinthes dans ses cheveux, puis elle fait tinter sept fois une clochette en argent et observe le corps d'Agnès se détendre un peu plus chaque fois que le carillon résonne.

C'est un sort exigeant. Bella le mesure à la brûlure du pouvoir dans ses veines et à l'odeur chaude de la sorcellerie dans l'air. Les joues de Genièvre rougissent sous l'effort d'assistance qu'elle fournit, et Strix ouvre ses ailes sur son épaule.

Agnès soupire contre les draps. La terreur animale reflue sur son visage. Son regard est clair, lucide, pour la première fois depuis leur arrivée. « Merci, souffle-t-elle. Je ne savais pas si vous viendriez.

— Bon sang, Ag, dit Genièvre en secouant la tête. Aie un peu confiance en nous.

— J'avais confiance, avant… » Agnès coule un regard amer à Bella.

« C'était il y a longtemps », dit Genièvre, et, au même instant, Bella demande : « Avant quoi ? »

Une contraction plie Agnès en deux autour de son ventre, les lèvres exsangues, mais les yeux clairs et tranchants comme une lame à nu. « Avant… que tu… me *trahisses*, halète-t-elle.

— *Moi*, je t'ai trahie ?

— Il n'y a qu'à toi que j'ai parlé du bébé. Parce que tu étais la seule en qui j'avais confiance. » Elle crache ces mots comme du poison, mais Bella ne tressaille pas.

Parce qu'ils sont faux. Parce que sa sœur et elle ont perdu sept ans à se haïr pour des crimes qu'elles n'ont pas commis.

« Oh, Agnès, dit-elle d'une voix lasse, écrasée par le poids de cet après-midi survenu sept ans plus tôt. Je n'ai pas dit un mot à papa. »

Le visage d'Agnès évoque à Bella un bateau par calme plat, les voiles affalées, comme si la force qui la poussait avait subitement disparu.

« Alors comment l'a-t-il su ?

— Le fils Adkins.

— Je lui ai dit que dalle… »

Bella secoue la tête. « Il t'a vue dans les bois, après. » Elle avait entendu ses coups à la porte, puis son père lui brailler d'entrer. Leurs voix, basses d'abord, s'étaient rapidement échauffées, et cette espèce d'abruti avait dit : *Je vous l'assure, monsieur, je l'ai vue l'enterrer sous un charme.* « Je suppose qu'il espérait obliger papa à lui donner ta main. » Une moue lui déforme les lèvres. « Il ne connaissait pas notre père. Après son départ, papa est parti à ta recherche. Je l'ai suivi. »

Elle pensait qu'elle pourrait peut-être arranger les choses, mais elle était restée paralysée alors que son père s'approchait d'Agnès. Alors qu'Agnès hurlait que Bella était une menteuse, une pécheresse, une créature contre nature. Son histoire était sortie dans un fatras de sanglots – elle était allée chercher des bougies neuves dans la cave de l'église et y avait trouvé Bella avec la fille du pasteur, à moitié nue, les lèvres écarlates, se délectant du péché –, mais même une histoire mal racontée a du pouvoir. Leur père l'avait entendue. Il avait également pris sa fille aînée à partie, et Bella avait supplié – *Non, je t'en prie, non…*

Bella avait croisé le regard de sa sœur et n'y avait trouvé qu'un froid terrible. De la haine, avait-elle songé à l'époque.

Elle songe à présent à cette reine sorcière dont les éclats de glace montaient les uns contre les autres des êtres qui s'aimaient. Elle songe à présent qu'elle n'est pas la seule à avoir connu la trahison.

« Je n'ai jamais rien dit, Agnès. Je le jure. »

Agnès ferme les yeux. « Je croyais… Je ne… Par les saints, Bell. » Un murmure épuisé. « Qu'est-ce que je nous ai fait ?

— Tu n'étais qu'une enfant. » Bella s'efforce de paraître calme et mesurée, comme s'il s'agissait d'une douleur lointaine oubliée depuis longtemps, plutôt que d'une écharde glacée plantée dans son sein.

« Toi aussi. » Agnès serre à deux mains son ventre tendu, la respiration laborieuse. « Je n'aurais pas dû dire ça. Quand bien même tu aurais avoué, je n'aurais pas dû m'en prendre à toi. » Des larmes se mêlent à la sueur sur le visage d'Agnès, et plus encore gouttent du nez de Bella. Elle se rappelle confusément que, dans le conte, seules des larmes d'amour sincère font fondre la glace.

« Je suis désolée, murmure Agnès.

— Excuses acceptées », répond Bella sur le même ton.

Une nouvelle contraction torture Agnès avant qu'elle ne puisse ajouter quoi que ce soit. La douleur, même atténuée par la sorcellerie, la mord profondément, et un frisson de peur la traverse. La sorcellerie ne suffira peut-être pas.

Bella écarte quelques mèches humides du front d'Agnès.

Agnès lève sur elle des yeux pâles, exténués et effrayés. « Tu vas rester avec moi ?

— Oui. » Dans sa poitrine, elle sent l'écharde de glace se transformer en eau chaude comme le sang. « Toujours. »

Genièvre n'y connaît pas grand-chose en accouchement, mais elle sait que ça ne devrait pas prendre si longtemps.

Bella et elle se tiennent de part et d'autre d'Agnès, comme une paire de gargouilles capées de noir veillant sur elle. Agnès halète, jure et se débat contre un ennemi invisible, les veines de son cou bleues et tendues. Mais le bébé ne descend pas, et chaque contraction essore leur sœur comme un chiffon mouillé, la vide de sa vitalité. Bella retourne feuilleter ses livres, peste et marmonne, jette toujours plus d'herbes autour d'Agnès.

Le bébé ne descend pas.

Des trois, Agnès est censée être la plus forte, mais Genièvre se rend bien compte qu'elles arrivent au bout de sa force. Des trois, Bella est censée être la plus avisée, mais elle est à court de vers. Genièvre suppose qu'il ne reste plus qu'elle, la plus sauvage des trois, avec sa volonté farouche.

Elle cherche autour d'elle quelque chose, n'importe quoi, susceptible d'aider sa sœur à s'accrocher à la vie, de lier une femme au monde. Le mot « lier » fait un bruit de crécelle en s'entrechoquant contre les parois de son crâne, et Genièvre se dit : Et pourquoi pas ?

Elle arrache un de ses cheveux, en prend un à Bella (« Aïe ! Mais qu'est-ce que… — Chut ! ») et un à Agnès, qui ne semble même pas le remarquer.

Genièvre entortille entre ses doigts les trois nuances de noir miroitantes, jusqu'à obtenir une fine tresse. Ce faisant, elle chante les vers à voix basse : *Nous ne sommes que poussière et retournerons à la poussière*. De petits vers, d'anciens vers, pour raccommoder une couture déchirée ou un fil lâche. Pourquoi pas une vie ?

Bella prend une vive inspiration. « Un *liage* ? C'est… Que se passera-t-il si e… elle meurt et nous emporte avec elle… ? »

Genièvre l'ignore. Bella finit par fermer sa grande bouche et vient l'aider.

Elles disent les vers ensemble, boucles circulaires ininterrompues, montantes et descendantes. Le lien entre elles vibre comme une corde pincée. Et il devient clair aux yeux de Genièvre que c'est également un liage, élimé par le temps. Elle pourrait se demander qui l'a tissé et pourquoi, mais elle est trop occupée à mettre tout son cœur dans sa sorcellerie.

Elle voit le sort tirer sur Agnès, la ramener vers la vie, mais sa sœur résiste. Sa tête oscille sur les draps, luisante de sueur, et ses yeux brillent depuis un endroit profondément enfoui sous son crâne.

Genièvre grimpe avec précaution sur le lit, se love contre la chaleur et la douleur du corps de sa sœur, cale la joue au creux de son cou, comme elle le faisait quand elle était petite, sans cesser de dire les vers. *La tienne à la mienne, la mienne à la tienne.*

« Genie. Chérie. » La voix d'Agnès n'est guère plus qu'une vibration contre sa joue, un murmure à son oreille. « Prends soin d'elle. Promets-moi que tu prendras soin d'elle. »

Les mots vacillent sur les lèvres de Genièvre ; le sort faiblit. « Je te le promets », dit-elle, et elle sent cette promesse tisser un cercle autour de son cœur, un lien bien plus vieux et bien plus fort que n'importe quelle sorcellerie.

Agnès se détend, ultime capitulation.

Genièvre repense aux matins où Mama Mags rentrait d'un accouchement difficile, les ongles encroûtés de sang et les yeux pleins de peine. Elle contemplait les volutes de brume qui s'élevaient de la vallée tels des fantômes, en frottant son pouce contre le cuivre de son médaillon. *C'est dans l'ordre des choses.*

Genièvre est maintenant assez grande pour savoir que l'ordre des choses, c'est une bouse sans nom. C'est la cruauté et la défaite ; les portes fermées et les choix malheureux ; les sœurs séparées et les mères absentes.

À quoi sert la sorcellerie, si elle ne peut pas changer l'ordre des choses ?

Genièvre pose les lèvres contre le noir brillant des cheveux de sa sœur et chuchote : « Écoute-moi, Agnès. Ça ne va pas se passer comme ça. Ce n'est pas comme ça que l'histoire se termine. Tout ça – toi, moi, Bell –, ce n'est que le début. » Un frisson secoue Agnès, un rire ou un sanglot, mais ses yeux demeurent fermés.

Genièvre serre plus fort les épaules de sa sœur, et sa voix se brise. « Ne me laisse pas. »

Agnès ouvre les yeux, et Genièvre voit une étincelle briller quelque part au fond d'eux. Ses doigts trouvent Genièvre d'un côté et Bella de l'autre. Toutes trois forment désormais un cercle.

Les lèvres d'Agnès se mettent à remuer. *Nous ne sommes que poussière et retournerons à la poussière…*

Agnès dit les vers jusqu'à ce qu'il n'y en ait plus. Jusqu'à ce qu'ils se transforment en mains jointes et fils liés, un cercle tissé entre trois sœurs. Jusqu'à ce que les règles de la physique se courbent sous le poids de leur volonté.

Agnès sent cette volonté, cet afflux de désir bourdonner sous son plexus. Elle veut vivre. Elle veut se tenir côte à côte avec ses sœurs et crier une nouvelle histoire dans le noir. Elle veut regarder dans les yeux de sa fille et y voir la férocité de Genièvre et la sagesse de Bella, la course des étoiles et le crépitement des flammes, tout ce qu'elle est et sera de brillant en retour.

Agnès est consciente qu'elle pleure et que les larmes sifflent contre sa peau. Elle est consciente que la douleur est un animal déchaîné, qui mord et s'agite au plus profond d'elle-même, et qui pousse sa fille vers la sortie.

Ce qu'elles sont en train de faire – lier trois existences les unes aux autres, lier une femme à la vie alors même que son pouls bégaie et tressaute – est une folie que seule sa folle de sœur peut avoir imaginée, et pourtant elles le font quand même. Parce qu'elle ne veut pas mourir, et parce qu'elles ne la laisseront pas mourir.

Le pouvoir infuse en elle, brûle ses veines, noircit ses os. Et il est aussi en dehors d'elle, il l'observe, la jauge, cette mère-pas-encore-mère qui refuse de mourir, qui brisera les lois de l'univers plutôt que de laisser sa fille seule.

Quelque part dans les ténèbres derrière ses yeux clos, un faucon huit.

Puis le battement silencieux d'ailes et la morsure très légère de serres. Agnès ouvre les yeux et voit la courbure féroce d'un bec, l'onyx profond de plumes. Un œil comme une comète, immobile et brillant.

Durant la brève accalmie avant que la douleur et le pouvoir ne la submergent une fois de plus, Agnès est traversée par la pensée que Genièvre va être insupportablement et inconsolablement jalouse.

La douleur monte en flèche. Le faucon pousse un nouveau cri perçant.

Une dernière poussée. Genièvre laisse éclater sa joie, Bella sanglote – « Elle est belle, Ag, elle est parfaite » – et quelqu'un, une personne qui n'existait pas un instant plus tôt, vagit.

Oh, ma chérie.

Le temps fait un nouveau bond en avant, et Agnès est appuyée contre une petite montagne d'oreillers, les bras serrés autour d'une chose précieuse et brûlante contre sa poitrine. Elle baisse les yeux sur ce petit visage ridé, vaguement impérieux, comme une minuscule divinité qui n'a pas vu grand-chose du monde, mais qui a déjà décidé de ne pas s'en laisser conter. Ses poings sont deux petites boules roses, et ses yeux – ouverts, rivant sur Agnès un regard solennel, comme si toutes deux avaient reçu pour consigne de mémoriser leurs traits respectifs – sont d'une couleur inconnue, à mi-chemin entre minuit et cendre.

« Elle… elle fume ? » Genièvre ne semble que modérément inquiète. Pour ce qu'elle en sait, peut-être que tous les bébés dégagent de la vapeur durant leurs premiers jours sur terre.

Bella s'affaire avec de l'eau bouillie et des linges propres à nettoyer les traînées rouges et les humeurs blanches. « Elle va bien, j'en suis sûre. Ça doit être un effet secondaire de toute cette sorcellerie. »

Bien que le bébé ait encore la tête brillante et mouillée, Agnès remarque que ses cheveux sont d'une teinte rubis inhabituelle, comme le cœur d'un feu de joie ou l'œil brûlant d'un familier.

Agnès jette un coup d'œil de biais à l'oiseau à présent perché sur la rambarde du lit. Un balbuzard pêcheur, dirait-elle, tout en angles aigus et en courbes féroces, noir comme charbon. Il considère le bébé dans ses bras avec la même tendresse farouche qu'Agnès éprouve, un amour muni de dents et de serres.

Agnès pose les lèvres sur les cheveux rebelles de sa fille et sent sa vie se fendre, se séparer proprement en deux parties distinctes : avant et après.

Le matelas remue près d'elle. « Comment tu vas l'appeler ? » demande Genièvre d'une voix pleine de révérence. Ses mains restent en suspension au-dessus de la tête du bébé, sans oser la toucher, comme si elle n'était pas sûre de devoir se trouver si près de quelque chose si fragile et précieux.

Agnès a songé à de nombreux prénoms – Calliope ou Magdalena, en mémoire de sa mère et de sa grand-mère ; Ivy, pour le pouvoir ; Rose, pour la beauté –, mais c'est un autre qui se déploie hors de ses lèvres, qui claque au vent comme un drapeau sur un champ de bataille. « Ève. »

Un prénom marqué du péché. Choquant. Un prénom qui a fait voler le premier monde en éclats et qui est entré dans le nouveau sans joug ni entraves.

Un rire éraillé s'échappe des lèvres de Genièvre. « Et son matrinome ? »

Agnès veut quelque chose de profondément enraciné, de déterminé, quelque chose qui pousse dans la terre retournée et dans les éboulis. Elle pense à la mauvaise herbe tenace qui menaçait toujours d'envahir le jardin de simples : cotonnière, elle l'appelait, ou… « Éternelle. Ève Éternelle. »

Genièvre s'enhardit et pose la main sur la tête de sa nièce, et murmure : « Ève Éternelle. Fais-leur en voir, petite.

— Tu peux y compter », promet Agnès. Elle s'aperçoit que ses doigts s'agrippent aux langes. « Et moi aussi, je le jure. Je m'excuse de vous avoir lâchées, de m'être cachée. Je pensais… » Elle pensait qu'il serait plus sûr de ramper et de se tapir, de n'être personne plutôt que quelqu'un. Comme sa mère le lui avait enseigné. « Je ne serai pas une mère comme la nôtre. »

Bella s'assied de l'autre côté. « Elle n'a pas toujours été comme ça. Tu avais cinq ans, quand elle est morte, mais j'en avais sept. » Agnès avait toujours jalousé Bella pour ces deux années supplémentaires. « Je me souviens d'elle comme elle était avant. Je pense qu'à un moment, elle s'est dit qu'en se faisant toute petite, elle serait en sécurité. »

Elle avait tort, n'a pas besoin de préciser Bella.

Agnès avale le sel dans sa gorge et s'appuie très prudemment contre sa sœur. Un silence s'épanouit entre elles, le calme après la tempête. Agnès a depuis longtemps dépassé le stade de l'épuisement, mais elle est hypnotisée par l'ammonite spiralée de l'oreille gauche de sa fille, la façon délicate dont ses cils rouges tombent sur les courbes douces de son visage.

Elle est en train d'étudier le contour de sa joue, en se demandant si l'on peut y deviner la mâchoire carrée de sa sœur, quand le faucon ouvre ses ailes brusquement et les agite comme s'il se défendait contre quelque attaque invisible. La chouette sur l'épaule de Bella se met à faire de même en ouvrant de grands yeux ronds.

« Bonté divine ! » s'exclame Bella sous la gifle de plumes. Elle tente de caresser son poitrail pour la calmer, mais la bête prend son envol. Le faucon la rejoint et tous deux se mettent à décrire des cercles sous le plafond. Le schéma que leur vol dessine est un avertissement, tels des vautours à l'aplomb d'une créature agonisante. Une lumière de plus en plus vive jette des lueurs ambrées sur leurs plumes. Le lever du jour, ou l'éclat électrique distant de la Foire.

Agnès lève les yeux vers eux en étreignant sa fille quand un coup puissant résonne à la porte de la chambre.

« Agnès ! Vous êtes là ? » D'autres coups désespérés. « *Hysope*, bordel ! »

Bella regarde Agnès, qui hoche la tête. Elle déverrouille la porte, et M. August Lee tombe littéralement à travers.

Ses cheveux ébouriffés sont assombris par l'eau de pluie, ses yeux s'agitent en tous sens. Une traînée grise macule sa joue, et ses vêtements exhalent une odeur qu'il traîne comme une ombre derrière lui : âcre et aigre, sale d'une manière qu'Agnès ne comprend pas.

« Elle est vivante ? Est-ce que le bébé… » Les yeux d'August passent de l'une à l'autre, puis se fixent sur Agnès et le petit paquet emmailloté qu'elle tient contre son sein. Le soulagement point sur son visage comme un lever de soleil.

Genièvre dit d'un ton maussade : « Elles vont bien, merci beaucoup », mais August ne semble pas l'entendre. Il vient au chevet d'Agnès et s'agenouille, sans cesser de la regarder avec cet air de ravissement pur. Agnès tourne sa paume vers le haut sur les draps et il presse son front contre elle. « Je suis désolé, dit-il dans le matelas. J'ai eu votre message, mais vous n'étiez pas là. J'ai cherché et cherché. Quelqu'un a fini par me dire que vous aviez été emmenée, mais je ne savais pas où…

— Tout va bien. » Elle lui caresse le front du pouce, parce qu'elle le peut, parce qu'elle aime le poids de sa tête dans sa main et la courbe inclinée de son cou. « J'avais mes sœurs. » Le lien vrombit entre elles, comme le ronronnement d'un chat, et Agnès comprend qu'elle avait tort sur toute la ligne.

Elle pensait que la survie était une chose égoïste, un cercle serré autour du cœur. Elle croyait que plus vous laissiez entrer de gens dans votre cercle, plus le monde avait de moyens de vous blesser, et plus vous aviez d'occasions de les décevoir et d'être déçue par eux. Et si c'était le contraire ? Et si tous ces gens étaient là pour vous rattraper quand vous tombiez ? Et s'il existait un point de bascule invisible au-delà duquel un devient trois et trois devient l'infini, un point au-delà duquel il y a tant de vous à l'intérieur de ce cercle que cela fait de vous une hydre invincible ?

August demeure silencieux, la tête toujours posée sur sa main, comme s'il ne voulait rien de plus au monde que sentir la chaleur de son pouls.

« Bon, fait Genièvre en s'éclaircissant la voix. Je m'en voudrais de vous interrompre, mais il faut qu'on mette les voiles. Avant que quiconque se rende compte que tout l'hôpital rouille ou débarque à la suite de cet idiot. » Mais elle semble moins renfrognée, même vaguement approbatrice, comme si la vision d'un homme à genoux n'était pas pour lui déplaire.

August lève des yeux sombres. « Où allez-vous ? Dans cette tour ? »

Genièvre lui répond par un haussement d'épaules et se détourne aussitôt pour tracer un cercle sur les carreaux du mur. Les oiseaux volent toujours au-dessus de leur tête comme un mauvais présage.

« Vous ne pouvez pas y retourner.

— Je vous demande pardon ? s'indigne Genièvre en pivotant sur ses talons, le menton levé. Et pourquoi donc ne le pourrions-nous pas ? »

Mais Agnès sait déjà pourquoi. Elle a enfin reconnu l'odeur qui se dégage des habits d'August : roses sauvages et feu.

« Parce que, répond August, la tour brûle. »

TROISIÈME PARTIE

BRÛLÉES ET LIÉES

27

Marche dans l'eau avec moi,
Ma fille vêtue de rouge.
Marche dans l'eau, et vêts-toi plutôt de blanc.

Une chanson pour faire cesser l'hémorragie après un accouchement difficile, qui requiert de l'eau deux fois bénite & le Serpentaire

James Genièvre observe l'homme agenouillé au chevet de sa sœur – la tache grise sur sa joue, l'affaissement de ses épaules – et lui dit, très gentiment : « N'importe quoi.

— Je vous assure que…

— Vous racontez n'importe quoi. Il faudrait qu'Avalon soit quelque part pour que quelqu'un puisse y mettre le feu, et je sais de source sûre qu'Avalon n'est nulle part.

— Si. La tour se dresse au milieu de St George Square, et elle brûle. Regardez par la fenêtre ! On voit la lumière d'ici ! »

Genièvre ne veut pas regarder par la fenêtre, ne veut pas savoir que le rougeoiement qui colore le ventre des nuages ne vient pas du soleil levant.

« Écoutez, nous avons lié cette tour, enterré le liage et protégé l'endroit où nous l'avons enterré. Alors excusez-moi si je ne...

— Genie », dit Agnès d'une voix lasse et fêlée, assez basse pour ne pas réveiller le bébé.

Genièvre tourne vers August un regard qui semble dire : *Regardez ce que vous avez fait*. « Tout va bien, Ag. Je suis certaine que M. Lee fait *erreur*.

— Genie, répète-t-elle, et la tristesse dans sa voix donne envie à Genièvre de crier ou de se boucher les oreilles, n'importe quoi pour ne pas entendre la suite. Il y avait des hommes au cimetière. Ils avaient déraciné l'arbre. Ils ont dû trouver le liage. »

Genièvre en reste coite. Elle regarde sa sœur, puis August qui se remet difficilement debout. « C'est la folie, dehors. J'ai vu des gens avec des torches crier qu'ils allaient faire sortir les sorcières de leur tanière par le feu. Que la tour noire était revenue et que Gideon Hill allait la brûler.

— N'importe quoi », répète Genièvre, mais les mots flageolent entre ses lèvres.

Agnès lève sur elle des yeux gonflés de larmes brillantes, et Bella se cache la bouche des deux mains.

Genièvre détourne le regard pour ne plus les voir. Elle le pose sur le cercle de sang désormais séché sur le drap.

L'astuce, quand on veut faire quelque chose de stupide, c'est de le faire très vite, avant que quiconque puisse crier : *Attends !*

Genièvre appuie sa main contre le cercle, dit les vers et se retrouve aspirée dans le noir brûlant.

Genièvre n'est jamais allée en enfer – quoique, à en croire son père, le pasteur, Mlle Hurston et la police de New Salem, ce n'est qu'une question de temps –, mais elle imagine que ça ressemble beaucoup à St George Square à cet instant : feu, cendres et ruines.

Des flammes bleues lèchent le bois carbonisé de la porte sous sa main, rendant illisibles l'inscription et le Signe. Elle recule d'un pas chancelant, ramène sa main contre sa poitrine et lève les yeux sur cette tour qui était son seul espoir et son unique foyer. Le feu jaillit par toutes les fenêtres, engraissé par les pages de dix mille livres et rouleaux, par tous les vers et toutes les voies des sorcières préservés depuis tant de siècles. Le lierre et les rosiers sauvages se tortillent dans la fournaise, se désagrègent en longues vrilles de cendres en se détachant de la pierre. Les arbres portent des couronnes rouges affamées, telles des reines maudites, et les oiseaux croassent en battant frénétiquement des ailes.

Sous le rugissement avide des flammes, Genièvre croit entendre un son perçant, faible et lointain, comme des voix de pleureuses. Ou peut-être vient-il de son propre cœur tandis que s'élève dans le ciel, porté par des ailes de cendres et de braises, le dernier espoir des sorcières.

À travers le brouillard de fumée et le sifflement de la pluie, Genièvre s'aperçoit que l'esplanade est cernée d'hommes et de femmes qui brandissent des torches, horrible symbole vivant des partisans de Hill. À cause de la brume de chaleur, elle ne saurait dire si leurs ombres sont les leurs. Elle n'est pas certaine que ça ait une quelconque importance.

Derrière les hommes et leurs torches – les yeux animés de flammes joyeuses, la peau rougie par la chaleur – se tient Gideon Hill. Une femme svelte et blonde s'accroche à son bras et lève sur lui des yeux emplis d'une telle dévotion aveugle que Genièvre frissonne.

Elle voit les lèvres de Hill remuer, lancer des proclamations, des ordres ou des sorts. La foule est trop hypnotisée par ces joies violentes pour s'interroger sur la chaleur surnaturelle des flammes malgré la pluie, ou pour remarquer la femme qui se tient au pied de la tour, ses cheveux dangereusement proches du brasier, ses larmes qui se transforment en vapeur avant même de quitter ses yeux.

Seul Hill la voit. Ses narines frémissent comme celles d'un chien de chasse percevant une odeur enfin retrouvée, et ses yeux se lèvent au-dessus de la masse écumante de ses fidèles. Genièvre sent leur morsure sur sa peau.

« Tu es plus maligne que je le croyais, petite sorcière. » Hill est séparé d'elle par cinquante hommes et le brasier rugissant, mais elle entend sa voix au creux de son oreille. « Mais pas assez maligne. »

Le son de sa voix la ramène dans les Profondeurs, plonge des doigts fantômes au fond de sa gorge. Elle crache. Sa salive grésille en atteignant le sol.

Elle aperçoit le blanc étincelant du sourire de Hill à travers la fumée. Grace Wiggin fronce très légèrement les sourcils, comme si elle sentait son attention faiblir.

Le rire de Hill fait vibrer l'air autour d'elle. C'est un son soulagé, presque exalté, et Genièvre se souvient de la peur terrible que trahissaient ses yeux. « Quand tu t'es échappée, j'ai su que vous l'aviez trouvée, d'une façon ou d'une autre. Que vous l'aviez ramenée de l'endroit où ces vieilles peaux l'avaient planquée. Vous l'avez bien cachée, mais rien n'est perdu qu'on ne puisse retrouver, n'est-ce pas ? »

Genièvre pense aux protections qu'elles avaient si soigneusement installées autour du carré des sorcières, le sel et le chardon ; elle se représente des ombres-mains arracher ces dérisoires remparts jusqu'à ce qu'il n'en reste rien.

« Tu m'as donné ce que je voulais plus que tout au monde, James Genièvre, dit-il d'une voix sans passion mais sincère, et Genièvre est frappée par la certitude qu'il dit vrai. Je t'en suis très reconnaissant. »

En entendant les échos de son rire résonner sur l'esplanade, elle est saisie par l'envie de charger à travers la foule et de refermer ses mains sur son cou, de lui jeter une malédiction qui le laisserait sans yeux, sans oreilles et sans langue – sauf qu'il y a un miroitement sombre à ses pieds : des ombres aux bras innombrables, indolentes comme des serpents repus, qui glissent sur la terre noire dans sa direction. Elle fait volte-face, pose de nouveau sa main brûlée sur les cendres chaudes de la porte, redit les vers…

Et se retrouve à genoux dans le silence puant de la chambre d'hôpital, ses joues noires striées de larmes chaudes.

Agnès comprend à l'abattement qui pèse sur les épaules de Genièvre, aux relents de cendre et de rose qui la suivent, qu'August disait la vérité.

Une lamentation s'élève : Bella, qui crie comme si sa chair et son sang brûlaient en même temps que la bibliothèque. Des mains, elle cherche frénétiquement le cercle de sang sur le drap.

Genièvre la ceinture sans ménagement. « C'est trop tard. C'est fini, Bell. Il a gagné. » Sa voix est encore plus rauque qu'auparavant, deux fois brûlée par le feu. Bella s'effondre contre elle en sanglotant, et Genièvre la réconforte comme elle peut. August regarde par terre, étranger s'immisçant dans leur deuil.

Ils restent ainsi, en suspension dans leur chagrin comme des moucherons dans l'ambre. Agnès s'avise avec une froide lucidité que bientôt quelqu'un se réveillera de leur sort de sommeil et lancera l'alarme. Des émeutiers et des agents viendront chercher d'autres sorcières à brûler, et ils trouveront trois sœurs et un bébé aux cheveux couleur sang. Ils l'arracheront des bras d'Agnès.

Elle baisse les yeux sur sa fille – sur ses cheveux qui bouclent en séchant, sur ses joues rondes et détendues par le sommeil – et songe : *Qu'ils essaient, ces salauds.*

« Il faut partir », dit-elle très calmement. Aucun d'eux ne bouge, embourbé dans l'égoïsme du chagrin. Agnès répète d'une voix plus forte : « Il faut partir *maintenant*. Avant qu'ils ne viennent nous chercher, et chercher Ève. »

À la mention du prénom de sa nièce, Genièvre cligne de ses paupières roussies. « Où ? Ils surveillent sûrement la gare ferroviaire et les lignes de tram, et je parie que les rues grouillent. On pourrait rejoindre le *Péché de Salem*, peut-être… »

Bella lui coupe la parole, d'une voix étonnamment ferme en dépit des larmes et de la morve. « Nous pouvons aller chez Cléo à New Cairo. Les gens ont peur des quartiers sud, ces temps-ci, et leurs occupants ont les moyens de nous cacher. » Agnès soupçonne que la logique n'est pas la seule motivation de Bella. Leur grande sœur, les sourcils froncés, considère les nuages au-dehors et ajoute, un peu bêtement. « Et c'est la pleine lune. »

Genièvre secoue la tête. « On serait trop lentes, et ils chercheront trois femmes et un bébé. C'est trop loin. »

Bella est sur le point de protester, mais Agnès se tourne vers August et dit simplement : « Aidez-nous. Je vous en prie. »

Elle sait à son sourire chaleureux qu'il ne prend pas ça pour un ordre, mais pour un acte de foi aveugle, le genre de chose qu'un soldat demande à un camarade lorsqu'ils se tiennent dos à dos, encerclés.

Il soutient son regard. « C'est loin. » Il jette un coup d'œil au balai-brosse appuyé contre le mur, légèrement fendu après les mauvais traitements que lui a fait subir Genièvre. « À moins que vous… ne puissiez… ? »

Genièvre éclate d'un rire amer. « Non.

— Je pourrais demander de l'aide à mes gars. » Il s'interrompt, le visage creusé par l'inquiétude. « Mais ça ne sera pas une partie de plaisir.

Croyez-vous qu'il soit indiqué de vous déplacer, si tôt après… » Il indique d'un regard nerveux les draps ensanglantés empilés dans un coin.

« Je me débrouillerai, monsieur Lee, lui répond Agnès d'une voix très sèche.

— Vous en êtes sûre ? J'ai toujours entendu dire qu'une femme ne devrait pas… »

D'un cri, le faucon le fait taire. Agnès caresse l'aile de son familier. « Vous doutez de moi ? Vraiment ? »

M. Lee recule, comme repoussé par une violente bourrasque. Il la regarde – regarde le balbuzard noir perché près d'elle, le bébé aux cheveux rouges accroché à son sein nu, la chaleur brûlante de son regard – et hoche si bas la tête que c'en est presque une révérence. « Plus jamais », souffle-t-il.

Il se retourne pour partir et lance par-dessus son épaule : « Retrouvez-moi derrière l'hôpital dans une demi-heure. »

Bella a déjà vu les calèches des pompes funèbres – des chariots noirs sur les flancs desquels les mots « HÔPITAL ST CHARITY » ont été peints en lettres capitales blanches –, mais elle s'était toujours imaginé qu'il s'écoulerait de longues décennies avant qu'elle ne doive monter dedans.

Elle avait aussi cru qu'elle s'y trouverait seule, et morte, plutôt que serrée contre ses sœurs sur les lattes du plancher, tout à fait vivante et priant pour que le bébé ne se mette pas à pleurer tandis que le chariot tangue et bringuebale à travers la ville.

M. Lee les avait rejointes au point de rendez-vous avec plusieurs de ses amis – des types débraillés et peu recommandables qui semblent en connaître un rayon sur les troubles à l'ordre public –, un costume noir bon marché et une paire de chevaux d'attelage qui avaient été persuadés de tirer le chariot malgré son odeur de pourriture et d'arsenic. M. Lee les avait aidées l'une après l'autre à grimper à bord. Sa main s'était attardée autour de la taille d'Agnès, et il avait entrouvert la bouche, mais le cocher avait crié : « Hue ! » et August avait disparu dans les ténèbres.

La ville défile à présent en flashs morbides à travers les hautes ouvertures : la vive lueur d'une torche dans une main nue ; les cris des malédictions et des prières ; des pas cadencés anormalement synchronisés. L'odeur aigre de la fumée chargée d'humidité s'accroche à la peau d'Agnès comme de la graisse, masquant même l'odeur de cadavre du chariot.

Un flocon de cendre entre dans la calèche et se pose aussi délicatement que de la neige sur la joue de Bella. Elle se demande quel mystère ou quelle magie il recelait autrefois, avant que les flammes n'emportent tout. Ses larmes coulent en silence sur ses tempes puis ruissèlent dans ses cheveux.

Le chariot cahote sur les rails du tramway et les pavés manquants alors que la chaussée se détériore sous ses roues. Dehors, des voix inquiètes ont remplacé les cris furieux. Le claquement des sabots finit par s'espacer et le véhicule, par s'arrêter.

On frappe deux coups sur le toit, et les trois Eastwood – quatre, se corrige Bella en apercevant la courbe délicate de la joue de sa nièce dans le clair de lune – sortent maladroitement dans la nuit.

Elles se trouvent dans une rue qu'elle ne connaît pas, dans la flaque d'ombre entre deux réverbères. Des corps se meuvent dans le noir autour d'elles, pas précipités, voix étouffées. Bella entend le cliquetis d'un verrou que l'on tire, et même les coups assourdis d'un marteau clouant des volets sur des fenêtres. New Cairo est un navire qui s'apprête à affronter la tempête.

Le cocher les salue en inclinant sa casquette, Agnès plus que toute autre. « M. Lee vous prie de faire passer le mot à *L'Ami des travailleurs*, mesdemoiselles Eastwood, une fois que vous serez installées. Il m'a assuré que vous aviez vos méthodes. »

Agnès déploie sa cape tachée autour d'elle et lui adresse un hochement de tête royal. « Merci, monsieur. » Sa voix faiblit, soudain plus femme que sorcière. « Voulez-vous bien le remercier pour moi ? Dites-lui... » Mais elle ne semble pas savoir ce qu'elle veut lui dire.

Le cocher la gratifie d'un nouveau salut. « Je n'y manquerai pas, mademoiselle. » Puis d'un ton beaucoup moins formel : « Faites confiance à August pour craquer sur la femme la plus recherchée de New Salem. »

Il donne un petit coup sur les rênes, et le marmonnement offensé de Genièvre (« Je croyais que c'était moi, la femme la plus recherchée de New Salem ») se perd dans le claquement sourd des sabots.

Bella regarde les étoiles en clignant des yeux, puis elle louche à travers ses lunettes sales pour déchiffrer un panneau indicateur éloigné. « Ah... par ici. » Bella se met en route vers le sud, suivie par ses sœurs qui cavalent derrière elle comme des rats des champs sous la pleine lune.

Personne n'est assis sur les perrons ni ne joue aux cartes au coin des rues. Les bars demeurent sombres et vides. Elles croisent uniquement des groupes d'hommes munis de gourdins et de marteaux, et des femmes vêtues de longues capes, les visages durs et intrépides qui portent Bella à croire que la police n'aime pas patrouiller dans les rues de New Cairo après la tombée de la nuit sans raison.

Elle bifurque à deux reprises et rebrousse chemin une fois avant de trouver Nut Street. Mais le marché nocturne n'est pas comme dans son souvenir : les étals et les tapis ont été roulés, les marchandises hâtivement empaquetées dans des caisses et des sacs de toile, des capes sombres ont remplacé les jupes colorées. Les yeux se tournent au passage de Bella et de ses sœurs – trois femmes blanches, deux oiseaux noirs et un bébé aux cheveux rouges –, mais Bella les ignore.

Elle trouve enfin la boutique d'Araminta et franchit la porte d'un pas mal assuré, les genoux faibles et la tête légère. Araminta (la *mère* de Quinn, songe Bella avec un petit gémissement silencieux) est assise derrière le comptoir. « Qu'est-ce que c'est que ça encore… commence-t-elle, mais alors ses yeux se posent sur le visage de Bella, puis sur Agnès, trop pâle et frissonnante dans la nuit chaude. Je vais la chercher. »

Toutes trois restent là, instables sur leurs jambes, lorsque Quinn apparaît, une chemise d'homme à moitié boutonnée sur sa nuisette. « Bella ! » Elle s'avance vers elle comme si elle voulait la prendre dans ses bras, mais à cet instant Agnès pousse un cri inarticulé et s'affale contre un bahut à petits tiroirs en bois.

Alors la pièce se remplit de voix étouffées et de mains secourables, de pas précipités alors qu'on les conduit hâtivement dans l'arrière-boutique et qu'on empile des coussins et des édredons. On y installe Agnès pendant qu'Araminta chante un sort contre la fièvre, un autre contre l'hémorragie. Puis elle dessine une carte des étoiles à la craie sur le plancher. Genièvre berce Ève en se mordant la lèvre inférieure, avec une fierté gauche, gonflée d'un amour encore maladroit.

Araminta pose la main sur le front d'Agnès alors que le chant se termine et hoche une fois la tête. Genièvre se blottit contre sa sœur, le bébé emmailloté entre elles, tandis que la vieille femme se redresse et s'éloigne vers Quinn et Bella. « Ça ira pour cette nuit. »

Elle regarde sa fille, et le coin de ses lèvres se contracte. « Allez dormir, toutes les deux. »

Quinn baisse la tête et s'engage dans un étroit escalier. Bella la regarde partir, le cœur lourd.

À mi-hauteur, Quinn se retourne. Elle croise le regard de Bella et lui tend la main, paume vers le haut. Une invitation, une question, un défi. Bella entend la voix de Genièvre : *Sommes-nous lâches à ce point ?*

Bella ne l'est pas.

La main de Quinn est chaude et sèche. Elle conduit Bella dans une chambre familière. Elle reconnaît le lit avec sa courtepointe safran, mais grise dans la pénombre. Elle reconnaît l'oreiller sur lequel elle s'est réveillée avec le souvenir d'une chaleur auprès d'elle.

Quinn s'assied au pied du lit et fait glisser la chemise d'homme de ses épaules. En dessous, ses longs bras nus d'un noir velouté contrastent avec le blanc spectral de sa chemise de nuit. Avec l'éclairage de la rue qui dessine un halo autour de sa tête, elle est l'image même d'une sainte vivante.

Bella se dit qu'elle devrait partir.

(Bella n'a aucune envie de partir.)

Quinn lisse le couvre-lit à côté d'elle, comme une timide invitation. Bella ne fait aucun mouvement, ne prononce pas un mot, de peur que son corps, cet animal désobéissant, ne la trahisse si elle s'avisait de relâcher un tant soit peu les rênes.

« Vous pouvez dormir ailleurs, si vous le souhaitez, déclare Quinn d'une voix soigneusement neutre. Il y a de la place dans la chambre de vos sœurs.

— Non merci », répond Bella dans un souffle.

Le blanc des dents de Quinn étincelle dans le noir. Elle incline le menton, et cette fois l'invitation est moins timide, plus chaleureuse et bien plus dangereuse.

Bella bafouille quelque chose d'indistinct, déglutit et fait un nouvel essai. « M. Quinn…

— Ne vit pas à cette adresse. Il n'y a d'ailleurs jamais vécu. » Bella cligne plusieurs fois des yeux, et Quinn explique obligeamment : « Lui et moi avons grandi ensemble, et nous avons compris très jeunes qu'aucun de nous n'était intéressé par… les relations conventionnelles. Il vit à Baltimore avec un gentleman charmant et un chien gâté répondant au nom de Lord Byron.

— Je… oh. » Bella n'avait jamais envisagé l'existence de relations autres que conventionnelles ; elle se sent à la fois trop jeune et trop vieille, terriblement naïve.

Elle considère de nouveau l'espace à côté de Quinn, et s'assied.

« C'est terminé, vous savez, dit Bella d'une voix que la fumée a rendue rauque. Tout. Des siècles de magie, perdus en l'espace d'une nuit. Ce savoir serait resté en sécurité si nous l'avions laissé là où les Trois Dernières l'avaient caché. Mais nous l'avons mis en danger. *Je* l'ai mis en danger. Ce savoir a disparu, et avec lui tous nos espoirs. »

Bella songe à toutes les femmes qui les ont suivies dans ce dangereux terrier de lapin, à toutes les Sœurs qui espéraient par ces vers et ces voies changer les histoires amères que la vie leur proposait. « Qu'est-ce que j'ai fait ? demande-t-elle, étranglée par les larmes.

— Qu'est-ce que *nous* avons fait, voulez-vous dire, observe Quinn sèchement. Rappelez-moi qui a trouvé le sort à Old Salem ?

— Vous, bien sûr, je ne voulais pas…

— Alors, est-ce aussi ma faute ?

— Non !

— Et qui s'est fait emprisonner et a eu besoin qu'on vienne la sauver, en premier lieu ? Qui a accouché en avance et vous a distraite au pire moment possible ? Est-ce également la faute de vos sœurs ? » Quinn secoue la tête. « Si vous voulez un coupable pour un feu, cherchez-le du côté des hommes qui tiennent les allumettes.

— Je… suppose. »

Quinn se tourne face à Bella. « Mais regardons ce que vous avez fait, Belladone Eastwood. Vous avez rappelé la Voie perdue d'Avalon et répandu ses secrets dans la moitié de la ville. Vous avez sauvé la vie de vos deux sœurs. Vous vous êtes battue pour quelque chose. Vous avez perdu quelque chose. Mais… » Les mains de Quinn s'avancent de part et d'autre du visage de Bella et lui retirent délicatement ses lunettes. Bella se voit contrainte de rappeler à son cœur de battre et à ses poumons de pomper l'air. « Vous avez aussi gagné quelque chose, je crois. »

Quinn est si proche que Bella sent la chaleur de sa peau et voit ses pupilles se dilater.

Bella a terriblement envie de l'embrasser.

Cette pensée lui vient sans parenthèses, une montée de désir à laquelle elle n'est pas prête de succomber, car alors elle serait punie – violentée, battue ou enfermée à la cave jusqu'à ce que de telles idées lui sortent du crâne. Sauf que – et elle se demande pourquoi ce simple calcul mathématique ne lui est pas venu plus tôt à l'esprit –, sa solitude n'est-elle pas une punition en soi ? Et puisqu'elle souffrira dans les deux cas, pourquoi ne pas s'abandonner au péché ?

Bella baisse les yeux sur ses mains, aussi inertes que des pierres. Elle sent le battement régulier de son cœur. On lui a appris à avoir peur, mais, quelque part en chemin, elle a oublié comment faire.

Sa main épouse la courbe de la mâchoire de Quinn, qui se tient parfaitement immobile, respirant à peine.

« Puis-je vous embrasser, Cléo ? » demande-t-elle sans l'ombre d'un bégaiement.

Quinn laisse échapper un chapelet de jurons.

« Est-ce que c'est un ou… » La fin de la question de Bella se perd en même temps que son souffle.

C'est moins un baiser qu'une conflagration : de besoin et de désir trop longtemps différés, d'espoir perdu et de l'abandon irrépressible de deux corps entrés en collision tandis que le monde brûle autour d'eux.

Quelque part au milieu de cette émulation fébrile de boutons et de fermoirs, du rythme précipité de leur respiration, du toucher de la lumière des étoiles sur leur peau et du goût secret du sel, une pensée traîtresse frappe Bella : elle brûlerait Avalon plusieurs fois si c'était pour elle le seul moyen d'arriver ici, dans cette chambre au lit safran.

Plus tard, alors qu'elles sont étendues comme deux mains entrelacées, parfaitement emboîtées, Bella reste éveillée. Elle résiste à l'appel du sommeil autant qu'elle le peut, car plus vite elle dormira, plus vite l'aube poindra, avec son lot de dures vérités. Elle sent déjà le poids du monde planer au-dessus d'elles, prêt à se poser.

« Cléo ? » Son prénom a un goût de clou de girofle sur sa langue. « Tu me racontes une histoire ? »

Et Cléo s'exécute.

Comment Tante Nancy
A VOLÉ LES VERS

Voici l'histoire de Tante Nancy, et comment elle a volé tous les vers pour ses filles, ses petites-filles et ses arrière-petites-filles. Tante Nancy était une vieille, vieille femme – ou peut-être une jeune femme, une araignée, une hase, ou encore les quatre à la fois – aux cheveux comme des nuages de toiles d'araignées et aux yeux comme deux boutons noirs brillants, quand la plus petite de ses arrière-petites-filles réclama à grands cris qu'elle lui enseigne le secret des lettres.

Tante Nancy aurait fait n'importe quoi pour ses petits-enfants, alors elle alla voir l'homme dans la grande maison et lui demanda s'il était disposé à lui apprendre à écrire. L'homme rit au nez de cette vieille femme rabougrie aux cheveux comme des toiles d'araignées. Il y avait même une petite araignée noire qui pendait à son oreille et l'observait de ses minuscules yeux rouges. À la fin, l'homme jura qu'il lui apprendrait à lire et à écrire si elle lui rapportait le sourire d'un coyote, les dents d'une poule, les larmes d'un serpent et le cri d'une araignée.

Tante Nancy sourit et le remercia plusieurs fois, et il se remit à rire, car elle était trop vieille et trop bête pour se rendre compte que la tâche était impossible.

Elle regagna sa cabane dans les bois en clopinant, s'assit sur le perron, regarda les étoiles et chanta une petite chanson :

Lapin à queue blanche et renard rusé,
Mésange et tortue d'eau douce,
Venez chez Tante Nancy,
Venez, venez tous.

Tous les animaux de la ferme et de la forêt se rapprochèrent timidement de la maison tandis qu'elle chantait, car Tante Nancy connaissait déjà quantité de vers et de voies.

Le lendemain, Tante Nancy revint à la grande maison avec le sourire d'un coyote, les dents d'une poule, les larmes d'un serpent et le cri d'une araignée. Mais l'homme refusa de remplir sa part du marché, en prétendant que c'était un tour de passe-passe, un subterfuge, qu'elle était une sorcière et qu'il la verrait brûler sur le bûcher avant de lui apprendre la moindre lettre. Il lui ordonna de partir, et Tante Nancy partit.

Mais tous les soirs après cela, quand l'homme lisait des livres à ses enfants à l'heure du coucher, il y avait une araignée qui l'observait depuis la fenêtre, noire comme la nuit, de ses yeux de braise. Et avant longtemps, Tante Nancy enseigna le secret des lettres à son arrière-petite-fille.

28

Cache-toi, cache-toi, cache-toi avec moi,
Cache-toi, cache-toi chez toi.

Une chanson pour détourner un œil indiscret,
qui requiert de la compassion & la Couronne australe

Béatrice Belladone se réveille juste avant l'aube, la tête appuyée contre la chair tendre de l'épaule de Cléo. Bella entend son cœur battre lentement contre son oreille.

Elle se redresse sur un coude et l'observe, sans compter les secondes : la courbure spirituelle de ses sourcils, le lustre poli de sa peau, le creux où ses clavicules se rejoignent. Bella repense aux longs après-midi passés en Avalon à annoter et à traduire, à se laisser porter sur une mer de vers et de voies.

Et dont il ne reste que des cendres. Des hommes sont probablement en train de piétiner les décombres, de profaner les vestiges sous leurs bottes. De rire du dernier espoir des sorcières.

Cette pensée est une lame enfoncée dans son ventre.

Elle se lève et se glisse dans sa robe puante de la veille. Puis elle jette un dernier coup d'œil à la forme étendue de Cléo, offrande sur un autel indigne, avant de descendre l'étroit escalier sur la pointe des pieds.

Ses sœurs dorment encore, lovées l'une contre l'autre. Leur lien semble bourdonner au passage de Bella, et, pendant une seconde étourdissante, elle sent leurs deux cœurs battre à l'unisson du sien, leurs deux poitrines se soulever, comme si elles ne faisaient qu'une. Au lieu de l'inquiéter, cela lui paraît être l'évidence même, trois brins tressés ensemble.

Bella aperçoit le pâle fantôme de son reflet dans le miroir de l'entrée. Son visage lui semble subtilement différent, comme si Cléo lui avait jeté un obscur sort au cours de la nuit : ses longs cheveux tombent librement sur ses épaules, une rougeur lui colore les joues et les lèvres. Si telle est la conséquence de ses péchés, peut-être devrait-elle pécher plus souvent.

Bella se désintéresse de son reflet et entre dans la boutique proprement dite. Elle farfouille un instant derrière le comptoir, en ressort avec une paire de cisailles en argent terni, et a presque atteint la porte quand une voix l'arrête.

« Vous nous quittez déjà, mademoiselle Belladone ? »

Elle pivote sur elle-même et découvre la mère de Quinn juchée sur un tabouret, un mug fumant dans une main et la tête enturbannée d'un foulard de soie noire. Elle fait claquer sa langue. « Sans même un merci. »

Bella cache les cisailles dans son dos, comme une écolière prise la main dans le sac. « Merci, mademoiselle…

— Mlle Araminta Andromède Wells. Et où alliez-vous comme ça ?

— Je… nulle part. »

Mlle Wells l'observe une seconde ou un siècle. Puis elle soupire. « Venez ici, ma fille. » L'idée de désobéir ne traverse même pas l'esprit de Bella. « Je vais vous donner accès aux tunnels, mais les portes ne s'ouvrent que pour les Filles, et vous n'avez pas la marque. » Elle tapote le poignet de Bella, au même endroit où les cicatrices de Cléo dessinent une constellation. « Ça devrait faire l'affaire. »

Bella se tient très immobile tandis que Mlle Wells fredonne un air à voix basse. Elle sort un stylo à plume de la poche de sa robe de chambre et dessine dans la chair blanche et tendre de la paume de Bella une spirale de lignes et de diamants qui forme une couronne étoilée. C'est le schéma que Cléo avait tracé sur le mur en brique de St Mary-of-Egypt pour échapper aux émeutiers. Elle serre le poing autour des marques et ressent la chaleur de la sorcellerie.

« Merci, mademoiselle Wells.

— Cléo est une bonne fille », répond un peu obscurément Araminta. Elle se reprend : « Non, pas vraiment. Elle a toujours été aussi curieuse qu'une chatte et deux fois plus rusée. Mais c'est ma fille, et elle mérite… » Elle laisse sa phrase en suspens, remue les lèvres un instant en silence, puis ajoute : « Assurez-vous de revenir. »

Bella s'incline profondément, la main sur le cœur.

Le temps semble s'être arrêté dans les rues de New Cairo ; tous les volets sont fermés par crainte de la folie des hommes armés de torches. L'odeur de la fumée, rance et morte, imprègne l'air.

Elle s'épaissit à mesure que Bella s'approche du cœur de la ville, étouffant les sons, obscurcissant les premiers rayons gris de l'aube. Il y a maintenant des gens dans la rue – des vendeurs de journaux, des bonnes, des ouvriers qui se dirigent vers l'ouest, des balayeurs, des allumeurs de réverbères –, et tous ont les épaules voûtées et les yeux rouges. La ville entière semble avoir du mal à se remettre de cette nuit de rage et d'ivresse. Les regards glissent sur Bella comme si elle était faite de verre ; aucun d'eux ne voit le volatile aux ailes noires qui la suit pas à pas, haut dans le ciel.

À un pâté de maisons au sud de St George Square, elle remarque qu'une poudre blanche s'accumule entre les pavés et obstrue les caniveaux.

Perplexe, elle la prend un instant pour de la neige, avant de se rendre compte qu'il s'agit de cendre.

Arrivée au coin de l'esplanade, Bella se cache sous l'auvent d'une boutique fermée. Un tas de cendres grises s'est formé sur le seuil, surmonté d'un unique pétale de rose qui a survécu au feu. Ses bords ne sont qu'à peine roussis, tandis que son cœur reste coloré d'un rose tendre. Bella se baisse et le glisse dans la poche de sa jupe.

Elle le garde dans sa main fermée tandis qu'elle glisse un regard à l'esplanade au-delà du coin de la boutique.

La tour se dresse de toute sa terrible hauteur, étrangement nue sans son manteau de roses et de lierre. Les fenêtres, réduites à des trous désolés, révèlent l'intérieur creux de ce qui fut autrefois une bibliothèque, un havre, un foyer. Les bois qui l'entourent ne sont plus qu'un cimetière fumant, avec des moignons d'arbres brûlés en guise de stèles.

Il semble à Bella entendre des femmes verser des pleurs nourris, quoique étouffés, mais seuls sont présents les hommes qui labourent les ruines encore chaudes avec leurs pelles et leurs râteaux, piochant avec hésitation dans les cendres, comme s'ils craignaient que des sorcières vengeresses ne surgissent des braises ardentes sur des balais enflammés.

Quelqu'un se tient parmi eux et regarde le cadavre de la tour avec un sourire satisfait, comme un homme arrivé au terme d'un long et laborieux voyage. Il caresse l'échine de la chienne noire dressée près de lui, la queue entre les pattes.

Gideon Hill.

La dernière fois que Bella l'avait croisé, il donnait l'ordre d'arrêter sa sœur. Le voir maintenant retourne le couteau dans la plaie de son ventre et déclenche en elle une montée de haine incontrôlée.

Elle sort les cisailles en argent de sa jupe et les examine. Elle n'est plus une bibliothécaire, et il ne reste de sa bibliothèque que des cendres, mais elle doit encore pouvoir expulser un client indélicat. Il est certainement plus facile de perdre quelque chose que de le trouver.

Bella jette un coup d'œil à Strix, qui décrit des cercles si haut au-dessus de l'esplanade qu'on pourrait facilement le confondre avec un corbeau, tant qu'on ne voit pas l'éclat brûlant de ses yeux.

Bella murmure les vers de sa grand-mère et fait claquer les cisailles une fois dans le vide. Un charme simple utilisé par une sorcière des haies contrainte de cacher ses potions, ou un enfant qui voudrait dissimuler une bêtise, pour les secrets gardés et les vérités tues.

La tour noire et les arbres-stèles disparaissent dans une poche d'ailleurs. Cette fois, il n'y a pas de liage pour la garder à portée de main, pas de bocal de terre et de feuilles, et la tour coule de plus en plus profondément, telle une pièce dans un océan sans fond.

Les hommes de Hill, leurs pelles et leurs râteaux toujours en main, échangent des regards ahuris, mais Bella ne s'intéresse pas à eux. Elle regarde Gideon Hill. Sa nuque se raidit, le sourire satisfait devient grimace. Ses cheveux incolores volettent devant son visage lorsqu'il se retourne. « Où est-elle ? Qui… »

Bella se délecte d'une seconde de satisfaction féroce, mais Hill a une expression mauvaise, si dérangée que Bella se rencogne sous son auvent. Elle lui rappelle celle de son père quand l'une d'elles le contrariait : une rage écarlate couvrant à peine une terreur grise.

Mais Hill ne devrait pas être contrarié. Il a déjà gagné tout ce qu'il y avait à gagner ; qu'a-t-il à craindre d'une ruine évaporée ?

Un mouvement sombre et tortueux attire l'attention de Bella. L'ombre de l'auvent se tortille sous ses yeux. Il lui pousse des mains et des doigts, ainsi qu'une tête malformée. Bella ne fait pas un geste, ne respire pas, tandis que l'ombre passe au-dessus d'elle. Elle ne semble pas la voir, mais la tête s'agite d'avant en arrière comme celle d'un chien de chasse à la recherche d'une odeur.

Bella se met à courir.

« Ce soir, je pense. Dès qu'il fera complètement nuit. Y a-t-il des tunnels qui conduisent hors de la ville ? »

Agnès se réveille au murmure des voix étouffées et aux rayons obliques du soleil. Par la porte ouverte, elle voit Bella et Cléo assises à une table de cuisine éraflée, leurs jambes entremêlées.

Cléo ne répond pas immédiatement, mais pose la main sur la table, tout près de celle de Bella. « Oui. Mais je préférerais que tu restes. » Sa voix est douce et pressante, intime. Agnès se demande incidemment où sa sœur aînée a passé la nuit.

« Mais notre présence vous met en danger. » La main de Bella s'avance vers celle de Cléo, comme mue par une volonté propre. « Quelqu'un finira par remarquer trois femmes blanches et un nouveau-né vivant dans la boutique de ta mère, même en nous déguisant et en nous cachant le mieux possible. Et nous savons maintenant que nos protections ne tiendront pas éternellement face à Hill.

— Alors nous trouverons d'autres lieux sûrs et déménagerons fréquemment. Renouvelez les protections deux fois par jour. Les Sœurs vous aideront, et peut-être aussi les Filles – et l'homme d'Agnès, qui vous a si efficacement amenées à la porte de chez moi ? » *L'homme d'Agnès.* Posséder un homme plutôt que d'être possédée par lui, voilà une nouveauté qui n'était pas pour lui déplaire.

Bella soupire bruyamment. « Et qui va nous nourrir ? Nous vêtir ? Nos économies ont brûlé avec tout le reste, et aucune de nous n'a plus de travail, ça ne t'a pas échappé...

— Non. Et si le journal arrête de publier mes articles, on volera, on fera les poubelles ou on mendiera. On trouvera un moyen. » Cléo s'interrompt en levant vivement les yeux vers le visage de Bella. Elle ajoute, d'une voix plus basse : « Tu n'es pas une lâche. »

Bella déglutit. Son regard s'arrête un instant sur les mains de Cléo entre elles, puis elle le détourne. « Ce n'est pas une question de lâcheté ou de courage, mais de logique : nous avons perdu. Il a gagné. Nous avons cru être au début d'une grande et magnifique histoire, mais nous nous sommes trompées. C'est toujours la même histoire, et si on continue à la raconter, nous brûlerons toutes, jusqu'à la dernière. C'est le lot des sorcières. »

Un *huh* virulent s'élève de la porte opposée. Agnès sursaute tandis que l'air se met à vibrer au-dessus d'elle. Des ailes sombres, le miroitement d'une serre : son faucon, revenu de l'autre côté d'ailleurs pour planer au-dessus d'Agnès et d'Ève.

Il se pose sur le dossier d'une chaise et jette un regard noir à la petite femme au visage taillé à coups de serpe qui se tient dans l'encadrement de la porte. Les souvenirs qu'Agnès garde de la nuit précédente sont fiévreux et fragmentés, mais elle reconnaît les traits de cette femme qui l'a guérie par son chant.

Elle se tient à présent les mains sur les hanches, la figure amère et marquée. « J'aurais dû le savoir. Vous avez passé tout l'été à agacer un nid de frelons, mais sitôt qu'ils se mettent à piquer, vous partez vous cacher dans les collines. »

Bella ouvre la bouche, mais une autre voix lui épargne de répondre. « Et puis quoi, encore ? » objecte Genièvre d'un ton si péremptoire qu'Ève se réveille avec un petit cri effrayé. Agnès se redresse péniblement – son abdomen mou, enflé et douloureux lui paraît étranger – et essaie d'emmailloter sa fille avant que ses pleurs ne réveillent les voisins, voire la ville tout entière. Mais Ève agite dans toutes les directions possibles des bras et des jambes qui ne semblaient pas aussi nombreux la veille.

Genièvre se lève en toute hâte, la tête surmontée d'épis sauvages. « Tout va bien, ma chérie, Tante Genie est là. »

Tante Genie entreprend de délester Ève des bras d'Agnès et de la bercer. Quand les vagissements ne sont plus que des marmonnements plaintifs, les lèvres de Genièvre dessinent un sourire doux et ensommeillé qu'Agnès n'avait pas vu sur le visage de sa sœur depuis qu'elles étaient petites.

« Désolée, chuchote Genièvre. Je voulais seulement dire que je ne vais nulle part. Je veux me battre.

— On s'en doute, Genie. » Bella se passe la main sur le visage. « Mais il y a un temps pour se battre et un temps pour survivre. Si nous partons maintenant...

— ... il aura gagné. Pas question, m'dame. » Il n'y a plus aucune douceur dans les traits de Genièvre.

Mais un léger froncement de sourcils lui contracte le visage alors qu'elle baisse les yeux sur l'enfant nichée au creux de ses bras. Elle ne semble prendre conscience qu'à cet instant du fardeau qu'elle représente. « Et... ça va devenir moche, pas vrai ? Ils vont toutes venir nous chercher, toutes celles qui en savent plus qu'elles ne le devraient, qui ne sourient pas sur commande. » Genièvre perd de son élan, tâtonne en terrain inconnu. « Il me semble que Mlle Araminta a raison. Nous les avons mises dans ce pétrin, nous ne pouvons pas leur tourner le dos maintenant. »

S'ensuit un bref silence un peu abasourdi. Agnès se demande à quel moment sa folle petite sœur s'est mise à penser aux devoirs et aux dettes, aux causes et aux conséquences. Quelque part dans les Profondeurs, peut-être. Ou à l'instant même, sous le poids de sa nièce entre ses bras.

Bella est la première à se reprendre. « C'est... admirable. Mais je suis allée à St George Square ce matin...

— Tu as fait *quoi* ?

— ... et j'ai vu Gideon Hill. Il y a quelque chose de bizarre chez lui, d'anormal – tu avais raison. Il était furieux que j'aie renvoyé la tour d'où elle venait, presque dérangé. Il n'aura de cesse de nous chercher. Et que se passera-t-il en novembre, s'il est élu ? Que se passera-t-il quand il aura à sa disposition davantage que des foules en colère et des ombres ? »

Bella jette un nouveau coup d'œil à la main de Cléo, les yeux chargés d'inquiétude, et Agnès comprend que ce n'est pas pour elle-même qu'elle a peur.

Agnès songe à August la cherchant frénétiquement au milieu de l'émeute, et au soulagement sur son visage lorsqu'il l'avait trouvée ; à Ève, les yeux rivés aux siens, aussi solennelle qu'une sainte ; à la voix brisée de Genièvre quand elle lui avait promis de prendre soin d'elle. Au risque terrible d'aimer quelqu'un plus que soi-même et à la force secrète que vous confère cet amour.

« Eh bien, dit-elle d'une voix mesurée. Je reste. » Au-dessus d'elle, le faucon ronronne.

Plusieurs paires d'yeux convergent dans sa direction. Bella ajuste ses lunettes. « Je croyais que tu en avais fini avec tout ça. »

Agnès hausse les épaules. C'était avant Ève, avant que son familier ne sorte des ténèbres à sa rencontre, avant que sa vie ne se partage entre *avant* et *après*.

« Tu n'es pas inquiète pour elle ? demande Genièvre en inclinant le menton vers Ève, qui émet un très léger bourdonnement irritable qui pourrait être un ronflement.

— Si », répond Agnès, parce qu'elle l'est. Elle est restée éveillée la moitié de la nuit, consumée par ses terreurs et ses incertitudes, convaincue que le soulèvement miraculeux de la poitrine de sa fille s'arrêterait à la seconde où elle fermerait les yeux. Mais sous la terreur, il y avait autre chose. Une chose impitoyable munie de griffes et de crocs, qu'elle est incapable d'expliquer.

Je suis terrifiée et terrifiante. J'ai peur et j'inspire la peur. Elle croise les yeux de Mlle Araminta, sombres et avisés, doux et acérés, et se dit que toutes les mères sont peut-être les deux à la fois.

Elle hausse de nouveau les épaules. « Si. Mais je reste quand même. »

Le visage de Genièvre s'éclaire. Ses yeux reviennent à Bella. « Alors ? »

Bella lève les deux mains en l'air. « *Alors quoi ?* Vous pouvez faire autant de beaux discours que vous voudrez, mais à quoi sont-ils bons ? À quoi sommes-*nous* bonnes ? Sans Avalon... »

Araminta l'interrompt. « Il vous reste plus de vers et de voies que neuf femmes sur dix. Et... » Ses yeux dérivent vers le faucon perché sur sa chaise. « ... je sais reconnaître un familier quand j'en vois un. »

Bella ouvre la bouche. La referme. « Et comment cela se fait-il ? »

Araminta lui décoche un sourire en coin, et, pour la première fois, Agnès voit un peu de Cléo en elle. « Parce que la dixième, c'est moi. »

Et alors qu'elle prononce ces paroles, un animal apparaît à ses pieds, sorti de nulle part : une hase noire aux yeux de braise. Genièvre lâche un juron admiratif. Agnès pousse une exclamation. Bella se contente de fixer un regard intense sur elle.

« Il reste plus de sorcellerie dans le monde que vous ne le croyez, jeunes filles, dit Araminta sans quitter Bella des yeux. Une magie qu'ils ne peuvent pas brûler, car elle n'a jamais été écrite. »

Cléo prend la parole pour la première fois depuis l'arrivée de sa mère. « Si elles restent, les aiderons-nous ? Les Filles se dresseront-elles aux côtés des Sœurs, Ohemaa ? » Agnès fronce les sourcils à ce dernier mot, un titre visiblement, mais Araminta pousse un petit grognement, comme pour saluer une flèche ayant atteint son but.

Elle incline la tête vers sa fille, qui lui répond d'un sourire. Cléo se tourne vers Bella. « Qu'est-ce que tu en dis ? demande-t-elle d'une voix basse et trop chaude, les yeux brillants d'une teinte dorée. Toutes pour une ? »

Agnès se sent presque désolée pour sa sœur, sujette à la chaleur de ce regard. Les yeux de Bella scrutent le visage de Cléo, et ce qu'elle y trouve fait naître une rougeur dans son cou. Ses doigts parcourent les derniers centimètres pour venir s'enrouler autour de ceux de Cléo.

« Et une pour toutes », murmure-t-elle.

29

Ce qui est et sera pour les siècles des siècles
N'est peut-être pas éternel.

Un sort pour défaire, qui requiert une aiguille & un œuf fêlé

Pendant trois jours, Béatrice Belladone et ses sœurs restent dans l'arrière-boutique de l'échoppe d'Araminta. Ce sont de longues et fatigantes journées : Agnès alterne les périodes d'éveil et de repos au gré de sa fièvre, qui va et vient comme une marée tenace ; Ève oscille entre satisfaction béate et cris furibonds comme si on lui avait promis une friandise finalement refusée ; Bella passe des heures assise avec son carnet sur les genoux, à écouter les leçons d'Araminta Wells sur les constellations, les sorts chantés et le rythme de la sorcellerie. Genièvre est absente la plupart du temps, allant et venant à des heures indues, remplissant ses poches d'herbes et d'os prélevés dans les stocks de la boutique.

Les nuits aussi sont longues, mais Bella ne les trouve pas fatigantes. Elles sont pleines de rires étouffés, de lèvres, de mains et de hanches cachées sous le couvre-lit safran. Ce sont des heures hors du temps, exemptes des fardeaux de l'avenir et des souillures du passé.

(Quoique le passé s'y invite parfois, quand Bella rêve de caves et de granges en feu, quand elle tressaille au toucher brûlant des doigts de Cléo, qui reste alors étendue sans bouger jusqu'à ce que les battements de cœur de Bella se calment. Après quoi elle la tient très délicatement contre elle, comme si sa peau avait la fragilité du sucre filé.)

L'après-midi du quatrième jour, Bella commence à nourrir l'espoir qu'elles puissent être en sécurité. Que ses sœurs ne sont pas folles d'être restées dans cette cité vicieuse et affamée. Qu'elle puisse se réveiller tous les matins, la joue contre l'épaule de Cléo.

Mais alors Genièvre débarque dans la boutique d'un pas chancelant, les lèvres blanches et les yeux durs. « Dehors. Les ombres se… rassemblent. S'épaississent. Je ne sais pas si elles peuvent nous flairer, nous traquer ou quoi, mais je pense qu'il est temps de partir. »

Elles partent alors que le soleil couchant pare Nut Street de mauve et de gris. Elles suivent Cléo dans les tunnels : Bella, puis Agnès avec Ève emmaillotée contre sa poitrine ainsi qu'Araminta le lui a appris, puis Genièvre, qui jure et frissonne. Même avant son séjour dans les Profondeurs, elle n'avait jamais aimé les espaces souterrains. À présent, elle les déteste.

Elles émergent longtemps après le crépuscule par une minuscule bâtisse qui, de l'extérieur, ressemble à un abri de jardin ou à un pigeonnier, puis se faufilent à travers une haie et aboutissent sur une avenue endormie des quartiers est.

« C'est assez près ? demande Cléo dans un murmure.

— Oui, répond Bella.

— Fais-nous signe quand tu y seras.

— Bien sûr. »

Cléo arrive à court de mots. Elle se contente de fixer Bella en caressant les courbes de son visage – Bella n'a jamais autant aimé ses propres traits qu'à ce moment, dans l'or délicat du regard de Cléo –, avant de porter les doigts à son chapeau melon. « Les Trois vous bénissent et vous gardent. »

Bella et ses sœurs restent seules dans la pénombre de la rue.

Les quartiers est sont apparemment épargnés par les émeutes et les arrestations qui sévissent dans le reste de New Salem. Les maisons ont d'élégants pignons, des pelouses tondues et le vernis suranné de fortunes anciennes. Les lustres en cristal qu'on aperçoit par les fenêtres jettent une douce lumière dans les rues désertes. Un rire masculin dérive de l'une d'elles, serein et satisfait.

Agnès et Genièvre se serrent derrière Bella, dans leurs habits empruntés et leurs capes noires, telles les réfugiées d'un monde plus sombre et sauvage. Une chouette et un faucon volent loin au-dessus d'elles.

Bella les conduit jusqu'à une maison de brique rouge sur St Jerome Street, un peu plus rudimentaire et vieille que ses voisines. Elle frappe deux fois, et le silence qui lui répond suffit à remettre en question toutes les décisions qui l'ont amenée ici.

Puis la porte pivote vers l'intérieur, et un vieux gentleman en pull-over la considère en clignant des yeux. « Mademoiselle Eastwood ! Pardonnez-moi – *mesdemoiselles* Eastwood. » M. Henry Blackwell leur adresse à toutes les trois un grand sourire, comme si elles étaient des invitées inattendues et non les trois criminelles les plus recherchées de toute la ville. « Et ces deux-là sont… ma parole. »

Leurs familiers s'étaient posés sur leurs épaules dans un fouillis de plumes noires, d'yeux rouges et de serres recourbées comme du jais sculpté. Le sourire amical de M. Blackwell vire à l'émerveillement. Il se ressaisit. « Je ne crois pas que nous ayons été présentés.

— Voici *Strix varia* – je l'appelle Strix – et Pan, annonce Bella en désignant le balbuzard pêcheur sur l'épaule d'Agnès. Pour *Pandion haliaetus*, vous savez, le faucon des rivières. »

Elle entend Genièvre derrière elle marmonner qu'il est injuste que ses sœurs aient trouvé leurs familiers avant elle, surtout si c'était pour leur donner des noms si stupides.

M. Blackwell fait mine de ne pas l'entendre. Il s'incline brièvement devant chacune d'elles. « Je vous en prie, entrez. »

Elles pénètrent dans un vestibule au parquet de chêne sombre couvert d'un épais tapis. « Je suis désolée de vous déranger à l'improviste, commence Bella sitôt la porte refermée. Nous abusons de votre gentillesse, je le sais, et nous vous mettons en danger, mais mes sœurs et moi n'avons nulle part... »

Mais M. Blackwell agite une main par-dessus son épaule. « Oh, ça ne pose aucun problème. J'étais malade d'inquiétude pour vous, à dire vrai. »

Bella n'est pas du tout persuadée que le gentil M. Blackwell, derrière ses lunettes, comprenne vraiment la gravité du risque qu'il court. « Si on nous trouve ici, vous pourriez être arrêté. On saisirait votre propriété, et vous seriez démis de vos fonctions. »

M. Blackwell arrive au bout du couloir et se penche sur une étagère, puis il fait courir son pouce le long des dos reliés de tissu jusqu'à une petite statue de chien en bronze, à la tête polie par l'usage. L'homme s'exclame d'un petit *hah* ! et bascule le chien vers l'avant. Un mécanisme invisible cliquette et vrombit, et l'étagère tout entière coulisse sans un bruit. Elles découvrent derrière elle une pièce sans fenêtre au plafond pentu et pourvue de plusieurs matelas de plumes.

M. Blackwell s'éclaircit la voix avec distinction. « J'ai fait un peu de ménage la semaine dernière. J'ai enlevé le gros des toiles d'araignées, en tout cas. Je soupçonnais que ça pourrait se révéler utile. » Voyant la bouche de Bella béer, il ajoute : « Mon grand-père a bâti cette maison. Il m'a dit que, quoi qu'il arrive, quelqu'un aurait un jour besoin d'une cachette, et que ce jour-là, il devrait y avoir un Blackwell pour la lui fournir. »

Bella cherche les mots pour exprimer convenablement sa gratitude quand Genièvre s'exclame : « Ben, mon cochon ! » de sa voix râpeuse et brûlée, et M. Blackwell les conduit dans la cuisine en gloussant.

Bien plus tard dans la soirée, après que Bella et ses sœurs ont englouti un nombre indécent de petits sandwiches sans croûte et qu'Agnès s'est retirée dans la chambre secrète avec Ève, les yeux marqués par le manque de sommeil, Bella et M. Blackwell prennent place dans une paire de fauteuils assortis avec un jeu d'échecs et une bouteille de chardonnay, négligeant le premier et beaucoup moins la deuxième.

« Merci. Pour votre accueil. » Cela semble lui demander un effort inhabituel. « Vous avez une maison charmante. »

M. Blackwell prélève un pion noir sur l'échiquier et l'examine avec une certaine morosité. « J'ai pensé quelque temps qu'elle pourrait être la vôtre, si vous vouliez bien de moi. »

Bella a besoin de quelques secondes pour comprendre le sens de cette phrase, puis quelques autres encore pour y répondre. « Vous avez *quoi* ?

— Oh, uniquement par commodité ! Vous n'aviez pas de famille, et moi pas de femme, alors je me suis dit que nous apprécierions notre compagnie mutuelle, malgré notre différence d'âge. Bien sûr, sitôt que je vous ai vue avec Mlle Quinn, certaines choses me sont apparues clairement. » Blackwell la regarde en clignant des yeux, les sourcils froncés. « J'espère que je ne vous ai pas mise mal à l'aise.

— Non, c'est juste que… je n'avais jamais pensé… »

M. Blackwell lui offre un autre de ses sourires affables, mais teinté de consternation. « À un moment donné, quelqu'un vous a induite en erreur quant à votre valeur, mademoiselle Eastwood. » À travers le brouillard du chardonnay, Bella entend le mot « rien » avec la voix de son père. « J'aimerais assez lui expliquer ma façon de penser.

— Je... vous remercie. » Elle songe à Genièvre, au sifflement des écailles sur la paille, au péché qu'elle porte pour elles trois. « Mais ce n'est plus possible. »

M. Blackwell hoche la tête, guère surpris. « Bien. »

Elle songe aux yeux de Cléo braqués sur elle lorsqu'elles se sont séparées, qui la couvaient comme si elle était précieuse, vitale, même. « Ni nécessaire.

— Encore mieux. » M. Blackwell lève son verre. « Transmettez à Mlle Quinn mes plus vifs remerciements. »

Ils sirotent leur vin. Bella imagine une version de sa vie où elle n'aurait jamais rencontré Cléopatra Quinn, où elle se serait mariée avec M. Blackwell et aurait vécu dans cette charmante maison de brique rouge jusqu'à ce qu'elle devienne réellement une ancienne, à lire des contes de sorcières au coin du feu l'hiver en rêvant à des mondes meilleurs. Elle se rappelle cette vieille histoire dans laquelle une sorcière enferme son cœur dans une boîte en argent et l'enterre sous la neige afin de ne jamais souffrir. Un frisson lui parcourt la colonne vertébrale.

Blackwell pose son verre sur l'échiquier. « Vous l'avez vraiment trouvée ? »

La révérence dans sa voix ne laisse aucun doute sur le sens de sa question. « Oui, répond-elle sans parvenir à chasser la note de fierté de sa voix.

— Et elle est repartie ? »

Sa voix se réduit cette fois à un murmure sépulcral. « Oui. Cependant... » Elle sort son petit carnet noir de la poche de sa jupe et passe son pouce sur la couverture. « On a récemment porté à mon attention que toute sorcellerie n'a pas été perdue, ce soir-là.

— Oh ? » C'est le même « Oh ? » dont il la gratifiait lorsqu'ils déjeunaient ensemble à la bibliothèque, et par lequel il lui accordait la permission de disserter tout son saoul sur les vies des saints ou l'exécrable écriture des moines. Bella se fend d'un petit sourire nostalgique au souvenir de ces jours simples et tranquilles, et lui raconte plus ou moins tout ce qu'il y a à savoir.

Elle lui parle d'Old Salem, du modèle de broderie et de la chouette venue à sa rencontre dans les bois ; de leur vie dans la bibliothèque perdue d'Avalon, hors du temps et de la raison, et des cendres qu'elle avait foulées ; des sorts d'Araminta, qui s'appuient sur les étoiles et les chansons plutôt que sur les poèmes et les herbes, et de ses soupçons croissants sur la nature multiple de la sorcellerie, composée de tous les vers et de toutes les voies que les femmes ont découverts pour imprimer leur volonté sur le monde.

Elle lui en dit bien plus que nécessaire, et il ponctue son discours de hochements de tête, de sourires et de quelques « Ma parole ».

« J'espérais interroger Araminta sur le processus de scarification et leurs matrinomes, mais alors les ombres de Hill ont investi New Cairo. Oh ! Les protections ! »

Bella se lève si abruptement qu'elle sent son sang battre à ses tempes. Elle gagne la porte d'entrée d'un pas titubant et sème une ligne de sel et de graines de chardon en travers du seuil. *Pucelle, Aïeule, Mère, protégez mon lit de l'enfer.*

Elle en est à sa sixième fenêtre quand elle remarque les grains de sel jaunissant sur le rebord. « Vous avez déjà protégé votre maison ? »

M. Blackwell affiche un air penaud. « Pas aussi bien que vous, je le crains. C'est à cause de cette fièvre – la seconde peste, comme certains l'appellent – qui remonte peu à peu vers le nord. Elle ne me semble pas vraiment naturelle, alors j'ai pensé qu'un peu de surnaturel pourrait la tenir à distance. » Il remonte ses lunettes sur son nez. « Ma grand-tante m'a appris quelques petits charmes ici ou là. »

Bella aurait voulu lui poser d'autres questions – un homme pratiquant la sorcellerie, une maladie surnaturelle –, mais c'est le moment que choisit Genièvre pour émerger de derrière l'étagère. Enveloppée dans une cape noire, elle boite bas sans son bâton. Ses yeux sont du gris-vert de la mer avant une tempête. Elle s'arrête un instant pour les saluer puis sort par la porte d'entrée et disparaît dans la nuit.

« Que fait-elle, à cette heure ?

— Tout ce qu'elle peut pour aider. » Bella soupire. « J'imagine que nous saurons quoi en lisant les journaux demain matin. »

Genièvre n'a jamais beaucoup aimé la lecture (ni aucun des autres savoirs fondamentaux, comme les appelait Mlle Hurston), mais, au cours des semaines suivantes, elle prend pour habitude de lire le journal au petit déjeuner. Du moins les gros titres : « LES SŒURS EASTWOOD TOUJOURS EN CAVALE » ; « LE CHEF DE LA POLICE DÉMISSIONNE APRÈS DES RUMEURS DE DÉPRESSION » ; « LE MEETING DE HILL INTERROMPU PAR DES HURLEMENTS DE CHIEN ET DES BOURRASQUES DE VENT ».

Les autres Sœurs ont rapporté à Genièvre que le maire Worthington faisait pression sur le *Post* pour qu'il n'imprime pas les articles les plus hystériques, selon lesquels les Eastwood pourraient se transformer en oiseaux noirs, voire en chauves-souris ; l'Aïeule elle-même vivrait actuellement dans les quartiers sud, en compagnie de femmes de couleur ; la Mère aurait donné naissance à un petit démon aux cheveux rouges comme l'enfer.

« Je parie que ces salauds regrettent de ne pas nous avoir donné le droit de vote quand on le demandait gentiment, dit Electa Gage, non sans une certaine satisfaction. Trop tard, maintenant. »

La semaine précédente, le conseil municipal avait déclaré par voie de presse que la question du droit de vote des femmes ne pouvait être débattue dans le climat actuel. « Et franchement, avait ajouté M. Hill, si c'est ce qui arrive quand les femmes acquièrent des bribes de pouvoir, nous nourrissons de sérieux doutes sur la pertinence de leur en accorder davantage. »

À la suite de cette annonce, plusieurs membres de l'Association des Femmes de New Salem s'étaient tournées vers les Sœurs, les dents serrées, en quête de vers et de voies.

Les Sœurs tiennent rarement séance, ces jours-ci. Elles communiquent par merles moqueurs et signaux de fumée, par lettres uniquement destinées à des yeux amicaux et par mots qui s'embrasent sitôt lus. Elles ne se réunissent que pour échanger en vitesse des sorts et des adresses d'abris, et se dispersent avant d'attirer l'attention des foules d'hommes armés de torches qui les traquent, des agents à la mâchoire d'acier montés sur leurs chevaux blancs et des ombres aveugles qui remontent par les plaques d'égout pour leur donner la chasse.

Mais elles sont à présent des proies munies de dents et de griffes. Elles ont les sorts arrachés à la tour avant qu'elle n'ait brûlé cousus dans leurs ourlets ou consignés dans leurs livres de recettes ; elles ont le latin de cuisine d'August et les chansons d'Araminta, les psalmodies des deux Russes aux yeux sombres, et même quelques danses de la femme du Dakota. Et Bella continue d'en rassembler. Partout où elles passent, elle demande leurs histoires à celles qu'elle croise, leurs sorts, leurs chansons, toutes les voies par lesquelles elles communiquent avec le grand battement de cœur rouge au-delà de toutes choses, et les ajoute avec soin à sa collection. Son petit carnet noir est devenu une sorte de grimoire composite, moitié livre de sorts, moitié journal. Genièvre l'a vue passer de longues soirées à en noircir les pages et la soupçonne d'y ajouter d'inutiles récits ; sans doute a-t-elle lu trop de romans quand elle était petite.

Ainsi Genièvre et ses Sœurs fuient-elle, mais elles le font les poches pleines de sel et de crochets de serpent, de bois aux sept écorces et de racines d'angélique, de cire d'abeille, de plumes noires et de morceaux de peau tannée. Elles empêtrent leurs poursuivants dans des toiles d'araignées et des rosiers sauvages, elles se glissent parmi des foules et en ressortent sous d'autres traits. Elles disparaissent par des portes d'apparence ordinaire et en émergent des heures plus tard, parfumées de l'odeur des racines et de la terre.

Toutes ne s'en sortent pas. Il y a des arrestations et des détentions, des passages à tabac et toutes sortes de brutalités. Un homme à Bethlehem Heights, ayant trouvé des voies de sorcière dans la boîte à couture de sa femme, a attaché celle-ci aux montants du lit jusqu'à ce que les autorités viennent la chercher ; une des filles de Pearl a été retrouvée en sang, respirant à peine, avec la marque des sorcières dessinée sur le dos ; un gang de garçons aux yeux vicieux a mis le feu à tout un immeuble après y avoir suivi un chat noir aux yeux rouges.

Il se révèle difficile de garder une sorcière en captivité. Dans les hospices, les serrures rouillent, les barreaux se brisent, les menottes et les clés disparaissent. On retrouve les gardes endormis ou confus, persuadés qu'ils sont perdus dans des bois profonds – quand on les retrouve. On découvre des cellules vides, à l'exception de l'odeur brute de la sorcellerie.

Cette odeur est partout, maintenant. La ville tout entière sent la terre humide et la verdure, le brûlé, les herbes écrasées et les roses sauvages. Elle s'élève des ruelles et des pelouses des maisons chics, comme si un grand dragon s'éveillait sous la cité et soufflait son haleine par la moindre fissure. Le macadam se soulève sous la pression de racines d'arbres qui poussent plus vite qu'elles ne le devraient ; des chardons et des eupatoires croissent entre les briques. Parfois, la nuit, les étoiles brillent plus fort qu'elles n'en ont le droit, inconscientes des lampes à gaz et des ampoules qui bourdonnent sous elles, comme si elles éclairaient un bois sombre ou une prairie déserte. Le vent est mordant, trop froid pour les derniers jours de l'été, comme si le fantôme d'Avalon hantait toujours la cité.

Genièvre est à deux doigts de croire que tout ira bien. Que les femmes de New Salem tiendront bon contre les foules et les ombres, que Gideon Hill perdra les élections en novembre et retournera se cacher sous le caillou d'où il est sorti. Mais les stocks de voies de sorcière se raréfient, et toutes les sages-femmes et herboristes ont été chassées de la ville. L'épidémie s'aggrave – même le *Post* l'appelle désormais la seconde peste –, et la panique enfle avec elle. Les ombres s'épaississent, toujours plus sombres, comme des mouches gavées, et le sourire de Gideon Hill s'étale sur tous les murs et toutes les fenêtres. « Notre Lumière contre les Ténèbres ».

Genièvre et ses sœurs restent quatre nuits chez M. Blackwell, avant qu'Agnès ne repère un homme sans ombre sur St Jerome Street, qui fixe les fenêtres d'un regard vide et patient. Ce soir-là, elles font leurs adieux à M. Blackwell, qui leur donne plusieurs bouteilles de vin et une canne recourbée pour Genièvre. Une Fille les escorte vers le nord par les tunnels jusqu'au petit manoir que le défunt mari d'Inez a eu l'obligeance de laisser à sa veuve, où celle-ci réside avec Gillian.

Elles y demeurent deux jours avant que des poings ne tambourinent à la porte au milieu de la nuit. Bella murmure les vers qui changent les couloirs et les portes de la maison en un labyrinthe inextricable – un sort que leur a enseigné la bonne grecque bavarde d'Inez – tandis que toutes les cinq s'échappent par la porte de la cuisine.

Elles passent la nuit suivante sous un pont, serrées les unes contre les autres dans l'air réchauffé par leurs sorts, et retournent à New Cairo pour quelques jours, dans la maison bien gardée de Vivica, la tante de Cléo. Mais les ombres finissent toujours par les retrouver, et leur cavale reprend.

Fin août, Genièvre voit la liste des hôtes bien disposés à leur égard se réduire à peau de chagrin, les portes se claquer et les verrous se fermer à leur arrivée. C'est en partie à cause de la peur qui monte dans la ville comme un remugle d'égout alors que les partisans de Hill se montrent de plus en plus audacieux et que l'épidémie s'aggrave. Et en partie à cause d'Ève, qui pleure aux heures les plus indues, et dont les cheveux demeurent d'un rouge vif en dépit des sorts et des teintures. Parfois, le problème vient de Mlle Cléo Quinn ; il s'avère que même les suffragettes qui soutiennent la cause des femmes de couleur regimbent à l'idée d'en accueillir une chez elles.

Une autre fois, la maîtresse de maison leur avait demandé de partir après avoir surpris Cléo et Bella pas tout à fait habillées dans la salle de bains. À la suite de cet épisode, elles s'étaient mieux tenues, mais il demeurait entre elles une tension ardente et insatiable qui mettait les gens mal à l'aise.

Y compris Genièvre, à dire vrai. Certes, Bella avait les joues roses et ne bégayait plus, mais Genièvre gardait en mémoire les sermons du pasteur à propos des hommes, des femmes et de l'ordre naturel des choses. Elle s'en était ouverte à Agnès un soir et s'était vu répondre en termes très clairs de se mêler de ses fesses.

« Qu'y a-t-il de mal à aimer quelqu'un, après tout ? avait pesté Agnès. Ne mérite-t-elle pas d'être un peu heureuse ? » Genièvre s'était rendue à ses arguments et s'était résolue à se mêler de ses fesses.

Le lendemain matin, elle avait surpris Agnès en train de murmurer un message à un merle moqueur sur le rebord de la fenêtre, puis de le regarder s'envoler dans l'aurore comme s'il emportait la moitié de son cœur. Lorsqu'elles doivent une nouvelle fois changer d'abri, Agnès déclare d'une voix posée : « Je connais un endroit. »

Elle les conduit dans l'une des zones de West Babel où les immeubles s'entassent n'importe comment, à seulement quelques pâtés de maisons au nord de South Sybil. Une femme mince à l'air fatigué et aux cheveux d'un blanc fragile leur ouvre la porte. Elle ne tressaille qu'à peine à la vue de trois femmes, d'un bébé et de deux oiseaux surnaturels dans le couloir, avant de les inviter à entrer et de se présenter comme Mlle Florentine Lee.

Son appartement se résume à une seule pièce exiguë, aux murs tachés par des années de graisse de cuisine et de vie confinée. Une petite fenêtre laisse entrer un carré de lumière d'été, amoindri par l'ombre des cordes à linge et des balcons.

M. August Lee les attend à la table de la cuisine. Il se lève à leur entrée, et son visage quand il voit Agnès… Bon, c'est privé, décide Genièvre. Elle reporte son attention sur sa canne, en se demandant avec une pointe d'amertume comment ses sœurs trouvent le temps pour les histoires de cœur entre la sorcellerie et le droit de vote. Elle se demande aussi ce que ça ferait de regarder quelqu'un de cette manière, le cœur à la fois lourd et léger, mais alors ses pensées dérivent invariablement vers les douces et vertes montagnes de son enfance.

Ce soir-là, Mlle Lee leur sert un ragoût de chou et de jambon qui n'a dû croiser un jambon qu'une fois dans sa vie, en passant. Tandis qu'elles mangent, la mère d'August pose ses yeux couleur de coton délavé alternativement sur Agnès, Ève et August, sans dire un mot.

Elle proteste néanmoins quand August commence à débarrasser la table à la fin du dîner. « Laisse…

— Ça va, m'man. » Elle capitule avec un sourire fragile. Il y a dans les mots qu'échangent Mlle Lee et son fils une tension contenue, comme s'ils marchaient sur la pointe des pieds sur des blessures à peine refermées.

Bella et Genie se pelotonnent par terre sur un tas de couvertures miteuses, tandis qu'Agnès s'arroge le rocking-chair. Mais Ève refuse de se calmer, et ses gémissements habituels deviennent bientôt des hurlements rageurs qui vrillent le crâne de Genièvre.

Agnès jure. « Elle ne veut pas manger. Je ne comprends pas… elle qui a toujours une faim d'ogre. »

Mlle Lee se penche sur elle. « Vous permettez ? demande-t-elle, et elle pose deux doigts sur le front d'Ève. Elle est chaude. La fièvre leur coupe l'appétit. »

Le mot « fièvre » dérive au milieu de la pièce comme un brandon errant, trop chaud pour qu'on le touche. Personne ne dit rien pendant un long moment. Le visage d'Agnès vire au blanc marbré sous le regard impuissant d'August. Il fait un pas vers elle, mais Genièvre est la plus rapide. Elle prend sa nièce dans ses bras en intimant d'un regard à August d'attendre son tour.

Ève finit par s'endormir sur la poitrine de Genièvre, les joues humides et rouges. À cause de la chaleur de cette pièce exiguë et encombrée, tente de se convaincre Genièvre.

En se réveillant le lendemain matin, elle voit deux ombres-doigts glisser sur la surface de la fenêtre, essayer de se faufiler entre les carreaux.

Elles s'enfuient.

Agnès se persuade que sa fille n'est pas malade. Que la rougeur de ses joues n'est que la conséquence de l'air confiné de cet appartement ou de langes trop serrés, que ses pleurs étouffés ne sont dus qu'à la faim, l'épuisement ou une indigestion. Mais elle voit les regards que ses sœurs jettent à Ève, sent leur inquiétude s'amonceler comme des nuages d'orage à travers leur lien – et finit par se rendre à l'évidence.

Bella consulte son petit carnet noir et produit de longues listes de comptines et d'incantations, de cataplasmes et de remèdes. Genièvre se rend à la boutique d'Araminta et chez plusieurs sages-femmes clandestines et revient avec de la grande camomille et de l'écorce de saule, de l'herbe à soie et du fil rouge. Cela semble l'aider, au début. Les yeux d'Ève perdent leur inquiétant aspect vitreux, et elle retrouve son habituelle expression impérieuse. Mais bientôt sa respiration redevient laborieuse et sa température remonte, comme si un ennemi invisible avalait tous leurs sorts. Une toux grasse et persistante apparaît, et avec elle un râle dans son sommeil.

« La peste, c'est sûr, décrète Yulia quelques jours plus tard, alors qu'elles séjournent chez l'une des innombrables Domontovitch éparpillées dans les quartiers ouest, entassées dans le grenier chaud d'un bar.

— Tu n'en sais rien », rétorque sèchement Agnès.

Yulia hausse les épaules, guère impressionnée. « Eh. Ma cousine faisait le même bruit, avant qu'on l'emmène à St Charity.

— Personne ne va emmener Ève nulle part. » Avec un déplacement d'air silencieux, Pan apparaît à son épaule, masse sombre qui prend peu à peu les traits d'un faucon. À la vue du balbuzard – son bec vicieux, son regard incandescent –, Yulia se tasse sur elle-même.

Elles sont assises avec leurs Sœurs à une table ronde qui porte les stigmates des années passées dans le bar. Elles n'ont pas osé tenir de réunion de cette importance depuis des semaines : Cléo est collée contre Bella, Gertrude et Frankie partagent un long banc avec les sœurs Hull, et Inez et Electa se sont mêlées à une foule de Walkyries qui doivent être des proches de Yulia. Agnès ne peut s'empêcher de remarquer que la plupart des femmes se tiennent à quelque distance des Eastwood, comme si elles étaient trop dangereuses ou trop révérées pour qu'on les touche.

Genièvre les a toutes contactées par oiseau moqueur après la plus récente salve d'arrestations, car les femmes ne sont plus détenues dans les hospices. On les a jetées dans les Profondeurs, colliers de sorcière et brides au cou, où la magie ne peut les atteindre. Les ombres semblent plus obscures autour du palais de justice, noires et tranchantes comme les dents d'un piège à loups.

Les Sœurs confèrent pendant des heures, proposent toutes sortes de sorts, de contre-mesures et de plans improbables. Certaines d'entre elles ont des filles ou des sœurs enfermées dans les Profondeurs, et leurs yeux brûlent comme des braises. Agnès songe aux cercles élargis, aux liens, aux une-pour-toutes, et la force de tout cela la fait légèrement frissonner.

Quelque temps après minuit, Genièvre se lève. « Bon, c'est un début. Sinon, quelles voies avez-vous apportées ? » Les femmes retournent leurs poches et vident sur la table des sachets en papier kraft. Agnès devine à l'affaissement inquiet des épaules de Genièvre que ce n'est pas assez.

Les sourcils froncés, elle ouvre la bouche pour dire quelque chose, mais Inez la prend de vitesse. « Attends une seconde. »

Elle pose un objet long et fin sur la table en souriant à Genièvre. Inez a perdu autant de kilos qu'elle a gagné d'années en l'espace de quelques mois. Ses joues joyeuses et pleines ont fondu. Gillian et elle ont aussi été en cavale.

Genièvre déballe le papier de soie avec perplexité. Sa mâchoire se décroche à la vue de ce qu'il contient. Elle baisse les yeux sur la table un moment, les lève sur Inez, les baisse à nouveau. « C'est toi qui as fait ça ? demande-t-elle d'une voix rauque.

— Ma foi, j'ai fourni les gemmes, puisque je suis la seule de tes chères Sœurs à disposer d'assez d'argent pour le dépenser à ma guise. Mais c'est Annie qui a trouvé l'arbre et Yulia, l'ébéniste. Et ce sont tes sœurs qui ont eu l'idée… » Elle laisse sa phrase en suspens. « Ça te plaît ? »

Quelle que soit l'émotion que Genièvre ressente à cet instant précis, Agnès soupçonne que le verbe « plaire » ne lui rend pas honneur. Ses yeux scintillent d'un vert printanier, et ses mains tremblent tandis qu'elle les tend vers l'objet sur la table. Elle expose à la lumière un long bâton en bois d'if au grain noueux, veiné de noir et sculpté d'une spirale qui se termine par une tête de serpent, avec une paire de grenats en guise d'yeux.

Genièvre se tourne vers Agnès et Bella, interdite, révérencieuse.

Bella hausse les épaules. « En toute franchise, on n'en pouvait plus de te voir sautiller avec la vieille canne de M. Blackwell. Celle-ci te va beaucoup mieux. »

Leur lien vibre d'une joie féroce, assez pour faire un instant oublier à Agnès qu'elles sont chassées et traquées par une ville qui les hait.

Jusqu'à ce qu'une petite voix lasse lance : « *Hysope.* »

Gillian Lind entre dans la pièce en titubant. Son expression jette un froid dans l'assemblée. « Le maire Worthington démissionne demain, dit-elle avec la brièveté et la sécheresse d'un coup de grâce miséricordieux. Le conseil va organiser des élections anticipées à la fin de la semaine. »

Toute félicité quitte le visage de Genièvre. « Comment le sais-tu ? Tu en es certaine ? »

Gillian serre les lèvres, mais Inez répond pour elle. « Le maire Worthington est son père, dit-elle d'une voix mesurée. Elle sait. »

L'explosion d'exclamations et de murmures qui suit ces paroles suffit à réveiller Ève, qui se met à pousser ses vagissements singuliers, tandis que les Sœurs d'Avalon s'abandonnent à la peur et marmonnent les propos les plus sombres. « J'ai entendu dire qu'il était en tête des sondages. »

Les marmonnements finissent par céder la place à un lourd silence alors que chacune des femmes présentes éprouve le poids d'une botte invisible sur sa nuque.

« Bon. Il n'y a rien qu'on puisse faire ce soir. » Genièvre se laisse tomber sur une chaise, son bâton en travers des genoux. « Rentrez chez vous, les filles. Allez dormir. »

Elles partent, seules ou par deux, jusqu'à ce qu'il ne reste plus que les Eastwood, Yulia et sa cousine. Il est tard, mais aucune d'elles ne semble vouloir aller se coucher ; elles restent assises autour de la table, à broyer du noir au son des ronflements légers d'Ève.

« Yulia ? dit Bella, la tête sur l'épaule de Cléo, le regard triste et lointain. Pourquoi ne nous racontes-tu pas l'histoire dont tu as parlé ? »

Yulia se cale contre le dossier de sa chaise, en équilibre sur deux pieds, et se lance.

La mort de la sorcière immortelle

Il était une fois une jeune pucelle qui épousa un prince dans un grand château. Elle était très heureuse avec son prince, qui était jeune et beau, jusqu'à ce qu'il parte un jour à la guerre et la laisse avec rien d'autre qu'un baiser et l'ordre de ne jamais descendre dans les oubliettes.

Avec le temps, le baiser s'estompa, tout comme son ordre. Un jour, la jeune fille descendit dans les geôles et y trouva une vieille, vieille femme qui dépérissait dans des chaînes de fer. Sa chair pâle pendait comme des vêtements trop amples sur ses os, et elle gémissait pitoyablement. La vieille femme suppliait qu'on lui donnât de l'eau salée et du pain, et la jeune fille s'exécuta, car elle ne supportait pas la vue d'une telle souffrance. La vieille femme but l'eau puis cracha sur ses chaînes, qui fondirent.

Celle qui n'était plus une faible vieillarde mais une sorcière maléfique bondit hors de sa cellule. Avec un rire sardonique triomphant, elle quitta le château pour ourdir sa vengeance contre le prince qui l'avait gardée si longtemps captive. La pucelle vola un cheval dans l'écurie de son mari et partit à la poursuite de la sorcière, le visage baigné de larmes de remords.

Mais la pucelle ne parvint pas à rattraper la sorcière, et elle se perdit dans les bois, où la neige recouvrait ses traces de sabots. Elle finit par s'abriter dans une petite maison ronde juchée sur de hauts pilotis qui lui faisaient comme des pattes de poulet maigrichonnes.

À l'intérieur, elle rencontra une autre sorcière, qui lui apprit le nom de la vieille femme qu'elle avait libérée : Koschei l'Immortelle. Longtemps auparavant,

Koschei avait lié son cœur à une aiguille, l'aiguille à un œuf et l'œuf à un coffre d'argent, qu'elle avait enterré profondément sous la neige. Toutes ces années de vie l'avaient rendue folle, mais aussi très puissante. Le seul moyen de désunir son âme était de briser le coffre, l'œuf et l'aiguille.

La pucelle quitta la maison aux pattes de poulet avec l'espoir au cœur et une carte à la main. Elle affronta de nombreuses épreuves tout au long de son voyage, mais elle finit par trouver le coffre en argent, l'œuf et l'aiguille, qu'elle fracassa sur le flanc de la montagne. Ainsi mourut la Sorcière immortelle, et ainsi la pucelle sauva-t-elle son beau prince.

30

De pique, la Dame
Forgea une lame
Un jour d'hiver.

Un sort pour aiguiser, qui requiert une couronne de fer froid

Le 1er septembre, James Genièvre et ses sœurs se cachent dans les couloirs tapissés de soie et de velours du *Péché de Salem*.

La chaleur de l'été est toujours présente, mais on y perçoit une fragilité, un murmure semblables au bruissement des feuilles mortes et aux grattements de petites créatures. Genièvre voudrait partir, suivre ce murmure jusqu'aux rives de la Big Sandy, mais elle reste enfermée dans le parfum étouffant du *Péché de Salem*.

Même elle n'ose pas sortir le jour du scrutin.

Gillian Lind avait raison : le maire avait présenté sa démission la semaine précédente. Le *Post* avait publié le dessin d'un homme flasque, au menton fuyant, qui s'échappait d'un immeuble en feu tandis que d'innocents citoyens gémissaient aux fenêtres – Genièvre s'était demandé si c'était par accident ou volontairement que le dessinateur avait oublié l'ombre du maire –, et avait annoncé la tenue d'une élection anticipée le 1er septembre.

Le nombre de discours, de meetings et de démarcheurs avait triplé. De nouvelles affiches de campagne recouvraient les murs – « Clement Hughes pour un New Salem plus sûr ! », « James Raddy pour un Avenir radieux ! », « Votez Gideon Hill ! Notre Lumière contre les Ténèbres ! » –, et tous les magazines publiaient des numéros spéciaux remplis d'éditoriaux, d'entretiens et des prédictions d'un chat grabataire qui aurait deviné avec exactitude le résultat des quatre précédentes élections. Même les plus récents actes de sorcellerie étaient relégués à la deuxième et à la troisième pages.

Genièvre a vécu cette semaine comme un étrange répit. Les ombres semblent les traquer avec moins d'empressement, comme si leur attention était requise ailleurs, et les foules de partisans de Hill paraissent plus enclines à harceler les électeurs qu'à chasser les sorcières. Même la Wiggin a consacré sa colonne hebdomadaire dans le *Post* à la défense de M. Gideon Hill, « l'homme le plus noble que j'aie eu le privilège de rencontrer, qui m'a sortie des ténèbres ».

Les Sœurs et les Filles ont fait ce qu'elles ont pu, mais aucune d'elles n'a le pouvoir de voter. Les femmes de la Ligue ont collecté des fonds pour régler la taxe électorale de leurs maris, de leurs fils et de leurs pères ; les membres de l'Association des Femmes de New Salem ont distribué des petits pamphlets informatifs au porte-à-porte, jusqu'à ce que l'une d'elles reçoive du thé chaud à la figure. Bella a écrit une lettre au rédacteur en chef du *Post* pour dénoncer « le comportement moyenâgeux de M. Hill et de ses partisans » et l'a signée « Outis ». Une des sœurs Hull a dessiné une affiche affreusement explicite d'un Gideon Hill aux traits déments torturant une jeune femme dans les cellules des Profondeurs, flanqué d'un molosse rugissant. La jeune femme se pâme entre ses chaînes, l'air innocent et doux, au-dessus des mots : « L'INQUISITION DES TEMPS MODERNES : VOTEZ CONTRE LA TORTURE ! »

« C'est censé être moi ? a demandé Genièvre.

— J'ai pris certaines libertés artistiques », a reconnu Victoria.

Il n'y a plus rien à faire qu'attendre. Genièvre et ses sœurs patientent dans l'une des rudimentaires quoique confortables arrière-salles du *Péché de Salem*, observant les rayons du soleil passer du laiton au cuivre puis à l'or rose. Strix et Pan s'ébrouent dans les ombres ou volent en rond sous le plafond, inquiets et agités.

Les filles de Pearl passent les voir à intervalles irréguliers, avares de paroles. Genièvre aurait été déconcertée par leurs horaires inhabituels et leur nudité plus ou moins avancée, si Frankie Black ne l'avait prise à part quelques semaines plus tôt pour lui expliquer précisément la nature des activités du *Péché de Salem*. Elle en avait recraché son café par le nez et reconsidéré plusieurs de ses certitudes à propos de la décence, de la moralité et du péché.

Mais il n'y a guère d'activité, ce soir-là ; la plupart des hommes les plus riches des quartiers nord s'entassent dans des salles de réunion et d'élégants salons pour boire du champagne en attendant le résultat des élections.

Genièvre se lève de temps à autre pour renouveler les protections sur le seuil et les rebords de fenêtre, en murmurant les vers comme des prières. Bella est assise avec son carnet sur les genoux, sans rien écrire, et Agnès somnole avec Ève dans un fauteuil rembourré. Sa nièce a le sommeil troublé, le visage rouge et le front plissé de rides colériques.

Une femme en colère est une femme avisée, disait Mags. Genièvre éprouve une tristesse subite à l'idée que Mags ne connaîtra jamais son arrière-petite-fille. Elle serre le poing autour du médaillon à son cou, tiédi par sa propre chaleur.

Elle doit s'endormir, car lorsqu'elle rouvre les yeux, la pièce est plongée dans la pénombre de minuit, éclairée par une seule bougie. Elle reste assise un moment avec Bella, sent leur respiration aller et venir à l'unisson, et sait, sans avoir besoin de le vérifier, que celle d'Agnès les a rejointes. Elles observent ensemble les ombres ramper subrepticement dans la ruelle, guettant les doigts inquisiteurs ou les têtes aveugles.

Genièvre se réveille une deuxième fois, aux coups discrets frappés à la porte de service. La bougie s'est réduite à une flaque de cire qui déborde de sa soucoupe, et, à la fenêtre, l'aube colore le ciel de gris.

Bella se précipite à la porte, et Mlle Cléopatra Quinn entre. Toutes les Sœurs lèvent les yeux sur elle, une question silencieuse aux lèvres.

Cléo ne dit rien. Elle se contente d'un regard sombre et las.

« Oh, *merde* », souffle Genièvre.

Agnès la foudroie de son tout nouveau regard tiens-ta-langue-il-y-a-des-enfants, mais elle est blême. Pan s'anime sur le bras de son fauteuil, les plumes du cou hérissées.

« C'était serré, au moins ? chuchote Bella. Les voix seront-elles recomptées ? »

Cléo s'affale sur un canapé inoccupé. « La manchette du *Post* parle d'un "raz de marée", je crois. Le *Defender* préfère le terme "désastre". »

Genièvre sent un claquement délicat dans sa poitrine, celui du dernier fil d'espoir qui se rompt. Elle pense au visage de Hill – pas à son masque souriant et lâche, mais à la réalité cachée derrière, les gencives rouges, la peur dévorante. Il possédait déjà un pouvoir sombre et insidieux qui rôdait dans les ruelles et volait les âmes ; que fera-t-il d'un pouvoir qu'il pourra exercer en plein jour ?

Quelqu'un jure à voix basse dans l'encadrement de la porte derrière elles : Mlle Pearl, dans une robe de soie moulante, fixe Cléo des yeux. Pour la première fois, Genièvre remarque les fines cicatrices aux coins de ses yeux et les discrets plis de chair à son cou.

Bella se laisse tomber sur le canapé à côté de Cléo. « Il ne prendra pas ses fonctions avant plusieurs jours. On a encore du temps, on peut se préparer. » On dirait une femme en train d'essayer de raisonner un fusil ou un piège à ours. Dans son coin, Strix pousse un gémissement plein de tristesse.

Cléo secoue brièvement la tête. « À la lumière de la situation – des sorcières et des meurtrières en cavale, des preuves récentes de magie noire, etc. –, il prend immédiatement le contrôle de la ville. La Foire ferme prématurément, la présence policière est renforcée. Il s'est exprimé ce matin sur les marches du capitole. » Elle sort un tract de la poche de sa jupe et le leur fait passer.

Bella pousse une exclamation en le lisant. Agnès soupire. Genièvre jure.

Afin de protéger nos CITOYENS BIEN-AIMÉS contre le fléau galopant de la SORCELLERIE, la ville de New Salem est contrainte d'adopter une nouvelle série de DÉCRETS :

Avec effet immédiat

1. **Toute praticienne de la SORCELLERIE (à l'inclusion des sorcières des haies, des sorcières de rue, des diseuses de bonne aventure, des faiseuses d'anges, des sages-femmes, des suffragettes, des prostituées, des radicales et de toute autre femme contre nature) sera immédiatement arrêtée et soumise à L'ÉPREUVE DU FEU.**
2. **Tout individu protégeant (offrant son aide à, sympathisant avec, abritant, nourrissant ou assistant) une praticienne de la SORCELLERIE connue sera arrêté et passible d'une peine d'emprisonnement pouvant aller jusqu'à quatre-vingt-dix (90) jours et d'une amende de 100 $.**
3. **Tout individu ou établissement vendant du matériel associé à la pratique de la SORCELLERIE – herbes, potions, sorts, os, animaux sacrificiels, substances corporelles, craies, bougies**

de couleurs particulières, textes sataniques – sera arrêté et passible d'une peine d'emprisonnement pouvant aller jusqu'à sept (7) ans, et tous ses biens seront confisqués.

4. Les INQUISITEURS GEORGIENS sont immédiatement reformés et dotés de tous les pouvoirs légaux et des privilèges historiques associés à leur rang, dans l'unique but de faire respecter les décrets ci-avant promulgués, et se concentreront en premier lieu sur les tristement célèbres SŒURS EASTWOOD.

Les mots « épreuve du feu » dansent horriblement dans le champ de vision de Genièvre. « Ils ne peuvent pas faire ça. »

Cléo éclate d'un rire qui n'annonce rien de bon. « Ils ont déjà commencé.

— Mais c'est illégal. Forcément. Je n'étais pas très bonne à l'école, mais Mlle Hurston nous a fait réciter la Constitution alors que nous savions à peine lire.

— La *Constitution* ? C'est quoi, à ton avis, la Constitution ? Une formule magique ? Un dragon, peut-être, qui volera à ton secours aux heures les plus désespérées ? » Cléo se redresse dans le canapé. Genièvre ne croit pas avoir déjà vu un visage si plein de mépris. « Je peux t'assurer que ça n'a jamais été plus qu'un bout de papier, et qu'il ne s'est jamais appliqué à plus de quelques rares personnes. »

Genièvre ouvre la bouche pour protester ou s'excuser, elle ne sait pas trop, mais Cléo est déjà debout, la main tendue vers son chapeau melon. « Je rentre chez moi. Je dois prévenir ma mère et aider les miens à se préparer à… quoi qu'il advienne.

— Cléo, attends… » Bella cherche sa main, mais Cléo se détourne.

Arrivée à la porte, elle lance à Bella un regard dur. « Ce sera pire pour les gens comme moi. Ça l'est toujours. » Elle enjambe leurs protections et sort dans l'aube grise et terne.

S'ensuit un bref silence tendu, rompu par Mlle Pearl. « Je pense que vous devriez aussi partir. » Elle tient la liste des nouveaux décrets entre ses ongles vernis. La blancheur de sa peau donne à sa bouche des allures de balafre rouge et brillante.

Genièvre sent ses sourcils faire un bond. « Pardon ? »

Pearl plie la feuille en quatre avec soin et la glisse dans son corsage. Ses doigts tremblent très légèrement. « Partez. Maintenant. Abriter des sorcières ou des putains vient de devenir beaucoup plus dangereux. Je ne peux pas me permettre de courir les deux risques à la fois. »

Genièvre et ses sœurs jettent un regard accusateur et silencieux à l'estafilade rouge de ses lèvres serrées. « Je sais que ce n'est pas juste. Mais je dois plus à mes filles qu'à vous trois. Soyez parties avant midi. »

Elle se retourne et quitte la pièce dans un bruissement de soie. « Et prenez des fortifiants pour le bébé. Allez voir Frankie avant de partir. »

Agnès et ses sœurs n'ont nulle part où aller, aussi ne vont-elles nulle part : à la pension de South Sybil.

Elles traversent la ville, capuche basse sur leurs visages grimés par les crèmes et les potions de Mlle Pearl, en prenant soin de rester à distance les unes des autres. Elles croisent des églises, les portes grandes ouvertes, toutes cloches sonnantes ; des hommes arborant un insigne en laiton qui trinquent en pleine rue ; une bande de femmes reconnaissables à leurs écharpes blanches distribuant des couronnes de fleurs et des roses.

Arrivées au pont, elles sont contraintes de patienter parmi une foule enthousiaste pour laisser passer une procession de chevaux blancs. Gideon Hill lui-même chevauche en son centre, l'air sévère et noble, transfiguré par l'adulation de ses concitoyens en quelque chose de plus grand que lui-même, de plus grand qu'un homme : une icône ou un ange.

Agnès se tasse sur elle-même pour dissimuler le bébé emmailloté contre son sein et observe Gideon à travers ses cils. Elle est presque surprise par la violence de la haine qu'elle lui porte, et par la familiarité de ce sentiment dans sa poitrine : l'amère et futile haine du faible pour le puissant, du petit pour le fort.

Elles trouvent la pension à moitié abandonnée, étrangement désolée. La porte de la propriétaire grince sur ses gonds avec la brise, laissant entrevoir une petite pièce sens dessus dessous, vide de toute présence humaine. Dans les couloirs, toutes les autres portes sont marquées d'une croix de cendre, sans qu'elles sachent si c'est pour la peste ou pour la sorcellerie.

Elles ont pris un risque absurde en revenant ici, où Gideon et ses ombres les ont certainement espionnées par le passé, mais Genièvre avait fait valoir qu'il ne s'attendrait pas à un tel culot de leur part. Et ni Bella ni Agnès n'avait trouvé de meilleure option.

La chambre n° 7 est entièrement vide. Les quelques possessions d'Agnès jonchent le sol, comme si un géant peu soigneux avait secoué la chambre une fois ou deux, et une odeur de pourriture écœurante flotte dans l'air, mais, en dehors de ça, elle est en tous points semblable à la pièce où les Sœurs d'Avalon ont inscrit leur nom dans le carnet de Bella.

Genièvre pose les protections sur le seuil et le rebord des fenêtres tandis que Bella trie les piles de linge et de rideaux emmêlés pour essayer de remettre un semblant d'ordre. « Bon, ce n'est que pour une nuit ou deux. » Bella s'efforce d'employer un ton enjoué, mais le résultat est plutôt lugubre. « Demain, nous pourrons peut-être joindre les Sœurs. Discuter de notre stratégie. »

Genièvre ou Agnès lui auraient peut-être répondu si Ève ne s'était pas mise à tousser dans son sommeil puis à pleurer, les poings serrés, tandis que de petites larmes perlent aux coins de ses yeux.

Comme si elle savait ce que leur réservait l'avenir, comme si elle savait qu'il n'existe plus rien de tel que les Sœurs d'Avalon.

31

Il y a un baume à Galaad
Qui guérit les blessures.

Une chanson pour guérir un mal tenace,
qui requiert de la grande camomille & la Grande Ourse

Trois jours plus tard, Agnès Amarante est seule à South Sybil.

Elle pense à tout ce qui s'est passé cet été et essaie de mettre le doigt sur le moment où elles auraient dû arrêter, abandonner, fuir. Peut-être après qu'Avalon avait brûlé, ou après l'arrestation de Genièvre. Peut-être même avant tout ça, sitôt qu'elles avaient vu la forme de la tour dans le ciel et senti le vent sauvage de l'ailleurs sur leurs joues.

La seule chose dont elle soit sûre, c'est qu'elles auraient dû partir avant les élections. Il y a maintenant des Inquisiteurs qui patrouillent dans les rues à l'aube et au crépuscule, des agents armés à tous les arrêts du tramway et à la gare ferroviaire. Des femmes sont arrêtées et traînées devant des foules hurlantes ; leurs robes arrachées, leur cou enfermé dans des colliers de fer, et les Profondeurs résonnent des gémissements des femmes encagées. La purge de Hill a commencé, et il est trop tard pour s'échapper.

Les sœurs d'Agnès s'activent du mieux qu'elles peuvent, mais ça ne suffit pas. Genièvre est partie à la tombée du jour harceler les patrouilles d'Inquisiteurs, les entraînant sur de fausses pistes pour laisser le temps à leurs proies de s'enfuir. Elle a embrassé Ève sur la joue et est sortie dans le couloir à grands pas, mains serrées sur son nouveau bâton, mâchoires contractées.

Bella est partie encore avant elle en direction des tunnels, escortée par une femme impassible à la peau couleur chêne, pour s'entretenir avec Cléo et les autres Filles. Les journaux ont écrit que le maire Hill recrutait des « citoyens inquiets » pour aider à mettre de l'ordre dans les quartiers sud. C'est maintenant une petite armée d'hommes et de torches qui se massent aux portes de New Cairo. Cléo et sa mère tentent de protéger ce qui peut l'être et de mettre les jeunes et les vieux à l'abri.

« Je vais demander à Araminta s'il lui reste de la grande camomille. Ou quoi que ce soit d'autre qui puisse… » Ne sachant comment finir sa phrase, Bella s'était bornée à jeter un regard préoccupé à Ève.

Agnès et ses sœurs ont jeté tous les sorts et les charmes qu'elles ont pu trouver pour faire baisser la température, pour apaiser la toux qui la rongeait. Agnès s'endort tous les soirs en lui chantant des sorts comme des prières, en caressant le rouge sang des boucles de sa fille, mais la fièvre revient toujours.

Elles sont maintenant à court de voies de sorcière. Chacune des inspirations de sa fille racle comme des feuilles mortes sur le trottoir, comme si l'automne lui-même s'était glissé dans sa gorge et creusait un trou dans sa petite poitrine. Agnès se love contre son corps sur le lit étroit, dans l'espoir que sa peau se refroidisse.

Sans doute un peu de lumière du soleil l'aiderait-elle, un peu de l'air frais de septembre dans ses poumons, mais elle garde les portes et les fenêtres fermées à double tour, et trace un cercle de sel autour de leur lit. Un nouvel avis de recherche a fait son apparition la veille : on offre une généreuse récompense pour « un bébé aux cheveux roux, cruellement volé à sa mère légitime ; on soupçonne les Eastwood ». Genièvre en a fait une boule avant de le ramener à la maison.

Aussi Agnès reste-t-elle cachée et patiente.

Un peu après l'aube, Ève sombre dans un sommeil plus profond. Au début, Agnès est soulagée, après une longue nuit passée à tousser et à s'agiter. Mais plus elle dort et plus le soulagement d'Agnès se mue en inquiétude. Les bras d'Ève retombent mollement sur la couverture, sa poitrine se colore de rose et ses petits poings ne se serrent plus. Même les rides de colère ont disparu de son front.

Agnès caresse sa peau nue d'un doigt. Sa fille ne bouge pas.

Un éclair de terreur la traverse, de la colonne vertébrale au crâne. Pan se matérialise à son épaule et pousse un cri perçant. Les paupières d'Ève papillonnent à peine.

Agnès dit, d'une voix ferme et calme : « *Non.* »

Ce n'est pas ainsi que l'histoire se raconte ; elle ne se recroqueville pas dans le noir en attendant que sa fille meure. Elle ne s'étend pas pour laisser la marée du monde l'emporter, comme l'a fait sa mère.

Elle se lève et fait les cent pas, fouille chaque bocal vide, retourne la moindre poche. Une poignée d'épines, des graines de piment black-pearl, quelques herbes recourbées et cassantes. Pas assez. Il doit bien y avoir quelqu'un dans cette ville qui possède les voies et les vers, ou quelqu'un qui les trouvera pour elle. Elle pense aux cercles, aux liens et aux mains jointes. À M. August Lee, qui avait répondu à son appel.

Elle sort de sa poche sa dernière plume d'oiseau moqueur, dépenaillée et froissée. Elle se pique la paume avec la pointe creuse et murmure les vers. *Chut, pas un mot, mon cœur.*

La chaleur serpente dans ses veines. Agnès ouvre la fenêtre et lance la plume dans le ciel en murmurant un nom. « Dis-lui de me retrouver... » Elle hésite à prononcer les mots « South Sybil » à voix haute, au cas où une ombre inamicale tendrait l'oreille. « ... au coin de Lamentation et de la Seizième », termine-t-elle.

Agnès applique de la teinture claire dans ses cheveux et noue un tablier de servante à sa taille. Elle emmaillote sa fille dans de la laine grise – sa tête dodeline, une fine ligne blanche brille sous le rouge de ses cils –, enjambe leurs protections et se retrouve dans le couloir. Elle reste là un long moment, en proie à l'indécision, avant de lever la main et de frapper à la porte du n° 12.

Deux filles blondes aux joues rondes, si semblables qu'elles ne peuvent qu'être jumelles, ouvrent la porte. Toutes leurs robustes tantes et cousines du Kansas doivent être au travail. Elles considèrent Agnès en clignant des yeux, sans reconnaître leur ancienne voisine dans cette bonne aux cheveux gris.

« J'ai besoin que quelqu'un me garde ma fille pendant que je vais à l'épicerie. Je vous en prie, j'en ai pour une minute. Elle est malade. »

Les filles échangent un regard, le même genre de communication silencieuse qu'Agnès partageait autrefois avec ses sœurs. Elles hochent la tête, et Agnès dépose Ève dans leurs bras, les mains tremblantes. Mieux vaut la laisser à l'abri plutôt que de prendre le risque qu'on reconnaisse ses cheveux rouges.

Dehors, Agnès se presse, la tête rentrée dans les épaules, en s'efforçant de paraître inoffensive, timide et oubliable. Chaque fois que son regard croise celui d'une autre femme, elle y lit la même innocence désespérée. Un frisson de rage la traverse.

Elle arrive au coin de St Lamentation et de la Seizième avant August. Plutôt que de s'attarder sur place, elle fait le tour du pâté de maisons, inclinant poliment la tête au passage de deux Inquisiteurs.

Il n'est toujours pas là à son retour. Des questions inquiètes se bousculent sous son crâne – Est-il retenu, ou détenu ? Est-il déjà dans les Profondeurs, accusé de collaboration avec des sorcières ? –, mais elle poursuit son chemin sans rien laisser voir de ses émotions. Une ombre fugace l'informe que Pan plane quelque part au-dessus d'elle.

Elle fait un nouveau tour de pâté de maisons. Cette fois, l'absence d'August résonne comme une alarme dans sa poitrine. S'il avait pu venir, il l'aurait fait : c'était écrit dans son sourire en coin et dans la façon dont ses yeux brillaient quand il la regardait.

Son oiseau moqueur avait-il failli à sa mission ? S'était-il perdu ? Avait-il été dévoré ? Ou – son cœur s'arrête entre deux battements – intercepté ?

Agnès sent quelque chose tomber en elle d'une très grande hauteur.

Elle court. Elle court comme s'il y avait des loups ou des ombres à ses trousses. Son ventre flasque et ses seins sensibles protestent, mais elle ne s'arrête pas.

Ève, Ève, ÈveÈveÈve.

Elle entre dans la pension et gravit l'escalier en trombe. Elle ne prend même pas la peine de frapper au n° 12 ; la porte claque contre le plâtre fissuré. « Où est-elle ? Elle est avec vous ? »

Les deux filles, assises par terre, s'accrochent l'une à l'autre, les épaules secouées de sanglots. L'une d'elles lève sur Agnès un visage humide, l'œil enflé. « Ils sont v… venus frapper juste après votre départ. Ils ont dit… »

Mais Agnès n'entend pas la suite, car elle écoute le silence entre ses bras, la terrible absence du son qu'elle a entendu durant chaque seconde des sept derniers jours : celle de la respiration râpeuse et désespérée de sa fille.

Le silence enfle en elle, fait pression contre ses côtes et ses tympans, jusqu'à ce qu'Agnès ne soit plus qu'une enveloppe de peau pâle tendue par un cri sourd.

« Qui ? » demande-t-elle d'une voix réduite à un gargouillement sous-marin.

Cette fois, c'est l'autre fille qui lui répond, en passant un bras autour de sa sœur. « Les Inquisiteurs. Ils étaient deux, dans leur uniforme à croix rouge. Ils ont frappé, et Clara est allée ouvrir. Ils ont dit qu'ils cherchaient un bébé, une fille. » Ses yeux vacillent un instant. « Ils ont d… dit qu'une sorcière l'avait arrachée aux bras de sa mère et s'était enfuie avec elle. » Ses bras se resserrent autour de sa sœur, comme si elle craignait qu'Agnès ne fasse subir le même sort à l'une d'elles.

« Et où… » Sa voix est toujours parfaitement calme ; seul le bout de ses doigts tremble. « … l'ont-ils emmenée ?

— Je ne sais pas. Ils… ils ont dit que si vous aviez des questions, il fallait les poser directement au maire. »

Le maire. Un doute s'est insinué dans la voix de son interlocutrice, car même une fillette sait que les maires ne reçoivent pas les sorcières. Mais Agnès comprend qu'il s'agit d'une invitation.

Un piège, dans lequel elle allait foncer tête baissée, car il lui avait pris sa fille, et elle ne reculerait devant rien pour la récupérer.

Les jumelles poussent une exclamation et se serrent l'une contre l'autre. Ce n'est que lorsque l'une d'elles halète : « Qu'est-ce… qu'est-ce que c'est que ça ? » qu'Agnès prend conscience de la présence de Pan sur son épaule, ses serres plantées dans sa blouse. « Vous êtes une sorcière !

— Oui, répond Agnès d'une voix distante. Et ils auraient dû y réfléchir à deux fois avant de prendre ce qui m'appartient. »

Et la voilà de nouveau dans la rue, à se frayer un chemin, trébuchant parmi des étrangers. Elle franchit la Thorn en direction de St George

Square, avant de s'aviser, avec une pointe d'agacement, que ses sœurs vont elles aussi se jeter dans la gueule du loup. Qu'elles sentiront sa peur à travers leur lien et accourront, et alors Gideon Hill aura trois – *quatre*, songe Agnès en ravalant un cri – Eastwood entre ses mains.

Elle se dit qu'il est épuisant d'aimer et d'être aimée. Elle ne peut même pas risquer sa vie comme elle le voudrait, car elle n'appartient plus qu'à elle seule.

Une ombre emplumée passe au-dessus d'elle. *Pan.* Qu'est-il, en réalité ? Un morceau de magie brute, arraché à l'au-delà et attaché à son âme. Une créature surnaturelle, une altérité qui ne se préoccupe guère de ce qui est possible ou non.

Agnès tend le cou vers le ciel. « Préviens-les pour moi, Pan. Dis-leur de rester à l'écart. » Elle sent l'étincelle brûlante de ses yeux sur elle. « Je t'en prie. » Un cri perçant lui répond, un son sauvage et vibrant parfaitement incongru dans les rues civilisées de New Salem.

Agnès se met à courir.

Bella pense d'abord qu'il s'agit d'un roulement de tonnerre au-dessus de la ville, hors saison, ou peut-être d'un lointain tremblement de terre. Quelque chose de vaste, bouleversant, aveugle et affamé.

Puis elle comprend que c'est le cœur de sa sœur qui se fend en deux.

Le sort de protection meurt sur ses lèvres. « Les Trois me bénissent et me gardent », souffle-t-elle.

Mlle Araminta Wells et deux autres femmes lui jettent un coup d'œil las. « Je croyais que nous devions mettre au point ces protections ensemble », fait remarquer Araminta d'une voix traînante.

Elles se tiennent à l'extrémité nord de Nut Street, les doigts encroûtés de sel, les poches alourdies de chardons et de craies. Les plus astucieuses des Filles de Tituba se sont mobilisées pour élaborer les protections qu'elles pouvaient, tandis que d'autres convoient les plus jeunes et les plus vieux occupants de New Cairo dans les tunnels, les yeux bandés. Bella leur a fourni tous les vers et toutes les voies possibles et une liste d'adresses de personnes disposées à les abriter jusqu'à ce que la rafle de Hill s'achève.

Araminta avait passé le pouce sur chacun des noms soigneusement consignés par Bella : *Mlle Florentine Lee, 201 Spinner's Row, chambre n° 44 (3 personnes). M. Henry Blackwell, 186 St Jerome St. (15 personnes).*

« J'attends toujours le moment où tu me décevras, avait-elle dit d'une voix grincheuse, avant de descendre récupérer des provisions à la cave.

— De la part de ma mère, c'est plus ou moins une déclaration d'amour », avait soupiré Cléo près d'elle.

Araminta lui lance à présent un regard inquiet. « Qu'est-ce qu'il y a ? Qui ? » Elle mord durement les mots, comme une femme habituée aux mauvaises nouvelles et aux funestes présages.

« Agnès. » Mais Bella pense : Ève. Rien d'autre ne pourrait déchirer le cœur de sa sœur de la sorte. Bella remarque le O inquiet que dessine la bouche de Cléo, mais elle n'arrive à se concentrer sur rien d'autre que la détresse de sa sœur. « Je suis désolée. J'avais dit que je resterais, mais je dois partir.

— Va, mon enfant, dit Araminta. Nous finirons sans toi. » Ses lèvres continuent de remuer, comme si elle avait quelque chose de déplaisant coincé entre les dents. « Et appelle les Filles, si tu as besoin de nous. » Elle tâte sa poche de poitrine, et Bella entend le froissement du papier plié.

Bella se tourne vers Cléo et serre sa main, trop fort. « Retrouve-moi ce soir. À South Sybil. »

Si Cléo répond, ses mots sont avalés par le bruit de ses pas et des sorts qu'elle marmonne en prenant la fuite.

L'écho de la fureur d'Agnès l'entraîne vers le nord, hors de New Cairo. Arrivée sur la Deuxième Rue, elle attrape le garde-fou d'un tramway de passage et se hisse à l'intérieur. Le regard féroce qu'elle lance au conducteur convainc celui-ci de regarder ailleurs.

La ville blanchit autour d'elle. Des policiers patrouillent en faisant négligemment tournoyer leur matraque, et des Inquisiteurs se pavanent dans leur uniforme encore amidonné. Aucun d'eux ne remarque une femme voûtée aux cheveux blancs cramponnée à la rambarde du tramway qui passe en cahotant, ni l'ombre fugace de la chouette qui vole au-dessus d'eux.

En voyant le dôme de l'hôtel de ville se dessiner devant elle, Bella sent la morsure amère de la peur dans sa gorge. Que ferait Agnès sur l'esplanade ? Pourquoi quitterait-elle la sécurité de leurs protections ?

Elle saute du tramway et trébuche contre une femme d'apparence ordinaire qui pousse un landau à froufrous en boitant un pas sur deux. Ce n'est qu'après que celle-ci lui a sifflé à l'oreille : « Par les saints, Bell, tu as l'air encore plus vieille que Mama Mags », qu'elle se rend compte que le landau est vide.

« Genie ! Tu l'as senti ? Tu sais ce qui se passe ? »

Le visage de Genièvre est pâle et marbré sous son déguisement. « Quelque chose ne va pas. Elle se dirige par là, on dirait, Dieu sait pourquoi. »

Un oiseau, ou plutôt un morceau de nuit ébouriffé, pique soudain entre elles. Bella lève le bras et sent la morsure des serres avant de s'apercevoir qu'il ne s'agit pas de son familier. « *Pan ?* Qu'est-ce que tu fais là ? Où est Agnès ? Quelqu'un va te voir ! »

Ses yeux rouges pleins de reproches l'ignorent. Il ouvre le bec, et il en sort une voix humaine. « *Ne vous approchez pas. Je vous en prie. Ne vous approchez pas.* »

La voix appartient, sans aucune erreur possible, à leur sœur.

Pan referme le bec et disparaît dans un nuage de cendres et de fumée, les laissant toutes les deux au milieu de murmures et de regards appuyés.

Bella essuie une trace de brûlé sur ses lunettes. « Je ne savais pas qu'ils pouvaient faire ça. »

Des voix et des bruits de pas précipités s'élèvent autour d'elles. Genièvre l'attrape par la manche et l'attire dans une ruelle. « Qu'est-ce qu'on fait ? »

Bella grogne un rire à moitié hystérique. « Tu n'as donc rien retenu de mes contes de sorcières ? » Genièvre la fait avancer à marche forcée, tout en marmonnant des vers et en crachant par-dessus son épaule. En touchant le sol, sa salive grésille et produit une vapeur qui les dissimule aux regards.

« Dans les histoires, il faut toujours suivre les conseils idiots des animaux qui parlent. »

32

Puisse le diable te terrasser
Et ta couronne d'or briser.

Une malédiction mortelle, qui requiert de la ciguë & de la haine

Le bureau du maire est tout en cuir huilé et lambris de chêne. Sur les murs s'alignent des tableaux aux cadres dorés exposant le lot habituel de chevaux, de saints et d'hommes coiffés de perruques poudrées. Un saint George de Hyll d'allure particulièrement noble, entouré de chiens de chasse, combat un dragon aux couleurs des flammes de l'enfer.

Sur le bureau de bois sombre qui trône au milieu de la pièce, entre des documents méticuleusement empilés et l'éclat noir d'un encrier, gît un oiseau moqueur. Une ombre griffue jetée sur lui épingle ses ailes selon des angles aussi précis qu'incongrus. La panique fait palpiter sa cage thoracique.

Agnès Amarante détourne les yeux en déglutissant péniblement. Pan gémit sur son épaule.

M. Gideon Hill se tient près de la grande fenêtre, d'où il observe l'agitation de la rue en contrebas, la main posée sur le collier en fer de sa chienne. Les rayons obliques du soleil de fin d'après-midi projettent de longues ombres derrière eux.

La chienne se tourne la première vers elle, avec un imperceptible mouvement apeuré de la queue. M. Hill adresse à Agnès le sourire affecté qu'on réserve aux visiteurs importuns mais nécessaires. « Ah, mademoiselle Agnès Eastwood, je présume. » Le déguisement d'Agnès commence déjà à se déliter : la tresse dérangée par le vent à son épaule est striée de mèches noires et soyeuses, et ses yeux reprennent leur teinte argentée naturelle. « Comment se fait-il que Mlle Tattershall ne vous ait pas annoncée ?

— La réceptionniste ?

— Oui. »

Agnès hausse les épaules sans le quitter du regard. « Elle dort. » Sa tête avait percuté son bureau avec le son creux d'un melon, mais ses yeux étaient restés clos. Agnès y était peut-être allée un peu fort – Bella avait parlé de princesses qui avaient dormi pendant des siècles et de gentlemen qui avaient manqué des guerres entières –, mais c'est le cadet de ses soucis.

« Comme c'est généreux de votre part. » Hill ne semble pas le moins du monde soulagé par le destin de Mlle Tattershall. Il observe Agnès de façon… étrange. Presque méfiante, comme s'il s'attendait à ce qu'elle sorte un pistolet ou un sort de ses poches.

Lesquelles sont vides à l'exception des pauvres reliquats de sa sorcellerie : poussière d'herbes écrasées, allumettes humides de transpiration, restes cireux d'une bougie.

« Ma fille, monsieur Hill. Où est-elle ? » Elle se demande s'il entend le tremblement dans sa voix et s'il le prend à tort pour de la peur.

Hill gagne d'un pas nonchalant l'îlot sombre de son bureau et s'assied, suivi docilement par sa chienne. Elle se tasse sous sa chaise et lève sur

Agnès de tristes yeux noirs, tandis que son maître joint le bout de ses doigts au-dessus de l'oiseau moqueur. Celui-ci se tortille, désespéré, entre les griffes qui l'immobilisent.

« Si vous avez lu avec attention les nouveaux décrets municipaux, alors vous savez qu'ils révoquent les droits parentaux des sorcières et de leurs sympathisants connus, observe-t-il.

— Elle est à *moi*. Elle m'appartient. » Le moindre de ses cheveux rubis, le moindre de ses ongles souples lui appartient. Agnès ressent son absence comme une contusion au creux de son bras.

Hill pose toujours sur elle des yeux attentifs, calculateurs, comme s'il testait la détermination d'une créature encagée. « Elle appartient à la cité de New Salem, mademoiselle Eastwood. Elle sera... »

Agnès brise l'allumette dans sa poche et crache les vers qu'August lui a enseignés il y a plusieurs mois, quand la ville bourdonnait de printemps, et qu'elle croyait encore que les sorts et la sororité pouvaient altérer la course cruelle du monde.

Cette fois, elle n'a pas besoin de puiser dans la volonté de ses sœurs. Elle n'a même pas besoin du familier perché comme une gargouille aux yeux rouges sur son épaule ; sa propre volonté suffirait à soulever des villes entières.

La pièce vole en éclats. Des tessons étincelants fusent dans les airs alors que chacune des vitres du bureau de Hill explose simultanément.

Dans le silence qui s'ensuit, la brise de septembre siffle à travers les fenêtres brisées, projetant alentour des grains miroitants de poussière de verre. L'encrier fendu laisse échapper son contenu, qui forme comme une mare de sang noir sur le bureau.

Agnès sent une coulée humide le long de sa mâchoire, une estafilade douloureuse sur sa joue. Hill semble avoir été totalement épargné.

D'un revers de main, il chasse une esquille de verre de la manche de sa chemise et continue sa phrase comme si de rien n'était. « ... prise en charge par la Maison des Anges perdus jusqu'à ce qu'on lui trouve une mère plus appropriée. Ou… » Et dans l'espace étroit qui jouxte ce mot, elle sent les mâchoires de son piège se refermer sur elle. « … jusqu'à ce que je vous accorde le pardon pour vos crimes passés et vous rende sa garde légitime. »

Agnès ne fait pas un geste. Les serres de Pan se plantent plus profondément dans son épaule.

Le sourire enjoué de Hill est aussi faux que celui d'une marionnette, des traits rouges et blancs peints sur du bois mort. « Mais d'abord, dites-moi : vos sœurs et vous visitez toujours la tour ?

— Si nous… Pourquoi ferions-nous une chose pareille ?

— Ma foi, mademoiselle Eastwood, cela fait des semaines que je vous cherche toutes les trois.

— Vous et tous les autres habitants de cette foutue ville. » Un été à côtoyer Genièvre a mis un peu de l'accent de Crow County dans sa voix. Elle en serait presque à souhaiter la présence de sa petite sœur, avec sa grossièreté et sa témérité, avant de se rappeler que c'est elle qui lui a intimé de ne pas s'en mêler.

« Quand je cherche quelque chose, je le trouve. » Hill remue discrètement le menton, et les ombres de la pièce se mettent en mouvement. Il leur pousse des doigts frétillants et des mains avides. « Mais je ne vous ai pas trouvées. Je vous ai parfois aperçues – Mlle James courant ici ou là, quelques maisons mieux protégées qu'elles ne devraient l'être –, mais rien de très clair. Si le bébé n'était pas tombé malade, si votre messager n'était pas tombé entre mes mains… Qui sait ? » L'oiseau moqueur halète sur le bureau, le bec ouvert. « Je me suis demandé si vous n'aviez pas rappelé la tour et mieux caché votre liage, cette fois. »

Agnès manque de lui rire au nez. Ce n'est pas quelque sorcellerie ancienne qui les a cachées à son regard, mais les femmes les plus ordinaires de New Salem, les blanchisseuses, les bonnes, les ménagères, qui leur ont ouvert leur porte malgré les risques.

« Eh non. » Et quelle importance si ç'avait été le cas ? Qu'est-ce que cela aurait changé pour lui, si elles s'étaient tapies dans les ruines fumantes d'une tour qui fut une bibliothèque ?

« Je me demande si vous me dites la vérité. » Son sourire-marionnette s'est aminci ; le bois pourri commence à apparaître sous la peinture. « Vous êtes toutes trois devenues des sorcières accomplies en très peu de temps. » Il jette un bref coup d'œil à Pan. « Avez-vous reçu une quelconque instruction ?

— Non. » Leurs instructeurs, ç'avaient été un besoin désespéré et des décennies de rage ; les vers thésaurisés par leurs mères et leurs grands-mères ; les unes les autres.

« Ne me *mentez* pas. » Agnès entend un soupçon de peur dans sa voix et sent ses propres paumes transpirer. Son père n'était jamais plus dangereux que lorsqu'il avait peur, et il avait toujours peur : qu'elles échappent à sa poigne, d'être faible, que quelqu'un se moque de lui.

« Si vous aimez votre fille, répondez-moi : leur avez-vous parlé ? » *Il y a quelque chose de bizarre chez lui*, leur avait dit Bella. *D'anormal.* Ce n'est qu'à cet instant qu'Agnès voit la terreur et la folie sourdre par les fissures. « Elles sont encore là ? Elles se cachent de moi ? »

Son ombre s'allonge derrière lui, rampe le long du mur lambrissé. Elle agite des têtes et des membres multiples en tous sens, étend ses bras dans des positions impossibles. Sur le bureau, l'oiseau moqueur est pris d'une frénésie désespérée ; ses ailes dessinent des motifs insensés dans l'encre renversée, sa fragile cage thoracique se gonfle sous la pression des ombres-mains. Le chien pousse un hurlement lugubre.

« Arrêtez ! Je ne sais pas de quoi vous parlez. Je vous jure que je l'ignore. »

Un terrible craquement retentit, comme de la porcelaine écrasée sous une botte, puis le silence. L'oiseau moqueur ne bouge plus une plume.

Hill la regarde une seconde encore, puis ses épaules se détendent. Son ombre revient à des dimensions plus conventionnelles ; il suture les coutures de son masque.

« Très bien. Bien sûr, je ne croyais pas vraiment… Mais on ne sait jamais. Bon, mademoiselle Eastwood. » Il pousse l'oiseau moqueur dans une poubelle à l'aide d'un tesson de verre, puis repose soigneusement celui-ci sur son bureau, comme il rangerait ses stylos. « Je vous ai fait venir ici pour vous faire une offre. Je suis disposé à pardonner vos crimes et à vous accorder la garde de… » Il jette un coup d'œil à la page tapée à la machine. « … Ève Éternelle Eastwood – quel nom à coucher dehors ! – si vous m'aidez à localiser et à appréhender vos sœurs. Cette chasse aux sorcières a assez duré, je crois. Mes administrés vont bientôt manifester leur mécontentement, voire leurs doutes, si je ne débusque pas les sorcières. »

Tel est le choix, évidemment. C'est toujours le même, au final – sacrifier quelqu'un d'autre, échanger un cœur contre un autre, mais la survie est au prix de celle de quelqu'un d'autre. Sauve-toi, mais laisse tes sœurs derrière toi. *Ne me laisse pas.*

Agnès a l'impression d'avoir les chevilles plongées dans une eau froide qui monte rapidement. « Et que… qu'arrivera-t-il à mes sœurs ?

— Ce sera au tribunal d'en décider. »

L'eau lui arrive à présent au nombril. « Et qu'arrivera-t-il si je dis non ?

— Alors votre fille restera mortellement malade, aux soins douteux des Anges perdus. Vous attendrez dans les Profondeurs que j'attrape vos sœurs – ce que je ne manquerai pas de faire, tôt ou tard – et elles brûleront quand même. Sauf que vous brûlerez avec elles. »

L'eau lui lèche le cou, noire et glacée. N'a-t-on pas noyé des sorcières, au temps jadis ? « Et si... et si je les persuadais de quitter la ville, plutôt ? Nous disparaîtrons. Vous n'entendrez plus jamais parler de nous. Nous ne jetterons plus jamais un sort jusqu'au jour de notre mort. »

Son sourire lui rappelle celui de M. Malton quand il leur annonçait qu'il leur sucrait des heures ou que leur paie était retenue, faussement apaisant. « Je crains que cela ne satisfasse pas mes électeurs. Je suis sûr que vous le comprenez. » Sa voix se fait songeuse. « Les gens sont comme ça. Vous leur racontez une histoire, et ils veulent une fin. Connaîtriez-vous le nom de Blanche-Neige si la Mère n'avait pas revêtu des souliers de fer chauffés au rouge ? Ou celui de Gretel, si l'Aïeule n'avait pas grimpé dans le four ? »

Le sourire de Hill trahit maintenant la sincérité. « Il faut toujours que les sorcières brûlent, à la fin. Vous comprenez ? »

Agnès n'en ignore rien. L'eau glacée se referme loin au-dessus de sa tête.

« Je vous en prie. » Elle déteste le goût de ces mots dans sa bouche, mais elle les dit quand même. Supplier suffisait parfois à changer le poing de son père en une paume ouverte, un coup en cri. « Je vous en prie, rendez-la-moi. Elle est malade. » Les larmes s'accumulent et coulent.

« Je le sais, ma chère. » Son sourire se fait miel et venin. « Vous ne voudriez pas que je la guérisse ? »

Le peut-il ? Il connaît manifestement des sorts qu'elle et ses sœurs ignorent ; qui sait de quoi il est capable ?

Sa réponse semble inévitable, un choix qu'elle a fait au moment où elle a plongé le regard dans les yeux de nuit d'Ève. Il n'y a rien qu'elle ne ferait pas pour sa fille.

« Qu'en dites-vous, mademoiselle Eastwood ? »

Agnès essaie de se représenter ce qui l'attendrait, après : une vie grise et apathique, avec pour seuls compagnons le goût amer de sa trahison et les bouts effilochés d'un lien rompu. L'été 1893 se brouillerait, s'effacerait de sa mémoire, tel le rêve enfantin d'une époque où toutes trois étaient encore une, entière et inviolée.

Mais elle aurait Ève. Elle murmurerait les vers et les voies à sa fille, déguisés en chansons et en histoires, en nourrissant l'espoir secret que la prochaine génération reprendrait le flambeau abandonné par son aînée et poursuivrait la bataille. C'était ce que Mama Mags avait fait, et sa mère avant elle : elles s'étaient sacrifiées pour survivre, et elles avaient transmis leur sacrifice à leurs filles.

Agnès s'apprête à faire le même choix. Le sourire de Gideon Hill se reflète dans le morceau de verre sur son bureau. Sa pointe d'un blanc cristallin est aussi tranchante qu'une esquille d'os.

Une idée folle traverse l'esprit d'Agnès. Un échange plus radical encore, une alternative au choix.

On l'arrêterait, bien sûr, et il n'y aurait pas de flammes assez brûlantes pour la sorcière qui avait assassiné le maire de New Salem, sa Lumière contre les Ténèbres. Mais sans Hill et ses ombres, ses sœurs parviendraient certainement à sauver Ève, à fuir la ville et à l'élever en secret, parmi les roses sauvages et les pierres.

Il lui faudra être très rapide. Elle tombe à genoux, comme submergée par le chagrin, et Pan sursaute sur son épaule. Hill prononce quelques mots hypocrites sur la difficulté de sa position, mais le sang qui bat aux tympans d'Agnès avale ses paroles. Elle fouille sa poche à la recherche de la cire de bougie et trace discrètement une croix sur le parquet ciré.

Puis elle se couvre le visage des deux mains et murmure les vers dans ses paumes, une formule complexe en latin. La chaleur s'élève dans sa poitrine, évapore l'eau glacée. Ses cheveux se mettent à dériver vers le plafond, comme si la gravité était un dieu distrait qui l'avait oubliée l'espace d'une seconde désespérée. Sous la chaise de Hill, la chienne geint.

Elle pense à ses sœurs : Genièvre n'hésiterait pas, Bella ne manquerait pas son coup. Elle pense à sa fille.

Elle bondit. Le tesson dans sa main plonge vers l'œil gauche de Hill avant qu'il ne puisse tressaillir, avant même qu'il n'ait le temps de fermer la paupière. La pointe écarte l'or fin de ses cils. Elle se prépare à l'impact spongieux de son globe oculaire, au raclement du verre contre l'os…

Mais il ne se produit rien de tel. Le tesson ripe sur le visage de Hill et se plante dans le bois du bureau, coupant au passage la paume d'Agnès. Durant un instant suspendu, tous deux regardent le verre poisseux de sang, avant qu'une douzaine d'ombres-mains ne se ruent sur elle, ne s'enroulent autour de ses poignets et de ses chevilles, glissantes et froides, et ne la forcent à s'éloigner du bureau, les membres tordus et écartés. Elle songe à l'oiseau moqueur, qui n'en finissait plus de se tortiller.

Gideon Hill pose sur elle ses yeux larmoyants cernés de rose, parfaitement indemnes.

Il secoue la tête d'un air apitoyé. « J'admire votre témérité, mademoiselle Eastwood. Vraiment. Mais vous devez comprendre que je ne peux pas être blessé par des comptines ou des morceaux de verre. Je vous repose la question une dernière fois… »

Une forme noire fond entre eux, serres tendues. Les griffes labourent. Le sang gicle. Puis le chien pousse des aboiements hystériques, Hill hurle, et une autre ombre-main jaillit pour saisir son faucon.

Mais Pan n'est déjà plus là, disparu dans l'éther. Hill halète, impuissant, cligne des yeux pour en chasser le sang, porte les doigts aux bords irréguliers des trois entailles que Pan lui a laissées sur le visage.

Il chancelle. Son masque se déchire. Derrière, Agnès aperçoit une terreur brute, brutale. « Non ! Non ! Comment osez-vous me toucher ! Comment osez-vous… La ferme, Matraque ! » La chienne cesse de japper.

Du sang goutte du menton de Hill. Son visage, gris et impassible, est au-delà de la peur, de la fureur. Agnès se rend vaguement compte qu'elle connaît cette expression, qu'elle l'a vue dans les traits de ses sœurs : la terrible résignation de celui qui est habitué à la douleur. Qui a encaissé trop de coups, trop jeune, et qui attend le prochain.

Il croise son regard, et elle se demande s'il va la tuer tout de suite. S'il va l'écraser comme un oiseau dans son poing pour le crime de l'avoir vu saigner.

Les ombres se resserrent autour de ses chevilles, appuient sur ses côtes. Elle sent les cartilages craquer, les os racler les uns contre les autres… jusqu'à ce que, d'un petit moulinet du doigt, il l'envoie valdinguer contre le bureau.

Puis il fouille sa poche de poitrine, et Agnès tressaille à l'idée de se retrouver face à un pistolet, un couteau ou une baguette magique. Mais ce qu'il en sort est petit et doux, parfaitement innocent : une minuscule mèche de cheveux, bruns ou peut-être châtains, jusqu'à ce que la lumière révèle un rouge flamboyant.

Elle aurait préféré un couteau.

« Si vous voulez revoir votre fille – si vous voulez qu'elle guérisse de sa fièvre –, vos sœurs et vous vous présenterez demain à St George Square avant le coucher du soleil. »

Agnès regarde le sang qui continue de couler de ses blessures. Ce n'est rien de plus que du sang, rouge et humide. « Très bien, souffle-t-elle.

— Parfait. Maintenant, *sortez*. »

Agnès s'exécute.

Cette fois, elle ne court pas. Elle marche d'un pas décidé, le dos droit, en suivant les lignes qui la ramènent à ses sœurs, à peine consciente des passants qui s'écartent précipitamment de son chemin. Elle devrait être désespérée, regretter tous les choix qui l'ont conduite à celui-ci, le dernier et le pire d'entre eux, mais elle ne l'est pas.

Elle est trop occupée à réfléchir. À retourner une à une les pièces du puzzle dans sa tête, comme des cailloux : la peur sur son visage, ancienne et terrible ; une histoire pour enfants à propos de sorcières qui, contre toute attente, ne sont pas mortes ; la morsure du verre dans sa paume et l'éclat du sang de Hill.

Une pensée se forme, remontant à la surface comme un Léviathan des profondeurs :

Tu n'es pas invincible, Gideon Hill.

Et s'il ne l'est pas – s'il peut saigner, craquer et mourir comme n'importe quel homme –, alors il n'aurait jamais dû toucher à un seul cheveu de sa fille.

Genièvre sent sa sœur se rapprocher comme une tempête en formation. Bella et Cléo patientent avec elle, blotties l'une contre l'autre dans la semi-pénombre de la pension de South Sybil. Leurs yeux se croisent parfois avant de se détourner. Le silence qui règne dans la pièce est à peine dérangé par le froissement des jupes et le bruissement des plumes dans les ombres.

Des pas résonnent comme des coups de maillet dans l'escalier. La porte râpe le sol.

Agnès entre dans la chambre. Elle semble avoir pris cinquante ans d'âge et cent ans de méchanceté. Elle a des croûtes de sang au bout des doigts et des bleus aux poignets. Du lait goutte sur l'avant de sa blouse, et la vue de ces taches enfonce un couteau dans le cœur de Genièvre.

Pan lance un trille grave et lugubre sur l'épaule d'Agnès, auquel Strix répond.

« Qu'est-ce qui s'est passé ? Où est Ève ? » La voix de Genièvre se brise sur le prénom de sa nièce : Ève, qui n'est qu'innocence rubis, minuscule incarnation d'une fureur et d'une perfection que Genièvre ne comprend pas, mais qu'elle veut de toutes ses forces protéger. Qui serait encore en sécurité avec sa mère sans Genièvre et ses bravades.

Agnès ne semble pas l'avoir entendue. « On va avoir besoin de plus de bougies. J'en ai trois, je crois. Des allumettes feront peut-être l'affaire. Et du sang de pucelle, et des larmes d'ancienne… Dieu sait que je ne manque pas de lait. » Elle s'affaire dans la chambre en parlant, fouillant les tiroirs l'un après l'autre.

Genièvre croise le regard de Bella. Cléo demande prudemment : « Agnès, pourquoi as-tu besoin de tout ça ? »

Agnès trouve une poignée de bougies entamées dans un coffre sous son lit et les dispose en un cercle hâtif en marmonnant pour elle-même. Elle a l'air positivement dérangée.

« Agnès. » La voix de Bella est encore plus précautionneuse que celle de Cléo. « Qu'est-ce que tu fais ? »

Mais Genièvre le sait déjà. Bella aussi, à en juger par le tremblement de ses doigts. « Elle rappelle la Voie perdue d'Avalon. Encore. »

Agnès ne s'interrompt pas, garde les yeux baissés.

« Mais *pourquoi* ? demande Bella, visiblement au bord des larmes.

— Parce que je voudrais parler aux Trois Dernières. »

Un bref silence ponctue cette annonce. Même la bouche de Cléo bée, son sang-froid de journaliste enfin dépassé.

« Bien sûr, dit Genièvre sur un ton aussi prosaïque que possible. Le truc, c'est que – et je ne veux surtout pas te décevoir – les Trois Dernières sont mortes. »

Agnès grogne avec irritation qu'on lui fiche la paix avec de tels détails.

« Tout ce qu'il y a de plus mortes. Exceptionnellement mortes. On a écrit des légendes et des histoires sur leur mort. Tu en as peut-être entendu certaines.

— En effet, répond Agnès. Et pourtant. »

C'en est apparemment trop pour Bella, qui gémit : « Qu'est-ce qui ne va pas chez toi, Agnès ? Il n'y a plus rien. »

Agnès ne lève toujours pas les yeux. « Et l'histoire de Yulia ? Cette sorcière qui a lié son cœur à une aiguille, à un œuf ou je ne sais quoi, pour vivre éternellement ?

— C'est une fable. Un *mythe*.

— Et combien de nos sorts viennent des fables ? Et si c'était plus qu'un mythe ? »

Bella semble sur le point de s'arracher pour de bon les cheveux de frustration. « Ce n'est pas possible. »

Agnès quitte des yeux la tête de son cercle de bougies et croise leurs regards. Elle devrait avoir l'air d'une folle éplorée, brisée et désespérée, mais on dirait un ange déchu qui tente de se relever, la bouche en sang, prête à en découdre avec Dieu lui-même.

« Je n'en ai, dit-elle très clairement, rien à foutre. »

Elle retire un tesson de verre taché de rouille de sa poche et le tend à Genièvre, qui ne peut rien refuser à ses yeux suppliants. Elle se tranche la paume d'un geste sûr et ouvre la main pour laisser son sang couler sur les lattes gauchies du parquet de South Sybil.

33

Ciel rouge du soir réjouit la sorcière.
Ciel rouge du matin alerte la sorcière.

Un sort pour les tempêtes,
qui requiert du tissu rouge & de la terre mouillée

Béatrice Belladone prend la main de sa sœur avant que le sang ne tombe. « Par les saints, *réfléchissez*, souffle-t-elle. Que se passera-t-il si vous matérialisez une tour sur le toit d'une pension ? »

Ni Agnès ni Genièvre ne semblent s'en soucier outre mesure. Genièvre paraît même un peu excitée, comme une gosse à qui l'on a promis des feux d'artifice.

Bella se retient de les secouer jusqu'à ce que leurs dents s'entrechoquent. « Des gens vivent ici ! Plein ! Vous ne pouvez pas lâcher une bibliothèque sur leur tête ! La Mère seule sait ce que deviendraient nos protections. Et je ne comprends toujours pas pourquoi nous voudrions rappeler Avalon, pour commencer…

— Il me l'a prise, déclare Agnès d'une voix calme mais tranchante, comme un cri lointain.

— Qui ? demande Bella, mais elle le sait.

— Gideon Hill. Et il est terrifié, Bella. Il a ses ombres, sa ville et ma fille, mais il a quand même peur de quelque chose. » Agnès lève les yeux sur elle. « D'Avalon. Bien que tous les livres aient brûlé. » Bella serre entre ses doigts le pétale de rose séché dans sa poche, la seule chose qu'elle ait sauvée des cendres. « Il m'a demandé si elles étaient encore là. Et j'ai pensé : qui ça, *elles* ?

— Parfois, quand tout était silencieux à Avalon, j'entendais des voix. Ou j'en avais l'impression. » Genièvre parle lentement, se sentant vaciller au bord de l'impossible. « Et dans les Profondeurs, j'ai entendu… quelqu'un. »

Elle ne regarde pas Bella, de crainte d'essuyer son mépris ou sa pitié, mais sa sœur aînée ne dit pas un mot. Elle se souvient des fois où elle était seule dans le silence parfumé de la tour, où son attention vagabondait et où elle entendait des murmures et des pas précipités dans les ombres. Des mots prononcés par des voix de poussière et de lierre, fugaces.

Cléo change de position sur le lit dans un bruissement de laine. « Tu parles de… fantômes ? » Bella est traversée par une vague de soulagement en constatant que Cléo semble disposée à envisager cette possibilité plutôt que de se faufiler discrètement hors de la chambre.

« Je ne crois pas. Quel fantôme s'attarderait pendant quatre cents ans ? » Les fantômes étaient des spectres persistants, des âmes particulièrement tenaces qui s'accrochaient à la vie quelques heures après leur trépas. Ils ne hantaient pas des tours ou des châteaux pendant des siècles, sauf dans les contes de bonne femme et les racontars.

Cléo hausse les épaules. « Une sorte d'esprit ou de mémoire, alors ? Peut-être préservé par…

— Je me fiche de savoir ce qu'elles sont ou ne sont pas. Je vais les trouver. » Agnès porte les doigts à son corsage humide, puis les approche, poisseux de lait, du sol.

« *Attends !* S'il te plaît. » Bella prend la main d'Agnès, de telle sorte qu'elle se tient entre ses deux sœurs, mains jointes. « Je vais vous aider. Mais pas ici.

— Où, alors ? » La voix d'Agnès exprime l'urgence.

Où peuvent-elles invoquer une tour brûlée sans être vues ? Où, dans la ville, ne rencontreront-elles ni Inquisiteurs ni victimes innocentes ?

Puis Bella se souvient que lorsqu'elles avaient fui les quartiers nord la semaine précédente, elles s'étaient arrêtées devant les portes cadenassées de la Foire du Centenaire. Elle avait fermé après les élections, mais le démontage avait été reporté en raison de la crise que traversait la ville. La vue de cette longue promenade, vide à l'exception des corbeaux et des flaques éparses qui reflétaient le gris aveugle du ciel de septembre, l'avait emplie de mélancolie.

« La Foire », souffle-t-elle.

Ses yeux croisent ceux de Cléo, et le souvenir de cet après-midi de juin resurgit entre elles, chatoyant et doux, quand elles se balançaient dans la nacelle de verre de la grande roue. Bella est submergée de regrets à l'idée qu'elle a gâché ces précieuses minutes à se ronger les sangs, plutôt qu'à profiter de chaque seconde de joie que le monde avait alors à offrir.

Le même désir nostalgique se reflète un instant sur le visage de Cléo, avant qu'elle ne se lève, ne se coiffe de son chapeau melon et ne redresse le menton. « Prêtes, mesdemoiselles Eastwood ? »

Bella essaie de lui dire qu'elle devrait partir, qu'elle n'a pas à les suivre si loin dans cette folie, mais les mots restent coincés dans sa gorge comme des pierres. Au lieu de quoi, elle se surprend à chercher la main de Cléo, et toutes les quatre dévalent l'escalier de South Sybil et sortent dans le jour déclinant.

La plus proche entrée du chemin de fer souterrain se situe deux pâtés de maisons plus à l'est, au bas d'une volée de marches en pierre, derrière une porte estampillée « SALON DE THÉ DE MLLE JUDY : FERMÉ ». Cléo présente le motif de ses cicatrices, et la porte s'ouvre sur une obscurité fraîche.

Elles suivent l'œil-de-tigre de la lumière des sorcières de Cléo en silence. Bella songe aux mains qui ont percé ces tunnels telles des veines sous la cité, aux corps qui ont trimé là, invisibles et privés de liberté ; elle songe aux voies que les gens ouvrent pour eux-mêmes quand il n'y en a aucune, aux choses impossibles qu'ils rendent possibles. Elle regarde le blanc des jointures d'Agnès et commence, un tout petit peu, à y croire.

Elles ressortent par un appentis, quelque part dans les quartiers nord. L'heure du couvre-feu étant passée, les portes sont verrouillées, les rideaux tirés. Il n'y a personne pour remarquer les quatre femmes qui marchent en file indienne dans les ruelles, suivies de familiers. Personne pour entendre le claquement régulier d'un bâton sur les pavés.

Personne pour les voir s'arrêter sous la haute arche marquant l'entrée du champ de foire, ni pour se demander comment elles ouvrent le portail malgré le solide cadenas en fer et les lourdes chaînes enroulées autour des barreaux.

Elles auraient difficilement pu choisir meilleur décor pour invoquer des esprits sans repos. Les vestiges de la Foire se dressent autour d'elles comme les ossements de quelque créature préhistorique : la grande roue, sombre et squelettique ; les guirlandes d'ampoules affaissées ; les stands et les tentes désertes, dont la toile claque au vent. Le silence est total, à l'exception du bruissement sec de vieux talons de billets dans l'allée centrale et des croassements des corbeaux.

Le soleil semble grisonner plutôt que se coucher, comme affadi par un voile de gaze taché, mais la tour demeurerait trop éloignée de tout pour que quiconque la voie.

« Nous devrions attendre le noir complet. » La voix de Bella produit des échos surnaturels.

« Ça, je peux m'en occuper. » Genièvre sort un mouchoir rouge de la poche de sa jupe. Elle crache dans la terre à ses pieds et s'adresse à la terre mouillée dans un murmure. *Ciel rouge du soir réjouit la sorcière.*

Elle appelle, et la tempête répond. Les nuages s'assombrissent comme des meurtrissures. Les corbeaux se taisent et disparaissent dans le ciel. Strix et Pan planent au-dessus d'elles, uniquement visibles à leurs yeux flamboyants.

« Qu'est-ce que vous dites de ça ? demande Genièvre, le visage rougi par la chaleur de la sorcellerie et les yeux brillants.

— Ça fera l'affaire. » Agnès s'agenouille sur la pierre froide et forme un nouveau cercle avec ses bougies et ses allumettes. Bella et Genièvre s'accroupissent à côté d'elle. Agnès fait couler trois gouttes de lait dans ce cercle. Genièvre racle sa paume ensanglantée sur le sol.

Le vent se lève. Il chasse leurs cheveux de leurs épaules, trois teintes de noir qui s'entremêlent, et ébranle les ailes de la chouette et du faucon loin au-dessus d'elles.

La première fois que Bella a lancé ce sort, elle se trouvait dans son bureau, à la bibliothèque de l'université de New Salem, seule et imprudente. La deuxième fois, elle était avec Cléo dans les ruines d'Old Salem, remplie d'un espoir au-delà de tout espoir. Aujourd'hui, elle est ici, dans ce champ de foire désert en compagnie de ses sœurs, de son amante et de son familier, et ils ont ce qu'il reste quand tout espoir a disparu – une chose brûlée et tenace, comme la terre après un feu de forêt.

Il faudra que ça suffise.

Bella tend les mains à ses sœurs.

Genièvre fronce les sourcils. « Ça fait partie du sort ?

— Non », admet Bella. La main de Genièvre se referme sur la sienne et leur lien semble se mettre à chanter, comme une corde enfin accordée. La larme de Bella glisse sur sa joue, chaude comme la braise, et s'écrase dans le cercle.

Elles disent les vers ensemble, une comptine à propos de folles sœurs et de couronnes perdues. Un poème trop dangereux pour être mis par écrit, qu'on murmure, qu'on chante et qu'on brode en secret, dont on se transmet les fragments à travers les siècles. Bella pense à la strophe à moitié effacée qu'elle a trouvée à la dernière page des *Contes de sorcières de l'enfance et du foyer*, placée là par deux autres sœurs. Elle aimerait pouvoir les remercier.

La chaleur les saisit sous les côtes alors qu'elles disent les vers. Elles tracent trois cercles entrelacés, et la chaleur devient flamme, qui devient à son tour incendie.

La volonté d'Agnès est une enclume, une avalanche, froide et inévitable. Son balbuzard pêcheur pousse un cri de guerre perçant, auquel Strix fait écho dans le ciel qu'embrasent leurs yeux. À l'instant où Bella croit que sa peau va éclater et se fendre sous la chaleur, c'est fini.

La tour se dresse dans les ténèbres surnaturelles du champ de foire de New Salem. Des flocons de cendre grise dérivent et se posent en silence sur leurs jupes et sur les branches brûlées enchevêtrées au-dessus de leurs têtes. Sur le sol entre elles, les trois cercles brillent d'une lumière blanche.

Bella se penche pour recueillir de la cendre et de la terre dans un bocal en verre. Elle lance le liage tandis que Cléo s'occupe du bannissement, et alors – au son des cisailles en argent qui tranchent l'air – la tour disparaît de nouveau, soigneusement remisée dans le néant comme un mouchoir plié et rangé dans une poche.

Cléo glisse les cisailles dans la sienne. « Voilà. Ne perdez pas de temps. Je suis sûre que quelqu'un a vu quelque chose, même avec les nuages, et je n'ai pas l'intention de m'attarder dans le coin pour m'en assurer. »

Agnès et Genièvre sont déjà accroupies au-dessus de leurs cercles. La lumière surnaturelle leur donne un teint pâle et macabre, le visage de sorcières maléfiques au-dessus d'un chaudron bouillonnant comme on en voit dans les journaux à quatre sous.

Bella pose un regard hésitant sur Cléo, sur sa cape qui ondule dans le vent automnal, sur sa main serrée autour du bocal. « Merci, dit-elle à voix basse, un peu bêtement.

— Je t'attendrai à South Sybil. » Cléo tente un de ses sourires bravaches, mais sans parvenir à en chasser le poids de son inquiétude. Ses lèvres sont chaudes contre la joue de Bella glacée par le vent, et puis elle n'est plus là.

Quelques instants plus tard, après une comptine murmurée et une contraction de l'air, le champ de foire se vide de toute présence humaine. Un passant, si tant est qu'il y en ait eu un, n'aurait remarqué à travers la grille du portail qu'un nombre inhabituel de corbeaux posés sur les lignes électriques et les toits, et l'odeur très légère de la cendre et des roses sauvages portée par le vent.

Agnès n'avait pas vu Avalon après l'incendie, mais elle avait vu le ciel couleur sang alors qu'elle brûlait et inhalé la fumée d'un millier de livres en feu. Elle n'est donc pas surprise de se trouver au milieu de ruines, la main posée sur une porte carbonisée, à l'ombre menaçante d'une tour désolée.

Pourtant, sous l'odeur morte de cendre et de feu, elle perçoit un parfum humide, vert. Elle s'écarte d'un pas de la porte et voit des pousses de verdure sinuer entre les pierres noircies par la fumée : des vrilles de rosiers, auxquelles il pousse de minuscules bourgeons et de pâles épines. L'herbe tend des doigts tendres à travers la cendre, et la mousse, telle une couche de velours vert, commence à recouvrir les racines brûlées des arbres.

Elle n'entend rien d'autre que des froissements d'ailes, leurs propres halètements et – est-ce le fruit de son imagination ? Son cœur fait-il naître un espoir du néant ? – le murmure doux et secret de voix féminines.

Genièvre tape du pied sur le sol comme si elle frappait à une porte. « Eh, les fantômes ! Réveillez-vous ! »

Bella émet un bruit étranglé. « Ce ne sont pas des fantômes, Genie, je te l'ai déjà dit. Et quand bien même, je ne crois pas que leur crier dessus soit de nature à...

— Alors c'est quoi, ton plan ?

— Petite Fille bleue. »

S'ensuit un bref silence, que rompt Bella d'une voix hésitante. « Je ne suis pas sûre... C'est un sort pour ranimer les malades ou les gens plongés dans un profond sommeil. Je doute qu'il ait assez de force pour faire revenir des âmes perdues d'entre les morts, à supposer que de telles âmes existent. Peut-être que si nous le modifions d'une façon ou d'une autre, si nous ajoutions certains vers ou des voies plus conséquentes... »

Mais Agnès, courbée en deux, passe déjà sa main parmi les tendres touffes d'herbe. « Je ne crois pas que les vers et les voies comptent tant que ça, Bell. » Elle entend Bella soulever une objection bibliothécairesque. « Ou peut-être que ça compte, mais pas autant que la volonté, ajoute-t-elle en déglutissant. Et tu peux me croire, je n'en manque pas. »

Ses sœurs disent le sort avec elle. *Petite Fille bleue, viens souffler dans ton cornet.*

Il y a un peu de Mama Mags dans ces vers, ses yeux vifs de moineau et ses dents tachées de nicotine. Agnès aimerait pouvoir invoquer son esprit là où il dort ou dérive, juste pour pleurer encore une fois contre son sein.

Ses sœurs butent sur le dernier vers, ne sachant pas trop à qui elles s'adressent, mais Agnès comble les blancs : « Pucelle, Mère et Aïeule, réveillez-vous, levez-vous ! », et elle pousse un sifflement suraigu.

C'est un sort mineur, comme l'a dit Bella, un remède de sorcière de campagne pour un bébé somnolent ou une victime de la fièvre du démon. Mais Agnès lui insuffle sa volonté jusqu'à ce que la peau lui brûle et que son sang se mette à bouillir, jusqu'à ce que la magie s'infiltre dans la terre noire de nulle part et trouve... une palpitation sourde. Un secret, un murmure.

Les sœurs se taisent. La chaleur reflue hors de la chair d'Agnès.

« Ça a marché ? » La voix de Genièvre résonne trop fort dans le silence de nulle part.

Agnès l'ignore, toujours à l'affût de ce murmure secret dans les ténèbres, mais il n'est plus là. Disparu. Des larmes gonflent ses yeux, brouillent la terre grise et verte à ses pieds.

Mais alors : « Plus rien, il n'y a plus rien, après tout ce travail...

— ... scandaleux, ce qu'ils ont fait de cet endroit... »

Des voix, étranges et acariâtres, zézayantes et saccadées. Juste de l'autre côté de la porte.

L'une d'elles fait taire l'autre, puis... « De notre temps, écouter aux portes pouvait vous changer les oreilles en panais et vous coudre les lèvres. Entrez, puisque vous êtes là. »

Des trois, James Genièvre est la plus sauvage, téméraire comme le renard et curieuse comme le corbeau ; elle entre la première dans la tour.

À l'intérieur, elle trouve une ruine : des congères de cendre et de charbon, le squelette d'un escalier qui s'accroche aux murs, une suie grasse qui noircit chaque dalle.

Et trois femmes.

Elles ont quelque chose d'étrange, un éclat flou, comme le clair de lune sur une eau mouvante, mais il semble s'atténuer à mesure que Genièvre les regarde, jusqu'à ce qu'elles deviennent aussi réelles et solides que la pierre sous leurs pieds.

La première pensée qui traverse l'esprit de Genièvre est qu'aucune d'elles ne ressemble aux illustrations qu'on trouve dans les livres de contes. Elle ne saurait dire si elles sont plus laides ou plus belles, avec leurs cicatrices, leurs petites taches et toutes ces imperfections qui distinguent la réalité de la fiction. Et dans les dessins, les Trois sont toujours ressemblantes, comme s'il s'agissait de la même femme à trois différents âges de la vie. Parfois elles sont sœurs, parfois grand-mère, mère et fille.

Genièvre doute que les trois femmes qui se tiennent présentement dans la tour partagent une quelconque ancêtre commune, sinon la première sorcière elle-même.

L'une d'elles, noueuse et dorée, a les cheveux striés de fils blancs et de délicates écritures tatouées sur le dos veiné de ses mains. Elle porte une robe noire comme l'encre, aux manches amples qui lui donnent un air de bure monastique.

L'une d'elles, belle et tannée, a les joues ponctuées de cicatrices et une épée sanglée en travers d'une épaule. Son armure, faite d'écailles qui se chevauchent, brille d'un sang noir et ancien.

L'une d'elles, pâle et féerique, a des bois qui saillent de ses cheveux noirs emmêlés et un collier de dents jaunies. Les lambeaux de sa robe sont aussi noirs qu'une nuit sans lune.

Lorsque Genièvre croise son regard, un frisson de reconnaissance l'étreint.

Genièvre a toujours préféré les histoires de la Pucelle. Les jeunes filles sont censées être de douces créatures qui tressent des couronnes de marguerites et se changent en laurier plutôt que de souffrir de la perte de leur innocence, mais la Pucelle n'a rien à voir avec ça. C'est la féroce, la sauvage, la sorcière qui vit en liberté dans les bois profonds. C'est la sirène et la selkie, la vierge et la Walkyrie ; Artémis et Athéna. C'est le Petit Chaperon rouge qui ne fuit pas le loup, mais arpente les bois à son côté.

Genièvre la reconnaît au vert agressif de ses yeux, à la courbure vicieuse de son sourire. Une vipère lui drape les épaules comme une bande de velours noir, comme le serpent sculpté dans le bois d'if du bâton de Genièvre, mais en chair et en os. Le sourire de Genièvre pourrait être celui de la Pucelle, dont le reflet tranchant et blanc a traversé les siècles.

Des trois, Agnès Amarante est la plus forte, solide comme la pierre et deux fois plus dure ; elle entre la deuxième dans la tour.

Elle n'a jamais beaucoup aimé les histoires de mères. Elles lui rappellent sa propre mère, dont elle aurait souhaité qu'elle soit quelqu'un d'autre, quelqu'un qui aurait renvoyé leur père au diable vauvert la première fois qu'il avait levé la main sur elle. Quelqu'un comme la Mère elle-même.

Les mères sont censées être de faibles créatures larmoyantes, des femmes qui dérivent paisiblement vers la mort après avoir donné naissance à leur progéniture, mais la Mère n'a rien à voir avec ça. C'est la courageuse, la sans-pitié, la sorcière qui a troqué la salle de naissance pour le champ de bataille, la cuisine pour le couteau. C'est Boudicca la sanglante et Héra la sans-cœur, la mère devenue monstre.

Aucune de ces histoires ne mentionne le brun huilé de sa peau ni les cicatrices estompées qui soulignent ses joues, mais Agnès la reconnaît à sa mâchoire d'acier, à la droiture de son dos. Un python noir aux yeux rouges s'enroule lourdement autour de son bras.

Agnès incline la tête, et la Mère fait de même, telles deux guerrières se saluant sur un champ de bataille.

Des trois, Béatrice Belladone est la plus sage, calme et futée comme la chouette perchée dans les chevrons ; elle entre la dernière dans la tour.

Elle n'a jamais cru aux histoires de vieilles femmes, même quand elle était petite. Elle a décidé depuis longtemps que l'Aïeule était un amalgame de mythes et de fables, l'expression d'une peur collective plutôt qu'une véritable vieillarde.

Les vieilles femmes sont censées être des grands-mères débonnaires et séniles qui gâtent leurs fils et surveillent la soupe sur le feu, mais l'Aïeule n'a rien à voir avec ça. C'est l'astucieuse, la savante, la sorcière érudite qui connaît les vers de toutes les imprécations et les ingrédients de chaque poison. C'est Baba Yaga et Black Annis ; la méchante fée qui se penche sur le berceau des nouveau-nés pour leur jeter une malédiction.

Bella la reconnaît au bout de ses doigts tachés d'encre, tatoués de vers dans une douzaine de langues mortes. Un délicat aspic s'enroule autour de son poignet.

« Bienvenue, mesdemoiselles Eastwood. » Sa voix sonne comme la poussière et le miel, son accent amalgame une centaine de langues vivantes et mortes.

« Il vous en a fallu du temps, dit la femme aux bois, dont la voix rappelle des crochets de serpent et des ronces.

— Ma foi, répond Genièvre avec un haussement d'épaules. On était occupées. Et vous, mortes. »

La Pucelle siffle entre ses dents, comme si cela n'excusait rien.

La Mère intervient d'une voix de fer. « Pourquoi nous avez-vous réveillées ? De quoi donc avez-vous besoin ? » demande-t-elle en suivant des yeux les taches de lait sur le corsage d'Agnès. Il y a dans ses traits une noirceur qui rappelle à Bella des épées aiguisées.

« D'aide », souffle Agnès, avant d'enfouir le visage dans ses deux mains et de se mettre à sangloter.

34

Maleficae quondam,
maleficaeque futurae.

But inconnu

James Genièvre prend sa sœur par les épaules et la fait asseoir sur les dalles noircies par la fumée. Entre deux hoquets frissonnants, Agnès tente de raconter leur histoire : Gideon Hill et les élections, Ève, le droit de vote des femmes et l'incendie de la bibliothèque, mais Genièvre doute que quiconque y comprenne quoi que ce soit.

Les Trois posent sur elle leurs yeux dépareillés remplis d'inquiétude. Les Trois, qui ne devraient pas avoir d'yeux du tout, qui devraient être mortes mais qui ne le sont pas. Genièvre observe la Pucelle, sa chair blanche sous sa peau de daim, et se fait violence pour ne pas la toucher, curieuse de savoir si sa main passerait au travers.

« Du calme, mon enfant », finit par dire la Mère, et Agnès se tait dans un dernier sanglot. La Mère tape une fois du pied, et un vent soudain se lève dans la tour, chassant les cendres accumulées et la puanteur de la fumée. La Pucelle agite la main et de la mousse s'insinue entre les dalles, douce et verte comme le printemps. L'Aïeule s'assied avec un soupir qui rappelle Mama Mags à Genièvre.

« Commencez par le début », ordonne-t-elle, et Genièvre se demande de quel début elle parle. Le jour où elles ont invoqué la tour sur St George Square et se sont retrouvées ? Ou sept ans plus tôt, quand elle avait dévalé la route défoncée à la poursuite de ses sœurs, en les suppliant de ne pas l'abandonner ? Ou peut-être que le début de leur histoire est le même que le milieu et la fin : *Il était une fois trois sœurs*.

Agnès commence par Ève, que Genièvre interprète comme le début d'une nouvelle histoire. Elle évoque la fièvre qu'elles n'arrivaient pas à guérir, l'oiseau moqueur qu'elle n'aurait pas dû envoyer, Hill qui tenait entre ses doigts la mèche rouge de sa fille, et Genièvre ressent sa douleur à travers leur lien, une plaie ouverte semée de sel.

« Et même si nous parvenons à retrouver Ève, je ne crois pas que nous puissions la sauver. Hill est puissant, et pas seulement dans le sens ordinaire du terme. Il a des adeptes, et ces ombres qui rampent sur la ville… »

Les Trois se pétrifient au mot « ombres ». Même leurs serpents cessent de s'enrouler et de se dérouler pour fixer leurs yeux de braise sur Agnès. La Mère jure dans un dialecte que Genièvre suppose être celui de l'enfer lui-même.

« J'ai comme l'impression que vous l'avez rencontré », dit-elle d'une voix traînante.

La Pucelle découvre ses dents d'une manière qui n'a rien à voir avec un sourire. « Oh, oui, je l'ai rencontré, crache-t-elle.

— C'est l'homme qui nous a vaincues à Avalon, gronde la Mère.

— Et c'est l'homme qui nous a brûlées, après cela. J'ai entendu dire que ça lui a valu une canonisation, conclut l'Aïeule. Le bâtard », ajoute-t-elle d'une voix pensive.

Genièvre n'a jamais entendu de silence tel que celui qui ponctue ses mots. C'est un silence profond, glacé et total qui ne peut exister qu'après le coucher du soleil de l'autre côté de nulle part, quand six sorcières et leurs familiers apprennent qu'elles ont un ennemi commun.

« Merde », dit-elle. Puis elle ajoute, avec plus d'emphase : « *Merde.* »

Bella reprend ses esprits la première, en s'accrochant aux derniers fils lâches de la raison. « Mais comment ? Ni la Fontaine de jouvence ni la Pierre philosophale n'existent. Comment pourrait-il être encore en vie ? Comment pouvez-*vous* être encore en vie ?

— Nous ne le sommes pas, techniquement parlant. » La Pucelle caresse sa vipère d'un doigt blanc. « En vie, je veux dire.

— Je n'ai jamais aimé qu'on m'appelle l'Aïeule. J'ai oublié le nom que ma mère m'a donné, mais je suis certaine que c'était autre chose. Et elle n'a rien d'une pucelle, dit l'Aïeule en levant le menton vers la Pucelle, dont le sourire ne contient pas une once d'innocence.

— Je suis une Mère, intervient la femme en armure. Mais pas uniquement cela. »

Bella rajuste ses lunettes sur son nez. « Mais le sort pour rappeler la Voie perdue d'Avalon nécessitait une pucelle, une mère et une ancienne, n'est-ce pas ? »

L'Aïeule hausse les épaules. « Chaque femme est au moins l'une des trois. Parfois les trois en même temps, et quelques autres. »

Bella cligne plusieurs fois des yeux. « Alors nous n'avons pas été appelées. Ou… choisies. » Genièvre suppose qu'elle fait référence à cette chose qui les a attirées l'une vers l'autre ce jour-là, le tiraillement dans leur lien.

L'Aïeule glousse. Elle reprend son souffle, tente de répondre, puis éclate de nouveau de rire. « *Choisies ?* Si vous l'avez été, c'est par les circonstances. Par votre propre besoin. La magie n'est rien de plus que cela : l'espace entre ce que vous avez et ce dont vous avez besoin. »

Bella paraît hésiter entre les dizaines de questions qui se bousculent dans son esprit, mais Agnès lui grille la priorité. « Que savez-vous sur Gideon Hill ? »

Les Trois échangent un regard et semblent reprendre vie.

La Pucelle lève le menton, et ses cheveux glissent sur ses épaules pâles. « Plus de choses que quiconque de ce monde. »

Les yeux de la Mère se posent une nouvelle fois sur les taches de lait d'Agnès. « Assez pour vous aider, j'espère. »

L'Aïeule pousse un long soupir sans joie. « Commençons par le début. »

Les Trois Sorcières de l'Ouest

Il était une fois trois sorcières.

La première était une érudite de Samarkand qui avait consacré sa vie à l'étude des mots et de la sorcellerie, qui maîtrisait une centaine de langues et un millier de potions, qui s'entretenait avec des princes et des khans sur deux continents.

La deuxième était une esclave zanj vendue à Constantinople qui avait utilisé la sorcellerie de ses ancêtres et de ses ravisseurs pour se libérer, elle et ses filles, et qui s'était frayé un chemin sanglant dans le monde comme commandante d'une bande de mercenaires.

La troisième était une paysanne des Blackdown Hills, abandonnée avec son frère au plus profond d'une forêt. Le garçon était revenu dans son village plusieurs années plus tard ; on n'entendit plus jamais parler de sa sœur, et on ne revit d'elle que des ombres aux yeux verts, une rumeur aux dents blanches.

Elles étaient, pour faire court, trois sorcières ordinaires de leur temps. Peut-être un rien plus désespérées et plus instruites que la moyenne, mais certainement pas des légendes.

Aucune d'elles n'aurait laissé son nom dans les mémoires sans la peste. Un mal épouvantable et mystérieux qui s'insinuait dans les rues de chaque ville et chaque village, et laissait derrière lui des corps boursouflés.

La plupart des sorcières aidaient comme elles le pouvaient, mais la maladie progressait rapidement et tuait plus vite encore, et même la plus douée d'entre elles n'aurait pu sauver tout le monde. Cet échec – tous les gens qu'elles ne purent guérir, les maris, les tantes, les voisins qu'elles abandonnaient à leur chagrin – causa leur perte.

Des rumeurs commencèrent à se propager. On entendait dire que la peste n'était pas naturelle ; qu'elle était l'œuvre des sorcières, d'une façon ou d'une autre ; que le monde devrait être purgé d'un tel mal. Et lorsqu'un héros se dressa, promettant d'être une lumière contre les ténèbres, vêtu de blanc mais talonné par des ombres noires, on le suivit.

George de Hyll n'était pas encore un saint. Simplement un sorcier, que rien ne distinguait des sorcières qu'il pourchassait – sauf qu'il était un homme, et que le pouvoir d'un homme lui était conféré par Dieu.

« Mais… comment un homme pouvait-il pratiquer la sorcellerie ? » l'interrompt Bella. La Pucelle se rit d'elle. « Tu crois que la magie se soucie de ce que tu as entre les jambes ? De la façon dont tu te coiffes ? » Bella n'intervient plus.

Ses adeptes commencèrent par brûler les livres. Le feu avala des siècles de connaissance en quelques secondes. Puis George demanda : Que faire des femmes qui abritent les vers et les voies dans leur tête ? Et, à n'en pas douter, les enseigneront à leurs filles et à leurs sœurs ?

Ils vinrent alors chercher les sorcières. Les sorcières des haies dans leurs cavernes et dans leurs arbres creux, les sages-femmes et les devineresses, les sibylles et les érudites. Les sorcières les combattirent avec toutes les malédictions et tous les sorts qu'elles connaissaient. Mais plus elles opposaient de résistance et plus les gens avaient peur, et plus l'armée de George grossissait. Les sorcières brûlèrent avec leurs livres.

Les vers et les voies qu'elles réussirent à préserver furent glissés dans des chansons et des comptines, cachés dans des fables. Les femmes les fredonnèrent à leurs enfants, les enseignèrent à leurs sœurs, et même les voisins vigilants et les ombres attentives n'y virent que du feu.

La purge se poursuivit. Le monde changea. Les herbes sauvages poussèrent sur les collines, sans personne pour les cueillir ; les arbres et les animaux se turent, sans personne pour parler avec eux ; on ne vit plus de dragons voler le matin.

Avant longtemps, les sorcières se retirèrent dans quelques dernières places fortes : la Forêt-Noire en Germanie, les îles à la dérive de Lémurie, un certain marais hanté dans le Sud de l'Angleterre, parfois appelé Avalon.

Un soir, alors que la Mère et l'Aïeule pataugeaient dans cette tourbière brumeuse, désespérées et épuisées par les combats qu'elles avaient menés, elles rencontrèrent la Pucelle. Elles savaient, grâce à la présence de leurs familiers respectifs, qu'elles étaient sœurs, d'âme sinon de sang, et elles partagèrent un repas autour du feu.

Et là, dans ces bois sauvages, alors que l'ère de la sorcellerie touchait à sa fin amère, toutes trois se mirent à faire des projets.

La Pucelle avait un endroit où vivre : les bois profonds, dans lesquels se dressaient les vestiges d'une tour, bien cachée.

La Mère avait la force de la défendre, du moins pendant un temps.

L'Aïeule avait quelque chose qui valait la peine d'être défendu : des décennies d'études, tous ses vers et toutes ses voies. Elle mit par écrit les sorts qu'elle se rappelait, et même ceux dont elle se souvenait à moitié, puis se glissa hors de la tour pour rassembler les livres et les rouleaux qui n'avaient pas brûlé sur lesquels elle put mettre la main.

La rumeur se propagea parmi les sorcières encore en vie, et il arriva tous les jours plus de femmes avec des bouts de sorts et des formules noircies par le feu. En échange, les Trois leur enseignaient autant de sorcellerie qu'elles le pouvaient : pour se cacher et blesser, pour mettre au monde et briser, pour survivre. Certaines restèrent – afin de défendre la colline, de protéger la tour, de patrouiller les fragiles frontières de leur royaume à moitié secret –, mais la plupart d'entre elles s'évaporaient dans la campagne.

Les Trois jouissaient également de l'aide de leurs familiers, comme si la magie elle-même ne voulait pas être oubliée. Quand la tour retrouva son intégrité, leurs serpents entrelacèrent leurs corps pour former trois cercles et gravèrent leur marque sur la porte. Les Trois découvrirent par la suite qu'elles avaient ainsi le moyen de revenir à la tour, quel que fût l'endroit où elles se trouvaient.

Et elles voyagèrent loin. L'Aïeule passa des semaines entre les murs en terre cuite de la grande mosquée de Djenné. La Mère accomplit les trois tâches imposées par les bibliothécaires de Constantinople. La Pucelle se rendit à Cambridge et parvint à dérober une salle entière de la bibliothèque, qu'elle adjoignit à la tour.

Mais de moins en moins de sorcières vinrent les voir au fil des années. Les Trois sentirent le goût des cendres dans le vent et surent que George de Hyll était en chemin.

Plus tard, on raconterait que les Trois avaient perdu la bataille d'Avalon. Que Hyll et ses Inquisiteurs les avaient traînées, hurlantes, sur le bûcher, et avaient brisé pour toujours le pouvoir de la sorcellerie.

Mais si les Trois – les sorcières les plus douées de leur époque, prudentes et rompues à l'art de la guerre – avaient voulu s'échapper, elles l'auraient fait. Au lieu de quoi, elles avaient attendu.

Elles attendirent avec leurs familiers à leurs pieds et des vers aux lèvres. Elles combattirent George de Hyll pendant trois jours et trois nuits, tandis que leurs filles, leurs sœurs et leurs amies disparaissaient dans les collines. Et quand elles arrivèrent au bout de leurs forces, elles gravèrent une promesse sur la porte de la tour – « *Maleficae quondam, maleficaeque futurae* » – et s'agenouillèrent devant Hyll, la tête inclinée.

Il les brûla le lendemain, dos à dos, et les flammes jaune et blanc avaient dansé dans ses yeux. Elles ne crièrent pas : elles chantèrent. Leur chant parlait de roses, de cendres et de tomber ensemble, main dans la main.

Parce que ces vers n'avaient jamais été prononcés auparavant, parce qu'ils n'énonçaient aucun sort qu'il connût, et parce que les hommes sont idiots quand ils croient avoir gagné, George de Hyll les ignora. Il n'avait pas compris que les Trois avaient passé des années à approfondir la sorcellerie, à étudier des sorts de tous les coins et les fissures du monde. Qu'elles avaient commencé à se demander d'où les vers et les voies venaient en premier lieu, et qu'elles avaient écrit les leurs.

Le sort qu'elles chantèrent cette nuit-là était un liage, bien plus étrange et audacieux que tous ceux qui l'avaient précédé. Elles lièrent leurs âmes l'une à l'autre, puis à leur bibliothèque bien-aimée. Tandis que leurs corps brûlaient, leurs âmes s'envolèrent au-delà de l'ailleurs – et emportèrent Avalon. Elles emportèrent la tour et les livres, les arbres et les étoiles, et le vent malin de l'automne.

Leur évasion fit enrager George. Pendant des années, il retourna la terre à la recherche du moindre signe des Trois Dernières Sorcières de l'Ouest ou de la Voie perdue d'Avalon. Il trouva des rumeurs et des chansons, des bouts de comptines, mais il ne revit jamais la tour noire.

Les Trois patientèrent. Elles étudièrent, débattirent, pleurèrent, désespérèrent et rêvèrent, ni mortes ni vivantes, et finirent par plonger dans le sommeil. Elles laissèrent leur être se mêler aux racines et à la terre, s'insinuer entre les pierres et les fragiles pages des livres. Les âmes n'avaient jamais été conçues pour s'attarder durant des siècles.

Mais elles ne se laissèrent pas disparaître entièrement. Elles attendirent, accrochées aux plus minces fils d'elles-mêmes, le jour où on les rappellerait dans le monde. Quand ce qui avait été perdu aurait été retrouvé, et que la sorcellerie ferait son retour.

Ce jour n'était jamais venu.

35

Coccinelle, demoiselle, vole jusqu'aux cieux.

Un sort de vol,
qui requiert des baies de sorbier & la lumière des étoiles

Si James Genièvre ferme les yeux, elle parvient à se convaincre qu'elle est de nouveau une petite fille, lovée contre ses sœurs sur le tapis de chiffons près du poêle, bercée par les histoires de Mama Mags. Elle parvient à se convaincre que tout cela n'est que fables et mythes.

Jusqu'à ce que Bella dise, d'une voix hésitante : « Mais c'est pourtant le cas. Avalon a été rappelée, non ? Avant nous ? »

L'Aïeule lui sourit presque. « Ma foi, ça n'aurait pas servi à grand-chose de cacher la bibliothèque si personne n'était capable de la retrouver. Nous avons laissé les vers à nos filles avant qu'elles ne s'enfuient, afin qu'elles puissent nous rappeler lorsque le monde serait de nouveau sûr. Ce qu'il n'a jamais été, mais elles nous ont quand même rappelées de temps à autre.

— Old Salem, murmure Bella.

— Et Wiesensteig dans les années 1560, et Auld Kirk à la fin du même siècle. Navarre au début du XVIIe. Dans tous les endroits où il y avait au moins trois sorcières et une dose suffisante de volonté. Mais au fil des siècles, il y a eu de moins en moins de femmes pour se souvenir des vers et des voies. Il ne reste rien de l'ère des sorcières aujourd'hui, sinon des histoires, que nous avons entendues se déformer et s'assombrir au fil des ans, jusqu'à faire de chaque sorcière un être maléfique.

Le sourire de l'Aïeule est toujours là, mais il a quelque chose de lugubre. « Il a failli nous avoir à Old Salem. Tituba et son convent nous ont bannies dans le nulle part juste avant que les flammes nous emportent. »

Bella presse sa main contre la poche de sa jupe, à travers laquelle se dessine la forme carrée de son petit carnet noir. « J'ai trouvé les vers dans un recueil des sœurs Grimm, à moitié effacés…

— Les Grimm étaient des filles malignes, déclare la Mère avec tendresse. Jacobine et Willa ont invoqué la tour et nous ont réveillées longtemps après Old Salem, mais elles ne s'intéressaient pas à la puissance des vers et des voies – peut-être savaient-elles ce qu'elles risquaient, alors. Elles voulaient juste nos histoires. J'ai entendu dire qu'elles en ont tiré un bon profit.

— Personne ne nous a rappelées depuis, soupire la Pucelle. Nous pensions que personne ne le ferait plus. Nous nous consolions en nous disant qu'au moins *lui* ne nous avait jamais trouvées. » Les yeux de la Pucelle dérivent vers les étagères calcinées et l'escalier à moitié écroulé, puis se posent de nouveau sur les Eastwood. Sa voix perd quelques degrés. « Jusqu'à récemment, en tout cas. »

Ses paroles laissent place à un petit silence désolé, durant lequel elles écoutent les chuintements des cendres, le sifflement creux du vent à travers les fenêtres.

C'est Agnès qui le rompt. « Gideon Hill. » Elle prononce son nom avec prudence, comme on passe le pouce sur une lame tout juste aiguisée. « Et saint George de Hyll. C'est la même personne ?

— La même âme, du moins, concède l'Aïeule.

— Comment ça ? »

Les Trois échangent un regard que Genièvre connaît bien : celui que partagent trois sœurs qui ont fait une grosse bêtise.

« On aurait dû s'en douter, dit l'Aïeule. Il nous a vues lancer notre dernier sort. Quand la tour nous a suivies dans les ténèbres, il a compris ce que nous avions fait. C'était lui-même un formidable sorcier, à l'époque, assez fort pour tenter son propre liage. »

La Pucelle découvre une nouvelle fois ses dents. « Mais nous ne recherchions pas l'immortalité ! On essayait juste de survivre, on n'a jamais voulu...

— Peu importe ce que nous voulions. » Les yeux de la Mère ne quittent pas le visage contracté d'Agnès. « La première fois qu'on nous a rappelées dans le monde, on nous a dit que George de Hyll était mort dix ans plus tôt et qu'il avait été canonisé immédiatement après. Mais alors nous l'avons vu. Il avait un visage et un nom différents – Glennwald Hale, Inquisiteur et homme d'Église –, mais nous l'avons quand même reconnu.

— Nous lui avions montré le secret du liage des âmes. Et il avait compris qu'il pouvait lier la sienne à tout ce qui lui plaisait, pas seulement à des pierres, des roses ou des livres. » Le serpent de l'Aïeule glisse de son poignet à sa gorge, où il frotte sa joue contre la sienne, un geste qui ressemble presque à un câlin. « Il s'est lié à des corps vivants, l'un après l'autre. Tout ce dont il avait besoin, c'étaient les cendres de l'enveloppe qu'il quittait et quelque chose provenant de celle qu'il convoitait. Et assez de volonté pour éradiquer l'âme dont il prenait la place, je suppose. » Elle touche la tête de son familier. « J'imagine qu'il s'attaque de préférence aux jeunes et aux sans défense, pour faciliter le liage. »

Genièvre se sent soudain écœurée, comme si elle avait retourné une bûche et trouvé une infecte chose morte en dessous. Elle se souvient des histoires qu'elle avait entendues à propos de ce garçon rêveur et studieux qui avait perdu son oncle préféré quand il était jeune. Comment il avait changé après cela, comment il était devenu moins rêveur et plus calculateur. Comment il avait demandé à ses professeurs de l'appeler par son second prénom : Gideon.

Genièvre se demande ce que ça fait de se faire voler sa volonté par un esprit ancien qui colonise votre enveloppe charnelle et la promène comme un pantin de bois. Elle se représente la longue file de corps qui s'étire derrière lui, cueillis comme des fruits trop mûrs et vidés de l'intérieur, puis jetés aussi négligemment qu'une pelure de pomme. Et qu'arrivait-il aux âmes dont il prenait la place ? Disparaissaient-elles en même temps que leur corps ou les traînait-il de corps en corps, piégées dans l'enfer de sa création ?

« *Enfoiré*, lâche-t-elle de sa voix râpeuse, deux fois brûlée. Donc il saute de gamin en gamin, devenant chaque fois un peu plus malin et un peu plus méchant...

— Et chaque fois il gagne en puissance, en sorcellerie, et... » Bella prend une inspiration soudaine. « Il couvre ses traces. Il vole des archives, brûle des livres, efface tous les vers et toutes les voies qui restent. » Genièvre comprend à sa voix qu'elle inclut ces méfaits parmi ses crimes les plus odieux.

Agnès n'a ni tressailli ni cligné des yeux. Elle demeure impassible, implacable. « Pourtant, il est toujours terrorisé. De quoi a-t-il peur ?

— De ce qui fait peur à tous les puissants, répond l'Aïeule en haussant les épaules. D'être démasqué.

— De récolter ce qu'il mérite », renchérit la Pucelle.

La Mère croise le regard d'Agnès, et Genièvre voit quelque chose passer entre elles, l'éclat d'une lame. « De nous. »

Agnès sent ses lèvres esquisser un sourire pour la première fois depuis que sa fille lui a été enlevée. Ce n'est pas son sourire habituel – sa bouche lui semble surchargée de dents, ses mâchoires lui font mal –, mais une joie furieuse remplit l'espace où se trouvait auparavant son cœur.

« Et pourquoi ça ? ronronne-t-elle presque.

— Parce que nous avons brûlé, mais que nos âmes se sont relevées des cendres, et il le sait. Parce que nous savons exactement ce qu'il est, et comment mettre un terme à tout ça. » Le sourire de l'Aïeule est un poison subtil, du genre insipide et inodore. « Car tout liage peut être brisé.

— Dites-moi comment.

— De la même façon qu'on brise n'importe quel liage : en détruisant les voies. Tuez le corps qu'il incarne en ce moment… »

Genièvre se racle la gorge. « Si vous nous dites que le secret pour le tuer consiste à le tuer, je vous jure par sainte Hilda que je vous jette un sort. »

Bella et l'Aïeule lui donnent simultanément une petite tape derrière la tête.

« … puis bannissez son âme, poursuit l'Aïeule d'une voix glaciale. J'imagine qu'elle cherchera à s'attarder en ce monde, même sans le liage, par habitude autant que par rancune.

— Et comment bannit-on une âme ?

— Nous avons écrit les vers spécialement pour lui, intervient la Pucelle. Quand nous avons vu ce qu'il est devenu. Mais il était déjà fort, entouré de ses ombres volées, et aucune sorcière ne s'est assez approchée de lui pour lancer le sort.

— Je le ferai, dit Agnès. Apprenez-le-moi. »

Et la Pucelle le fait. Agnès est surprise de constater que ces vers, une comptine à laquelle la tour brûlée et le clair de lune oblique donnent des airs surnaturels, lui sont familiers, eux aussi. *Tous les chevaux et les soldats du roi ne purent remettre Georgie à l'endroit.*

Agnès se les répète, les fait rouler sur sa langue. Ils ont le goût de la terre des cimetières et de la vengeance, d'une mort qui n'a que trop tardé. Les griffes de Pan se resserrent sur son épaule et lui piquent la peau.

Tu n'es pas invincible, Gideon Hill.

Bella remonte ses lunettes sur son nez. « Et vous ? Si vous êtes liées à Avalon, et qu'Avalon a brûlé, comment se fait-il que vos âmes ne se soient pas fragmentées ? »

Les yeux de l'Aïeule ne brillent pas – les yeux brillants sont réservés aux grands-mères qui font des pains d'épice et des écharpes au crochet –, mais ils scintillent. « Crois-tu que j'aie lié mon âme éternelle aux livres ? À du papier et à de l'encre ? » Le scintillement s'intensifie. « Nous nous sommes liées aux vers eux-mêmes, Belladone. Nous ne disparaîtrons que lorsque les enfants auront oublié leurs comptines et les mères leurs berceuses, que lorsque la dernière sorcière aura oublié le dernier verbe.

— Oh. » Les yeux de Bella s'éclairent d'une lueur fervente, bibliothécairesque. « Alors les vers ont survécu. Ils sont toujours quelque part. Ils pourraient être réunis à nouveau, préservés.

— Ou réécrits. Tous les sorts qui existent ont été prononcés une première fois, par une sorcière qui en avait besoin. »

Bella tape littéralement dans ses mains. « Alors la bibliothèque pourrait… Oh, mais quel travail ça nécessiterait ! »

L'Aïeule soupire. « C'est toujours le cas.

— Comment ça ?

— Avalon n'était pas la première bibliothèque. Alexandrie, Antioche, celle des Samanides… Toujours ils nous brûlent. Toujours nous revenons. »

Bella ouvre de nouveau la bouche, mais Agnès se lève et brosse les cendres de la bibliothèque qui parsèment sa jupe. « Merci, à vous toutes. » Elle salue de la tête la Pucelle, l'Aïeule et particulièrement la Mère. « Mais je dois partir. »

Agnès baisse les yeux sur ses sœurs. Elle se fait la réflexion qu'elles pourraient rester ici, si elles le souhaitaient, à l'abri de l'autre côté de nulle part. Ève n'est pas leur fille, après tout.

Mais Bella et Genièvre sont déjà en train de se lever, leurs épaules chaudes contre les siennes. Genièvre jette un regard pensif à la tour, à la nuit noire de nulle part alentour, épargnée par la puanteur et le vacarme de New Salem. Agnès se demande si cela lui rappelle les nuits de Crow County, leur clair de lune vibrant, cette époque où elle avait un endroit qu'elle pouvait appeler son foyer.

Genièvre piétine la cendre. « Nous nous reparlerons peut-être un jour. Quand Hill aura eu ce qu'il mérite. »

La Pucelle lève sur Genièvre des yeux qui rappellent à Agnès qu'elle vit et écoute le monde depuis des siècles. Elle est toujours la Pucelle sauvage des bois, mais il y a aussi une certaine sagesse dans son regard. « Il n'a pas toujours été… ce qu'il est aujourd'hui, dit-elle doucement.

— Un monstre, complète Genièvre. Et un sacré bâtard. »

La Pucelle tique, mais ne la contredit pas. « Ça n'était pas le cas, avant. Je ne suis pas assez folle pour croire qu'il pourrait se racheter, mais j'aimerais… » Elle mord sa lèvre inférieure entre ses dents tranchantes. « J'aimerais qu'il meure en entendant son véritable nom. Vous lui direz, avant la fin ? »

Ses bois frôlent le fouillis noir des cheveux de Genièvre lorsqu'elle murmure à son oreille. Genièvre fronce les sourcils puis hoche la tête avec la solennité d'une sainte.

Elles sont presque à la porte, la paume tendue vers les restes calcinés du Signe des Trois, quand Genièvre se retourne. « Vous pouviez vraiment voler ? Sur des balais, comme dans les histoires ? »

Les Trois lui sourient dans un parfait ensemble, et, dans leurs yeux, Agnès voit l'argent du clair de lune, la soie humide des nuages, le souvenir d'un millier de nuits venteuses passées à survoler la lente rotation du monde.

Les étoiles disparaissent dans un tourbillon, et Bella et ses sœurs se retrouvent accroupies sur un sol inconnu, les paumes plaquées contre un cercle irrégulier gravé dans les lattes du parquet. Un haut plafond voûté se dresse au-dessus de leurs têtes, et il y a autour d'elles des rangées de bancs en bois patinés par des années d'usage. Cela fait longtemps que Bella n'a pas mis les pieds dans une église, mais elle se souvient de l'atmosphère paisible, de l'odeur chaude des cierges et du vin.

Une voix murmure une comptine et une chaleureuse lumière dorée emplit l'espace. Bella chasse ses larmes naissantes d'un battement de paupières et suit la lumière jusqu'à sa source : Mlle Cléopatra Quinn, assise en tailleur contre la chaire avec sa baguette qui luit comme les yeux orange d'un chat.

« Surtout ne vous pressez pas, mesdames », dit-elle sèchement, mais le soulagement dans ses mots est évident.

Bella ne prend pas la peine de regarder ailleurs, ni même de se lever. Elle remonte l'allée à quatre pattes, enroule ses bras autour des jambes de Cléo et pose la joue contre son genou.

« Ressaisis-toi, femme. » La voix de Cléo est dure, mais ses doigts sur le visage de Bella sont doux. « Vous avez trouvé ce que vous cherchiez ?

— Oh, Cléo, on les a vues. On leur a *parlé* ! Les Trois ! Il me faut un stylo. » Les doigts de Bella vibrent du besoin de tout mettre par écrit, de transvaser les merveilles et les curiosités de l'heure écoulée dans la sécurité de l'encre et du papier. Elle regarde un peu confusément autour d'elle, comme si un stylo plume pouvait se matérialiser dans les ombres. « Où sommes-nous ?

— À l'église Mère-Béthel de New Cairo. Nous l'avons protégée du mieux que nous avons pu, mais il vaut mieux ne pas s'attarder.

— Nous ? »

Quinn lève sa baguette lumineuse, et d'autres visages émergent des ténèbres, en rang sur les bancs : les sœurs Hull, la capuche relevée ; Gillian Lind, l'expression lugubre, un œil au beurre noir ; Yulia et ses filles, assises à côté d'Annie Flynn ; une fille efflanquée qui fixe Agnès avec autant de rancœur que de gratitude ; une demi-douzaine d'autres, aux épaules carrées et aux yeux déterminés.

Les Sœurs d'Avalon. Leurs sœurs, toujours là.

Genièvre affiche un sourire féroce. Agnès regarde autour d'elle, blanche comme un linge. « Qu'est-ce que vous faites toutes là ? »

Yulia lève le menton vers Cléo. « Elle nous a appelées. Elle a dit que vous étiez en train de faire quelque chose de très stupide. Et aussi qu'ils ont pris ton bébé », ajoute-t-elle d'une voix rauque.

Agnès déglutit plusieurs fois.

« Tu vas aller la récupérer ? »

Agnès hoche brièvement la tête, les yeux comme de l'acier chauffé au rouge.

Yulia grogne. Bella attend que les Sœurs leur posent des questions, comme : *Comment* ?, ou : *Avec quelle armée ?*, mais elles se contentent de patienter sans bouger. Bella refoule une embarrassante envie de pleurer.

Elle est sauvée par Cléo qui pose délicatement la main sur son épaule. « Alors vous leur avez parlé ?

— Oui. Enfin, à leur esprit. Elles ont inventé un liage qui transgresse les liens habituels de l'âme au corps. Elles se sont liées à la bibliothèque – ou à la sorcellerie elle-même, je suppose. Et j'avais raison de croire que les comptines ont été utilisées comme véhicules de la préservation des sorts durant la purge. Elles nous ont dit…

— Elles nous ont dit que Gideon Hill était un sorcier immortel, la coupe Genièvre, avec un certain sens de l'à-propos. En plus d'être un chieur de première. Et elles nous ont dit comment le tuer. » Elle s'affale sur un banc en face de Yulia et pose son bâton en travers de ses genoux. « La seule difficulté va être de le choper quand il baissera la garde et de se débarrasser de ses foutues ombres. » Son regard tombe sur la lumière au bout de la baguette de Cléo. Ses yeux se plissent, calculateurs. « Eh. »

Bella secoue la tête. « C'est juste un sort de ménagère pour faire de la lumière. À part l'agacer, je ne vois pas trop à quoi ça pourrait nous servir.

— Et si on s'y mettait à plusieurs ? S'il ne voyait rien venir ? On pourrait le surprendre lors d'un discours public, peut-être, ou d'une parade. Un homme comme lui va forcément en faire une. »

La voix d'Agnès glisse sur celle de Genièvre, lasse et tendue. « Nous avons jusqu'à demain, au coucher du soleil. »

Bella et Genièvre la fixent du regard.

« Hill a passé un marché avec moi. » Agnès déglutit. « Je suis censée vous livrer à lui demain au coucher du soleil si je veux revoir Ève saine et sauve. » Elle prononce le nom de sa fille avec prudence, comme s'il s'agissait de verre pilé ou de clous tordus dans sa bouche, prêts à la lacérer.

« Oh, dit Genièvre en se frottant le visage. Et qu'as-tu répondu ? »

Agnès avale une nouvelle fois sa salive, la gorge nouée dans les ombres allongées de la lumière des sorcières. « J'ai dit oui. »

Genièvre hoche la tête, sans montrer la moindre contrariété. « Bien joué. Ça ne nous laisse pas beaucoup de temps pour nous préparer, cependant. L'une de vous a-t-elle une idée pour faire sortir le maire en public ? Gillian ? Inez ? » Deux rides apparaissent entre ses sourcils. « Où est Inez ?

— Ils l'ont arrêtée hier, répond Gillian d'une voix qui tremble légèrement. Electa aussi. On essayait de faire passer de la nourriture aux filles dans les Profondeurs, mais les ombres ont été plus rapides. J'ai voulu rester avec elles, les aider, mais Inez m'a ordonné de partir. Elle était… persuasive », ajoute-t-elle en touchant le bleu autour de son œil.

Genièvre reste silencieuse, mais les rides entre ses sourcils se creusent. Ses épaules s'affaissent, comme si un grand poids s'était posé sur elles. Bella s'avise qu'elle ne ressemble plus guère à la jeune fille de dix-sept ans blessée qui débarquait en ville en boitant six mois plus tôt ; ses traits sont empreints de gravité, ses membres ont un poids qu'ils n'avaient pas. À croire qu'elle a mesuré le prix de sa nature sauvage et qu'elle n'était plus certaine de vouloir le payer.

Bella sent la chaleur des doigts de Cléo sur son épaule et souhaite, l'espace d'une folle seconde, s'enfuir quelque part avec elle. Quitter la ville, le pays, le monde lui-même.

Du coin de l'œil, Bella voit Genièvre se redresser. Ses yeux s'allumer. Une expression déconcertante, que Bella reconnaît comme celle qui précède généralement quelque chose de dangereux ou d'illégal.

« Vous savez, fait Genièvre en observant les femmes assemblées, il n'y a rien de plus public qu'un bûcher de sorcières, comme au bon vieux temps. Et nous ne sommes plus très loin de l'équinoxe. »

Sous la légèreté apparente de ces mots, Bella sent une sombre prémonition ramper au creux de son estomac. Elle pourrait presque toucher l'idée de Genièvre à travers leur lien, informe mais terrifiante.

Agnès tourne vers sa petite sœur un regard de réprobation, un froncement de sourcils qui semble dire : N'y songe même pas, et Bella comprend qu'elle aussi l'a perçue. « Et alors ?

— Et alors... » Genièvre se lève et s'éloigne dans l'allée en faisant claquer son bâton. Puis elle pivote sur ses talons et écarte ses bras en grand, telle une prêtresse des temps passés leur offrant sa bénédiction sanglante. « Donnons à cette ville ce qu'elle désire. »

QUATRIÈME PARTIE

CE QUI EST PERDU

36

Pluie, pluie, pluie, va-t'en,
Je ne veux pas de mauvais temps.

Un sort pour retarder une tempête en approche,
qui requiert simplement de la chance

Béatrice Belladone n'avait jamais mesuré à quel point un jour pouvait être bref jusqu'à ce que vienne le dernier. C'est comme s'il avait poussé des ailes aux heures au cours de la nuit.

Elle est accroupie dans le grenier sombre et poussiéreux d'une maison abandonnée sur la Sixième Rue, entourée d'un petit océan de livres et de documents, de notes hâtivement couchées sur le papier et de sorts à moitié rédigés, pour la rouille, le sommeil et la lumière du soleil, pour les changelins et les balais volants. Des bougies en équilibre dans leurs flaques de cire penchent dangereusement vers un tas de capes pliées à la va-vite, qui déclinent une douzaine de teintes de charbon et d'encre, et sentent encore l'été. Parmi ce désordre, Bella, assise au centre d'un cercle de sel, les doigts serrés sur un stylo, les manches roulées jusqu'aux coudes, essaie d'ignorer le passage emplumé des heures.

Son vieux carnet de cuir noir, aux pages cornées et marquées, repose contre un mug de café froid. Si leur plan tourne mal, cela pourrait devenir l'unique compte-rendu des événements qui ne soit dénaturé par la propagande de Gideon Hill. Ce n'est pas grand-chose – tantôt mémoires, tantôt grimoire, entrecoupé de comptines et de contes de sorcières, collage de leur été –, mais ses doigts s'attardent amoureusement sur la couverture.

Elle l'ouvre à la première page, ornée d'une étiquette à son nom soigneusement collée en son centre.

~~Béatrice~~ Belladone Eastwood
~~Assistante~~ bibliothécaire
~~Bibliothèque de l'université de New Salem~~

Elle raye deux tiers de ces mots et ajoute quatre lignes au-dessus :

Nos Propres Histoires[7]
Le Véritable Récit des sœurs Eastwood à l'été 1893
Par
Béatrice Belladone Eastwood
Assistante bibliothécaire
Bibliothèque de l'université de New Salem
Avalon

Elle ne se résout pas à barrer le mot « Bibliothécaire ». C'était son foyer et son refuge, ce qu'elle était devenue quand elle n'était plus la fille de son père ou la gardienne de ses sœurs. Elle se voit maintenant comme

7 *Our own stories* en anglais, qui fait référence à *My own story*, l'autobiographie d'Emmeline Pankhurst (non traduite en français), l'une des plus célèbres suffragettes.

une bibliothécaire cruellement privée de bibliothèque, contrainte de bâtir la sienne.

Sauf qu'elle ne le peut pas. Cela prendrait des années, des décennies – une vie entière à chercher, compiler, suivre chaque berceuse fredonnée et la moindre comptine à demi oubliée –, et elle n'a pas des décennies devant elle. Il lui reste à peine quelques heures pour griffonner les vers les plus essentiels.

Ses sœurs sont sorties rassembler les voies et les volontés, tourbillonner dans la ville comme des araignées tissant de folles toiles, mais le soleil s'incline déjà vers l'après-midi. Les ombres se répandent comme des taches d'eau froide sur les murs et sentent les premières gelées et les dernières chances.

Bella se demande si les cellules des Profondeurs sont plus petites que sa chambre à St Hale. Elle se demande si le désespoir l'attend dans l'obscurité, prêt à l'avaler tout entière. Elle fléchit les doigts au souvenir du fil noué qui mordait dans sa chair.

La trappe s'ouvre en grinçant, et l'odeur du clou de girofle et de l'encre s'infiltre dans la pièce.

« Cléo ! » Bella se redresse dans son nid de papier et tente en vain de se recoiffer.

Cléo jette un sac en papier kraft rebondi sur le lit à côté d'elle. Des os cliquettent à l'intérieur lorsqu'il atterrit. « Du menu fretin. La boutique est presque vide. J'ai acheté ce que j'ai pu, et j'ai troqué ou mendié le reste. Tu diras à Genièvre qu'elle m'en doit une – j'ai acheté ces crochets de serpent à une petite sorcière de La Nouvelle-Orléans qui, sans mentir, m'a foutu les *jetons*. » Tout en parlant, Cléo fouille négligemment les poches de sa jupe, comme si son esprit était ailleurs. « J'ai parlé avec les Filles, aussi. Ma mère te fait dire que votre plan est, ouvrez les guillemets, "plus con qu'un seau de briques" et "voué à l'échec"...

— Au moins est-elle honnête, murmure Bella.

— … et qu'elle sera là. Avec toutes les Filles volontaires. » Cléo sourit un peu de travers. « Quoique aucune d'elles n'aime vraiment ça.

— Qu'est-ce qui leur pose problème ?

— La partie où trois dames blanches qui connaissent tous leurs secrets finissent entre les griffes de Gideon Hill. Vous pourriez toutes nous trahir.

— Oh. » Bella s'aperçoit qu'elle plie et déplie les doigts nerveusement. Elle s'efforce de ne pas penser aux procès de sorcières ni aux aveux obtenus par la torture. « Nous ne vous trahirons pas. Je ne vous trahirai pas.

— C'est ce que je leur ai dit », déclare Cléo avec légèreté, mais il y a une telle confiance dans sa voix que Bella sent ses yeux lui piquer.

Après un silence, Cléo demande : « Comment tu t'en sors ? »

Bella pose la main sur les pages froissées. « C'est un vrai bazar. J'ai fait du mieux que j'ai pu sans la bibliothèque, mais je ne sais pas si ça suffira. Je ne sais pas si nous suffirons. C'est de loin la pire idée que Genièvre ait jamais eue, et je pèse mes mots. Quand elle avait neuf ans, elle a essayé de faire entrer en douce un bébé renard dans la maison pour s'en faire un animal de compagnie. Une fois, elle a sauté du toit avec le balai de la cuisine parce qu'elle voulait voler. Mags a dû lui faire des points de suture. » Bella se rend compte qu'elle bredouille pour éviter le sujet le plus important.

Elle s'interrompt au prix d'un effort considérable. « Il faut qu'on parle, Cléo.

— En effet, approuve Cléo, qui a remis les mains dans ses poches.

— Je… je voudrais que tu quittes New Salem. » Sa langue lui paraît trop grosse ou trop petite, réticente à former les mots.

Cléo arque les sourcils. « C'est un peu tard pour ça, tu ne crois pas ?

— Arrête de sourire, je suis sérieuse. Tu as pris des risques déraisonnables pour nous – pour moi –, et le plan de Genie…

— Celui où je joue un rôle extrêmement audacieux et héroïque ? Sans lequel tout l'échafaudage s'effondre ?

— On pourrait trouver quelqu'un pour te remplacer !

— Tu sais bien que non.

— Cléo, je t'en prie. Ève n'est pas ta nièce. Agnès et Genie ne sont pas tes sœurs, et je ne suis pas ta… quoi que je sois.

— Bella. » La voix de Cléo s'adoucit, son sourire laisse place à une dangereuse sincérité.

Bella détourne les yeux, entrecroise ses doigts pour s'empêcher de tendre les mains vers elle. « Je ne supporte pas l'idée que tu puisses être capturée ou blessée. »

Bruissement de jupe, grincement de parquet. « Béatrice Belladone Eastwood. Regarde-moi. »

Bella s'exécute. Cléo a posé un genou à l'intérieur du cercle de sel. Ses yeux flamboient. Elle se mord la lèvre inférieure. Elle tient quelque chose entre ses mains, qui forment un dôme légèrement tremblant.

Bella se sent étourdie, délirante. Elle a l'impression d'être de retour sur la grande roue, de se balancer dans le ciel. « Qu'est-ce que tu… »

Cléo ouvre les mains. Une bague trône à l'exact centre de sa paume, ternie et usée. La pierre en verre taillé est fendue et salement ébréchée, comme si elle était tombée d'une très grande hauteur et avait passé l'été abandonnée sur une dalle de ciment envahie par les mauvaises herbes, jusqu'à ce que les doigts d'une sorcière agile la retrouvent.

« Je crois que ceci t'appartient, si tu le veux, dit Cléo d'une voix moins ferme et plus haut perchée que d'habitude. Moi, je le veux. »

Les doigts de Bella se détendent de leur propre chef et s'arrêtent en tremblant au-dessus de la paume ouverte de Cléo. « Je croyais qu'un mariage t'avait suffi. Je croyais que tu ne voulais pas commettre deux fois la même erreur. »

Cléo hausse une épaule. « Possible que je me sois trompée.

— Voilà qui est nouveau pour toi. » Bella a le souffle coupé, elle plane loin au-dessus de la ville.

« Ça n'arrivera plus. »

La main de Bella s'attarde toujours au-dessus de celle de Cléo, hésitante. Elle ferme les yeux pour ne pas succomber au soudain afflux de souvenirs : *Flash*. Son père qui lui jette un regard chargé de mort. *Flash*. Le silence étouffant de St Hale, ses mains liées de force en prière. *Flash*. La voix de Cléo qui l'enjoint d'accorder sa confiance moins facilement. *Flash*. Les cendres d'Avalon autour de ses chevilles, le goût de l'échec sur sa langue.

Flash. Sa mère. Qui avait choisi d'être comme il faut, de taire tout ce qui faisait d'elle une femme rebelle et indisciplinée, au point de devenir l'ombre d'elle-même.

Bella ouvre les yeux et les pose sur Cléopatra Quinn : l'âme à nu, courageuse, entière.

Elle prend le visage de Cléo entre ses mains tachées d'encre et la relève. Leurs lèvres se rencontrent dans un déferlement de chaleur et de sel.

Cléo s'écarte, légèrement pantelante. Du pouce, elle essuie les larmes sur les joues de Bella. « Est-ce un oui, mademoiselle Eastwood ? »

Bella hoche une fois la tête, et Cléo glisse la bague fatiguée, brisée et parfaite à son doigt.

Bella éclate d'un rire un peu hystérique. « Est-ce qu'il t'en faut une aussi ? » Elle tâte ses poches et n'y trouve que quelques allumettes cassées, une mèche de bougie… et un pétale de rose, arraché aux cendres de la bibliothèque. Il sent vaguement la sorcellerie et la fumée.

Elle le sort de sa poche, l'enroule délicatement autour de l'annulaire de Cléo et le maintient entre ses doigts. « Voilà. J'ai fait de toi une honnête femme. »

Le reste de leur conversation se déroule en silence, dans le langage sans mots de la peau et des battements de cœur.

Plus tard – au bout de plusieurs jours ou simplement d'une heure ; Bella a perdu le compte du passage ailé du temps –, la trappe grince de nouveau, et la voix râpeuse de Genièvre résonne dans le grenier.

« Tu es bientôt prête, Bell ? Agnès devrait être là d'une minute… Par les saints ! » Les pas de sa sœur s'arrêtent sur l'échelle. « Vous êtes sûres que c'est vraiment le moment, mesdames ? » Sans réponse ni de Bella ni de Cléo, Genièvre pousse un soupir irrité.

Elles entendent les pas décroître sur l'échelle, puis Genièvre lancer d'une voix forte : « Je reviens dans une demi-heure, et je veux que tous vos habits aient retrouvé leur place légitime. Nous avons un enfer à déclencher. »

La dernière fois qu'Agnès s'est rendue à *L'Ami des travailleurs*, l'été venait tout juste de commencer. Elle était frivole et faussement modeste. Ève dormait encore au chaud sous ses côtes ; Agnès portait une cape assortie à ses yeux.

Cette fois, c'est le début de l'automne, et Agnès arbore un pantalon d'homme et une cape en piteux état couleur boue. Ses cheveux sont cachés sous une casquette et ses traits brouillés par la magie. Cette fois, elle se sent comme un arbre frappé par la foudre ou une pêche dénoyautée, creusée, vide ; cette fois, Ève n'est pas là.

Lors de leur première rencontre, M. August Lee était un incapable qui n'avait peur de rien, avec un sourire de joueur de poker et pas grand-chose à perdre. Cette fois, son visage laisse apparaître de nouvelles rides, et il affiche un regard austère, presque effrayé, comme s'il avait trouvé quelque chose qu'il ne voulait pas perdre.

Il s'assied en face d'Agnès, avec ses cheveux couleur paille et sa veste en laine grise, et un bout de papier entre les mains. Un panier couvert trône sur la table entre eux, qui sent l'argile et l'eau de la rivière.

Agnès désigne du menton la liste qu'il tient. « Alors ? » interroge-t-elle d'une voix froide et plate.

Il se frotte la barbe, les sourcils froncés. « Par les saints, Agnès. Je ne vous ai pas vue depuis une semaine. Pas de message, pas d'oiseau moqueur... » Agnès tressaille au souvenir du bruit des petits os brisés. « ... et vous revoilà avec une liste de courses et de requêtes que le diable ne dédaignerait pas. Vous ressemblez à... » Mais il garde la fin de sa phrase pour lui. Agnès a évité le reflet de ses yeux dans les miroirs et les fenêtres, peu désireuse d'y voir une plaie ouverte.

« Où est Ève ? » demande-t-il. Agnès entend la douceur dans sa voix, mais ses oreilles saignent comme s'il avait hurlé son nom. « Tenez, regardez. » Il sort de sa poche de poitrine une petite chose polie et la pose sur la table : un morceau de bois sombre sculpté, un faucon perché, l'air méfiant. Agnès devine à la courbure du bec et au fuselage des ailes qu'il s'agit d'un balbuzard, et à la position vigilante de son corps que c'est le sien, comme s'il montait la garde sur sa fille.

Elle se figure l'inquiétude d'August durant ces longues soirées. Elle le voit penché sur l'objet, plongeant parfois les yeux vers les lumières de la ville assombrie et espérant qu'elle et Ève sont saines et sauves. Retournant le bois dans sa paume et choisissant de graver la forme de l'âme d'Agnès, dangereuse et noire ; taillant chacune des serres sans tressaillir.

« Mon père aurait été sculpteur sur bois, s'il l'avait pu. Il m'a un peu appris. » Sa voix, toujours douce, pilonne le crâne d'Agnès.

Elle avance la main vers le faucon sans en avoir l'intention, les doigts tremblants, avant de fermer les yeux et de plaquer sa paume à plat contre la table. « Je... je ne peux pas. » Elle prend une longue inspiration. « J'ai besoin de savoir si vous êtes capable de lancer les sorts que nous vous avons fournis, monsieur Lee. »

Elle l'entend pousser un long soupir, voit ses épaules s'affaisser. « Je ne suis pas un sorcier.

— Je sais de source sûre que tout le monde l'est, avec les vers et les voies adéquats. » Agnès incline la tête vers le panier couvert. « Je vous ai procuré les deux. »

Les yeux d'August se posent brièvement sur le panier, avant de revenir sur son visage. Agnès aimerait, stupidement, pouvoir abandonner son charme et lui laisser voir qui elle est vraiment, sentir la chaleur de son empathie sur sa peau. Peut-être le retrouvera-t-elle après, si elle a assez de chance pour avoir un après. Son avenir s'est réduit au moment où elle tiendra de nouveau sa fille dans ses bras.

Les sourcils d'August se froncent davantage. « Agnès, voulez-vous me dire ce qui se passe ? Pourquoi avez-vous besoin que je fasse tout cela ? » Il jette un coup d'œil à la liste, et ses lèvres forment silencieusement les mots « feu » et « changelin ». « Pourquoi ne pouvez-vous pas jeter ces sorts vous-mêmes ?

— Parce que nous serons occupées.

— À quoi ?

— À brûler, si tout se passe bien.

— Je vous demande *pardon* ? »

En d'autres occasions, Agnès avait adoré couper le sifflet à M. Lee, mais aujourd'hui ses lèvres frémissent à peine. Le soleil est bas, et le temps vient à manquer. « Parce qu'il n'y a pas d'autre option. Parce que les sorcières brûlent toujours à la fin. Parce que *je veux récupérer ma fille.* » Sa dernière phrase est un grondement étranglé. Le barman jette un regard allez-régler-ça-dehors en direction de leur box.

Le visage d'August se vide de toute expression, la douleur, l'irritation, la perplexité. Il pose sur elle des yeux enfiévrés. « Quand ? Qui ? »

Mais le quand n'a aucune importance, et il connaît déjà le qui. « Je vais le tuer », dit-il d'une voix neutre mais parfaitement sincère. Sa cicatrice blanchit sous sa mâchoire.

« Non, répond Agnès sur le même ton. Vous n'en ferez rien. » Elle regarde la figurine de faucon entre eux, la courbure assassine de son bec, et sait qu'il est inutile de lui dire qui le fera.

Elle prend une nouvelle inspiration, moins apaisée. « Je n'ai besoin ni de votre indignation, ni de votre sollicitude, ni de vos conseils. J'ai besoin de votre aide. Puis-je compter dessus ? » Elle est vaguement surprise par la facilité avec laquelle le mot « aide » s'est glissé entre ses lèvres. Est-ce ainsi qu'on agrandit son cercle, en comptant sur et pour les autres ?

August l'observe longuement, des mèches noires de ses cheveux qui s'échappent de sa casquette à la ligne rigide de sa bouche, en passant par l'acier de ses yeux. Qui voit-il ? Une fille désespérée, une hystérique ? Une mère folle de chagrin ?

Mais ce n'est pas de la pitié qu'elle lit dans son regard. C'est quelque chose de plus chaud et de bien plus dangereux. « Vous pouvez compter sur moi, dit-il d'une voix lourde de non-dits. Je suis à vos ordres, Agnès Amarante. »

Agnès sent une chaleur entêtante monter en elle, comme du vin d'été. Les hommes devraient plus souvent offrir leur allégeance, plutôt que des fleurs.

Elle laisse ses doigts se poser sur le dos de sa main. La main se tourne vers le haut, et leurs callosités respectives glissent les unes contre les autres, trouvant parfaitement leur place. Les doigts d'August se referment très délicatement sur les siens, comme si sa main était un oiseau qu'il ne fallait pas effrayer.

Agnès songe qu'elle devrait partir. Elle pense aux cercles et aux coûts, aux faiblesses et aux désirs. Puis elle s'avise que ces heures sont peut-être ses derniers moments de liberté, qu'elle peut bien s'attarder quelques minutes de plus dans ce sous-sol qui sent la bière, avec la chaleur de ces mains autour des siennes.

Elle sent leurs corps s'incliner l'un vers l'autre, attirés par quelque gravité secrète.

« Ça va être dangereux. » Les mots se bousculent, légèrement étouffés. « Si ça tourne mal, si nous échouons… vous pourriez tout perdre.

— Hmmm. Et qu'est-ce que je gagne dans le cas contraire ? »

Il est toujours cet homme incapable de ne pas relever un défi, surtout quand toutes les probabilités sont contre lui. Agnès sent un sourire désespéré lui courber les coins des lèvres, en dépit de tout. « Un baiser. »

La distance entre eux se réduit encore. Le bleu négligent de ses yeux se fragmente en une centaine de nuances ardoise et lapis, ses lèvres s'écartent, mues par un espoir insensé…

Elle s'arrête à deux centimètres de son visage. « Soyez à la Maison des Anges perdus demain au crépuscule. Quand vous verrez Pan, le moment sera venu. »

August exhale un chapelet de jurons d'une voix inaudible mais résolue tandis qu'elle s'éloigne de lui, puis il passe la main dans l'or brillant de ses cheveux.

Agnès se lève, rajuste sa casquette et glisse le faucon en bois dans la poche de sa jupe. Il cogne doucement contre sa hanche.

« Oh, et nous aurons besoin de trois branches. Du sorbier bien solide, je vous prie. »

La dernière fois que Genièvre s'est rendue chez Inez Gillmore, les dorures étincelaient. Ses Sœurs étaient avec elle, riant de leur audace et des bulles de champagne sur leur langue.

La maison est maintenant plongée dans l'ombre, silencieuse à l'exception du claquement de son bâton sur le carrelage. Elle piétine un tapis de bris de cristal, de pages arrachées à des livres, de draps emmêlés ; la maison a été fouillée au moins deux fois depuis l'arrestation d'Inez. Mieux vaut ne pas traîner dans les parages, mais Genièvre n'a pas l'intention de s'attarder.

Elle n'est pas seule. Mlle Gillian Lind est assise à la table lustrée de la salle à manger, les yeux dans le vide, le visage encadré de ses longues boucles châtaines. L'ecchymose autour de son œil s'est marbrée de jaune et de gris, comme un fruit gâté.

« Tu n'avais pas besoin de venir, tu sais. » Puis Genièvre se reprend, consciente de la dureté de ses mots : « Je voulais seulement dire... » Mais elle ignore ce qu'elle voulait dire. Que rien n'oblige Gillian à la suivre toujours plus loin dans les ennuis, comme cette sorcière italienne qui avait traversé les neuf cercles de l'enfer ; qu'elle est la première amie que Genièvre se soit faite en ce monde, et que la pensée qu'elle puisse souffrir en son nom chasse tout l'air de ses poumons.

Au lieu de quoi, elle déclare : « Je voulais seulement dire que ce n'est pas ton combat. Tu n'es pas comme nous. Tu as une maison où te réfugier... un père riche, un endroit où laisser passer l'orage...

— Je t'assure que non, répond Gillian avec un petit sourire amer.

— Pourquoi ça ?

— Parce que. » Gillian s'arrête si longtemps que Genièvre doute qu'elle aille plus loin. Puis elle pousse un profond soupir et croise le regard de Genièvre. « Parce que mon père et ma mère nourrissent la croyance inflexible qu'ils ont élevé un fils et non une fille... » Elle laisse sa phrase en suspens un moment avant d'ajouter à voix basse. « Je n'ai jamais eu de frère, Genièvre. »

Genièvre sent sa tête s'incliner. « Mais pourquoi... oh. » Oh. Elle se sent à la fois très stupide, légèrement offensée, déconcertée, curieuse et choquée. Elle se rappelle la joie sur le visage de Gillian la première fois qu'elle avait lancé un sort de femme et la contraction silencieuse de ses mâchoires quand elles l'avaient accusée de pratiquer la magie des hommes. L'été entier qu'elle avait passé au côté des Sœurs, sans se sentir libre de partager son secret. Genièvre ajoute la honte à sa liste.

Avant qu'elle ne puisse exprimer aucun de ces sentiments, Gillian soulève sa perruque châtaine, dévoilant en dessous des cheveux couleur soie de maïs coupés brutalement court. Ils se dressent en touffes irrégulières, comme outragés par le sort qu'ils avaient subi. « Quand j'ai été arrêtée, on m'a jetée dans l'hospice des hommes, brûlé ma jupe et fait ça », explique-t-elle en désignant sa coiffure. Genièvre imagine des figures sombres qui la tiennent en place, l'éclat argenté des cisailles, des mèches soyeuses aux teintes soie de maïs dérivant vers le sol de la prison. Alors Genièvre ne ressent plus rien sinon une tristesse infinie.

« Quelqu'un d'autre sait ?

— Inez. » Gillian prononce son nom avec une telle délicatesse que Genièvre s'avise qu'il y a une ou deux autres choses qu'elle ne sait pas à propos de Gillian Lind. « Et Mlle Cady Stone, bien sûr.

— Cette vieille...

— Oui. Elle connaît mon père. Elle m'a engagée comme secrétaire de l'Association des Femmes après qu'il m'a jetée dehors. Elle n'est pas... Elle est meilleure que tu ne le crois. »

S'ensuit un bref silence, que Genièvre occupe à réviser une demi-douzaine de ses préjugés. « Gillian, je...

— Ce combat, la coupe-t-elle en se massant l'arête du nez. Pour simplement... vivre, exister... est celui pour lequel j'ai signé avant même de naître. Ne compte pas sur moi pour ne pas livrer bataille. »

Ses yeux se posent un instant sur Genièvre avant de se détourner. « Et ils ont Inez. » Nouvelle pause. « Que j'aime. »

Genièvre cesse de faire les cent pas et s'assied à l'autre bout de la table, son bâton en travers des genoux. Elle songe aux liens, au sang et à la logique oblique de l'amour : toutes pour une et une pour toutes, un marché perpétuel à somme nulle. Elle songe au paradoxe de son engagement : elle s'est lancée dans cette bataille animée par la rage – la méchanceté, la fureur, une haine acide – et elle la conclura pour de tout autres raisons.

Le crépuscule est total quand elle apparaît, émergeant des ténèbres elles-mêmes : une chouette aux yeux brûlants qui parle avec la voix de sa sœur.

« *C'est l'heure.* »

37

Il est l'heure d'aller te coucher,
Puisse le Seigneur sur ton âme veiller.

Un sort pour faire dormir,
qui requiert de la lavande écrasée & un murmure

S'il s'agissait d'une des histoires de Mama Mags, James Genièvre la verrait bien commencer ainsi :

Il était une fois trois sœurs.

Elles naquirent dans un royaume oublié qui sentait le chèvrefeuille et la terre, où les platanes étendaient leurs doigts osseux sur les rives écartées de la Big Sandy. Les sœurs n'avaient pas de mère mais un père bon à rien, mais elles étaient là l'une pour l'autre ; cela aurait pu suffire.

Mais les sœurs furent bannies de leur royaume, brisées et dispersées.

(Dans les histoires, les choses vont toujours par trois : les énigmes et les coups du sort, les torts et les vœux. Genièvre suppose que ce qui s'est passé dans la grange ce jour-là était le premier des torts capitaux de leur histoire. Elle se le murmure tandis qu'elle court dans les rues de New Salem parmi les longues et froides ombres de septembre, et l'odeur des feuilles mortes de l'automne à peine perceptible sous celles de fumée de charbon et d'urine de la ville : *Un.*)

Les sœurs survécurent à leur infortune. Elles apprirent à ravaler leur rage et leur solitude, leur peine et leur haine, jusqu'au jour où elles se retrouvèrent dans une cité lointaine. Ensemble, elles osèrent rêver d'un monde meilleur, où les femmes ne seraient pas brisées, où les sœurs ne seraient pas séparées, la rage ne serait pas ravalée. Elles commencèrent à bâtir un nouveau royaume à partir de comptines et de rumeurs, de contes de sorcières et de volonté. Cela aurait pu suffire.

Mais leur nouveau royaume leur fut volé, réduit en cendres fumantes. (*Deux*, murmure Genièvre.)

Les trois sœurs survécurent au feu. Elles se cachèrent dans des greniers et des caves, filèrent dans les rues comme des secrets, traquées par des ombres et des torches. Peut-être auraient-elles dû disparaître complètement – ravaler leur rage et s'évanouir comme un mauvais rêve, se carapater dans quelque bourgade de province disposée à accueillir une sorcière pour guérir les toux et charmer les récoltes, et se faire oublier. Cela aurait pu suffire.

Mais leur bébé leur fut volé. (*Trois*, crache Genièvre dans la semi-pénombre. Quiconque connaît les histoires sait qu'après « trois » vient la fin, la résolution. Le jugement.)

À présent, les trois sœurs courent vers leur jugement, accompagnées de murmures, de malédictions et du soleil couchant dans leur dos. Elles ne portent aucun déguisement, mais une tenue fidèle à leur nature : capes sombres en lambeaux, jupes de velours noir ou de soie obsidienne. *Sorcières en diable*. Genièvre se demande si, en les voyant, on s'étonne de l'absence de chapeaux pointus assortis.

Elles jettent du sel et des coquelicots autour d'elles en courant, pour emmêler les ruelles et rendre flous les panneaux indicateurs sur leur passage. Ainsi, leurs poursuivants se retrouveront à faire plusieurs fois le tour du même pâté de maisons, sans savoir pourquoi, ou tomberont sur des culs-de-sac là où il n'y en avait pas la veille. Les sœurs savent que ça ne les sauvera pas, mais elles n'ont pas l'intention d'être sauvées.

Il semble à Genièvre que la ville elle-même fait de son mieux pour les aider. Les branches des tilleuls se courbent derrière elles, les racines gondolent le trottoir dans leur sillage. Les corbeaux les regardent passer avec des yeux trop brillants et fondent devant les tramways et les passants pour détourner leur attention à l'exact moment où passent les trois sorcières. C'est peut-être son imagination, mais Genièvre a l'impression que l'esprit des Trois Dernières ou le cœur rouge de la sorcellerie elle-même les aide, murmurant à leurs talons : « Ouiouioui. »

Toutes les trois convergent vers le pont, franchissent la Thorn et pénètrent ensemble dans St George Square. La place est déserte et silencieuse dans la nuit tombante, à l'exception du doux roucoulement des pigeons et du vent de septembre qui chuchote.

Elles gagnent le centre précis de l'esplanade, où saint George de Hyll se dressait jadis. Il n'en reste plus rien qu'un socle en marbre parfaitement vide. Genièvre grimpe dessus et tend les mains à ses sœurs.

Sa vision se dédouble alors qu'elles lui rendent son regard. Elle voit ses sœurs, mais aussi deux étrangères échappées d'un conte de sorcières par une froide nuit d'hiver.

L'une d'elles est sage et méfiante, avec sa chouette aux yeux rouges perchée sur l'épaule tel un démon échappé de l'enfer. Des mèches de ses cheveux volettent autour de son chignon, et sa cape forme une flaque d'encre à ses pieds. Une bague en verre ébréché brille à son doigt. Elle ne ressemble plus à une bibliothécaire.

L'une d'elles est forte et agitée, avec son balbuzard sur le bras et la mort dans les yeux. Sa tresse s'écoule comme du velours sur son épaule ; sa robe est un patchwork d'une douzaine de teintes mortuaires. Elle ne ressemble plus à une ouvrière.

Et Genièvre elle-même, sauvage et mauvaise. Ses cheveux se balancent, grossièrement coupés, juste au-dessus de ses épaules, et ses bras sont nus et blancs. Une cicatrice argentée remonte le long de sa jambe gauche, et une autre, récente, lui enserre la gorge, témoins des deux incendies auxquels elle a survécu. Elle se demande confusément ce que le troisième lui coûtera.

Elle aimerait avoir un familier. Elle aimerait être chez elle, parmi les cotonnières et les orties autour de la cahute de Mama Mags. Elle aimerait que M. Gideon Hill s'étouffe avec un os de poulet et leur épargne tous ces ennuis.

Au lieu de quoi, elle sourit en regardant alternativement ses sœurs. « Prêtes ? »

Mais elle n'a pas besoin de demander. Elle sent leurs volontés brûler à travers leur lien, leur cœur battre à l'unisson, leurs gorges pleines des mêmes vers.

« Merci », dit Agnès à voix basse.

Elles lancent deux sorts, ce soir-là. Le premier sent la lavande et les rêves de minuit. Elles y insufflent leurs volontés, leurs peaux s'enfièvrent, leurs lèvres psalmodient – *Il est l'heure d'aller te coucher* –, et Genièvre sent le sort se répandre et enfler autour d'elles comme la marée montante. Un silence inquiétant s'empare de l'esplanade alors que tous les rats, les cafards et toutes les autres créatures grouillantes tombent dans un sommeil surnaturel.

Mais le sort ne leur est pas destiné. La chouette et le balbuzard s'élèvent dans les airs, les griffes serrées autour d'un ruban invisible, et ils disparaissent dans le bleu du ciel, emportant le sort de leurs maîtresses.

La chouette, Genièvre le sait, apparaîtra sur le rebord d'une fenêtre du palais de justice. L'ombre dense qui se tortille autour des Profondeurs évitera ce rebord de fenêtre-ci, car quelqu'un – une des bonnes qui récurent les cellules, peut-être – aura salé le seuil et laissé la fenêtre entrouverte.

La chouette s'y engouffrera, et son bec ouvert laissera échapper leurs vers tandis qu'elle survolera les agents de police, les gardiens et les secrétaires interloqués. Avant qu'ils ne puissent donner l'alarme, avant qu'ils ne puissent faire quoi que ce soit d'autre que cligner des yeux confus au passage du volatile anthracite dans leurs bureaux... ils tomberont dans un profond sommeil sans rêves, dont ils ne se réveilleront pas avant plusieurs heures, peut-être des jours. Les prisonniers enfermés dans les Profondeurs sous leurs pieds – les mécontents et les ivrognes de la cité, ses radicaux, ses fauteurs de troubles et notamment ses sorcières – n'entendront rien d'autre que le froissement silencieux de ses ailes et les bruits sourds des crânes contre les bureaux.

Le balbuzard n'accompagnera pas la chouette au palais de justice. Sa maîtresse a d'autres projets en ville. Genièvre jette un regard en biais à sa sœur et se demande si elle voit par les yeux de son familier : les parpaings lugubres de la Maison des Anges perdus ; le tourbillon glacé des ombres de Hill autour ; M. August Lee s'introduisant par une fenêtre avec un bout de jargon des sorcières dans la poche et un morceau de glaise qui ressemble – en plissant des yeux ensorcelés dans une faible lumière – à un bébé.

Genièvre lance le second sort quand les familiers de ses sœurs reviennent.

Le pont de Londres dégringole, dégringole, dégringole.

Elle prend dans sa bouche l'eau salée contenue dans une flasque tirée de sa poche, troublée par le goût amer du whisky, et crache sur les pavés.

Ses sœurs prennent ses mains dans les leurs et entonnent les vers avec elle jusqu'à ce qu'une rouille rouge grimpe à l'assaut des lampadaires alignés sur le pourtour de l'esplanade, jusqu'à ce que l'air se charge d'un goût de vieux sang et de temps qui passe.

La chouette et le balbuzard emportent aussi ce sort. Ils regagnent le palais de justice, survolent les corps avachis des gardiens, descendent les marches qui mènent aux cellules surpeuplées des Profondeurs.

Genièvre imagine ce que cela ferait de se réveiller dans cette pénombre fétide et de voir ces yeux de braise braqués sur vous. De voir les barreaux en fer noir de votre cage – si réels, si absolus l'instant précédant – rouiller et s'effriter. De voir qu'il n'en reste rien d'autre que des flocons orange flottant à la surface de l'eau.

La chouette ouvrira son bec, ensuite, et parlera par la voix d'une femme. « *Courez, mes sœurs*, dira-t-elle. *Vous n'avez rien à perdre, sinon vos chaînes*. » Certaines des femmes enfermées là reconnaîtront cette voix, rauque et enfumée. L'une d'elles – une femme aux joues rubicondes dont les fourrures chics ont été remplacées par une minable combinaison blanche – gloussera à gorge déployée et défoncera à coups d'épaule les barreaux fragilisés de sa cellule.

Avant qu'elle n'atteigne l'escalier, la chouette parlera de nouveau. Elle leur demandera une faveur.

Certaines d'entre elles l'ignoreront, Genièvre le sait : celles qui ont des bouches à nourrir et des amants à satisfaire, celles qui ne veulent que fuir, encore et toujours. Mais certaines désirent autre chose, le goût de la poix, du sang et de la rage qu'on ne ravale pas. Ces femmes-là l'écouteront et feront – peut-être – ce que Genièvre attend d'elles.

Sur l'esplanade, Genièvre entend le chant perçant des sabots ferrés, voit l'éclat coléreux des torches se refléter sur les murs blancs de l'hôtel de ville et sait que le temps est écoulé. Elle serre les mains de ses sœurs dans les siennes et se redresse pour attendre que la fin de leur histoire vienne à leur rencontre.

Agnès voit deux hommes quand elle regarde Gideon Hill. Peut-être trois.

Le premier est celui que le reste de la ville connaît : le maire larmoyant au menton fuyant présentement assis sur son cheval blanc, flanqué de sa fidèle chienne de chasse, équipé d'un bouclier argent barré d'une croix rouge. Il devrait avoir l'air ridicule d'un employé de banque costumé, mais la lumière qui se reflète dans son écu lui confère une sorte de majesté. Il ressemble à un tableau animé, à un saint venu sauver leurs âmes.

Le deuxième est celui que ses sœurs voient : une créature ancienne et surnaturelle qui converse avec les ombres et dévore les âmes. Un monstre qui assassine des femmes et vole des enfants, qui coupe une mèche rouge des cheveux de sa fille pour la narguer.

Le troisième est son père : un monstre. Un lâche. Un homme dont le jugement approche.

Une douzaine de rangs d'Inquisiteurs pénètrent à sa suite sur l'esplanade, les yeux fervents et les uniformes amidonnés sous leur armure argentée. Hill s'arrête devant le socle de la statue en cabrant sa monture. Sa chienne se tient à côté de lui, les pattes raides, le cou mordu par un collier trop serré.

Hill baisse à peine les yeux sur les trois sorcières toujours dos à dos devant lui. Trois lignes rouges lui barrent le visage, tiraillent la chair tendre de ses lèvres.

Sans même avoir conscience de ce qu'elle fait, Agnès se jette en direction de sa gorge, les lèvres retroussées sur un rictus animal, les doigts crochus comme des serres, mais alors elle sent ses sœurs la retenir. Elle hurle, et Pan hurle avec elle quelque part dans le ciel, et les échos de son cri perçant résonnent sur toute l'esplanade. Certains des Inquisiteurs sursautent.

Hill dresse le menton. « Inquisiteurs... arrêtez ces femmes. Pour meurtre ! Pour malveillance ! Pour la plus sombre des sorcelleries. »

Bruits de métal entrechoqué tandis que les hommes s'animent derrière lui, raclement lourd des chaînes. Mains gantées tendues vers leurs chevilles, un peu hésitantes, comme si leur armure de plates et cinquante de leurs camarades ne suffiraient pas à les protéger des sorcières les plus recherchées de New Salem.

L'un d'eux saisit l'ourlet de la cape de Genièvre, qui donne un coup de pied à l'aveugle. Agnès entend le craquement étouffé de ce qu'elle suppose être un nez.

« Où est-elle, Hill ? » lance Agnès d'une voix grave et tendue.

Hill retient à grand-peine un sourire satisfait. « Silence, sorcière ! » lance-t-il d'une voix perçante.

Il y a maintenant de nombreuses mains sur leurs jupes, qui les tirent vers le bas. Genièvre distribue des coups de pied en jurant. Agnès augmente sensiblement le volume de sa voix. « Où est-elle ? Vous m'avez promis de me rendre ma fille ! »

Cette fois, Hill laisse échapper son sourire, une incurvation cruelle de ses lèvres lacérées par Pan. « Les sorcières n'ont pas de filles, mademoiselle Eastwood. »

Agnès n'est pas vraiment surprise. Elle sait que les hommes puissants ne tiennent leurs promesses que lorsqu'ils y sont contraints, et ils ne le sont jamais. Mais ce qui la surprend, c'est la colère qui la saisit à s'entendre dire qu'elle n'a pas de fille – malgré son ventre vide et flasque de l'avoir portée, malgré ses seins douloureux. Elle est également surprise par le rugissement profond qui sort de sa gorge.

Genièvre se jette dans la mêlée des Inquisiteurs, meurtrit ses poings contre les armures, et Agnès plonge une nouvelle fois vers Hill. Des mains l'interceptent, s'emmêlent dans sa cape et dans sa jupe, l'attirent vers les pavés. Les serres de Pan crissent contre les casques et les boucliers, des voix masculines jurent. Des « Misère, misère » se glissent de plus en plus souvent dans les incantations de Bella, mais elle ne cesse de dire les vers. Plusieurs Inquisiteurs s'effondrent, piqués par des abeilles, endormis ou griffant leur bouche cousue.

Mais ils sont si nombreux, et elles sont si peu.

Agnès se retrouve bientôt à genoux avec ses sœurs. Une main gantée de mailles l'empoigne par la tresse, et des menottes en fer se referment sur ses poignets. Des colliers grincent et claquent autour de leurs gorges, glacés, et Agnès sent la grande pulsation rouge de la magie faiblir et s'éloigner. Pan et Strix disparaissent. Les fils qui la relient à Genièvre et à Bella se relâchent, remplacés par le poids des chaînes allant d'un collier à l'autre. Agnès entend le halètement rauque de Genièvre, perçoit ses tremblements à travers la chaîne, et voudrait lui tenir la main.

Hill met pied à terre dans un mouvement fluide. Son écu reflète le dernier rayon jaune du jour mourant ; son visage sévère évoque celui du Dieu de l'Ancien Testament descendu des cieux pour inspecter quelque calamité lâchée sur les pécheurs, mais sa démarche triomphante n'échappe pas à Agnès. Derrière lui, sa chienne se pourlèche les dents nerveusement, sans les regarder.

Agnès ferme les yeux. « Je… je vous en prie, monsieur », le supplie-t-elle, parce qu'il s'attend à ce qu'elle le fasse, parce que les hommes sont stupides quand ils croient avoir gagné. Parce que ça pourrait marcher. « S'il vous plaît. »

Il ne prend même pas la peine de lui répondre et se contente de tourner le dos aux trois sorcières pour s'adresser à ses hommes. « Liez-leur la langue, afin qu'elles ne puissent pas utiliser leur magie noire, et suivez-moi. »

Hill ne se retourne pas tandis que les Inquisiteurs s'approchent des sœurs avec des brides métalliques cliquetantes, que des pouces leur ouvrent les mâchoires de force, que Genièvre jure et crache jusqu'à ce que le mors entre ses dents la réduise au silence. La cage se referme autour du crâne d'Agnès, et le mors fait pression dans sa bouche comme une langue de métal.

Hill ne se retourne pas tandis qu'on les traîne à moitié le long de la Troisième Rue jusqu'au palais de justice, que la foule du soir enfle autour d'elles et que les rumeurs fusent comme des oiseaux au bec cruel – « Il paraît qu'elles ont endormi la moitié de la ville » ; « J'ai entendu dire que M. Hill avait lui-même banni le diable de l'esplanade » ; « Pourquoi ne pas les brûler maintenant, avant que leurs maîtres ne reviennent ? » –, que les murmures des badauds se changent en moqueries puis en méchancetés. Ils commencent par leur jeter des insultes et des fruits pourris, avant de passer aux bouteilles et aux pierres. Genièvre jure dans ses brides, et Bella serre le poing autour de sa vieille bague en cuivre, mais Hill ne se retourne toujours pas.

S'il l'avait fait, il aurait vu la promesse brûlante dans les yeux d'Agnès : *C'est la dernière fois que tu m'entendras te supplier, bâtard.*

On n'enferme pas les trois sœurs dans la noirceur humide des Profondeurs, comme M. Hill le souhaitait, car, en arrivant au palais de justice, les Inquisiteurs n'ont trouvé aucun morceau de fer ou d'acier qui n'ait rouillé. Les barreaux des cellules se dressaient comme des rangées de dents brisées ; les portes pendaient n'importe comment sur leurs gonds ; il ne restait des trousseaux de clés que des anneaux rouge-orange éparpillés à même le sol.

Les Inquisiteurs ont donc bouclé les sœurs aux étages supérieurs, habituellement réservés aux fils des membres du conseil municipal en état d'ivresse ou aux hommes d'affaires dont les avocats n'auraient pas manqué de faire toute une histoire à propos des conditions de détention insalubres. Les cellules sont sèches et propres, équipées de pots de chambre et de fenêtres à barreaux qui laissent entrer des bandes de clair de lune argenté.

Agnès présente son visage tuméfié aux doigts frais de l'astre, qui s'attardent sur ses affreuses entraves métalliques et le blanc cru de sa combinaison. Le poids de sa cape et de sa jupe lui manque ; ses sœurs, enfermées dans d'autres cellules, lui manquent. Mais en dehors de ça, elle ne ressent rien.

Mags leur racontait une histoire dans laquelle une sorcière s'arrachait le cœur et l'enterrait. Agnès sait précisément ce qu'elle devait éprouver, cette absence dans sa poitrine.

Le clair de lune disparaît, occulté par des ailes noir de fumée.

Pan se perche sur l'étroit rebord de fenêtre. Il apparaît légèrement translucide, comme si Agnès ne voyait de lui que son reflet flou dans un miroir terni. Le collier s'échauffe autour de son cou, avertissement évident.

Agnès s'approche de lui autant que le lui permet sa chaîne. Une voix, à peine un écho, s'échappe de son bec ouvert : « *Je l'ai. Elle est en sécurité.* » Une voix masculine, grave et posée, qui tiraille le vide dans sa poitrine.

Pan s'évapore dans un nuage de fumée. Son collier refroidit. Le clair de lune entre de nouveau dans la cellule.

Agnès s'effondre sur la pierre sèche, tremblant de soulagement, d'épuisement et d'un rire sauvage, car elle est arrivée à la même conclusion que la sorcière de l'histoire : sans cœur, personne ne peut vous atteindre.

38

Les roses sont rouges,
Les violettes sont bleues,
Le diable paiera,
Et toi aussi..

Un sort pour la vengeance, qui requiert des épines & du sang

Les archives de l'université de New Salem comportent plusieurs centaines de coffres remplis de documents relatifs aux procès des sorcières durant les purges, et Béatrice Belladone en a lu la plupart. Elle sait mieux que ses sœurs ce qui les attend. Elle sait que l'histoire creuse une tombe peu profonde et que le passé est toujours prêt à revenir.

Un : la convocation de la cour.

Ses membres sont réunis dans une petite pièce obscure du palais de justice : le juge, pâle et sans lèvres, comme un gros champignon entré de force dans un col blanc amidonné ; un aréopage d'hommes à la peau laiteuse en costumes sans plis ; un journaliste et un illustrateur du

Post. Hill lui-même, un sourire discret au visage, sa chienne couchée sous son banc.

Trois chaises trônent au milieu de la salle, vieilles et tachées, leurs accoudoirs pourvus de bracelets en fer attendent telles des mains ouvertes. Les Eastwood y sont enchaînées par deux Inquisiteurs, qui ont dû être choisis pour leur expression impassible et leurs cheveux soigneusement peignés, parfaits contrepoints aux sorcières débraillées qui se tiennent entre eux.

Bella entend le grattement excité du stylo du dessinateur et imagine déjà les œuvres qui illustreront le *Post* dans les semaines à venir : trois femmes entravées, tête basse, membres indécemment nus, cheveux débordant ici et là de leurs brides. La plupart des lecteurs ouvriront leur journal avec un claquement de langue à la vue de tels êtres maléfiques.

Quelques-uns d'entre eux verront cependant la fureur dans leurs yeux flamboyants, visible malgré la caricature cruelle, et soupçonneront que derrière chaque sorcière se cache une femme meurtrie.

Deux : les témoins à charge.

Gideon commence par un petit discours moralisateur à propos du péché, de la sédition et de la propension du mal à prendre racine là où les hommes de bien laissent faire. Puis vient la parade des témoins, qui va du purement fantaisiste – un tenancier de bar au nez rouge affirmant avoir vu Agnès s'amuser de « la manière la plus inconvenante qui soit » avec un gentleman affublé d'une queue fourchue ; une femme au foyer soi-disant incitée par les charmes ignobles de Bella à entrer dans une maison de prostitution des quartiers sud – à l'inconfortablement plausible.

Comme ces badauds à la foire qui avaient assisté au tour de passe-passe de Genièvre ; comme cette poignée de docteurs de l'hôpital St Charity, dont l'un observe Genièvre avec une expression anxieuse en frottant une cicatrice rose à son front ; comme ce vendeur de journaux qui prétend avoir vu Bella chevaucher un balai en embrassant une femme de couleur, ce qui est au moins à moitié vrai ; comme ce joli jeune homme, un certain Floyd-quelque chose, qui témoigne qu'Agnès est une séductrice et un serpent, que l'enfant pris en charge par les autorités pouvait appartenir à la moitié des gentlemen de New Salem, pour ce qu'il en savait. Il regarde Agnès en prononçant ces mots, avec une sorte de méchanceté meurtrie ; Agnès lui accorde à peine un regard, stoïque, ennuyée, même.

Madame Zina Card s'avance ensuite d'un pas claudiquant vers le pupitre, l'air vide. Oui, dit-elle, Agnès Amarante a requis ses services d'avorteuse. Oui, elle se repent d'avoir joué un rôle dans cette diablerie.

Mlle Munley, de la bibliothèque de l'université, certifie que Bella a abusé de sa position pour acquérir des connaissances occultes et précise que tout ce matériel a été soumis aux services du maire pour destruction. Bella s'attend à ressentir l'engourdissement de la trahison, mais elle n'éprouve que peine et lassitude.

Mlle Grace est la dernière à être entendue.

« Vous avez parlé à l'une de ces femmes, la nuit du solstice. Est-ce correct ?

— Oui, monsieur.

— Et de quoi avez-vous parlé ?

— Elle m'a demandé si je voulais me joindre à leurs noirs desseins. » Wiggin lève les yeux sur Hill en battant des cils, comme une enfant avide de reconnaissance.

Il l'encourage d'un sourire austère. « Et de quel genre de croisade sordide s'agissait-il, ma chère ? Soyez forte et dites-le-nous. »

Grace se passe un mouchoir en dentelle sur le front. « Mettre fin au règne des hommes, répond-elle d'une voix tremblante. Provoquer une seconde peste. »

La cour éclate en exclamations étouffées et murmures. Hill sourit. « La ville vous remercie pour votre courage, mademoiselle Wiggin. »

Il n'y a aucune contre-interrogation des témoins, aucune défense. C'est un procès en sorcellerie, après tout, et les sorcières ont encore moins de droits que les femmes. Bella en est réduite à transpirer, debout sur ses jambes douloureuses, et à écouter leur propre damnation avec le goût de fer sur sa langue.

Trois : la confession.

Bella ignore pourquoi Hill y tient tellement. Qu'elles se repentent, plaident l'innocence ou gardent le silence, elles brûleront quand même. C'est peut-être la fin appropriée à l'histoire qu'il raconte.

Un Inquisiteur s'affaire sur les sangles de leurs brides. Les masques tombent, et Bella a un haut-le-cœur au passage du mors hors de sa bouche.

Puis Gideon Hill leur pose une série de questions : Vont-elles se repentir devant Dieu ? Vont-elles leur livrer les noms des pécheresses qui les ont aidées ? Vont-elles passer l'éternité en enfer ?

Celle-ci déclenche le rire de Genièvre, qui résonne comme une charnière rouillée grinçant dans le vent. Elle lui sourit entre ses lèvres enflées. « Demandez après moi quand vous arriverez là-bas, Hill. Je vous attendrai. »

Hill l'observe pendant une longue seconde larmoyante avant de faire un signe de tête à l'un de ses Inquisiteurs.

Après quoi il repose ses questions, mais il est devenu difficile de les entendre. À cause des cris.

Elle se demande si Hill espère les briser par la douleur, et une part délirante d'elle-même a envie d'éclater de rire. Elles ne connaissent que trop bien la douleur. Elle a dîné à leur table, dormi dans leurs lits, grandi à leurs côtés comme une quatrième sœur. Les aiguilles chaudes et les maillets froids ne font ni chaud ni froid aux sœurs Eastwood.

À l'odeur de fer de son propre sang, Bella songe qu'Araminta Wells devra encore attendre pour être déçue.

Après quoi Bella s'évade quelque temps. (St Hale lui a appris ce tour.)

Quand elle revient, Gideon Hill se penche vers le juge et lui murmure quelque chose à l'oreille. Le juge se lève en rougissant et en clignant des yeux. Son col blanc n'est plus aussi impeccable qu'au début de la séance.

« Cette cour, convoquée le 21 septembre de l'année 1893, déclare les sœurs Eastwood coupables de tous les faits qui leur sont reprochés. » Il donne un coup de maillet. « Elles brûleront demain au crépuscule. »

Dans le brouhaha que provoquent ces mots – les murmures et les exclamations satisfaites, les jurons des agents de police qui luttent pour remettre à Genièvre son masque de fer –, Bella espère que personne n'a remarqué le sourire d'Agnès.

La première fois que Gideon Hill avait rendu visite à Genièvre dans sa cellule, elle était titubante, blessée et abasourdie de rencontrer un sorcier dans les Profondeurs de New Salem.

Cette fois, c'est elle, la sorcière. Cette fois, elle l'attend.

La lune est déjà levée depuis longtemps quand elle entend le chuintement de semelles et le cliquètement de griffes. Les pas s'arrêtent devant sa porte.

Elle songe aux bêtes qui enlèvent les jeunes filles dans la nuit, aux chevaliers qui cueillent les princesses dans leur tour comme des fruits mûrs sur une branche.

Une expiration sifflante, une contraction des ombres, et Gideon Hill et sa chienne se retrouvent à l'intérieur de sa cellule. Il n'est pas lui-même, constate-t-elle, ou plutôt, il est réellement lui-même : ses traits sont identiques, mais les muscles sous sa peau bougent différemment. Ses épaules et sa colonne vertébrale ne sont plus voûtées.

Genièvre le dévisage à travers la grille métallique de sa bride, dans l'expectative.

Il exécute un petit geste des mains, et deux ombres pourvues de cinq doigts se détachent nonchalamment de la fenêtre pour s'approcher d'elle. Elle ne frémit pas lorsqu'elles se plaquent contre ses chevilles nues, rampent comme des mains sur le fin coton de sa combinaison. Son collier s'échauffe à leur toucher et sa respiration se bloque dans sa gorge… Mais les ombres poursuivent leur chemin et s'enroulent comme des serpents autour de sa bride.

Le mors coulisse hors de la bouche de Genièvre. Elle fait jouer ses mâchoires, attentive aux claquements humides des tendons et des os. « Vous faites toujours des visites à domicile avant le lever du soleil, à ce que je vois. J'imagine qu'on n'apprend pas de nouvelles grimaces à un vieux singe. »

Hill plisse les yeux en entendant le mot « vieux », scrutant son visage à la recherche de messages cachés ou de menaces voilées. *Laisse-le mariner dans sa bêtise*, l'a avertie Agnès.

« Je ne suis toujours pas très partante pour une confession, si c'est ce que vous êtes venu chercher. » Genièvre sait que ce n'est pas le cas.

Les traits de Hill s'adoucissent. Ses lèvres dessinent un étrange sourire oblique, presque ironique. « Je m'en doutais. Puis-je m'asseoir ? »

Genièvre désigne le banc opposé d'un geste théâtral en faisant tinter ses menottes. Elle essaie de garder une expression méprisante, mais il y a une tension dans son ventre, un murmure d'incertitude. Elle s'attendait à voir Gideon jubiler, ricaner, voire délirer, à ce qu'il la tourmente comme un chat jouant avec sa proie. C'est ce que faisait son père quand il les traînait dans la cave, ivre de son propre pouvoir.

Le visage de Gideon ne ressemble pas beaucoup à celui de son père. Il reste vigilant dans le clair de lune, animé d'une faim que Genièvre ne comprend pas. « Vous devez me haïr », observe-t-il.

Genièvre sent ses sourcils s'arquer. « Vous nous avez facilité les choses. »

Un rire discret dans la pénombre. « C'est vrai. On fait ce qu'il faut pour survivre, et ce n'est pas toujours très agréable. C'est une chose que vous comprenez mieux que quiconque. »

Genièvre reste silencieuse. Elle songe au glissement des écailles de serpent, à la terreur confuse dans les yeux de son père à la toute fin.

« Je me demandais, mademoiselle Eastwood, si je pourrais vous raconter une histoire. Et vous poser ensuite une question. »

Genièvre envisage de lui dire précisément où il peut se la coller, son histoire. De lui montrer les endroits rouges et enflés où les aiguilles se sont enfoncées, les contusions violacées sur ses genoux et ses phalanges, et de lui dire qu'il a déjà posé bien assez de foutues questions.

Il semble lire sa réponse sur son visage, car il sort quelque chose de sa poche de poitrine : un vieux médaillon en cuivre. « Tenez. En gage de ma bonne foi. »

Il pose le médaillon de Mama Mags près d'elle, sur le banc. Elle s'efforce de ne pas se jeter dessus de façon trop évidente, de ne pas le presser trop fort contre son sein. « Je ne vous demande en échange qu'un peu de votre temps. »

Le médaillon est chaud contre sa peau, malgré le temps qu'ils ont passé loin l'un de l'autre. Elle s'adosse au mur et écoute.

Le Frère et la Sœur

Il était une fois un frère et une sœur qui s'aimaient éperdument, parce qu'ils n'avaient personne d'autre pour les aimer.

La sœur disait au frère que tel n'avait pas toujours été le cas – elle se souvenait de la chaleur des bras de leur mère, de l'éclat du rire de leur père –, mais le petit garçon n'avait jamais connu ses parents autrement qu'affamés et remplis de haine, avec un morceau de charbon à la place du cœur.

La faim et la haine en eux ne firent que croître, jusqu'à ce qu'un jour leur mère les menât au plus profond des bois. Elle leur donna une unique miche de pain, qui contenait plus de sciure que de farine, et leur dit d'attendre son retour. Ils attendirent donc, tandis que les chouettes chassaient, que les blaireaux creusaient, que les bois passaient du bleu au noir et que leurs larmes gelaient sur leurs joues, mais jamais leur mère ne revint. Le petit garçon se rendit compte que lui aussi avait un amer morceau de charbon à la place du cœur.

Le frère et la sœur s'enfoncèrent plus loin dans les bois. Ils mangèrent leur pauvre miche de pain et partagèrent les dernières miettes avec un corbeau qui les observait depuis les arbres. Le volatile leur jeta un long regard rouge, puis les conduisit le long d'un sentier sinueux jusqu'à une petite maison cachée sous les racines d'un vieux chêne.

Genièvre se rend compte qu'elle connaît ce conte. Dans la version que lui racontait sa sœur, la maison était en pain d'épice.

La maison paraissait sauvage et tortueuse, à l'image de la femme qui vivait là. « Une sorcière », murmura le garçon à sa sœur, mais elle ne semblait pas s'en soucier.

La sorcière les fit asseoir à sa table et prit leurs poignets entre ses doigts. Elle claqua de la langue en sentant leurs os crisser sous la peau et leur donna des friandises. Quand ils furent étourdis et ivres d'avoir leur ventre bien remplis, elle leur dit qu'ils pouvaient rester s'ils le souhaitaient.

La sœur acquiesça sans hésiter. Au cours des sept années qui suivirent, elle apprit de la sorcière des bois et devint de plus en plus sauvage et imprévisible, au point de devenir elle-même une créature de la forêt, au point de sembler oublier la mère et le père qui les avaient abandonnés.

Le garçon apprit lui aussi, mais il n'oublia pas leur mère ni leur père, et cherchait toujours les vers et les voies qui lui permettraient de les rejoindre. Pour cela, il lui fallait davantage que les vieux livres et les comptines de la sorcière ; il avait besoin de sorts qui pouvaient briser les volontés et commander les cœurs, qui pouvaient changer la nature d'une âme.

Un jour d'hiver, la sorcière trouva le garçon, qui n'était plus un garçon, dans un bosquet de sorbiers. Les arbres étaient remplis d'étourneaux, qui restaient étrangement silencieux. Aucun d'eux ne projetait d'ombre sur le sol. La sorcière observa le garçon leur ordonner de chanter, puis de s'envoler et de s'écraser sur la terre gelée, où ils se rompirent le cou.

La sorcière demanda alors au garçon de partir, car elle avait peur de lui, et du coût de ses voies. Le garçon obtempéra sans protester, pas parce qu'elle le lui avait demandé, mais parce qu'il n'avait plus rien d'autre à apprendre. Il demanda à sa sœur de l'accompagner, et elle refusa. Elle choisit de rester dans les bois sans lui. Quand il partit, le charbon brûlait d'un feu nourri dans sa poitrine.

Le garçon qui n'était plus un garçon regagna son village. Il trouva sa mère et son père encore en vie, moins affamés maintenant qu'ils avaient deux bouches de moins à nourrir. La mère poussa un cri en le voyant. Avant qu'elle ne puisse le maudire comme un fantôme ou le bannir une deuxième fois, il lui vola son ombre et sa volonté. Son regard se fit vide et lointain, et elle tendit les bras vers lui en souriant. « Bienvenue à la maison, mon fils. »

Le garçon et ses parents vécurent heureux. Un certain temps.

39

Souviens-toi, souviens-toi jusqu'au 5 décembre !
Il n'y a pas de raison qu'une seule saison
Soit oubliée.

Un sort pour se rappeler les choses oubliées,
qui requiert du salpêtre & une unique larme

James Genièvre pensait que Gideon Hill était exactement comme son père : un lâche, un moins-que-rien qui ne se sentait entier que lorsqu'il cassait quelque chose.

Maintenant, elle le voit plus comme elle-même. Ou ce qu'elle aurait pu devenir si elle n'avait pas retrouvé Agnès et Bella, si elle ne s'était pas tenue côte à côte avec les Sœurs ni n'avait serré Ève dans ses bras : une créature brisée et violente qui sait comment survivre et rien de plus.

Gideon Hill regarde le plafond, les mains mollement jointes sur les genoux. Sa chienne fixe sur Genièvre ses yeux noirs et mélancoliques. Genièvre suppose qu'il ne s'agit pas de leur couleur naturelle.

« Personne n'a jamais deviné ce qu'elle était, dit-elle à voix basse dans l'air encore dense du conte.

— Je l'ai bien caché. » Les doigts de Hill caressent le collier de fer au cou de sa chienne, qui frémit.

« Je croyais que les sorciers et les sorcières entretenaient une relation amicale avec leur familier. »

Hill secoue la tête sans quitter le plafond des yeux. « C'est ce que disent les histoires, n'est-ce pas ? Mais si vous voulez le véritable pouvoir, vous devez laisser tout sentiment derrière vous. Vous devez apprendre à voir votre familier non pas comme un ami ou un animal de compagnie, mais comme un outil. Et si un outil échoue à faire le nécessaire, s'il résiste à la main de son maître... » Il hausse les épaules d'une manière qu'il voudrait insouciante, mais qui ne l'est pas.

Genièvre essaie d'imaginer quel genre de diablerie il faudrait déclencher pour que la sorcellerie elle-même vous résiste, pour que votre propre familier vous montre les dents. Était-ce arrivé la première fois qu'il avait lié son âme à quelqu'un d'autre et lui avait volé son corps ? Ou plus tôt, quand il avait mené à la mort un bosquet entier d'étourneaux ?

Ses yeux tombent sur le collier qui recouvre la peau à vif de la chienne, et elle se demande s'il est davantage que cela. Le premier collier de sorcière, peut-être, conçu par une incarnation antérieure de Gideon Hill dans le but de contrôler sa chienne rebelle. Elle se demande aussi ce qui se passerait si elle était libre.

Gideon regarde toujours le plafond, en attendant patiemment la question suivante. « Que s'est-il passé ? Après le et-ils-vécurent-heureux ? »

Gideon soupire. Il lève la main, et ses ombres ondulent sur le sol. Leurs doigts et leurs articulations s'étirent selon des angles peu naturels. « Les vers et les voies que cela requiert sont... puissants. Ils ont un prix – le pouvoir en a toujours. Ce n'est pas une question de bien ou de mal, vous comprenez, c'est simplement la façon dont le monde fonctionne. Si vous voulez la force, si vous voulez survivre, il doit y avoir un sacrifice. »

Ce n'est pas ce que Mags leur a enseigné. *On reconnaît la méchanceté d'une sorcière à la méchanceté de ses voies.* « Alors qui a payé pour vous ? »

Il tourne la tête directement vers elle et semble la jauger du regard. « Une fièvre s'est répandue dans le village de mes parents le premier hiver. »

Le mot « fièvre » tinte aux oreilles de Genièvre, tel un glas lointain.

« Rien de très impressionnant, mais les sages-femmes et les rebouteuses n'arrivaient pas à la guérir. L'une d'elles est venue fourrer son nez près de chez moi, a déduit certaines choses... J'ai pris son ombre, à elle aussi. Et la maladie a continué de se propager. Les villageois sont devenus ingérables. Hystériques. J'ai fait ce que j'avais à faire pour me protéger. » Cette dernière phrase a quelque chose d'émoussé, comme une pierre polie, comme s'il se l'était répétée maintes fois. « Mais alors, évidemment, la fièvre a voyagé encore plus loin... Je ne savais pas encore comment la contrôler. Quelles personnes étaient sacrifiables et lesquelles ne l'étaient pas. Je suis plus prudent, maintenant. »

Le tintement est à présent plus sonore aux oreilles de Genièvre, assourdissant.

Un « mal épouvantable et mystérieux », l'avaient appelé les Trois. Genièvre se souvient des illustrations dans les manuels scolaires moisis de Mlle Hurston, où l'on voyait des villages abandonnés, des cimetières pleins à craquer, des chariots débordant de cadavres enflés. Était-ce le prix de la sorcellerie de Gideon ? Le monde entier avait-il payé pour les péchés d'un seul petit garçon amer et brisé ?

Et... payait-il encore ? *Je suis plus prudent, maintenant.* Genièvre se rappelle la respiration laborieuse d'Ève, les rangées sans fin de lits à St Charity, la fièvre qui ravage les quartiers populaires de la ville, qui se repaît des pauvres, des bruns de peau et des étrangers... des sacrifiables. *Oh, espèce de bâtard.*

Mais Hill ne semble pas l'entendre retenir sa respiration. « La colère et la peur grandissaient. Une foule a investi mon village, avec des torches, à la recherche d'un coupable. Alors je leur en ai donné une. » Hill lève les deux mains, paumes vers le haut, l'air de dire : *Qu'attendiez-vous d'autre de moi ?* « Je leur ai raconté l'histoire d'une vieille sorcière qui vivait dans une cahute au creux des racines d'un chêne centenaire. Je leur ai dit qu'elle conversait avec les démons et qu'elle infusait la peste et la mort dans son chaudron. Ils m'ont cru. » Sa voix reste parfaitement neutre, dépourvue de culpabilité comme de peine. « Ils ont brûlé ses livres, puis ils l'ont brûlée, elle. Quand ils ont quitté mon village, je suis parti avec eux, chevauchant en tête du cortège. »

Donc : le jeune George de Hyll avait brisé le monde, puis il avait dénoncé ses pairs comme un petit garçon pris à faire une bêtise. Il avait survécu, à n'importe quel prix, à un prix inconcevable. *Oh, espèce de sale bâtard de merde.*

« Et votre sœur ? Ils l'ont attrapée, elle aussi ? » Mais Genièvre en doute. Elle croit que sa sœur s'est échappée, qu'elle s'est retirée sur la colline isolée d'Avalon et s'est invitée dans une douzaine de nouvelles histoires. Jusqu'au jour où son frère était venu à la tête d'une armée et l'avait brûlée pour le crime de ne pas l'aimer assez.

« Non.

— Vous l'avez revue ?

— Une fois. Je lui ai redemandé si elle voulait venir avec moi, être avec moi – j'aurais pu la protéger –, mais elle a refusé. Une fois de plus. »

Genièvre avait toujours imaginé les derniers jours d'Avalon comme une bataille épique, un affrontement entre les forces du bien et du mal, le combat d'un saint contre des pécheresses. Elle se représente maintenant un frère et une sœur qui échangent un regard à travers les flammes, tous deux hantés par la même histoire de haine. La Pucelle, qui avait trouvé la voie d'un monde meilleur, parmi les corbeaux, les renards et les choses sauvages. Le Saint qui n'avait jamais trouvé que des voies cruelles.

Genièvre se demande ce qu'il a coûté à la Pucelle de rejeter le frère qu'elle aimait. Et ce qu'il a coûté au Saint de brûler la seule personne qui l'aimait.

Gideon Hill la regarde de nouveau, et elle croit voir quelque chose de ce prix dans le bleu vide de ses yeux. « Vous me faites penser à elle », dit-il dans un murmure. Genièvre détourne les yeux.

Il se redresse sur le banc et déclare d'une voix de nouveau rapide et saccadée. « Ce qui m'amène à ma question, James Genièvre : resterez-vous avec moi ? Ou brûlerez-vous, vous aussi ? »

Elle relève la tête vivement. Sentant sa mâchoire béer, elle la referme avec prudence. « Redites-moi ça ?

— Je suis seul depuis… très longtemps. Je suis las de la solitude. Je n'ai ni femme, ni famille, ni maîtresse.

— Et Mlle Wiggin ? N'est-elle pas votre fille ? »

Hill pousse un petit grognement dédaigneux. « Elle m'est utile, à sa façon. Une volonté malléable, un joli visage. Excellent pour la politique. J'ai rencontré des dizaines de femmes comme elle, en mon temps. » Genièvre serait prête à parier qu'il en a rencontré des centaines, voire des milliers. Le monde doit vous paraître bien terne après des siècles passés à dévorer les âmes, à se glisser de corps en corps comme une infection. Combien d'épouses a-t-il brûlées ? À combien d'enfants a-t-il survécu ? Grace Wiggin ne doit rien être d'autre à ses yeux qu'une éphémère, une créature de plus sous l'emprise de ses colliers.

« Mais vous, vous êtes une espèce rare. Libre, féroce, déterminée. Et une telle volonté… Ne vous demandez-vous pas pourquoi je ne vous ai jamais volé votre ombre ? » Il lui décoche un sourire chaleureux, presque admiratif. « Quelle sorcière je pourrais faire de vous !

— Et mes sœurs ? »

Le sourire s'affadit légèrement. « Les gens ont de nouveau besoin de coupables. Quelqu'un doit brûler. » Sous le rouge larmoyant des yeux qu'il a volés, Genièvre croit voir un miroitement de sa véritable personnalité : un petit garçon perdu dans les bois qui ne veut pas être seul. « Mais pas vous. »

Genièvre devine à la courbure de ses lèvres qu'il n'a aucun doute sur sa réponse, certain qu'elle trahira ses sœurs pour survivre. Après tout, c'est ce qu'il a fait.

Et c'est ce que Genièvre elle-même aurait fait, à l'époque où elle était une chose blessée et sans cœur. Maintenant, elle désire tellement plus que survivre.

Elle fait semblant d'y réfléchir, les yeux préoccupés, en se mordillant la lèvre inférieure. Hill se lève lentement et s'approche d'elle, le visage avide, plein d'espoir, les mains tendues comme s'il voulait la prendre dans ses bras. Elle attend qu'il se trouve assez près pour voir son pouls battre la chamade dans sa gorge.

« Je vous l'ai déjà dit, Hill, murmure-t-elle d'une voix douce et sincère. *Allez vous faire cuire le cul.* »

Des ombres-mains plaquent sa colonne vertébrale contre le mur de pierre. Le collier la brûle au contact de la sorcellerie, mais la peau de sa gorge, épaissie par les cicatrices, est à moitié immunisée contre la douleur. Elle se fait la vague réflexion que les hommes comme Gideon devraient cesser de briser les gens, parce que lorsqu'ils guérissent, il arrive qu'ils soient deux fois plus forts.

Le visage blême de Hill danse follement devant elle, comme un étourneau au printemps. Le petit garçon perdu a cédé la place à une âme ancienne et confuse.

« Elle m'a rejeté et elle a brûlé pour ça, crache-t-il à sa face. Et vous connaîtrez le même sort, James Genièvre. »

Il disparaît dans un tourbillon d'ombres, et elle se retrouve seule.

Genièvre reste assise un long moment, sans dormir. Elle touche le médaillon en cuivre, tiède contre son sein, et repense à ces longues heures étendue sur la tombe de Mama Mags à attendre un fantôme qui n'était jamais venu. Elle repense à la voix qu'elle a entendue la dernière fois qu'elle était enfermée, et souhaite l'entendre à nouveau.

Puis elle se dit : *Pourquoi pas ?*

Elle passe la chaîne par-dessus sa tête et ouvre le médaillon d'un coup d'ongle. La moitié en est occupée par un visage que Genièvre ne s'autorisait jamais à regarder trop longtemps.

Elle le regarde à présent. La photographie est floue et gris argenté, le visage semble éclore des ombres. Elle est belle, comme Agnès. Tachée de son, comme Bella. Genièvre n'a jamais reconnu beaucoup d'elle-même dans les traits de sa mère, mais elle suppose qu'elles partagent une certaine tension dans la ligne du menton, une sauvagerie dans les yeux. Une main pèse lourdement sur son épaule. L'image est trop petite pour montrer son propriétaire, mais Genièvre reconnaît chacune des cicatrices et des nœuds des phalanges de son père.

La deuxième moitié du médaillon contient une mèche de duvet de chardon, d'un blanc touffu. Genièvre la caresse une fois.

Elle sait que c'est de la folie. Elle sait que c'est le rêve insensé d'une jeune fille effrayée. Mais elle murmure quand même les mots : *Petite Fille bleue, viens souffler dans ton cornet.*

Elle hésite en arrivant à la partie où elle doit énoncer le nom. Elle se dit qu'il faut être respectueux quand on invoque les morts, aussi appelle-t-elle sa grand-mère par son véritable nom : *Magdalena Cole, réveille-toi, lève-toi !*

Il ne se passe rien, sinon que son collier chauffe à blanc. Genièvre jure.

Et le vent s'engouffre par la fenêtre de la cellule, charriant une odeur de tabac, de terre et de minuit. De chez elle.

Genièvre déglutit très difficilement. « Mama Mags ? »

Personne ne lui répond. Mais elle sent un frôlement sur son front – le vent sur sa peau ou le baiser de lèvres fantômes.

« Que je sois deux fois damnée ! lâche Genièvre d'une voix rauque épaissie par les larmes. Tu l'as fait, n'est-ce pas ? Tu t'es liée à ce médaillon ? »

Nous sommes poussière et retournerons à la poussière. Les mots se confondent avec les grincements du parquet, avec le murmure du clair de lune.

Ce n'est rien d'autre qu'un sort de sorcière des haies pour raccommoder les coutures déchirées, mais peut-être que les vers ne comptent pas vraiment. Peut-être que la magie n'est rien de plus que l'espace entre ce qu'on a et ce dont on a besoin, et que Mama Mags avait besoin de laisser de menus bouts d'elle-même pour veiller sur ses petites-filles.

Genièvre s'interroge soudain sur ce que Mama Mags pourrait avoir lié d'autre. Sur la force invisible qui les a attirées, elle et ses sœurs, sur St George Square ce jour de mars, sur les fils qui s'étirent toujours entre elles. Non pas la destinée ou le sang, mais simplement les restes estompés du cadeau de leur grand-mère.

Genièvre appuie sa tête contre ses paumes et sent les larmes dévaler ses poignets. *Shh, shh*, chuchote le vent. *Tout va bien, ma chérie.*

Genièvre pleure jusqu'à ce que la brise retombe et que l'odeur de tabac quitte la pièce, jusqu'à ce que son collier refroidisse autour de son cou et que le morceau de charbon amer finisse par se consumer et se réduire en cendres que le vent emporte.

40

Sitôt qu'elle arriva tout en haut du versant,
Sa trompette vibra d'un son retentissant.

Un sort pour crier,
qui requiert de l'audace & de la reine-des-prés de la veille

Le ciel est du bleu laiteux d'une vieille porcelaine, et le vent cingle de partout à la fois, comme si la chape qui recouvrait le monde s'était envolée pour laisser entrer l'air frais. La ville paraît neuve, récurée de fond en comble.

Si Agnès Amarante doit brûler, au moins est-ce un bon jour pour le faire.

Elle sent le froid des pavés contre ses pieds nus, et ses longs cheveux volent autour de son visage. L'une de ses sœurs la précède, l'autre la talonne. Elle pourrait presque croire qu'elles escaladent la montagne, comme lorsqu'elles étaient enfants et suivaient le fouillis noir des cheveux de Genièvre.

Sauf qu'au lieu de calicot et de coton, elles portent des tuniques en laine rêche barrées d'une croix peinte à la cendre. Au lieu de rire et de s'ébattre, elles restent silencieuses, les mâchoires bloquées par leurs cages de fer. Au lieu du doux bruissement des feuilles et du murmure des ruisseaux, elles sont entourées par le tintement et le raclement de leurs propres chaînes, et le brouhaha enfiévré d'une foule.

Agnès n'en a jamais vu de si grande ; on dirait que chacun des bâtiments de New Salem a été retourné et secoué jusqu'à ce que tous ses occupants en tombent et se déversent dans les rues. Il y a là des ouvriers aux manches retroussées, des employés de bureau au chapeau melon incliné. Des dames de la haute société vêtues de capes en fourrure, déshabillées du regard par des ivrognes au nez couperosé. Des familles entières étalées sur des nappes de pique-nique à carreaux. Tous sont venus voir brûler les sorcières.

Leurs yeux vides brillent comme des cailloux humides enfoncés sous leur crâne ; leurs ombres forment derrière eux des flaques visqueuses et difformes.

Mais certains yeux ne sont pas vides, certaines ombres ne sont pas difformes. Agnès voit des visages connus éparpillés dans la foule : les filles Domontovitch avec leur robuste et blonde mère ; Annie au milieu d'un groupe d'ouvrières ; Ona, la fille osseuse au regard noir ; Frankie Black, Florence Pearl et six autres femmes du *Péché de Salem* ; Rose Winslow avec les sœurs Hull ; Gertrude, la fille du Dakota, et Lacey, l'infirmière de St Charity ; Inez, méconnaissable sous sa lourde cape et sa perruque blanche, qui serre si fort Gillian Lind contre elle qu'elles donnent l'impression de n'être qu'une seule créature ; une douzaine d'autres femmes libérées des Profondeurs, qui attendent, les yeux sombres et les lèvres retroussées.

Les Sœurs d'Avalon, qui ne sont pas leurs sœurs par le sang, mais qui ont quand même répondu à leur appel.

Comme d'autres. Agnès aperçoit des rangs de jeunes hommes à la mine douteuse qu'elle se rappelle avoir vus à *L'Ami des travailleurs*, et qui semblent prêts à en découdre. Il y a aussi des groupes de femmes à la peau sombre, arborant de longues capes et de lugubres expressions – Cléopatra Quinn, près de sa mère, braque sur Bella des yeux enflammés –, et même quelques dames de l'Association des Femmes. Mlle Cady Stone se tient derrière Gillian Lind, le menton dressé.

Plus – beaucoup plus – qu'Agnès n'avait osé l'espérer, toutes là pour Ève. Et pour bien davantage qu'Ève : parce qu'elles en ont assez des enlèvements d'enfants et des disparitions de femmes, de devoir ramper et se cacher, des rafles et des arrestations. Parce qu'aucune d'elles n'est assez forte pour s'opposer seule à Gideon Hill, alors elles ne sont pas venues seules.

Annie Flynn croise le regard d'Agnès et incline la tête : le salut d'un soldat à son général, d'une sorcière à une autre. Agnès détourne les yeux et le voit : M. August Lee.

Le nid de ses cheveux blonds disparaît sous une casquette, et une écharpe rouge lui cache le bas du visage. Il fixe sur elle des prunelles flamboyantes, comme s'il ne voyait pas la marque des sorcières étalée sur sa poitrine ni la muselière en fer qui lui couvre le visage, comme si elle était une reine qui s'apprêtait à monter sur son trône plutôt qu'une condamnée marchant vers la mort. Il tient une flasque en argent dans une main et serre un petit paquet au creux de l'autre bras. Le paquet se tortille très légèrement.

Agnès s'immobilise, sans se soucier de la tension soudaine du collier sur sa gorge ni des jurons de Genièvre qui trébuche sur sa patte folle. La foule se décale, quelqu'un fait un pas de côté, et elle aperçoit un reflet rubis, un petit poing levé. Son cœur, en sécurité.

Ève. Les nurses et les nonnes de la Maison des Anges perdus n'ont pas encore dû remarquer qu'elles avaient la garde d'un morceau d'argile.

Le sort s'annulera dans quelques heures, mais alors il sera trop tard. Ève et elle seront libres parmi les étoiles.

Quelqu'un tire sur leur chaîne pour les faire avancer. Le collier lui semble léger comme de la dentelle à présent.

St George Square semble tout droit sorti d'une pièce de théâtre à quatre sous. Un échafaud a été monté sur le socle de la statue, bâti avec du bois si vert qu'il suinte autour de chaque tête de clou. Un poteau se dresse en son centre tel un doigt accusateur, sur un lit de branches de pin et de chêne blanc luisant d'huile de lampe.

Sur une deuxième plateforme, située en amont du vent, sont alignés des hommes à la mine grave en robe de juge ou en armure d'Inquisiteur. Grace Wiggin est la seule femme parmi eux, son écharpe blanche calée entre ses seins, l'expression fixe et vide. Agnès la dévisage alors qu'elle passe devant elle, en espérant la voir baisser les yeux sur elle et y distinguer son reflet sombre : une femme attachée et muselée, dépouillée de ses vers et de ses voies. Wiggin ne la regarde pas, mais une ride étroite apparaît entre ses sourcils.

Un homme vêtu d'un costume gris taché se tient au pied des marches et brandit une torche allumée. À sa vue – les volutes de fumée graisseuses, le fer ancien –, Agnès se sent détachée du temps, comme si elle avait quitté le monde des tramways et des élections pour pénétrer dans l'ère trouble des châteaux, des chevaliers et des bûchers de minuit.

Ses pieds sont engourdis sur les marches. Le poteau se niche au creux de ses omoplates. Deux hommes enroulent autour de leur taille des chaînes glacées qui mordent les chairs, tandis qu'un troisième déverrouille leurs brides et leurs menottes, ne leur laissant que leurs colliers. Lorsqu'elles rejoignent Dieu, les sorcières ont toujours la liberté de se repentir et de prier. Agnès a l'intention de ne faire ni l'un ni l'autre.

En regardant ses sœurs, elle comprend que la fin était inévitable : toutes trois dos à dos, assiégées de toutes parts. Les folles sœurs, brûlées et liées. Elle comprend que cela s'est toujours passé ainsi et se passera toujours ainsi, tant qu'il y aura des sorcières à brûler et des hommes pour les brûler.

La foule se brouille et oscille sous ses yeux. Elle perçoit des mouvements flous – l'écharpe écarlate d'August tandis qu'il contourne l'échafaud en jouant des épaules parmi les spectateurs agglutinés, le mouvement sombre de la jupe de Cléo qui s'approche –, mais alors tout est obscurci par l'apparition d'un homme en costume couleur chèvrefeuille.

L'ombre de Gideon Hill suit deux marches derrière lui, langoureuse et repue. Elle étend ses bras et déborde de la plateforme, plonge dans la foule, s'enroule autour des chevilles, se glisse sous les jupes. Sa chienne tremble à son côté, les yeux immenses dans son crâne fin.

« C'est votre dernière chance de confesser vos crimes, mesdames. » Il s'adresse à elles trois, mais ses yeux ne quittent pas Genièvre.

Aucune d'elles ne lui répond. Agnès n'arrive pas à sentir ses sœurs au-delà du fer froid qui lui enserre la gorge, mais elle perçoit la tension contenue de leurs épaules contre les siennes.

Hill se rapproche de Genièvre et dit d'une voix basse et urgente, presque désespérée : « Repentez-vous. Le pardon est encore possible. »

Genièvre lui sourit. « Non, il ne l'est pas. »

Ses mâchoires se contractent. Il se retourne en faisant tourbillonner sa cape couleur crème. Sa chienne, restée un pas derrière lui, jette un regard mélancolique aux sœurs Eastwood. « Tout va bien, ma fille. Ce ne sera plus long. » L'animal rejoint discrètement son maître.

Agnès sent le bruit sourd des bottes et des pattes qui descendent les marches de l'échafaud, le bourdonnement suraigu de la foule. Des étoiles apparaissent dans le ciel, tamisées par le flamboiement des torches.

Hill prend place sur la plateforme qui leur fait face. Quand il glisse la main de Mlle Wiggin sous son bras, elle lève sur lui des yeux si béats qu'Agnès sent son estomac se révulser. Au moins leur père ne les a-t-il jamais forcées à l'aimer ; au moins ne leur a-t-il jamais pris leur personnalité ou leur âme. Elle se demande si Grace le hait, quelque part au fond de son corps de poupée de porcelaine.

Hill embrasse du regard ses citoyens assemblés, le visage sévère et affligé. Agnès s'attend à ce qu'il prononce un nouveau discours sur la moralité, Satan et la modernité, mais il n'en fait rien. Au lieu de quoi, il baisse les yeux sur le porteur de torche à ses pieds. Il hoche une fois la tête, et un silence hideux tombe sur l'esplanade.

La torche siffle et crépite. Un bébé vagit quelque part dans la foule. Les pensées d'Agnès tournent en boucles étourdissantes… *une femme avisée garde son feu à l'intérieur… désolée, Mags… dépêche-toi, August…*

La voix de Bella, douce et calme, s'élève de l'autre côté du poteau, comme si elle se trouvait derrière un comptoir de bibliothèque plutôt que sur un bûcher. « J'ai traduit cette inscription, au fait. Celle qui figure sur la porte : *Maleficae quondam, maleficaeque futurae.* » Elle ignore Genièvre qui maugrée : « Bon sang, Bell. » « En anglais, on dirait : "Sorcières une fois, sorcières dans le futur."

— Et qu'est-ce que ça signifie ?

— Je crois que ça signifie que les sorcières reviendront toujours, quel que soit le nombre d'entre nous qu'ils brûlent. » Agnès entend le sourire dans la voix de Bella, net et secret. « Je crois que ça signifie… nous. Nous toutes. »

Puis la torche entre en contact avec le bûcher, et les flammes montent à l'assaut du ciel comme des griffes de tigre. Et les sœurs Eastwood brûlent.

Agnès Amarante a déjà brûlé une fois. La fumée qui lui agresse les yeux comme des tessons de verre, la chaleur qui se propage à tout son corps par vagues, qui soulève ses cheveux de ses épaules et en roussit les pointes, le sifflement de ses larmes qui se transforment en vapeur sur ses joues, lui sont familiers.

La première fois, Agnès s'était sauvée elle-même. Elle avait tracé un cercle d'eau du ruisseau autour de ses sœurs et prononcé les vers, et la chaleur s'était évanouie. Elles étaient restées parfaitement immobiles pendant que l'incendie léchait et se tortillait autour d'elles, comme s'il s'agissait d'un loup récemment dompté qui pouvait encore mordre.

Cette fois, c'est August Lee qui les sauve. Elle voit son visage à travers l'ambre des flammes : les yeux fixes, les lèvres en mouvement, le bras toujours serré autour d'Ève. La flasque en argent gît sur les pavés, son contenu éparpillé en un large cercle autour de l'échafaud.

Son front luisant de sueur et ses épaules contractées donnent l'impression qu'il lutte contre un immense poids. Toute sorcellerie n'a besoin que de volonté, en réalité, et August ne permettra pas qu'elle brûle.

L'échafaud siffle et crépite sous ses pieds, et les flammes jaillissent haut dans le ciel, mais elles ne semblent pas la toucher, comme si sa peau était protégée par une armure d'eau courante. Seul son collier dégage de la chaleur en réaction à la magie. Il pulse contre sa gorge.

Autour d'August, les spectateurs hurlent, gémissent et applaudissent, les joues empourprées et les yeux rouges. Leurs ombres ont fusionné en une hydre exultante à mille têtes et autant de membres. Hill les toise sans la moindre expression, comme s'ils n'étaient rien d'autre que des marionnettes vides.

Quand il relève les yeux vers les Eastwood, des flammes dansent dans ses pupilles, et peut-être une trace de peine – mais aussi l'immense soulagement d'avoir enfin mis un terme à la menace qui pesait sur sa vie éternelle et lasse.

Mais son soulagement va bientôt vaciller. Ses sourcils, se froncer. Il a brûlé beaucoup, beaucoup de sorcières au fil des siècles, et toutes ont crié.

Les Eastwood ne crient pas. Les flammes s'enroulent comme des doigts autour d'elles, grignotent leurs robes de laine blanche. Le fer de leurs chaînes rougit sous la chaleur… mais leur peau reste intacte, lisse, sans la moindre cloque. Bientôt, Gideon Hill comprendra que ces sorcières ne brûlent pas.

Mais elles ne sont pas encore prêtes. Il leur faut encore un peu de temps.

Agnès prend une profonde inspiration qui devrait lui calciner les poumons, mais ne le fait pas. Elle sent sur sa langue le goût des braises, de la cendre et de la sorcellerie d'August. Elle pense à Ève emmaillotée dans ses bras, baignée dans la lumière du bûcher de sa mère : *Écoute bien, ma chérie.*

Sa voix s'élève dans la nuit, claire, provocatrice et dénuée de peur : « C'est une confession que vous voulez ? »

Bella reconnaît à peine la voix de sa sœur. Elle tonne et gronde, déchaînée, éraillée par la rage. Elle résonne profondément dans les os de Bella, telle une corde pincée, trop grave pour être perçue par l'oreille humaine.

« Je vous le confesse volontiers, monsieur Hill : je suis une sorcière. »

La foule hostile fait silence au son de sa voix et fixe des yeux méfiants sur les flammes. Des yeux de chasseurs qui entendent leur proie remuer dans les fougères, blessée mais encore prête à mordre. Gideon Hill s'est figé sur la plateforme.

Bella sent l'échafaud trembler sous ses pieds, comme si quelqu'un était en train de grimper dessus, comme si ce quelqu'un tentait quelque action héroïque et audacieuse sans laquelle tout leur plan s'effondrerait. *Les Trois la bénissent et la gardent.*

« Je suis une sorcière, crie de nouveau Agnès dont les mots portent loin dans la nuit. Comme mes sœurs, comme ma fille, et comme le sera la fille de ma fille. » Sa voix se durcit à la mention d'Ève, donnant l'impression que le collier s'est resserré autour de sa gorge.

Des pas résonnent derrière elles, puis des vers murmurés et le sifflement de l'eau salée sur le fer chaud. Leurs chaînes s'effritent en une rouille surnaturelle. Leurs colliers irradient au contact de la sorcellerie.

Bella se mord les lèvres au sang, mais Agnès ne semble pas sentir la brûlure. Sa tête, inclinée en arrière, repose sur le poteau, les yeux fermés. Elle reprend d'une voix forte : « Comme toute femme qui dit ce qu'elle ne devrait pas dire ou désire ce qu'elle ne peut pas avoir. Qui se bat pour obtenir sa juste part. »

Tous les regards sont sur Agnès, subjugués. Personne ne remarque la quatrième sorcière sur l'échafaud, qui chante un sort pour éviter une attention malvenue. Personne ne remarque que les chaînes et les colliers s'amincissent, s'effritent, aussi cassants que de vieux os.

Agnès hausse les épaules d'un air dédaigneux, comme on se débarrasse d'une main indésirable, et les chaînes claquent. Elle avance d'un pas sur le bois noirci, ses pieds nus épargnés par le brasier, les cheveux dansant dans les flammes, et Bella entend l'inspiration étranglée de centaines de gorges.

Elle se surprend à éprouver une pointe de pitié pour tous ces gens : ils croyaient vivre une histoire où les méchantes sorcières brûlaient à la fin, où l'on bordait ensuite tous les petits enfants en sécurité dans leur lit, les cheveux imprégnés de l'odeur de la fumée. Comme il doit être déroutant pour eux de se découvrir dans une histoire où les sorcières pactisent avec les flammes, brisent leurs chaînes et rient à gorge déployée sous les étoiles.

Agnès lève le bras, et le feu s'enroule autour de sa chair nue telle une armure dorée. Elle le tend vers Gideon Hill, qui grimace sur sa plateforme, la bouche à demi ouverte pour se faire entendre de ses Inquisiteurs en dépit des aboiements furieux de sa chienne. Grace Wiggin, toujours accrochée à son bras, regarde Agnès avec horreur. Mais il y a une étincelle dans ses yeux, comme si une part traîtresse d'elle-même se réjouissait de voir une sorcière sortir des flammes.

La gorge de Bella cloque sous le collier qui s'émiette, carbonisée par chacun des fragments de rouille qui tombent sur sa peau. Elle ne voit pas Cléo derrière elle, mais elle entend sa voix murmurer à son oreille : « Tiens bon, mon amour, c'est presque fini… *Le pont de Londres dégringole, dégringole, dégringole…* »

Agnès montre toujours Hill du doigt. Bella ne voit que l'arrière de son crâne, mais elle entend son rictus extatique. « Je suis une sorcière, Gideon Hill », répète-t-elle d'une voix grave, dangereuse, le sursaut de la queue du chat avant qu'il ne bondisse, le dernier cercle du balbuzard avant qu'il ne fonde sur sa proie. « *Et vous aussi êtes un sorcier !* »

Ses paroles provoquent une réaction en chaîne, comme un château de cartes qui s'effondre.

Leurs colliers de sorcière se détachent de leur cou, réduits à des flocons de rouille et de malveillance. Bella sent les âmes de ses sœurs chanter à pleine voix à travers leur lien, et la magie rayonner de nouveau de l'autre côté de tout.

Une chouette et un balbuzard apparaissent dans le ciel chargé de fumée en suspension, noirs comme des piques ou des cœurs, et les premiers véritables cris résonnent sur l'esplanade.

Gideon Hill hurle des ordres. Des Inquisiteurs en rouge et blanc se précipitent vers l'échafaud au moment où le gros de la foule amorce une retraite paniquée. Les gens se rentrent dedans sans remarquer que certains groupes d'individus restent immobiles. Se dressent comme des pierres ou des sentinelles, les yeux sur le brasier. Attendent.

Bella s'écarte du poteau en titubant et s'effondre dans les bras de Mlle Cléo Quinn.

« Qu'est-il arrivé à ton alliance, femme ? murmure la jeune femme dans les cheveux de Bella. Je t'ai perdue de vue à peine dix minutes.

— C'est ta faute, si tu m'as perdue de vue.

— Je ne commettrai pas la même erreur deux fois. » La main de Cléo trouve la sienne et la serre si fort qu'elle entend ses jointures craquer.

Genièvre boite à son tour hors du feu, lève les bras au ciel et éclate d'un rire sardonique, le rire du corbeau qui fond sur le champ de maïs, le rire de l'arnaqueuse qui tisse sa toile. Bella aperçoit le coin de son sourire féroce tandis qu'elle observe la foule.

« Je crois que ma grande scène arrive, mon amour, chuchote Bella. Tu as apporté le bois à baguettes ? »

Cléo fourre une mince bande de houx dans sa paume au moment même où Genièvre crie le mot : « *Ciguë !* »

Bella s'avance entre ses sœurs alors que la foule répond à l'ordre de Genièvre.

Elle observe une centaine de femmes fouiller une centaine de poches, de sacoches et de paniers, et en sortir une centaine de chapeaux en mousseline noire, en velours gris, en soie sombre et en dentelle déchirée. Chaque sorcière de New Salem pose sur sa tête un grand chapeau pointu et murmure les vers.

Des jupes et des capes cascadent sur leurs corps, sorties de nulle part. Élégantes robes en mousseline de soie, robes de jour en coton aux manches arrachées, capes noires prolongées de traînes de plumes, robes de soirée coupées dans de la fourrure de vison sombre. Certaines ont été cousues par les Sœurs d'Avalon, d'autres ont été sorties de coffres et de garde-robe en cèdre pour l'occasion. Certaines ne sont pas vraiment noires, mais bleu marine ou vert émeraude, mais, dans la lumière vacillante des étoiles et des flammes, cela importe peu. La foule voit des femmes coiffées de chapeaux pointus et vêtues de robes noires, et sait exactement ce qu'elles sont.

On peut se moquer d'une sorcière. On peut en brûler trois. Mais que faire quand elles sont cent ?

La plupart des gens se mettent à courir.

Hill, lui, ne court pas. Il aboie des ordres à ses Inquisiteurs sans quitter sa plateforme. Il rassemble des poignées d'ombres et tire dessus comme avec des fils de marionnettes ou des lignes de pêche. La moitié de la foule s'arrête brusquement, vacillant sur ses pieds et clignant des yeux, trop faible pour se défaire de sa volonté.

Ses marionnettes auraient peut-être tenu leurs positions et vaincu les sorcières de New Salem, si Bella n'avait pas approché sa baguette en houx de la torche et ne l'avait pas levée au-dessus de sa tête. À ce signal, les sorcières sortent à leur tour des baguettes de chêne, de pommier, de bouleau ou de prunellier. Les femmes qui n'ont pas d'allumettes empruntent du feu à celles qui en ont, connectant les bouts de leurs baguettes les uns aux autres.

Bella dit le sort sans la moindre trace de bégaiement. Une centaine de voix lui font écho : *Reine Anne, reine Anne, toi qui es assise dans le soleil…*

De petits vers tout simples, qu'une femme pourrait chanter en ouvrant sa boîte à couture par un soir d'hiver. Des vers qui parlent de bannir les ténèbres, du soleil qui perce les nuages.

Blonde comme un lys et blanche comme une baguette.

Toutes les baguettes devant elles jettent une lumière différente, de l'aurore la plus pâle au crépuscule sanglant, du clair de lune argenté à la lueur dorée de la bougie. Les lumières se rencontrent et fusionnent en une vague de soleil de midi.

Les ombres reculent devant la lumière des sorcières, se déroulent des chevilles, se détachent de l'ourlet des jupes pour s'écouler telles des eaux usées sur les pavés. Elles se rassemblent autour de Hill et forment une obscurité tourbillonnante qui siffle et crache comme de l'huile de friture.

Le sort gagne en intensité. Les ombres rapetissent jusqu'à la taille d'un homme debout, puis d'un vieillard voûté, d'un enfant, et finissent par disparaître.

Gideon Hill, baigné dans la lumière solaire, n'a plus d'ombre pour se défendre. Sa chienne tourne la tête vers le ciel, babines retroussées sur un grondement ou un sourire.

Un mouvement agite la foule. Bella voit les visages se lever vers la lumière des sorcières, les yeux plissés et larmoyants, les bouches à demi ouvertes. Les ombres rejoignent docilement leurs propriétaires et retrouvent leur place ordinaire. Si le sort s'arrêtait maintenant, la plupart d'entre eux seraient ravis de rentrer chez eux, hantés par le souvenir d'une haine qui n'était pas la leur. Mais le sort ne s'arrête pas.

Reine Anne, reine Anne…

Les sorcières n'ont pas cessé de chanter quand l'ombre de Hill a disparu. La lumière est maintenant aveuglante, torride sur la laine noire et les capes d'automne, et le sort est en train de devenir quelque chose de nouveau, qui avale les mensonges et dévoile la vérité.

Gideon Hill se met à changer. Le blond terne de ses cheveux s'assombrit en un noir mat. Son menton s'affine, la chair reflue pour révéler une ossature fine et émaciée. Ce doit être son âme, visible à travers son corps volé ; Bella est surprise de le trouver si jeune et désespéré.

Sa chienne change, elle aussi, alors que l'illusion de son maître se consume. Ses pattes et sa mâchoire s'allongent, son pelage se durcit, ses oreilles se dressent : une louve maigre à la fourrure noire et aux pupilles incandescentes.

La foule fixe des yeux interdits sur son sauveur. Sa lumière contre les ténèbres, son aspirant saint. Le mot « sorcier » bruisse dans ses rangs.

Bella baisse sa baguette. Une joie sauvage, étourdissante, palpite à ses tempes. Si elles échouent maintenant, au moins la vérité sera-t-elle dite. L'homme qui avait passé des siècles à tordre l'histoire et à prêcher le faux aura révélé son vrai visage.

Leur père est mort en honnête homme, aux yeux du monde ; Gideon Hill mourra en disgrâce.

Bella se tourne vers Genièvre, qui regarde Gideon Hill avec une expression étrange, presque de la tristesse. « À ton tour, Genie. »

Genièvre regarde le garçon sur la plateforme – cet enfant violent et effrayé qui aurait dû mourir depuis très longtemps – quand sa sœur l'informe que c'est à elle d'intervenir.

Cléopatra Quinn lui met deux choses entre les mains : un bâton en bois d'if et une paire de longs crochets.

Genièvre bondit de l'échafaud. Sa robe en lambeaux noircis claque autour d'elle comme une paire d'ailes brûlées. Elle atterrit pieds nus sur les pavés, sa patte folle se tordant sous elle, son genou cognant contre la pierre. Les crochets se plantent profondément dans sa main, et le sang coule au creux de sa paume.

Elle demeure accroupie, ballottée par la foule paniquée. Elle étale le sang le long de son bâton et murmure les vers pour la troisième fois de sa vie.

Que les bâtons et les pierres te brisent les os, que les serpents t'arrêtent le cœur.

Des vers vicieux et venimeux qui lui brûlent la gorge et la langue. Des mots qui requièrent une volonté furieuse. Genièvre a toujours eu une coupe débordante de haine en elle, un puits de rage qui ne s'assèche jamais, mais il lui semble à présent qu'elle doit descendre plus loin pour trouver ce dont elle a besoin, que son puits n'est peut-être pas sans fond, après tout.

Pourtant : elle pense à Ève, aux Trois, à tous ces pauvres qui meurent dans les lits de St Charity, et elle y puise la volonté qu'il lui faut.

Le bâton se tortille dans sa main. Des écailles lisses remplacent le grain du bois, et le serpent sculpté est soudain chaud contre sa paume. Il tourne ses yeux de verre vers elle, et elle hoche la tête. Va.

Genièvre se relève péniblement alors que le serpent se glisse, invisible, entre les pieds agités. Penché par-dessus la rambarde de la plateforme, Gideon Hill scrute la foule d'un œil noir. Il la repère et se fige.

Son visage lui est familier. C'est celui qu'elle a vu dans tous les miroirs et les carreaux de fenêtre qu'elle a croisés au fil des années. C'est le visage d'un enfant brisé, trahi, qui s'accroche à la haine, faute d'autre chose.

Qu'est-ce que cela ferait de rester cet enfant pendant des siècles, tout seul ?

Le serpent d'if sinue maintenant autour des poutres de la plateforme, de plus en plus près de sa victime. Gideon est trop occupé à fixer Genièvre du regard pour voir sa propre mort s'approcher.

Mais la volonté de Genièvre vacille. Quoique assez près pour frapper, le serpent s'enroule sur lui-même, dans l'expectative.

Les saints savent qu'il le mérite. Comme son père, deux fois, mais elle l'avait épargné ce jour-là dans la grange. Elle l'avait laissé vivre sept ans de plus, jusqu'à ce qu'il la dépouille de la dernière once de miséricorde et de bonté qui lui restait. La deuxième fois, elle n'avait pas hésité.

Elle avait passé l'été à fuir, traquée et hantée, à la recherche d'un endroit où déposer toute la haine que contenait encore son cœur. Elle a peut-être réussi, en fin de compte. Peut-être en a-t-elle assez de la vengeance méritée et accomplie, des sacrifices, des péchés et des prix trop grands à payer. Elle sent le serpent se changer de nouveau en bois noir, son venin s'écouler.

Au-dessus d'elle, Gideon voit la faiblesse sur son visage. Une étincelle de triomphe s'allume dans ses yeux. Genièvre sait sans l'ombre d'un doute qu'il n'hésitera pas, qu'il paiera sa survie à n'importe quel prix.

Gideon la regarde, et ce qu'il voit lui tire un sourire.

Ce qu'il ne voit pas, c'est la femme qui se tient derrière lui sur la plateforme, qui projette son ombre à ses pieds, là où elle doit se trouver, et qui a retrouvé sa volonté : Mlle Grace Wiggin.

41

Tandis que j'agonise,
Je lève les mains vers elle,
Mais elle refuse même de clore mes lèvres ou mes paupières.

Un sort pour un ultime regret,
qui requiert une amère trahison

Agnès Amarante la voit.

Agnès se tient au bord de l'échafaud, tournant le dos à son propre bûcher. Elle voit les ombres de Gideon bannies, son pouvoir brisé. Elle voit Mlle Grace Wiggin s'écarter de lui comme un cerf-volant coupé de ses fils.

Son expression reste un instant froide et vide, mais alors la vérité remonte en bouillonnant à la surface. La confusion, d'abord, puis la révulsion, qui lui donnent l'air d'avoir envie d'arracher sa propre chair. Puis la rage : pure, chauffée à blanc, pleine de dents et de griffes, parfaitement étrangère aux traits dociles de Mlle Wiggin.

Elle se tourne vers l'homme qui l'a recueillie avant de lui prendre sa volonté, le père qui a maudit sa propre fille. À cet instant, elle ressemble moins à une femme qu'à une harpie. À une fin qui n'a que trop tardé, à un règlement de comptes en robe blanche.

Agnès suppose que Gideon Hill a toujours choisi ses victimes avec soin : les petits, les bizarres, les solitaires, les faibles. Les vieilles femmes vivant dans les bois et les jeunes filles au cœur rebelle. Son propre neveu rêveur et studieux. Il les brûlait et leur faisait porter le chapeau, les avalait tout entiers et recrachait les pépins, sans jamais s'inquiéter que l'un d'eux germe derrière lui et porte un fruit empoisonné. Sans penser que même les faibles peuvent devenir de puissants ennemis, s'ils sont assez nombreux.

Une lumière rouge brille à présent dans les yeux de Wiggin. Ses doigts fouillent sa jupe à la recherche d'une arme ou d'une voie et n'en trouvent aucune. Puis ses mains s'arrêtent sur l'écharpe pâle qui la ceint de la hanche à l'épaule. Elle caresse un instant les lettres brodées, l'air pensive, puis passe l'écharpe au-dessus de sa tête. Elle tient la soie blanche telle la lame d'une épée posée à plat sur ses deux paumes. Les femmes excellent à inventer leurs propres voies quand elles n'en ont aucune.

Hill ne voit rien venir. Et même si ç'avait été le cas – s'il s'était retourné et avait vu l'écharpe entre les mains de Wiggin et la rage sur son visage –, Agnès doute qu'il y ait cru avant qu'il ne soit trop tard.

Wiggin jette l'écharpe par-dessus la tête de Hill, qui s'ajuste opportunément autour de son cou. Avant qu'il ne puisse s'en défaire, avant qu'il ne puisse même jeter un regard irrité vers le bas, elle se resserre sur sa trachée.

« Les saints nous sauvent », dit Bella en se couvrant la bouche des deux mains.

Cléo prend une inspiration entre ses dents : « Mais pas lui. »

En contrebas, Genièvre lève sur Hill et Wiggin des yeux effarés. Son bâton a disparu, mais Agnès ne voit nulle part de serpent.

Un des Inquisiteurs sur la plateforme a remarqué que la cheffe de l'Union des femmes chrétiennes étrangle le maire. Il s'en émeut apparemment, même si le maire ne ressemble plus vraiment au maire, et se précipite en avant.

« *Non !* » crie Agnès inutilement, désespérément.

La chienne de Gideon – un animal haut sur pattes aux yeux rouges désormais, une louve pourvue d'un collier de fer – se tourne vers l'Inquisiteur, les poils de l'échine dressés. Ses crocs claquent à quelques centimètres de sa chair. Son collier rougeoie en réaction, mais elle ne recule pas.

D'autres Inquisiteurs arrivent en renfort. Avant qu'ils ne puissent écarter la louve à coups de botte, une ombre emplumée frappe, toutes serres dehors. Pan rejoint le loup, suivi de Strix. Les trois familiers tiennent les hommes vociférants en respect avec leurs crocs, leurs griffes et leurs yeux incandescents. Derrière eux, l'écharpe de Wiggin se resserre encore sur la gorge de Hill. La louve hurle, d'agonie ou de triomphe.

Le visage de Hill passe du blanc au rouge, puis à un violet sombre et marbré qui rappelle la couleur de la viande avariée. Ses lèvres écumantes, mordues jusqu'au sang, essaient de former un ultime et futile sort. Ses coups de pied perdent de leur vigueur, son costume chèvrefeuille se tache d'urine et de salive. Sa louve titube.

La mort le cueille en dépit de sa malveillance et de son pouvoir, de tous ces siècles de savoir accumulé. Agnès veut regarder jusqu'à la toute fin, jusqu'à ce que ses jambes cessent de gesticuler, jusqu'à ce que son cœur cesse de battre, mais quelqu'un crie son nom.

« Agnès Amarante ! » Elle l'ignore.

Mais un bébé se met à crier, et Agnès reconnaît cette voix. Elle est écrite sur son cœur et gravée dans ses os. Elle en entend les échos dans ses rêves, qui la hantent.

Elle se détourne de son triomphe froid pour voir August Lee grimper les marches de l'échafaud avec son nom sur les lèvres et sa fille serrée contre sa poitrine.

Agnès n'a pas conscience de tendre les mains vers elle avant de sentir l'évidence du poids d'Ève dans ses bras et d'entendre le flot d'absurdités qui sort de sa propre bouche (« Ma chérie, petit amour, tout va bien, maman est là, tu es avec moi »). Ses côtes lui font mal comme si une chose pleine de plumes, de vastes ailes, essayait de s'en échapper.

Elle sent l'odeur de la sciure et éprouve le poids délicat de bras autour d'elle. Elle pose la joue contre la poitrine d'August et les bras affermissent leur prise. Sa peau est encore chaude de la sorcellerie.

Dans l'espace entre leurs deux corps, elle baisse le regard sur les yeux graves de sa fille, que font briller les étoiles, les flammes et le début de dix mille histoires. Il était une fois une fille qui avait été volée et retrouvée. Il était une fois une fille élevée par trois sorcières. Il était une fois une fille surgie tel un phénix des cendres de sa mère, qui prit son envol dans la lumière d'un monde nouveau.

August desserre son étreinte et dépose une branche dans sa paume. « Du sorbier, comme vous me l'avez demandé. » Il dégage une odeur brute et verte, fraîche dans l'air brûlant.

« Mes gars et moi, on va tenir la foule à distance. »

Agnès lève les yeux sur cet homme qui aime tout d'elle, ce chevalier qui a emmêlé les contes et est tombé amoureux de la sorcière au lieu de la princesse. Il se dresse à ses côtés à la fin, transpirant et taché de cendres, et Agnès ne doute pas un instant de la suite de l'histoire.

Elle l'embrasse. Malgré les cris de la foule et la chaleur trop proche des flammes, malgré la douleur dans ses lèvres et le bleu inquiet des yeux d'August. Il lève les mains à hauteur de son visage, sans trop savoir qu'en faire. Ses lèvres hésitent contre les siennes. Agnès presse ses dents contre sa peau, pour lui rappeler ce qu'elle est. Il s'enflamme à ce contact, rempli de désir et de chaleur, et entremêle ses doigts à ses cheveux.

Cela se termine trop vite. C'est moins un baiser qu'une promesse, un espoir traduit par la chair.

Elle se détache de son cou, et August porte les doigts à ses lèvres meurtries, l'air hébété, comme s'il venait de vivre une épiphanie ou de prendre un coup sur la tête.

« Agnès... » dit-il d'une voix agréablement rauque.

Elle croise son regard et lève le menton avec défi. « Venez me trouver, monsieur Lee. Quand tout sera terminé. »

Il pose la main sur son cœur, et elle sait qu'il le fera. Elle y croit, corps et sang.

Agnès agrippe son manche à balai en sorbier d'une main et tend l'autre vers ses sœurs. Les doigts de Bella se referment autour des siens. « Où est Genie ? Il faut encore qu'on s'occupe du bannissement. »

Agnès la repère dans la foule en contrebas, les yeux levés sur Grace Wiggin, que des Inquisiteurs souffrant de plusieurs morsures ont finalement appréhendée. Gideon Hill gît à ses pieds. Sa louve s'est roulée en boule près de lui, son fin museau posé sur la poitrine de son maître, les yeux fermés.

Genièvre devrait être triomphante, extatique, ou au moins animée d'une satisfaction lugubre... Au lieu de quoi, elle reste parfaitement immobile, attentive. Son visage affiche une terreur exsangue qui donne la chair de poule à Agnès. Elle a déjà vu sa sœur tempêter, pleurer, rire, mentir et faire une centaine d'autres choses ; mais elle ne l'avait jamais vue effrayée.

Genièvre sait à quoi ressemble un homme mourant : malade, terrifié et enfin navré, tel un villageois avare quand le Joueur de flûte vient réclamer son dû. Impotent, faible, guère susceptible de vous causer quelque nouveau tort.

Gideon Hill ne ressemble à rien de tout ça.

Son visage n'est plus qu'un hématome noir, ses yeux ne sont plus que des rubis humides, maculés de sang, mais son expression à la toute fin reste placide, presque ennuyée. Dans les dernières secondes, il croise le regard de Genièvre – alors que la foule gémit et panique autour d'eux, alors que les phalanges de Wiggin blanchissent sur l'écharpe, le visage animé d'une haine meurtrière – et sourit.

Son poing, suspendu au-dessus du rebord de la plateforme, se détend alors qu'il rend son dernier soupir, laissant échapper un petit ruban de couleur vive : une mèche de cheveux duveteuse.

Rouge comme le sang.

42

Tous les chevaux et les soldats du roi
ne purent remettre Georgie à l'endroit.

Un sort pour fragmenter une âme,
qui requiert une mort n'ayant que trop tardé

De toutes les âmes que James Genièvre a vues cet été – quatre, si elle compte bien –, celle de Gideon Hill est la plus infâme.

Elle s'écoule de sa bouche ouverte comme du goudron chaud et forme une flaque sur la plateforme derrière lui, humide et noire. Genièvre suppose que c'est ce qui arrive à une âme quand elle s'attarde trop longtemps et se nourrit d'ombres volées : elle finit par pourrir, comme un organe malade.

L'âme de Hill s'écarte de son corps et de la louve étendue près de lui – un familier ne devrait-il pas disparaître quand son maître s'éteint ? –, et dégouline entre les planches.

Elle s'écrase sur les pavés et s'épanche telle une eau noire le long des jointures du sol. La foule piétinante l'empêche de le déterminer avec certitude, mais Genièvre a l'impression qu'elle se dirige plein nord. Vers elle.

Elle se retourne vers l'échafaud derrière elle, où les silhouettes de ses sœurs se découpent sur les flammes. Bella et Cléo, côte à côte, serrent dans leurs mains leurs branches de sorbier. August crie des ordres à ses hommes pour qu'ils tiennent les émeutiers à distance.

Agnès, les yeux baissés sur sa fille, sourit avec un tel amour que la gorge de Genièvre se serre. Tout ce qu'elle avait vécu – les Profondeurs, Avalon, la cicatrice autour de son cou, les charbons dans son cœur – n'aurait de sens que si Agnès et Ève parviennent à s'échapper ensemble de cette cité deux fois maudite.

Puis Genièvre repense à la mèche de cheveux rubis tombée de la plateforme. Au sourire sur les lèvres de Hill alors qu'il expirait. À la voix de l'Aïeule disant : *Quelque chose provenant de l'enveloppe qu'il convoitait.*

Elle comprend alors que l'âme de Gideon ne se dirige pas vers elle, mais vers l'échafaud, vers le seul être véritablement pur que Genièvre ait jamais rencontré, le seul être à qui ni elle ni ses sœurs ne pourront jamais faire de mal.

Ève.

Et elle comprend qu'elle n'a qu'une seule option, et que cette option est perdante.

Elle commence par jurer – contre Gideon Hill et ses maudites ombres, contre elle-même et ses choix désastreux, contre le monde qui demande un prix aussi exorbitant juste pour vivre – puis elle prononce les vers.

Nous ne sommes que poussière et retournerons à la poussière, la tienne à la mienne, la mienne à la tienne.

Les vers que Mama Mags utilisait pour lier les coutures, puis les sœurs, puis sa propre âme. Ils devraient certainement fonctionner pour Genièvre.

Les liages requièrent habituellement des voies, des expédients, des objets et de complexes affinités, mais Genièvre n'a rien d'autre que le goût du mors de Gideon Hill entre les dents, les cicatrices de son collier autour de la gorge et sa propre volonté, qui ne vacille pas.

Elle se tend vers l'âme du sorcier alors qu'elle passe devant elle, y plonge les doigts. La flaque se tortille sous ses mains, cherchant à s'échapper, mais la volonté de Genièvre est à la fois le marteau et l'enclume, la pierre et la masse. Elle la maintient fermement. Elle répète les vers, et l'ombre se laisse aller, froide, entre ses paumes.

Genièvre résiste à l'envie de la jeter par terre et de l'écraser comme un cafard. Mais elle ne pourrait pas le faire de toute façon : l'ombre remonte le long de ses bras dans un mouvement spiralé. Elle la sent gravir son plexus, frétiller à son cou, introduire ses doigts glacés entre ses lèvres et se déverser dans sa gorge. Elle a l'impression d'avaler de la vase ou de la boue de janvier, épaisse, infecte, contre nature. Un haut-le-cœur la saisit au contact huileux de son âme à l'intérieur d'elle-même.

Un rire s'élève quelque part sous son crâne, d'une familiarité écœurante, et une voix murmure : *Je voulais que tu restes avec moi, James Genièvre. Nous voilà réunis à jamais.*

Il l'avale tout entière. Le monde devient noir comme le ventre d'une baleine.

Bella voit l'ombre se rapprocher de l'échafaud.

Elle voit sa sœur se mettre – stupidement, courageusement, de façon parfaitement prévisible – en travers de son chemin. L'obscurité se déverse sur ses bras et se glisse dans sa bouche, étend des vrilles le long de ses joues et remplit ses yeux d'ombres. À travers leur lien, Bella ressent un froid glacé et suffocant.

Genièvre se raidit, la bouche ouverte sur un hurlement silencieux, les doigts griffant sa poitrine comme si une mauvaise herbe avait pris racine en elle. Le cri de Bella se perd dans les vociférations de la foule.

Seule Cléo l'entend. « Que se passe-t-il ? Oh, par les saints. » Elle voit Genièvre, le dos arqué par une force surnaturelle, les ongles plantés dans la chair. Ses yeux sont aussi noirs que des tombes.

Bella prend conscience que ses propres lèvres laissent échapper une litanie étranglée de : « Oh non, oh non, oh non. » « Il lui vole son corps, comme il a volé tous les autres.

— Ta sœur a la volonté d'un roc. Peut-être arrivera-t-elle à l'en empêcher.

— Non... » Bella le sait, le sent à travers leur lien. Sa respiration s'interrompt. *Le lien.* « Pas seule. »

Elle projette sa volonté vers Genièvre, la moindre étincelle de peur, de fureur et d'amour désespéré qu'elle possède, et prie que cela suffise.

Genièvre tressaille. Son cou se tend vers l'échafaud avec un bruit sec, et ses lèvres se retroussent sur un rictus qui ne lui appartient pas – puis la crise passe. Sa colonne vertébrale se détend. Ses épaules se redressent, familières et têtues. La noirceur reflue dans ses yeux, qui retrouvent leur argent pâle. Indéniablement les siens.

Elle croise le regard inquiet de Bella et lui adresse un demi-sourire las. Bella est submergée par une vague de soulagement.

Jusqu'à ce qu'elle aperçoive un mouvement près de Genièvre. La louve noire se tient maintenant au côté de sa sœur et lève sur elle des yeux rouges. Très rouges.

Genièvre suppose qu'avoir obtenu tout ce qu'il désirait pendant plusieurs siècles a gâté M. Gideon Hill. Il s'est habitué aux faibles volontés et aux vers murmurés, aux femmes attachées dans les flammes.

Mais Genièvre a appris à cracher au berceau. Elle sait tout de l'adversité et des choix hasardeux, du cran et de la détermination. Elle plante ses pieds dans le sol et tient ses positions.

Il aurait pu gagner, à la fin – Gideon Hill a jadis été George de Hyll, et il volait des âmes avant même que Genièvre, sa mère ou la mère de sa mère soient nées –, sauf que Genièvre n'est pas seule.

La volonté de Bella inonde son cœur comme le premier vent chaud du printemps. Elle chasse le froid, repousse Hill loin en elle-même et l'écrase de telle sorte qu'il n'en reste qu'un éclat de glace entre ses côtes.

Une voix moqueuse s'élève dans sa tête. *Combien de temps crois-tu que tu pourras continuer ainsi ? Combien de temps pourras-tu me résister ?*

Pas éternellement, elle le sait – il est une tumeur dans sa poitrine, qui attend le moment où son attention se relâchera, où sa volonté faiblira –, mais elle n'a pas besoin de l'éternité.

Assez longtemps, enfoiré, songe-t-elle, et elle avance d'un pas. Ce simple geste est plus dur qu'il ne devrait l'être, comme si un poids pesait sur ses épaules, comme si ses muscles ne lui appartenaient pas tout à fait. Une masse chaude, où brillent deux yeux rouges et mélancoliques, s'appuie contre sa jambe : le familier de Gideon Hill, toujours restreint par son collier de fer. Toujours lié à son maître, le suivant loyalement dans sa nouvelle incarnation.

Pour la dernière fois.

Genièvre enfonce ses doigts dans la fourrure de la louve et l'entraîne vers l'échafaud, ses sœurs, le poteau et les flammes qui tourbillonnent dans le ciel comme si elles lui faisaient signe.

Bella observe sa sœur regagner l'échafaud comme si elle avait de l'eau jusqu'aux genoux. Comme si chaque pas lui coûtait, mais qu'elle était déterminée à l'accomplir.

On court et on se bouscule autour d'elle – d'élégants gentlemen qui fuient, terrorisés ; des Inquisiteurs qui hurlent, leurs tuniques blanches maculées de sang ; des hommes aux yeux fous qui serrent des pierres ou des tessons de bouteille dans leurs mains, à la recherche de sorcières maléfiques à tuer –, mais personne ne semble désireux de s'approcher un tant soit peu de la jeune femme et de la louve.

Bella lui tend la main alors qu'elle gravit les marches, mais Genièvre s'en écarte précipitamment. Elle tient les siennes loin de son corps comme si elles étaient tachées par quelque substance infâme, et enfouit l'une d'elles dans la fourrure noire de la louve qui la flanque.

« Genie ! Que s'est-il passé ? Est-ce qu'il est arrivé à se lier à toi ? »

Genièvre hausse une épaule sans croiser son regard. « Non.

— Alors comment… Qu'est-ce que…

— C'est moi qui me suis liée à lui. »

Bella envisage de fondre en larmes. « Oh, Genie, *pourquoi* ? »

Genièvre évite toujours son regard. Bella suit la direction de ses yeux et voit Agnès calmer une Ève vagissante. Genièvre hausse de nouveau les épaules. « Pas le choix.

— Bon, on peut arranger ça. On trouvera bien un moyen de le bannir ou de le contenir. Un sort de protection, peut-être, ou de guéri…

— On n'a pas le temps, Bell », dit Genièvre d'une voix très douce, comme un docteur annonçant une mauvaise nouvelle à un patient. Elle incline le menton vers Agnès et Ève. « Tu prendras soin d'elle, hein ? Elle mérite mieux que ce qu'on a eu. Une mère qui reste avec elle, peut-être même un père qui vaut quelque chose. » Genièvre jauge August des yeux, il monte la garde sur les marches de l'échafaud, armé d'une barre en fer et arborant une expression qui ne laisse aucun doute sur le fait qu'il est prêt à donner sa vie s'il le faut.

« Elle aura besoin de toi, et de Cléo aussi, pour lui enseigner les vers et les voies. Ça aurait plu à Mags, j'en suis sûre. » Genièvre sourit à sa sœur aînée. Le genre de sourire dont les coins renferment des adieux et des regrets. Bella n'aime pas ça du tout.

« Genie, dis-moi exactement… »

Genièvre s'approche en boitillant et plante un baiser sur la joue de Bella. Ses lèvres craquelées et chaudes réduisent sa sœur au silence.

Genièvre la contourne et s'arrête devant son autre sœur. Agnès fronce les sourcils à la vue de la louve qui trottine près d'elle, et lève sa branche de sorbier vers les étoiles. Mais Genièvre secoue la tête. Sa main plane au-dessus de la tête duveteuse d'Ève, sans tout à fait la toucher, en tremblant très légèrement.

Agnès lui pose une question, et Genièvre y répond, sans se départir de ce sourire en forme d'au revoir. Elle embrasse aussi Agnès sur la joue.

Ce n'est que lorsqu'elle se détourne pour se placer devant les flammes – les cheveux soulevés par la chaleur, les yeux décidés – que Bella comprend ce qu'elle s'apprête à faire.

Genièvre n'a pas beaucoup de temps, mais assez pour dire adieu à ses sœurs.

Agnès serre Ève dans un bras et sa branche de sorbier dans l'autre main, les sourcils froncés. « Où est Gideon ? C'est quoi, cette chose qui te suit ? » Ses yeux désignent la louve qui marche toujours patiemment à son côté. « C'est l'heure, Genie », dit Agnès en montrant le ciel.

Genièvre se rappelle les nuits passées dans leur lit entre ses sœurs, quand elle était petite, à écouter les bredouillements et le pas lourd de leur père à l'étage inférieur. Agnès lui dégageait le front d'une main douce et murmurait : *Ça va aller*.

Malgré son âge, Genièvre savait que c'était un mensonge. Mais c'était le genre de mensonge qui devenait vrai en le disant, car il signifiait qu'au moins une personne au monde l'aimait assez pour lui mentir.

Agnès regarde Genièvre avec une telle intensité qu'elle doit se douter de ce qui va arriver, elle doit le voir dans le tremblement de la main de sa sœur au-dessus de la tête de sa fille.

« Qu'est-ce qui se passe ? »

Genièvre se penche pour l'embrasser sur la joue. « Ça va aller. »

Elle se tourne vers les flammes.

Elle hésite. En partie parce que Gideon Hill hurle et vitupère en elle, tire sur sa volonté comme un chien fou au bout de sa laisse, mais avant tout parce qu'elle aime bien vivre, et qu'elle voudrait continuer à le faire.

Elle aimerait rester exactement à cet endroit, avec le vent glacial dans ses cheveux, le défilement sauvage des étoiles au-dessus d'elle et les battements de cœur d'Agnès et de Bella près d'elle.

Elle aimerait pouvoir s'enfuir. Enfourcher sa branche de sorbier et disparaître avec ses sœurs, et qu'on n'entende plus jamais parler d'elles. Elles rentreraient peut-être chez elles, ces montagnes baignées de brume et ces ruisseaux glacés, et construiraient leur tour au fond des bois verts. Elles laisseraient les ronces pousser comme une haie d'épines de roses autour d'elles et élèveraient Ève ensemble dans la lumière mouchetée par les feuilles, à l'abri de leur secret.

Elle aimerait être un de ces oiseaux de feu des histoires de Mags, que quelque chose renaisse de ses cendres.

Elle ne pourra plus tenir très longtemps. Le venin de l'âme de Gideon Hill suinte dans ses veines, s'incruste dans ses os. C'est une fin appropriée, au moins : sa mère est morte pour elle, et maintenant Genièvre va mourir pour Ève. Cette enfant sera peut-être celle qui rachètera enfin la dette de toutes ces générations, tous les sacrifices des femmes qui l'ont précédée.

Genièvre prend une dernière inspiration. Caresse la tête de la louve, comme un chien fidèle.

Hill tourbillonne comme une lame à l'intérieur d'elle-même, mais elle sent encore une certaine réserve en lui, un calme calculateur. Peut-être ne croit-il pas vraiment qu'elle le fera, même maintenant, car il n'imagine pas qu'on puisse aimer quoi que ce soit davantage que soi-même.

Ou peut-être espère-t-il y survivre. Peut-être projette-t-il de s'échapper de son corps en flammes comme il a quitté le précédent et de s'accrocher au monde jusqu'à ce qu'il trouve une créature suffisamment faible pour s'y lier.

Il ignore que les Eastwood ont parlé aux Trois Dernières, qu'elles connaissent le secret de sa destruction. Que tous ses péchés se sont finalement retournés contre lui.

Genièvre humecte ses lèvres craquelées. « Tu as porté beaucoup de noms, Gideon Hill. » Elle le sent cesser de lutter, écouter. « Gabriel Hill, Glennwale Hale, George de Hyll. Toujours un G et un H. Je suppose qu'elle t'a manqué. » Il se recroqueville en elle, terrible et froid, effrayé pour la première fois. « Ta sœur t'envoie ses pensées aimantes, Hansel. »

Genièvre sent un frisson agiter l'âme de Hill, une vague de confusion, de désir et enfin de terreur, alors qu'il comprend que cette mort sera définitive, que toutes ses manigances et tous ses vols vont prendre fin, ce soir, dans le feu qu'il a allumé lui-même.

Genièvre entre dans les flammes, et elles referment leurs bras impatients autour d'elle, si chauds et si proches. Elle entend Agnès crier, Bella gémir : « Genie, *non* ! Arrêtez-la ! »

Puis il n'y a plus rien que le son du brasier et des vers dans sa bouche.

Tous les chevaux et les soldats du roi…

43

Ronde autour du rosier,
Poches pleines de bouquets,
Cendres, cendres,
Levons-nous toutes.

Un sort pour lier une âme,
qui requiert une mort définitive & une destination

Agnès Amarante crie. La louve hurle. La foule rugit. Et sous ce vacarme désespéré, Agnès entend le bruit délicat et inévitable de son cœur qui se brise.

Elle aurait dû se montrer plus avisée et ne pas élargir son cercle. Elle aurait dû savoir ce qui lui en coûterait.

Agnès se précipite vers les flammes, mais des crocs noirs l'arrêtent dans son élan. La louve de Gideon s'interpose entre elle et le feu. Le rouge profond de ses yeux ne contient aucune colère, rien qu'un sens du devoir épuisé.

Agnès se courbe au-dessus d'Ève pour la protéger du sifflement des braises. « August ! »

Il est déjà près d'elle, attiré par son cri. Elle sait en l'entendant jurer qu'il a vu Genièvre dans le cœur blanc des flammes, ses cheveux flottant comme un halo sombre autour d'elle, sa combinaison de laine brûlée.

« Aidez-moi... Cette maudite louve... » Agnès ne parvient pas à aligner des phrases – la souffrance de Genièvre palpite à travers leur lien, immense et incandescente –, mais August la comprend quand même. Agnès entraîne la louve d'une feinte à gauche pendant qu'August s'engouffre dans la brèche.

Il plonge dans les flammes sans une hésitation ni une arrière-pensée, comme s'il s'agissait de sa propre sœur, et Agnès éprouve le désir fugace et insensé de voir leur père apparaître près d'elle afin de lui montrer à quoi doit ressembler l'amour.

La louve grogne et bondit dans les flammes à son tour, les mâchoires ouvertes à la recherche d'une botte ou d'une jambe. Durant une trop longue seconde, la louve tire August en arrière, mais le jeune homme résiste. Tous deux finissent par sortir du feu en titubant, fumant légèrement, pris de toux et de haut-le-cœur...

Sans Genièvre.

« Elle ne veut pas lâcher le poteau ! » s'exclame August d'une voix éraillée par la fumée, le visage taché de suie.

Agnès se tourne de nouveau vers le brasier, les yeux plissés contre la chaleur croissante. Genièvre serre le poteau contre elle. La force de sa volonté, dure comme l'acier sous la douleur, embrase leur lien. Sa bouche ouverte formule des vers qu'Agnès reconnaît même à travers l'intense flamboiement et le brouillard de fumée. *Tous les chevaux et les soldats du roi...*

Les vers pour fragmenter une âme. Les vers que les Trois Dernières ont écrits pour Gideon Hill, voilà des siècles.

Agnès comprend ce que Genièvre a dû faire, ce qu'elle fait maintenant et pourquoi elle ne permettra à personne de la sauver.

Agnès sent les tessons brisés de son cœur râper les uns contre les autres. Elle croyait avoir échappé au piège de Hill, avoir refusé son prix trop élevé, mais au final elle n'a fait que différer son paiement. Quoi qu'il arrive, il faut choisir entre la vie ou la liberté, sa sœur ou sa fille, et quelqu'un doit payer.

August essaie en vain d'étouffer les flammes avec sa chemise, le torse maculé de suie et de cendres. Il demande désespérément de l'eau à ses hommes, mais ils sont occupés à retenir la foule prise de frénésie. Cette fois, il n'y aura pas de cercle d'eau froide ni de vers murmurés pour sauver Genièvre.

Pan et Strix décrivent des cercles autour du feu qui s'entrecroisent au-dessus de Genièvre. D'autres oiseaux les ont rejoints – les pigeons et les corbeaux ordinaires de la ville, venus assister au dernier acte de cette grandiose démonstration de sorcellerie, dans un silence surnaturel.

Agnès entend la louve pousser un hurlement grave et mélancolique, comme un glas résonnant dans le lointain, et sait qu'il est trop tard. Les cheveux de Genièvre s'embrasent en une couronne sanglante et des pans de sa robe réduits en cendres s'éparpillent autour d'elle. La fumée s'épaissit du gras de sa chair.

Des trois, Agnès est la plus forte, la solide, celle qui ne flanche pas. Mais aujourd'hui elle détourne les yeux.

Genièvre se délite. Son âme se détache de son corps, s'envole comme de la fumée par les fenêtres d'un immeuble en feu. Elle voudrait la suivre, dériver dans la douce obscurité tandis que sa chair crachote et grésille, mais elle demeure néanmoins. Elle dit les vers.

Tous les chevaux et les soldats du roi ne purent remettre Georgie à l'endroit.

Ces vers sont comme des doigts qui s'appliquent à défaire un nœud, avec patience et persévérance. Fouillant entre ses côtes, ils trouvent le noir emmêlement de l'âme de Hill et l'arrachent au monde, l'entraînent vers le vaste silence de l'au-delà. Il résiste, naturellement – Genièvre le sent griffer, crier, se débattre tant et plus, réduit à rien sinon à la volonté muette de survivre –, mais les lèvres de Genièvre continuent de remuer, de prononcer le sort avec la régularité d'un battement de cœur et la chaleur des feux de l'enfer. Peut-être est-ce la volonté de ses sœurs ajoutée à la sienne.

Ou peut-être est-ce Mama Mags qui murmure à son oreille. *Continue, ma chérie.*

Ou peut-être que mourir pour quelqu'un est plus grand que vivre pour soi-même.

Sa robe s'embrase en premier. Puis ses cheveux. Elle avait espéré ne pas ressentir la douleur – son père avait toujours dit que la guérison faisait plus mal que le feu, qu'il avait prié pour sa vie durant l'incendie et appelé la mort de ses vœux après –, mais elle lèche chaque pouce de sa peau de sa langue barbelée. Elle grignote, mord, plante profondément ses dents dans les os de Genièvre.

Elle se rend compte qu'elle sera bientôt incapable de dire les vers. Sa langue se craquelle et enfle déjà, et la fumée emplit sa gorge de verre dépoli, mais Hill s'accroche toujours à elle comme de la glaise au talon d'une botte. Elle le sent frétiller d'un espoir mauvais à l'idée qu'elle puisse mourir avant que son âme ne soit entièrement fragmentée.

Elle aurait pu. Mais parfois, si vous creusez profondément le cœur écarlate de la magie, des petits fragments remontent à la surface. Parfois, si vous tordez les règles assez longtemps, elles cèdent.

Les yeux de Genièvre sont fermés, mais elle la sent arriver : une noirceur ailée. Une forme qui sent la sorcellerie et les endroits sauvages. Elle se perche sur son épaule et frôle sa joue de ses plumes chaudes.

Encore un exemple de la chance de merde qui l'a poursuivie toute sa vie : trouver enfin son familier, mais mourir avant de pouvoir poser les yeux sur lui.

Elle essaie de toucher ses griffes, mais il y a quelque chose qui cloche avec ses bras, ses mains, sa peau et ses tendons. Tout ce qu'elle peut faire, c'est lui transmettre ses mots et espérer que cela suffise.

« Tous les chevaux et les soldats du roi… » C'est sa propre voix qui claironne à travers les flammes, mais elle ne vient pas de ses lèvres fendues et bouillonnantes. C'est son familier qui les prononce pour elle, qui les chante à tue-tête alors même que sa gorge se noue et que ses lèvres brûlent.

Quelque chose lâche dans sa poitrine, un nœud se défait. Le hurlement de Hill semble très lointain, comme s'il se trouvait dans un train au bout d'un long tunnel. La dernière chose qui le relie désormais à ce monde est la vie de Genièvre, et elle ne durera plus longtemps.

La chaleur des flammes s'atténue. Tout comme les crépitements du bois et le sifflement de sa peau. Même la douleur reflue, et elle sait alors que la mort est proche.

Des trois, Genièvre est la plus sauvage, la rusée, celle qu'on n'attrape jamais, celle qui toujours s'enfuit. Mais cette fois, elle ne peut pas fuir.

Alors qu'elle expire, elle entend un chant, distant et familier. Une comptine qu'elle et ses sœurs avaient coutume de fredonner les soirs d'été, quand elles étaient jeunes et entières, quand le monde était vert, petit et doux, quand elles croyaient qu'elles pourraient se tenir la main à jamais, indivisibles.

Bella sent sa sœur mourir, mais elle n'y croit pas. Comment Genièvre pourrait-elle mourir ? Genièvre, si jeune, si audacieuse, deux fois plus vivante que n'importe qui d'autre ? Et si elle peut mourir – si c'est vraiment son corps qui brûle sur le bûcher, sa souffrance qui fait vibrer la corde qui les relie –, alors le monde est un endroit bien plus cruel que Bella aurait jamais pu l'imaginer, et elle ne veut plus rien avoir affaire avec lui.

Elle comprend précisément ce que les Trois ont dû ressentir à la fin de l'ère des sorcières, sachant que quelque chose de beau et de farouche quittait le monde, si désespérées d'en préserver ne serait-ce que des miettes qu'elles avaient laissé leurs corps brûler autour d'elles.

Mais pas – Bella prend une inspiration subite – leurs âmes.

Les Trois avaient volé sa victoire à saint George à la toute dernière seconde. Elles avaient lié leurs âmes à une tour de vers et avaient disparu dans le nulle part pour attendre, ni vivantes ni mortes, la prochaine ère des sorcières. Qu'est-ce que la magie, sinon une voie là où il n'en existe aucune ?

Cléo serre ses bras autour des épaules de Bella, la tient fermement. Bella s'écarte d'elle et se retourne pour lui faire face. « Ce pétale de rose que je t'ai donné, celui que j'ai passé autour de ton doigt – tu l'as toujours ? »

Le visage de Cléo lui dit que c'est là une bien curieuse demande alors que sa sœur brûle et que la ville se soulève, mais elle fouille sa poche et en sort le pétale, encore plus froissé et sec, mais toujours entier. « Tu as changé d'avis, mon amour ?

— Jamais. » Bella prend le pétale au creux de sa paume. Une chose si petite et si fragile pour y garder l'âme de sa sœur. « Agnès ! »

Agnès titube, pâle, trop aveuglée par les larmes pour voir le pétale de rose dans la main de sa sœur, trop frappée par le chagrin pour comprendre la ferveur dans ses yeux. Alors Bella dit les vers, et l'espoir se lève tel un soleil sur le visage d'Agnès.

Ce sont les vers que toutes trois chantaient, petites, en dansant sous les lucioles. Ce sont les vers que les Trois avaient écrits pour lier leurs âmes à la sorcellerie elle-même, qui avaient traversé les siècles sous la forme d'une comptine, pas tout à fait oubliée.

Ronde autour du rosier, poches pleines de bouquets, cendres, cendres, levons-nous toutes.

Cléo se joint au chant de Bella, puis Agnès. August l'entonne à son tour, d'une voix grave et mal assurée, suivi de Strix et Pan. D'autres voix, innombrables, s'élèvent parmi la foule – les Sœurs d'Avalon et les Filles de Tituba, l'Association des Femmes et les syndicats de travailleurs, les bonnes et les ouvrières, toutes les sorcières de New Salem qui ont répondu à l'appel des Eastwood.

Ensemble, elles invoquent la magie, et la magie réagit, bout dans leurs veines. Bella attend que le chant atteigne son apogée avant de refermer le poing sur le pétale et de l'écraser. Elle en jette les restes dans la nuit.

Le ciel ne s'ouvre pas. Aucune tour noire n'apparaît. Mais un vent soudain se lève, mordant, chargé du parfum suave et vert des roses. Il emmêle la jupe de Bella et attise les flammes. Puis il hésite au-dessus du brasier, comme s'il attendait.

Bella sent le moment précis où Genièvre rend son dernier souffle.

Le fil qui la relie à sa plus jeune sœur se distend d'un coup ; Agnès crie ; le hurlement de la louve se tait brusquement. Une ombre pâle s'élève du brasier, une brume, avant que le vent des sorcières ne l'emporte.

L'espace d'un instant, elle croit entendre des voix, celles de trois femmes en accueillant une quatrième, mais ce n'est peut-être que le fruit de son imagination aiguillonnée par l'espoir. Le vent retombe alors que le sort se termine, et un silence étrange s'abat sur l'esplanade, comme si même les plus excités des émeutiers savaient qu'il venait de se produire quelque chose de grave et d'important.

Bella sent ses genoux s'écraser contre l'échafaud, puis la piqûre des larmes et la chaleur des bras de Cléo autour d'elle.

Des trois, Bella est la plus avisée, la savante, l'érudite. Mais elle ignore si cela suffira.

Agnès voudrait grimper dans le feu et brûler aux côtés de sa sœur. Elle voudrait crier à s'en déchirer la gorge, jusqu'à ce que la ville tout entière soit obligée de s'arrêter et de voir ce qu'elle a forgé. Elle voudrait se rendre dans le nulle part et appeler Genièvre.

Mais des gens s'agglutinent à présent sur les marches. Joignant leurs forces, certains des plus fervents Inquisiteurs et leurs adeptes menacent de déborder les hommes d'August. Celui-ci se précipite à leur rencontre avec de grands moulinets de sa barre en fer, mais il ne les retiendra pas longtemps. Agnès baisse les yeux sur Ève – à présent éveillée, les sourcils froncés dans son visage farouche –, puis elle attrape les branches de sorbier et se relève.

Elle s'efforce de ne penser à rien d'autre qu'à la force fraîche du bois dans sa main et à l'odeur piquante de la sève. Pas à la troisième branche qu'elle abandonne sur l'échafaud, orpheline. Pas au visage de Genièvre quand l'Aïeule leur avait appris le sort de vol. Pas aux yeux espiègles et entendus qu'elle levait sur le ciel lorsqu'elles étaient attachées au poteau, comme si la lune était une amante perdue qu'elle retrouverait bientôt.

L'échafaud se brouille devant elle, fracturé par les larmes. Elle titube vers Bella, elle-même à moitié écroulée dans les bras de Cléo, et lui met d'autorité une branche entre les mains.

« Allez, Bell. Il faut y aller. »

Bella lui donne l'impression de vouloir elle aussi s'étendre et laisser les flammes la submerger, mais elle ne le fait pas. Elle se lève lentement, comme si elle avait vieilli de plusieurs décennies, et tend la main à Cléo. Une fois celle-ci debout, elle ne la lâche pas. « Tu peux encore venir avec nous. »

Cléo secoue brièvement la tête. « On a besoin de moi ici. Les Filles ont du travail, et une chance d'exister au grand jour maintenant que Hill n'est plus là. » Mais elle touche le visage de Bella, frôle sa pommette du pouce. « Je viendrai dès que je pourrai. » Puis elle sort un morceau de craie de sa poche et trace un signe sur l'échafaud en chantant une chanson. Les contours de Cléo se brouillent, mais elle ne devient pas tout à fait invisible.

« Ne me fais pas attendre trop longtemps, mademoiselle Quinn », dit Bella, et Agnès détourne les yeux à la chaleur contenue dans ses mots. Elle les reporte sur August, maintenant acculé sur la dernière marche, qui continue de faire virevolter sa barre de fer. Sa bouche est rouge et enflée. Une rigole de sang brillant s'écoule d'une coupure à sa tempe. Il jette un regard sauvage à Agnès par-dessus son épaule, et elle sait qu'il tiendra sa position jusqu'à ce qu'elles soient parties ou qu'il mourra en essayant. Ce dernier regard est le seul adieu qu'ils peuvent échanger.

Agnès prend la main de Bella et murmure les vers. *Coccinelle, demoiselle, vole jusqu'aux cieux.*

Une sensation d'apesanteur se propage du bout de ses doigts à ses côtes, comme si une brume montante avait pris la place de son sang.

Elle et sa sœur (elle tressaille à la pensée de ce mot au singulier) enfourchent les branches de sorbier et sentent leurs pieds nus quitter l'échafaud. Elles s'élèvent dans la nuit comme de la fumée. Ou comme des sorcières, dans les jours anciens où elles volaient avec les nuages pour capes et les étoiles dans les yeux.

Elles suivent les spirales de brandons et de cendre, flanquées de leurs familiers, et laissent derrière elles la cité qui les hait, les gens qui les aiment et leur sœur qui s'est sacrifiée pour elles. Il n'y a que dans sa tête qu'Agnès entend la voix d'une petite sauvageonne qui supplie : *Ne me laisse pas.*

L'air se clarifie et se rafraîchit à mesure qu'elles prennent de l'altitude. Le clair de lune a chassé la fumée. Un monde vaste, sans limites, se dessine autour d'Agnès, comme une maison sans portes ni fenêtres. Elle serre sa fille plus fort contre elle et croit entendre un gargouillement étouffé entre ses bras, presque un rire.

Ce bruit pèse soudain plus lourd dans sa poitrine que son chagrin, inversant l'équilibre de la balance. Elles ont trop perdu – une bibliothèque rappelée puis brûlée ; une sœur retrouvée, trop vite enfuie –, mais pas tout. Pas le rire de sa fille sous l'éclat de la lune.

En contrebas, l'esplanade paraît petite et sombre. Agnès voit des visages tournés vers le ciel, sent des centaines de regards peser sur elles. Les histoires auxquelles elles sont en train de donner naissance sont autant de graines de pissenlit jetées sur la ville, qui prennent déjà racine. Des histoires qui parlent d'ombres volées puis libérées, de méchants, de loups, de jeunes femmes qui s'immolent volontairement. De deux sorcières qui volent, alors qu'il aurait dû y en avoir trois.

Une chouette et un balbuzard volent avec elles. Agnès se demande si qui que ce soit a remarqué la présence d'un troisième oiseau, noir comme le péché, presque invisible dans la nuit. Ou peut-être qu'on l'a vu et qu'il n'a soulevé aucune question. Tous les corbeaux sont noirs, après tout.

Peut-être qu'à cette distance personne ne voit les yeux de l'oiseau brûler comme les dernières braises réticentes d'un feu mourant, ou la façon dont il fixe un point lointain dans le ciel, comme s'il cherchait à rejoindre quelqu'un de l'autre côté de nulle part.

CINQUIÈME PARTIE

CE QUI EST RETROUVÉ

44

Combien de kilomètres jusqu'à Babylone ?
Soixante et dix encore.
La flamme de ma bougie y suffira-t-elle ?
Elle brûlera haut et fort.

Un sort pour voyager sans encombre,
qui requiert une bougie allumée & soixante-dix pas

À l'équinoxe du printemps 1894, de la neige s'attarde encore dans les rues de Chicago. Elle s'accumule sur les trottoirs, maussade et noire de suie, prête à s'émietter sur le dessus des bottes et à tremper les ourlets des capes, tandis que le vent s'infiltre dans les cols et sous les bords des chapeaux.

Agnès Amarante s'en fiche ; elle partira bientôt.

En ce début de soirée, elle pénètre dans la ruelle, sa cape serrée autour du cou, les oreilles pleines du bourdonnement et du chant des femmes. Elle est venue à Chicago à la suite d'un article qu'elle a lu en deuxième et troisième pages des journaux, relégué après les unes hystériques à propos de sorcières et de bûchers (« LE CHAOS RÈGNE À NEW SALEM » ; « DES RÉVOLTES VAUDOUES SECOUENT RICHMOND » ; « DÉCOUVERTE D'UN CONVENT À SAINT LOUIS – QUELLE SERA LA PROCHAINE VILLE ? »). L'article en question parle d'une modeste couseuse de boutons de l'usine de sous-vêtements Hart & Shaffner qui, après avoir contesté la décision de son employeur de baisser les salaires des femmes, a déclenché une grève. Les protestataires ont été brutalement passées à tabac et au moins l'une d'elles, accusée de sorcellerie, a été brûlée, en toute illégalité et en toute impunité.

Elle ne s'était pas trompée. Dans le sous-sol sombre d'un foyer, Agnès avait rencontré un assortiment de femmes aux mâchoires serrées et au dos raide, aux yeux meurtris par les horaires inacceptables, aux phalanges enflées par les trop nombreuses piqûres d'aiguille. Leur anglais était sommaire et aléatoire, entrecoupé d'un chapelet cadencé de mots étrangers et de voyelles peu familières, mais elles avaient amené leurs filles pour assurer la traduction, et tant les femmes que les enfants considéraient Agnès avec un mélange de scepticisme et d'espoir.

Une des femmes les plus âgées avait demandé, d'une voix évoquant la fumée de pipe et le plomb : « Et qui êtes-vous, exactement ? »

Agnès avait ouvert largement ses bras nus sous sa cape. « Une sœur. Une amie. Une femme qui désire un monde meilleur. » Elle leur avait adressé son sourire le plus ensorcelant. « J'ai en ma possession certaines voies et certains vers que vous pourriez trouver utiles – d'après ce que j'ai lu, vous avez déjà la volonté. »

Des murmures et des regards avaient fusé. Quelques-unes d'entre elles étaient sorties en traînant des pieds, peu désireuses d'ajouter la sorcellerie à la liste de leurs crimes, mais certaines s'étaient rapprochées d'elle. Celles qui se souvenaient des vers que leur mère leur chantait par les nuits d'hiver, des sorts que leurs tantes psalmodiaient aux solstices ; celles qui avaient goûté au pouvoir et qui en voulaient plus.

Agnès leur avait donné les vers sur des petits bouts de papier roulés serrés. Des vers pour lier les langues et briser les machines, pour guérir les blessures et en causer, pour allumer des feux et les traverser sans dommages. Les rouleaux avaient disparu dans les manches et sous les tabliers en attendant, telles des lames dissimulées, le moment de passer à l'action.

Une des filles – jeune, farouche, le regard noir et méfiant comme celui d'un renard en hiver – avait fixé des yeux le papier dans ses mains avec une telle intensité qu'Agnès avait craint qu'il ne s'enflamme spontanément. Les doigts qui le tenaient avaient blanchi.

Agnès n'est donc pas vraiment surprise d'entendre des pas étouffés derrière elle dans la ruelle mouchetée de neige. Elle ne regarde pas par-dessus son épaule. Elle tourne au coin d'une venelle encore plus étroite, quadrillée de cordes à linge et de portes sombres, avant de faire volte-face.

« Bessie, c'est ça ? »

La fille tressaille et ouvre de grands yeux féroces, mais elle secoue la tête. « On m'appelle Bessie quand je suis arrivée. Bas Sheva est mon nom. » Son accent évoque à Agnès les congères de neige et les fourrures épaisses, et lui rappelle un peu Yulia. Les Domontovitch sont restées à New Salem et se sont installées dans l'aile ouest de la maison bien protégée d'Inez et Gillian. Agnès leur a rendu visite au cours de l'hiver, pour découvrir que le manoir s'était changé en un refuge tentaculaire baigné de soleil. Un havre pour toutes les femmes en cavale.

« Comment puis-je t'aider, Bas Sheva ? »

Elle ne répond pas, mais ses yeux scrutent avidement le moindre détail d'Agnès, de la soie de ses cheveux aux lambeaux noirs de sa cape. Puis ils reviennent se poser sur son visage, qu'elle semble comparer mentalement aux gravures des avis de recherche et des dessins de presse. « Vous êtes une d'elles, pas vrai ? »

Agnès a pris la précaution de cacher son identité. Les chasseurs de sorcières poussent comme du chiendent partout dans le pays, ainsi que les avis de recherche promettant des sommes d'argent plutôt flatteuses en récompense de la moindre information permettant sa capture. Elle se grime, utilise de faux noms, un brouillage magique, et ne reste jamais longtemps au même endroit. Quoiqu'elle se soit rendue plusieurs fois à Chicago au cours de l'hiver.

Aussi Agnès écarquille-t-elle les yeux et demande : « Une de qui ? »

La fille plisse les yeux avant de répondre, d'une voix grave et saccadée : « Des Trois Premières. »

Agnès devrait nier. Mais il y a quelque chose chez cette fille – son désespoir, sa fureur ou les bleus laissés par des doigts autour de ses poignets – qui l'incite à hocher la tête.

Le visage de Bas Sheva s'éclaire. Elle s'humecte les lèvres. « Alors je me demande si… Je voudrais… » Agnès soupçonne qu'elle lutte moins contre son anglais que contre l'immensité de son désir, la forme creuse de sa faim. La lumière dans ses yeux rappelle terriblement à Agnès celle qui brillait dans ceux de sa petite sœur.

« Tiens, ma fille. Dis ces vers et trace un cercle, et tu trouveras l'endroit où tu dois aller. » Agnès s'approche d'elle et lui chante une comptine qui parle de folles sœurs et de couronnes volées. Elle n'écrit pas ces vers – ils sont trop précieux, trop dangereux pour qu'elle coure le risque qu'ils tombent entre de mauvaises mains –, mais elle n'en a pas besoin. Les lèvres de la fille s'approprient les syllabes comme une main se referme sur une clé. « Mais pas ce soir. C'est l'équinoxe. Nous avons beaucoup de choses à faire. »

La fille incline la tête et, avec hésitation, sort de sa jupe un petit talisman en étain : un étui délicatement gravé d'une série de branches et de racines qui pourraient être des lettres. Elle le dépose dans la main d'Agnès. « Mon arrière-grand-mère connaissait des vers interdits. Attachez ça au cou de votre fille. Pour la protection. »

Agnès le glisse dans sa poche et presse sa paume par-dessus. « Merci. »

Agnès regarde Bas Sheva partir – épaules carrées, cheveux sombres, emmêlés par le vent – et s'autorise à imaginer l'espace d'un instant qu'il s'agit d'une autre fille dans une autre ville. Le vent sèche ses larmes avant qu'elles ne coulent.

Elle a parcouru à peine quelques pas dans la ruelle qu'une voix grave et séduisante s'élève derrière elle. « Bonsoir, mademoiselle. »

Elle tourne des sourcils froncés vers une porte voisine, mais ne parvient pas à distinguer clairement la forme qui s'y trouve. La voix murmure de nouveau, et deux silhouettes se détachent soudain des ombres : un homme barbu, sourire de joueur de poker et écharpe rouge, et une petite fille aux joues roses juchée au creux de son bras. Son bonnet de laine laisse échapper des boucles enflammées.

La fillette tend les deux mains et exige, telle une reine dont les serviteurs n'ont que trop tardé à exécuter ses ordres : « *Maman !*

— Bonjour, mon cœur. » Ève passe dans ses bras avec un *oomph* satisfait et attrape aussitôt deux poignées des cheveux d'Agnès.

M. August Lee les regarde avec son sourire en coin. Il a regagné Chicago six semaines plus tôt en compagnie de sa petite bande de New Salem, avec l'intention de promouvoir la sorcellerie des femmes auprès de ses anciens amis et des mécontents, et de voir s'il ne pouvait pas obtenir certaines concessions de la Pullman Palace Car Company, après tout. Il entend accomplir sa tâche avant l'été, après quoi il sera libre de rejoindre Agnès et de rallier le prochain combat qu'elle envisage de mener, quel qu'il soit.

« Vous n'étiez pas censés faire profil bas à l'*Everly Club*, tous les deux ? » Mlle Pearl avait fourni à Agnès le nom et l'adresse d'une consœur ouverte à la cause des sorcières et des ouvrières, et disposée à leur offrir un refuge en échange de vers, de voies et d'herbes difficiles à trouver.

August hausse les épaules. « Des Inquisiteurs sont venus poser des questions et chercher des ennuis.

— Et ils en ont trouvé ? »

Les yeux d'August étincellent comme des silex frottés. « Quelques-uns, oui. Plus qu'ils n'en avaient espéré, en fait. » Il porte les doigts à sa joue, où un hématome commence à bleuir sous sa barbe. « Je m'en suis occupé, mais j'ai pensé qu'il serait plus sage de quitter le Club, histoire de ne pas attirer davantage l'attention. Et puis... » Il attrape un orteil d'Ève et le tortille entre ses doigts. « ... madame la comtesse demandait sa maman. »

Agnès embrasse le bonnet de sa fille et inhale le parfum d'été, de soleil et de transpiration qu'elle dégage en dépit du vent mordant. Elle lève les yeux vers le ciel, qui s'assombrit rapidement. « Je devrais peut-être rester ce soir, si... »

August écarte l'argument d'un revers de main. « Non, allez-y toutes les deux. Je nous trouverai un point de chute et je tracerai un cercle pour votre retour. » Il chatouille Ève sous le menton, qui gazouille avec délice. « Salue-les pour moi. »

Agnès lui donne un baiser – et si elle s'attarde plus longtemps qu'il n'est décent de le faire, si la main d'August est plus basse et plus chaude sur sa taille qu'elle ne devrait l'être, quelle importance ?

Elle se détourne et sort un bâton de craie blanche de sa poche. Puis, d'une main experte, elle trace sur le mur trois cercles entrelacés. Les petits doigts de sa fille s'écartent près des siens sur la brique tachée de suie pendant une demi-seconde avant que toutes deux ne plongent dans l'ailleurs, ou peut-être dans le nulle part.

45

Les portes du pénitencier, bientôt vont se refermer.
Ce n'est pas là que je finirai ma vie,
Comme d'autres femmes l'ont finie.

Un sort contre la conception,
qui requiert une aube rouge & une étoile dessinée

À l'équinoxe de printemps 1894, La Nouvelle-Orléans a déjà survolé le printemps et flirte sans vergogne avec l'été. Dans l'air doux et lourd flotte le parfum sucré des magnolias, et le soleil se pose comme un chat ronronnant sur les épaules nues.

Béatrice Belladone est arrivée en ville il y a trois semaines. Elle loue une chambre dans l'Upper Ninth Ward et espère y rester encore quelque temps.

Elle est à présent assise à un large bureau, dans la brise qui agite ses interminables piles de notes. Plus de la moitié d'entre elles sont noircies par l'écriture penchée et peu soigneuse de Mlle Quinn, jetées à la hâte durant ses nombreux meetings et entretiens – qui semblent toujours se produire dans des cimetières à minuit ou dans des clochers abandonnés et impliquer une bonne dose de danger – puis fourrées n'importe comment dans une poche ou un sac quand les autorités débarquent.

Cléo chasse les inquiétudes de Bella d'un geste aérien de ses longs doigts. « Écrire un livre est une affaire périlleuse, si on fait bien les choses. »

Au cours de l'hiver, Cléo a reçu un contrat assorti d'une coquette somme d'argent de John Wiley & Fils pour rédiger la chronique de la soudaine émergence de la sorcellerie parmi les métayères et les esclaves affranchies du Sud. Son éditeur voudrait lui faire écrire le récit macabre de l'activité supposée de sorcières cannibales et de reines vaudoues, un livre si scandaleux qu'il provoquerait des évanouissements et des discours à rallonge sur le déclin moral de la nation, et qui se vendrait comme des petits pains un jour de fête nationale.

Cléo a l'intention de le satisfaire jusqu'à un certain point ; son manuscrit, provisoirement intitulé *Les Horreurs du Sud*, contient pour l'instant de nombreuses histoires à dresser les cheveux sur la tête de propriétaires ensorcelés et de shérifs hantés, de vieilles sorcières, de fantômes et de courtisanes au sourire empoisonné, quoiqu'il n'y soit fait aucune mention de noms ou de lieux spécifiques.

Il inclut également un certain nombre de gravures. Au-dessus des descriptions de meurtres et de destruction s'étale un ciel à l'encre noire piqueté d'étoiles blanches qui forment des constellations très particulières. Un lecteur initié à l'astronomie, pour peu qu'il ne nourrisse aucune mauvaise intention à l'égard des sorcières ou des femmes, y trouvera certains vers et certaines voies que John Wiley & Fils n'a jamais eu l'intention de publier.

Bella, qui lui sert principalement de dactylo et d'assistante, rassemble ses notes et organise les chapitres, mais elle consacre aussi un temps considérable à leur autre projet, plus ambitieux et secret : restaurer ce qui a été brûlé, retrouver ce qui a été perdu. Rebâtir la bibliothèque d'Avalon.

Bella et Cléo collectent des sorts partout où elles le peuvent, cachés dans des rumeurs et des histoires, préservés dans des comptines, des cantiques et des modèles de broderie, et les archivent aussi fidèlement que possible. Bella a déjà entamé une douzaine de nouveaux livres de sorts : des grimoires et des guides, consacrés à la météorologie, à la médecine, à la beauté, à la mort. Elle a retranscrit les vers et les voies du plus modeste sort domestique – des charmes pour trier les bons des mauvais œufs ou pour enlever les taches tenaces des draps blancs – aux malédictions capables d'arrêter le cœur, d'empoisonner les puits ou de ressouder les os.

Nombre de ces sorts, très éloignés des comptines de Mama Mags, sonnent étrangement aux oreilles de Bella. Ils passent parfois par des formes singulières et des langues improbables – des prières espagnoles, des chants créoles, des légendes chactas, des schémas stellaires, des danses, des battements de tambour –, et tous ne sont pas faciles à coucher sur le papier. Bella commence à croire que la bibliothèque d'Avalon n'était qu'une infime parcelle de la sorcellerie du monde. Elle commence à croire qu'il y a autant de vers et de voies que de femmes, et qu'une sorcière n'est rien d'autre qu'une femme qui a besoin de plus que ce qu'elle a.

M. Blackwell abonde dans son sens. Bella lui envoie des pages de notes et d'idées toutes les deux semaines, et il lui répond par de longues missives tachées de thé et de vin, ponctuées de questions et d'hypothèses utiles. Il y ajoute des nouvelles régulières de New Salem et des Sœurs d'Avalon. Bella s'amuse de la fréquence à laquelle revient le nom de Mlle Electa Gage ; elle ne serait pas surprise d'entendre bientôt parler de fiançailles.

Bella est optimiste la plupart du temps, fière du travail qu'elles ont accompli en à peine six mois – mais parfois, une certaine mélancolie la surprend. Certains jours, quand elle entre dans la tour, elle est submergée par l'odeur des cendres et du chagrin, hantée par son cœur vide. Ces jours-là, ce qu'elles ont gagné ne pèse pas bien lourd face à l'immensité de ce qu'elles ont perdu.

Mais la tour elle-même n'est plus perdue, et ce n'est plus une ruine. Les arbres qui l'entourent regorgent de bourgeons verts et duveteux, et les roses sauvages grimpent jusqu'aux fenêtres du premier niveau. Il n'y a pas encore de fleurs, mais Bella a repéré des touches de rouge cachées parmi les épines, prêtes à éclore.

Les deux sœurs ont balayé les cendres et vidé la tour de ses restes brûlés. Elles ont récuré les traces de fumée à la soude et accroché des brins de lavande et d'herbe-aux-chats aux fenêtres. M. August Lee leur a apporté plusieurs outils utiles – dont la plupart, estampillés au nom d'une société ou d'une autre, ne devaient pas lui appartenir – et les a aidées à abattre et à traiter le bois dont elles avaient besoin. Il sèche à présent en piles bien ordonnées. À l'été, elles auront peut-être un nouvel escalier et les premières étagères. Elles doivent se contenter pour l'instant d'une échelle de corde qui grimpe jusqu'à la petite pièce circulaire au sommet de la tour, où trois lits forment toujours un triangle.

Bella et Cléo ont passé beaucoup de nuits dans la tour – elles s'y rendent chaque fois que Cléo se montre pressante, ou qu'Ève refuse obstinément de dormir sinon dans les bras de quelqu'un, et encore faut-il que ce quelqu'un marche sous les arbres en fredonnant l'air de « Greensleeves ». Bella aime cet endroit. Même si, en revenant d'Avalon, elle trouve parfois des ajouts et des corrections à ses notes, écrits d'une main grincheuse et signés de trois cercles entrelacés.

Ce soir, Bella ne travaille pas sur ses sorts et ses histoires ; elle tape les dernières pages de son premier et plus précieux ouvrage. Elle a passé tout l'hiver à transcrire et à corriger son petit carnet noir, procédant à des ajouts et à des suppressions, harcelant Agnès et Cléo de questions quand sa mémoire lui faisait défaut, désespérant parfois de parvenir à en tirer un livre crédible.

Il ne trouvera jamais d'éditeur – quelle maison sérieuse risquerait une condamnation morale et légale de l'Église, de la plupart des principaux partis politiques, du gouvernement et de toutes les organisations policières ? –, et même si c'était le cas, la majorité des lecteurs n'en croiraient pas un mot. Mais ce sera le premier livre qu'elle donnera à la bibliothèque d'Avalon : un condensé de mémoire, de grimoire, d'histoire et de mythes. Un nouveau conte de sorcières, pour un nouveau monde.

C'est le titre qui lui a pris le plus longtemps à trouver. Cléo avait diplomatiquement suggéré que *Nos Propres Histoires* était un peu vague, et Bella avait passé le mois suivant à geindre et à hésiter. « *Pour une justification des droits des sorcières ? La Sorcellerie moderne pour toutes ? Mémoires des Trois Premières…*

— Vous n'êtes certainement pas les Trois Premières Sorcières de l'Ouest, quoi qu'on en dise.

— Non, bien sûr, c'est juste que…

— Pas plus que les Trois Dernières n'étaient les dernières de quoi que ce soit, ajoute pensivement Cléo. L'histoire est un cercle, et vous autres y cherchez toujours des débuts et des fins. »

Elle était sortie sur ces mots, laissant Bella méditer sur les débuts, les fins et les cercles. Elle avait songé au Signe des Trois gravé sur la porte d'Avalon et à la phrase inscrite au-dessus, et elle avait trouvé – en prenant certaines libertés avec le latin – que cela ferait un titre tout à fait valable.

La lumière décline alors que Bella ôte la dernière page de la machine à écrire et la pose soigneusement sur la pile. Il reste un chapitre à ajouter, mais son rôle est terminé.

La lune monte dans l'encadrement de la fenêtre comme un dollar d'argent, et l'église sonne les vêpres de l'équinoxe. Cléo rentrera tard ; elle assiste à un rassemblement du chapitre néo-orléanais de son organisation, les Filles de Laveau. Bella passera l'équinoxe ailleurs.

Elle met de l'ordre dans ses papiers et dégage un petit espace sur son bureau. Elle pose une rose sur le bois brut, et, à côté, un anneau en or poli.

L'anneau n'a rien de sensationnel – ni diamants ni gravures –, mais le métal reste chaud au toucher des jours après avoir été fondu. Bella a trouvé un orfèvre dans le Garden District qui a accepté de lui laisser inspecter l'or avant la fusion. Bella avait souri et l'avait remercié, puis elle avait lié des sorts à chaque gramme de métal. La bague était censée la protéger des regards inamicaux et des mauvaises intentions, du fer froid et des braises chaudes, des mauvais rêves, des chiens méchants et des fractures.

Elle glisse un petit mot sous le bijou : *Pour toi, si tu l'acceptes. Comme je l'accepte.*

Bella se drape d'une capeline et se coiffe d'un chapeau noir et pointu historiquement inexact, et trace un cercle au fusain sur le plancher. Elle murmure les vers et pénètre dans l'ailleurs.

Épilogue

Je suppose qu'étant celle par qui l'histoire a commencé, il m'appartient de la terminer.

C'est l'équinoxe de printemps 1894, et je suis assise, le dos contre la porte de la tour chauffée par le soleil. Des vrilles de rose sauvage piquent la chair tendre de mes bras, et l'herbe de la prairie bruisse sous la plante de mes pieds nus. Un corbeau perché sur mon genou me regarde écrire, la tête inclinée et les yeux luisant comme la flamme d'une bougie.

La ferme n'a pas beaucoup changé au cours de l'année où j'ai été absente : les montagnes se dressent tels des dieux verts où que porte le regard, et la Big Sandy sinue comme un serpent-roi au cœur de sa vallée. Les chouettes hululent trois fois au lever de la lune et les cornouillers fleurissent dans les ombres profondes et bleues. La maison de Mama Mags s'est un peu plus enfoncée dans la terre, comme une vieille femme dans son rocking-chair, et son jardin de simples a poussé follement, mais, en dehors de ça, je pourrais presque croire que pas un jour ne s'est écoulé. Que j'ai toujours dix-sept ans, que je suis seule et que je ne vis que pour le jour où mon père rendra enfin l'âme.

Sauf que je ne suis plus seule, maintenant. Pas plus que je ne suis vivante : je suis morte le soir de l'équinoxe d'automne sur St George Square, et la mort ne tolère aucune impertinence ni aucun retour.

Mais la sorcellerie n'est rien d'autre qu'une façon de tordre les règles, de trouver des voies là où il n'y en a aucune. Mon âme demeure, liée avec les Trois Dernières à la Voie perdue d'Avalon, aux pierres couvertes de roses, aux livres brûlés et à la sorcellerie elle-même. Ce n'est pas la même chose que d'être en vie – je ne mange ni ne bois, sinon pour me rappeler que j'en suis capable, et je dors moins que je ne me délite. Sitôt que mon attention faiblit, je me déroule comme un fuseau qu'on laisse échapper, je me perds parmi les racines et les pierres. Mais c'est quand même sacrément mieux que d'être morte, je suppose.

Les mauvais jours, j'ai Corvus. Mon familier est une créature des marges et des entre-deux, moitié magie, moitié oiseau et trois quarts malice. Quand je me tracasse pour savoir si je suis morte ou vivante, fragmentée ou sauvée, il me fait son rire de corbeau. Le regarder suffit à me rappeler que je sens toujours la chaleur du soleil sur ma peau et que je respire la riche senteur humide du printemps. Et si ce n'est pas assez, ma foi, c'est tout ce que j'ai.

Durant les premiers jours après ma mort, j'ai perdu du temps à ruminer. Je rêvais du moment où je pénétrais dans les flammes, où la fumée m'emplissait la bouche, la gorge, les poumons. De tout ce que je ne verrais jamais et de tous les ennuis que je ne causerais pas. Mais alors Bella et Agnès ont rappelé la tour de nulle part, et j'ai tenu ma nièce dans mes bras, et tous ces regrets se sont désagrégés comme du papier journal bas de gamme sous la pluie.

La ferme ne m'appartient toujours pas, d'un point de vue légal ; le nom de mon abruti de cousin figure toujours sur l'acte de propriété. Mais il n'est pas souvent là, ces jours-ci.

Au début, il pensait reconstruire la maison de mon père et la mettre en location, ou au moins les champs, mais ses plans n'ont jamais rien donné. Les charpentiers ne retrouvaient plus leurs piquets d'arpentage au matin, et leurs outils rouillaient au cours de la nuit ; les semis pourrissaient et les récoltes se fanaient sans raison. Des ronces avaient poussé, deux fois plus hautes et trois fois plus épaisses que partout ailleurs dans le pays, au point de recouvrir l'argile caillouteuse de la route et de former des murs d'épines sur le pourtour de la propriété. Voyant cela, mon cousin avait levé les bras au ciel et laissé ma terre tranquille.

Il n'y avait donc personne dans les parages pour remarquer les trois femmes et les trois oiseaux noirs qui se déplaçaient furtivement dans les bois. Personne pour voir apparaître la tour sur une parcelle reculée, éclairée par des étoiles d'un autre espace-temps, recouverte par les os noircis de rosiers sauvages. (Bella a d'abord rechigné à laisser Avalon à Crow County, et suggéré qu'on lui trouve un endroit plus isolé et plus facile à défendre, mais je voulais rester à la maison, et mes sœurs ne me refusent pas grand-chose, ces temps-ci.)

Je m'aventure rarement loin de la tour. Je le peux, mais je me sens faible et anxieuse quand je m'éloigne trop longtemps, comme un châle mal tricoté qui pourrait se défaire à tout moment. Et je ne manque jamais de compagnie. Bella et Cléo viennent régulièrement nous ravitailler ou donner un coup de main à Agnès. Elles s'asseyent côte à côte pour écrire au coin du feu, dans un silence entrecoupé de jurons spontanés suivis du grattement du stylo qui raye des lignes insatisfaisantes.

Agnès et August restent avec moi quand ils n'enseignent pas la sorcellerie à des femmes et à des ouvriers par monts et par vaux. Ils me laissent parfois Ève à garder, et je me sens alors surpassée en nombre et cernée, quoiqu'elle ne soit qu'une.

Puis il y a les autres que mes sœurs ramènent. Des vagabondes et des filles perdues, des parias et des hors-la-loi. Des filles qui fuient leur prétendant, leur père, leur oncle ou leur voisin ; leur mariage, leur pension, leur couvent ; le désespoir et le chant des sirènes qui les attirent dans la rivière, les poches pleines de pierres.

Je leur donne un endroit où elles peuvent se cacher et se reposer, rassembler les bouts effilochés d'elles-mêmes. Et parfois, si elles le demandent, je leur en donne plus. Je leur apprends quelles herbes cueillir et quels vers dire, quels sorts fonctionnent le mieux à la pleine lune de mai, et lesquels requièrent la chaleur de l'été. Je leur enseigne la moindre miette de sorcellerie que Mags m'a transmise et tous les sorts que Bella et Cléo collectionnent, et je les renvoie dans le monde comme des graines de chardon jetées dans le vent. J'espère qu'elles prendront racine et s'épanouiront, épineuses et belles.

J'ai bon espoir. Je sens déjà le monde se modifier autour de moi, changer comme la rive sous les eaux montantes. Les journaux que Bella rapporte à la maison parlent d'usines qui brûlent, d'hommes violents retrouvés morts, d'un cercle de couture pris à propager des sorts séditieux, et d'une ville minière du Colorado dont les hommes n'osent plus s'approcher. Dans l'Ouest, les guerres indiennes se passent mal – ou bien, de mon point de vue –, et il y a des rumeurs de rébellion au Caire.

Je suppose que quelque chose s'est élevé de mes cendres, après tout. J'en viens à me demander si ces histoires de phénix ont jamais vraiment parlé d'oiseaux.

Le retour de bâton viendra un jour, comme il le fait chaque fois. Je sais que le changement ne sera pas si facile, que d'autres femmes brûleront avant qu'il n'advienne, mais j'aurai au moins eu la chance d'en voir les prémices. D'après Bella, je pourrais rester ainsi, morte et tout, aussi longtemps que je le souhaite.

Mais je ne compte pas m'attarder plus que nécessaire. Un jour, quand Ève sera une adulte accomplie, quand mes sœurs auront vieilli, quand les filles perdues me rendront moins souvent visite parce que le monde sera moins cruel, je m'étendrai aux côtés de la Pucelle, de la Mère et de l'Aïeule. Les Trois deviendront Quatre, et les Eastwood se fondront dans les mythes, les rumeurs et les contes de sorcières au coin du feu.

Le jour tombe. Très bientôt, l'air se tordra et deux femmes apparaîtront auprès de moi. Leurs joues seront rougies par la chaleur de la sorcellerie, et leurs capes claqueront au vent d'automne qui souffle en Avalon, même au printemps. L'une d'elles sera grande et mince, et ses yeux brilleront d'intelligence derrière ses lunettes ; l'une d'elles sera belle et robuste et aura un bébé fermement serré contre sa poitrine.

Je leur sourirai et, l'espace d'un instant, je ne les verrai pas comme mes sœurs, mais comme les premières notes d'une chanson à demi familière, les premières lignes d'une histoire qu'on a racontée mille fois et qu'on racontera encore :

Il était une fois trois sorcières.

Remerciements

Si je devais vous raconter l'histoire de l'écriture de ce livre, cela commencerait ainsi : il était une fois une fille qui voulait raconter une histoire. Elle en avait déjà raconté, aussi hissa-t-elle ses voiles avec confiance. Très vite, elle se retrouva perdue en mer, assiégée par les retournements de l'intrigue, les arcs narratifs brisés, les métaphores hasardeuses et les thèmes changeants. Elle avait les vers, mais elle avait perdu sa voie et sa volonté.

Heureusement, elle n'était pas seule. Elle avait son agente, Kate McKean, pour répondre avec bon sens et bienveillance même aux mails les plus dramatiques envoyés tard le soir. Nivia Evans, son éditrice, pour comprendre l'histoire qu'elle essayait de raconter et l'aider à fixer le bon cap ; Lisa Marie Pompilio, pour l'embellir ; Roland Ottewell et Andy Ball pour en gommer les défauts ; Ellen Wright et le reste de l'équipe Orbit/Redhook pour la partager avec le monde.

Elle pouvait compter sur Andy Ball, Edward James et Niels Grotum pour lui fournir leur expertise de latinistes à la toute dernière seconde ; sur la cour de la bibliothèque municipale de Madison County pour lui fournir du soleil et du silence ; et sur les Moonscribers pour lui fournir de la sagesse et du vin.

Elle avait les bêta-lecteurs les plus généreux et les plus sagaces dont on puisse rêver : Laura Blackwell, E. Catherine Tobler, Lee Mandelo et Ziv Wities. Sans eux, elle aurait sûrement sombré corps et âme.

Elle avait les baby-sittings et les brunchs de Taye et Camille ; un constant approvisionnement d'amour et de jeux de mots de ses frères ; une foi infinie de ses parents même dans les moments où elle avait perdu toute foi en elle.

Elle avait Finn et Felix, qui étaient bien trop occupés à écrire leurs propres histoires pour s'inquiéter outre mesure de celle de leur mère.

Et elle avait Nick. Son étoile du Nord, sa boussole, son phare, son il-était-une-fois et son et-ils-vécurent-heureux. Qui traversa chaque tempête avec elle sans douter une seule seconde qu'elle les ramènerait au port.

Après un an en mer – après une centaine de nuits noires sous des constellations sans nom, après des dates butoirs manquées et des chapitres jetés à l'eau –, elle y parvint. La fille posa le pied sur le rivage, en manque de sommeil et en excès de caféine, son histoire enfin terminée.

Elle se dit qu'elle pourrait bien en raconter une autre.

Dans la collection
Le Rayon imaginaire

Les Dix Mille Portes de January
Alix E. Harrow

Frankenstein ou le Prométhée moderne
Mary Shelley

Destination Outreterres
Robert Heinlein

Analog / Virtuel
Lavanya Lakshminarayan

La Maison aux mille étages
Jan Weiss

Golden Age
Fabrice Colin

Pour l'éditeur, le principe est d'utiliser des papiers composés de fibres naturelles, renouvelables, recyclables et fabriqués à partir de bois issus de forêts qui adoptent un système d'aménagement durable. En outre, l'éditeur attend de ses fournisseurs de papier qu'ils s'inscrivent dans une démarche de certification environnementale reconnue.

Créations graphiques et mise en page : Florent Salaün
Lecture-correction : Cédric Damas, Agence éditoriale Paludes

Achevé d'imprimer en Italie, par Grafica Veneta.
79.7202.8 / 01 – ISBN : 978-2-01-716400-5
Dépôt légal de la première édition : octobre 2022.